MW01601621

DER
CODEX

Weltbild Taschenbuch

Der Autor

Douglas Preston arbeitete viele Jahre am Naturhistorischen Museum in New York und verfasste mehrere Sachbücher zu wissenschaftlichen Themen. 1995 schrieb er gemeinsam mit dem ehemaligen Verlagslektor Lincoln Child den international gefeierten Wissenschaftsthriller *Relic*, dem bislang sieben Weltbestseller folgten. *Der Codex* ist der erste Soloroman von Douglas Preston.

Douglas Preston

DER CODEX

Thriller

Whoever finds this book and wants to read it —

Aus dem Amerikanischen
von Ronald M. Hahn

can contact me,

Doris from Germany
I was a guest here from 02.-22.06.25
Contact with subject: June '25
arkene49@gmail.com

Weltbild

Die amerikanische Originalausgabe erschien 2004 unter dem Titel
The Codex bei Splendide Mendax, New York.

Besuchen Sie uns im Internet:
www.weltbild.de

Genehmigte Lizenzausgabe für Verlagsgruppe Weltbild GmbH,
Steinerne Furt, 86167 Augsburg
Copyright der Originalausgabe © 2004 by
Splendide Mendax, Inc.
Copyright der deutschsprachigen Ausgabe © 2004 by
Knaur Taschenbuch Verlag. Ein Unternehmen der Droemerschen
Verlagsanstalt Th. Knaur Nachf. GmbH & Co. KG, München
Übersetzung: Ronald M. Hahn
Umschlaggestaltung: zeichenpool, München
Umschlagmotiv: Getty Images, München (© Medioimages / Photodisc);
Shutterstock (© elwynn; © Hannah Gleghorn; © Tomasz Otap)
Gesamtherstellung: CPI Moravia Books s.r.o., Pohorelice
Printed in the EU
ISBN 978-3-86800-373-4

2013   2012   2011   2010
Die letzte Jahreszahl gibt die aktuelle Lizenzausgabe an.

Für
Aletheia Vaunte Preston
und
Isaac Jerome Preston

1

Tom Broadbent nahm die letzte Kurve der sich dahinschlängelnden Straße und stellte fest, dass seine beiden Brüder bereits am großen Eisentor des Landsitzes der Broadbents warteten. Philip klopfte an einem Torpfosten gereizt die Tabakskrümel aus seiner Pfeife, und Vernon betätigte mehrmals energisch den Klingelknopf. Das Haus stand in finsterem Schweigen hinter ihnen und ragte wie der Palast eines Paschas auf dem Hügel auf. Reihen von Fenstern, Schornsteine und Türmchen glitzerten im hellen nachmittäglichen Sonnenschein von Santa Fe, New Mexico.

»Vater ist doch sonst immer pünktlich«, sagte Philip. Er steckte sich die Pfeife zwischen die weißen Zähne und biss leise klickend auf das Mundstück. Dann drückte auch er den Klingelknopf, schob seine Manschette hoch und warf einen Blick auf die Armbanduhr. Tom fand, dass Philip sich kaum verändert hatte: Bruyère-Pfeife, ironischer Blick, glatt rasierte Wangen, Rasierwasser, das Haar aus der hohen Stirn nach hinten gekämmt. An seinem Handgelenk funkelte eine goldene Uhr. Er trug graue Hosen und ein Marinejackett. Sein britischer Akzent klang noch etwas versnobter als sonst. Im Gegensatz zu ihm wirkte Vernon mit seiner Gaucho-Hose, den Sandalen, dem langen Haar und dem Bart wie Jesus.

»Er führt uns schon wieder an der Nase rum.« Vernon drückte abermals den Klingelknopf. Der in den Piñon-Bäumen wispernde Wind brachte den Duft von warmem Harz und Staub mit. In dem großen Haus blieb alles still.

Als Philip sich Tom zuwandte, wehte der Geruch teuren Pfeifentabaks durch die Luft. »Wie ist die Lage bei den Indianern draußen, Tom?«

»Bestens.«

»Freut mich zu hören.«

»Und bei dir?«

»Fantastisch. Könnte nicht besser sein.«

»Vernon?«, fragte Tom.

»Alles im Lot. Keine Probleme.«

Das Gespräch erstarb. Sie schauten sich an. Dann blickten sie verlegen in eine andere Richtung. Tom hatte seinen Brüdern noch nie viel zu sagen gehabt. Über ihnen flog krächzend eine Krähe dahin. Eine unbehagliche Stille senkte sich auf die am Tor versammelte Gruppe herab. Nach einer Weile setzte Philip der Klingel erneut heftig zu. Schließlich warf er einen finsteren Blick durch das Tor und packte das gusseiserne Gestänge. »Sein Wagen steht noch in der Garage. Vielleicht ist ja nur die Klingel kaputt.« Er holte tief Luft. »Hallooo! Vater! Deine anhänglichen Söhne sind da!«

Ein quietschendes Geräusch ertönte, dann öffnete sich das Tor unter dem Druck seiner Hände.

»Es ist gar nicht abgeschlossen«, sagte Philip überrascht. »Aber sonst lässt er es doch *nie* offen stehen!«

»Er ist drin und wartet auf uns«, meinte Vernon. »Das ist alles.«

Sie drückten das Tor mit den Schultern auf, und es schwang auf quietschenden Scharnieren beiseite. Vernon und Philip schritten zu ihren Autos, um sie auf dem Grundstück zu parken. Tom ging zu Fuß weiter. Kurz darauf stand er vor dem Haus, in dem er seine Kindheit verbracht hatte. Wie viele Jahre waren seit seinem letzten Besuch vergangen? Drei? Es erfüllte ihn mit eigenartigen und widersprüchlichen Gefühlen: Der Erwachsene kehrt an den Ort seiner Kindheit zurück. Die Größe des Anwesens war selbst für Santa Fe von protzigem

Prunk. Die kiesbestreute Zufahrt führte in einem Halbkreis an zwei massiven Türflügeln aus dem 17. Jahrhundert vorbei. Die Tür bestand aus handgeschlagenen Mesquite-Platten. Das Haus war ein Kunstwerk der Bildhauerei für sich – ein mit abgerundeten Mauern versehenes niedriges Gebäude aus Adobeziegeln, verzierten Strebepfeilern, Vigas, Latillas, Nischen, Portalen und echten Schornsteinkappen. Umgeben war es von Pappeln und einer smaragdgrünen Wiese. Da es auf einer Hügelkuppe stand, hatte man eine wunderbare Aussicht auf die Berge, die Hochwüste, die Lichter der Stadt und die über den Jemez-Bergen aufziehenden sommerlichen Kumuluswolken. Es hatte sich zwar nicht verändert, doch wirkte seine Ausstrahlung irgendwie anders. *Vielleicht,* dachte Tom, *habe ich mich ja verändert.*

Eines der Garagentore stand offen. Tom sah, dass der grüne Mercedes-Geländewagen seines Vaters in der Nische abgestellt war. Dann hörte er die Fahrzeuge seiner Brüder über den Kies der Zufahrt knirschen. Sie parkten vor dem Haupteingang. Türen wurden zugeschlagen, dann gesellten sich die beiden zu Tom, der bereits vor dem Haus stand.

Gleichzeitig machte sich in Toms Magen ein mulmiges Gefühl breit.

»Worauf warten wir?« Philip ging zum Haupteingang hinauf und betätigte mehrmals die Klingel. Vernon und Tom folgten ihm.

Es herrschte absolute Stille.

Philip, wie immer ungeduldig, drückte zum letzten Mal auf den Knopf. Tom hörte das dumpfe Läuten drinnen im Haus. Die Töne erinnerten ihn an die ersten Akkorde des Liedes »Mame«. Seiner Meinung nach wäre dies für den bizarren Humor ihres Vaters typisch gewesen.

Philip legte die Hände an den Mund und rief: »Halloo!«

Noch immer tat sich nichts.

»Glaubt ihr, er ist krank?«, fragte Tom. Das unbehagliche Gefühl in seinem Innern wurde stärker.

»Ach was«, sagte Philip ärgerlich. »Das ist nur wieder eins

von seinen Spielchen.« Er schlug so fest mit der geballten Faust auf die massive mexikanische Tür ein, dass es laut krachte.

Irgendetwas stimmte hier nicht. Als Tom sich umschaute, fiel ihm auf, dass der Hof leicht heruntergekommen wirkte: Der Rasen war nicht gemäht. In den Tulpenbeeten wucherte Unkraut.

»Ich schau mal durch ein Fenster«, sagte er.

Er bahnte sich seinen Weg durch eine gestutzte Chamisa-Hecke, durchquerte auf Zehenspitzen ein Blumenbeet und lugte durch das Wohnzimmerfenster. Irgendetwas war eindeutig anders, aber er brauchte eine Weile, bis es ihm dämmerte. Der Raum wirkte normal: Er sah die gleichen Ledersofas und Ohrensessel wie immer und auch den gleichen Steinkamin und den gleichen Kaffeetisch. Aber über dem Kamin hatte ein großes Gemälde gehangen, das nun fehlte. Welches, wusste er nicht mehr genau. Tom dachte angestrengt nach. Der Braque? Oder der Monet? Dann fiel ihm auf, dass die altrömische Bronzestatue, die einen Knaben darstellte, ebenfalls fehlte. Sie hatte bisher auf der linken Kaminhälfte Hof gehalten. das Bücherregal wies Lücken auf. Bücher waren herausgenommen worden. Der Raum wirkte unordentlich. Hinter dem Türrahmen, der in den Korridor führte, lag Müll auf dem Boden: zerknülltes Papier, ein Blisterverpackungsstreifen, eine herrenlose Rolle Klebeband.

»Wie stehen die Aktien, Alter?«, rief Philip um die Ecke.

»Schau's dir lieber selbst mal an!«

Philips spitze Ferragamo-Schuhe bahnten sich ihren Weg durch die Büsche. Seine Miene zeigte Verärgerung. Vernon kam hinter ihm her.

Philip lugte durch das Fenster und schnappte nach Luft. »Der Lippi«, keuchte er, »über dem Sofa. Er ist weg. Und der Braque über dem Kamin auch! Er hat alle Bilder abgehängt! Er hat sie verkauft!«

»Reg dich nicht auf, Philip«, sagte Vernon. »Vermutlich hat er das Zeug nur weggepackt. Vielleicht will er umziehen.

Du liegst ihm doch seit Jahren in den Ohren, dass das Haus zu groß für ihn und zu abgelegen ist.«

Philips Miene entspannte sich augenblicklich. »Ja, stimmt. Hast Recht.«

»Wahrscheinlich ist das auch der Grund für diese mysteriöse Zusammenkunft«, meinte Vernon.

Philip nickte und tupfte sich mit einem Seidentaschentuch die Stirn ab. »Der Flug hat mich wahrscheinlich ermüdet. Du hast Recht, Vernon. Natürlich sind sie beim Packen. Aber welche Unordnung die hinterlassen haben! Wenn Vater das sieht, kriegt er einen Anfall.«

Als die drei Brüder da so zwischen den Büschen standen und sich anschauten, brach Schweigen aus. Toms Unbehagen hatte den Höhepunkt erreicht. Wenn ihr Vater umzog, geschah es unter eigenartigen Umständen.

Philip nahm die Pfeife aus dem Mund. »Was meint ihr? Glaubt ihr, er stellt uns wieder mal auf die Probe? Gibt uns ein kleines Rätsel auf?«

»Ich breche ein«, erklärte Tom.

»Und die Alarmanlage?«

»Die kann mich mal.«

Tom umrundete das Haus. Seine Brüder folgten ihm. Er stieg über eine Mauer in einen kleinen umzäunten Garten mit einem Springbrunnen. Ein Schlafzimmerfenster befand sich in Augenhöhe. Tom zog einen Stein aus der Beetumrandung. Er nahm ihn mit zum Fenster, ging in Stellung, hob ihn hoch.

»Willst du wirklich die Scheibe einschlagen?«, fragte Philip. »Wie sportlich.«

Tom holte mit dem Stein aus und warf ihn durch die Scheibe. Als das Klirren des Glases verklungen war, blieben alle abwartend stehen und lauschten.

Stille.

»Kein Alarm«, konstatierte Philip.

Tom schüttelte den Kopf. »Das gefällt mir nicht.«

Philip lugte durch die zerbrochene Scheibe. Tom sah ihm schon am Gesicht an, dass ihm eine Idee kam. Philip fluchte, dann sprang er wie der Blitz durch die eingeschlagene Fensterscheibe – die Pfeife zwischen den Zähnen, ohne an seine teuren Schuhe zu denken.

Vernon schaute Tom an. »Was hat er denn?«

Tom stieg, ohne zu antworten, ebenfalls durch das Fenster. Vernon folgte ihm.

Das Schlafzimmer sah aus wie der Rest des Hauses – bar aller Kunstwerke. Es war ein Chaos: schmutzige Fußabdrücke auf dem Teppich, Müll, Klebestreifen, Blisterverpackung, Holzwolle, Nägel und abgesägte Bauholzreste. Tom ging in den Korridor. Dort fand er weitere kahle Wände vor. Er erinnerte sich an Werke von Picasso, Braque und an zwei Maya-Säulen. Alles war weg.

Mit einem zunehmenden Gefühl der Panik durchquerte er den Korridor und machte dann am Wohnzimmereingang Halt. Philip stand mitten im Raum und schaute sich mit bleicher Miene um. »Ich habe ihm pausenlos prophezeit, dass es einmal passieren würde. Er war verdammt sorglos, diesen ganzen Krempel einfach hier aufzubewahren. So gottverdammt sorglos.«

»Was?«, rief Vernon erschrocken. »Was ist denn, Philip? Was ist passiert?«

»Man hat uns ausgeraubt«, sagte Philip. Seine Stimme, die kaum mehr als ein Flüstern war, klang, als habe er Schmerzen.

2

Detective Lieutenant Hutch Barnaby von der Polizei in Santa Fe legte eine Hand auf seinen knochigen Brustkorb und kippte den Stuhl nach hinten. Er hob eine Tasse frisch aufgebrühten Kaffee an die Lippen. Die zehnte an diesem Tag. Als er aus dem Fenster auf die einsame Pappel blickte, stieg ihm das bittere Aroma in seine Hakennase. *Ein wunderschöner Frühlingstag in Santa Fe, New Mexico, Vereinigte Staaten von Amerika,* dachte er und schmiegte seine langen Gliedmaßen stärker in den Stuhl. *15. April. Die Iden des April. Die Steuerrückzahlung ist fällig.* Alle hingen zu Hause rum und zählten die Kohle, ernüchtert aufgrund ihrer Sterblichkeit und ihrer knauserigen Gedanken. Sogar die Verbrecher hatten sich einen Tag freigenommen.

Barnaby nippte an seinem Kaffee. Ihn erfüllte eine große Zufriedenheit. Wenn man ignorierte, dass irgendwo außerhalb seines Büros leise ein Telefon klingelte, war das Leben doch schön.

Am Rand seines Bewusstseins erklang die fachkundige Stimme Doreens, die den Anruf annahm. Ihre forschen Vokale wehten durch die offene Tür herein. »Moment mal. Entschuldigen Sie, könnten Sie etwas langsamer sprechen? Ich gebe Ihnen den Sergeant vom Dienst ...«

Barnaby übertönte das Gespräch mit lautem Kaffeeschlürfen, schob ein Bein in Richtung Bürotür und schloss sie mit einem leichten Tritt. Ah, die herrliche Stille kehrte zurück. Barnaby wartete ab. Dann kam es auch schon: das Klopfen.

Verfluchter Anruf.

Barnaby stellte die Kaffeetasse auf den Schreibtisch und richtete sich ein Stück aus seiner hingefläzten Haltung auf. »Ja?«

Sergeant Harry Fenton öffnete die Tür. Seine Miene wirkte so dienstgeil wie nur was. Fenton gehörte nicht zu denen, die eine ruhige Kugel schieben wollten. Schon sein Gesicht reichte, um Barnaby zu sagen, dass eine Riesenkacke im Anmarsch war.

»Hutch?«

»Hmmm?«

»Die Broadbents sind beraubt worden«, sagte Fenton außer Atem. »Ich hatte gerade einen der Söhne am Telefon.«

Hutch Barnaby rührte keinen Muskel. »Was wurde geraubt?«

»*Alles.*« Fentons schwarze Augen funkelten erfreut.

Barnaby nippte an seinem Kaffee. Dann trank er noch ein Schlückchen. Schließlich ließ er die vorderen Stuhlbeine mit einem leisen Klacken auf den Boden sinken. *Verdammt.*

Als sie über den alten Santa-Fe-Trail fuhren, sprach Fenton über den Raub. Die Sammlung, hatte er gehört, war eine halbe Milliarde wert. Falls die Wahrheit auch nur in die Nähe der Summe kam, würde die Sache seiner Meinung nach bald auf der Titelseite der »New York Times« stehen. Und *sein* Name auch. Kann sich einer das vorstellen?

Barnaby konnte es sich nicht vorstellen. Aber er sagte nichts. Er war Fentons Enthusiasmus gewöhnt. Er hielt am Ende der gewundenen Straße an, die zum klotzigen Palast der Broadbents führte. Fenton stieg an der anderen Seite des Wagens aus. Sein Gesicht strahlte erwartungsvoll. Er schob das Kinn vor, sein riesiger Zinken wies ihnen die Richtung. Als sie den Weg hinaufgingen, suchte Hutch das Grundstück mit Blicken ab und erspähte die verwischten Reifenspuren eines Semitrailers, der hier rein- und rausgefahren war. Die Banditen waren absolut kaltblütig vorgegangen. Also war Broadbent entweder nicht daheim gewesen, oder man hatte ihn umgebracht. Letzteres war wahrscheinlicher. Vermutlich würden sie seine starre Leiche irgendwo im Haus drinnen finden.

Der Weg machte einen Knick und verlief gerade weiter. Ein offenes Tor kam ins Blickfeld. Es bewachte ein weitläufiges Adobehaus, das zwischen Pappeln auf einer Wiese stand. Barnaby hielt kurz an, um es zu untersuchen. Eine mechanische Konstruktion, von zwei Motoren bewegt. Nichts wies darauf hin, dass es gewaltsam geöffnet worden war, doch stand der Stromkasten offen, und in seinem Innern war ein Schlüssel zu sehen. Barnaby ging in die Hocke und schaute ihn sich an. Der Schlüssel steckte im Schloss und war gedreht worden, um das Tor zu öffnen.

Er wandte sich zu Fenton um. »Was hältst du davon?«

»Sie sind mit ʼnem Semi hier raufgefahren und hatten einen Torschlüssel. Die Typen waren vom Fach. Schätze, wir werden Broadbents Leiche im Haus finden.«

»Genau deswegen mag ich dich, Fenton. Du bist mein zweites Gehirn.«

Barnaby hörte einen Schrei. Als er aufschaute, sah er drei Männer, die sich ihnen über den Rasen hinweg näherten. Die Junioren latschten einfach übers Gras.

Barnaby stand wütend auf. »Herrgott! Wollen Sie alle Spuren zertrampeln?«

Die Männer blieben stehen, doch der Anführer, ein großer Bursche im Anzug, ging weiter. »Wer sind Sie überhaupt?« Seine Stimme klang lässig und hochnäsig.

»Ich bin Detective Lieutenant Hutchinson Barnaby«, erwiderte Barnaby. »Und das ist Sergeant Harry Fenton. Wir sind von der Polizei von Santa Fe.«

Fenton warf den Männern ein kurzes Lächeln zu. Es war aber kaum mehr als ein Zähnefletschen.

»Sind Sie die Söhne?«

»Ja, genau«, sagte der Anzug.

Fentons Lippen zuckten erneut.

Barnaby brauchte einen Moment, um die Söhne als mögliche Verdächtige abzuschätzen. Der Hanf-Hippie hatte ein ehrliches, offenes Gesicht. Er war vielleicht nicht die hellste Leuchte im Laden, aber sicher kein Räuber. Barnaby registrierte respektvoll, dass die Pferdekacke an den Stiefeln des Cowboy-Typs echt war. Dann war da noch der Laffe im Anzug, der aussah wie ein New Yorker. Laut Hutch Barnabys Einstellung war jeder New Yorker ein potentieller Mörder. Selbst die New Yorker Omas. Er musterte die Männer erneut: Drei unterschiedlichere Brüder konnte man sich nicht vorstellen. Komisch, dass so was in einer Familie vorkam.

»Dies hier ist ein Tatort, meine Herren, deswegen muss ich Sie bitten, das Gelände zu verlassen. Gehen Sie durchs Tor nach draußen, stellen Sie sich unter einen Baum und warten Sie auf uns. In Ordnung? Laufen Sie bitte nicht hier herum; fassen Sie nichts an und reden Sie nicht miteinander über das Verbrechen oder über das, was Sie beobachtet haben.«

Barnaby drehte sich um, dann fiel ihm noch etwas ein: »Die *ganze* Sammlung ist weg?«

»Das hab ich doch schon am Telefon gesagt«, sagte der Anzug.

»Wie viel – über'n Daumen – war sie wert?«

»Ungefähr fünfhundert Millionen.«

Barnaby griff an seine Hutkrempe und schaute Fenton an. Der Ausdruck unverhüllter Freude auf dem Gesicht seines Kollegen reichte aus, um einem Zuhälter Angst einzujagen.

Als Barnaby zum Haus ging, fiel ihm ein, dass er lieber vorsichtig sein sollte, denn dieser Fall würde zu jeder Menge Nachfragen führen. Das FBI, Interpol und Gott weiß wer würden sich einmischen. Aber es war wohl in Ordnung, wenn sie sich kurz umsahen, bevor die Spurensicherung aufkreuzte. Er klemmte die Daumen hinter den Gürtel und schaute sich das Haus an. Ob die Sammlung wohl versichert gewesen war? Auch das musste eruiert werden. Wenn ja, war Maxwell Broadbent vielleicht nicht *ganz* tot. Vielleicht schlürfte er in diesem Moment in Begleitung eines scharfen Hasen am Strand von Phuket Margaritas.

»War Broadbent versichert?«, fragte Fenton.

Barnaby grinste seinen Partner an, dann richtete er den Blick wieder auf das Haus. Er begutachtete die eingeschlagene Scheibe, das Durcheinander der Fußabdrücke auf dem Kies, das zertrampelte Buschwerk. Die frischen Spuren hatten die Söhne hinterlassen, aber es gab hier auch noch eine ganze Reihe älterer Fußabdrücke. Barnaby sah, wo der Umzugslaster geparkt hatte, wo er schwerfällig hin und her manövriert worden war. Offenbar waren seit dem Raub ein bis zwei Wochen vergangen.

Das Wichtigste war das Aufspüren der Leiche – falls es eine gab. Barnaby betrat das Haus. Er begutachtete die Klebebänder, das Blisterverpackungsmaterial, die Nägel und liegen gebliebenen Holzstückchen. Auf dem Läufer fanden sich Sägespäne. Außerdem bemerkte er schwache Vertiefungen. Die Leute hatten tatsächlich eine Tischsäge mitgebracht. Man hatte außergewöhnlich professionelle Arbeit geleistet, die nicht ohne Lärm abgegangen war. Die Diebe hatten nicht nur genau gewusst, was sie taten, sie hatten sich auch Zeit gelassen, um das Ding richtig zu drehen. Barnaby hob die Nase witternd in die Luft. Es roch nicht nach dem süßsauren Gestank einer Leiche.

Im Haus wirkte der Raub ebenso lang her wie draußen. Es musste vor einer Woche passiert sein. Vielleicht auch vor zweien. Barnaby bückte sich und schnüffelte am Ende eines abgesägten Holzstücks. Es roch nicht wie frisch abgesägt. Er hob einen Grashalm auf, den jemand ins Haus geschleppt hatte, und zerbröselte ihn zwischen den Fingern. Trocken. Auch die von einem schlurfenden Stiefel ins Haus getragenen Erdklümpchen waren absolut dröge. Barnaby erinnerte sich: Heute vor zwei Wochen hatte es zum letzten Mal geregnet. An diesem Tag war es passiert; höchstens vierundzwanzig Stunden nach dem Regen, als der Boden noch nass gewesen war.

Er schlenderte durch einen riesigen gewölbten Mittelgang. Sein Blick fiel auf die mit Bronzeplatten versehenen Sockel, auf denen einst Statuen gestanden hatten. Die gekalkten Wände zeigten schwach erkennbare Rechtecke. Dort hatten Gemälde gehangen. Auf Eisengestellen waren blassgelbe Kreise zu sehen, auf denen einst antike Behältnisse gestanden hatten. In den leeren Regalen gab es verstaubte Lücken. Auch dort hatten vermutlich Schätze geruht. Dunkle Stellen in den Bücherregalen zeigten an, wo man Bücher entfernt hatte.

Barnaby kam an die Schlafzimmertür und begutachtete eine Reihe schmutziger hinein- und hinausführender Fußabdrücke. Noch mehr getrocknete Erde. Herrgott, es waren mindestens ein halbes Dutzend Leute gewesen. Sie hatten sich heftig abgeplackt und waren mindestens einen, wenn nicht gar zwei Tage hier gewesen.

Im Schlafzimmer stand ein Apparat. Barnaby erkannte in ihm einen jener Schaumstoffautomaten, wie man sie bei UPS einsetzte. In einem anderen Raum fand er einen Einschweißer für größere Gegenstände. Er stieß auf Holzstapel, Filzrollen, Metallverschlussband, Schrauben, Muttern und mehrere Handsägen. Liegen gebliebene Gerätschaften, ein paar tausend Dollar wert. Die Diebe hatten sich nicht die Mühe gemacht, irgendetwas anderes mitzunehmen: Im Wohnzimmer standen ein Fernseher im Wert von tausend Dollar, ein Videorekorder, ein DVD-Player und zwei Computer. Barnaby dachte an seinen eigenen Schrottfernseher und an seinen Videorekorder und an die Raten, die er für die Geräte noch abzahlte, mit denen seine Frau und ihr neuer Freund sich zweifellos jeden Abend Pornofilme reinzogen.

Er stieg vorsichtig über eine am Boden liegende Videokassette hinweg. »Drei zu fünf, dass der Typ tot ist. Zwei zu fünf, dass es sich um Versicherungsbetrug handelt.«

»Du lässt wahrhaftig kein Vergnügen aus, das das Leben einem bietet, Fenton.«

Irgendjemand musste diese ganzen Aktivitäten hier oben doch gesehen haben. Das Haus stand auf einem Hügel und war von Santa Fe aus überall sichtbar. Hätte er sich vor zwei Wochen die Mühe gemacht, einen Blick aus dem Fenster seiner Hütte im Tal zu werfen, hätte er den Raub vielleicht sogar selbst beobachtet: Hier waren in der Nacht bestimmt alle Lichter an gewesen, und die Lasterscheinwerfer hatten den Hügel hinab geleuchtet. Er wunderte sich erneut über die Dreistigkeit der Diebe. Wieso waren sie so rotzfrech vorgegangen? Das war doch nicht normal.

Barnaby warf einen Blick auf seine Armbanduhr. Sie hatten nicht mehr viel Zeit. Der Wagen der Spurensicherung würde jeden Moment hier sein.

Er durchquerte rasch und methodisch die Räume und schaute sich um. Notizen machte er sich allerdings keine. Denn Notizen, das hatte er gelernt, kehrten immer wieder zurück, um einen zu piesacken. Alle Räume waren geplündert. Die Leute hatten wirklich perfekt gearbeitet. In einem Zimmer hatten sie einen Haufen Schachteln ausgepackt. Überall lag Papier auf dem Boden verstreut. Barnaby hob ein Blatt auf. Es war irgendein Lieferschein. Er war vor einem Monat ausgestellt worden und bezog sich auf französische Kochtöpfe und Pfannen im Wert von vierundzwanzigtausend Dollar sowie deutsche und japanische Messer. Wollte der Typ ein Restaurant aufmachen?

Im hinteren Teil des Schlafzimmers stieß er auf einen Schrank, der so groß war, dass man in ihn hineingehen konnte – und auf eine riesige Stahltür, die einen Spalt offen stand.

»Fort Knox«, meinte Fenton.

Barnaby nickte. Irgendwie war es verwunderlich, dass es in einem Haus voller Millionen-Dollar-Gemälden etwas gab, das so wertvoll war, dass man es in einen Safe legte.

Barnaby schlüpfte hinein, ohne die Tür anzufassen. Der Safe war leer, wenn man von dem am Boden verstreuten Abfall und einigen Landkartenfutteralen aus Holz absah. Barnaby zog sein Taschentuch hervor und verwendete es, um eine Schublade zu öffnen. Das Schubladeninnere war mit Samt ausgeschlagen, der Vertiefungen aufwies; was wiederum besagte, dass dort einst Gegenstände gelegen hatten. Barnaby schob die Schublade wieder zu, drehte sich zur Tür um und untersuchte kurz das Schloss. Es wies keinerlei Anzeichen eines gewaltsamen Eindringens auf. Auch war keiner der verschlossenen Behälter aufgebrochen worden, die er in den einzelnen Räumen gesehen hatte.

»Die müssen jeden Kode und alle Schlüssel gehabt haben«, konstatierte Fenton.

Barnaby nickte. Dies hier war kein Raub.

Er ging hinaus und drehte eine rasche Runde durch den Garten. Das Grundstück wirkte vernachlässigt. Überall wucherte Unkraut. Niemand hatte es gerupft. Das Gras war seit ein paar Wochen nicht mehr gemäht worden. Die gesamte Umgebung wirkte irgendwie heruntergekommen. Barnaby hatte den Eindruck, dass die Vernachlässigung schon vor dem vermeintlichen, vor zwei Wochen stattgefundenen Raub angefangen hatte. Es sah so aus, als habe der Niedergang des Grundstücks schon vor ein, zwei Monaten begonnen.

Falls dies ein Versicherungsfall war, hingen die Söhne auch mit drin. Vermutlich.

3

Als Barnaby sie fand, standen sie schweigend und bedrückt, mit vor der Brust verschränkten Armen, im Schatten einer Pappel. Während der Lieutenant herankam, fragte der Anzugtyp: »Haben Sie was gefunden?«

»Zum Beispiel?«

Der Mann setzte eine finstere Miene auf. »Haben Sie eine Vorstellung von dem, was gestohlen wurde? Es geht um mehrere hundert Millionen. Herrgott, wer kann da glauben, dass er bei dieser Sache straflos davonkommt? Einige der Kunstwerke sind *weltberühmt!* Zu der Beute gehört ein Filippo Lippi. Der allein ist schon vierzig Millionen wert. Wahrscheinlich ist das Zeug schon in den Mittleren Osten oder nach Japan unterwegs. Sie müssen das FBI und Interpol benachrichtigen und die Flughäfen sperren lassen ...«

Er hielt inne, um Luft zu holen.

»Lieutenant Barnaby hat ein paar Fragen«, sagte Fenton. Er übernahm die Rolle, die er stets so gut spielte. Seine Stimme klang zwar eigenartig hoch und sanft, doch sie hatte einen bedrohlichen Unterton. »Nennen Sie uns bitte Ihre Namen.«

Der mit den Cowboy-Stiefeln trat vor. »Ich bin Tom Broadbent, und das sind meine Brüder Vernon und Philip.«

»Hören Sie, Officer«, sagte der namens Philip. »Die Kunstwerke sind offensichtlich ins Schlafzimmer irgendeines Scheichs unterwegs. Kein Mensch könnte den Krempel auf dem freien Markt verkaufen – dazu sind die Werke zu bekannt. Nehmen Sie's nicht persönlich, aber ich glaube *wirklich,* dass die Polizei von Sana Fe mit diesem Fall überfordert ist.«

Barnaby zückte sein Notizbuch und warf einen Blick auf seine Armbanduhr. Sie hatten noch fast eine halbe Stunde, bevor der Wagen der Spurensicherung aus Albuquerque eintraf.

»Darf ich Ihnen ein paar Fragen stellen, Philip? Hat jemand was dagegen, dass ich ihn mit dem Vornamen anspreche?«

»Nein, nein, machen Sie nur.«

»Wie alt sind Sie?«

»Ich bin einunddreißig«, antwortete Tom.

»Fünfunddreißig«, sagte Vernon.

»Siebenunddreißig«, gab Philip an.

»Dann sagen Sie mir mal, wieso Sie alle gleichzeitig hier sind?« Barnabys Blick fiel auf den New-Age-Typen – Vernon, der so aussah, als sei er als Lügner absolut inkompetent.

»Unser Vater hat uns einen Brief geschickt.«

»Um was ging's darin?«

»Tja …« Vernon schaute seine Brüder nervös an. »Das hat er nicht geschrieben.«

»Haben Sie irgendeine Vermutung?«

»Eigentlich nicht.«

Barnabys Blick wanderte weiter. »Philip?«

»Ich hab keinen Schimmer.«

Barnaby nahm Tom ins Visier. Irgendwie gefiel ihm sein Gesicht. Er gehörte offenbar nicht zu denen, die lange herumlaberten. »Können Sie mir vielleicht helfen, Tom?«

»Ich glaube, er wollte mit uns über unser Erbe reden.«

»Erbe? Wie alt war Ihr Vater?«

»Sechzig.«

Fenton beugte sich vor und wandte mit heiserer Stimme ein: »War er *krank?*«

»Ja.«

»*Wie* krank?«

»Er hatte Krebs«, erwiderte Tom kühl.

»Tut mir Leid«, sagte Barnaby. Er legte die Hand auf Fentons Arm, als wolle er ihn daran hindern, weitere taktlose Fragen zu stellen. »Hat jemand den bewussten Brief dabei?«

Die Brüder zückten das gleiche Schreiben. Es war mit der Hand auf Chamois-Papier geschrieben. *Interessant*, dachte Barnaby, *dass alle den Brief dabeihaben*. Dies deutete an, dass sie die Zusammenkunft wichtig nahmen. Er nahm eines der Schreiben an sich und las.

Lieber Tom,
ich möchte, dass du am 15. April, pünktlich um 13.00 Uhr, nach Santa Fe in mein Haus kommst. Es geht um eine sehr wichtige Angelegenheit, die deine Zukunft betrifft. Ich habe Philip und Vernon ebenfalls hergebeten und Geld für die Reisekosten beigelegt. Sei bitte pünktlich: Punkt 13.00 Uhr. Erweise deinem alten Herrn diese letzte Höflichkeit.

Vater

»Bestand irgendeine Chance, ihn vom Krebs zu heilen, oder saß er dem Tod schon auf der Schaufel?«, fragte Fenton.

Philip schaute ihn an, dann wandte er sich Barnaby zu. »Wer ist dieser Mann?«

Barnaby warf Fenton, der gelegentlich übers Ziel hinausschoss, einen warnenden Blick zu. »Wir sind alle auf der gleichen Seite und versuchen ein Verbrechen aufzuklären.«

»Soweit ich weiß«, sagte Philip grollend, »bestand keine Chance auf Heilung. Unser Vater hatte Bestrahlungen und Chemotherapien, aber der Krebs hat Metastasen gebildet, die man nicht entfernen kann. Er hat jede weitere Behandlung abgelehnt.«

»Tut mir Leid«, sagte Barnaby. Er versuchte erfolglos, ein wenig Mitleid vorzutäuschen. »Kommen wir noch mal auf den Brief zurück. Hier steht was über Reisespesen. Wie viel Geld war den Briefen beigelegt?«

»Zwölfhundert Dollar in bar«, sagte Tom.

»In *bar*? In welcher Form?«

»Zwölf Hundert-Dollar-Scheine. Es war typisch für unseren Vater, Bargeld zu verschicken.«

Fenton mischte sich erneut ein. »Wie *lange* hatte er noch zu leben?« Er schob das Kinn vor und richtete die Frage an Philip. Fentons Kopf war hässlich, sehr schmal und eckig. Er hatte dicke Augenwülste, tief liegende Augen, eine große Nase, in der schwarze Haare wucherten, schiefe braune Zähne und ein fliehendes Kinn. Seine Haut war olivfarben, denn er war trotz seines angelsächsischen Namens ein Hispano aus der tief in den Sangre-de-Criso-Bergen liegenden Stadt Truchas. Wenn man nicht wusste, dass er eine Seele von Mensch war, konnte er einem wirklich Angst einjagen.

»Ungefähr ein halbes Jahr.«

»Weswegen hat er Sie herbestellt? Um mit seinem Zeug ein bisschen ›Ene mene muh und raus bist du‹ zu spielen?«

Wenn Fenton die Sau rauslassen wollte, konnte er gemein sein. Aber er hatte Erfolg damit.

»Was für eine entzückende Ausdrucksweise«, sagte Philip eisig. »Ich schätze aber, es wäre möglich.«

»Hätte er bei einer derartigen Sammlung«, wandte Barnaby sanft ein, »keine Vorbereitungen getroffen, um sie einem Museum zu hinterlassen?«

»Maxwell Broadbent konnte Museen *nicht ausstehen.*«

»Warum nicht?«

»Weil sie, was die unorthodoxen Sammlerpraktiken unseres Vaters anbetrifft, seine heftigsten Kritiker waren.«

»Und wie sahen seine Praktiken aus?«

»Er hat Kunstwerke dubioser Herkunft gekauft, mit Grabräubern und Plünderern Geschäfte gemacht und Antiquitäten eingeschmuggelt. Er hat sogar selbst Gräber ausgeraubt. Ich habe Verständnis für seine Antipathie. Museen sind Bastionen der Heuchelei und Habgier. Sie kritisieren jeden, der, um seine Sammlung zu vervollständigen, die gleichen Methoden anwendet wie sie.«

»Hätte er die Sammlung nicht einer Universität hinterlassen können?«

»Er hat Akademiker gehasst. Er hat sie Pappnasen genannt. Die akademische Welt, speziell die Archäologen, haben ihm vorgeworfen, dass er in Mittelamerika Tempel geplündert hat. Ich verrate hier keine Familiengeheimnisse: Die Geschichte ist allgemein bekannt. Sie brauchen nur irgendeine Ausgabe des *Archeology Magazine* aufzuschlagen, dann können Sie lesen, dass unser Vater laut den Aussagen der Akademiker eine Reinkarnation des Teufels war.«

»Hatte er vor, die Sammlung zu verkaufen?«, drängte Barnaby weiter.

Philip kräuselte geringschätzig die Lippen. »Verkaufen? Er musste sich sein Leben lang mit Auktionshäusern und Kunsthändlern abgeben. Er hätte sich lieber zu Tode foltern lassen, bevor er denen den Auftrag erteilt hätte, auch nur einen mittelmäßigen Druck zu verhökern.«

»Dann wollte er das ganze Zeug also Ihnen hinterlassen?«

Eine unbehagliche Stille breitete sich aus. »Davon«, sagte Philip schließlich, »sind wir ausgegangen.«

»Kirche?«, mischte Fenton sich ein. »Ehefrau? Freundin?«

Philip nahm die Pfeife aus dem Mund und erwiderte in einer perfekten Imitation von Fentons Telegrammstil: »Atheist. Geschieden. Frauenhasser.«

Seine Brüder fingen an zu lachen. Hutch Barnaby stellte fest, dass er angesichts von Fentons Verdruss eine gewisse Schadenfreude empfand. Es kam nur selten vor, dass jemand seinem Kollegen beim Verhör eins überbriet. Dieser Philip war trotz seines anmaßenden Charakters ein zäher Knochen. Doch auf seinem langen intelligenten Gesicht war eine Spur von Trauer zu erkennen – als hätte er einen Verlust erfahren.

Barnaby hielt den Männern den Lieferschein für den Versand der Küchengeräte hin. »Haben Sie irgendeine Ahnung, was das hier zu bedeuten hat oder an wen das Zeug gegangen ist?«

Sie untersuchten den Schein, schüttelten den Kopf und gaben ihn Barnaby zurück. »Er hat überhaupt nicht gern gekocht«, sagte Tom.

Barnaby schob das Dokument in die Tasche. »Erzählen Sie mir etwas über Ihren Vater. Wie er aussieht; was er für 'ne Persönlichkeit ist; was er für Geschäfte gemacht hat und so weiter.«

Tom meldete sich wieder zu Wort. »Er ist ... ein einmaliger Typ.«

»Inwiefern?«

»Körperlich betrachtet ist er ein Riese. Er ist fast eins neunzig groß. Er ist fit, sieht gut aus, hat breite Schultern und kein Gramm Fett zu viel am Leib. Er hat weißes Haar, einen weißen Bart und ist stark wie ein Löwe. Seine Stimme ist auch fast so laut. Die Leute sagen, dass er wie Hemingway aussieht.«

»Und seine Persönlichkeit?«

»Er gehört zu denen, denen nie ein Fehler unterläuft; die rücksichtslos alles und jeden platt machen, um zu kriegen, was sie haben wollen. Er lebt nach seinen eigenen Regeln. Er hat zwar keine höhere Schule besucht, aber er weiß mehr über Kunst und Archäologie als die meisten Studierten. Seine Religion heißt Sammeln. Für die Religionen der Menschen hat er nur Verachtung übrig. Dies ist auch ein Grund, weshalb er es als vergnüglich empfindet, Sachen zu kaufen und zu verkaufen, die aus ausgeraubten Gräbern stammen. Deswegen raubt er auch selbst Gräber aus.«

»Erzählen Sie mir mehr über diese Grabräuberei.«

Diesmal meldete sich Philip zu Wort. »Maxwell Broadbent entstammt einer Familie der Arbeiterklasse. Er ging als junger Mann nach Mittelamerika und verschwand für zwei Jahre im Dschungel. Er hat eine große Entdeckung gemacht, irgendeinen Maya-Tempel geplündert und den ganzen Krempel nach Hause geschmuggelt. So hat er angefangen. Er hat mit Kunst und Antiquitäten aus fragwürdigen Quellen gehandelt – angefangen bei griechischen und römischen Statuen, die aus Europa hergeschafft wurden, über Khmer-Reliefs, die man aus kambodschanischen Bestattungstempeln herausschlug, bis hin zu Renaissance-Gemälden, die im Krieg in Italien verschwanden. Er hat aber nicht mit dem Zeug gehandelt, um Geld zu verdienen, sondern um seine eigene Sammlung zu finanzieren.«

»Interessant.«

»Seine Methode«, sagte Philip, »war eigentlich die einzige Möglichkeit, die ein Mensch heutzutage hat, wenn er wirklich große Kunst erwerben will. Seine Sammlung enthielt vermutlich kein einziges Stück, das wirklich sauber war.«

»Einmal hat er ein Grab geplündert, auf dem ein Fluch lag«, berichtete Vernon. »Er hat ihn auf Cocktailpartys zitiert.«

»Ein Fluch? Wie lautet er?«

»Ungefähr so: *Demjenigen, der die Ruhe dieser Gebeine stört, soll bei lebendigem Leibe die Haut abgezogen werden, bevor man ihn tollwütigen Hyänen zum Fraße vorwirft. Anschließend soll eine Eselsherde mit seiner Mutter kopulieren.* Na ja, so was in der Art eben.«

Fenton musste lachen.

Barnaby warf ihm einen warnenden Blick zu. Da er Philip schon einmal zum Reden gebracht hatte, richtete er auch die nächste Frage an ihn. Komisch, wie gern die Menschen ihre Eltern schlecht machten. »Was war sein Antrieb?«

Philip runzelte die Stirn. »Es war ungefähr so: Maxwell Broadbent liebte seine Lippi-*Madonna* mehr als jede echte Frau. Er liebte sein Bronzino-Porträt der kleinen Bia de Medici mehr als seine eigenen Kinder. Er liebte seine beiden Braques, seinen Monet und seine Maya-Jadeschädel mehr als alle realen Menschen in seinem Leben. Er betete seine Sammlung französischer Reliquienschreine aus dem 13. Jahrhundert, die angeblich die Gebeine von Heiligen enthielten, öfter an als jeden wahren Heiligen. Seine Sammlungen waren seine Geliebten, Kinder und seine Religion. Schöne Dinge waren sein Antrieb.«

»Das stimmt doch alles gar nicht«, sagte Vernon. »Er hat uns geliebt.«

Philip stieß ein geringschätziges Schnauben aus.

»Hat er sich nicht von deiner Mutter scheiden lassen?«

»Du meinst wohl von *unseren* Müttern! Er hat sich von zwei Frauen scheiden lassen. Die dritte ist gestorben. Er hatte auch zwei Frauen, die keine Kinder von ihm haben – und jede Menge Freundinnen.«

»Gab's irgendwelche Unterhaltsstreitigkeiten?«, fragte Fenton.

»Natürlich«, erwiderte Philip. »Das ging endlos.«

»Aber er hat Sie und Ihre Brüder allein aufgezogen?«

Philip hielt inne. »Ja, auf die für ihn typische Art«, sagte er dann.

Die Worte hingen in der Luft. Barnaby fragte sich, was für ein Vater er gewesen sein mochte. Aber es war wohl besser, bei der Sache zu bleiben: Die Zeit wurde knapp. Die Jungs von der Spurensicherung konnten jeden Moment eintreffen. Danach durfte er sich glücklich schätzen, den Fuß überhaupt auf dieses Grundstück gesetzt zu haben.

»Gibt es momentan eine Frau in seinem Leben?«

»Nur zu Zwecken leichter körperlicher Betätigung in den Abendstunden«, sagte Philip. »Aber ich versichere Ihnen, die kriegt nichts.«

»Glauben Sie, dass es unserem Vater gut geht?«, mischte Tom sich ein.

»Um ehrlich zu sein, ich habe keinen Hinweis auf einen Mord gefunden. Wir sind im Haus nicht auf eine Leiche gestoßen.«

»Könnte er entführt worden sein?«

Barnaby schüttelte den Kopf. »Unwahrscheinlich. Warum sollte man sich mit einer Geisel belasten?« Er warf einen Blick auf seine Armbanduhr. Ihm blieben vielleicht noch fünf Minuten, höchstens sieben. Es reichte, um *die Frage* zu stellen: »Ist das Zeug versichert?« Er stellte die Frage so beiläufig wie nur möglich.

Philips Miene umwölkte sich. »Nein.«

Nicht einmal Barnaby konnte seine Überraschung verbergen. »*Nein?*«

»Im letzten Jahr habe ich versucht, eine Versicherung abzuschließen. Doch niemand wollte die Sammlung versichern,

28

solange sie sich ohne entsprechende Sicherheitsmaßnahmen in diesem Haus befand. Sie sehen ja selbst, wie leicht man hier einsteigen kann.«

»Warum hat Ihr Vater nicht für mehr Sicherheit gesorgt?«

»Er war ein schwieriger Mensch. Niemand konnte ihm vorschreiben, was er tun sollte. Er hatte immer jede Menge Waffen im Haus. Ich schätze, er hat angenommen, er könnte sich seiner Haut erwehren; wie im Wilden Westen und so.«

Barnaby prüfte seine Notizen und warf einen erneuten Blick auf die Uhr. Er war verwirrt. Die Einzelteile passten nicht zusammen. Er war sich völlig sicher, dass sie es nicht mit einem gewöhnlichen Raub zu tun hatten. Aber wenn das Zeug nicht versichert war ... Welchen Sinn hatte es dann, sich selbst zu bestehlen? Außerdem gab es da noch die identischen Briefe an die Söhne, die sie zu diesem Zeitpunkt zu einem Treffen baten. Was hatte da noch mal gestanden? ... *eine sehr wichtige Angelegenheit, die deine Zukunft betrifft ... Erweise deinem alten Herrn diese letzte Höflichkeit ...* Die Wortwahl hatte etwas sehr Zweideutiges.

»Was befand sich in dem Safe?«

»Sagen Sie bloß nicht, da waren die auch drin!« Philip griff sich mit bebender Hand an die schweißbedeckte Wange. Sein Anzug wirkte nun zerknittert, und die Fassungslosigkeit auf seinem Gesicht sah echt aus.

»Doch.«

»Oh, Gott! Da waren Edelsteine und Juwelen drin. Und Gold aus Süd- und Mittelamerika. Außerdem seltene Münzen und Briefmarken, alle äußerst wertvoll.«

»Offenbar hatten die Einbrecher nicht nur Schlüssel für alle Räume, sondern sie kannten auch die Kombination. Können Sie sich vorstellen, woher sie die hatten?«

»Nein.«

»Hatte Ihr Vater einen Vertrauten? Vielleicht einen Anwalt, der einen Zweitschlüssel besaß oder die Safe-Kombination kannte?«

»Er hat niemandem vertraut.«

Das war ein wichtiger Punkt. Barnaby schaute Vernon und Tom an. »Sehen Sie das auch so?«

Die beiden nickten.

»Hatte er eine Haushaltshilfe?«

»Er hatte eine Frau, die täglich kam.«

»Einen Gärtner?«

»Der war ständig hier.«

»Sonst noch jemand?«

»Er hatte einen Koch angestellt – und eine Pflegerin, die dreimal pro Woche nach ihm sah.«

Nun mischte Fenton sich ein. Er beugte sich vor und lächelte auf die für ihn typische barbarische Weise. »Darf ich Ihnen eine Frage stellen, Philip?«

»Wenn's sich nicht vermeiden lässt?«

»Wieso reden Sie eigentlich in der Vergangenheitsform über Ihren Vater? Wissen Sie etwas, das wir *nicht* wissen?«

»Ach, um Gottes willen!«, explodierte Philip. »Kann mir denn niemand diesen Sherlock-Holmes-Verschnitt vom Hals schaffen?«

»Fenton«, murmelte Barnaby und warf seinem Kollegen einen warnenden Blick zu.

Fenton schaute ihn an. Als er Barnabys Blick sah, erstarrte seine Miene. »Verzeihung.«

»Wo sind sie jetzt?«, fragte Barnaby.

»Wer ist jetzt wo?«

»Die Haushälterin, der Gärtner, die Köchin. Der Raub hat vor zwei Wochen stattgefunden. Irgendjemand hat das Hauspersonal entlassen.«

»Der Raub fand vor *zwei Wochen* statt?«, sagte Tom.

»Richtig.«

»Aber ich habe den Brief doch erst vor drei Tagen per Eilboten bekommen.«

Das war interessant. »Hat sich jemand die Absenderadresse gemerkt?«

»Es war irgend so ein Kurierdienst wie *Mail Boxes Etc.*«, erklärte Tom.

Barnaby dachte kurz nach. »Ich muss Ihnen mitteilen«, sagte er, »dass dieser angebliche Raub gewaltig nach Versicherungsbetrug stinkt.«

»Ich hab doch schon gesagt, dass die Sammlung nicht versichert war«, erwiderte Philip.

»Sie haben es erklärt, aber ich glaube es nicht.«

»Ich *kenne* die Kunstversicherungsbranche, Lieutenant. Ich bin Kunsthistoriker. Die Sammlung war eine halbe Milliarde Dollar wert und stand einfach in einem Haus rum, das nur von einem technisch völlig überholten Sicherheitssystem bewacht wurde. Mein Vater hatte nicht mal einen Hund. Ich sage Ihnen, *die Sammlung war nicht versicherbar.*«

Barnaby schaute Philip eine ganze Weile an, dann wandte er sich den beiden anderen Brüdern zu.

Philip stieß zischend die Luft aus und blickte auf seine Uhr. »Glauben Sie nicht, dass der Fall für die Polizei von Santa Fe eine Nummer zu groß ist, Lieutenant?«

Wenn es kein Versicherungsbetrug war, was war es dann? Ein Raub war es jedenfalls nicht. In Barnabys Hirn bildete sich allmählich eine vage Idee. Eine echt bescheuerte Idee. Doch sie nahm gegen seinen Willen Gestalt an und entwickelte sich sogar zu einer Art Theorie. Er musterte Fenton kurz. Fenton hatte natürlich keinen Schimmer, denn trotz all seiner Fähigkeiten besaß er keinen Sinn für Humor.

Dann fielen Barnaby der riesige Fernseher, der Videorekorder und die Kassette auf dem Boden wieder ein. Nein, sie lag nicht nur einfach da rum. Sie war gleich neben die Fernbedienung auf den Boden *gelegt* worden. Und was hatte noch mal handschriftlich auf dem Etikett gestanden? SCHAU MICH AN.

Das war es. Plötzlich passte alles zusammen. Barnaby wusste genau, was passiert war. Er räusperte sich: »Kommen Sie mal mit.«

Die drei Söhne folgten ihm ins Haus zurück – ins Wohnzimmer.

»Nehmen Sie Platz.«

»Was ist denn los?« Philip wirkte zunehmend gereizt. Sogar Fenton musterte Barnaby fragend.

Barnaby hob die Kassette und die Fernbedienung auf. »Wir schauen uns jetzt ein Video an.« Er schaltete den Fernseher ein und schob die Kassette in den Schlitz.

»Wollen Sie uns verarschen?«, fragte Philip. Er weigerte sich, Platz zu nehmen. Sein Gesicht war gerötet. Seine Brüder standen verdutzt neben ihm.

»Sie stehen vor dem Bildschirm«, sagte Barnaby und setzte sich aufs Sofa. »Nehmen Sie doch Platz.«

»Das ist doch unerhört ...«

Ein plötzliches Geräusch aus dem Fernseher brachte Philip zum Schweigen. Dann materialisierte sich das überlebensgroße Gesicht von Maxwell Broadbent auf dem Bildschirm. Alle drei setzten sich hin.

Broadbents tiefe, volltönende Stimme hallte durch den leeren Raum.

»Ich grüße euch aus dem Jenseits.«

4

Tom Broadbent betrachtete das langsam schärfer werdende lebensgroße Abbild seines Vaters auf dem Bildschirm. Die Kamera fuhr schrittweise zurück und enthüllte, dass Maxwell Broadbent in seinem Büro hinter einem riesigen Schreibtisch saß und einige Papiere in seinen großen Händen hielt. Das Zimmer war noch nicht leer geräumt; das Lippi-Gemälde der Madonna hing noch hinter ihm an der Wand. In den Regalen stapelten sich Bücher, und die restlichen Bilder und Statuen waren ausnahmslos dort, wo sie hingehörten. Tom zuckte zusammen: Sogar die elektronische Aufzeichnung seines Vaters schüchterte ihn ein.

Nach der Begrüßung machte Maxwell Broadbent eine Pause. Dann räusperte er sich und richtete den Blick seiner blauen Augen genau auf die Kamera. Die Blätter, die er in der Hand hielt, zitterten leicht. Er schien unter starker Anspannung zu stehen. Dann schaute er auf die Papiere und las vor:

Lieber Philip, lieber Vernon, lieber Tom,
um die Sache kurz zu machen: Ich habe meinen Reichtum mit
ins Grab genommen. Ich habe mich und meine Sammlung in
einer Grabkammer bestatten lassen. Sie ist irgendwo auf der
Welt versteckt – an einem nur mir bekannten Ort.

Er hielt inne, räusperte sich noch einmal, schaute kurz mit seinen blitzenden blauen Augen auf und las weiter. Seine

Stimme hatte nun den leicht pedantischen Tonfall, an den Tom sich von den Tischgesprächen noch so gut erinnerte.

Seit über hunderttausend Jahren haben sich Menschen zusammen mit ihren kostbarsten Besitztümern bestatten lassen. Die Bestattung von Toten mitsamt ihren Schätzen hat eine ehrwürdige Geschichte und reicht von den Neandertalern über die alten Ägypter bis fast in die Gegenwart. Menschen haben sich mit ihrem Gold und Silber, mit Kunstwerken, Büchern, Medizin, Möbeln, Sklaven, Pferden und manchmal sogar mit ihren Konkubinen und Ehefrauen begraben lassen. Sie haben alles mitgenommen, von dem sie glaubten, es könne ihnen im Jenseits nützlich sein. Erst in den letzten beiden Jahrhunderten hat man aufgehört, sterbliche Überreste mit Grabbeigaben zu bestatten, und somit eine alte Tradition gebrochen.

Ich möchte diese Tradition gern neu aufleben lassen.

Es ist eine Tatsache, dass fast alle unsere Kenntnisse über die Vergangenheit aus Grabbeigaben stammen. Einige Menschen haben mich als Grabräuber bezeichnet. Stimmt nicht. Ich bin kein Räuber, sondern Wiederverwerter. Ich bin durch den Reichtum, den törichte Menschen mit ins Jenseits genommen haben, zu einem Vermögen gelangt. Ich habe beschlossen, das Gleiche zu tun wie sie und mich mit meinem ganzen weltlichen Hab und Gut bestatten zu lassen. Der einzige Unterschied zwischen ihnen und mir besteht darin, dass ich kein Trottel bin. Ich weiß, dass es kein Jenseits gibt, in dem ich meinen Wohlstand genießen kann. Im Gegensatz zu meinen Vorgängern sterbe ich ohne Illusionen. Wer tot ist, ist tot. Wer stirbt, ist nur noch ein Matchbeutel voller verdorbenem Fleisch, Schmalz, Hirn und Knochen – weiter nichts.

Ich nehme meinen Reichtum aber auch noch aus einem anderen Grund mit ins Grab. Aus einem sehr wichtigen Grund sogar. Und dieser Grund betrifft euch drei.

Broadbent legte erneut eine Pause ein. Seine Hände zitterten leicht. Seine Kinnmuskeln spannten und entspannten sich.

»Gütiger Gott«, sagte Philip leise. Er richtete sich halb in seinem Sessel auf und ballte die Fäuste. »Es ist einfach unfassbar.«

Maxwell Broadbent hob die Papiere hoch, um weiter vorzulesen, doch da verhaspelte er sich. Er zögerte, dann stand er abrupt auf und warf sein Manuskript auf den Tisch. *Scheiß drauf,* sagte er und schob den Stuhl mit einer ungeduldigen Gebärde zurück. *Was ich zu sagen habe, ist zu wichtig für eine Scheißrede.* Er umrundete mit mehreren großen Schritten den Schreibtisch. Seine gewaltige Präsenz füllte den Bildschirm und aufgrund der Vergrößerung auch den Raum, in dem sie saßen. Er ging aufgewühlt vor der Kamera auf und ab und strich sich über seinen gestutzten Bart.

Es ist nicht leicht. Ich weiß einfach nicht, wie ich es euch dreien erklären soll.

Er wandte sich um, ging zurück.

Als ich in eurem Alter war, hatte ich nichts. Gar nichts. Ich kam aus Erie in Pennsylvania nach New York und hatte nur fünfunddreißig Dollar und den alten Anzug meines Vaters. Keine Familie, keine Freunde, keinen höheren Schulabschluss. Nichts. Papa war ein tüchtiger Mann, aber er war Maurer. Mama war tot. Ich war ziemlich allein auf der Welt.

»Nicht schon wieder diese alte Leier«, stöhnte Philip.

Es war im Herbst neunzehnhunderttirgendwas. Ich hab mir die Füße wund gelaufen, bis ich einen Job kriegte. Es war ein Scheißjob. Ich hab im Mama Ginas Restaurant in der East 88th, Ecke Lexington Avenue, Geschirr gespült. Für eins zwanzig pro Stunde.

Philip schüttelte den Kopf. Tom fühlte sich wie betäubt.

Broadbent blieb stehen. Er baute sich vor dem Schreibtisch auf, schaute leicht gebückt in die Kamera und funkelte sie an. *Ich sehe euch drei förmlich vor mir. Philip – du schüttelst jetzt zweifellos den Kopf. Du, Tom, stehst vermutlich da und fluchst. Und Vernon hält mich einfach für durchgedreht. Gott, mir ist fast so, als könnte ich euch drei sehen. Ihr tut mir wirklich Leid. Was ich hier mache, fällt mir nicht leicht.*

Er nahm seinen Schritt wieder auf. *Mama Gina war nicht weit weg vom Metropolitan Museum of Art. Eines Tages bin ich aus einer Laune heraus da reingegangen, und von da an war mein Leben nicht mehr das gleiche. Ich hab meinen letzten Dollar für eine Mitgliedskarte ausgegeben und bin von da an jeden Tag ins Museum gegangen. Ich hab mich in den Laden verliebt. Was für eine Offenbarung! Ich hatte noch nie so schöne Dinge gesehen, solche ...* Er schwenkte seine große Hand. *Na ja, ihr wisst schon.*

»Und ob«, sagte Philip trocken.

Es geht darum, dass ich mit nichts angefangen habe. Nada. Ich habe schwer gearbeitet. Ich hatte eine Vorstellung, wie mein Leben weitergehen sollte – ein Ziel. Ich habe alles gelesen, was mir in die Hände fiel. Über Schliemann und die Entdeckung Trojas. Über Howard Carter und die Entdeckung des Grabes von König Tutenchamun. Über John Lloyd Stephens und die Stadt Copán, die Ausgrabung der Villa der Rätsel in Pompeji. Ich habe davon geträumt, selbst Schätze dieser Art aufzustöbern, sie auszugraben, zu besitzen. Ich habe mich umgesehen: Wo auf der Welt gab es versunkene Grabstätten und Tempel, die man noch entdecken konnte? Die Antwort war: in Mittelamerika. Dort konnte man noch versunkene Städte finden. Dort gab es für mich noch eine Chance.

Broadbent pausierte und öffnete ein auf seinem Schreibtisch stehendes Kästchen. Er entnahm ihm eine Zigarre, schnitt sie ab und zündete sie an.

»Herrgott«, sagte Philip. »Der Alte ist *unverbesserlich.*«

Broadbent schüttelte das Zündholz aus, warf es auf den Schreibtisch und grinste. Er hatte ansehnliche Zähne, sie glitzerten weiß. *Ich werde ohnehin sterben. Warum soll ich meine letzten Monate also nicht genießen? Stimmt's, Philip? Rauchst du eigentlich noch immer Pfeife? An deiner Stelle würde ich es aufgeben.*

Er drehte sich um, ging erneut auf und ab und paffte blaue Wölkchen vor sich hin. *Jedenfalls hab ich mein Geld gespart, bis ich genug hatte, um nach Mittelamerika zu fahren. Ich bin nicht dorthin gegangen, um was zu verdienen – obwohl es, wie ich zugeben muss, zu meinem Plan gehörte –, sondern weil ich eine Leidenschaft hatte. Und ich habe sie gefunden. Ich habe meine versunkene Stadt gefunden.*

Er fuhr herum, drehte sich, nahm seinen Marsch wieder auf.

Das war der Anfang. Damit ging alles los. Ich hab nur mit Kunst und Antiquitäten gehandelt, um meine Sammelei zu finanzieren. Und schaut mal ...

Er blieb stehen, gestikulierte mit der offenen Handfläche auf die unsichtbaren Sammlungen, die ihn in diesem Haus umgaben.

Schaut mal. Das ist das Ergebnis. Eine der größten Kunst- und Antiquitätensammlungen, die es in privater Hand auf der Welt gibt. Es sind nicht nur Gegenstände. Jedes dieser Stücke hat seine Geschichte, ist für mich eine Erinnerung. Wie ich es zum ersten Mal sah, wie ich mich in es verliebte, wie ich es erwarb. Jedes Teil ist ein Stück von mir.

Er nahm einen Gegenstand aus Jade vom Schreibtisch und hielt ihn vor die Kamera.

Wie dieser Olmec-Schädel, den ich in einem Grab in Piedra Lumbre fand. Ich erinnere mich noch genau an den Tag ... an die Hitze, die Schlangen ... und ich weiß noch, wo ich ihn zum ersten Mal sah, dort in dem staubigen Grab, in dem er zweitausend Jahre lang geruht hatte.

Philip schnaubte. »Klauen muss Spaß machen.«

Broadbent legte den Gegenstand weg. *Er lag zweitausend Jahre dort – ein Gegenstand von so erlesener Schönheit, dass man bei seinem Anblick am liebsten weinen möchte. Ich würde euch gern erklären, welche Gefühle ich empfand, als ich diesen makellosen Jadeschädel dort im Staub liegen sah. Er wurde nicht dazu erschaffen, in der Finsternis dahinzuvegetieren. Ich habe ihn gerettet und ihm das Leben zurückgegeben.*

Broadbents Stimme klang belegt. Er hielt inne, räusperte sich und neigte den Kopf. Dann tastete er nach der Lehne seines Sessels, setzte sich hin und legte die Zigarre in einen

Aschenbecher. Schließlich wandte er sich wieder der Kamera zu und beugte sich über den Tisch.

Ich bin euer Vater. Ich habe euch aufwachsen sehen. Ich kenne euch besser als ihr euch selbst.

»Kann ich mir nicht vorstellen«, sagte Philip.

Während eures Heranwachsens hat es mich bestürzt, in euch einen gewissen Standesdünkel zu sehen. Privilegien, die Krankheit reicher Kinder. Das Gefühl, dass man sich nicht allzu sehr anstrengen, nicht allzu viel lernen, sich nicht bemühen muss, weil man ja der Sohn von Maxwell Broadbent ist. Denn irgendeines Tages ist man ja reich, ohne einen gottverdammten Finger rühren zu müssen.

Broadbent stand energisch und ruhelos erneut auf. *Hört zu, ich weiß, dass es hauptsächlich meine Schuld ist. Ich habe euren Launen nachgegeben. Ich habe euch alles gekauft, was ihr haben wolltet. Ich habe euch auf die besten Privatschulen geschickt und durch Europa geschleppt. Ich hatte ein schlechtes Gewissen – wegen der Scheidungen und so weiter. Ich bin wohl nicht fürs Eheleben geschaffen. Aber was habe ich angerichtet? Ich habe drei Jungs aufgezogen, die auf ihr Erbe warten, statt ein ausgefülltes Leben zu führen. Große Erwartungen machen faul.*

»Scheißdreck«, knurrte Vernon wütend.

Philip, du bist Assistent für Kunstgeschichte an einem Junior College auf Long Island. Tom? Pferdedoktor in Utah. Und Vernon? Tja, ich weiß nicht mal, was du gerade machst. Wahrscheinlich lebst du ja in irgendeinem Ashram und verschenkst dein Geld an irgendeinen schrägen Guru.

»Stimmt gar nicht!«, sagte Vernon. »Stimmt gar nicht! Leck mich doch!«

Tom konnte nichts sagen. Irgendwo in seinem Magen machte sich ein mulmiges Gefühl breit.

Und als wäre das noch nicht genug, fuhr Broadbent fort, *kommt ihr drei auch nicht miteinander aus. Ihr habt nie gelernt, zu kooperieren oder Brüder zu sein. Also hab ich mich gefragt: Was habe ich angerichtet? Was habe ich getan? Was war ich nur für ein Vater? Habe ich meine Söhne Unabhängigkeit gelehrt? Habe ich sie den Wert der Arbeit gelehrt? Habe ich sie Selbstvertrauen gelehrt? Habe ich sie gelehrt, aufeinander Acht zu geben?*

Er hielt inne, dann schrie er: *Nein!*

Mit all diesem Kram, mit den Schulen, Europa, den Angel- und Campingausflügen habe ich drei Quasi-Versager aufgezogen. Herrgott, es ist meine Schuld, dass es so gekommen ist, aber so ist es nun mal. Als ich erfuhr, dass ich sterben muss, geriet ich in Panik. Wie sollte ich alles wieder gutmachen?

Er pausierte und drehte sich um. Er atmete nun schwer. Sein Gesicht war gerötet.

Wenn der Sensenmann einem zuzwinkert, fängt man unweigerlich an nachzudenken. Ich musste mir überlegen, was aus meiner Sammlung wird. Eines stand für mich fest: Museen oder Universitäten kriegen sie keinesfalls. Ich will nicht, dass sich später so ein paar studierte Nullen die Hände reiben. Und ich wollte sie auch keinem schrägen Auktionshaus oder Händler überlassen, der sich an meiner Schwerarbeit bereichert, die Sammlung auseinander reißt und in alle vier Windrichtungen verscherbelt, nachdem ich mein Leben damit zugebracht habe, sie zusammenzutragen. Das kam auf keinen Fall in Frage.

Broadbent wischte sich die Stirn ab, zerknüllte das Taschentuch mit der Hand und deutete auf die Kamera.

Ich hatte immer vor, euch die Sammlung zu hinterlassen. Aber als es dann so weit war, wurde mir klar, dass es das Schlimmste ist, was ich euch antun kann. Ich will euch auf keinen Fall eine halbe Milliarde Dollar aushändigen, die ihr nicht verdient habt.

Er kehrte hinter den Schreibtisch zurück, wuchtete seine imposante Gestalt in den Sessel und entnahm dem Kästchen eine neue Zigarre.

Schaut mal. Ich rauche noch. Ist jetzt zu spät, um damit aufzuhören.

Er knipste das Ende ab und zündete die Zigarre an. Die

Rauchwolke brachte den Autofokus der Kamera durcheinander. Das Bild wurde abwechselnd scharf und unscharf. Als die Wolke nach links aus dem Bild wehte, war das stattliche Gesicht von Maxwell Broadbent wieder deutlich zu sehen.

Dann hatte ich eine Idee. Eine geniale Idee. Ich habe mein ganzes Leben damit verbracht, Gräber auszubuddeln und mit den daraus stammenden Gütern zu handeln. Ich kenne jeden Trick, wie man Grabstätten verbirgt, und auch alle Todesfallen. Mir wurde schlagartig klar, dass auch ich meinen Reichtum mitnehmen kann. Außerdem bin ich so in der Lage, euch so auch ein wirkliches Vermächtnis zu hinterlassen.

Er hielt inne, faltete die Hände und beugte sich vor.

Ihr müsst euch das Geld verdienen. Ich habe dafür gesorgt, dass ich zusammen mit der Sammlung irgendwo auf der Welt in einer Gruft beigesetzt werde. Ich fordere euch hiermit auf, mich zu suchen. Wenn ihr mich findet, könnt ihr mein Grab ausrauben und alles behalten. Das ist die Aufgabe, die ich euch, meinen drei Söhnen, stelle.

Er inhalierte und versuchte zu lächeln.

Ich warne euch. Es wird schwierig und gefährlich werden. Nichts im Leben, was des Tuns wert ist, ist einfach. Und hier ist der Haken: Ihr werdet nur dann Erfolg haben, wenn ihr zusammenarbeitet.

Er legte eine massive Faust auf den Tisch.

Das ist es, in aller Kürze. Ich habe zwar zu meinen Lebzeiten nicht viel für euch getan, aber – bei Gott – ich werde es mit meinem Tod wieder gutmachen.

Er stand auf und kam auf die Kamera zu. Er streckte den Arm aus, um sie abzuschalten, doch dann, als sei ihm noch etwas eingefallen, hielt er inne, und sein verschwommenes Gesicht ragte riesig über den Bildschirm.

Ich bin ja nie ein sentimentaler Typ gewesen, deswegen sage ich nur: Macht's gut. Macht's gut, Philip, Vernon und Tom. Macht's gut und viel Glück. Ich liebe euch.

Der Bildschirm wurde leer.

5

Tom blieb auf dem Sofa sitzen. Er war im Augenblick unfähig, sich zu bewegen. Hutch Barnaby reagierte als Erster. Er stand auf und hüstelte leise, um das entsetzte Schweigen zu brechen.

»Fenton? Sieht so aus, als würden wir hier nicht mehr gebraucht.«

Fenton nickte. Schwerfällig richtete er sich auf. Er errötete sogar.

Barnaby schaute die Brüder an und tippte freundlich an die Krempe seiner Mütze. »Sie sehen ja selbst, dass das kein Fall für die Polizei ist. Wir lassen Sie jetzt allein, damit Sie … die Sache selbst auf die Reihe kriegen können.« Er und Fenton setzten sich in Richtung Bogengang in Bewegung, der in den Hausflur führte. Sie konnten es kaum erwarten, von hier zu verschwinden.

Philip stand auf. »Lieutenant Barnaby?«

»Ja?«

»Ich nehme doch an, dass Sie diese Geschichte nirgendwo erzählen. Es wäre nicht hilfreich, wenn … die ganze Welt sich aufmachen würde, um diese Grabkammer zu suchen.«

»Sehe ich ein. Es gibt auch keinen Grund, sie jemandem zu erzählen. Überhaupt keinen. Ich werde die Spurensicherung zurückschicken.« Er ging hinaus und verschwand. Kurz darauf hörten die drei Männer das Geräusch der sich scheppernd schließenden Haustür.

Nun waren sie allein.

»So ein Scheißkerl«, sagte Philip leise. »Ich kann's nicht fassen. So ein Scheißkerl!«

Tom musterte das bleiche Gesicht seines Bruders. Er wusste, dass Philip bisher *zu* gut von seinem Assistentengehalt gelebt hatte. Er brauchte das Geld. Und er hatte es zweifellos bereits ausgegeben.

»Was jetzt?«, fragte Vernon.

Seine Worte blieben in der Stille hängen.

»Ich kann nicht glauben, dass der alte Mistkerl das wirklich gemacht hat«, sagte Philip. »Dass er ein Dutzend alte Meisterwerke einfach mit ins Grab genommen hat, ganz zu schweigen von der unbezahlbaren Maya-Jade und dem Gold. Ich bin am Boden zerstört.« Er zog ein seidenes Taschentuch aus der Westentasche und tupfte sich die Stirn ab. »Dazu hatte er kein *Recht*.«

»Also, was machen wir jetzt?«, wiederholte Vernon.

Philip schaute ihn an. »Wir werden die Grabkammer natürlich suchen.«

»Und wie?«

»Kein Mensch kann sich ohne Hilfe mit Kunstgegenständen im Wert von einer halben Milliarde Dollar begraben lassen. Wir müssen rauskriegen, wer ihm dabei geholfen hat.«

»Das kann ich mir nicht vorstellen«, sagte Tom. »Er hat in seinem ganzen Leben niemandem getraut.«

»Allein hätte er es nicht schaffen können«, warf Vernon ein.

»Es ist so … *typisch* für ihn«, meinte Philip plötzlich.

»Vielleicht hat er ja Hinweise hinterlassen.« Vernon trat an die Kommoden, zog eine Schublade auf und kramte fluchend darin herum. Er riss die zweite und dritte Schublade auf und wurde dabei so wütend, dass sie herausrutschten und ihr Inhalt sich auf dem Boden verstreute: Spielkarten, Mühle, Dame, Schach. Tom erinnerte sich an alles – die alten Spiele ihrer Kindheit, nun vom Alter vergilbt und schäbig. In seinem Brustkorb war ein kalter Knoten. Das hatte er nun davon.

Vernon versetzte dem verstreuten Chaos fluchend einen Tritt, sodass die Figürchen durch den ganzen Raum flogen.

»Das bringt nichts, wenn du deine Wut am Haus auslässt, Vernon.«

Vernon ignorierte ihn. Er zog weiterhin Schublade um Schublade heraus, verstreute ihren Inhalt auf dem Boden und untersuchte ihn.

Philip holte seine Pfeife aus der Hosentasche und zündete sie mit zitternder Hand an. »Du vergeudest deine Zeit. Ich finde, wir sollten uns mit Marcus Hauser unterhalten. Er ist der Schlüssel.«

Vernon hielt inne. »Hauser? Vater hatte doch über vierzig Jahre keinen Kontakt mehr zu ihm.«

»Er ist der Einzige, der Vater wirklich kennt. Sie haben zwei Jahre zusammen in Mittelamerika verbracht. Wenn jemand weiß, wohin er gegangen ist, dann Hauser.«

»Vater konnte ihn nicht *ausstehen.*«

»Ich gehe davon aus, dass sie sich wieder vertragen haben, wo Vater doch krank war und so.« Philip schnippte ein goldenes Feuerzeug an und saugte das Flämmchen mit einem gurgelnden Laut in den Kopf seiner Pfeife.

Vernon ging ins Büro. Tom hörte, dass er Schubladen öffnete und schloss, Bücher aus den Regalen zog und Gegenstände auf den Boden klatschte.

»Wetten, dass Hauser in der Sache mit drin steckt? Wir müssen schnell handeln. Ich hab Schulden – und Verpflichtungen.«

Vernon kam aus dem Arbeitszimmer zurück und schleppte einen Karton voller Papiere herein, den er auf den Kaffeetisch knallte. »Offenbar hast du dein Erbe schon ausgegeben.«

Philip drehte sich gelassen zu ihm um. »Wer hat sich denn erst vor einem Jahr zwanzig Riesen von Vater geliehen?«

»Er hat mir einen Kredit gegeben.« Vernon blätterte die Papiere durch, klappte Aktendeckel auf und verstreute alles auf dem Boden. Tom sah, wie ihre alten Grundschulzeugnisse aus einem Ordner segelten. Es überraschte ihn, dass ihr Vater sich die Mühe gemacht hatte, sie aufzuheben – schon deswegen, weil sie eigentlich keine Lobgesänge über sie anstimmten.

»Hast du ihn schon zurückgezahlt?«, fragte Philip.

»Das tue ich noch.«

»Natürlich«, sagte Philip ironisch.

Vernon errötete. »Was ist mit den vierzigtausend, die Vater geblecht hat, damit du die höheren Fachsemester belegen konntest? Hast du *die* schon zurückgezahlt?«

»Das war ein Geschenk. Er hat doch auch Toms Veterinärexamen bezahlt. Stimmt's nicht, Tom? Wenn du weiterstudiert hättest, hätte er auch für dich bezahlt. Aber du musstest ja zu diesem Swami Wu-Wu nach Indiana ziehen.«

Eine angespannte Stille machte sich breit.

»Ach, leck mich doch«, sagte Vernon.

Toms Blick wanderte von einem Bruder zum anderen. Was hier ablief, hatte er schon tausendmal erlebt. Normalerweise warf er sich dazwischen und versuchte, den Friedensstifter zu spielen. Meist ging es aber nicht gut.

»Du mich auch«, sagte Philip. Er klemmte sich die Pfeife mit einem Klicken zwischen die Zähne und wandte sich auf dem Absatz um.

»Warte!«, rief Vernon. Aber es war zu spät. Wenn Philip wütend wurde, ging er, und so war es auch diesmal. Die große Tür fiel mit einem Knall hinter ihm ins Schloss.

»Verflucht noch mal, Vernon, musste das jetzt unbedingt sein?«

»Scheiß drauf. Er hat doch angefangen, oder etwa nicht?«

Tom wusste nicht, wer angefangen hatte.

Hutch Barnaby saß wieder in seinem Büro. Auf seinem Bauch thronte ein Becher mit frischem Kaffee, und er schaute aus dem Fenster. Fenton saß mit seinem Becher auf dem anderen Stuhl und stierte finster den Boden an.

»Hör endlich auf, darüber nachzudenken, Fenton. Solche Dinge kommen eben vor.«

»Ich kann's nicht fassen.«

»Ich weiß, es ist völlig irrsinnig, dass dieser Typ sich mit einer halben Milliarde begraben lässt. Aber mach dir keine Sorgen. Irgendwann wird in dieser Stadt jemand ein Ding drehen, das dann auf der ersten Seite der *New York Times* steht. Und dann wird auch dein Name erwähnt. Diesmal ist es eben schief gegangen.«

Fenton hielt seinen Kaffee und seine Enttäuschung warm.

»Ich hab's gewusst, Fenton. Schon bevor ich das Video sah. Ich bin von allein drauf gekommen. Als mir klar wurde, dass es kein Versicherungsbeschiss war, ging mir plötzlich ein Licht auf. He, man könnte einen tollen Film aus dem Fall machen, meinst du nicht auch? Reicher Sack nimmt seine Kohle mit in die Kiste.«

Fenton schwieg.

»Wie, glaubst du, hat der alte Knabe es gemacht? Denk mal drüber nach. Er hat Hilfe gebraucht. Er hatte 'ne Menge Zeug dabei. Man kann nicht ein paar Tonnen Kunstwerke durch die Welt schleppen, ohne dass es jemandem auffällt.«

Fenton nippte an seinem Kaffee.

Barnaby warf einen kurzen Blick auf die Uhr. Dann wandte er sich den Papieren auf seinem Schreibtisch zu. »Noch zwei Stunden bis zur Mittagspause. Wieso passiert in dieser Stadt eigentlich nie was Interessantes? Schau dir mal das an: Drogen, nichts als Drogen. Warum rauben diese Saftsäcke zur Abwechslung nicht mal 'ne Bank aus?«

Fenton leerte seinen Becher. »Es ist da draußen.«

Schweigen.

»Was willst du damit sagen? Was soll dieser Kommentar bedeuten? *Es ist da draußen. Da draußen* sind 'ne Menge Dinge.«

Fenton zerknüllte seinen Becher.

»Das soll doch wohl keine Anspielung auf irgendwas sein, oder?«

Fenton warf den Becher in den Papierkorb.

»Du hast gesagt: *Es ist da draußen.* Ich möchte wissen, was du damit gemeint hast.«

»Wir krallen es uns.«

»Und?«

»Dann behalten wir's.«

Barnaby lachte. »Fenton, du verblüffst mich. Falls du es noch nicht bemerkt haben solltest: *Wir vertreten das Gesetz.* Ist dir diese kleine Tatsache etwa entfallen? Man erwartet von uns, dass wir *ehrlich* sind.«

»Yeah«, sagte Fenton.

»Genau«, fuhr Barnaby kurz darauf fort. »Ehrlichkeit. Wenn man die nicht hat, Fenton, was hat man dann?«

»'ne halbe Milliarde Dollar«, erwiderte Fenton.

6

Das Haus war kein alter brauner Sandsteinbau wie in einem Bogart-Film, sondern eine sich über der West 57th Street in den Himmel schraubende Monstrosität aus Glas und Stahl. Einer der hässlichen Wolkenkratzer aus den Achtzigerjahren. *Wenigstens,* dachte Philip, *bringt der Kasten jede Menge Mietzins ein.* Wenn die Miete hier hoch war, bedeutete das, dass Marcus Aurelius Hauser zu den erfolgreichen privaten Ermittlern gehörte.

Schlenderte man durch die Lobby, kam man sich vor, als beträte man einen gigantischen glatten Granitwürfel. Das Gebäude stank förmlich nach Reinigungsmitteln. In einer Ecke wuchs ein kränklich aussehender Bambushain. Ein Aufzug beförderte Philip in den dreißigsten Stock. Bald darauf stand er vor den Kirschholztüren, die ins Büro des Privatdetektivs Marcus Hauser führten.

Philip hielt am Eingang inne. Was er sich auch immer unter dem Büro eines Privatdetektivs vorgestellt hatte, dieses farblose postmoderne Innere aus grauem Klinker, industriell gefertigten Teppichläufern und glattem schwarzem Granit jedenfalls sicher nicht. Wie konnte man nur an einem so sterilen Ort arbeiten? Der Raum wirkte leer.

»Yeah?«, tönte eine Stimme hinter einer halbmondförmigen Mauer aus Glasbausteinen hervor.

Philip umrundete sie und musterte den Rücken eines Mannes, der hinter einem großen nierenförmigen Schreibtisch saß.

Statt der Bürotür zugewandt zu sein, blickte er in die Gegen-
richtung auf eine Wand voller nach Westen ausgerichteter
Fenster, die über den stumpfen Zinkglanz des Hudson River
hinwegschauten. Ohne sich umzudrehen, deutete der Mann
auf einen Lehnstuhl. Philip durchquerte den Raum, nahm
Platz und machte es sich bequem, um Marcus Hauser zu mustern. Er war als Green Beret in Vietnam gewesen. Er war Ex-
Grabräuber und Lieutenant im Manhattaner Stabsquartier
des Amtes für Tabak, Alkohol und Schusswaffen gewesen.

In den Fotoalben seines Vaters hatte Philip unscharfe und
verschwommene Bilder des jungen Hauser gesehen – in
Dschungelkhaki gekleidet, irgendein Schießeisen auf der Hüf-
te balancierend. Er hatte ständig gegrinst. Philip fühlte sich
etwas außer Fassung, ihm nun persönlich zu begegnen. Hauser sah kleiner aus, als er ihn sich vorgestellt hatte, und war
übertrieben mit einem braunen Anzug mit Krawattennadel,
Weste, Goldkettchen und Uhrkette bekleidet. Einer aus der
Arbeiterklasse, der die Vornehmen nachäffte. Außerdem roch
er nach Rasierwasser. Die wenigen Haare, die er noch hatte,
waren übermäßig pomadisiert und gelockt, jede Strähne genau gelegt, um die kahle Stelle maximal zu tarnen. An Hausers Fingern blitzten nicht weniger als vier Goldringe. Seine
Hände waren manikürt, seine Nägel sauber und poliert, seine
Nasenlöcher sorgfältig von jeder Behaarung befreit. Selbst
die unter der Haartarnung glänzende Glatze sah aus, als habe
man sie eingewachst und gewienert. Philip ertappte sich bei
der Frage, ob dies der gleiche Marcus Hauser war, der sich
mit seinem Vater auf der Suche nach versunkenen Städten
und uralten Gräbern durch den Dschungel geschlagen hatte.
Hatte er sich vielleicht geirrt?

Er räusperte sich. »Mr. Hauser?«

»Marcus«, kam die rasche Antwort. Sie knallte wie ein
Tennis-Aufschlag. Auch Hausers Stimme brachte Philip aus
der Fassung. Sie war hoch und nasal und wies den Akzent der
Arbeiterklasse auf. Seine Augen waren so grün und kühl wie
die eines Krokodils.

Philip war irgendwie nervös. Er schlug die Beine übereinander, zückte, ohne um Erlaubnis zu bitten, seine Pfeife und stopfte sie mit Tabak. Als Hauser dies sah, lächelte er, öffnete eine Schreibtischschublade, entnahm ihr einen Feuchtbehälter und zog eine riesige Churchill heraus. »Wie schön, dass Sie Raucher sind«, sagte er. Er rollte die Zigarre zwischen seinen vollkommenen Fingern, nahm eine goldene, mit seinem Monogramm versehene Schere aus der Tasche und knipste ein Ende ab. »Wir dürfen nicht zulassen, dass die Barbaren die Welt erobern.« Als die Zigarre brannte, lehnte er sich in seinen Sessel zurück und musterte Philip durch eine Rauchwolke. »Was kann ich für den Sohn meines alten Partners Maxwell Broadbent tun?«

»Darf ich vertraulich mit Ihnen sprechen?«

»Natürlich.«

»Vor einem halben Jahr wurde bei meinem Vater Krebs diagnostiziert.« Philip hielt inne und betrachtete Hausers Gesicht, um zu erfahren, ob er davon wusste. Doch die Miene seines Gegenübers war so undurchdringlich wie die Platte seines Mahagonischreibtisches. »Lungenkrebs«, fuhr Philip fort. »Man hat ihn operiert und die übliche Chemotherapie und Bestrahlung vorgenommen. Er hat den Stumpen entsagt und um Vergebung gebeten. Eine Weile sah es so aus, als sei er über den Berg, aber dann ging alles wieder los. Er hat sich zwar einer erneuten Chemotherapie unterzogen, allerdings nur widerwillig. Eines Tages hat er die Strippen rausgezogen, einen Krankenpfleger gemimt und ist getürmt. Er hatte damals noch sechs Monate. Davon sind jetzt drei vergangen.«

Hauser hörte ihm zu und paffte seine Zigarre.

Philip hielt inne. »Hat er mit Ihnen Kontakt aufgenommen?«

Hauser schüttelte den Kopf und stieß ein weiteres Wölkchen aus. »Seit vierzig Jahren nicht.«

»Irgendwann im letzten Monat«, fuhr Philip fort, »ist er mit seinem gesamten Krimskrams verschwunden. Er hat uns ein Video hinterlassen.«

Hauser zog fragend die Brauen hoch.

»Es enthält mehr oder weniger sein Testament. Er hat gesagt, er nehme alles mit ins Grab.«

»*Was* hat er gesagt?« Hauser beugte sich vor. Seine Miene wirkte plötzlich interessiert. Seine Maske war für einen Augenblick gefallen: Er war wirklich verblüfft.

»Er hat alles mitgenommen. Wirklich alles. Das Geld, die Kunstgegenstände, seine ganze Sammlung. Wie ein ägyptischer Pharao. Er hat sich irgendwo auf der Welt in eine Grabkammer zurückgezogen und uns eine Herausforderung hinterlassen: Wenn wir das Grab finden, können wir es ausrauben. Das nämlich ist seine Vorstellung, wie wir uns unser Erbe verdienen sollen.«

Hauser lehnte sich zurück. Er lachte laut und ausgiebig. Als er sich erholt hatte, zog er mehrmals träge an seiner Zigarre. Dann streckte er die Hand aus und klopfte fünf Zentimeter Asche ab. »Einen so schrägen Plan kann sich auch nur Max ausdenken.«

»Sie wissen also nichts davon?«, fragte Philip.

»Nichts.« Hauser schien die Wahrheit zu sagen.

»Sie sind doch Privatdetektiv«, sagte Philip.

Hauser schob die Zigarre von einem Mundwinkel in den anderen.

»Sie sind mit ihm aufgewachsen. Sie haben ein Jahr mit ihm im Dschungel verbracht. Sie kennen ihn. Sie wissen besser als jeder andere, wie er gearbeitet hat. Hätten Sie vielleicht Lust, mir als Privatermittler bei der Suche nach seinem Grab behilflich zu sein?«

Eine Wolke blauen Dunstes entströmte Hausers Mund.

»Ich habe nicht den Eindruck, dass dies ein schwieriger Auftrag ist«, fuhr Philip fort. »Eine Kunstsammlung dieser Größe kann man nicht transportieren, ohne dass es jemandem auffällt.«

»In Max' Gulfstream IV würde sie aber reinpassen.«

»Ich bezweifle, dass er sich in seinem Flugzeug begraben lässt.«

»Die Wikinger haben sich in ihren Schiffen bestatten lassen. Vielleicht hat Max seine Sammlung in luftdichte und druckfeste Behälter verpackt und die Maschine mitten über der unergründlichen Weite des Pazifik abstürzen lassen, wo sie jetzt unter drei Kilometer Wasser verborgen ist.« Hauser breitete lächelnd die Hände aus.

»Nein«, erwiderte Philip. Er tupfte sich die Stirn ab und versuchte, das Bild des Lippi-Gemäldes zu verdrängen, das drei Kilometer unter dem Meeresspiegel in schlammigen Untiefen eingeklemmt war. »Das glauben Sie doch selbst nicht, oder?«

»Ich sage ja nicht, *dass* er es getan hat. Ich möchte Ihnen nur verdeutlichen, wozu zehn Sekunden Nachdenken führen können. Arbeiten Sie mit Ihren Brüdern zusammen?«

»Halbbrüder. Nein. Ich habe beschlossen, die Grabkammer allein zu finden.«

»Was sind die Pläne Ihrer Brüder?«

»Ich weiß es nicht. Und offen gesagt, ist es mir auch egal. Natürlich werde ich das, was ich finde, mit ihnen teilen.«

»Erzählen Sie mir was über sie.«

»Tom ist vermutlich derjenige, vor dem man sich in Acht nehmen muss. Er ist der jüngste. Als wir Kinder waren, war er der wildeste. Er gehört zu denen, die immer als Erster von einer Klippe ins Wasser springen und Steine auf ein Wespennest werfen. Er ist aus mehreren Schulen geflogen, aber im College hat er Vernunft angenommen und sich seither immer wacker durchgeschlagen.«

»Und der andere, Vernon?«

»Er lebt momentan bei einer pseudobuddhistischen Sekte, die ein Ex-Professor aus Berkeley anführt. Vernon war immer ein Wirrkopf. Er hat alles ausprobiert: Drogen, Sekten, Selbsthilfegruppen. Als Kind hat er ständig angefahrene Katzen und Hunde mitgebracht – und Vögelchen, die von ihren größeren Geschwistern aus dem Nest geworfen wurden. So was in der Art. Alle Tiere, die er mit nach Hause brachte, sind eingegangen. In der Schule hatten die anderen Kinder ihn immer auf dem Korn. Er hat das College abgebrochen und hatte noch nie eine feste Stellung. Er ist ein lieber Kerl, aber ... Er kann einfach nicht erwachsen werden.«

»Was tun die beiden im Moment?«

»Tom ist auf seine Ranch in Utah zurückgekehrt. Soweit ich weiß, hat er die Suche nach der Grabkammer aufgegeben. Vernon sagt, dass er sie auch allein findet. Er möchte nicht, dass ich dabei mitmische.«

»Weiß außer Ihren Brüdern sonst noch jemand von der Sache?«

»Es gibt noch zwei Bullen in Santa Fe, die das Video gesehen haben und die ganze Geschichte kennen.«

»Ihre Namen?«

»Barnaby und Fenton.«

Hauser machte sich Notizen. An seinem Telefon blinkte ein Lämpchen auf, und er hob ab. Er hörte jemandem eine ganze Weile zu, dann gab er schnell und leise eine Antwort und tätigte einen weiteren Anruf. Dann noch einen. Und noch einen. Philip empfand Verärgerung, weil er in seiner Gegenwart anderen Geschäften nachging und seine Zeit vergeudete.

Hauser legte auf. »Sind irgendwelche Ehefrauen oder Geliebte über die Sache im Bilde?«

»Es gibt fünf Ex-Frauen. Vier leben noch, eine ist gestorben. Von Geliebten kann momentan keine Rede sein.«

Hausers Oberlippe kräuselte sich leicht. »Max kam bei den Damen immer gut an.«

Wieder machte sich Stille breit. Hauser schien nachzudenken. Dann rief er zu Philips Verärgerung erneut jemanden an und unterhielt sich mit leiser Stimme. Schließlich legte er den Hörer auf.

»Nun, Philip – und was wissen Sie über mich?«

»Nur, dass Sie der Partner meines Vaters auf seinen Forschungsreisen waren; dass Sie sich miteinander ein paar Jahre in Mittelamerika herumgetrieben haben. Und dass Sie sich verkracht haben.«

»Stimmt. Wir haben zusammen fast zwei Jahre in Mittelamerika verbracht und Maya-Grabstätten gesucht, um sie auszugraben. Das war in den Sechzigerjahren, als es noch mehr oder weniger illegal war. Wir haben zwar ein paar Sachen entdeckt, aber erst nach unserer Trennung hat Max einen großen Fund gemacht und ist reich geworden. Ich bin nach Vietnam gegangen.«

»Und der Krach? Vater hat nie darüber geredet.«

Wieder eine unbehagliche Pause. »Max hat nie darüber geredet?«

»Nein.«

»Ich kann mich selbst kaum noch dran erinnern. Sie wissen ja, wie es ist, wenn zwei Menschen über einen langen Zeitraum hinweg zusammenhocken: Sie gehen sich auf die Nerven.« Hauser legte die Zigarre in einem Kristallaschenbecher ab. Er war so groß wie ein Teller und wog vermutlich zwanzig Pfund. Philip fragte sich, ob es ein Fehler gewesen war, hierher zu kommen. Hauser schien ihm nicht gerade eine große Leuchte zu sein.

Das Telefon blinkte erneut. Hauser nahm ab. Nun reichte es Philip. Er stand auf. »Ich komme wieder, wenn Sie weniger beschäftigt sind«, sagte er knapp.

Hauser gab ihm mit einem goldberingten Finger zu verstehen, er möge warten.

Er lauschte eine Weile in den Hörer hinein, dann legte er auf. »Sagen Sie mal, Philip: Was ist so besonderes an Honduras?«

»Honduras? Was hat das mit der Sache zu tun?«

»Weil Max dorthin gegangen ist.«

Philip stierte ihn an. »Sie waren also doch schon an der Sache dran!«

Hauser lächelte. »Ganz und gar nicht. Genau darum ging es bei dem Telefonat, das ich gerade geführt habe. Vor ungefähr vier Wochen hat sein Pilot ihn und eine Frachtladung in eine honduranische Stadt namens San Pedro Sula geflogen. Von dort aus ist er mit einem Militärhubschrauber zu einem Ort namens Brus Laguna gereist. Dann ist er verschwunden.«

»Das alles haben Sie gerade herausgekriegt?«

Hauser erzeugte eine neue gewaltige Rauchwolke. »Ich bin Privatdetektiv.«

»Und wie mir scheint, nicht der schlechteste.«

Hauser stieß nachdenklich eine weitere Wolke aus. »Sobald ich mit dem Piloten gesprochen habe, weiß ich mehr. Zum Beispiel, was für eine Ladung in der Maschine war und wie viel sie gewogen hat. Ihr Vater hat sich keine Mühe gemacht, seine Spuren nach Honduras zu verwischen. Wussten Sie, dass wir mal zusammen dort waren? Es überrascht mich nicht, dass er dorthin gegangen ist. Honduras ist groß und das Landesinnere so unzugänglich wie kein anderes auf der Welt. Da gibt es dichte, gebirgige Dschungelgebiete, in denen niemand lebt. Sie werden von tiefen Schluchten zerschnitten und enden an der Moskito-Küste. Ich nehme an, dorthin ist er gegangen – ins Landesinnere.«

»Das ist plausibel.«

»Ich übernehme den Fall«, sagte Hauser.

Philip empfand Gereiztheit. Er erinnerte sich nicht daran, ihm den Auftrag offiziell angeboten zu haben. Der Bursche hatte seine Kompetenz allerdings schon unter Beweis gestellt, und da er die Geschichte nun kannte, musste er wohl mit ihm auskommen. »Wir haben noch nicht über Ihr Honorar gesprochen.«

»Ich benötige einen Spesenvorschuss. Ich rechne damit, dass der Fall teuer wird. Wenn man in einem Land der Dritten Welt Geschäfte macht, muss man alle Nase lang irgendeinen Tomás, Rico oder Orlando schmieren.«

»Ich hatte eigentlich an ein Erfolgshonorar gedacht«, erwiderte Philip schnell. »Wenn wir die Sammlung finden, kriegen Sie, sagen wir mal, ein paar Prozente. Außerdem sollte ich erwähnen, dass ich vorhabe, mit meinen Brüdern zu teilen. Das ist nur gerecht.«

»Erfolgshonorare sind was für Anwälte, die sich mit Autoversicherungen herumstreiten. Ich brauche einen Spesenvorschuss. Im Erfolgsfall wird eine zusätzliche Prämie fällig.«

»Einen Spesenvorschuss? In welcher Höhe etwa?«

»Zweihundertfünfzigtausend Dollar.«

Philip wäre beinahe in Gelächter ausgebrochen. »Wie kommen Sie darauf, dass ich so viel Geld habe?«

»Ich *komme* nie auf was, Mr. Broadbent. Ich *weiß* etwas. Verkaufen Sie den Klee.«

Philip spürte, dass sein Herz einen Schlag aussetzte. »Was?«

»Verkaufen Sie das große Aquarell von Paul Klee, das Sie besitzen. *Die blaue Kirche*. Es ist ein schönes Bild. Ich könnte es vermutlich für vierhundert Mille an den Mann bringen.«

Philip explodierte. »Ich soll ihn verkaufen? Niemals! Mein Vater hat mir das Gemälde geschenkt!«

Hauser zuckte die Achseln.

»Woher wissen Sie überhaupt, dass es mir gehört?«

Hauser lächelte und hielt ihm seine weichen weißen Handflächen wie Calla-Lilien entgegen. »Sie wollen doch den Besten anheuern, Mr. Broadbent, nicht wahr?«

»Ja, aber das ist Erpressung!«

»Ich erkläre Ihnen mal, wie ich arbeite.« Hauser neigte sich vor. »Meine erste Loyalität gilt dem Fall, nicht dem Klienten. Wenn ich einen Fall annehme, löse ich ihn auch, egal welche Konsequenzen dies für den Klienten hat. Ich behalte den Vorschuss. Im Erfolgsfall bekomme ich ein Zusatzhonorar.«

»Diese Diskussion ist irrelevant. Ich werde den Klee nicht verkaufen.«

»Manchmal verliert ein Klient die Nerven und möchte einen Rückzieher machen. Manchmal widerfährt braven Menschen auch Böses. Dann gebe ich ihren kleinen Lieblingen ein Küsschen, gehe zur Beerdigung und mache weiter, bis der Fall gelöst ist.«

»Sie können nicht erwarten, dass ich das Gemälde verkaufe, Mr. Hauser. Es ist der einzige Wertgegenstand, den ich von meinem Vater habe. Ich liebe dieses Bild.«

Philip stellte fest, dass Hauser ihn auf eine Weise anschaute, die ihm Unbehagen bereitete. Sein Blick war leer, seine Miene ruhig, gefühllos.

»Sehen Sie es mal so: Das Gemälde ist das Opfer, das Sie bringen müssen, um an Ihr Erbe zu kommen.«

Philip zögerte. »Glauben Sie denn, dass wir Erfolg haben?«

»Ja.«

Philip schaute Hauser an. Er könnte das Gemälde schließlich auch irgendwann zurückkaufen. »In Ordnung, ich verkaufe den Klee.«

Hausers Blick verengte sich noch mehr. Er zog noch einmal vorsichtig an der Zigarre, dann nahm er sie aus dem Mund.

»Im Erfolgsfall beträgt mein Honorar eine Million Dollar.« Dann fügte er hinzu: »Wir haben nicht viel Zeit, Mr. Broadbent. Ich habe schon Tickets nach San Pedro Sula für uns gebucht. Wir nehmen die erste Maschine, die nächste Woche rausgeht.«

7

Als Vernon Broadbent mit dem Chanten fertig war, blieb er mit geschlossenen Augen eine Weile still in dem kühlen, dunklen Raum sitzen und erlaubte seinem Geist nach der langen Meditation, an die Oberfläche zu gelangen. Als sein Bewusstsein zurückkehrte, hörte er allmählich wieder das ferne Brausen des Pazifiks und roch die salzige Luft, die die nach Myrrhen duftende Beengtheit des Vihara durchdrang. Das Leuchten der Kerzenflammen auf seinen Lidern erfüllte seinen inneren Blick mit einem rötlichen Flackern.

Dann öffnete er die Augen, atmete mehrmals tief durch und stand auf. Er empfand noch immer das zerbrechliche Gefühl des Friedens und der Gelassenheit, die die Meditationsstunde ihm geschenkt hatte. Er ging zur Tür, verharrte und ließ seinen Blick über die mit Eichen und Manzanita gesprenkelten Hügel von Big Sur und den dahinter liegenden riesigen blauen Pazifik schweifen. Der Wind vom Ozean verfing sich in seinem Gewand und blähte es mit kühler Luft auf.

Vernon war nun seit über einem Jahr im Ashram. Jetzt, in seinem fünfunddreißigsten Lebensjahr, glaubte er endlich, den Ort gefunden zu haben, an dem er leben wollte. Nach den zwei Jahren in Indien lag ein langer Weg hinter ihm: Er hatte es mit Transzendentaler Meditation, Theosophie, EST, Lifespring und sogar mit einem Ausflug ins Christentum versucht. Er hatte dem Materialismus seiner Kindheit eine Absage erteilt und versucht, in seinem Leben eine tiefere Wahrheit zu finden. Was den anderen, besonders seinen Brüdern, als Vergeudung von Lebenszeit erschien, war ihm ein Leben voller Fruchtbarkeit und Streben. Welchen Sinn hatte die Existenz, wenn nicht den, eben genau diesen *Sinn* in Erfahrung zu bringen?

Jetzt hatte er die Chance, mit seinem Erbe etwas wirklich Gutes zu tun. Diesmal nicht nur für sich, sondern für die anderen. Seine Chance war gekommen, etwas für die Welt zu tun. Doch wie? Sollte er versuchen, die Grabkammer allein zu finden? Sollte er Tom anrufen? Philip war ein Arschloch. Aber Tom wäre vielleicht bereit, sich mit ihm zusammenzutun. Er musste einen Entschluss fassen, und zwar schnell.

Vernon raffte sein Leinengewand zusammen und nahm den Pfad in Angriff, der zur Hütte des Lehrers führte – ein weitläufiges Gebäude aus Pappelholz in einem ruhigen Tal, umgeben von hohen Eichen und dennoch mit Aussicht auf den Pazifik. Unterwegs begegnete er Chao, dem fröhlichen asiatischen Jungen, der für den Lehrer Botengänge erledigte. Er sprang ihm über den Pfad entgegen und hatte ein Bündel mit Briefen bei sich. Das war das Leben, das er gesucht hatte: friedlich und unkompliziert. Schade, dass es so teuer war.

Als Vernon den Hügel umrundete, kam die Hütte in Sicht. Er hielt inne, da der Lehrer ihn ein wenig einschüchterte, dann ging er resolut weiter und klopfte an die Tür. Nach einer Weile rief eine leise, hallende Stimme aus den Tiefen der Behausung: »Tritt ein, du bist mir sehr willkommen.«

Vernon zog die Sandalen auf der Veranda aus und ging hinein. Es war ein Haus im japanischen Stil: einfach und asketisch. Die Schiebetüren waren aus Reispapier, die Böden mit beigen Matten bedeckt. Darunter lagen glatte Holzdielen. Innen roch es nach Bienenwachs und Weihrauch. Man hörte das leise Plätschern von Wasser. Durch eine Reihe von Öffnungen sah Vernon den japanischen Garten, der sich vor dem Haus ausbreitete. Moosbewachsene Felsen ragten aus geharktem Kies auf. Da war auch ein Teich, in dem Lotos blühte. Den Lehrer sah er nicht.

Vernon wandte sich um und lugte durch einen Gang zu seiner Linken durch mehrere Türrahmen, hinter denen ein minderjähriges, barfüßiges Mädchen in einem Gewand zugange war. An ihrem Hinterkopf baumelte ein langer blonder Zopf; welke Blumen waren eingeflochten. Sie schnitt in der Küche Gemüse für den Lehrer.

»Bist du da, Lehrer?«, rief Vernon.

Das Mädchen fuhr mit seiner Tätigkeit fort.

»Hier entlang«, kam die leise Stimme.

Vernon folgte ihr und fand den Lehrer in seinem Meditationsraum sitzend vor. Er hockte mit gekreuzten Beinen und geschlossenen Augen auf einer Matte. Zwar öffnete er die Augen, doch er stand nicht auf. Vernon blieb respektvoll stehen. Die würdige, stattliche Gestalt des Lehrers war in ein einfaches Gewand aus ungefärbtem Leinen gekleidet. Ein langer grauer, glatt nach unten gekämmter Haarkranz wuchs um eine kleine kahle Stelle herum, sodass der Lehrer fast wie Leonardo da Vinci aussah. Scharfsinnige blaue Augen fältelten sich unter den stark gebogenen Brauen der breiten Stirn. Ein gestutzter Bart mit grauen Strähnen vervollständigte das Gesicht. Wenn der Lehrer sprach, war seine Stimme weich und volltönend und mit einem angenehmen Rollen sowie einem leichten Brooklyn-Akzent unterlegt, der ihn als Menschen niederer Herkunft kennzeichnete. Er war um die sechzig; sein genaues Alter kannte keiner. Art Brewer, ehemals Philosophieprofessor an der Universität Berkeley, hatte seinem Amt entsagt, um sich in ein geistiges Leben zurückzuziehen. Hier, im Ashram, hatte er eine Gemeinschaft gegründet, die sich dem Gebet, der Meditation und dem spirituellen Wachstum widmete: Sie war auf angenehme Weise konfessionslos, basierte locker auf dem Buddhismus, wies aber weder die übertriebene Disziplin noch den Intellektualismus, den Zölibat oder den Fatalismus auf, die dazu neigten, diese spezielle religiöse Tradition einzuengen. Der Ashram war eher ein hübscher Zufluchtsort in einer schönen Umgebung, in dem jeder unter der sanften Anleitung des Lehrers auf seine Weise betete. Kostenpunkt: siebenhundert Dollar pro Woche. Unterkunft und Verpflegung inklusive.

»Setz dich hin«, sagte der Lehrer.

Vernon nahm Platz.

»Wie kann ich dir helfen?«

»Es geht um meinen Vater.«

Der Lehrer war ganz Ohr.

Vernon sammelte seine Gedanken und atmete ein. Er berichtete von der Krebserkrankung seines Vaters, dem Erbe und der Herausforderung, das Grab zu finden. Als er fertig war, herrschte lange Zeit Schweigen. Vernon fragte sich, ob der Lehrer ihm raten würde, dem Erbe zu entsagen, denn ihm fielen seine zahlreichen negativen Kommentare über den bösen Einfluss des Geldes ein.

»Lass uns eine Tasse Tee trinken«, sagte der Lehrer. Seine Stimme war außergewöhnlich mild, und er legte sanft eine Hand auf Vernons Ellbogen. Sie saßen da, und der Lehrer rief nach Tee, den das bezopfte Mädchen ihnen brachte. Sie nippten schweigend an dem Getränk, dann fragte der Lehrer: »Wie groß ist dieses Erbe genau?«

»Ich schätze, nach Abzug der Steuern dürften ungefähr hundert Millionen übrig bleiben.«

Der Lehrer nippte erneut – und ziemlich lange – an seinem Tee. Dann trank er noch einen Schluck. Falls die Höhe der Summe ihn überraschte, ließ er es sich nicht anmerken. »Lass uns meditieren.«

Auch Vernon schloss die Augen. Die Konzentration auf sein Mantra fiel ihm schwer, denn die ihm bevorstehenden Fragen machten ihn nervös. Je länger er sie überdachte, desto komplizierter schienen sie zu werden. Hundert Millionen Dollar. Hundert Millionen Dollar. Der Wortlaut hatte eine gewisse Ähnlichkeit mit seinem Mantra. Er kam ihm bei der Meditation in die Quere und hinderte ihn daran, innere Ruhe und Einkehr zu finden. *Hundert Millionen. Hundert Millionen. Hundert Millionen.*

Als sein Meister den Kopf hob, empfand Vernon Erleichterung. Der Lehrer nahm Vernons Hände und umschloss sie mit den seinen. Seine blauen Augen waren ungewöhnlich hell.

»Nur wenigen Menschen wird eine solche Chance zuteil, Vernon. Du darfst sie nicht ungenutzt verstreichen lassen.«

»Ja, wirklich?«

Der Lehrer stand auf, und als er sprach, waren Kraft und Widerhall in seiner Stimme. »Wir müssen dieses Erbe suchen. Und zwar *sofort.*«

8

Als Tom mit der Behandlung des kranken Pferdes fertig war, ging hinter der Toh-Ateen-Mesa die Sonne unter und warf lange goldene Schatten über Salbei und Chamisa. Dahinter erhob sich eine über dreihundert Meter hohe, im sterbenden Licht rot leuchtende Wand aus behauenem Sandstein. Tom sah sich das Pferd noch einmal kurz an, dann tätschelte er ihm den Hals und wandte sich der Besitzerin zu, einer jungen Navajo. »Er wird's schon schaffen. Ist nur ein Anflug von Sandkolik.«

Die junge Frau ließ ein erleichtertes Lächeln sehen.

»Jetzt hat er erst mal Hunger. Führen Sie ihn ein paar Mal durch die Koppel, dann geben Sie ihm zusammen mit dem Hafer eine Schöpfkelle Psyllium. Lassen Sie ihn danach saufen. Dann geht's ihm bestimmt bald besser.«

Die Navajo-Großmutter, die fünf Meilen geritten war, um in seine Tierarztpraxis zu kommen – die Straße war, wie üblich, unterspült –, nahm seine Hand. »Danke, Doktor.«

Tom deutete eine Verbeugung an. »Stets zu Diensten.« Er freute sich schon auf den Rückritt nach Bluff. Er war froh, dass die Straße unterspült war, denn so hatte er eine Entschuldigung für den langen Ritt. Er hatte ihm zwar den halben Tag kaputtgemacht, aber der Weg führte immerhin durch eine der schönsten Felslandschaften des Südwestens: durch die als Morrison-Formation bekannten jurassischen Sandsteinablagerungen, die von Dinosaurierfossilien nur so strotzten. Dort gab es zahllose abgelegene Canyons, die bis zur Toh-Ateen-Mesa hinaufführten. Ob da oben je Paläontologen gewesen waren, um sie zu erforschen? Wahrscheinlich nicht. *Irgendwann*, dachte Tom, *mach ich einen kleinen Abstecher in eine dieser Schluchten ...*

Er schüttelte den Kopf und lächelte vor sich hin. Die Wüste war ein schöner Ort, um den Geist zu klären. Und er musste über vieles nachdenken. Diese verrückte Sache mit seinem Vater war der größte Schock seines Lebens gewesen.

»Was sind wir Ihnen schuldig, Doktor?«, unterbrach die Großmutter seine Träumerei.

Tom warf einen Blick auf die schäbige Teerpappenbehausung, das kaputte, halb im Unkraut vergrabene Auto und die mageren Schafe im Pferch.

»Fünf Dollar.«

Die Frau griff in ihre Baumwollkordbluse, entnahm ihr ein paar angeschmutzte Dollarscheine und zählte fünf ab.

Tom hatte gerade an seinen Hut getippt und sich umgedreht, um sein Pferd zu holen, als ihm am Horizont eine kleine Staubwolke auffiel. Auch die beiden Navajos hatten sie bemerkt. Ein Pferd und ein Reiter kamen aus nördlicher Richtung schnell auf sie zu. Und zwar aus der Gegend, aus der auch Tom gekommen war. Der dunkle Fleck wurde in dem riesigen goldenen Wüstenbecken immer größer. Tom fragte sich, ob es sein Partner Shane war. Die Vorstellung alarmierte ihn. Es musste schon ein verflucht wichtiger Notfall sein, wenn Shane hier aufkreuzte, um ihn zu holen.

Als die Gestalt Kontur annahm, sah er, dass er es nicht war. Es war eine Frau. Und sie ritt auf seinem Pferd Knock.

Als sie in die Ansiedlung trabte, war sie durch den Ritt von Staub bedeckt. Knock schäumte und schnaubte. Die Frau hielt an und schwang sich vom Rücken des Pferdes. Sie war fast zwölf Kilometer ohne Sattel und Zaumzeug durch die einsame Wüste geritten. Welch ein Irrsinn! Wieso ritt sie überhaupt sein bestes Pferd? Hätte sie nicht einen von Shanes Kleppern nehmen können? Er würde Shane den Hals umdrehen.

Die Frau kam auf ihn zu. »Ich bin Sally Colorado«, sagte sie. »Ich wollte Sie eigentlich in der Praxis aufsuchen, aber Ihr Partner sagte, Sie wären hier draußen. Deswegen bin ich hier.« Ihr honigblondes Haar raschelte, als sie ihm die Hand hinhielt. Tom schüttelte sie völlig verblüfft. Das Haar der Frau fiel ihr über die Schultern auf ein weißes, nun staubiges Baumwollhemd, das an ihrer schlanken Taille in eine Jeans gestopft war. Ein leichter Pfefferminzgeruch umgab sie. Als sie lächelte, schien ihre Augenfarbe von Grün zu Blau zu wechseln. Jedenfalls erweckte es den Eindruck. Sie trug Türkisohrringe, doch die Farbe ihrer Augen war satter als die der Steine.

Nach einer Weile fiel Tom auf, dass er ihre Hand noch immer festhielt. Er ließ sie los.

»Ich musste Sie einfach ausfindig machen«, sagte Sally. »Ich konnte nicht warten.«

»Ein Notfall?«

»Jedenfalls kein tierärztlicher, wenn Sie das meinen.«

»Um was für einen geht es dann?«

»Das erzähle ich Ihnen auf dem Rückweg.«

»Verdammt noch mal«, explodierte Tom. »Ich kann's nicht fassen, dass Shane es zulässt, dass Sie mein bestes Pferd ohne Sattel und Zaumzeug fast zuschanden reiten. Sie hätten dabei draufgehen können!«

»Shane hat's nicht zugelassen.« Die junge Frau lächelte.

»Wie haben Sie das Pferd dann gekriegt?«

»Ich hab's geklaut.«

Tom brauchte eine Weile, bis er seine Bestürzung überwand und zu lachen wagte.

Als die beiden nach Norden aufbrachen, war die Sonne untergegangen. Sie ritten zusammen nach Bluff zurück. Eine Weile bewegten sie sich schweigend nebeneinander her, dann sagte Tom: »Also los, dann erzählen Sie mal, was so wichtig ist, dass Sie ein Pferd und Ihren Hals riskieren mussten.«

»Tja …« Sally zögerte.

»Ich bin ganz Ohr, Miss ... Colorado. Falls Sie wirklich so heißen.«

»Ich weiß, es ist ein komischer Name. Mein Urgroßvater war beim Varietee. Er hat als Indianer verkleidet eine medizinische Nummer aufgeführt und den Namen Colorado als Künstlername angenommen. Er ist besser als unser alter – Smith. Er ist irgendwie an uns hängen geblieben. Nennen Sie mich Sally.«

»Na schön, Sally. Erzählen Sie mir Ihre Geschichte.« Tom ertappte sich dabei, dass er ihr mit einem guten Gefühl beim Reiten zuschaute. Sie machte den Eindruck, als sei sie auf einem Pferd zur Welt gekommen. Ihre lässige aufrechte Haltung musste eine Stange Geld gekostet haben.

»Ich bin Anthropologin«, begann Sally. »Genauer gesagt: Ich bin Ethnopharmazeutin. Ich studiere einheimische Medizin bei Professor Julian Clyve in Yale. Er war der Mann, der vor einigen Jahren die Hieroglyphen der Mayas geknackt hat. Eine wirklich geniale Arbeit. Es stand in allen Zeitungen.«

»Das bezweifle ich nicht.«

Sally hatte ein scharfes, sauber geschnittenes Profil, eine kleine Nase und eine komische Art, die Oberlippe vorzuschieben. Wenn sie lächelte, hatte sie ein Grübchen, doch nur an einer Seite des Mundes. Ihr Haar war wie dunkles Gold; es schlängelte sich in einer glänzenden Kurve über ihre schlanken Schultern und fiel ihr dann über den Rücken. Sie war eine bemerkenswert schöne Frau.

»Professor Clyve hat die größte existierende Sammlung von Maya-Schriften zusammengetragen. Eine Bibliothek sämtlicher Schriften der alten Maya-Sprache. Sie besteht aus Abrieben von Stein-Inschriften, Handschriften und Kopien von Inschriften auf Töpfen und Steintafeln. Seine Bibliothek wird von Gelehrten aus aller Welt konsultiert.«

Tom konnte den tatterigen alten Pädagogen fast in seinen verstaubten Manuskripten herumkramen sehen.

»Die berühmtesten Maya-Schriften waren in den so genannten Codices enthalten. Dabei handelte es sich um Urbücher der Mayas, die in Glyphen auf Rindenpapier geschrieben wurden. Die Spanier haben die meisten verbrannt, weil sie sie für Bücher des Teufels hielten, doch einige unvollständige Codices haben hier und da überdauert. Ein vollständiger Maya-Codex wurde allerdings nie gefunden. Im letzten Jahr stieß Professor Clyve auf *dies* hier. Er fand es hinten in einem Aktenschrank, der einem seiner verstorbenen Kollegen gehörte.«

Sally zog ein gefaltetes Stück Papier aus der Hemdtasche und hielt es ihm hin. Tom nahm es an sich. Es war eine vergilbte alte Fotokopie, die eine in Hieroglyphen verfasste Manuskriptseite zeigte. Am Rand befanden sich mehrere Zeichnungen von Blättern und Blumen. Sie kamen ihm vage bekannt vor, und so fragte er sich, wo er sie schon einmal gesehen hatte.

»Nur dreimal in der Menschheitsgeschichte wurde unabhängig voneinander die Schrift erfunden. Die Hieroglyphen der Mayas gehören dazu.«

»Mein Mayanisch ist ein wenig eingerostet. Was steht auf dem Zettel?«

»Er beschreibt die medizinischen Eigenschaften eines bestimmten Gewächses, das im mittelamerikanischen Regenwald gedeiht.«

»Was bewirkt es? Kann es Krebs heilen?«

Sally lächelte. »Das wäre was. Das Gewächs heißt K'ik'-te oder auch Blutbaum. Der Zettel beschreibt, wie man seine Rinde kocht, Asche als Alkali hinzufügt und die Paste bei einer Verwundung als Wickel einsetzt.«

»Interessant.« Tom gab Sally den Zettel zurück.

»Es ist mehr als interessant. Es ist medizinisch korrekt. Die Rinde enthält nämlich ein leichtes Antibiotikum.«

Sie befanden sich nun auf dem glatten Steinplateau. Ein paar Kojoten heulten klagend in einem fernen Canyon. Ab jetzt mussten sie hintereinander reiten. Sally ritt hinter Tom her, der ihr zuhörte.

»Die Seite stammt aus einem mayanischen Medizin-Codex. Er wurde vermutlich so um das Jahr 800 geschrieben, auf dem Höhepunkt der klassischen Maya-Kultur. Der Codex enthält *zweitausend* medizinische Verordnungen und Verfahren – nicht nur zum Thema pflanzliche Medizin, sondern auch zu allem anderen, was im Regenwald wächst und lebt: Insekten, Säugetiere, selbst Mineralien. Vielleicht enthält er sogar ein Heilmittel gegen Krebs – oder wenigstens gegen bestimmte Krebsarten. Professor Clyve hat mich gebeten, den Besitzer ausfindig zu machen. Ich soll versuchen, ihn zu bewegen, den Codex übersetzen und veröffentlichen zu lassen. Es ist der einzige uns bekannte vollständige Maya-Codex. Es wäre wirklich ein atemberaubender Höhepunkt seiner bisher schon erstaunlichen Laufbahn.«

»Der Ihren auch, nehme ich an.«

»Ja. Es gibt ein Buch, das alle medizinischen Geheimnisse des Regenwaldes enthält und über Jahrhunderte hinweg ergänzt wurde. Wir reden hier über den üppigsten Regenwald der Welt, in dem Hunderttausende pflanzlicher und tierischer Spezies zu Hause sind; viele davon sind der Wissenschaft noch unbekannt. Die Mayas kannten jede Pflanze und jedes Tier; alles, was in diesem Regenwald existiert. *Und ihr gesamtes Wissen ist in dieses Buch geflossen.*«

Sally trabte nun neben Tom her. Ihr offenes Haar wehte, als sie ihn einholte. »Ist Ihnen klar, was das bedeutet?«

»Bestimmt«, sagte Tom, »hat sich die Medizin seit den alten Mayas ganz schön weiterentwickelt.«

Sally Colorado schnaubte. »Ursprünglich kamen fünfundzwanzig Prozent unserer sämtlichen Arzneimittel aus der Pflanzenwelt. Und doch ... Wussten Sie, dass bisher nur ein halbes Prozent der 265 000 Pflanzenarten dieser Erde auf ihre medizinischen Eigenschaften hin untersucht wurden? Stellen Sie sich die Möglichkeiten vor! Die erfolgreichste und wirkungsvollste Droge aller Zeiten – Aspirin – wurde ursprünglich in der Rinde eines Baumes entdeckt, die Eingeborene zum Lindern von Schmerzen nutzten. Taxol, ein wichtiges Antikrebsmittel, wird ebenfalls aus Baumrinde hergestellt. Cortison wurde aus *Dioscorea*-Knollen gewonnen, das Herzmittel Digitalis aus dem Fingerhut, und Penicillin aus Schimmel. Tom, dieser Codex könnte die größte medizinische Entdeckung aller Zeiten sein!«

»Ich verstehe, auf was Sie hinauswollen.«

»Wenn Professor Clyve und ich den Codex übersetzen, wird er die Medizin *revolutionieren*. Und wenn das Sie noch nicht überzeugt, dann habe ich noch etwas anderes auf Lager. Der mittelamerikanische Regenwald verschwindet unter den Sägen der Holzfäller. Dieses Buch wird ihn retten. Der Regenwald wird plötzlich viel mehr wert sein, wenn er erhalten bleibt. Die Pharmakonzerne werden diesen Ländern *Milliarden* an Tantiemen zahlen.«

»Und zweifellos auch einen schönen kleinen Profit einstreichen. Aber was hat das Buch mit mir zu tun?«

Über den Hobgoblin Rocks stieg nun der Vollmond auf und bemalte die Felsen mit silberner Farbe. Es war ein herrlicher Abend.

»Der Codex gehört Ihrem Vater.«

Tom hielt sein Pferd an und warf Sally einen Blick zu.

»Maxwell Broadbent hat ihn vor fast vierzig Jahren aus einer Grabkammer der Mayas gestohlen. Er hat nach Yale geschrieben und um Hilfe bei der Übersetzung gebeten. Aber damals war die Maya-Schrift noch nicht dechiffriert. Der Mann, der den Brief bekam, hielt die Musterseite für eine Fälschung und legte sie in einem alten Aktenordner ab, ohne den Brief zu beantworten. Vierzig Jahre später fiel er Professor Clyve in die Hände. Er wusste sofort, dass er echt ist. Vor vierzig Jahren konnte niemand einen Maya-Text fälschen, und zwar aus dem einfachen Grund, weil nämlich niemand ihre Schrift lesen konnte. Professor Clyve hat den Text jedoch verstanden: Er ist wirklich der einzige Mensch auf dieser Welt, der die Schrift der Mayas fließend lesen kann. Ich versuche seit Wochen Ihren Vater zu erreichen, aber es sieht so aus, als hätte die Erde ihn verschluckt. Deswegen habe ich mich in meiner Verzweiflung an Ihre Fersen geheftet.«

Tom musterte Sally im zunehmenden Zwielicht. Dann lachte er.

»Was ist daran so komisch?«, fragte Sally aufgebracht.

Tom holte tief Luft. »Ich hab schlechte Nachrichten für Sie, Sally.«

Nachdem er ihr alles erzählt hatte, machte sich Schweigen breit.

»Sie nehmen mich auf den Arm«, sagte Sally schließlich.

»Nein.«

»Er hat kein Recht dazu!«

»Ob er's hat oder nicht, jedenfalls hat er es getan.«

»Und was werden Sie dagegen unternehmen?«

Tom seufzte. »Nichts.«

»Nichts? Was soll das heißen, *nichts?* Sie werden Ihr Erbe doch nicht in den Wind schießen, oder?«

Tom antwortete nicht sofort. Sie hatten nun den oberen Teil des Plateaus erreicht und hielten an, um die Aussicht zu genießen. Die zahllosen zum San Juan River hinabführenden Canyons waren wie finstere Fraktale in die vom Mond beschienene Landschaft geätzt. Dahinter sah er die gelbe Zusammenballung der Lichter von Bluff, und am Rand des Ortes ein Konglomerat von Gebäuden, aus denen seine bescheidene veterinärmedizinische Praxis bestand. Links ragten die gewaltigen Steinwirbel des Comb Ridge zum Himmel auf, geisterhafte Gebeine im Mondschein. Sie erinnerten Tom erneut daran, warum er eigentlich hier war. In den Tagen nach dem Schock, als er erfahren hatte, was sein Vater mit ihrem Erbe gemacht hatte, hatte er eines seiner Lieblingsbücher in die Hand genommen: Platos *Republik*. Er hatte wieder die Abschnitte gelesen, die sich mit dem Er-Mythos befassten, in denen Odysseus gefragt wurde, welche Existenz ihm in seinem nächsten Leben am liebsten sei. Und was wollte der große Odysseus, der Krieger, Liebhaber, Seemann, Forschungsreisende und König sein? Ein anonymer Mensch, der in irgendeinem abgelegenen Winkel lebte, »unbeachtet von den anderen«. Er wollte nur ein einfaches und friedliches Leben führen.

Plato hatte es gutgeheißen. Und Tom ebenso.

Deswegen, fiel ihm ein, war er damals nach Bluff gezogen. Es war unmöglich, bei einem Vater wie Maxwell Broadbent zu leben. Es war ein endloses Drama ständiger Ermahnungen, Herausforderungen, Kritik und Instruktionen. Tom war hierher gekommen, weil er hatte flüchten wollen. Er hatte Frieden finden und alles hinter sich lassen wollen. Den ganzen Mist – und natürlich auch Sarah. Sarah: Sein Vater hatte sogar versucht, Freundinnen für ihn und seine Brüder auszusuchen. Mit katastrophalen Folgen.

Tom warf einen vorsichtigen Blick auf Sally. Der kühle Abendwind spielte mit ihrem Haar. Ihr Gesicht war dem Mondschein zugewandt, ihr Mund stand angesichts der atemberaubenden Aussicht vor Bewunderung und Ehrfurcht ein wenig offen. Eine Hand lag auf ihrem Oberschenkel. Gott, wie schön sie war.

Tom verdrängte den Gedanken verärgert aus seinem Bewusstsein. Sein Leben war eigentlich genau so, wie er es sich wünschte. Es war ihm zwar nicht gelungen, Paläontologe zu werden – dafür hatte sein Vater schon gesorgt –, aber Tierarzt in Utah war das Zweitbeste. Warum sollte er das vermasseln? War er diesen Weg nicht schon einmal gegangen? »Ja«, erwiderte er schließlich. »Ich lege keinen Wert darauf.«

»Und warum nicht?«

»Ich weiß nicht genau, ob ich es erklären kann.«

»Versuchen Sie's.«

»Man muss meinen Vater verstehen. Er wollte sein Leben lang alles steuern, was meine Brüder und ich machten. Er hat uns *gelenkt*. Er hatte Großes mit uns vor. Doch was ich auch tat – was *wir* auch taten –, es war ihm nie gut genug. Wir waren nie gut genug für ihn. Und jetzt das. Ich spiele sein Spiel nicht mehr mit. Mir reicht's.«

Er hielt inne und fragte sich, warum er Sally so viel erzählte.

»Fahren Sie fort«, sagte Sally.

»Er wollte, dass ich Arzt werde. Ich wollte Paläontologe werden und nach Dinosaurierfossilien suchen. Mein Vater meinte, das sei lächerlich – *infantil* hat er es genannt. Wir schlossen dann den Kompromiss, dass ich Tierarzt werden sollte. Natürlich hat er erwartet, dass ich nach Kentucky gehe und Rennpferde behandle, die Millionen wert sind; dass ich vielleicht sogar in der medizinischen Forschung tätig werde, tolle Entdeckungen mache und den Namen Broadbent in die Geschichtsbücher bringe. Doch ich bin ins Navajo-Reservat gezogen. Und hier will ich bleiben, weil es mir *gefällt*. Die Pferde hier brauchen mich, und die Menschen auch. Und was die Landschaft Süd-Utahs anbetrifft, so ist sie die schönste der Welt. Außerdem gibt es hier einige der größten Fossilienablagerungen aus der jurassischen Periode und der Kreidezeit auf Erden. Für meinen Vater war mein Umzug in das Reservat ein unglaubliches Versagen und eine große Enttäuschung. Hier ist kein Geld zu verdienen. Hier kann man kein Prestige erringen. An diesem Reservat ist nichts *Prächtiges*. Seiner Meinung nach hatte ich mit meinem Tiermedizinstudium nur sein Geld verschwendet. Mein Umzug kam ihm wie ein Verrat vor.«

Tom hielt inne. Jetzt hatte er wirklich zu viel erzählt.

»Und damit hat es sich? Sie wollen das ganze Erbe einfach so sausen lassen? Und auch den Codex und alles andere?«

»Stimmt.«

»Einfach so?«

»Die meisten Menschen erben ohnehin nichts. Meine Praxis läuft gar nicht schlecht. Mir gefällt mein Leben, und ich liebe dieses Land. Schauen Sie sich doch mal um. Was kann man sich mehr wünschen?«

Tom registrierte, dass Sally nicht die Landschaft musterte, sondern ihn. Ihr Haar leuchtete leicht im silbernen Licht des Mondes. »Auf *wie viel* verzichten Sie, wenn ich mir diese Frage erlauben darf?«

Tom verspürte angesichts der schieren Größe seiner Erbschaft ein leichtes Stechen, und das nicht zum ersten Mal. »Es sind mehr oder weniger hundert Millionen.«

Sally stieß einen Pfiff aus. Dann folgte ein langes Schweigen. Irgendwo in den Canyons unter ihnen heulte ein Kojote, dem ein Genosse Antwort gab. Dann sagte Sally: »Herrgott, Sie haben wirklich Mumm.«

Tom zuckte die Achseln.

»Und Ihre Brüder?«

»Philip hat sich mit dem alten Partner meines Vaters zusammengetan, um die versteckte Grabkammer zu suchen. Soweit ich weiß, ist Vernon allein unterwegs. Warum tun Sie sich nicht mit einem von ihnen zusammen?«

Er bemerkte, dass Sally ihn in der Finsternis ziemlich intensiv anschaute. Schließlich sagte sie: »Ich hab's schon versucht. Vernon ist vor einer Woche ins Ausland gereist, und auch Philip ist verschwunden. Sie sind nach Honduras gefahren. Sie standen als Letzter auf meiner Liste.«

Tom schüttelte den Kopf. »Nach Honduras. Da waren sie aber schnell. Wenn sie mit der Beute zurückkehren, können Sie den Codex von ihnen kriegen. Meinen Segen haben Sie jedenfalls.«

Wieder ein langes Schweigen. »Ich kann das Risiko nicht eingehen. Ihre Brüder haben doch keine Ahnung, um was es geht – und wie viel der Codex wert ist. Da könnte alles passieren.«

»Tut mir Leid, Sally. Ich kann Ihnen nicht helfen.«

»Professor Clyve und ich brauchen Ihre Hilfe. Die *Welt* braucht Ihre Hilfe!«

Tom stierte die finsteren Pappelhaine in den Flussauen des San Juan River an. Aus einem fernen Wacholderbaum meldete sich eine Eule.

»Mein Entschluss steht fest«, sagte er.

Sally musterte ihn weiterhin. Ihr Haar war nun über ihren Schultern und auf ihrem Rücken in heftige Unordnung geraten. Ihre Unterlippe war ein schmaler Strich. Die Pappeln warfen gesprenkeltes Mondlicht über ihren Körper; die verschwommenen silbernen Lichtflecke kräuselten und veränderten sich mit der Brise. »Wirklich?«

Tom seufzte. »Wirklich.«

»Dann helfen Sie mir wenigstens ein bisschen. Ich bitte ja nicht um viel, Tom. Kommen Sie mit mir nach Santa Fe. Stellen Sie mich den Anwälten und Freunden Ihres Vaters vor. Erzählen Sie mir von seinen Reisen und Gewohnheiten. Erübrigen Sie zwei Tage für mich. Helfen Sie mir weiter. Nur zwei Tage lang.«

»Nein.«

»Ist Ihnen je ein Pferd gestorben?«

»Das passiert alle Nase lang.«

»Ein Pferd, das Sie geliebt haben?«

Tom dachte spontan an sein Pferd Pedernal, das an einem antibiotikaresistenten Keuchhusten verendet war. Nie wieder würde er ein so schönes Pferd besitzen.

»Hätten bessere Medikamente es gerettet?«, fragte Sally.

Tom schaute auf die fernen Lichter von Bluff. Zwei Tage waren nicht viel, und irgendwie hatte Sally ja auch Recht. »In Ordnung. Sie haben gewonnen. Zwei Tage.«

9

Lewis Skiba, Geschäftsführer von Lampe-Denison Pharmaceuticals, saß reglos an seinem Schreibtisch und blickte auf die graue Reihe von Wolkenkratzern, die sich mitten in Manhattan an der Avenue of the Americas entlangzog. Ein spätnachmittäglicher Regen verfinsterte die Stadt. Das einzige Geräusch in dem getäfelten Büro war das Knistern eines echten Holzfeuers in dem Siena-Marmorkamin aus dem 18. Jahrhundert: eine traurige Erinnerung an bessere Zeiten. Es war kein kalter Tag, dennoch hatte Skiba die Klimaanlage eingeschaltet, um einen Grund zu haben, Feuer zu machen. Er fand Feuer beruhigend. Es erinnerte ihn irgendwie an seine Kindheit, an den alten Steinkamin in der Holzhütte am See, mit den gekreuzten Hufeisen über dem Kaminsims und den am Gewässer krächzenden Seetauchern. Gott, wenn er doch jetzt dort sein könnte …

Seine Hand schloss fast gedankenlos die kleine Schublade des Schreibtisches auf und umfasste einen kühlen Kunststoffbehälter. Skiba schnippte den Verschluss mit dem Daumennagel auf und entnahm ihm eine trockene kleine eiförmige Pille, die er sich in den Mund steckte und zerkaute. Sie schmeckte bitter, aber sie verkürzte die Wartezeit. Und nun der Scotch zum Nachspülen. Skiba griff nach links, schob eine Wandplatte beiseite und nahm eine Flasche sechzig Jahre alten Macallan und ein Whisky-Glas an sich. Er schenkte sich eine ordentliche Lage ein. Der Whisky hatte eine satte Mahagonifarbe. Ein kühler Spritzer Evian setzte das Aroma frei. Er hob das Glas an die Lippen, kippte einen ordentlichen Schluck in sich hinein und genoss den Geschmack von Torf, Hopfen, kalter See, Hochlandmoor und feinem spanischem Amontillado.

Als das friedliche Gefühl über ihn hinwegspülte, dachte er sehnsüchtig an den Großen Abflug, das Fortschweben über ein Lichtermeer. Wenn es so weit kam, brauchte er nur noch zwei Dutzend Tabletten einzuwerfen und den Rest des Macallan zu kippen, dann würde er auf ewig in der blauen Tiefe versinken. Dann brauchte er sich vor dem Kongress nicht mehr auf den Fünften zu berufen. Dann brauchte er auch nicht zu behaupten, er sei auch nur ein irregeleiteter inkompetenter Geschäftsführer, der vor der SEC stand. Dann konnte er sich diesen Kenneth-Lay-Scheiß sparen. Dann war er sein eigener Richter, seine eigenen Geschworenen, sein eigener Henker. Sein Vater, Sergeant beim Heer, hatte ihn gelehrt, was Ehre war.

Das Einzige, was die Firma hätte retten können, hatte ihr den Todesstoß verpasst. Der große Durchbruch auf dem Arzneimittelmarkt. Alle hatten geglaubt, sie hätten ihn schon in der Tasche. Phloxatan. Mit diesem Medikament, hatten die Erbsenzähler gemeint, könne man die langfristigen Kosten für Forschung und Entwicklung problemlos reduzieren, um die laufenden Gewinne hochzutreiben. Sie hatten gesagt, den Analysten würde es nie auffallen, und am Anfang hatten sie es wirklich nicht gemerkt. Es hatte traumhaft funktioniert. Der Preis ihrer Aktien war durch die Decke geschossen. Dann hatten sie angefangen, die laufenden Marketingkosten auf die abschreibbare Forschung und Entwicklung zu verlagern. Als die Aktienkurse weiter gestiegen waren, hatten die Analysten noch immer nichts bemerkt. Dann hatten sie Briefkastenfirmen auf den Cayman-Inseln und den Niederländischen Antillen Verluste zugewiesen, Kredite als Gewinne verbucht und alles vorhandene Bargeld dazu verwendet, Firmenaktien zurückzukaufen, um den Preis noch weiter hinaufzutreiben – und (natürlich) den Wert der ausführbaren Aktienoptionen aufzublähen. Die Aktien hatten einen wahren Höhenflug vollführt. Sie hatten Millionen gescheffelt. Gott, was für ein berauschendes Spiel! Sie hatten jedes Gesetz, jede Regel und sämtliche Strafgesetze gebrochen. Ihr schöpferisches Genie von einem Chefbuchhalter hatte sogar neue erfunden, um sie zu brechen. Und alle selbstherrlichen Aktienlavierer hatten sich als ungefähr so wahrnehmungsfähig erwiesen wie Yogi Bär. *He, ich mach jetzt jede Minute 'nen Dollah!*

Und jetzt waren sie ganz unten. Es gab keine Regeln mehr, die man beugen oder brechen konnte. Der Markt war endlich aufgewacht. Der Aktienkurs war in den Keller gekracht. Jetzt hatten sie keine Tricks mehr im Ärmel. Die Aasgeier kreisten schon über dem Lampe Building in der Avenue of the Americas Nr. 725 und krähten Skibas Namen.

Eine zitternde Hand schob den Schlüssel ins Schloss. Die Schublade glitt auf. Skiba schluckte noch eine bittere Pille und nahm einen weiteren Zug von seinem Scotch.

Dann ertönte ein Summen und kündigte Graff an.

Graff, das Buchhaltungsgenie, der sie in diese Lage gebracht hatte.

Skiba spülte sich den Mund mit einem Schluck Evian aus, dann nahm er noch einen Zug. Und noch einen. Er fuhr sich mit der Hand übers Haar, lehnte sich in den Sessel zurück und riss sich zusammen. Schon spürte er die schleichende Leichtigkeit des Seins, das in seinem Brustkorb anfing und bis in die Fingerspitzen verlief. Es hielt ihn aufrecht, erfüllte ihn mit einem goldenen Leuchten.

Skiba drehte sich in seinem Sessel. Sein Blick fiel kurz auf die Fotos seiner klugen Kleinen, die ihn aus silbernen Rahmen heraus anlächelten. Dann ließ sein Blick zögernd vom Schreibtisch ab und blieb auf dem Gesicht von Mike Graff haften, des Finanzchefs, der den Raum gerade betreten hatte. Graff blieb vor Skiba stehen. Er wirkte eigenartig feingliedrig und war von Kopf bis Fuß in makelloses Kammgarn, in Seide und Baumwolle gekleidet. Graff war Skibas aufstrebender junger Protegé gewesen. Man hatte ihn in *Forbes* porträtiert. Analysten und Investment-Banker hatten ihn hofiert. *Bon*

Appetit hatte über seinen Weinkeller geschrieben; sein Haus hatte man im *Architectural Digest* vorgestellt. Nun strebte sein Protektionskind nicht mehr nach oben: Er hielt mit Skiba Händchen; sie machten gemeinsam einen Kopfsprung in die Tiefen des Grand Canyon.

»Was ist, Mike?«, fragte Skiba freundlich. »Was ist so wichtig, dass es nicht bis zur Nachmittagskonferenz Zeit hat?«

»Draußen wartet ein Bursche, den du kennen lernen musst. Er hat uns einen interessanten Vorschlag zu unterbreiten.«

Skiba schloss die Augen. Er fühlte sich plötzlich todmüde. Das gute Gefühl war wie weggeblasen. »Findest du nicht, dass du uns schon genug Vorschläge gemacht hast, Mike?«

»Der hier ist anders. Vertrau mir.«

Vertrau mir. Skiba schwenkte in einer sinnlosen Geste die Hand. Er hörte, dass die Tür aufging, und hob den Kopf. Der Mann, der gleich darauf vor ihm stand, war ein billiger kleiner Gauner in einem Anzug mit breiten Aufschlägen, ein Typ, der eindeutig zu viel Gold mit sich herumschleppte. Es gehörte zu jenen Männern, die ihre fünf Haare über einen kahlen Kontinent kämmten und glaubten, damit sei das Problem gelöst.

»Herrgott, Mike …«

»Lewis«, sagte Graff nassforsch, »das ist Mr. Marcus Hauser, ein Privatdetektiv. Er war früher fürs Amt für Alkohol, Tabak und Schusswaffen tätig und möchte uns etwas zeigen.« Graff nahm Hauser ein Blatt Papier aus den Händen und reichte es Skiba.

Skiba stierte es an. Es war mit seltsamen Symbolen bedeckt, die Ränder mit Schlängellianen und Blättern bekritzelt. Das war Irrsinn. Graff hatte den Verstand verloren.

»Eine Seite aus einem Maya-Manuskript des neunten Jahrhunderts«, fuhr Graff fort. »Man nennt das einen Codex. Es ist ein zweitausend Seiten starker Katalog über Regenwaldarzneien, ihre Zubereitung und ihren Einsatz.«

Als Skiba begriff, spürte er, wie die Oberfläche seiner Haut sich erhitzte. Es konnte einfach nicht wahr sein.

»Es stimmt. Es geht um viele tausend einheimische pharmazeutische Rezepturen. Sie identifizieren medizinisch aktive Substanzen, die man in Pflanzen, Tieren, Insekten, Spinnen, in Humus und in Schimmel findet. Was immer du willst. Die medizinische Weisheit der Mayas in einem einzigen Band.«

Skiba schaute auf. Zuerst musterte er Graff, dann Hauser. »Wo haben Sie das her?«

Hauser stand vor ihm, die plumpen Hände gefaltet. Skiba war sich sicher, dass er irgendein Rasierwasser roch. Billig.

»Es hat einem alten Freund von mir gehört«, erwiderte Hauser. Seine Stimme war hoch und nervend. Er sprach mit einem Akzent, der nach Brooklyn klang. Ein frühreifer Al Pacino.

»Mr. Hauser«, sagte Skiba, »es wird zehn Jahre und eine halbe Milliarde für Forschung und Entwicklung kosten, bis eines dieser Medikamente auf den Markt kommt.«

»Stimmt. Aber überlegen Sie mal, was es *jetzt* für den Preis Ihrer Aktien bedeutet. Soweit ich weiß, schwimmt auf dem Fluss da unten eine Riesenladung Scheiße auf Sie zu.« Hausers feiste Hand deutete durch den Raum.

Skiba schaute ihn an. Was für ein unverschämter Drecksack. Er hätte ihn am liebsten sofort hinausgeworfen.

»Ihre Aktie hat heute Morgen mit vierzehn drei Achtel eröffnet«, fuhr Hauser fort. »Im letzten Dezember wurde sie um die fünfzig gehandelt. Sie persönlich haben zwei Millionen Optionen zum Schleuderpreis von dreißig bis fünfunddreißig, die Sie im Lauf der nächsten zwei Jahre loswerden müssen. Sie sind alle wertlos, wenn es Ihnen nicht gelingt, den Kurs wieder in die Höhe zu treiben. Und zu allem Übel hat sich Ihr grandioses neues Krebsmedikament Phloxatan als Blindgänger erwiesen und wird von der Federal Drug Administration aus dem Verkehr gezogen ...«

Skiba erhob sich mit rotem Gesicht aus seinem Sessel. »Wie können Sie es wagen, in meinem Beisein solche Lügen zu verbreiten? Wo haben Sie diese Fehlinformationen her?«

»Mr. Skiba«, sagte Hauser gelassen, »lassen wir dieses Affentheater. Ich bin Privatdetektiv. Das besagte Manuskript wird in vier bis sechs Wochen in meinem Besitz sein. Ich möchte es Ihnen verkaufen. Ich *weiß*, dass Sie es brauchen. Ich könnte es ebenso gut GeneDyne oder Cambridge Pharmaceuticals anbieten.«

Skiba schluckte schwer. Erstaunlich, wie schnell sein Kopf wieder klar wurde. »Woher soll ich wissen, dass dies kein ausgemachter Schwindel ist?«

»Ich hab's nachgeprüft«, warf Graff ein. »Es ist so gut wie Gold, Lewis.«

Skiba stierte den Hausierer in dem geschmacklosen Anzug an. »Machen Sie Ihren Vorschlag, Mr. Hauser.«

»Der Codex ist in Honduras«, sagte Hauser.

»Dann verkaufen Sie also 'ne Katze im Sack.«

»Um es zu kriegen, brauche ich Geld, Waffen und Ausrüstung. Ich gehe ein großes persönliches Risiko ein. Ich habe schon eine Menge Investitionen getätigt. Diese Sache wird keinesfalls billig.«

»Schwätzen Sie mir nichts auf, Mr. Hauser.«

»Wer schwätzt hier wem was auf? Wie die Dinge liegen, stecken Sie bis zum Hals in Unregelmäßigkeiten, was Ihre Buchhaltung angeht. Wenn die SEC wüsste, was Sie und unser Mr. Graff in den letzten eineinviertel Jahren an Marketingkosten als langfristig abschreibbare Forschungs- und Entwicklungskosten verbucht haben, würden Sie dieses Gebäude in Handschellen verlassen.«

Skiba schaute Hauser an, dann Graff. Der Finanzchef war blass geworden. Während des langen Schweigens barst im Kamin ein Stück Holz mit einem Knall. Skiba spürte, wie hinter seiner linken Kniescheibe ein Muskel zuckte.

»Wenn ich Ihnen den Codex liefere«, fuhr Hauser fort, »und Sie seine Echtheit geprüft haben – darauf werden Sie natürlich bestehen –, werden Sie fünfzig Millionen Dollar auf ein ausländisches Konto meiner Wahl überweisen. Das ist das Geschäft, das ich Ihnen anbiete. Sonst gibt es keine Verhandlungen. Mir genügt ein Ja oder ein Nein.«

»Fünfzig Millionen? Sie sind vollkommen verrückt. Vergessen Sie's.«

Hauser stand auf und begab sich zur Tür.

»Warten Sie, Mr. Hauser«, rief Graff und sprang auf. »Das ist alles noch nicht in Stein gemeißelt.« Schweiß tröpfelte von seinem gepflegten Skalp, als er hinter dem Mann in dem billigen Anzug herhechtete.

Hauser ließ sich nicht aufhalten.

»Wir sind immer offen für … Mr. Hauser!«

Die Tür fiel vor Graffs Gesicht ins Schloss. Hauser war weg. Graff wandte sich zu Skiba um. Ihm zitterten die Hände. »Wir müssen ihn aufhalten.«

Skiba schwieg eine Weile. Hauser hatte die Wahrheit gesagt. Wenn sie das Manuskript in die Hände bekamen, würde schon die Verbreitung der Nachricht den Preis ihrer Aktien in die Höhe schießen lassen. Aber fünfzig Millionen waren Erpressung. Außerdem war es Skiba nicht geheuer, mit einem solchen Mann Geschäfte zu machen. Aber manche Dinge waren eben unvermeidlich. »Es gibt nur eine Möglichkeit, seine Schulden zu begleichen, aber es gibt Millionen Möglichkeiten, es nicht zu tun. Das müsstest du eigentlich wissen, Mike.«

Es gelang Graff nicht ganz, ein Lächeln auf sein schweißglänzendes Gesicht zu zaubern.

Skiba betätigte die Gegensprechanlage. »Der Mann, der gerade hier war … Er darf das Haus nicht verlassen. Sagen Sie ihm, wir sind mit seinen Bedingungen einverstanden. Begleiten Sie ihn wieder nach oben.«

Er legte den Hörer auf und wandte sich zu Graff um. »Ich kann nur für uns beide hoffen, dass dieser Bursche kein schräger Vogel ist.«

»Er ist in Ordnung«, sagte Graff. »Glaub mir, ich habe mir alles überaus gründlich angesehen. Der Codex existiert, und die Musterseite ist echt.«

Kurz darauf stand Hauser wieder im Türrahmen.

»Sie kriegen Ihre fünfzig Millionen«, sagte Skiba schroff. »Nehmen Sie jetzt Platz und erzählen Sie uns von Ihrem Plan.«

10

Charlie Hernandez fühlte sich ausgelaugt. Die Messe hatte lange gedauert, die Bestattung noch länger. Er spürte noch die Erdklümpchen an seiner rechten Hand. Es war immer furchtbar, wenn sie einen Kollegen zu Grabe tragen mussten, geschweige denn zwei. Außerdem hatte er noch einen Auftritt vor Gericht und musste noch eine halbe Schicht herunterreißen. Er warf einen Blick auf seinen Partner Willson, der sich um den Papierkram kümmerte. Er hatte etwas auf dem Kasten. Schade nur, dass seine Handschrift aussah wie die einer Rotznase aus dem Kindergarten.

Der Summer ertönte, und Doreen sagte: »Hier sind zwei Leute, die … ähm … Barnaby und Fenton sprechen wollen.«

Herrgott, schlimmer konnte es nicht mehr kommen. »Um was geht's denn?«

»Wollen sie nicht sagen. Sie wollen nur mit Barnaby und Fenton reden.«

Hernandez seufzte schwer. »Schicken Sie sie rein.«

Willson hatte mit dem Schreiben aufgehört und schaute auf. »Soll ich …?«

»Bleib hier.«

Sie standen schon im Türrahmen: eine atemberaubende Blondine und ein großer Kerl mit Cowboy-Stiefeln. Hernandez grunzte, richtete sich auf dem Stuhl auf und fuhr sich mit der Hand übers Haar, um es zu glätten. »Nehmen Sie Platz.«

»Wir möchten Lieutenant Barnaby sprechen; nicht …«

»Ich weiß, wen Sie sprechen wollen. Bitte, setzen Sie sich.«

Sie nahmen zögernd Platz.

»Ich bin Officer Hernandez.« Hernandez sprach die Blondine an. »Darf ich fragen, was Sie von Officer Barnaby wollen?« Er redete mit der eingeübten Stimme einer Behörde: langsam, gleichmütig, keinen Widerspruch duldend.

»Wir würden lieber mit Officer Barnaby persönlich reden«, sagte der Mann.

»Das geht nicht.«

»Und warum nicht?« Der Mann blitzte Hernandez an.

»Weil er tot ist.«

Das Paar starrte ihn an. »Wie ist das passiert?«

Gott, Hernandez war so müde. Barnaby war ein guter Mann gewesen. Welch eine Verschwendung. »Autounfall.« Er seufzte. »Wenn Sie mir sagen, wer Sie sind, kann ich Ihnen vielleicht weiterhelfen.«

Die beiden schauten sich an. Dann sagte der Mann: »Ich bin Tom Broadbent. Vor etwa zehn Tagen hat Lieutenant Barnaby einen möglichen Einbruch in unser Haus in der Nähe des alten Santa-Fe-Trails untersucht. Da er mit dem Fall betraut war, habe ich mich gefragt, ob er auch Meldung über die Sache erstattet hat.«

Hernandez warf Willson einen kurzen Blick zu.

»Er hat keine Meldung geschrieben«, sagte Willson.

»Hat er irgendwas erzählt?«

»Er hat gesagt, es sei ein Missverständnis gewesen. Mr. Broadbent hätte irgendwelche Kunstgegenstände verlagert und seine Söhne hätten versehentlich angenommen, sie seien gestohlen worden. Wie ich Ihrem Bruder vor einer Woche erläutert habe, lag kein Verbrechen vor, deswegen gab es auch keinen Grund, eine Akte anzulegen.«

»Meinem Bruder? Welchem?«

»Der Name fällt mir jetzt nicht ein. Er war langhaarig und hatte einen Bart. Sah aus wie ein Hippie …«

»Vernon.«

»Stimmt.«

»Können wir uns mit Barnabys Partner Fenton unterhalten?«

»Er ist bei dem gleichen Unfall ums Leben gekommen.«

»Wie ist es passiert?«

»Ihr Wagen ist auf der Sky Basin Road an der Nun's Corner von der Straße abgekommen.«

»Tut mir Leid.«

»Uns auch.«

»Dann gibt es also keine Akte – nichts über die Ermittlungen in unserem Haus?«

»Nichts.«

Schweigen. Dann sagte Hernandez: »Kann ich sonst noch mit was dienen?«

11

Müll verbrannte in einer Reihe von 200-Liter-Fässern am schmutzigen Strand von Puerto Lempira. Jedes sandte einen Schwall ätzenden Rauches in die Ortschaft. Eine dicke Frau briet etwas über einem Fass auf einem Grillrost. Der Duft knuspriger Schweinefleischkruste wehte durch eine übel riechende Brise auf Vernon zu. Er ging mit dem Lehrer über die unbefestigte, parallel zum Strand verlaufende Straße. Eine drängelnde Horde von Kindern jagte hinter ihnen her, denen wiederum ein Rudel Hunde folgte. Die Kinder klebten ihnen nun seit fast einer Stunde an den Fersen und schrien unaufhörlich: »Haste Süßigkeiten?« und »Haste 'nen Dollar?« Bei dem Versuch, sie loszuwerden, hatte Vernon mehrere Tüten mit Bonbons verteilt und alle seine Dollarscheine hergegeben, doch seine Großzügigkeit hatte nur dazu geführt, dass die Menge zu noch hysterischeren Ausmaßen anschwoll.

Vernon und der Lehrer erreichten eine wacklige Holzpier, die sich in die verschlammte Lagune schraubte. An ihrem Ende waren mehrere Einbaumkanus ohne Außenbordmotor angebunden. Männer lungerten in Hängematten herum; dunkeläugige Frauen warfen ihnen aus Hauseingängen Blicke zu. Ein Mann schob sich auf sie zu. Um seinen Hals war eine Boa drapiert.

»Schlange«, sagte er. »Fünfzig Dollar.«

»Wir wollen keine Schlange«, sagte der Lehrer. »Wir wollen ein Boot. *Barca*. Boot. Wir suchen die Charterfirma Juan

Freitag. Du *sabe* Juan Freitag?«

Der Mann fing an, die Schlange zu entrollen, und hielt sie ihm hin, als böte er ihm eine Wurst an. »Schlange. Dreißig Dollar.«

Der Lehrer schob sich an ihm vorbei.

»Schlange!«, rief der Mann und eilte hinter ihm her. »Zwanzig Dollar!« Sein Hemd war so durchlöchert, dass es ihm fast vom Körper fiel. Als er an Vernon vorbeikam, grabschte er mit langen braunen Fingern nach ihm. Vernon, der in der Tasche nach Kleingeld und Scheinen kramte, fand nur einen Fünfer. Er gab ihn dem Mann. Die Kinder drängten sich heran und verdoppelten die Lautstärke ihres Gejohles. Sie strömten nun auch aus den übervölkerten Barrios an den Kai hinab.

»Hör mit dem Geldverteilen auf, verdammt«, sagte der Lehrer. »Sie werden uns noch ausrauben.«

»Verzeihung.«

Der Lehrer packte eins der älteren Kinder am Kragen. »Juan Freitag, Charterfirma!«, rief er ungeduldig. »Wo? *Dónde?*« Er drehte sich zu Vernon um. »Was heißt noch mal Boot auf Spanisch?«

»*Barca.*«

»*Barca! Dónde barca?*«

Der Junge deutete verängstigt mit einem schmutzigen Finger auf ein Klinkerhaus, das der Pier gegenüber lag.

Der Lehrer ließ ihn los und eilte am staubigen Kai entlang. Vernon, von Kindern und Hunden verfolgt, blieb ihm auf den Fersen. Die Tür zum Büro stand offen, und sie gingen hinein. Ein Mann hinter einem Schreibtisch erhob sich, trat mit einer Fliegenklatsche in der Hand an die Tür und knallte sie ins Schloss. Nachdem er seinen Sitzplatz wieder eingenommen hatte, lächelte er übers ganze Gesicht. Sein Körper war so gepflegt wie sein kleiner Kopf. Er wies helle, arische Züge auf, doch als er sprach, hatte der Mann einen spanischen Akzent.

»Bitte, machen Sie es sich bequem.«

Sie setzten sich in zwei Korbsessel, die neben einem Tisch

voller Taucherzeitschriften standen.

»Was kann ich für Sie tun, meine Herren?«

»Wir möchten ein paar Boote mit Führern mieten«, sagte der Lehrer.

Der Mann lächelte. »Wollen Sie tauchen oder Tarpons fischen?«

»Weder noch. Wir möchten den Fluss hinauf.«

Das Lächeln auf dem Gesicht des Mannes schien zu gerinnen. »Den Río Patuca?«

»Ja.«

»Aha. Machen Sie eine Abenteuerreise?«

Der Lehrer schaute Vernon an. »Ja.«

»Wie weit wollen Sie fahren?«

»Das wissen wir noch nicht. Eine ziemliche Strecke. Vielleicht bis zu den Bergen.«

»Dann müssen Sie motorisierte Einbaumkanus nehmen. Der Fluss ist für normale Boote nämlich zu seicht. Manuel!«

Kurz darauf kam ein junger Mann aus dem hinteren Teil des Ladens. Er blinzelte ob der Helligkeit und hatte Fischblut und Schuppen an den Händen.

»Das ist Manuel. Er und sein Vetter Ramón werden Sie führen. Sie kennen den Fluss gut.«

»Wie lange werden wir den Fluss hinauf brauchen?«

»Sie können bis Pito Solo fahren. Eine Woche. Dahinter liegt der Meambar-Sumpf.«

»Und dahinter?«

Der Mann winkte ab. »Sie werden den Meambar-Sumpf ja wohl nicht durchqueren wollen ...«

»Ganz im Gegenteil«, sagte der Lehrer. »Es ist sogar sehr gut möglich, dass wir das tun.«

Der Mann neigte den Kopf, als sei es eine seiner leichtesten Übungen, sich mit verrückten Amerikanern abzugeben. »Wie Sie wollen. Hinter den Sümpfen sind nur noch Berge. Dann brauchen Sie Nahrung und Ausrüstung für mindestens einen Monat.«

In dem getünchten Raum summte eine Wespe. Sie flog gegen die gesplitterte Fensterscheibe, prallte ab und machte einen neuen Versuch, ins Freie zu gelangen. Der Mann schwang die Fliegenklatsche und erledigte sie mit einer geschickten Bewegung. Die Wespe fiel zuckend zu Boden und stach sich in ihrem Schmerz selbst. Ein polierter Schuh kam unter dem Schreibtisch hervor und zermalmte sie zu Mus.

»Manuel, hol Ramón.« Der Mann wandte sich dem Lehrer zu. »Wir können Sie mit allem ausrüsten, was Sie brauchen, Señor. Zelte, Schlafsäcke, Moskitonetze, Benzin, Nahrung, GPS, Jagdausrüstung – alles, was Sie benötigen. Sie können mit Ihrer Kreditkarte zahlen.« Er legte seine Hand ehrfürchtig auf einen nagelneuen Kreditkartenautomaten, der mit einem winzigen Wandstecker verbunden war. »Sie brauchen sich um nichts Sorgen zu machen. Wir kümmern uns um alles. Wir sind ein modernes Unternehmen.« Er lächelte. »Wir sorgen dafür, dass Sie Ihr Abenteuer kriegen – aber nicht zu viel davon.«

12

Der Wagen schnurrte durch die im San-Juan-Becken liegende Wüste nach Norden, der Grenze Utahs entgegen, über einen gewaltigen, einsamen Highway, der sich zwischen endlosen Prärien aus Salbeigestrüpp und Chamisa dahinzog. In der Ferne türmte sich Felsgestein und ragte finster in den blauen Himmel. Tom, der am Steuer saß, empfand große Erleichterung, weil es vorbei war. Er hatte sein Versprechen gehalten und Sally geholfen, in Erfahrung zu bringen, wohin sein Vater verschwunden war. Was sie jetzt tat, war allein ihre Sache. Sie konnte entweder warten, bis seine Brüder mit dem Codex aus dem Dschungel zurückkehrten – vorausgesetzt, sie fanden die Grabkammer überhaupt –, oder den Versuch machen, sie einzuholen. Er jedenfalls war jetzt aus dem Spiel. Er konnte sein friedliches, einfaches Leben in der Wüste wieder aufnehmen.

Tom warf einen verstohlenen Blick auf den Beifahrersitz, den Sally eingenommen hatte. In der letzten Stunde hatte sie kein Wort von sich gegeben. Sie hatte auch nicht gesagt, welche Pläne sie hatte, und Tom wollte es eigentlich auch gar nicht wissen. Er wollte nur zu seinen Pferden zurückkehren, in die Routine seiner Praxis, in sein kühles Adobehaus im Schatten der Pappeln. Er hatte sich abgerackert, um das anspruchslose Leben führen zu können, das er hatte führen wollen, und er war entschlossener denn je, es sich von seinem Vater und seinen verrückten Intrigen nicht zerstören zu lassen. Sollten seine Brüder ihr Abenteuer doch erleben, wenn sie wollten. Seinetwegen konnten sie das Erbe sogar behalten. Er musste niemandem etwas beweisen. Nach Sarah wollte er nicht mehr ins kalte Wasser springen.

»Er ist also nach Honduras gereist«, bemerkte Sally. »Sagt Ihnen das nicht, wo er sich aufhalten könnte?«

»Ich habe alles erzählt, was ich weiß, Sally. Er hat vor vierzig Jahren mit seinem alten Partner Marcus Hauser einige Zeit in Honduras verbracht. Sie haben Gräber gesucht und Bananen gepflückt, um Geld zu verdienen. Wie ich gehört habe, hat man sie reingelegt und ihnen irgendeine gefälschte Schatzkarte angedreht. Sie sind Monate durch den Dschungel marschiert und fast draufgegangen. Dann haben sie sich wegen irgendwas verkracht, und damit war die Sache zu Ende.«

»Aber Sie wissen genau, dass er nichts gefunden hat?«

»Das hat er jedenfalls immer behauptet. Die Berge im Süden von Honduras waren unbewohnt.«

Sally nickte. Ihr Blick richtete sich nach vorn, in die leere Wüste hinein.

»Was also werden Sie tun?«, fragte Tom schließlich.

»Ich reise nach Honduras.«

»Ganz allein?«

»Warum nicht?«

Tom sagte nichts. Es war ihre Sache.

»Hatte Ihr Vater je Ärger wegen seiner Grabräuberei?«

»Ab und an hatte das FBI ein Auge auf ihn. Man konnte ihm aber nichts anhängen. Mein Vater war einfach zu gerissen. Ich weiß noch, wie das FBI unser Haus mal auf den Kopf gestellt und ein paar Jadefigürchen beschlagnahmt hat. Er hatte sie gerade aus Mexiko mitgebracht. Ich war damals zehn, und es hat mich schrecklich geängstigt, als sie vor Morgengrauen an unsere Tür klopften. Aber sie konnten nichts beweisen und mussten den ganzen Krempel zurückgeben.«

Sally schüttelte den Kopf. »Menschen wie Ihr Vater sind für die Archäologie die reinste Pest.«

»Ich weiß nicht so recht, ob ich einen großen Unterschied

zwischen dem erkennen kann, was mein Vater getan hat, und was die Archäologen tun.«

»Da besteht ein Riesenunterschied«, erwiderte Sally. »Plünderer verwüsten Grabstätten. Sie reißen die Dinge aus ihrem Zusammenhang. Ein guter Freund von Professor Clyve wurde einmal in Mexiko verprügelt, als er einige Einheimische daran hindern wollte, einen Tempel zu plündern.«

»Tut mir Leid, das zu hören, aber hungernden Menschen kann man es kaum verübeln, wenn sie versuchen, ihre Kinder zu ernähren, und etwas gegen dahergelaufene Nordamerikaner haben, die ihnen vorschreiben wollen, was sie zu tun und zu lassen haben.«

Sally zog eine Schnute, und Tom bemerkte, dass sie verärgert war. Der Wagen schnurrte über den schillernden Asphalt. Tom schaltete die Klimaanlage ein. Er würde froh sein, wenn alles vorüber war. Sein Leben konnte Komplikationen wie Sally Colorado nicht gebrauchen.

Sally warf ihr goldfarbenes Haar nach hinten und verbreitete einen leichten Duft von Parfüm und Shampoo. »Trotzdem stört mich etwas. Es geht mir einfach nicht aus dem Kopf.«

»Was denn?«

»Barnaby und Fenton. Kommt es Ihnen nicht auch seltsam vor, dass die beiden gestorben sind, kurz nachdem sie bei dem angeblichen Raub ermittelt haben? Der Zeitpunkt des *Unfalls* hat etwas, das mir nicht gefällt.«

Tom schüttelte den Kopf. »Das ist einfach nur Zufall, Sally.«

»Mir kommt er nicht ganz geheuer vor.«

»Ich kenne die Ski Basin Road, Sally. Und Nun's Corner ist eine geradezu mörderische Kurve. Die beiden sind nicht die Ersten, die da ums Leben gekommen sind.«

»Was haben sie überhaupt in der Ski Basin Road gemacht? Die Skisaison ist doch längst vorbei.«

Tom seufzte. »Wenn Sie sich solche Sorgen machen, rufen Sie doch einfach mal diesen Hernandez an und erkundigen sich danach.«

»Das werde ich auch.« Sally holte ihr Handy aus der Handtasche und gab eine Nummer ein. Tom hörte, wie sie ein halbes Dutzend Mal von einer Telefonistin zur nächsten verbunden wurde, bis sie Hernandez schließlich erreichte.

»Hier ist Sally Colorado«, sagte sie. »Erinnern Sie sich an uns?«

Pause.

»Ich möchte etwas über den Tod von Barnaby und Fenton wissen.«

Noch eine Pause.

»Was haben die beiden da oben am Ski Basin gemacht?«

Wieder eine lange Wartezeit. Tom ertappte sich dabei, dass er angestrengt lauschte, obwohl er das Gefühl hatte, es sei reinste Zeitverschwendung.

»Ja, eine tragische Sache«, sagte Sally. »Und wo wollten sie diese Angeltour machen?«

Wieder Stille.

»Danke.«

Sally klappte das Telefon zu und schaute Tom an. Tom hatte ein mulmiges Gefühl im Magen, denn ihr Gesicht war bleich geworden.

»Sie sind zum Ski Basin raufgefahren, um einer Meldung über Vandalismus nachzugehen. Es war aber falscher Alarm. Auf dem Rückweg haben die Bremsen ihres Wagens versagt. Sie wollten die Geschwindigkeit reduzieren, indem sie an der Leitplanke entlanggeschlittert sind, aber die Straße war einfach zu steil. Als sie Nun's Corner erreichten, hatten sie fast hundertfünfzig Sachen drauf.«

»Gott im Himmel!«

»Nach dem Absturz aus einer Höhe von hundertzwanzig Metern und der Explosion war von dem Wagen nicht mehr viel übrig. Man geht aber nicht von Sabotage aus. Der Fall ist besonders tragisch, weil Barnaby und Fenton einen Tag später zu einer großen Tarpon-Angeltour aufbrechen wollten.«

Tom schluckte. Dann stellte er die Frage, die er eigentlich gar nicht stellen wollte. »Wohin?«

»Nach Honduras. In einen Ort namens Laguna de Brus.«

Tom verlangsamte, warf einen Blick in den Rückspiegel, trat auf die Bremse, bis die Reifen kreischten, gab Gas und drehte um.

»Sind Sie verrückt? Was machen Sie denn da?«

»Ich fahre zum nächsten Flughafen.«

»Warum denn?«

»Weil jemand, der zwei Polizisten umbringt, mit Sicherheit auch keine Skrupel hat, meine Brüder zu töten.«

»Glauben Sie, jemand hat von dem versteckten Erbe erfahren?«

»Und ob ich das glaube!« Tom beschleunigte auf den Fluchtpunkt am Horizont zu. »Sieht so aus, als gingen wir gemeinsam nach Honduras.«

13

Philip Broadbent änderte seine Position, um im Innern des Einbaums bequemeren Halt zu finden. Zum vierten oder fünften Mal verschob er die weicheren Bündel der Ausrüstung, damit sie eine Art Sessel bildeten. Das Boot glitt zwischen zwei schweigenden Mauern aus grüner Vegetation flussaufwärts, der Motor schnurrte, der Bug zerschnitt das glatte schwarze Wasser. Es war wie eine Reise durch eine heiße grüne Grotte, in der man die Echos des furchtbaren Kreischens, die Schreie und Pfiffe der Dschungeltiere vernahm. Moskitos bildeten eine beständig surrende Wolke um das Boot und reisten ihnen hinterher. Die Luft war schwül und klebrig. Es war, als atme man Moskitosuppe ein.

Philip zog die Pfeife aus der Tasche, klopfte sie an der Bordwand aus und stopfte sie mit Tabak aus der Dunhill-Dose, die er in einer Tasche seiner Barbour-Safari-Khakikleidung aufbewahrte. Er ließ sich Zeit, um sie anzuzünden, dann blies er eine Rauchwolke in den Moskitoschwarm hinein und sah zu, wie sich in der surrenden Masse eine Schneise bildete, die sich, kaum dass der Rauch verzogen war, wieder schloss. Die Moskito-Küste machte ihrem Namen alle Ehre, denn nicht einmal das Zeug, das Philip sich auf Haut und Kleider gesprüht hatte, bot adäquaten Schutz. Außerdem war es ölig und roch abscheulich. Wahrscheinlich sickerte es sogar in seinen Blutstrom ein und vergiftete ihn obendrein.

Philip murmelte eine Verwünschung und erzeugte eine neue Rauchwolke. *Vater und seine gottverfluchten Prüfungen.*

Er änderte erneut seine Position. Hier konnte man einfach nicht bequem sitzen. Hauser kam, einen Discman an der Hand, vom Bug des Einbaums zurück und nahm neben ihm Platz. Er roch nicht nach Insektenspray, sondern nach Rasierwasser. Außerdem sah er ebenso kühl und frisch aus, wie Philip sich verschwitzt und klebrig fühlte. Hauser nahm den Kopfhörer ab und ergriff das Wort.

»Gonz hat den ganzen Tag Spuren von Max' Reise gesammelt. Wenn wir morgen nach Pito kommen, wissen wir mehr.«

»Wie kann man auf einem Fluss Spuren sichten?«

Hauser lächelte. »Es ist eine Kunst, Philip. Eine abgerissene Kletterpflanze hier, ein Landeplatz da, und die Markierung einer Stake auf überspülten Sandbänken. Der Fluss ist so träge, dass die Spuren an seinem Boden wochenlang erhalten bleiben.«

Philip zog gereizt an seiner Pfeife. Diese eine Folter seines Vaters wollte er noch ertragen, doch dann war er frei. Endlich frei, um sein Leben zu führen, ohne dass der alte Arsch sich einmischte, an ihm herumkrittelte und wie der Geizhals Dagobert Duck Geldpakete verteilte. Zwar liebte er seinen Vater, und auf einer gewissen Ebene fühlte er sich aufgrund seiner Krankheit und seines Todes auch schlecht, doch dies änderte nichts an seinen Gefühlen, was diese Intrige betraf. Sein Vater hatte in seinem Leben viele dämliche Dinge getan, aber dies schlug dem Fass den Boden aus. Dieser pompöse Abschied war typisch Maxwell Broadbent.

Philip rauchte und schaute den vier Soldaten zu, wie sie im vorderen Teil des Bootes mit einem schmierigen Kartenspiel zockten. Das andere Boot mit den restlichen acht Soldaten war ihnen etwa fünfzig Meter voraus und legte eine übel riechende Spur blauer Abgase über das Gewässer. Gonz, der leitende *Spurensucher,* lag am Bug auf dem Bauch, stierte ins dunkle Wasser und tauchte hin und wieder einen Finger hinein, um den Geschmack zu prüfen.

Plötzlich stieß ein Soldat am Bug ihres Einbaums einen Schrei aus. Er war aufgestanden und deutete aufgeregt auf etwas, das im Wasser schwamm. Hauser zwinkerte Philip zu, sprang auf die Beine, zückte die an seine Taille geschnallte Machete und begab sich nach vorn. Als er sich breitbeinig am Bug aufbaute, tuckerte das Boot auf ein Tier zu. Während es nun neben dem verzweifelt schwimmenden Tier längsseits ging, beugte er sich vor und hieb die Machete mit einer plötzlichen Bewegung ins Wasser. Dann griff er hinab und zog etwas an Bord, das wie eine siebzig Zentimeter lange Ratte aussah. Der Hieb hatte sie fast enthauptet, denn ihr Kopf hing an einem Hautfaden herab. Sie zuckte noch einmal unkontrolliert und erschlaffte.

Philip schaute mit einem vagen Schreckensgefühl zu, als Hauser ihm den Kadaver zuwarf. Er landete mit einem dumpfen Klatschen auf dem Boden. Der Kopf riss ab, rollte weiter und blieb vor Philips Füßen liegen: Das Maul stand offen, die gelben Rattenaugen leuchteten, Blut strömte heraus.

Hauser säuberte die Machete im Fluss, schob sie wieder in den Gürtel und kehrte zu Philip zurück, indem er über den Kadaver trat. Er grinste. »Schon mal Agouti gegessen?«

»Nein. Und ich hab auch nicht vor, damit anzufangen.«

»Gehäutet, ausgenommen, filetiert und auf Holzkohle gebraten war es eins von Maxwells Leibgerichten. Schmeckt fast so wie Hähnchen.«

Philip sagte nichts. Hauser behauptete dies von jeglichem Buschfleisch, das zu essen sie bisher gezwungen gewesen waren. *Schmeckt wie Hähnchen.*

»Ach!«, sagte Hauser, als sein Blick auf Philips Hemd fiel. »Tut mir Leid.«

Philip blickte an sich herab. Ein einzelner Tropfen frischen Blutes hatte ihn getroffen und wurde nun vom Stoff aufgesaugt. Er wollte ihn abwischen, doch da verschmierte er ihn nur. »Ich würde es zu schätzen wissen, wenn Sie etwas vorsichtiger wären, wenn Sie mit enthaupteten Tieren um sich werfen«, sagte er, tauchte sein Taschentuch ins Wasser und versuchte, den Fleck wegzurubbeln.

»Gar nicht so einfach, im Dschungel die Hygiene aufrecht-zuerhalten«, meinte Hauser.

Philip rubbelte noch ein wenig, dann gab er es auf. Es wäre ihm lieber, Hauser würde ihn in Ruhe lassen. Der Mann wur-de ihm allmählich unheimlich.

Hauser zog ein paar CDs aus der Tasche. »Und jetzt, um der sich immer mehr um sich greifenden Barbarei etwas ent-gegenzusetzen ... Möchten Sie lieber Bach oder Beethoven hören?«

14

Tom Broadbent fläzte sich in der Executive Suite des Shera-
ton Royale de San Pedro Sula in einem dick gepolsterten Fau-
teuil und nahm eine Landkarte in Augenschein. Sein Vater
war mit der gesamten Fracht in die an der Moskito-Küste liegende Stadt Brus Laguna geflogen, die an der Mündung des
Río Patuca lag. Dort war er verschwunden. Es hieß, er sei den
Fluss hinaufgefahren – der einzige Weg durch das riesige, gebirgige und wilde Innere von Honduras.

Tom folgte der sich schlängelnden blauen Linie des Flusses
auf der Landkarte mit dem Finger. Sie führte durch Sümpfe,
über Hügel und Hochplateaus, bis sie sich in einem Netz von
Zuflüssen verlor, die einer gezackten Linie parallel verlaufen-
der Bergketten entströmten. Auf der Landkarte waren weder
Straßen noch Ortschaften verzeichnet; es war wirklich ein
gottverlassener Fleck Erde.

Tom hatte in Erfahrung gebracht, dass Philip ihnen mindestens eine Woche und Vernon ihnen fast zwei Wochen voraus waren. Er machte sich große Sorgen um seine Brüder.
Man brauchte Mumm, zwei Polizisten schnell und erfolgreich umzubringen. Der Killer war eindeutig ein Profi gewesen. Seine Brüder standen bestimmt als nächste Opfer auf seiner Liste.

Sally kam, in ein Handtuch gewickelt, aus dem Bad und
trat vor sich hin summend ins Wohnzimmer der Suite. Das
nasse, glänzende Haar fiel ihr bis auf die Schultern. Als sie in

ihrem Schlafzimmer verschwand, folgte Tom ihr mit einem Blick. Sie war noch größer als Sarah ...

Bei diesem Gedanken hielt er jäh inne.

Zehn Minuten später war Sally wieder da: in leichtes Khaki gekleidet – ein langärmeliges Hemd, einen Leinenhut mit Moskitonetz vor dem Gesicht und stabilen Handschuhen. All dies hatte sie heute Morgen bei einem Einkaufsbummel erstanden.

»Wie sehe ich aus?«, fragte sie und drehte sich um.

»Wie 'ne Afghanin.«

Sally schob das Moskitonetz hoch und nahm den Hut ab.

»Das ist schon besser.«

Sie warf Hut und Handschuhe aufs Bett. »Ich muss zugeben, dass ich sehr neugierig bin, was Ihren Vater angeht. Er muss ein echter Exzentriker gewesen sein.«

»War er wirklich.«

»Und wie war er sonst? Falls Sie nichts dagegen haben, wenn ich danach frage.«

Tom seufzte. »Wenn er einen Raum betrat, haben sich alle umgedreht. Er hat irgendwas ausgestrahlt – Autorität, Kraft, Zuversicht. Ich weiß nicht genau was. Die Menschen hatten Ehrfurcht vor ihm, auch wenn sie ihn gar nicht kannten.«

»Ich kenne diesen Typ.«

»Wo er auch hinkam, was er auch getan hat, die Journalisten waren ständig hinter ihm her. Manchmal warteten Paparazzi vor unserem Grundstück. Selbst wenn wir nur zur Schule gingen, hingen die verdammten Fotografen uns an den Fersen und jagten uns über den Old-Santa-Fe-Trail hinterher – als wären wir Prinzessin Diana oder jemand in der Art. Es war einfach lächerlich.«

»Es muss eine Last für Sie gewesen sein.«

»Es war nicht immer eine Last. Manchmal hat es sogar Spaß gemacht. Wenn unser Vater heiratete, war es immer eine Nachricht wert. Dann haben alle den Kopf geschüttelt oder mit der Zunge geschnalzt. Er hat immer extrem schöne Frauen geheiratet, von denen zuvor noch nie jemand was gehört hatte. Er stand nicht auf Mannequins oder Schauspielerinnen. Als er meiner Mutter begegnete, hat sie am Empfang einer Zahnarztpraxis gearbeitet. Er hatte es gern, wenn man ihm Beachtung schenkte. Hin und wieder hat er einem Paparazzo aus Spaß an der Freude eine reingehauen und musste dann eine Geldstrafe zahlen. Er war stolz auf sich. Er war wie Onassis – überlebensgroß.«

»Was ist aus Ihrer Mutter geworden?«

»Sie starb, als ich vier war. Sie litt an einer seltenen und plötzlich ausbrechenden Form von Meningitis. Sie war die einzige Frau, von der er sich nicht hat scheiden lassen. Ich schätze, er hatte nicht genug Zeit dafür.«

»Tut mir Leid.«

»Ich erinnere mich kaum an sie. Ich erinnere mich nur noch an ... nun ja ... Gefühle. Herzlichkeit und Liebenswürdigkeit, so was eben.«

Sally schüttelte den Kopf. »Ich raff's noch immer nicht. Wie konnte er Ihnen und Ihren Brüdern das antun?«

Tom richtete den Blick auf die Landkarte. »Alles, was er tat und was ihm gehörte, musste außergewöhnlich sein. So ist er auch mit uns verfahren. Aber wir haben uns nicht so entwickelt, wie er es gern gesehen hätte. Zu verschwinden und sich mit seinem Geld begraben zu lassen war das Letzte, was ihm noch blieb: der Versuch, uns zu zwingen, etwas zu tun, das vielleicht in die Geschichte eingeht. Irgendetwas, das ihn stolz macht.« Er lachte verbittert. »Es wäre unglaublich, wenn die Presse von dieser Sache Wind kriegen würde. Gigantisch. Ein Schatz im Wert von einer halben Milliarde, der irgendwo in Honduras in einer Grabkammer versteckt ist. Die ganze Welt würde sich hierher aufmachen, um danach zu suchen.«

»Es muss schwierig gewesen sein, einen solchen Vater zu haben.«

»Und ob. Ich weiß nicht, wie oft er, wenn ich Tennis spielte, früher ging, weil er nicht zusehen wollte, wie ich verliere. Er war ein unbarmherziger Schachspieler – doch wenn er bemerkte, dass er im Begriff war, einen von uns zu schlagen, stieg er aus dem Spiel aus. Er konnte es nicht ertragen, wenn einer von uns verlor – nicht mal gegen ihn. Wenn die Zeugnisse kamen, hat er nie etwas gesagt, obwohl man an seinem Blick sah, wie enttäuscht er war. Alles unterhalb einer Eins war für ihn eine solche Katastrophe, dass er es nicht über sich brachte, darüber zu reden.«

»Haben Sie je eine Eins gekriegt?«

»Ein Mal. Da hat er mir die Hand auf die Schulter gelegt und mich liebevoll gedrückt. Das war alles. Aber diese Geste hat Bände gesprochen.«

»Tut mir Leid. Wie schrecklich.«

»Jeder von uns hat eine Zuflucht gefunden. Ich fand meine zuerst im Fossiliensammeln – ich wollte eigentlich Paläontologe werden –, dann in den Tieren. Weil sie einen eben nicht beurteilen. Sie verlangen nicht von einem Menschen, ein anderer zu sein. Ein Pferd akzeptiert einen so, wie man ist.«

Tom verfiel in Schweigen. Es verblüffte ihn, dass die Gedanken an seine Kindheit ihn noch so sehr schmerzten. Dabei war er doch schon einunddreißig.

»Tut mir Leid«, sagte Sally. »Ich wollte nicht neugierig sein.«

Tom winkte ab. »Ich hab ja auch nicht vor, ihn zu entthronen. Er war – auf seine Weise – ein guter Vater. Vielleicht hat er uns zu sehr geliebt.«

»Tja«, sagte Sally nach einer Weile und stand auf. »Jetzt müssen wir uns einen Führer suchen, der uns den Patuca hinaufbringt. Ich habe keine Ahnung, wo ich anfangen soll.« Sie nahm das Telefonbuch in die Hand und blätterte es durch. »Ich habe so was noch nie gemacht. Ob es hier überhaupt Einträge unter *Abenteuerreisen* oder so gibt?«

»Ich habe eine bessere Idee. Wir suchen die Tränke der ausländischen Journalisten hier. Die haben beim Reisen den besten Durchblick.«

»Eins zu null für Sie.«

Sally beugte sich vor, griff eine Hose und warf sie ihm zu. Ihr folgten ein Hemd, Socken und leichte Laufschuhe. Alles landete in einem Stapel vor Tom. »Die albernen Cowboy-Stiefel können Sie jetzt ausziehen.«

Tom raffte die Kleider zusammen, ging in sein Zimmer und zog sich um. Das Zeug schien hauptsächlich aus Taschen zu bestehen. Als er zurückkehrte, beäugte Sally ihn mit einem kritischen Blick und meinte: »Nach ein paar Tagen im Dschungel sehen Sie vielleicht nicht mehr so komisch aus.«

»Danke.« Tom ging ans Telefon und rief die Rezeption an. Die Journalisten schienen in einer Bar herumzuhängen, die Los Charcos hieß.

Es überraschte Tom, dass die Bar nicht die billige Kaschemme war, die er sich vorgestellt hatte, sondern ein elegantes, mit Holz getäfeltes Lokal neben der Lobby des schönen alten Hotels. Die Klimaanlage machte den Raum fast so kalt wie die Arktis. Ansonsten war die Bar vom Duft feiner Zigarren erfüllt.

»Ich erledige das Reden«, sagte Sally. »Ich spreche besser Spanisch als Sie.«

»Sie sehen auch besser aus.«

Sally runzelte die Stirn. »Solche Witze finde ich gar nicht komisch.«

Sie nahmen am Tresen Platz.

»*Hola*«, sagte Sally fröhlich zu dem Barmann, einem Typen mit Schlafzimmerblick. »Ich suche den Mann von der *New York Times*.«

»Mr. Sewell? Ich habe ihn seit dem Hurrikan nicht mehr gesehen, Señorita.«

»Und was ist mit dem Korrespondenten des *Wall Street Journal?*«

»Wir haben hier keinen Korrespondenten vom *Wall Street Journal*. Wir sind ein armes Land.«

»Tja, wer ist denn sonst noch hier?«

»Roberto Rodriguez von *El Diario* ist da.«

»Nein, nein, ich suche einen Amerikaner. Jemanden, der das Land kennt.«

»Würde es auch ein Engländer tun?«

»Aber ja doch.«

»Da drüben«, murmelte der Barmann und deutete mit dem Kinn in die angegebene Richtung, »sitzt Derek Dunn. Er schreibt ein Buch.«

»Worüber?«

»Über Reisen und Abenteuer.«

»Hat er schon andere Bücher geschrieben? Kennen Sie einen Titel?«

»Sein letztes Buch hieß *Langsames Wasser.*«

Sally warf einen Zwanzig-Dollar-Schein auf den Tresen und ging zu Dunn hinüber. Tom folgte ihr. *Na, wollen wir doch mal sehen,* dachte er.

Dunn saß gut versorgt allein da und machte gerade ein Getränk nieder. Er hatte eine blonde Mähne und ein fleischiges rotes Gesicht. Sally blieb stehen, deutete auf ihn und rief: »He, sind Sie nicht Derek Dunn?«

»Für gewöhnlich bejahe ich diese Frage«, sagte Dunn. Seine Nase und seine Wangen wiesen ein permanentes Rosarot auf.

»Ah, wie aufregend! *Langsames Wasser* ist eines meiner Lieblingsbücher! Es hat mir sehr gut gefallen!«

Dunn stand auf und reckte seine kräftige Gestalt. Er wirkte gepflegt und in Form und trug abgetragene Khakihosen und ein einfaches kurzärmeliges Baumwollhemd. Er war ein stattlicher Mann, der typische Vertreter des britischen Weltreichs.

»Vielen Dank«, sagte er. »Und wer sind Sie?«

»Sally Colorado.« Sally schüttelte seine Hand.

Wie sie ihn einwickelt, dachte Tom. Er kam sich in den neuen Klamotten, die noch immer nach Textilgeschäft rochen, wie ein Blödmann vor. Im Gegensatz zu ihm wirkte Dunn, als sei er schon am Ende der Welt gewesen.

»Trinken Sie einen mit?«

»Es wäre mir eine Ehre«, rief Sally.

Dunn winkte sie in die Sitzecke neben ihm.

»Ich trinke das Gleiche wie Sie«, sagte Sally.

»Gin Tonic.« Dunn winkte dem Barmann zu, dann fiel sein Blick auf Tom. »Sie können sich ruhig zu uns setzen.«

Tom nahm Platz. Er sagte nichts. Seine Begeisterung für seine Idee nahm allmählich ab. Er mochte den rotgesichtigen Mr. Dunn nicht, der Sally äußerst intensiv in Augenschein nahm – und zwar nicht nur ihr Gesicht.

Der Barmann kam zu ihnen herüber. Dunn sprach Spanisch mit ihm. »Gin Tonic für mich und die Dame. Und …?« Sein Blick traf Tom.

»Limonade«, sagte Tom säuerlich.

»*Y una limonada*«, fügte Dunn hinzu, wobei sein Ton genau das aussagte, was er von Toms Getränkewahl hielt.

»Welch ein Glück, dass wir Sie getroffen haben!«, rief Sally. »So ein Zufall!«

»Sie haben also *Langsames Wasser* gelesen«, sagte Dunn mit einem Lächeln.

»Es ist eines der besten Reisebücher, die ich je gelesen habe.«

»Das kann man wohl sagen«, bekräftigte Tom.

»Sie haben es auch gelesen?« Dunn wandte sich mit einem erwartungsvollen Blick zu ihm um.

Tom stellte fest, dass der Autor die Hälfte seines Getränks schon verputzt hatte.

»Und ob ich es gelesen habe«, erwiderte er. »Am besten hat mir die Stelle gefallen, an der Sie in die Elefantenkacke gestürzt sind. Es war zum Brüllen.«

Dunn hielt inne. »Elefantenkacke?«

»Kam in Ihrem Buch etwa keine Elefantenkacke vor?«

»In Mittelamerika gibt's doch gar keine Elefanten.«

»Ach. Dann muss ich es wohl mit einem anderen Buch verwechseln. Verzeihen Sie mir.«

Tom sah, wie Sallys grüne Augen sich auf ihn richteten. Er wusste nicht genau, ob sie wütend war oder ein Lachen unterdrückte.

Dunn drehte sich auf seinem Stuhl und wandte Tom den Rücken zu. Seine ganze Aufmerksamkeit galt Sally. »Vielleicht interessiert es Sie ja zu erfahren, dass ich an einem neuen Buch arbeite.«

»Wie aufregend!«

»Es soll *Nächte in La Mosquitia* heißen. Es geht um die Moskito-Küste.«

»Ach, genau da wollen wir doch hin!« Sally klatschte wie ein aufgeregtes kleines Mädchen in die Hände. Tom nippte an seinem Glas und bedauerte seine Wahl. Um das zu ertragen, brauchte er wohl etwas Stärkeres. Er hätte Sally nie erlauben dürfen, hier das Wort zu führen.

»In Ost-Honduras gibt es Sumpfgebiete und hoch liegende Regenwälder, ungefähr dreizehntausend Quadratkilometer, die noch völlig unerforscht sind. Teile davon hat man noch nicht einmal aus der Luft kartographiert.«

»Das habe ich ja gar nicht gewusst!«

Tom schob die Limonade beiseite und hielt nach dem Kellner Ausschau.

»Mein Buch beschreibt eine Reise, die ich an der ganzen Moskito-Küste entlang unternommen habe – durch ein Labyrinth von Lagunen, dort, wo der Dschungel ans Meer stößt. Ich war der erste Weiße, der diesen Trip gewagt hat.«

»Unglaublich. Wie, um alles in der Welt, haben Sie das gemacht?«

»Mit einem motorisierten Einbaum. In dieser Gegend ist das ist die einzige Transportmöglichkeit, wenn man nicht zu Fuß gehen will.«

»Wann haben Sie diese erstaunliche Reise unternommen?«

»Vor ungefähr acht Jahren.«

»Vor acht Jahren?«

»Ich hatte ein paar Probleme mit meinem Verleger. Gute Bücher kann man nämlich nicht einfach so aus dem Ärmel schütteln.« Dunn leerte sein Glas und winkte nach einer neuen Runde. »Ist ganz schön hart da oben.«

»Wirklich?«

Dies war offenbar Dunns Stichwort. Er lehnte sich zurück. »Erst mal gibt's da die üblichen Moskitos, Milben, Spinnen und Stechmücken. Sie bringen einen zwar nicht um, können einem das Dasein aber ganz schon vergällen. Ich bin mal von einer Mücke in die Stirn gestochen worden. Hat sich zuerst angefühlt wie ein Moskitostich. Dann schwoll der Stich an und wurde rot. Hat verdammt wehgetan. Nach einem Monat ist er aufgeplatzt und hat zweieinhalb Zentimeter lange Maden bis auf den Boden gespuckt. Sobald man gestochen wird, ist es am besten, man lässt den Dingen ihren Lauf. Wenn man dieses Viehzeug rauszukriegen versucht, wird es nur noch schlimmer.«

»Ich hoffe doch sehr, dass dieses Erlebnis keine Auswirkungen auf Ihr Gehirn hatte«, meinte Tom.

Dunn ignorierte ihn. »Und dann gibt's noch die Chagas-Krankheit.«

»Die Chagas-Krankheit?«

»*Trypanosoma cruzi*. Ein Insekt, das die Krankheit in sich trägt, sticht einen – und scheißt gleichzeitig. Der Parasit lebt in der Scheiße, und wenn man dann an dem Stich kratzt, infiziert man sich. Man merkt erst zehn oder zwanzig Jahre später, dass mit einem was nicht stimmt. Zuerst schwillt der Bauch an. Dann wird man kurzatmig und kann nicht mehr schlucken. Schließlich schwillt das Herz an – und platzt. Es gibt kein Heilmittel dagegen.«

»Entzückend«, sagte Tom. Er hatte die Aufmerksamkeit des Kellners endlich auf sich gezogen. »Einen Whisky. Und zwar einen doppelten.«

Dunn schaute Tom an. Ein Lächeln lag auf seinen Lippen. »Haben Sie schon mal was von der Fer-de-lance gehört?«

»Kann ich nicht behaupten.« Es sah ganz so aus, als handle Dunn vorwiegend mit schauerlichen Dschungelgeschichten.

»Es ist die giftigste Schlange, die der Menschheit bekannt ist. Ein braungelbes Mistvieh. Die Einheimischen nennen sie *Barba amarilla*. Wenn sie noch jung ist, lebt sie auf Bäumen und Ästen. Stört man diese Schlange, lässt sie sich fallen. Ihr Biss bringt das Herz nach dreißig Sekunden zum Stillstand. Dann gibt's noch den Buschmeister, die größte Giftschlange der Welt. Sie ist vier Meter lang und so dick wie ein Oberschenkel. Sie ist nicht mal annähernd so gefährlich wie die Fer-de-lance. Wenn ein Buschmeister einen beißt, lebt man vielleicht noch zwanzig Minuten.«

Dunn kicherte und trank einen weiteren Schluck.

Sally murmelte etwas in der Art, das klänge ja alles absolut grauenhaft.

»Vom Zahnstocherfisch haben Sie aber doch sicher schon gehört? Das ist allerdings keine Geschichte für die Damen.« Dunn warf Tom einen Blick zu und zwinkerte.

»Erzählen Sie doch mal«, sagte Tom. »Harte Sachen sind Sally nicht fremd.«

Sally blitzte ihn an.

»Er lebt in den Flüssen hier. Stellen Sie sich mal vor, Sie wollen ein Morgenbad nehmen. Der Zahnstocherfisch zischt stracks in Ihren Schniedel rein, fährt einen Satz Widerhaken aus und verankert sich in Ihrer Harnröhre.«

Toms Glas hielt auf halbem Weg zum Mund inne.

»Er blockiert die Harnröhre. Wenn man nicht verdammt schnell einen Chirurgen findet, platzt einem die Blase.«

»Einen Chirurgen?«, fragte Tom schwach.

Dunn lehnte sich zurück. »Genau.«

Toms Kehle war trocken geworden. »Was für 'ne Art Chirurg denn?«

»Einen Amputeur.«

Das Glas erreichte endlich Toms Lippen. Er trank einen Schluck, dann noch einen.

Dunn lachte laut. »Ich wette, von Pirañas, Leishmanias, Zitteraalen, Anakondas und so weiter haben Sie schon gehört.« Er winkte geringschätzig ab. »Ihre Gefährlichkeit wird unglaublich übertrieben. Pirañas machen sich nur über einen her, wenn man blutet. Anakondas sind hier im Norden ziemlich selten und fressen keine Menschen. Die Sümpfe in Honduras haben übrigens einen Vorteil: In ihnen leben keine Blutegel. Man muss sich allerdings vor den Affenspinnen hüten …«

»Zu schade, aber die Affenspinnen müssen wir an einem

anderen Tag durchnehmen«, sagte Tom mit einem Blick auf seine Armbanduhr. Ihm fiel auf, dass Mr. Derek Dunns Hand sich unter dem Tisch befand – auf Sallys Knie.

»Wollen Sie es sich nicht noch mal überlegen, alter Knabe? Dies ist kein Land für Memmen.«

»Überhaupt nicht«, erwiderte Tom. »Ich würde bloß lieber was über Ihre Begegnung mit dem Zahnstocherfisch erfahren.«

Dunn schaute ihn mit ernster Miene an. »Das ist aber eine eher altbackene Geschichte, mein Freund.«

»Tja«, sagte Sally aufgekratzt. »Haben Sie die Reise allein gemacht? Wir suchen nämlich einen Führer und würden gern wissen, ob Sie uns jemanden empfehlen können.«

»Wo wollt ihr denn hin, Leute?«

»Brus Laguna.«

»Da sind Sie als Touristen aber weit vom Schuss!« Dunn kniff die Augen zusammen. »Sie sind nicht zufällig Schriftstellerin, was?«

Sally lachte. »Aber nein, ich bin Archäologin. Tom ist Pferdedoktor. Aber wir sind nur als Touristen hier. Wir erleben gern Abenteuer.«

»Archäologin? Hier gibt's nicht viele Ruinen. Im Sumpf kann man nämlich nicht bauen. Und im Inlandgebirge würde kein zivilisierter Mensch wohnen wollen. Oben in der Sierra Azul ist der Regenwald dichter als irgendwo sonst auf der Erde, und die Berge sind so steil, dass man nicht mal richtig rauf- und runterkrabbeln kann. Da gibt es im Umkreis von hundertfünfzig Kilometern keinen Ort, der flach genug ist, um ein Zelt aufzustellen. Da muss man sich seinen eigenen Weg bahnen, und an einem harten Reisetag kann man froh sein, wenn man mehr als einen Kilometer schafft. Schlägt man sich mit der Machete eine Gasse, ist sie eine Woche später wieder völlig zugewachsen. Wenn Sie auf Ruinen aus sind, Sally, warum versuchen Sie's nicht lieber bei Copán? Vielleicht könnte ich Ihnen ja beim Abendessen etwas mehr darüber erzählen.«

107

Seine Hand war noch immer auf Sallys Knie, drückte und streichelte es.

»Ja, sicher«, sagte Sally. »Vielleicht. Kommen wir zu unserem Führer zurück. Können Sie uns jemanden empfehlen?«

»Einen Führer? Oh, ja. Don Orlando Ocotal ist der richtige Mann für Sie. Ein Tawahka-Indianer. Absolut zuverlässig. Der würde einen nie reinlegen wie die anderen. Er kennt das Land wie seine Westentasche. Er war auf meiner letzten Reise dabei.«

»Wie können wir ihn finden?«

»Er wohnt oben am Río Patuca, in einem Ort namens Pito Solo. Das ist die letzte echte Ansiedlung am Fluss, bevor es in die großen Inlandsümpfe geht. Er liegt etwa sechzig bis siebzig Kilometer flussaufwärts von Brus entfernt. Bleiben Sie auf dem Hauptarm des Flusses, sonst kommen Sie da nie mehr lebend raus. In dieser Jahreszeit stehen die Wälder unter Wasser. Außerdem gibt es da 'ne Milliarde Seitenarme, die in alle möglichen Richtungen führen. Das Land da oben ist praktisch unerforscht, von den Sümpfen an der Sierra Azul bis runter zum Río Guayambré. Vierzigtausend Quadratkilometer Terra incognita.«

»Wir haben eigentlich noch nicht festgelegt, wo wir hin wollen.«

»Don Orlando. Er ist Ihr Mann.« Dunn drehte sich auf seinem Stuhl und wandte Tom sein feistes verschwitztes Gesicht zu. »Hören Sie mal, ich bin ein bisschen knapp bei Kasse. Mein Tantiemenscheck ist unterwegs und so … Was meinen Sie: Könnten Sie vielleicht noch 'ne Runde ausgeben?«

15

Auf dem diskret in die Kirschholztäfelung seines Büros eingebauten Monitor beobachtete Lewis Skiba den Fortschritt von Lampe-Denison Pharmaceuticals an der New Yorker Börse. Die Investoren hatten der Aktie den ganzen Tag über gewaltig Zunder gegeben. Nun wurde sie um die Zehn gehandelt. Während er zuschaute, ging sie um einen weiteren Achtelpunkt runter und landete genau bei zehn.

Skiba wollte sein Unternehmen nicht in den einstelligen Bereich rutschen sehen. Er schaltete den Monitor aus. Sein Blick huschte zu der Holzpaneele, die den Macallan verhüllte. Aber dazu war es noch zu früh. Zu früh. Für den Anruf brauchte er einen klaren Kopf.

Es gingen Gerüchte, das Phloxatan sei bei der FDA in Schwierigkeiten. Die Leerverkäufer fielen über die Aktie her wie Maden über eine Leiche. Zweihundert Millionen Dollar Forschung und Entwicklung hatte man in das Medikament gesteckt. Sie hatten mit den besten medizinischen Wissenschaftlern der drei Ivy-League-Universitäten zusammengearbeitet. Die streng geheimen Versuche waren gut gelaufen, man hatte die Daten in die bestmögliche Form gebracht und aufbereitet. Sie waren ihren Freunden bei der FDA um den Bart gegangen wie noch nie. Doch jetzt war das Phloxatan nicht mehr zu retten. Wie man die Daten auch drehte, das Medikament war ein Flop. Jetzt saß Skiba auf sechs Millionen Lampe-Aktien, die er nicht loswerden konnte – niemand hatte vergessen, was mit Martha Stewart passiert war – und auf zwei Millionen Optionen, die so wertlos waren, dass sie als Toilettenpapier in seinem Carrara-Marmorbad nützlicher gewesen wären.

Skiba hasste Leerverkäufer mehr als alles auf der Welt. Sie waren die Geier, die Maden, die Aasfliegen des Marktes. Er hätte alles dafür gegeben, um zu sehen, dass die Lampe-Aktie sich gegen sie wandte und stieg. Er hätte gern ihre Panik gesehen, wenn sie gezwungen wären, ihre Positionen zu schützen. Er hätte gern an all die Anrufe gedacht, die sie zum Nachschuss aufforderten. Es wäre wunderschön gewesen. Sobald er den Codex in die Hände bekam und das bekannt machte, würden diese wunderschönen Dinge wahr werden. Die Leerverkäufer würden sich so schlimm verbrennen, dass es Monate, wenn nicht gar Jahre dauern würde, bis sie sich erholten.

Das Schreibtischtelefon erzeugte ein leises Trillern. Skiba schaute kurz auf seine Armbanduhr. Das Satellitengespräch kam pünktlich. Eigentlich gefiel es ihm gar nicht, mit Hauser zu reden. Er verabscheute diesen Menschen und seine Prinzipien. Aber er musste sich mit ihm abgeben. Hauser hatte darauf bestanden, ihn *auf dem Laufenden zu halten*. Obwohl Skiba ein Geschäftsführer war, der in der Regel nicht lange fackelte, hatte er gezögert. Es gab Dinge, die besser im Dunkeln blieben. Am Ende hatte er jedoch zugestimmt – wenn auch nur, um Hauser daran zu hindern, etwas Dummes oder Ungesetzliches zu tun. Wenn er den Codex bekam, musste er sauber sein.

Skiba nahm den Hörer ab.

»Skiba.«

Hauser klang aufgrund der Verschlüsselung fast wie Donald Duck. Wie üblich vergeudete der Privatdetektiv keine Zeit mit Nettigkeiten.

»Maxwell Broadbent ist mit einer Truppe Hochlandindianer den Río Patuco hinaufgefahren. Wir sind auf seiner Spur. Wir wissen zwar noch nicht, wo sein Ziel lag, aber ich schätze, es wird irgendwo im Inlandgebirge sein.«

»Gibt's irgendwelche Probleme?«

»Vernon, einer seiner Söhne, hat sich vorgedrängelt und ist uns ein Stück voraus. Könnte aber gut sein, dass der Dschungel das Problem für uns erledigt.«

»Ich verstehe nicht.«

»Er hat in Puerto Lempira zwei Trunkenbolde als Führer angeheuert und sich im Meambar-Sumpf verirrt. Ist unwahrscheinlich, dass sie den ... ähm ... Sonnenschein je wieder sehen.«

Skiba schluckte. So viele Informationen hatte er eigentlich gar nicht haben wollen. »Hören Sie, Mr. Hauser, bleiben Sie einfach bei den Fakten und überlassen Sie die Meinungen den anderen.«

»Wir hatten einen kleineren Rückschlag mit Tom, dem anderen Sohn. Er hat eine Frau bei sich, eine Doktorandin aus dem Bereich Ethnopharmakologie von der Universität Yale.«

»Ethnopharmakologie? Weiß sie von dem Codex?«

»Da können Sie Ihren Arsch drauf wetten.«

Skiba zuckte zusammen. »Das ist aber sehr lästig.«

»Yeah, aber nichts, womit ich nicht fertig würde.«

»Hören Sie, Mr. Hauser«, sagte Skiba schroff. »Ich überlasse alles Ihren kompetenten Händen. Ich muss jetzt zu einer Konferenz.«

»Man wird sich um diese Leute kümmern müssen.«

Es behagte Skiba nicht, dass das Thema damit nicht abgeschlossen war. »Ich habe keine Ahnung, wovon Sie reden, und ich möchte es auch gar nicht wissen. Ich bin zufrieden, wenn Sie sich um die Einzelheiten kümmern.«

Am anderen Ende ertönte ein leises Kichern. »Wie viele Menschen sterben in diesem Moment in Afrika, weil Sie darauf bestehen, dreiundzwanzigtausend Dollar pro Jahr für das neue Tbc-Medikament in Rechnung zu stellen, das in der Produktion gerade mal hundertzehn kostet? Mehr möchte ich dazu nicht sagen. Wenn ich sage, dass ich mich darum kümmere, meine ich damit nur, dass ich Ihrer Gesamtsumme ein paar Zahlen hinzufüge.«

»Das ist unerhört, Hauser! Verdammt noch mal ...« Skiba brach ab und schluckte. Er wollte sich doch nicht provozieren lassen. Das hier war eine Unterhaltung, mehr nicht.

»Sie sind wirklich nett, Skiba. Sie wollen den Codex schön sauber und legal haben. Sie wollen nicht, dass plötzlich jemand den Hals reckt und behauptet, er gehört ihm. Sie wollen auch nicht, dass sich jemand wehtut. Machen Sie sich keine Sorgen: Ohne Ihre Erlaubnis werden keine weißen Menschen ums Leben kommen.«

»Jetzt hören Sie mal zu. Ich werde es nicht hinnehmen, dass jemand getötet wird – ob es nun ein Weißer ist oder nicht. Hören Sie mit diesem rücksichtslosen Gerede auf.« Skiba spürte, wie ihm Schweißtropfen am Hals hinabliefen. Womit hatte er Hauser erlaubt, die Situation derart zu kontrollieren? Seine Hand tastete nach dem Schlüssel. Die Schublade glitt auf.

»Ich verstehe«, sagte Hauser. »Wie schon gesagt ...«

»Ich muss in eine Konferenz.« Skiba unterbrach die Verbindung. Sein Herz pochte heftig. Hauser war in Mittelamerika, komplett außer Kontrolle. Niemand überwachte ihn. Er konnte tun, was er wollte. Der Mann war ein Psychopath. Skiba schluckte die Pille, spülte ihre Bitterkeit mit einem Schluck Macallan hinunter, lehnte sich zurück und rang nach Luft. Das Feuer im Kamin brannte fröhlich vor sich hin. Das Gerede vom Töten hatte ihn so aufgeregt, dass ihm übel war. Er blickte in die Flammen, in der Hoffnung auf ihren beruhigenden Einfluss. Hauser hatte zwar versprochen, seine Erlaubnis einzuholen, doch die würde er nie kriegen. Weder die Firma noch sein persönliches Glück waren es wert, zu solchen Maßnahmen zu greifen. Skibas Blick wanderte über die Reihe der silbern eingerahmten Fotos auf dem Schreibtisch: Seine drei Kinder schauten ihn mit einem schiefen Grinsen an. Sein Atem normalisierte sich. Hauser schwafelte viel brutales Zeug, aber es war eben doch nur Geschwafel. Niemand würde umgebracht werden. Hauser würde den Codex an sich bringen, Lampe würde sich erholen, und in zwei oder drei

Jahren würde die Wall Street Lewis Skiba feiern, weil er sein Unternehmen vor dem Abgrund bewahrt hatte.

Skiba schaute auf die Uhr. Die Börsen hatten geschlossen. Mit einem ängstlichen, zögernden Gefühl schaltete er den Monitor wieder ein. Späte Schnäppchenjäger hatten die Aktie in den letzten zwanzig Minuten steigen lassen. Sie hatte bei zehneinhalb geschlossen.

Skiba empfand einen Anflug von Erleichterung. So schlecht war der Tag nun eigentlich auch wieder nicht verlaufen.

16

Sally schaute skeptisch auf den Schrotthaufen von einem Flugzeug, den zwei Arbeiter aus dem schäbigen Hangar rollten.

»Vielleicht hätten wir die Maschine überprüfen sollen, bevor wir die Tickets gekauft haben«, sagte Tom zu ihr.

»Die ist bestimmt in Ordnung«, erwiderte Sally, als wolle sie sich selbst Mut machen.

Der Pilot, ein hagerer, bärtiger Amerikaner mit zwei langen Zöpfen – er trug ein zerfetztes T-Shirt und kurze Hosen – schlenderte auf sie zu und stellte sich als John vor. Tom beäugte ihn, dann musterte er die Maschine mit einem argwöhnischen Blick.

»Ich weiß, ich weiß«, sagte John grinsend. »Sieht aus wie ein Haufen Müll.« Er pochte mit den Fingerknöcheln auf den Rumpf des Flugzeugs, bis es schepperte. »Aber es kommt drauf an, was unter der Haube ist. Ich halt die Kiste selbst in Schuss.«

»Sie glauben nicht, wie mich das beruhigt«, meinte Tom.

»Sie wollen also nach Brus?«

»Stimmt.«

John warf einen Blick auf ihr Gepäck. »Wollen Sie Tarpons fischen?«

»Nein.«

»Einen besseren Platz werden Sie nirgendwo finden. Leider gibt's da sonst nichts.« John öffnete ein Fach an der Seite der

Maschine und schob das Gepäck mit seinen dürren Armen hinein. »Was wollen Sie denn da?«

»Wissen wir noch nicht genau«, antwortete Sally schnell. Je weniger sie über ihr Vorhaben erzählten, desto besser. Es hatte keinen Sinn, eine Stampede auszulösen, die sich den Fluss hinauf begab.

Der Pilot schob die letzte Tasche ins Fach, versetzte ihr ein paar Hiebe, damit sie auch reinpasste, und schlug die blechern scheppernde Luke zu. Nach drei Versuchen war sie endlich im Schloss. »Wo wohnen Sie in Brus?«

»Das haben wir auch noch nicht entschieden.«

»Es geht nichts über Vorausplanung«, sagte John. »Na ja, es gibt da ohnehin nur ein Hotel, das La Perla.«

»Wie viele Sterne hat es im Michelin?«

John lachte kurz. Dann öffnete er die Passagierluke, schwang die Treppe ins Freie, und sie kletterten an Bord. John folgte ihnen. Als er hereinkam, glaubte Tom einen leichten Hauch von Marihuana zu riechen. *Großartig.*

»Wie lange fliegen Sie schon?«, wollte er wissen.

»Zwanzig Jahre.«

»Hatten Sie schon mal einen Unfall?«

»Einmal. Hab in Paradiso ein Schwein angefahren. Ein paar Scherzkekse hatten die Landebahn nicht gemäht, und das blöde Vieh schlief im hohen Gras. Es war ein *riesiges* Schwein.«

»Haben Sie eine Instrumentbewertung?«

»Na ja, sagen wir mal, ich weiß, wie man Instrumente bedient. Hier gibt's wenig Bedarf für amtliche Bewertungen; jedenfalls nicht bei Buschfliegern.«

»Haben Sie einen Flugplan eingereicht?«

John schüttelte den Kopf. »Ich brauch doch nur an der Küste entlangzufliegen.«

Die Maschine hob ab. Es war ein herrlicher Tag. Sally war ganz aufgeregt, als sie in die Kurve gingen und der Sonnenschein über der Karibik schillerte. Sie folgten der tief liegenden, flachen Küste mit den zahlreichen Lagunen und den vor dem Festland liegenden Inseln; sie muteten wie grüne Dschungelteile an, die vom Hauptland abgebrochen und ins Meer hinausgetrieben waren. Sally konnte erkennen, wo die Straßen ins Landesinnere verliefen, wo sie an unregelmäßig geformte Felder oder gezackte Flecken grenzten, an denen man erst kürzlich Bäume gefällt hatte. Tief im Innern sah sie eine gezackte Reihe blauer Berge, deren Gipfel bis in die Wolken reichten.

Sally warf Tom einen Blick zu. Die Sonne hatte sein hellbraunes Haar gebleicht und mit Gold gesprenkelt. Er war hager, hoch gewachsen, drahtig und bewegte sich auf eine cowboyhafte Art, die ihr gefiel. Sie fragte sich, wie jemand hundert Millionen Dollar einfach so verschmähen konnte. Das hatte sie mehr beeindruckt als alles andere. Sie war lang genug auf dieser Welt, um zu wissen, dass Leute mit Geld sich viel mehr um ihre Finanzen sorgten als jene, die keines hatten.

Tom wandte sich um und schaute sie an. Sally lächelte schnell und blickte wieder aus dem Fenster. Je weiter die Küste nach Osten verlief, desto wilder wurde die Landschaft unter ihnen und die Lagunen weitläufiger und komplizierter. Schließlich kam die bisher größte Lagune ins Blickfeld. Sie war mit Hunderten von winzigen Inseln gesprenkelt. Ein großer Fluss mündete in das gegenüberliegende Ende. Als sie zum Anflug abdrehten, sah Sally dort, wo der Fluss sich mit der Lagune verband, eine Ortschaft; eine Ansammlung glänzender Blechdächer, von einem Wirrwarr unregelmäßiger Felder umgeben. Sie lagen wie zerrissene Lumpenfetzen auf der Landschaft. Der Pilot beschrieb einen Kreis, dann hielt er auf den Landeplatz zu, der sich, als sie näher kamen, als Wiese entpuppte. Er setzte nach Sallys Ansicht sehr schnell zur Landung an, und obwohl sie dem Boden immer näher kamen, schien die Maschine weiter zu beschleunigen. Sally hielt sich an den Sitzlehnen fest. Die Landebahn raste unter ihnen dahin, aber die Maschine ging nicht tiefer. Dann sah sie, wie die Mauer aus Dschungellaubwerk am anderen Ende mit höchster Geschwindigkeit auf sie zu kam.

»Herrgott«, rief Sally. »Sie schießen über die Landebahn hinaus!«

Die Maschine stieg schnell und leicht wieder hoch. Der Dschungel flog unter ihnen dahin. Die Baumwipfel waren kaum fünf Meter unter ihnen. Als sie aufstiegen, hörte Sally Johns trockenes Lachen in ihrem Kopfhörer. »Immer mit der Ruhe, Sal. Ich bin nur mal über die Landebahn gefegt, um sie zu säubern. Ich hab meine Lektion nämlich gelernt.«

Als die Maschine abschwenkte und erneut zur Landung ansetzte, lehnte Sally sich zurück und wischte sich den Schweiß von der Stirn. »Nett von Ihnen, dass Sie uns warnen.«

»Ich hab euch doch von dem Schwein erzählt …«

Sie bezogen in der Stadt im La Perla Quartier, einer Klinkerhütte, die sich Hotel nannte. Dann gingen sie zum Fluss hinunter, um zu schauen, wo man ein Boot mieten konnte. Sie schlenderten durch die schmutzigen Gassen von Brus. Es war Nachmittag, die Hitze hatte die Luft lustlos und tot gemacht. Alles war still, am Boden standen Unmengen dampfende Pfützen. Der Schweiß lief Sally aus den Ärmeln, am Hals hinab und zwischen ihre Brüste. Sie hatte den Eindruck, dass alle vernünftigen Menschen Siesta hielten.

Am anderen Ende der Ortschaft stießen sie auf den Fluss. Er lag zwischen steilen erdigen Ufern, war etwa zweihundert Meter breit und hatte die Farbe von Mahagoni. Er schlängelte sich zwischen dichten Urwaldmauern dahin und roch schlammig. Das zähflüssige Wasser bewegte sich träge, an der Oberfläche kräuselten sich Strudel und Wirbel. Hier und da trieben langsam grüne Blätter oder Zweige flussabwärts. Ein Gehweg aus Balken führte von der steilen Uferstraße nach unten und endete an einer Bambusrohrplattform, die über dem Wasser errichtet worden war und einen wackeligen Kai bildete. Vier Einbaumkanus lagen dort vertäut. Sie waren etwa zehn Meter lang, eins zwanzig breit und bestanden aus riesigen Baumstämmen, die sich zu einem lanzenähnlichen Bug verjüngten. Ihr Heck war flach abgeschnitten und mit einem Brett versehen, an dem man kleine Außenbordmotoren befestigen konnte. Vorn und hinten angebrachte Bretter dienten als Sitzfläche.

Sie kletterten die Uferstraße hinab, um einen besseren Überblick zu gewinnen. Sally stellte fest, dass drei der Einbäume mit 6-PS-Evinrude-Motoren ausgerüstet waren. Das vierte war länger und schwerer und verfügte über eine 18-PS-Maschine.

»Das ist der Renner hier!«, rief sie auf das Boot deutend. »Genau das Richtige für uns.«

Tom schaute sich um. Die Umgebung wirkte verlassen.

»Da ist jemand.« Sally zeigte auf eine etwa fünfzig Meter weiter am Ufer stehende, an der Seite offene Bambushütte. Neben einem Stapel leerer Blechdosen brannte ein kleines Feuer. Im Schatten zweier Bäume hatte jemand eine Hängematte aufgespannt. Ein Mann schlief darin.

Sally ging zu ihm hin. »*Hola*«, sagte sie.

Kurz darauf öffnete der Mann ein Auge. »*Sí?*«

»Wir möchten mit jemandem reden, der uns ein Boot vermieten kann«, sagte sie auf Spanisch.

Der Mann grunzte, dann murmelte er etwas, richtete sich in der Hängematte auf und kratzte sich grinsend am Kopf. »Ich sprechen gut Amerikanisch. Sprechen Amerikanisch. Irgendwann ich fahren nach Amerika.«

»Wie schön«, sagte Tom. »Wir fahren nach Pito Solo.«

Der Mann nickte, gähnte, kratzte sich. »Okay. Ich bringen hin.«

»Wir möchten das große Boot mieten. Das mit dem 18-PS-Motor.«

Der Mann schüttelte den Kopf. »Das doofe Boot.«

»Ist uns egal, ob es doof ist«, sagte Tom. »Genau das wollen wir haben.«

»Ich bringen euch in mein Boot. Doofes Boot gehört Leute von Militär.« Er streckte eine Hand aus. »Haben Bonbons?«

Sally zückte die Tüte, die sie erst an diesem Morgen und genau zu diesem Zweck erstanden hatte.

Das Gesicht des Mannes erhellte sich zu einem Lächeln. Er schob eine welke Hand in die Tüte hinein, kramte in den Süßigkeiten herum, wählte fünf oder sechs Bonbons aus und steckte sie sich alle auf einmal in den Mund. In seiner Wange entstand ein dicker Klumpen. »*Bueno*«, murmelte er.

»Wir möchten morgen früh aufbrechen«, sagte Tom. »Wie lange dauert die Fahrt?«

»Drei Tage.«

»Drei *Tage*? Ich dachte, es sind nur sechzig oder siebzig Kilometer.«

»Wasserstand niedrig. Laufen vielleicht auf. Muss staken. Viel waten. Kann Motor nicht einsetzen.«

»Waten?«, fragte Tom. »Was ist mit dem Zahnstocherfisch?«

Der Mann maß ihn mit einem leeren Blick.

»Keine Sorge, Tom«, sagte Sally. »Sie können doch enge Unterwäsche anziehen.«

»Ah, *sí*! Der Candiru!« Der Mann lachte. »Lieblingsgeschichte von Gringos! Candiru. Ich schwimmen in Fluss jeden Tag und noch immer hab mein *Chuc-Chuc*. Funktioniert gut!« Er spitzte lasterhaft die Lippen und zwinkerte Sally zu.

»Verschonen Sie mich«, sagte Sally.

»Dann ist dieser Fisch also ein Scherz?«, fragte Tom.

»Nein, ist echt! Aber zuerst man muss pissen in Fluss. Candiru riechen Pisse in Fluss, kommen her und *schmatz!* Wer nicht pissen bei Schwimmen, hat kein Problem!«

»Ist hier kürzlich jemand durchgekommen? Gringos, meine ich?«

»Sí. Wir sehr beschäftigt. Letzter Monat, weißer Mann kommt mit viele Kisten und Indianer aus Berge.«

»Was für Indianer?«, fragte Tom aufgeregt.

»Nackte Indianer aus Berge.« Der Mann spuckte aus.

»Wo hatte er seine Boote her?«

»Er bringen viele neue Einbaum aus La Ceiba.«

»Sind die Boote zurückgekommen?«

Der Mann lächelte, dann rieb er in einer international bekannten Geste Daumen und Zeigefinger aneinander und streckte die Hand aus. Sally gab ihm einen Fünfer.

»Boote nicht zurückkehren. Männer fahren flussaufwärts, nie kommen zurück.«

»Ist sonst noch jemand hier durchgekommen?«

»*Sí*. Letzte Woche Jesus Christus kommen mit betrunkene Führer aus Puerto Lempira.«

»Jesus Christus?«, fragte Sally.

»*Sí*, Jesus Christus mit langes Haar, Bart, Gewand und Sandalen.«

»Das muss Vernon gewesen sein«, sagte Tom lächelnd. »War jemand bei ihm?«

»*Sí*, der heilige Petrus.«

Tom verdrehte die Augen.

»Sonst noch jemand?«

»*Sí*. Dann kommen zwei Gringos mit zwölf Soldaten in zwei Einbaums – auch aus La Ceiba.«

»Wie sahen die Gringos aus?«

»Einer sehr groß, rauchen Pfeife, war wütend. Andere kleiner mit vier Goldringe.«

»Philip«, konstatierte Tom.

Sie handelten schnell eine Passage nach Pito Solo aus. Tom gab dem Mann zehn Dollar Vorschuss. »Wir brechen morgen früh auf, sobald es hell wird.«

»*Bueno!* Ich bereit!«

Als sie vom Fluss zu dem Klinkergebäude zurückkehrten, das sich als Hotel ausgab, stellten sie zu ihrer Überraschung fest, dass ein Jeep vor dem Haus parkte. In ihm saßen ein Militäroffizier und zwei Soldaten. In der Nähe wartete eine Ansammlung tuschelnder, drängelnder Kinder darauf, dass etwas passierte. Die Hotelbesitzerin stand vor dem Haus. Sie hatte die Hände gefaltet. Ihr Gesicht war bleich vor Furcht.

»Das gefällt mir gar nicht«, sagte Sally.

Der Offizier trat vor. Er hatte einen ganz geraden Rücken, eine makellose Uniform und trug kleine polierte Stiefel. Er verbeugte sich zackig. »Habe ich die Ehre, Señor Tom Broadbent und Señorita Sally Colorado zu begrüßen? Ich bin Leutnant Vespán.« Er ergriff nacheinander ihre Hände und trat dann zurück. Der Wind drehte, und Tom roch plötzlich eine Mischung aus Old Spice, Zigarren und Rum.

»Worum geht's denn?«, fragte Sally.

Leutnant Vespán lächelte breit und enthüllte eine silberne Zahnreihe. »Ich muss Ihnen zu meinem allergrößten Bedauern mitteilen, dass Sie unter Arrest stehen.«

17

Tom schaute den winzigen Offizier an. Ein kleiner Hund, der wohl etwas gegen einen der Soldaten hatte, kauerte sich vor den Mann und fletschte knurrend die Zähne. Der Offizier versetzte ihm mit seinem schnieken Stiefel einen Tritt, und die Soldaten lachten.

»Wessen beschuldigt man uns?«, fragte Tom.

»Das werden wir in San Pedro Sula besprechen. Wenn Sie jetzt bitte mitkommen wollen?«

Ein unbehagliches Schweigen trat ein. »Nein«, sagte Sally.

»Machen Sie uns doch keine Schwierigkeiten, Señorita.«

»Ich mache keine Schwierigkeiten. Ich gehe einfach nicht mit. Sie können mich nicht zwingen.«

»Sally«, sagte Tom. »Muss ich darauf hinweisen, dass diese Männer Waffen haben?«

»Na gut. Dann sollen sie mich eben erschießen und das dann der amerikanischen Regierung erklären.« Sally breitete die Arme aus, um ein besseres Ziel abzugeben.

»Ich *bitte* Sie, Señorita.«

Die beiden Soldaten, die zu dem Offizier gehörten, traten nervös von einem Fuß auf den anderen.

»Na los, tun Sie mir doch den Gefallen!«

Der Offizier nickte den Soldaten zu. Die Männer senkten ihre Waffen, traten zackig vor und packten Sally. Sally stieß einen Schrei aus und wehrte sich.

Tom machte einen Schritt nach vorn. »Lassen Sie sie los!«

Die beiden Soldaten hoben Sally hoch und trugen sie trotz ihrer Gegenwehr zum Jeep. Tom versetzte dem ersten Mann einen Schwinger und schickte ihn zu Boden. Sally riss sich los, und Tom nahm sich den zweiten Mann vor.

Dann fand er sich zu seiner Überraschung auf dem Rücken liegend wieder und schaute zum heißen blauen Himmel empor. Der Offizier ragte über ihm auf. Sein Gesicht war rot und wütend. Tom spürte an seinem Hinterkopf ein heftiges Pochen. Der Mann hatte ihn mit dem Knauf seiner Waffe niedergeschlagen.

Die Soldaten rissen ihn grob auf die Beine. Sally wehrte sich nun nicht mehr. Sie sah blass aus.

»Machoschweine«, sagte sie. »Wir werden Ihren Angriff der amerikanischen Botschaft melden.«

Leutnant Vespán schüttelte traurig den Kopf, als könne er diese Narretei nicht verstehen. »Könnten wir jetzt in Frieden abrücken?«

Tom und Sally ließen sich zum Jeep bringen. Der Leutnant verfrachtete Tom auf den Rücksitz und schubste Sally neben ihn. Ihre Rucksäcke und ihr Gepäck waren schon aus dem Hotel geholt und im hinteren Teil des Fahrzeugs verstaut worden. Der Jeep fuhr über die Straße, die zur Landebahn führte. Dort wartete im Gras ein schäbiger Militärhubschrauber auf sie. Eine Metallplatte an der Seite des Hubschraubers fehlte, und ein Mann fummelte mit einem Schraubenschlüssel am Triebwerk herum. Der Jeep kam schlitternd zum Stehen.

»Was machen Sie da?«, fragte der Leutnant jäh auf Spanisch.

»Tut mir Leid, Teniente, aber wir haben ein kleines Problem.«

»Was für ein Problem?«

»Wir brauchen ein Ersatzteil.«

»Können Sie ohne nicht fliegen?«

»Nein, Teniente.«

»Gottverdammte Scheiße! Wie oft geht dieser Hubschrauber denn noch aus dem Leim?«

»Soll ich per Funk darum ersuchen, dass man uns eine Maschine mit dem Ersatzteil schickt?«

»Bei Josefs Klöten! Ja, Sie Null, funken Sie nach dem Teil!«

Der Pilot kletterte in den Hubschrauber, setzte seinen Funkspruch ab und kam wieder heraus. »Wir kriegen es morgen früh, Teniente. Eher geht es nicht.«

Der Leutnant schloss sie in eine Holzhütte ein, die neben der Landebahn stand, und ließ die beiden Soldaten davor Posten beziehen. Nachdem die Tür hinter ihnen ins Schloss gefallen war, setzte sich Tom auf ein leeres 150-Liter-Fass und hielt sich seinen schmerzenden Schädel.

»Wie geht's Ihnen?«, fragte Sally.

»Als wäre mein Kopf ein Messinggong, den gerade jemand geschlagen hat.«

»Er hat wirklich böse zugehauen.«

Tom nickte.

Es klapperte, dann wurde die Tür wieder aufgerissen. Der Leutnant stand draußen und beobachtete, wie seine Männer ihre Schlafsäcke und eine Taschenlampe zu ihnen hereinwarfen. »Ich bedaure diese Umstände wirklich.«

»Sie werden Sie erst richtig bedauern, wenn ich Sie angezeigt habe«, erwiderte Sally.

Der Leutnant ignorierte sie. »Ich möchte Ihnen raten, nichts Dummes zu tun. Es wäre bedauerlich, wenn jemand erschossen würde.«

»Sie würden es nicht wagen, uns zu erschießen, Sie Möchtegern-Nazi«, sagte Sally.

Die Zähne des Leutnants glitzerten silbergelb im schwachen Licht. »Bekanntlich ist Amerikanern, die nach La Mosquitia kommen, ohne sich ausreichend auf den Dschungel vorbereitet zu haben, schon so mancher Unfall zugestoßen.«

Er zog sich zurück, und die Soldaten knallten die Tür zu. Tom hörte die gedämpfte Stimme des Leutnants, die den Soldaten klar machte, dass er ihnen eigenhändig die Eier abschneiden würde, wenn sie während der Wache einschliefen oder tranken. Anschließend würde er sie trocknen und als Türklopfer verwenden.

»Verdammte Nazis«, schimpfte Sally. »Danke, dass Sie mich verteidigt haben.«

»Hat ja nicht viel gebracht.«

»Hat er Sie fest geschlagen?« Sally schaute sich seinen Kopf an. »Die Beule da ist echt fies.«

»Mir fehlt nichts weiter.«

Sally nahm neben ihm Platz. Tom spürte die Wärme ihrer Nähe. Er schaute sie an und sah ihr sich im Halbdunkel der Hütte schwach abzeichnendes Profil. Sie schaute ihn ebenfalls an. Sie waren sich so nahe, dass er die Wärme ihres Gesichts an dem seinen spürte und das Kräuseln ihrer Lippen und das kleine Grübchen auf ihrer Wange und ein paar Sommersprossen auf ihrer Nase sah. Sie duftete noch immer nach Pfefferminz. Ohne einen Gedanken daran zu verschwenden, was er tat, beugte er sich vor und seine Lippen streiften die ihren. Einen Moment lang rührte sich keiner, dann wich Sally jäh zurück. »Das ist *keine* gute Idee!«

Ja, was glaubt sie denn, verdammt? Tom wich ebenfalls zurück. Er war wütend und fühlte sich gedemütigt.

Der unbehagliche Augenblick wurde durch ein plötzliches Klopfen an die Tür unterbrochen. »Abendessen«, brüllte einer der Soldaten. Die Tür flog kurz auf. Licht fiel hinein, dann wurde die Tür wieder zugeworfen. Tom hörte, wie der Mann sie verschloss.

Er richtete den Strahl der Taschenlampe auf die Tür, dann nahm er das Tablett an sich. Das Abendessen bestand aus zwei Dosen warmer Pepsi, einigen Tortillas mit Bohnen und einem Häufchen lauwarmem Reis. Keinem war nach Essen zumute, also saßen sie nur eine Weile in der Dunkelheit da. Der Schmerz in Toms Schädel ließ nach, und je mehr er nachließ, desto wütender wurde er. Die Soldaten hatten kein Recht, so mit ihnen umzuspringen. Sally und er hatten nichts getan. Er hatte irgendwie das Gefühl, dass ihre Scheinfestnahme von eben von dem namenlosen Gegner bewerkstelligt worden war, der Barnaby und Fenton umgebracht hatte. Seine Brüder waren in größerer Gefahr, als er angenommen hatte.

»Geben Sie mir doch mal die Taschenlampe.«

Tom leuchtete ihr Gefängnis aus. Unbeholfener hätte man eine Hütte kaum bauen können. Sie bestand nur aus Balken, daran festgenagelten Brettern und einem Blechdach. Langsam nahm eine Idee in seinem Kopf Gestalt an – ein Fluchtplan.

18

Um 3.00 Uhr nachts nahmen sie ihre Plätze ein: Sally an der Tür und Tom an der Wand gegenüber. Er zählte leise bis drei, dann traten sie gleichzeitig zu. Die Tritte, die Sally der Tür verpasste, überlagerten den Lärm, den Tom vollführte, als er gegen die Bretter an der hinteren Wand trat. Ihre gemeinsame Aktion verband sich zu einem Radau, der laut in dem engen Raum widerhallte. Wie Tom gehofft hatte, löste sich das schäbige Brett.

Im nahe liegenden Dorf fingen Hunde an zu bellen. Einer der Soldaten stieß eine Verwünschung aus. »Was macht ihr da?«, schrie er durch die Tür.

»Ich muss mal!«, brüllte Sally.

»Nein, nein, Sie müssen es da drin erledigen!«

Tom legte einen weiteren Countdown vor – *eins, zwei, drei: Rums.* Sally versetzte der Tür noch einen Tritt, und Tom trat das zweite Brett ab.

»Aufhören!«, schrie der Soldat.

»Aber ich muss doch mal, *Cabrón!*«

»Tut mir Leid, Señorita, aber Sie müssen es da drin erledigen. Ich habe den Befehl, die Tür nicht zu öffnen.«

Eins, zwei, drei: Rums!

Das dritte Brett löste sich. Die Öffnung war nun groß genug, um sich hindurchzuzwängen. Die Hunde im Ort bellten hysterisch.

»Wenn Sie noch mal treten, rufe ich den Teniente!«

»Aber ich muss mal!«

»Da kann ich auch nichts dran ändern.«

»Ihr Soldaten seid Barbaren.«

»Wir haben Befehle, Señorita.«

»Das haben Hitlers Schergen auch gesagt.«

»Lassen Sie uns abhauen, Sally«, zischte Tom ihr durch die Dunkelheit zu.

»So schlecht war Hitler nun auch wieder nicht, Señorita. Bei ihm sind die Züge pünktlich gefahren.«

»Das war bei Mussolini, Sie Schwachkopf. Sie und Ihr Kollege werden noch am Galgen enden, dann sind wir Sie Gott sei Dank los!«

»Sally!«, rief Tom.

Sally kehrte zu ihm zurück. »Haben Sie gehört, was dieser Nazi gerade gesagt hat?«

Tom schob Sally durch das Loch und reichte ihr die Schlafsäcke. Sie liefen geduckt über den Dschungelpfad zum Ort. Dort gab es zwar keinen Strom, aber der Himmel war klar und der Mondschein beleuchtete die leeren Straßen. Da die Hunde ohnehin schon bellten, konnten sie den Ort durchqueren, ohne weiteren Alarm auszulösen. Trotz des Lärms rührte sich kein Mensch.

Die Leute haben gelernt, dass es besser ist, wenn sie sich um ihre eigenen Angelegenheiten kümmern, dachte Tom.

Fünf Minuten später waren sie bei den Booten. Tom ließ den Strahl der Taschenlampe über den Militär-Einbaum schweifen. Das war das Boot mit dem 18-PS-Motor. Es war gut in Schuss und verfügte über zwei große Kunststofftanks, die beide voll waren. Tom löste die Vertäuung am Bug. Plötzlich hörte er eine Stimme, die sich leise aus der Finsternis meldete.

»Sie nicht wollen das Boot da.«

Es war der Mann, den sie heute Morgen angeworben hatten.

»Und ob wir es wollen«, zischte Tom.

»Besser lassen Dummköpfe von Militär Boot nehmen. Hat

zu viel Tiefgang. Läuft an jede Flussbiegung auf Grund. Sie mein Boot nehmen. Sie nicht auflaufen. Sie fliehen in die Richtung da.« Der Mann sprang wie eine Katze an Deck und löste die Vertäuung eines schlanken Einbaums mit einem 6-PS-Motor. »Steigen ein.«

»Kommen Sie mit?«, fragte Sally.

»Nein. Ich doofe Soldaten sagen, Sie mich beraubt.« Er löste die Benzintanks des Militärbootes und schaffte sie ins Heck seines eigenen. Außerdem gab er ihnen den Tank des dritten Bootes. Tom und Sally stiegen ein. Tom griff in die Tasche, um dem Mann etwas Geld zu geben.

»Jetzt nicht. Wenn sie mich durchsuchen und finden Geld, sie mich erschießen.«

»Wie können wir Sie bezahlen?«, fragte Tom.

»Sie mir später zahlen eine Million Dollar. Mein Name Manuel Waono. Ich immer hier.«

»Moment mal ... Eine *Million?*«

»Sie reiche Amerikaner. Sie kein Problem zahlen mir eine Million. Ich Manuel Waono, retten Ihr Leben. Sie jetzt gehen. Schnell.«

»Wie finden wir Pito Solo?«

»Letztes Dorf am Fluss.«

»Aber woher wissen wir ...«

Der Indianer hatte kein Interesse, weitere Erklärungen abzugeben. Er schob das Boot mit dem nackten Fuß ins Wasser, und es glitt in die Schwärze hinaus.

Tom tauchte die Schraube ins Wasser, pumpte Kraftstoff vor, betätigte die Luftklappe und riss an der Startleine. Der Motor brüllte augenblicklich auf. In der Stille klang das Geräusch schrill und laut.

»Abfahren!«, sagte Manuel vom Ufer aus.

Tom legte den Vorwärtsgang ein. Er drehte das Gas so weit wie möglich auf, und der blecherne Motor heulte und bebte. Das lange Holzkanu bewegte sich durchs Wasser. Tom steuerte, Sally stand derweil am Bug und sondierte den vor ihnen liegenden Fluss mit der Taschenlampe.

Keine Minute später schrie Manuel am Anlegeplatz: »Hilfe! Ich bin beraubt worden! Mein Boot! Sie haben mein Boot gestohlen!«

»Herrgott, der hat aber nicht lange gewartet«, murmelte Tom.

Kurz darauf trieb ein aufgeregtes Stimmengewirr über den dunklen Fluss auf sie zu. Dann hüpfte der helle Strahl eines Scheinwerfers die Uferstraße hinunter und beleuchtete im Verein mit diversen Taschenlampen eine Menschenansammlung, die an der wackeligen Anlegestelle zusammengeströmt war. Eine Stimme schrie etwas in englischer Sprache. Es war Leutnant Vespán. »Drehen Sie um, sonst befehle ich meinen Leuten, das Feuer zu eröffnen!«

»Der blufft doch nur«, sagte Sally.

Tom war sich nicht ganz so sicher.

»Glauben Sie bloß nicht, dass ich scherze!«, schrie der Teniente.

»Der schießt doch nie«, meinte Sally.

»Eins … zwei …«

»Das ist doch nur ein Maulheld«, sagte Sally.

»Drei …«

Stille.

»Na, was hab ich gesagt?«

Urplötzlich knallte eine Salve aus automatischen Waffen über das Wasser hinweg. Sie war entsetzlich laut und sehr nah.

»Scheiße!«, schrie Tom und warf sich zu Boden. Als das Boot vom Kurs abkam, griff er mit einer Hand schnell nach oben und packte den Motorgriff.

Sally stand noch immer unbeeindruckt am Bug. »Die schießen doch nur in die Luft, Tom. Die werden das Risiko nicht eingehen, uns zu treffen. Wir sind doch Amerikaner.«

Eine zweite Feuersalve ertönte. Diesmal hörte Tom deutlich, wie die Kugeln um sie herum ins Wasser klatschten. Sally warf sich sofort neben ihm auf den Boden des Einbaums. »Gütiger Gott!«, schrie sie. »Die schießen wirklich auf uns!«

Tom schob den Steuerknüppel zur Seite und setzte zu einem jähen Ausweichmanöver an. Noch zweimal wurden kurze Salven abgefeuert. Diesmal hörte er das Jaulen der Kugeln über und links von ihnen. Die Soldaten richteten sich offenbar nach dem Motorengeräusch und schossen mit ihren Automatikwaffen über das Wasser hinweg. Sie hatten eindeutig die Absicht, sie zu töten.

Um den Schützen kein Ziel zu bieten, ließ Tom das Boot einen Zickzackkurs fahren. In jeder Pause hob Sally den Kopf und beleuchtete den Weg mit der Taschenlampe, damit sie sahen, wohin sie fuhren. Sobald die Flussbiegung hinter ihnen lag, würden sie – jedenfalls im Moment – sicher sein.

Wieder ertönte eine Salve. Diesmal schlugen mehrere Kugeln ins Dollbord ein und übersäten sie mit Splittern.

»Scheiße!«

»Wir kriegen euch schon!«, rief die nun schwächer klingende Stimme des Leutnants. »Wir finden euch, und dann wird es euch für den Rest eures kümmerlichen Lebens sehr Leid tun!«

Tom zählte bis zwanzig, dann riskierte er noch einmal einen Blick nach vorn. Das Boot hatte die Biegung nun fast erreicht und befand sich außerhalb der Schussweite. Er steuerte so nahe an die Mauer aus wild wuchernden Pflanzen heran, wie er sich nur traute. Als die Flussbiegung hinter ihnen lag, flackerten die Lichter der kleinen Anlegestelle noch einmal durch die Äste und verschwanden.

Sie hatten es geschafft.

Dann ertönte wieder eine, diesmal jedoch nur halbherzig abgefeuerte Salve. Im Dschungel links von ihnen hörte Tom ein Klicken und Klacken. Die Bäume hielten die Kugeln auf. Dann erstarben die Geräusche. Der Fluss wurde still.

Tom half Sally auf die Beine. Ihr Gesicht war im matten Licht fast gespenstisch weiß. Er leuchtete mit der Taschenlampe um sich. Zu beiden Seiten des dunklen Flusses ragten dichte Wälder auf. Ein einzelner Stern funkelte kurz an einem freien Stück Himmel, und als sie sich weiterbewegten, blinkte und flackerte er zwischen den Baumwipfeln. Der kleine Motor heulte vor sich hin. Im Moment waren sie allein auf dem Fluss. Eine finstere, schwüle Nacht hüllte sie ein.

Tom nahm Sallys Hand und bemerkte, dass sie zitterte. Erst da wurde ihm bewusst, dass es ihm nicht anders erging. Die Soldaten hatten auf sie geschossen. Sie hatten sie töten wollen. Er hatte dergleichen zigtausend Mal im Kino gesehen, aber wenn man selbst das Ziel abgab, erlebte man die Sache doch völlig anders.

Hinter der Dschungelwand ging der Mond unter. Finsternis hüllte den Fluss ein. Tom schaltete die Taschenlampe an, um zu sondieren, was vor ihnen lag. Dann umfuhr er im Wasser liegende Baumstümpfe und seichte Stellen. Eine größer werdende Wolke aus surrenden Moskitos umschwirrte sie. Ihre Fahrt schien Tausende dieser Biester anzulocken.

»Sie haben wohl nicht zufällig etwas gegen Insekten in der Tasche?«, fragte Tom.

»Ganz im Gegenteil. Es ist mir gelungen, im Jeep mein Notfalltäschchen zu klauen. Ich hab's mir in die Hose geschoben.« Sally zog ein kleines Päckchen aus der riesigen Tasche an ihrem Oberschenkel und öffnete einen Reißverschluss. Sie kramte herum und beförderte diverse Gegenstände zu Tage: ein Fläschchen mit Wasserreinigungstabletten, einige wasserdicht verpackte Zündholzbriefchen, einen Packen Hundert-Dollar-Scheine, eine Landkarte, einen Schokoriegel, einen Pass und mehrere nutzlose Kreditkarten.

»Ich weiß nicht genau, was alles hier drin ist.«

Tom hielt die Taschenlampe, während sie ihre Habseligkeiten prüfte. Gegen Insekten hatte sie nichts dabei. Mit einem Fluch packte sie alles wieder ein. Während sie damit beschäftigt war, fiel ein Foto aus dem Täschchen heraus. Tom richtete die Lampe darauf. Er sah einen äußerst stattlichen jungen Mann mit dunklen Brauen und einem gemeißelten Kinn. Der ernste Ausdruck, der seine dunklen Brauen furchte, seine straffen Lippen, seine Tweed-Jacke und die Art, wie er den

Kopf neigte, vermittelten ihm, dass es sich um einen Mann handelte, der sich wirklich sehr ernst nahm.

»Wer ist das?«, fragte er.

»Ach«, sagte Sally, »das ist Professor Clyve.«

»Das ist Clyve? Wieso ist er noch so jung? Ich hab gedacht, er ist ein schusseliger alter Knabe, der Strickjacken trägt und Pfeife raucht.«

»Es würde ihn nicht freuen, das zu hören. Er ist der jüngste Professor in der Geschichte der Fakultät. Er ist mit sechzehn nach Stanford gegangen und hat mit neunzehn seinen Abschluss und mit zweiundzwanzig seinen Doktor gemacht. Er ist ein echtes Genie.« Sally schob das Foto sorgfältig wieder in das Täschchen.

»Warum tragen Sie ein Foto Ihres Professors mit sich rum?«

»Na«, sagte Sally, »weil wir verlobt sind. Hab ich Ihnen das nicht erzählt?«

»Nein.«

Sally musterte Tom neugierig. »Sie haben doch wohl kein Problem damit, oder?«

»Natürlich nicht.« Tom spürte, wie er errötete. Er hoffte, dass die Dunkelheit seine Verlegenheit verbarg. Es war ihm jedoch klar, dass Sally ihn in dem matten Licht anschaute.

»Sie haben so überrascht gewirkt.«

»Tja, ich war auch überrascht. Immerhin tragen Sie keinen Verlobungsring.«

»Professor Clyve hält nichts von solchen bürgerlichen Konventionen.«

»Er hatte nicht mal was dagegen, dass Sie einfach so eben mit mir verreisen?« Tom hielt inne. Ihm wurde bewusst, dass er genau das Falsche gesagt hatte.

»Glauben Sie etwa, ich müsste mir die Erlaubnis ›meines Mannes‹ holen, bevor ich einen Ausflug mache? Oder wollen Sie mit dieser Frage etwa andeuten, dass ich sexuell nicht zuverlässig bin?« Sally neigte den Kopf schief und musterte ihn aus zusammengekniffenen Augen.

Tom schaute weg. »Es war 'ne dumme Frage.«

»Das finde ich auch. Ich habe Sie irgendwie für aufgeklärter gehalten.«

Tom beschäftigte sich mit der Steuerung des Bootes und versuchte, seine Verlegenheit und Verwirrung zu verbergen. Der Fluss war still. Die sumpfige Nachthitze strömte an ihnen vorbei. In der Finsternis schrie ein Vogel. In der darauf folgenden Stille hörte er ein Geräusch.

Tom schaltete sofort den Motor aus. Sein Herz pochte heftig. Da, schon wieder das Geräusch: das Spucken des Starters eines Außenborders, den jemand zog. Stille senkte sich über den Fluss. Ihr Boot fuhr mit abgestelltem Motor.

»Sie haben irgendwo Benzin aufgetrieben. Sie verfolgen uns.«

Das Boot glitt mit der Strömung allmählich zurück. Tom nahm einen Pfahl vom Bootsboden und schob ihn ins Wasser. Das Boot dümpelte leicht auf der Strömung, doch dann kam es zum Halten. Tom hielt es in der Strömung fest. Sie lauschten. Wieder das Spucken. Dann ein Aufbrüllen. Das Brüllen wurde zu einem leisen Summen. Es gab keinen Zweifel: Es war das Geräusch eines Motorbootes.

Tom machte sich daran, den Motor wieder anzuwerfen.

»Nicht«, sagte Sally. »Sie werden es hören.«

»Mit Staken können wir ihnen nicht entkommen.«

»Mit dem Motor auch nicht. Mit dem 18-PS-Kahn haben sie uns in fünf Minuten eingeholt.« Sally richtete den Strahl der Taschenlampe auf die Dschungelwand zu beiden Seiten. Das Wasser erstreckte sich zwischen die Bäume hinein und schien den Dschungel ersäuft zu haben. »Wir sollten uns lieber verstecken.«

Tom stakte den Einbaum auf den Rand des überschwemmten Urwaldes zu. Da war eine schmale Einfahrt – eine enge Wasserstraße, die so aussah, als sei sie in trockeneren Zeiten ein Bachbett gewesen. Er stakte darauf zu, und das Boot rammte prompt gegen etwas: ein abgesoffener Baumstamm.

»Feierabend«, sagte Tom.

Das Wasser war ungefähr knietief, darunter lag mehr als

ein halber Meter Schlamm, in dem sie in einem Aufwallen von Blasen versanken. Der faulige Gestank von Sumpfgas stieg auf. Das Boot ragte noch in den Fluss hinaus, wo man es sofort erspähen würde.

»Anheben und schieben.«

Sie mühten sich ab, um den Bootsbug über den Baumstamm zu wuchten und hinüberzuschieben. Dann kletterten sie wieder an Bord. Das Geräusch des Evinrude-Motors wurde lauter. Das Militärboot kam schnell den Fluss herauf.

Sally packte den zweiten Pfahl, und gemeinsam stakten sie nun immer tiefer in den überfluteten Wald hinein. Tom schaltete die Taschenlampe aus. Kurz darauf leuchtete ein starker Scheinwerfer durch die Bäume.

»Wir sind noch immer zu nah am Fluss«, sagte er. »Sie werden uns sehen.« Er versuchte zu staken, doch der Pfahl blieb im Schlamm stecken. Er riss ihn heraus und legte ihn auf den Bootsboden. Dann griff er nach ein paar herabhängenden Schlingpflanzen und nutzte sie dazu, um das Boot tiefer in den Wald zu ziehen, damit sie halbwegs in ein Dickicht aus Farnen und Büschen gelangten. Der Evinrude-Motor war nicht mehr weit weg. Im gleichen Moment, in dem Tom Sally packte und auf den Boden des Einbaums zog, blitzte der Scheinwerfer durch den Wald. Dann lagen sie nebeneinander. Sein Arm ruhte über ihr. Tom betete, dass die Soldaten den Motor ihres Bootes nicht sahen.

Die Geräusche des Militärbootes wurden sehr laut. Es hatte die Geschwindigkeit gedrosselt. Ein Scheinwerfer leuchtete den Bereich ab, wo sie sich versteckt hatten. Tom hörte das Knattern eines Walkie-Talkie und das Murmeln von Stimmen. Der Scheinwerfer erhellte den sie umgebenden Dschungel wie eine Filmkulisse – dann wanderte er langsam weiter. Die wunderbare Dunkelheit kehrte zurück. Das Motorengeräusch zog an ihnen vorbei und wurde leiser.

Tom setzte sich hin. Er sah gerade noch das Licht des Scheinwerfers, dann fuhr das Boot in eine Flussbiegung hinein. »Sie sind weg«, sagte er.

Sally setzte sich auf und schob sich das verhedderte Haar aus dem Gesicht. Die Moskitos hatten sich in einer dichten surrenden Wolke um sie versammelt. Tom spürte sie überall in seinen Haaren. Sie krabbelten ihm in die Ohren, versuchten in seine Nase einzudringen und liefen ihm über den Hals. Jeder Schlag tötete ein Dutzend, die auf der Stelle ersetzt wurden. Als er atmen wollte, atmete er Moskitos ein.

»Wir müssen hier raus.« Sally schlug auf sich ein.

Tom riss trockene Zweige von den Büschen ab, die sie umgaben.

»Was machen Sie da?«

»Ich zünde ein Feuer an.«

»Wo denn?«

»Werden Sie schon sehen.« Als er genügend Zweige gesammelt hatte, beugte er sich über die Bordwand und schaufelte Schlamm aus dem Sumpf empor. Am Boden des Einbaums formte er ihn zu einer Art Kuchen. Diesen bedeckte er mit Blättern. Obendrauf baute er ein kleines Tipi aus Ästchen und trockenen Blättern.

»Zündholz.«

Sally reichte ihm eines, und er zündete das Feuer an. Sobald es vor sich hin brannte, legte Tom einige grüne Blätter und Ästchen in die Flammen. Eine Rauchwolke bildete sich und stand in der unbeweglichen Luft. Tom riss ein großes Blatt von einem Busch neben ihnen ab und setzte es als Fächer ein, damit der Rauch Sally einhüllte. Der wütende Moskitoschwarm wurde zurückgetrieben. Der Qualm roch angenehm süß und würzig.

»Wie gerissen«, meinte Sally.

»Mein Vater hat es mir gezeigt, als wir mal im Norden von Maine einen Kanutrip machten.« Tom griff nach oben, riss noch mehr Blätter ab und warf sie ins Feuer.

Sally packte die Landkarte aus und untersuchte sie im Licht der Taschenlampe. »Sieht so aus, als hätte der Fluss jede Menge Seitenarme. Ich glaube, wir sollten einen davon nehmen, bis wir in Pito Solo sind.«

»Gute Idee. Aber ich glaube, von jetzt an müssen wir staken. Wir können das Risiko nicht eingehen, den Motor anzuwerfen.«

Sally nickte.

»Sie kümmern sich ums Feuer«, sagte Tom. »Ich stake, und irgendwann wechseln wir uns ab. Wir halten erst wieder an, wenn wir in Pito Solo sind.«

»Einverstanden.«

Tom schob das Boot in den Fluss zurück, stakte dicht am überfluteten Wald vorbei und lauschte nach dem Motorboot. Bald erreichten sie einen kleinen Seitenarm, der vom Hauptstrom abwich, und bogen ab.

»Ich hab irgendwie das Gefühl, dass Leutnant Vespán gar nicht die Absicht hatte, uns nach San Pedro Sula zurückzubringen«, sagte Tom. »Ich glaube, er wollte uns aus dem Hubschrauber werfen. Hätte er das Ersatzteil nicht gebraucht, wären wir längst tot.«

19

Vernon schaute zu dem riesigen Blätterbaldachin hinauf und merkte, wie die Nacht sich über den Meambar-Sumpf hinabsenkte. Mit ihr kamen das Surren der Insekten und der dampfende Verwesungsmief, der aus dem schauerlichen endlosen Schlamm aufstieg, der sie umgab. Er trieb wie Giftgas zwischen den riesigen Baumstämmen her. Irgendwo aus den Tiefen des Sumpfes hörte er den fernen Schrei eines Tieres, dem das Gebrüll eines Jaguars folgte.

Es war nun schon der zweite Abend, an dem sie kein trockenes Land fanden, auf dem sie lagern konnten. Deswegen hatten sie den Einbaum – in der Hoffnung, die Blätter könnten sie vor dem pausenlos fallenden Regen schützen – unter einen Hain gigantischer Bromeliaden vertäut. Doch auch sie hielten den Regen nicht auf; sie kanalisierten den ständigen Wasserstrom so, dass man ihm nicht entgehen konnte.

Der Lehrer lag in eine feuchte Decke gewickelt am Boden des Einbaums im Regen und schmiegte sich an einen Stapel Ausrüstung. Er zitterte trotz der erstickenden Hitze. Vor seinem Gesicht war der sie in einen summenden Nebel hüllende Moskitoschwarm besonders dicht. Vernon beobachtete das Getier, wie es ihm über die Lippen und Augen krabbelte. Er hob die Hand und verschmierte noch mehr von dem chemischen Zeug auf seinem Gesicht, doch das Unterfangen war hoffnungslos. Wenn der Regen es nicht abwusch, dann eben der Schweiß.

Vernon schaute auf. Ihre beiden Führer hockten am Bug des Bootes, spielten im Licht der Taschenlampe Karten und besoffen sich. Sie waren seit dem Beginn ihrer Reise nur selten nüchtern gewesen. Vernon war ziemlich bestürzt, als er bemerkt hatte, dass eines der 35-Liter-Kunststofffässer kein Trinkwasser enthielt, sondern schwarz gebrannten *Aguardiente.*

Er beugte sich vor, schlang sich die Arme um die Schultern und wiegte sich hin und her. Es war noch nicht ganz dunkel. Die Nacht schien hier sehr langsam anzubrechen. In den Sümpfen sah man nichts vom Sonnenuntergang. Das Licht wurde zuerst grün, dann blau, dann violett und schließlich schwarz. Bei Morgengrauen war es umgekehrt. Selbst an sonnigen Tagen sah man keine Sonne, sondern nur dunkelgrüne Düsternis. Vernon sehnte sich verzweifelt nach ein wenig Licht und hätte gern frische Luft geatmet.

Nach vier Tagen des Herumziehens durch die Sümpfe hatten die Führer endlich zugegeben, dass sie sich verirrt hatten, dass sie umkehren mussten. Also hatten sie gewendet. Aber offenbar waren sie nur noch tiefer in den Sumpf eingedrungen. Dies war eindeutig nicht der Weg, über den sie gekommen waren. Mit den Führern konnte man nicht mehr reden. Obwohl Vernon leidlich gut Spanisch sprach und die Männer ein wenig Englisch beherrschten, waren sie meist viel zu betrunken, um sich in überhaupt irgendeiner Sprache zu verständigen. Als in den letzten Tagen immer deutlicher geworden war, dass sie sich verfranzt hatten, hatten die beiden dies immer lauter bestritten und umso mehr getrunken. Dann war der Lehrer krank geworden.

Vernon vernahm einen Fluch vom Bug her. Einer der Führer warf seine Karten hin und stand schwankend auf. Er hielt sein Gewehr in der Hand. Das Boot wankte.

»*Cabrón!*« Der andere Mann kam ebenfalls schwerfällig auf die Beine und zückte seine Machete.

»Aufhören!«, brüllte Vernon. Doch sie ignorierten ihn, wie immer. Sie fluchten und prallten in einem trunkenen Handgemenge aufeinander. Das Gewehr ging los, verletzte jedoch niemanden. Die beiden Führer grunzten und rauften weiter, dann legten sie ihren Streit plötzlich bei, setzten sich wieder hin, sammelten die verstreuten Spielkarten ein und teilten sie aus, als sei nichts geschehen.

»Was war das für ein Schuss?«, fragte der Lehrer und öffnete die Augen.

»Nichts«, sagte Vernon. »Sie saufen wieder.«

Der Lehrer fröstelte und zog die Decke enger um sich. »Du solltest ihnen das Gewehr wegnehmen.«

Vernon sagte nichts. Den Versuch zu machen, die beiden zu entwaffnen, war Blödsinn, selbst wenn sie betrunken waren. Gerade dann.

»Die Moskitos«, hauchte der Lehrer mit zitternder Stimme.

Vernon schmierte noch mehr von dem chemischen Zeug auf seine Hände und rieb dann das Gesicht und den Hals des Lehrers vorsichtig ein. Der Lehrer seufzte erleichtert, schüttelte sich noch einmal und schloss wieder die Augen.

Vernon zog sein nasses Hemd aus, spürte den heftigen Regen auf seinem Rücken und lauschte den Geräuschen des Waldes und den fremdartigen Schreien der Paarung und Gewalt. Er dachte über den Tod nach. Er hatte den Eindruck, dass die Frage, die er sich sein Leben lang gestellt hatte, kurz vor der Beantwortung stand. Aber die Antwort würde unerwartet und ziemlich grauenhaft ausfallen.

20

Zwei Tage lag eine dichte, schützende Dunsthülle über dem Fluss. Tom und Sally stakten flussaufwärts, folgten sich dahinschlängelnden Seitenarmen und hielten eine strenge Politik des Schweigens ein. Sie waren Tag und Nacht unterwegs und wechselten sich beim Schlafen ab. Außer Sallys zwei Schokoriegeln hatten sie wenig zu essen, deswegen wurden sie rationiert. Unterwegs pflückten sie etwas Obst. Von den sie verfolgenden Soldaten sahen sie keine Spur. Tom hoffte allmählich, dass sie aufgegeben hatten und nach Brus zurückgekehrt waren. Vielleicht waren sie ja auch irgendwo stecken geblieben. Der Fluss wimmelte von Sand- und Schlammbänken sowie versunkenen Baumstämmen, an denen Boote hängen bleiben konnten. Waono hatte Recht gehabt.

Am Morgen des dritten Tages hob sich der Dunst allmählich und enthüllte die beiden tröpfelnden Wände aus wild wuchernder Dschungelvegetation, die den Schwarzwasser-Fluss säumten. Kurz darauf erspähten sie einen über dem Wasser aufragenden Pfahlbau mit geflochtenen Wänden und Reetdach. Dahinter tauchte ein Ufer mit Granitfindlingen und einem steilen Uferdamm auf – das erste trockene Land, das sie seit Tagen zu sehen bekamen. Am Ufer des Flusses wurde ein Anlegeplatz wie in Brus erkennbar – eine wackelige Plattform aus Bambusstäben, die an schlanken, in der Erde versunkenen Baumstämmen befestigt war.

»Was meinen Sie?«, fragte Tom. »Sollen wir anhalten?«

Sally stand auf. Auf der Plattform angelte ein Junge mit Pfeil und Bogen.

»Pito Solo?«

Doch der Junge hatte sie gesehen. Er rannte schon davon und ließ seine Rute zurück.

»Machen wir einen Versuch«, sagte Tom. »Wenn wir nichts zu essen kriegen, sind wir erledigt.« Er stakte zum Anlegeplatz.

Sie sprangen aus dem Boot, und die Plattform knackte und wankte beängstigend. Dahinter führte eine wackelige Planke auf eine steile Anhöhe, die aus dem überfluteten Urwald ragte. Kein Mensch weit und breit. Sie kletterten den schlüpfrigen Uferdamm hinauf, wobei sie ständig im Schlamm ausrutschten. Alles war klitschnass. Ganz oben befand sich eine kleine offene Hütte, in der ein Feuer brannte. Ein alter Mann saß in einer Hängematte und briet auf einem Holzspieß ein Tier. Tom beäugte es, wobei ihm der köstliche Duft des bratenden Fleisches in die Nase stieg. Sein Appetit ließ etwas nach, als er feststellte, dass es sich um einen Affen handelte.

»*Hola*«, grüßte Sally.

»*Hola*«, sagte der Mann.

Sally sprach Spanisch. »Ist das hier Pito Solo?«

Langes Schweigen machte sich breit. Der Mann maß sie mit leerem Blick.

»Er spricht kein Spanisch«, sagte Tom.

»Wie kommen wir zum Dorf? *Dónde?* Wo?«

Der Mann deutete in den Dunst. Ein lauter tierischer Schrei ertönte, der Tom zusammenzucken ließ.

»Da ist ein Pfad«, sagte Sally.

Sie gingen den Pfad hinauf und erreichten kurz darauf den Ort. Er lag auf einer Anhöhe oberhalb des überschwemmten Regenwaldes und war eine bunt zusammengewürfelte Ansammlung von Lehmflechtwerkhütten mit Blech- oder Reetdächern. Hühner ergriffen die Flucht, als sie sich näherten. Magere Hunde pirschten an den Hauswänden entlang und beäugten sie mit argwöhnischen Blicken. Sie schlenderten durch das Dorf, das einen verlassenen Eindruck machte und ebenso plötzlich, wie es angefangen hatte, an einer soliden Dschungelmauer endete.

Sally schaute Tom an. »Was jetzt?«

»Wir klopfen.« Tom wählte willkürlich eine Tür aus und klopfte an.

Stille.

Tom hörte ein Rascheln und schaute sich um. Zuerst sah er nichts, dann wurde ihm klar, dass ihn hundert dunkle Augen aus dem Blättergewirr des Urwaldes musterten. Es waren ausnahmslos Kinder.

»Wenn ich doch noch Süßigkeiten hätte«, sagte Sally.

»Nehmen Sie einen Dollar.«

Sally zückte einen Dollar. »Hallo? Möchte jemand einen amerikanischen Dollar haben?«

Ein Schrei ertönte, dann stürmten hundert Kinder aus dem Dschungelgewoge hervor. Sie schrien und johlten und streckten die Hände aus.

»Wer spricht Spanisch?« Sally hob den Dollar in die Luft.

Alle krakeelten gleichzeitig auf Spanisch los. Ein älteres Mädchen trat aus dem Gewimmel hervor. »Kann ich Ihnen helfen?«, fragte es mit großartiger Körperhaltung und Würde. Sie war etwa dreizehn, hübsch, trug ein T-Shirt mit ineinander verlaufenden Farben, Shorts und goldene Ohrringe. Dicke braune Zöpfe fielen auf ihre Schultern.

Sally gab ihr den Dollar. Ein lautes und enttäuschtes *Ahhh* ging durch die Menge. Doch die Kinder schienen es mit Humor zu nehmen. Endlich war das Eis gebrochen.

»Wie heißt du?«

»Marisol.«

»Was für ein schöner Name.«

Das Mädchen lächelte.

»Wir suchen Don Orlando Ocotal. Kannst du uns zu ihm bringen?«

»Er ist vor über einer Woche mit den Yanquis weggegangen.«

143

»Mit welchen *Yanquis?*«

»Mit einem großen wütenden Gringo. Er hatte überall Stiche im Gesicht. Und mit einem anderen. Er hat immer gelächelt und hatte goldene Ringe an den Fingern.«

Tom fluchte und schaute Sally an. »Offenbar hat Philip unseren Führer vor uns erwischt.« Er wandte sich Marisol zu. »Haben sie gesagt, wohin sie wollen?«

»Nein.«

»Gibt es Erwachsene hier im Dorf? Wir wollen flussaufwärts und brauchen einen Führer.«

»Ich kann Sie zu meinem Großvater bringen«, sagte das Mädchen. »Don Alfonso Boswas. Er ist der Bürgermeister hier. Er weiß alles.«

Sie folgten ihr. Marisol wirkte sehr selbstbewusst und fähig, ein Eindruck, den ihre aufrechte Körperhaltung noch verstärkte. Als sie an den schiefen Hütten vorbeigingen, drangen Kochdünste in Toms Nase, die ihn vor Hunger beinahe ohnmächtig werden ließen. Marisol führte sie zur mehr oder weniger schlimmsten Hütte des Dorfes, einem windschiefen Haufen aus dünnen Stämmen, zwischen denen sich fast kein Lehm mehr befand. Sie ragte an einer erdigen Fläche auf, die als Dorfplatz diente. In der Mitte wuchsen einige verwahrloste Zitronen- und Bananenbäume.

Vor der Tür machte Marisol ihnen Platz, und sie traten ein. In der Mitte der Hütte saß ein alter Mann auf einem für ihn zu niedrigen Hocker. Seine knochigen Knie durchstachen die riesigen Löcher in seiner Hose. Auf seinem fast kahlen Schädel standen ein paar Strähnen weißen Haars in alle Richtungen ab. Er rauchte eine Maiskolbenpfeife, deren Qualm die Hütte mit einem teerartigen Geruch erfüllte. Neben ihm lag eine Machete auf dem Boden. Er war klein und trug eine Brille, die seine Augen so sehr vergrößerte, dass er wie ständig überrascht wirkte. Es war kaum zu fassen, dass er der Ortsvorstand sein sollte. Er sah eigentlich eher aus wie der ärmste Dorfbewohner.

»Don Alfonso Boswas?«, fragte Tom.

»Wer?«, schrie der Greis. Er riss die Machete an sich und

schwenkte sie vor Toms Nase herum. »Boswas? Dieser Lump? Er ist weg. Man hat ihn längst aus dem Dorf gejagt. Dieser Tunichtgut lebt schon viel zu lange. Er hat den ganzen Tag lang nur rumgesessen, Pfeife geraucht und den Mädchen hinterhergeschaut, die an seiner Hütte vorbeigegangen sind.«

Tom musterte den Mann überrascht, dann drehte er sich um und suchte nach Marisol. Sie stand im Türrahmen und unterdrückte ein Grinsen.

Der Greis legte die Machete hin und lachte. »Kommen Sie rein, kommen Sie rein. Ich bin Don Alfonso Boswas. Setzen Sie sich. Ich bin nur ein alter Mann, der gern Witze erzählt. Ich habe zwanzig Enkel und sechzig Urenkel, aber die kommen nie vorbei, um mich zu besuchen. Also muss ich den Fremden Witze erzählen.« Er sprach ein eigenartig gestochenes und altmodisches Spanisch.

Tom und Sally zogen sich zwei wacklige Hocker heran. »Ich bin Tom Broadbent«, sagte Tom. »Und das ist Sally Colorado.«

Der Greis stand auf, verbeugte sich vornehm und setzte sich wieder hin.

»Wir suchen einen Führer. Wir wollen den Fluss hinauf.«

»Hm«, machte Don Alfonso. »Urplötzlich sind alle Yanquis verrückt darauf, flussaufwärts zu fahren und sich im Meambar-Sumpf zu verlaufen, wo sie von Anakondas gefressen werden. Warum?«

Tom zögerte. Die unerwartete Frage verblüffte ihn.

»Wir wollen seinen Vater finden«, sagte Sally. »Maxwell Broadbent. Er ist vor etwa einem Monat mit einer Gruppe von Indianern mit Einbäumen hier durchgekommen. Sie hatten vermutlich viele Kisten bei sich.«

Der Greis schaute Tom aus zusammengekniffenen Augen an. »Kommen Sie her, mein Junge.« Er streckte seine lederartige Hand aus, packte Toms Arm mit einem schraubstockähnlichen Griff und zog ihn an sich. Er musterte ihn eingehend, wobei die Brillengläser seine Augen grotesk vergrößerten.

Tom hatte das Gefühl, der Greis blicke in seine Seele.

Nachdem Don Alfonso ihn eine Weile begutachtet hatte, ließ er ihn los. »Ich sehe, dass Sie und Ihre Gattin hungrig sind. – Marisol!« Er sagte etwas in der Sprache der Indianer. Marisol verschwand. Don Alfonso wandte sich wieder Tom zu. »Dann war das also Ihr Vater, der hier vorbeigekommen ist, was? Sie sehen eigentlich gar nicht verrückt aus. Normalerweise ist nämlich ein Junge, der einen verrückten Vater hat, ebenfalls verrückt.«

»Meine Mutter war normal«, erklärte Tom.

Don Alfonso lachte brüllend und schlug sich aufs Knie. »Das ist gut! Sie sind also auch ein Witzbold. Ja, sie haben hier angehalten, um Proviant zu kaufen. Der Weiße war wie ein Bär. Seine Stimme trug fast einen Kilometer weit. Ich habe ihm gesagt, dass es verrückt ist, sich in den Meambar-Sumpf zu wagen, aber er hat nicht auf mich gehört. Er muss in Amerika ein großer Häuptling sein. Wir haben einen lustigen Abend miteinander verbracht und viel gelacht. Dann hat er mir *das hier* geschenkt.«

Er griff hinüber, wo einige zusammengefaltete Jutesäcke lagen, kramte mit den Händen darin herum und hielt Tom und Sally dann etwas hin. Die Sonne beleuchtete den Gegenstand. Er glitzerte in der Farbe von Taubenblut. Ein vollkommener Stern erstrahlte in ihm. Don Alfonso legte Tom den Gegenstand in die Hand.

»Ein Sternrubin«, keuchte Tom. Es war ein Edelstein aus der Sammlung seines Vaters. Er war ein kleines, wenn nicht gar ein großes Vermögen wert. Tom empfand plötzlich einen Ansturm von Gefühlen: Es war typisch für seinen Vater, jemanden zu beschenken, den er gut leiden konnte. Einst hatte er einem Bettler fünftausend Dollar geschenkt, weil dieser ihn mit einer witzigen Bemerkung erheitert hatte.

»Ja, ein Rubin. Er wird es meinen Enkeln ermöglichen, nach Amerika auszuwandern.« Don Alfonso versteckte den Stein sorgfältig wieder zwischen den schmutzigen Jutesäcken. »Warum macht Ihr Vater so etwas? Als ich es aus ihm rauskriegen wollte, war er so ausweichend wie ein Coatí.«

Tom warf Sally einen kurzen Blick zu. Wie sollte er es nur erklären? »Wir wollen ihn finden. Er ist ... krank.«

Bei diesen Worten riss Don Alfonso die Augen auf. Er nahm die Brille ab, polierte sie mit einem schmutzigen Lumpen und setzte sie schmutziger als zuvor wieder auf. »Krank? Ist es etwas Ansteckendes?«

»Nein. Er ist, wie man in Ihrer Sprache sagt, ein bisschen *loco*, mehr nicht. Es geht um ein Spiel, das er mit seinen Söhnen spielt.«

Don Alfonso dachte eine Weile nach, dann schüttelte er den Kopf. »Ich habe Yanquis viele eigenartige Dinge tun sehen, aber dies hier ist mehr als eigenartig. Ich habe das Gefühl, dass Sie mir etwas verschweigen. Doch wenn ich Ihnen helfen soll, müssen Sie mir alles erzählen.«

Tom seufzte und schaute Sally an. Sie nickte. »Er hat nicht mehr lange zu leben. Er ist mit seinem gesamten Besitz flussaufwärts gefahren, um sich bestatten zu lassen. Und er hat uns die Aufgabe gestellt, sein Grab zu finden, wenn wir unser Erbe haben wollen.«

Don Alfonso nickte, als sei dies die natürlichste Sache der Welt. »Ja, ja, so etwas haben wir Tawahka-Indianer früher auch gemacht. Wir haben uns mit unserem Besitz bestatten lassen und unsere Söhne verärgert. Aber dann kamen die Missionare und haben uns erklärt, dass Jesus uns im Himmel neue Dinge schenkt und wir die Toten ohne Beigaben bestatten sollen. Also haben wir den Brauch aufgegeben. Aber ich glaube, dass die alte Methode besser war. Außerdem weiß ich nicht genau, ob Jesus wirklich alles für die Verstorbenen hat. Die Bilder, die ich von ihm gesehen habe, zeigen einen armen Mann ohne Kochtöpfe, Schweine, Hühner und Schuhe. Er hatte nicht einmal eine Ehefrau.« Don Alfonso zog laut die Nase hoch. »Aber vielleicht ist es auch besser, wenn man seinen Besitz mit ins Grab nimmt, weil sich die Söhne dann nicht darum streiten. Sie streiten sich doch schon darum, wenn man noch lebt. Deswegen habe ich alles, was mir gehört, meinen Söhnen und Töchtern geschenkt und lebe wie ein armer Hund. Es ist respektabel, so zu leben. Nun haben meine Söhne keinen Grund, sich um etwas zu streiten und … Was noch wichtiger ist: Sie wollen gar nicht, dass ich sterbe.«

Er beendete seine Rede und klemmte sich die Pfeife wieder zwischen die Zähne.

»Sind noch andere Weiße hier vorbeigekommen?«, fragte Sally.

»Vor zehn Tagen haben zwei Einbäume mit vier Männern hier Rast gemacht. Es waren zwei Weiße und zwei Bergindianer. Ich dachte, der Jüngere könnte vielleicht Jesus Christus sein, aber in der Missionsschule habe ich erfahren, dass er nur ein Hippie ist. Sie sind einen Tag geblieben und dann weitergefahren. Dann sind vor einer Woche vier Einbäume mit Soldaten und zwei Gringos hier angekommen. Sie haben Don Orlando als Führer eingestellt und sind weitergezogen. Deswegen frage ich mich, warum plötzlich all diese verrückten Yanquis in den Meambar-Sumpf wollen. Suchen sie alle nach dem Grab Ihres Vaters?«

»Ja. Es sind meine beiden Brüder.«

»Warum suchen Sie nicht zusammen?«

Tom antwortete nicht.

»Sie haben die Bergindianer erwähnt«, sagte Sally, »die mit dem ersten Weißen hier waren. Wissen Sie, woher sie kamen?«

»Es waren nackte Wilde aus dem Hochland, die sich rot und schwarz anmalen. Sie sind keine Christen. Wir hier in Pito Solo sind ein *bisschen* christlich. Nicht sehr, aber es reicht, um als Christen durchzugehen, wenn die Missionare mit ihrem nordamerikanischen Essen und den Medikamenten da sind. Dann singen und klatschen wir für Jesus. So bin ich zu meiner neuen Brille gekommen.« Don Alfonso nahm sie ab und hielt sie Tom hin, damit er sie begutachten konnte.

»Don Alfonso«, sagte Tom, »wir brauchen einen Führer, der uns flussaufwärts bringen kann. Außerdem brauchen wir Proviant und Ausrüstung. Können Sie uns helfen?«

Don Alfonso stieß ein Rauchwölkchen aus, dann nickte er. »Ich bringe Sie hin.«

»Oh, nein«, sagte Tom und schaute den schwachen Greis erschrocken an. »Darum habe ich nicht gebeten. Wir können Sie doch nicht aus dem Dorf entführen, wo man Sie braucht.«

»Mich soll jemand brauchen? Hier würden sich alle freuen, wenn sie den alten Don Alfonso endlich los wären!«

»Aber Sie sind doch der Häuptling.«

»Häuptling? Pah!«

»Es wird eine sehr lange Reise werden«, meinte Tom. »Das ist doch nichts für einen Mann Ihres Alters.«

»Ich bin noch immer so stark wie ein Tapir! Ich bin jung genug, um noch mal zu heiraten. Offen gesagt, ich brauche dringend eine Sechzehnjährige, die den leeren Platz in meiner Hängematte einnimmt und mich jeden Abend mit leisen Seufzern und Küssen in den Schlaf bumst ...«

»Don Alfonso ...«

»Ich brauche eine Sechzehnjährige, die mich scharf macht und mir die Zunge ins Ohr schiebt, damit ich morgens mit den Vögeln aufstehe. Sie brauchen sich jetzt keine Sorgen mehr zu machen: Ich, Don Alfonso Boswas, werde Sie durch den Meambar-Sumpf führen.«

»Nein«, sagte Tom so entschlossen, wie er nur konnte. »Das werden Sie *nicht* tun. Wir brauchen einen jüngeren Führer.«

»Es ist unvermeidlich. Ich habe geträumt, dass Sie kommen und dass ich mit Ihnen gehe. Es ist so beschlossen. Ich spreche Englisch und Spanisch, aber Spanisch ist mir lieber. Ich habe Angst vor dem Englischen. Die Sprache klingt so, als würde jemand erwürgt.«

Tom schaute Sally wütend an. Der Greis war unmöglich.

In diesem Moment kehrte Marisol mit ihrer Mutter zurück. Beide trugen mit Palmwedeln belegte Schneidebretter aus Holz, auf denen frische heiße Tortillas, gebratene Bananen, geröstetes Fleisch, Nüsse und frisches Obst lagen.

Tom war noch nie im Leben so hungrig gewesen. Er und Sally fingen gleich an zu schlemmen, wobei Don Alfonso ihnen half und Marisol und ihre Mutter in zufriedenem Schweigen zuschauten. Während des Essens erstarb das Gespräch. Als Tom und Sally fertig waren, nahm die Frau schweigend die Teller an sich, füllte sie erneut, und dann noch ein drittes Mal.

Als sie satt waren, lehnte Don Alfonso sich zurück und wischte sich den Mund ab.

»Hören Sie«, sagte Tom so amtlich wie möglich. »Ob Sie es nun geträumt haben oder nicht, Sie kommen nicht mit. Wir brauchen einen jüngeren Mann.«

»Oder eine Frau«, sagte Sally.

»Ich nehme zwei junge Männer mit: Chori und Pingo. Ich bin außer Don Orlando der Einzige, der den Weg durch den Meambar-Sumpf kennt. Ohne Führer werden Sie sterben.«

»Ich muss Ihr Angebot ablehnen, Don Alfonso.«

»Sie haben nicht mehr viel Zeit. Die Soldaten sind hinter Ihnen her.«

»Sie waren hier?«, fragte Tom erschrocken.

»Sie waren heute Morgen da. Und sie kommen zurück.«

Tom schaute Sally an, dann wandte er sich wieder Don Alfonso zu. »Wir haben nichts Schlimmes getan. Ich kann Ihnen erklären …«

»Sie brauchen nichts zu erklären. Die Soldaten sind böse. Wir müssen sofort Maßnahmen ergreifen. – Marisol?«

»Ja, Großvater?«

»Wir brauchen Planen, Zündhölzer, Benzin, Zweitakter-Maschinenöl, Werkzeug, eine Bratpfanne, einen Kochtopf, Bestecke und Feldflaschen.« Er ratterte eine ganze Liste von Gegenständen herunter.

»Haben Sie Medikamente?«, fragte Tom.

»Dank der Missionare haben wir viele nordamerikanische Medikamente. Wir haben Jesus eifrig beklatscht, um an sie heranzukommen. – Marisol, sag den Leuten, sie sollen uns die Sachen zu einem angemessenen Preis verkaufen.«

Marisol eilte hinaus. Ihre Zöpfe flogen. Kaum zehn Minuten später kehrte sie zurück und führte eine Gruppe alter Männer, Frauen und Kinder an, die alle irgendetwas dabeihatten. Don Alfonso blieb in der Hütte. Niedere Tätigkeiten wie Handel waren unter seiner Würde. Marisol hielt die Menge in Schach.

»Kauft, was ihr wollt, und sagt den anderen, sie sollen gehen«, empfahl Marisol. »Sie werden euch den Preis nennen. Feilscht nicht herum; das ist bei uns nicht üblich. Sagt nur Ja oder Nein. Die Preise sind angemessen.«

Sie sprach laut auf die zerlumpten Menschen ein, die sich in einer Linie aufbauten und sich reckten.

»Die wird mal hier Häuptling werden«, sagte Tom auf Englisch zu Sally, als sein Blick auf die ordentlich ausgerichtete Warteschlange fiel.

»Ist sie jetzt schon.«

»Wir sind so weit«, erklärte Marisol. Sie deutete auf den ersten Mann in der Reihe. Er trat vor und hielt ihnen fünf alte Jutesäcke hin.

»Vierhundert«, sagte Marisol.

»Dollar?!«

»Lempiras.«

»Wie viele Dollar sind das?«, fragte Tom.

»Zwei.«

»Wir nehmen sie.«

Der nächste Mann trat mit einem großen Sack Bohnen, einem Sack losem trockenem Getreide und einem unbeschreiblich zerbeulten Aluminiumtopf mit Deckel vor. Der ursprüngliche Griff fehlte, doch an seiner Stelle befand sich ein wunderschön geschnitzter und eingeölter Ersatz aus Hartholz. »Einen Dollar.«

»Wir nehmen alles.«

Der Mann legte die Gegenstände ab und zog sich zurück. Dann trat der nächste vor und bot ihnen zwei T-Shirts, zwei schmutzige Shorts, eine Trucker-Mütze und ein nagelneues Paar Turnschuhe der Marke Nike an.

»Na, endlich hab ich was zum Wechseln«, meinte Tom. Er schaute sich die Schuhe an. »Zufällig ist das sogar meine Größe. Das muss man sich mal vorstellen: Da findet man ausgerechnet hier ein nagelneues Paar Air Jordans.«

»Die werden hier hergestellt«, erklärte Sally. »Haben Sie den Schwitzbuden-Skandal schon vergessen?«

»Keineswegs.«

Die Warenprozession ging weiter: Kunststoffplanen, Säcke mit Bohnen und Reis, getrocknetes und geräuchertes Fleisch, über das Tom sich Fragen zu stellen verbiss; Bananen, ein 150-Liter-Benzinfass, eine Tüte Salz. Eine ganze Reihe von Leuten war mit Dosen eines besonders starken, vorzüglichen Insektenabwehrmittels aufgetaucht, das Tom höflich ablehnte.

Plötzlich verstummte die Menge. Tom hörte in der Ferne das Summen eines Außenbordmotors. Marisol ergriff sofort das Wort: »Kommen Sie mit in den Wald. Schnell!«

Die Menge löste sich rasch auf. Im Dorf wurde es still, es wirkte wieder wie ausgestorben. Marisol ging ihnen ruhig in den Wald voraus, wobei sie einem fast unsichtbaren Pfad folgte. Zwischen den Bäumen waberte zwielichtiger Dunst dahin. Rings um sie her war überall Sumpf, doch der Pfad schlängelte sich hier und da entlang und blieb stets auf festem Boden. Hinter ihnen verstummten die Geräusche aus dem Dorf, dann hüllte der Schutz des Waldes sie ein. Nach einer zehn Minuten langen Wanderung blieb Marisol stehen.

»Wir warten hier.«

»Wie lange?«

»Bis die Soldaten weg sind.«

»Was ist mit unserem Boot?«, fragte Sally. »Werden sie es nicht erkennen?«

»Wir haben Ihr Boot schon versteckt.«

»Das war eine gute Idee. Danke.«

»Gern geschehen.« Das selbstbewusste Mädchen richtete den Blick seiner dunklen Augen wieder auf den Pfad und wartete so reglos und still wie ein Reh.

»In welche Schule gehst du?«, fragte Sally kurz darauf.

»In die der Baptisten. Sie liegt flussabwärts.«

»Eine Missionsschule?«

»Ja.«

»Bist du Christin?«

»Aber *ja*«, sagte Marisol und schaute Sally mit einem ernsten Blick an. »Sie nicht?«

Sally errötete. »Nun … ähm … Meine Eltern waren Christen.«

»Das ist gut«, sagte Marisol lächelnd. »Würde mir nicht gefallen, wenn Sie in die Hölle kämen.«

»Tja«, sagte Tom in die unbehagliche Stille hinein. »Marisol, ich würde gern wissen, ob es außer Don Alfonso noch jemanden im Dorf gibt, der den Weg durch den Meambar-Sumpf kennt.«

Marisol schüttelte ernst den Kopf. »Er ist der Einzige.«

»Ist der Sumpf schwierig zu durchqueren?«

»Und wie.«

»Warum ist er so sehr darauf aus, uns zu führen?«

Marisol schüttelte nur den Kopf. »Das weiß ich nicht. Er hat Träume und Visionen, und davon hat er auch geträumt.«

»Er hat wirklich geträumt, dass wir kommen?«

»Aber ja. Als der erste Weiße kam, hat er gesagt, bald kämen auch seine Söhne. Und jetzt sind Sie da.«

»Vielleicht hat er's ja nur vermutet und einen Glückstreffer gelandet«, sagte Tom auf Englisch.

In der Ferne fiel ein Schuss und warf sein Echo durch den Urwald. Dann noch einer. Er rollte wie Donner, da der Dschungel ihn auf eigenartige Weise verzerrte. Es dauerte lange, bis das Echo verhallte. Die Auswirkungen des Geräusches auf Marisol waren schrecklich. Sie wurde bleich, zitterte und wankte. Aber sie sagte nichts und rührte sich nicht von der Stelle. Tom empfand Bestürzung. War jemand erschossen worden?

»Die erschießen doch da niemanden?«, fragte er.

»Ich weiß nicht.«

Tom sah, dass Marisols Augen sich mit Tränen füllten. Doch sie verriet kein Gefühl.

Sally tastete nach Toms Hand. »Vielleicht erschießen sie jemanden, weil sie uns nicht finden können. Vielleicht sollten wir uns stellen.«

»Nein«, sagte Marisol jäh. »Vielleicht schießen sie nur in die Luft. Wir können jetzt nur abwarten.« Eine einzelne Träne lief ihr über die Wange.

»Wir hätten nie hier anhalten sollen«, sagte Sally und wechselte wieder ins Englische. »Wir haben kein Recht, diese Leute in Gefahr zu bringen. Tom, wir *müssen* ins Dorf zurück und uns den Soldaten stellen.«

»Sie haben Recht.« Tom wandte sich zum Gehen.

»Wenn Sie zurückkehren, werden sie *uns* erschießen«, sagte Marisol. »Gegen die Soldaten sind wir machtlos.«

»Damit kommen sie nicht ungestraft durch«, sagte Sally mit bebender Stimme. »Ich melde es der amerikanischen Botschaft. Die Soldaten werden ihrer Strafe nicht entgegen.«

Marisol schwieg. Sie stand nun wieder still da, wie ein Reh, und zitterte kaum merklich. Aber sie weinte nicht mehr.

21

Lewis Skiba blieb allein in seinem Büro zurück. Es war zwar noch früh am Nachmittag, aber er hatte alle nach Hause geschickt, damit sie der Presse nicht in die Hände liefen. Er hatte das Bürotelefon ausgestöpselt und die beiden Außentüren zugemacht. Während die Firma sich rings um ihn auflöste, war er in einen Kokon des Schweigens gehüllt, verpackt in das goldene Leuchten der Marke Eigenbau.

Die Securities and Exchange Commission hatte nicht einmal bis zum Börsenschluss gewartet, um bekannt zu geben, dass sie die Ermittlungen hinsichtlich der Unregelmäßigkeiten in der Buchhaltung von Lampe-Denison Pharmaceuticals aufgenommen hatte. Die Bekanntmachung hatte sich wie ein Paukenschlag auf die Aktie ausgewirkt. Nun stand Lampe bei sieben ein Viertel und fiel weiter. Das Unternehmen war wie ein im Sterben liegender Wal – gelähmt, sich suhlend, von einem ekstatischen, geistlosen Schwarm von Haien umgeben: Leerverkäufern, die ihn stückweise zerfetzten. Es war ein primitiver darwinistischer Fressrausch. Und jeder Dollar, den sie aus dem Aktienpreis herausbissen, riss ein Hundert-Millionen-Dollar-Loch in Lampes Marktkapitel. Skiba war hilflos.

Die Firmenanwälte hatten ihre Pflicht getan. Sie hatten die übliche Meldung herausgegeben, dass die Behauptungen »haltlos« seien und Lampe bereitwillig kooperieren würde, um seinen Namen sauber zu halten. Graff, der Finanzchef, hatte seine Rolle gespielt und verlautbaren lassen, Lampe sei gewissenhaft den allgemein akzeptierten Buchhaltungsprinzipien gefolgt. Lampes Buchprüfer hatten Entsetzen und Abscheu ausgedrückt und erklärt, sie hätten sich auf Lampes Finanzverlautbarungen und Bekenntnisse verlassen. Falls es irgendwelche Unregelmäßigkeiten gäbe, seien sie ebenso gründlich getäuscht worden wie alle anderen auch. Jede Börsenschwafelei, die Skiba von anderen schrägen Firmen und ihren Legionen von Bevollmächtigten kannte, war aufs Tapet gekommen. Alles klang so gestelzt und vorprogrammiert wie ein japanisches Kabuki-Drama. Außer ihm hatten sich alle ans Drehbuch gehalten. Nun wollten alle etwas von ihm hören, dem großen und schrecklichen Skiba. Sie wollten den Vorhang wieder aufreißen. Alle wollten einen Blick auf den Scharlatan werfen, der an den Kontrollknöpfen saß.

Aber so würde es nicht laufen. Jedenfalls nicht, solange er noch atmen konnte. Sollten sie doch daherplappern und Häme verbreiten. Er würde schweigen. Und wenn dann der Codex eintraf und der Wert ihrer Aktie sich verdoppelte, verdreifachte, vervierfachte …

Skiba schaute auf seine Armbanduhr. Noch zwei Minuten.

Wenn man davon absah, dass der Verschlüssler Hausers Stimme wie Donald Duck klingen ließ, war die Satellitenverbindung so deutlich, als riefe er aus dem Nebenraum an. Trotzdem waren Hausers großkotziges Gehabe und seine unverschämte Vertrautheit unüberhörbar.

»Wie geht's Ihnen, Lewis?«, fragte er.

Skiba ließ einen frostigen Moment verstreichen, bevor er antwortete: »Wann kriege ich den Codex?«

»Also, Skiba, die Lage ist folgende: Vernon, der mittlere der Brüder, hat sich, wie ich's vorhergesehen habe, in den Sümpfen verirrt, dieser Arsch, und wird möglicherweise bald seinen Abschied einreichen. Tom, der jüngste …«

»Ich habe mich nicht nach den Brüdern erkundigt, sondern nach dem Codex. Die Brüder sind mir gleichgültig.«

»Sie dürften Ihnen aber nicht *gleichgültig* sein. Sie kennen doch den Spielstand. Na ja, ich wollte gerade sagen, dass es Tom gelungen ist, ein paar Soldaten zu entkommen, die ich ihm auf den Hals gehetzt hatte. Sie verfolgen ihn jetzt flussaufwärts. Vielleicht erwischen sie ihn, bevor er das Sumpfgebiet erreicht, aber es hat sich ja nun erwiesen, dass er findiger ist, als ich dachte. Wenn er aufgehalten werden muss, wäre das andere Ende des Sumpfes der ungünstigste Ort dafür. Ich kann nicht riskieren, seine und die Fährte der Frau in den Bergen zu verlieren, die danach kommen. Können Sie mir folgen?«

Skiba drehte die hochnäsige Quäkstimme leiser. Er konnte sich nicht vorstellen, dass er je einen Menschen so gehasst hatte wie in diesem Moment Hauser.

»Das zweite Problem ist Philip, der älteste Sohn. Ich werde mich irgendwann seiner annehmen müssen. Ich brauche ihn noch eine Weile, aber wenn er seine Schuldigkeit getan hat, tja, dann können wir nicht zulassen, dass er plötzlich den Hals reckt – haben Sie das eigentlich gesagt oder ich? – und behauptet, er sei der Eigentümer des Codex. Das Gleiche gilt für Vernon und Tom. Und auch für die Frau, mit der Tom unterwegs ist – Sally Colorado.«

Ein langes Schweigen entstand.

»Sie verstehen doch wohl, was ich sage, oder?«

Skiba wartete ab. Er versuchte sich zu beherrschen. Diese Gespräche waren eine unglaubliche Zeitverschwendung. Und nicht nur das: Sie waren auch gefährlich.

»Sind Sie noch da, Lewis?«

»Warum erledigen Sie nicht einfach Ihren Auftrag?«, sagte Skiba wütend. »Was sollen diese Anrufe? Sie haben den Auftrag, mir den Codex zu liefern. *Wie* Sie es tun, ist Ihre Sache, Hauser.«

Hausers Kichern schwoll zu einem Lachen an. »Ach, das ist ja reizend. Doch so leicht kommen Sie mir nicht davon. Sie haben von Anfang an gewusst, was passieren wird. Sie haben gehofft, dass ich die Sache allein regle. So läuft es aber nicht. Ich räume Ihnen keine Chance ein, in dieser Hinsicht irgendetwas abzustreiten. Wenn da was schief geht, werden Sie nicht das Fußvolk abservieren und einen Kuhhandel mit der Justiz machen. Wenn die Zeit reif ist, werden Sie mir *sagen,* dass ich sie umlegen soll. So läuft das und nicht anders. Und das wissen Sie genau.«

»Hören Sie sofort mit diesem Gerede auf. Es wird niemand ums Leben kommen.«

»Ach, Lewis, Lewis …«

Skiba wurde schlecht. Er spürte, dass die Übelkeit sich wellenförmig in seinem Magen ausbreitete. Aus den Augenwinkeln sah er, dass die Aktie schon wieder sank. Die SEC hatte den Wertpapierhandel nicht nur zum Stillstand gebracht, sie hatte das Unternehmen auch in den Wind gedrängt. Zwanzigtausend Angestellte waren von Skiba abhängig; Millionen Kranke brauchten seine Medikamente; er hatte Frau und Kinder, ein Haus, zwei Millionen eigene Optionen und sechs Millionen Anteile …

Skiba vernahm etwas aus dem Hörer, das wie eine Hupe klang – es war eindeutig Gelächter. Er fühlte sich plötzlich sehr schwach. Wieso hatte er es nur so weit kommen lassen? Wie war es diesem Menschen nur gelungen, sich seiner Kontrolle zu entziehen?

»Sie bringen niemanden um«, sagte er. Er musste schlucken, bevor er den Satz zu Ende bringen konnte. Er würde sich jeden Moment übergeben. Es gab eine legale Möglichkeit, das Geschäft zu machen. Broadbents Söhne konnten den Codex dort herausholen, dann konnte er mit ihnen verhandeln und ein Abkommen mit ihnen treffen … Aber er wusste, dass es nicht dazu kommen würde, solange Lampe unter einem Wust von Gerüchten und Ermittlungsverfahren begraben war und der Wert der Aktie in den Keller ging …

Hausers Stimme klang nun freundlich. »Hören Sie, ich weiß, dass es eine harte Entscheidung ist. Wenn Sie es wirklich nicht über sich bringen können, kehre ich um. Dann vergessen wir die ganze Sache mit dem Codex. Wirklich.«

Skiba schluckte. Der Klumpen in seiner Kehle fühlte sich

an, als wolle er ihn ersticken. Seine drei flachsblonden Söhne schauten ihn aus den Silberrahmen auf dem Schreibtisch an.

»Sprechen Sie das Wort einfach aus, und wir machen kehrt. Dann blasen wir die Sache eben ab.«

»Es wird niemand umgebracht.«

»Hören Sie, wir brauchen jetzt noch gar keine Entscheidung zu fällen. Überschlafen Sie die Sache doch erst mal.«

Skiba wankte auf die Beine. Er machte einen Versuch, den mit Leder bezogenen und mit Goldgriffen versehenen Papierkorb zu erreichen, doch er kam nur bis an den Kamin. Während sein Erbrochenes in den Flammen knisterte und zischte, kehrte er ans Telefon zurück und hob es ans Ohr, um etwas zu sagen, doch dann überlegte er es sich anders und legte mit zittriger Hand auf. Seine Hand schlingerte zur obersten Schublade des Schreibtisches und tastete nach der kühlen Kunststoffflasche.

22

Eine halbe Stunde später sah Tom Bewegung im Urwald. Eine alte Frau mit Kopftuch schlenderte über den Pfad. Marisol eilte mit einem Schluchzen zu ihr hin, dann sprachen sie schnell in ihrer eigenen Sprache miteinander.

Marisol wandte sich mit einem deutlich erleichterten Blick zu Tom und Sally um. »Es ist, wie ich gesagt habe. Die Soldaten haben nur in die Luft geschossen, um uns Angst zu machen. Dann sind sie gegangen. Wir haben sie überzeugt, dass Sie nicht bei uns im Dorf waren und nicht vorbeigekommen sind. Sie sind wieder flussabwärts gefahren.«

Als sie zur Hütte kamen, stand Don Alfonso im Freien, schmauchte seine Pfeife und wirkte so unbekümmert, als sei nichts geschehen. Sobald er sie sah, verzog sich sein Gesicht zu einem Lächeln. »Chori! Pingo! Kommt her. Kommt raus und begrüßt unsere neuen Yanqui-Bosse! – Chori und Pingo sprechen kein Spanisch. Sie sprechen nur Tawahka, aber ich brülle sie immer auf Spanisch an, um meine Autorität zu demonstrieren. Das müssen Sie übrigens genauso machen.«

Zwei prächtig gebaute Kerle kamen geduckt aus der Hütte. Sie waren von der Taille aufwärts nackt, und ihre muskulösen Leiber glänzten ölig. Die Arme des Mannes, der Pingo hieß, wiesen westlich wirkende, sein Gesicht indianische Tätowierungen auf. Er hielt eine meterlange Machete in der Hand. Chori trug ein altes Springfield-Gewehr über der Schulter. In der Hand hielt er eine Pulaski-Feuerwehraxt.

»Wir werden das Boot jetzt beladen. Wir müssen das Dorf so schnell wie möglich verlassen.«

Sally schaute Tom kurz an. »Offenbar ist Don Alfonso doch unser Führer.«

Als Chori und Pingo die Vorräte und die Ausrüstung zum Flussufer brachten, leitete Don Alfonso sie schreiend und gestikulierend an. Ihr Einbaum war wieder da und sah aus, als habe man ihn nie von der Stelle bewegt. Eine halbe Stunde später war alles eingeladen. Die Ausrüstung ruhte als großer Haufen in der Mitte des Bootes und war unter einer Kunststoffplane festgezurrt. Inzwischen hatte sich eine Menschenmenge am Ufer versammelt. Kochfeuer wurden angezündet.

Sally wandte sich an Marisol. »Du bist ein wunderbares Mädchen«, sagte sie. »Du hast uns das Leben gerettet. Ist dir eigentlich klar, dass du noch viel im Leben erreichen kannst?«

Marisol schaute sie ruhig an. »Ich möchte nur eines erreichen.«

»Und zwar?«

»Amerika.« Sonst sagte sie nichts. Sie schaute Sally nur mit ernster, intelligenter Miene an.

»Ich hoffe, du schaffst es«, erwiderte Sally.

Marisol lächelte zuversichtlich und richtete sich auf. »Ich werde es schaffen. Don Alfonso hat es versprochen. Er hat einen Rubin.«

Am Flussufer wimmelte es nun von Menschen. Ihre Abreise schien sich zu einem Fest zu entwickeln. Eine Gruppe junger Frauen bereitete über einem Feuer ein Essen für die ganze Gemeinschaft zu. Kinder liefen umher, spielten, lachten und jagten Hühner. Als sich schließlich das gesamte Dorf versammelt zu haben schien, schritt Don Alfonso durch die Menge, die ihm Platz machte. Er trug nagelneue Shorts und ein T-Shirt, auf dem »Keine Angst« stand. Als er sich zu Tom und Sally auf den Bambuskai gesellte, verzog er das Gesicht zu einem Lächeln.

»Alle sind gekommen, um uns eine gute Reise zu wünschen«, sagte er zu Tom. »Da sehen Sie mal, wie beliebt ich in

Pito Solo bin. Ich bin ein ganz besonderer Don Alfonso Boswas. Jetzt haben Sie den Beweis, dass Sie den richtigen Mann ausgewählt haben, um Sie durch den Meambar-Sumpf zu führen.«

In der Nähe wurden ein paar Feuerwerkskörper gezündet. Die Menschen lachten vergnügt. Die Frauen verteilten das Essen. Don Alfonso nahm Tom und Sally an der Hand.

»Wir steigen jetzt ins Boot.«

Chori und Pingo, noch immer bis zur Taille nackt, hatten ihre Plätze schon eingenommen; der eine am Bug, der andere am Heck. Sie hielten die Leinen und waren zum Ablegen bereit. Dann stieg auch Don Alfonso ein. Als er das Gleichgewicht gefunden hatte, drehte er sich um und wandte sich an die Menge. Schweigen senkte sich über die Versammlung: Don Alfonso wollte eine Rede halten. Als absolute Stille eingekehrt war, fing er an. Er sprach in einem amtlich klingenden Spanisch.

»Meine Freunde und Landsleute, vor vielen Jahren wurde uns prophezeit, dass weiße Menschen kommen und ich sie auf eine lange Reise begleite. Jetzt sind sie hier. Wir brechen nun zu einer gefährlichen Fahrt durch die Meambar-Sümpfe auf. Wir werden Abenteuer erleben und viele seltsame und wunderbare Dinge schauen, die noch kein Mensch zuvor gesehen hat.

Ihr fragt euch vielleicht, warum ich diese großartige Reise mache. Ich will es euch erzählen. Dieser Amerikaner ist zu uns gekommen, um seinen Vater zu retten, der den Verstand verloren und seine Gattin und seine Familie verlassen hat. Er hat auch all seine Besitztümer mitgenommen, sodass seine Familie in Armut leben muss. Seine arme Frau hat jeden Tag bittere Tränen um ihn geweint, da sie ihre Familie nicht mehr ernähren und vor wilden Tieren beschützen kann. Ihr Haus stürzt ein, das Reet ist verfault, und es regnet durchs Dach. Niemand will die Schwestern dieses Amerikaners heiraten, deswegen werden sie sich bald der Hurerei hingeben müssen. Seine Neffen sind dem Alkohol verfallen. Dieser junge Mann, sein Sohn, ist gekommen, um ihn von seinem Wahnsinn zu heilen und nach Amerika zurückzubringen, wo er ein hohes Alter erreichen und in seiner Hängematte sterben kann, ohne seiner Familie weiterhin Ehrlosigkeit und Hunger zu bescheren. Dann werden seine Schwestern Ehemänner finden und seine Neffen und Nichten sich um seine *Milpas* kümmern, und dann kann er an heißen Nachmittagen Domino spielen und braucht nicht mehr zu arbeiten.«

Die Dorfbewohner waren von seiner Rede wie vom Donner gerührt. Tom fand, dass Don Alfonso in der Tat ein begnadeter Redner war.

»Vor langer Zeit, meine Freunde, hatte ich den Traum, dass ich euch auf diese Weise verlasse, dass ich eine große Reise ans Ende der Welt mache. Ich bin jetzt hunderteinundzwanzig Jahre alt, und endlich ist mein Traum wahr geworden. Nicht viele Menschen können in meinem Alter eine solche Reise unternehmen. In meinen Adern ist noch viel Blut, und würde meine Rosita noch leben, hätte sie jeden Tag Grund zum Lächeln.

Auf Wiedersehen, meine Freunde, euer geliebter Don Alfonso Boswas verlässt das Dorf mit Tränen der Trauer in den Augen. Vergesst mich nicht und erzählt meine Geschichte euren Kindern, die sie auch den ihren erzählen sollen, bis zum Ende aller Zeiten.«

Lauter Jubel erklang. Feuerwerkskörper knallten, und sämtliche Hunde fingen an zu bellen. Einige alte Männer schlugen in einem verzwickten Rhythmus Stöcke aneinander. Das Boot wurde in die Strömung hinausgeschoben. Der Bug schnitt durchs Wasser. Don Alfonso blieb stehen. Er winkte der wild jubelnden Menge und warf ihr Kusshändchen zu, bis das Boot die nächste Flussbiegung überwunden hatte.

»Ich hab das Gefühl, als wären wir gerade mit dem Zauberer von Oz mit einem Ballon gestartet«, sagte Sally.

Don Alfonso nahm endlich Platz. Er wischte sich die Tränen aus den Augen. »Da seht ihr mal, wie sie ihren Don Alfonso Boswas lieben.« Er machte es sich auf dem Vorratsstapel bequem, zückte seine Maiskolbenpfeife, stopfte sie mit Tabak und fing mit einem nachdenklichen Gesichtsausdruck an zu paffen.

»Sind Sie wirklich hunderteinundzwanzig Jahre alt?«, fragte Tom.

Don Alfonso zuckte die Achseln. »Niemand weiß, wie alt er wirklich ist.«

»Ich aber schon.«

»Haben Sie jedes Jahr seit Ihrer Geburt gezählt?«

»Nein, das haben andere für mich getan.«

»Dann wissen Sie es also auch nicht genau.«

»Sicher weiß ich es. Es steht auf meiner Geburtsurkunde. Der Arzt, der mich zur Welt gebracht hat, hat sie unterschrieben.«

»Wer ist dieser Arzt? Und wo ist er jetzt?«

»Keine Ahnung.«

»Glauben Sie *wirklich* einem nutzlosen Stück Papier, das ein Fremder unterzeichnet hat?«

Tom schaute den Greis an. Diese irre Logik machte ihn fertig. »In Amerika gibt es einen Beruf für Menschen wie Sie«, sagte er. »Wir nennen sie *Rechtsanwälte.*«

Don Alfonso lachte laut und schlug sich aufs Knie. »Das ist ein guter Witz. Sie sind wie Ihr Vater, Tomasito, er ist auch ein sehr komischer Mensch.« Er kicherte eine Weile vor sich hin und paffte. Tom packte die Landkarte von Honduras aus und nahm sie in Augenschein.

Don Alfonso musterte sie mit kritischen Blicken, dann riss er sie Tom aus der Hand. Er untersuchte sie zuerst von der einen, dann von der anderen Seite. »Was ist das? Nordamerika?«

»Nein, der Südosten von Honduras. Das da ist der Río Patuca, und dort liegt Brus. Das Dorf Pito Solo müsste sich hier befinden, aber es ist nicht eingezeichnet. Der Meambar-Sumpf scheint auch nicht drauf zu sein.«

»Dann existieren wir und der Meambar-Sumpf laut dieser Karte also gar nicht. Passen Sie bloß auf, dass diese überaus wichtige Landkarte trocken bleibt. Vielleicht können wir sie eines Tages verwenden, um ein Feuer anzuzünden.« Don Alfonso lachte über seinen Scherz und deutete auf Chori und Pingo, die den Hinweis verstanden und ihrer Erheiterung ebenfalls Ausdruck gaben, obwohl sie keines seiner Worte verstanden hatten. Don Alfonso lachte sich schief und schlug sich auf den Schenkel, bis ihm die Tränen kamen.

»Wir haben unsere Reise gut begonnen«, sagte er, als er wieder zu Atem gekommen war. »Wir werden bei unserem Ausflug sehr viel lachen und Spaß haben. Das ist auch gut so, denn sonst macht der Sumpf uns irre und wir sterben.«

23

Sie hatten das Lager mit der üblichen militärischen Präzision auf einer hohen, vom Sumpf umgebenen Insel aufgeschlagen. Philip saß am Feuer, rauchte seine Pfeife und lauschte den abendlichen Klängen des Regenwaldes. Es überraschte ihn, wie kompetent Hauser im Dschungel war. Er hatte das Lager gestaltet und organisiert und leitete die Soldaten bei ihren verschiedenen Aufgaben an. Bisher hatte er von Philip rein gar nichts verlangt und jedes seiner Hilfsangebote abgelehnt. Natürlich war Philip nicht wild darauf, durch den Dreck zu waten und fürs Abendessen Riesenratten zu jagen. Genau das schienen die anderen nun gerade zu tun. Doch andererseits konnte er das Gefühl, nutzlos zu sein, auch nicht ausstehen. Am Feuer zu sitzen und Pfeife zu rauchen, während die anderen die ganze Arbeit erledigten, war nicht die Prüfung, die sein Vater im Sinn gehabt hatte.

Philip trat ein Stück Holz in die Glut zurück. Zum Teufel mit der *Prüfung*. Seit König Lear sein Reich geteilt hatte, war sie mit Sicherheit die größte Eselei, die ein Vater seinen Kindern je angetan hatte.

Ocotal, der Führer, den sie in dem jämmerlichen Kaff am Fluss aufgelesen hatten, saß für sich allein, hegte das Feuer und kochte Reis. Er war ein eigenartiger Bursche – klein, schweigsam und voller Würde. Irgendetwas hatte er an sich, das Philip anziehend fand. Er gehörte offenbar zu jenen Menschen, die unerschütterlich von ihrem eigenen Wert überzeugt waren. Ocotal kannte sich eindeutig auf seinem Gebiet aus und führte sie Tag für Tag und ohne das geringste Zögern durch einen unglaublichen Irrgarten von Seitenarmen des Flusses, wobei er Hausers Ermahnungen, Kommentaren und Fragen keine Beachtung schenkte. Wenn Philip oder Hauser versuchten, ihn in ein Gespräch zu verwickeln, gab er sich unzugänglich.

Philip schlug den Pfeifenkopf aus, freute sich, dass er einen Vorrat an Dunhill Early Morning mitgenommen hatte, und nahm die nächste Füllung in Angriff. Er sollte wirklich weniger rauchen, besonders angesichts der Krankheit seines Vaters. Nach der Reise. Im Moment war der Qualm die einzige Möglichkeit, die Moskitos zu vertreiben.

Rufe wurden laut. Als Philip sich umwandte, sah er, dass Hauser von der Jagd zurückkehrte. Vier Soldaten schleppten einen an einen langen Ast gebundenen Tapir. Sie hängten das Tier mit einem Flaschenzug an den Ast eines Baumes. Dann ließ Hauser die Männer allein und nahm neben Philip Platz. Als er eine Zigarre hervorzog, abknipste und anzündete, verströmte er einen leichten Geruch von Rasierwasser, Tabakrauch und Blut. Er inhalierte den Rauch und stieß ihn dann wie ein Drache durch die Nasenlöcher aus.

»Wir kommen ganz gut voran, Philip, finden Sie nicht auch?«

»Bewundernswert gut.« Philip schlug nach einem Moskito. Es war ihm schleierhaft, wieso Hauser nie gestochen wurde, obwohl er allem Anschein nach zu seinem Schutz keine Chemikalien verwendete. Vielleicht enthielt sein Blutkreislauf ja eine tödliche Dosis Nikotin. Philip fiel auf, dass Hauser den Rauch der dicken Churchill-Zigarre inhalierte wie den einer Zigarette. Eigenartig, dass manche Menschen an etwas starben, von dem die anderen lebten.

»Ist Ihnen Dschingis Khans Dilemma vertraut?«, fragte Hauser.

»Kann ich nicht behaupten.«

»Als Dschingis Khan sich auf den Tod vorbereitete, wollte

er so bestattet werden, wie es einem großen Führer ge-
bührte – mit einem Haufen seiner Schätze, mit Konkubinen
und Pferden, damit er auch im Jenseits seinem Vergnügen
nachgehen konnte. Aber er wusste, dass die Wahrscheinlichkeit sehr hoch war, dass man seine Grabkammer ausrauben
und ihm alle Freuden nehmen würde, die ihm im Jenseits zustanden. Er hat lange darüber nachgedacht, wie sich dieses
Problem wohl lösen ließe, doch fiel ihm keine Antwort ein.
Schließlich rief er den Großwesir zu sich, den klügsten Mann
in seinem Reich.

›Was soll ich tun, um zu verhindern, dass meine Grabkammer geplündert wird?‹, fragte er den Wesir.

Der Wesir dachte lange darüber nach, und schließlich fiel
ihm eine Antwort ein. Er erklärte sie Dschingis Khan, und der
Herrscher war zufrieden. Als Dschingis starb, führte der Wesir den Plan aus. Er schickte zehntausend Arbeiter in das abgelegene Altai-Gebirge, wo sie eine riesige Grabkammer aus
dem Fels schlugen und mit Gold, Edelsteinen, Wein, Seide,
Elfenbein, Sandelholz und Weihrauch füllten. Über tausend
schöne Jungfrauen und tausend Pferde wurden zur Lust des
großen Khans dem Jenseits geopfert. Es gab eine gewaltige
Bestattungszeremonie und ein rauschendes Fest für die Arbeiter, dann wurde Dschingis Khans Leiche in die Grabkammer
eingeschlossen und die Tür sorgfältig getarnt. Das ganze Gebiet wurde mit Erde bedeckt, dann ritten tausend Reiter durch
das Tal, um sämtliche Spuren ihrer Arbeit zu tilgen.

Als die Arbeiter und Reiter zurückkehrten, kam der Wesir
ihnen mit dem Heer des Khans entgegen und ließ sie bis auf
den letzten Mann niedermachen.«

»Wie scheußlich.«

»Danach beging der Wesir Selbstmord.«

»Was für ein Blödmann. Er hätte reich werden können.«

Hauser kicherte. »Ja. Aber er war seinem Herrn treu ergeben. Er wusste, dass man sogar ihm, dem vertrauenswürdigs-
ten aller Menschen, ein solches Geheimnis nicht anvertrauen
konnte. Vielleicht hätte er im Schlaf gesprochen. Vielleicht

hätte man es ihm unter der Folter abgepresst. Auch hätte seine Gier ihn überwältigen können. Er war das schwache Glied in der Kette. Deswegen musste auch er sterben.«

Philip hörte ein Hacken, und als er den Blick hob, sah er, wie die Jäger die Beute mit Macheten zerlegten. Die Innereien klatschten mit einem feuchten Schmatzen auf den Boden. Philip zuckte zusammen und wandte sich ab. Irgendwie, wurde ihm bewusst, hatte das Vegetariertum doch etwas für sich.

»Und hier haben wir den Haken, die Schwäche im Plan des Wesirs: Auch ein Mann wie Dschingis Khan musste sich hinsichtlich seines Geheimnisses letztlich auf einen anderen Menschen verlassen.« Hauser stieß eine beißende Rauchwolke aus. »Und deswegen frage ich Sie, Philip: *Wer ist der einzige Mensch, dem Ihr Vater vertraut hat?*«

Es war eine gute Frage. Philip dachte schon seit geraumer Zeit darüber nach. »Es war keine Freundin oder Ex-Frau. Über seine Ärzte und Anwälte hat er pausenlos nur gelästert. Seine Sekretärinnen haben immer von sich aus gekündigt. Er hatte keine echten Freunde. Der einzige Mensch, dem er vertraute, war sein Pilot.«

»Und ich habe bereits in Erfahrung gebracht, dass er nichts über die Sache weiß.« Hauser hielt die Zigarre in einem steilen Winkel an seine Lippen. »Genau da liegt der Haken, Philip. Hat Ihr Vater vielleicht ein Doppelleben geführt? Hatte er ein heimliches Verhältnis? Hat er möglicherweise einen unehelichen Sohn, den er Ihnen und Ihren Brüdern vorgezogen hat?«

Allein die Andeutung ließ Philip frösteln. »Ich habe keine Ahnung.«

Hauser schwenkte die Zigarre. »Das stimmt einen nachdenklich, was, Philip?«

Er verfiel in Schweigen. Die Vertraulichkeit ermutigte Philip, eine Frage zu stellen, die ihm schon seit geraumer Zeit am Herzen lag. »Was ist zwischen meinem Vater und Ihnen vorgefallen?«

»Wussten Sie, dass wir schon in unserer Kindheit befreundet waren?«

169

»Ja.«

»Wir sind zusammen in Erie aufgewachsen. In der Straße, in der wir lebten, haben wir Stickball miteinander gespielt. Wir sind zusammen zur Schule gegangen und waren gemeinsam das erste Mal in einem Puff. Wir glaubten, wir würden uns sehr gut kennen. Doch wenn man in den Dschungel vorstößt, wenn's ums Überleben geht, erfährt man noch ein paar andere Dinge über sich. Dann entdeckt man an sich selbst Sachen, von denen man nie etwas geahnt hat. Man erfährt, wer man wirklich ist. Und genau das ist uns passiert. Wir saßen mitten im Dschungel fest, hatten uns verirrt, waren von Insekten zerstochen, hatten nichts zu essen und waren halb tot vor Fieber. Und da haben wir festgestellt, wer wir wirklich sind. Wissen Sie, was ich entdeckt habe? Ich habe entdeckt, dass ich Ihren Vater verachte.«

Philip schaute Hauser an. Der Mann wich seinem Blick nicht aus. Sein Gesicht war ruhig, glatt und undurchdringlich wie immer. Er spürte, dass es ihm kalt über den Rücken lief. »Und was haben Sie über sich selbst erfahren, Hauser?«, fragte er.

Er sah, dass die Frage sein Gegenüber verblüffte. Hauser überging sie mit einem Lachen. Dann warf er den Zigarrenstummel ins Feuer und stand auf. »Das kriegen Sie noch früh genug raus.«

24

Der Einbaum schob sich durch das dicke schwarze Wasser. Der Motor heulte angestrengt. Der Fluss hatte sich geteilt und war zu einem Labyrinth aus Seitenarmen und riesigen stillen Teichen voll von offen liegendem, schwarzem, stinkendem, schauerlich aussehendem Schlamm geworden. Wohin Tom auch blickte, sah er wirbelnde Insektenschwärme. Pingo stand mit freiem Oberkörper am Bug und schwenkte eine riesige Machete, mit der er hin und wieder auf Schlingpflanzen einhieb, die übers Wasser hingen. Die Seitenarme waren oft zu seicht, um den Motor zum Einsatz zu bringen. In solchen Fällen holte Chori ihn ein und stakte. Don Alfonso blieb auf seinem üblichen Platz, dem von einer Leinwandplane bedeckten Ausrüstungsstapel. Er saß mit verschränkten Beinen da, mimte den Weisen, paffte hektisch seine Pfeife und lugte nach vorn. Pingo war schon mehrmals von Bord gegangen, um halb versunkene Baumstämme zu zerlegen, damit sie weiterfahren konnten.

»Was sind das für teuflische Insekten?«, rief Sally und schlug wild um sich.

»Tapirfliegen«, sagte Don Alfonso. Er griff in die Tasche und hielt ihr eine geschwärzte Maiskolbenpfeife hin. »Sie sollten vielleicht mit dem Rauchen anfangen, Señorita; das ist den Insekten lästig.«

»Nein, danke. Rauchen erzeugt Krebs.«

»Ganz im Gegenteil. Rauchen ist sehr gesund. Es führt zu einer guten Verdauung und einem langen Leben.«

»Schön.«

Als sie tiefer in den Sumpf vorstießen, schien sich die Vegetation von allen Seiten an sie zu drängen und bildete mauerartige Schichten aus glänzenden Blättern, Farnen und Schlingpflanzen. Die Luft war tot und dick und roch nach Methan. Das Boot schob sich wie durch heiße Suppe voran.

»Woher wissen Sie, dass dies der Weg ist, den mein Vater genommen hat?«, fragte Tom.

»Im Meambar-Sumpf gibt es viele Pfade«, sagte Don Alfonso, »aber nur einen, der hindurchführt. Ich, Don Alfonso, kenne diesen Weg, und Ihr Vater hat ihn auch gekannt. Ich kann die Zeichen lesen.«

»Und was besagen sie?«

»Dass drei Reisegruppen vor uns sind. Die erste kam vor einem Monat hier durch. Die zweite und die dritte sind nur wenige Tage voneinander getrennt. Sie waren vor etwa einer Woche hier.«

»Woran können Sie das alles erkennen?«, fragte Sally.

»Ich lese es im Wasser. Ich sehe eine Kerbe an einem versunkenen Baumstamm. Ich sehe einen Schnitt in einer Schlingpflanze. Ich sehe eine Stakenmarkierung auf einer Unterwassersandbank oder eine Rinne, die ein Kiel an einer seichten schlammigen Stelle hinterlassen hat. In diesem toten Wasser erhalten sich Markierungen dieser Art wochenlang.«

Sally deutete auf einen Baum. »Schauen Sie mal, da drüben steht ein Gumbo-Limbo-Baum – *Bursera simuraba*. Die Mayas haben seinen Saft gegen Mückenstiche eingesetzt.« Sie wandte sich zu Don Alfonso um. »Lassen Sie uns hinfahren und etwas von dem Zeug sammeln.«

Don Alfonso nahm die Pfeife aus dem Mund. »Mein Großvater hat den Saft dieses Gewächses immer gesammelt. Wir nennen sie Lucawa.« Er musterte Sally mit neuem Respekt. »Ich wusste gar nicht, dass Sie eine *Curandera* sind.«

»Bin ich eigentlich auch nicht«, sagte Sally. »Ich habe aber in meiner Zeit auf dem College eine gewisse Zeit im Norden verbracht und bei den Mayas gelebt. Ich habe ihre Medizin studiert. Ich bin Ethnopharmakologin.«

»Ethnopharmakologin? Das klingt nach einem sehr bedeutenden Beruf für eine Frau.«

Sally runzelte die Stirn. »In unserer Zivilisation können Frauen das Gleiche tun wie Männer. Und umgekehrt.«

Don Alfonsos Brauen zuckten hoch. »Das glaube ich nicht.«

»Es stimmt aber«, sagte Sally trotzig.

»Gehen die Frauen in Amerika auf die Jagd – und die Männer kriegen die Kinder?«

»*Das* habe ich doch nicht gemeint.«

Don Alfonso schob sich das Mundstück der Pfeife mit einem triumphierenden Lächeln zwischen die Zähne. Er hatte eindeutig gewonnen. Er zwinkerte Tom übertrieben zu. Sally warf Tom einen Blick zu.

Ich hab doch gar nichts gesagt, dachte Tom beleidigt.

Chori steuerte das Boot längsseits an einen Baum. Sally versetzte der Rinde einen Hieb mit ihrer Machete und schälte einen vertikalen Rindenstreifen ab. Der Saft begann sofort in rötlichen Tröpfchen auszutreten. Sie kratzte ein wenig davon ab, rollte ihre Hosenbeine hoch und schmierte sich das Zeug auf ihre Stiche. Dann rieb sie ihren Hals, ihre Gelenke und ihre Handrücken ein.

»Sie sehen ja schrecklich aus«, sagte Tom.

Sally kratzte mit der Machete noch mehr von dem klebrigen Saft ab und hielt sie ihm hin. »Tom?«

»An meinen Leib lasse ich das Zeug nicht.«

»Kommen Sie gefälligst her.«

Tom machte einen Schritt auf Sally zu, und sie rieb es in seinen grässlich zerstochenen Nacken ein. Das Jucken und das brennende Gefühl nahmen ab.

»Na, wie ist es?«

Tom bewegte den Hals. »Klebrig, aber gut.« Das Gefühl ihrer kühlen Hände an seinem Hals gefiel ihm.

Sally reichte ihm die Machete mit dem Saftklumpen. »Beine und Arme können Sie sich selbst einreiben.«

»Danke.« Tom folgte ihrem Rat. Die Wirkung überraschte ihn.

Auch Don Alfonso nahm etwas von dem Saft. »Es ist wirklich bemerkenswert! Eine Yanqui-Frau, die die medizinischen Geheimnisse der Pflanzen kennt. Eine echte *Curandera*. Da lebe ich nun schon hunderteinundzwanzig Jahre und weiß noch immer nicht alles.«

Am Nachmittag passierten sie den ersten Felsen, den Tom seit Tagen zu Gesicht bekommen hatte. Dahinter fiel gefiltertes Sonnenlicht auf eine überwachsene Lichtung, die sich zu einer hoch liegenden Insel auswuchs.

»Hier lagern wir«, gab Don Alfonso bekannt.

Sie steuerten den Einbaum längsseits an den Felsen und vertäuten ihn. Pingo und Chori sprangen mit der Machete in der Hand an Land, balancierten über Felsen und mähten die neuen Gewächse nieder. Don Alfonso schlenderte umher, untersuchte den Boden, scharrte mit den Füßen und hob hier und da eine Ranke oder ein Blatt auf.

»Es ist erstaunlich«, sagte Sally und schaute sich um. »Hier wächst Zorillo. Stinktierwurzel, eine der wichtigsten Pflanzen, die die Mayas verwendet haben. Sie haben aus den Blättern ein Kräuterbad gemacht und die Wurzel gegen Schmerzen und Geschwüre eingesetzt. Sie nennen es Payche. Und da wächst auch etwas Suprecayo. Und da drüben ist ein *Seweetia panamensis*-Baum. Es ist wirklich erstaunlich. Hier existiert ein einmaliges kleines Ökosystem. Hat jemand was dagegen, wenn ich ein bisschen botanisieren gehe?«

»Fühlen Sie sich nur ganz wie zu Hause«, sagte Tom.

Sally ging in den Wald, um weitere Pflanzen zu sammeln.

»Sieht so aus, als hätte hier vor uns schon jemand gelagert«, sagte Tom zu Don Alfonso.

»Ja. Diese große Lichtung wurde erst vor etwa einem Monat freigelegt. Ich sehe eine Feuerstelle und die Überreste eines Unterstandes. Vor ungefähr einer Woche waren zum letzten Mal Menschen hier.«

»Das alles ist in einer Woche gewachsen?«

174

Don Alfonso nickte. »Der Wald schätzt keine freien Stellen.« Er stocherte in den Resten eines Lagerfeuers herum, dann hob er etwas auf und reichte es Tom. Es war eine angeschimmelte und halb zerfallene Zigarrenbauchbinde der Marke Cuba Libre.

»Die Marke meines Vaters«, sagte Tom und schaute sie sich genauer an. Er hatte ein eigenartiges Gefühl. Sein Vater war hier gewesen, hatte vielleicht genau an dieser Stelle gelagert, eine Zigarre geraucht und diesen winzigen Hinweis hinterlassen. Tom steckte die Bauchbinde in die Tasche und fing an, Feuerholz zu sammeln.

»Bevor Sie einen Ast aufheben«, riet Don Alfonso ihm, »sollten Sie mit einem Stock draufhauen, um die Ameisen, Schlangen und *Veinte cuatros* abzuschlagen.«

»*Veinte cuatros?*«

»Ein Insekt, das wie eine Termite aussieht. Wir nennen es *Veinte cuatro*, Vierundzwanziger, weil man sich, nachdem es einen gebissen hat, vierundzwanzig Stunden nicht bewegen kann.«

»Wie schön.«

Eine Stunde später sah Tom Sally mit einem langen Pfahl auf der Schulter aus dem Dschungel schlendern. An dem Pfahl hingen Pflanzenbündel, Baumrinde und Wurzeln. Don Alfonso schaute von dem Papagei auf, den er in einem Topf köchelte, und musterte sie.

»*Curandera*, Sie erinnern mich an meinen Großvater Don Cali. Auch er kam jeden Tag wie Sie aus dem Wald zurück. Allerdings sind Sie hübscher als er. Er war alt und faltig, doch Sie sind straff und üppig.«

Sally beschäftigte sich mit ihren Pflanzen und reihte die Kräuter und Wurzeln auf einen Stock, um sie am Feuer zu trocknen. »Hier gibt es eine unglaubliche Pflanzenvielfalt«, sagte sie aufgeregt zu Tom. »Julian wird sich wirklich freuen.«

»Wie schön.«

Toms Aufmerksamkeit richtete sich auf Chori und Pingo. Die beiden bauten einen Unterstand. Don Alfonso rief ihnen

Anweisungen zu und überhäufte sie mit Kritik. Die Männer fingen an, indem sie sechs stämmige Pfähle in den Boden rammten und sie dann mit einem Rahmen aus flexiblen Ästen versahen. Darüber spannten sie die Kunststoffplanen. Die Hängematten wurden zwischen den Pfählen aufgehängt und mit Moskitonetzen versehen. Ein letztes Stück Plane wurde an der Decke angebracht, damit Sally einen Raum für sich hatte.

Als Chori und Pingo fertig waren, traten sie beiseite. Don Alfonso inspizierte den Unterstand mit kritischen Blicken, dann nickte er und wandte sich um. »Da, bitte – ein Haus, wie man es in Amerika auch nicht besser bauen könnte.«

»Beim nächsten Mal«, sagte Tom, »gehe ich Chori und Pingo zur Hand.«

»Wie Sie wollen. Die *Curandera* hat ihr eigenes Schlafquartier, das man für einen zusätzlichen Gast auch erweitern kann – falls sie Gesellschaft haben möchte.« Der Greis zwinkerte Tom übertrieben zu, und Tom spürte, wie er errötete.

»Ich bin ganz zufrieden, wenn ich allein schlafen kann«, sagte Sally kühl.

Don Alfonso schaute enttäuscht drein. Er beugte sich zu Tom hinüber, als wolle er allein mit ihm reden. Doch seine Stimme war für jedermann im Lager zu hören: »Sie ist eine wunderschöne Frau, Tomás, selbst wenn sie alt ist.«

»Entschuldigen Sie mal – ich bin neunundzwanzig.«

»*Ehi*, Señorita, da sind Sie ja noch älter, als ich dachte. Tomás, Sie müssen sich beeilen. Sie ist jetzt schon fast zu alt zum Heiraten.«

»In unserer Zivilisation«, sagte Sally, »gilt man mit neunundzwanzig noch als jung.«

Don Alfonso schüttelte weiterhin traurig den Kopf. Tom konnte sich ein Lachen nun nicht mehr verbeißen.

Sally fuhr zu ihm herum. »Was ist denn daran so witzig?«

»Der Zusammenprall der Kulturen«, erwiderte Tom und schnappte nach Luft.

Sally sprach nun Englisch. »Mir gefällt dieses kleine sexistische Tête-à-Tête zwischen Ihnen und diesem alten Lustmolch nicht.« Sie schaute Don Alfonso an. »Für einen Menschen, der angeblich hunderteinundzwanzig Jahre alt ist, denken Sie verdammt oft an Sex.«

»Männer hören nie auf, über die Liebe nachzudenken, Señorita. Selbst wenn sie alt werden und ihr Glied schrumpelt wie eine zum Trocknen in die Sonne gelegte Yuca. Ich bin vielleicht hunderteinundzwanzig, aber ich habe noch so viel Blut wie ein Neunzehnjähriger. Tomás, ich würde eine Frau wie Sally gern heiraten, aber nur wenn sie sechzehn wäre und feste, spitze Brüste hat …«

»Don Alfonso«, fiel Sally ihm ins Wort, »glauben Sie nicht, dass das Mädchen Ihrer Träume auch achtzehn sein könnte?«

»Dann ist sie aber vielleicht keine Jungfrau mehr.«

»In unserem Land«, sagte Sally, »heiraten die meisten Frauen erst, wenn sie achtzehn sind. Es ist anstößig, von Sechzehnjährigen als Ehefrauen zu sprechen.«

»Tut mir Leid! Ich hätte wissen müssen, dass sich die Mädchen im kalten Klima Nordamerikas langsamer entwickeln. Hier jedoch ist eine Sechzehnjährige …«

»Hören Sie auf!«, brüllte Sally und presste die Hände auf ihre Ohren. »Mir reicht's! Don Alfonso, ich habe genug von Ihren Kommentaren über Sex!«

Der Greis zuckte die Achseln. »Ich bin ein alter Mann, *Curandera,* und das bedeutet, dass ich reden und Witze machen darf, wie es mir gefällt. Gibt es diese Tradition in Amerika nicht?«

»In Amerika reden alte Menschen nicht ständig über Sex.«

»Über was reden sie denn?«

»Sie reden über ihre Enkel, das Wetter, Florida und solche Sachen.«

Don Alfonso schüttelte den Kopf. »Wie langweilig es doch sein muss, in Amerika alt zu werden.«

Sally marschierte von hinnen und zog die Hüttentür hinter sich zu. Bevor sie verschwand, warf sie Tom einen giftigen Blick zu. Tom schaute verdutzt hinter ihr her. Was hatte er denn getan oder gesagt? Es war einfach ungerecht, dass sie ihn des Sexismus verdächtigte.

Don Alfonso zuckte die Achseln, steckte seine Pfeife wieder an und sagte lauthals: »Ich verstehe das nicht. Sie ist neunundzwanzig und unverheiratet. Ihr Vater wird eine enorme Mitgift bezahlen müssen, um sie loszuwerden. Und Sie sind fast auch schon ein alter Mann und haben keine Ehefrau. Warum heiratet ihr beide nicht? Sind Sie vielleicht homosexuell?«

»Nein, Don Alfonso.«

»Es ist ganz in Ordnung, wenn Sie es sind, Tomás. Chori kann Ihnen gefällig sein. Er ist nicht festgelegt.«

»Nein, danke.«

Don Alfonso schüttelte verwundert den Kopf. »Jetzt verstehe ich überhaupt nichts mehr. Sie müssen Ihre Chancen nutzen, Tomás.«

»Sally«, sagte Tom, »ist mit einem anderen Mann verlobt.«

Don Alfonsos Brauen zuckten hoch. »Ach. Und wo ist dieser Mann jetzt?«

»In Amerika.«

»Dann kann er sie nicht lieben!«

Tom zuckte zusammen und warf einen Blick auf ihr Quartier. Don Alfonsos Stimme trug nämlich besonders weit.

Da tönte Sallys Stimme aus der Hütte: »Er liebt mich. Und ich liebe ihn. Und vielen Dank euch beiden, dass ihr jetzt die Klappe haltet!«

Im Wald schallte ein Gewehrschuss, und Don Alfonso stand auf. »Das ist unser zweiter Gang.« Er nahm seine Machete und ging in die Richtung, aus der der Knall gekommen war.

Tom stand ebenfalls auf und brachte seine Hängematte in den Unterstand, um sie aufzuspannen. Als er eintrat, hängte Sally gerade einige Kräuter an den Pfählen auf.

»Dieser Don Alfonso ist ein alter Lüstling *und* ein Sexistenschwein«, sagte sie erzürnt. »Und Sie sind genauso schlimm.«

»Er bringt uns immerhin durch den Sumpf.«

»Ich kann seine kleinen Bemerkungen ganz und gar nicht leiden. Und Ihre grinsende Zustimmung genauso wenig.«

»Sie können doch nicht erwarten, dass er sich mit den neuesten Entwicklungen feministischer und politischer Korrektheit auskennt.«

»Darüber, dass Sie zu alt zum Heiraten sind, hat er jedenfalls nicht gesprochen. Und dabei sind Sie gute zwei Jahre älter als ich. Es ist *immer* nur die Frau, die zu alt zum Heiraten ist.«

»Nun machen Sie mal halblang, Sally.«

»Ich mache *nicht* halblang!«

Don Alfonsos Stimme verhinderte Toms Antwort. »Der erste Gang ist zum Verzehren bereit! Gekochter Papagei und Maniokeintopf. Danach gibt's Tapir-Steak. Alles ist gesund und köstlich. Hört jetzt auf zu streiten und kommt zum Essen raus!«

25

*B*uenas *tardes«*, murmelte Ocotal und nahm neben Philip
am Feuer Platz.

»*Buenas tardes.*« Philip nahm überrascht die Pfeife aus
dem Mund. Es war das erste Mal, dass Ocotal auf dieser Reise zu ihm sprach.

Sie hatten einen großen See am Rand des Sumpfes erreicht
und lagerten auf einer sandigen Insel mit einem richtigen
Strand. Die Insekten waren weg, die Luft war frisch, und zum
ersten Mal seit einer Woche konnte Philip in jeder Richtung
weiter als sieben Meter sehen. Das Einzige, was ihm missfiel,
war das an den Strand klatschende Wasser, denn es war so
schwarz wie Kaffee. Hauser war wie üblich mit einigen Soldaten auf der Jagd. Die anderen Männer saßen an ihrem eigenen Feuer und spielten Karten. Die Luft hatte wegen der Hitze und dem grüngoldenen Licht des späten Nachmittags
etwas Einschläferndes. Insgesamt gesehen befanden sie sich
jedoch Philips Ansicht nach an einem schönen Fleckchen
Erde.

Ocotal beugte sich abrupt vor. »Ich habe die Soldaten gestern Nacht reden hören.«

Philip hob die Augenbrauen. »Und?«

»Sie wollen Sie töten. Zeigen Sie jetzt keine Reaktion auf
meine Worte.« Er sprach so leise und schnell, dass Philip irgendwie glaubte, sich verhört zu haben. Er saß wie vom Donner gerührt da und verarbeitete Ocotals Worte.

»Sie werden auch mich umbringen«, fuhr Ocotal fort.

»Wissen Sie das genau?«

Ocotal nickte.

Philip dachte panisch über das Gehörte nach. War Ocotal vertrauenswürdig? Konnte er ihn missverstanden haben? Warum sollte Hauser ihn umbringen? Um das Erbe zu stehlen? Es war nicht auszuschließen. Hauser war kein Ehrenmann. Philip sah aus den Augenwinkeln, dass die Soldaten noch immer Karten spielten. Ihre Gewehre waren an einen Baum gelehnt. Andererseits kam es ihm unfassbar vor. Er spielte doch nicht in einem Film mit. Hauser würde doch eine Million Dollar verdienen. Man brachte doch nicht so einfach Menschen um – oder? »Was haben Sie vor?«

»Ein Boot zu stehlen und abzuhauen. Mich im Sumpf zu verstecken.«

»Meinen Sie *jetzt?*«

»Wollen Sie warten?«

»Aber die Soldaten sind doch gleich da drüben. Wir kommen hier nie weg. Was haben die Soldaten gesagt, dass Sie das glauben? Vielleicht war es ja nur ein Missverständnis.«

»Hören Sie mal, Sie Pfeife«, zischte Ocotal. »*Wir haben keine Zeit*. Ich haue jetzt ab. Wenn Sie mitkommen wollen, kommen Sie mit. Wenn nicht: *Adiós.*«

Er stand lässig auf und schlenderte zum Strand, wo die Einbäume an Land lagen. Philip riss den Blick panisch von ihm los und musterte die Soldaten. Sie spielten noch immer Karten, ahnten nichts. Von dort aus, wo sie saßen, unter einem Baum, konnten sie die Boote nicht sehen.

Was sollte er tun? Er war wie gelähmt. Man hatte ihm ohne Warnung oder Vorbereitung eine monumentale Entscheidung aufgehalst. Es war verrückt. Konnte Hauser so kaltblütig sein? Oder plante Ocotal hier irgendein schräges Ding?

Ocotal ging nun am Strand entlang, wobei er einen beiläufigen Blick auf die Bäume warf. Er stand an einem Boot, und es sah ganz so aus, als sei er im Begriff, es ganz lässig mit dem Knie ins Wasser zu schieben.

Es ging alles viel zu schnell. Im Grunde hing es davon ab, was für ein Mensch Hauser war. War er wirklich zu einem Mord fähig? Na schön, besonders nett war er nicht. Irgendwas stimmte nicht mit ihm. Philip fiel plötzlich ein, mit welchem Vergnügen Hauser den Agouti geköpft hatte; das Lächeln auf seinem Gesicht beim Anblick des Blutflecks auf seinem Hemd. Wie er gesagt hatte: *Das kriegen Sie noch früh genug raus.*

Ocotal hatte das Boot nun ins Wasser geschoben. Er ging mit einer geschmeidigen Bewegung an Bord, griff gleichzeitig nach der Stake und bereitete sich aufs Abstoßen vor.

Philip stand auf ging schnell zum Strand hinunter. Ocotal hatte sich schon vom Ufer gelöst, die Stake stand im Wasser; er war bereit, das Boot in den Seitenarm zu stoßen. Er hielt gerade so lange inne, dass Philip ins Wasser waten und an Bord klettern konnte. Dann stieß er die Stake mit einer kräftigen Anspannung seiner Muskeln in den sandigen Boden und schob sie lautlos in den Sumpf hinein.

26

Am nächsten Morgen war es mit dem schönen Wetter vorbei. Wolken sammelten sich. Ein Gewitter rüttelte die Baumwipfel. Es goss wie aus Eimern. Als Tom und die anderen aufbrachen, war die Oberfläche des Flusses grau und schäumte unter der Wucht des Wolkenbruchs. Das Rauschen des auf die Vegetation fallenden Regens war ohrenbetäubend. Das Labyrinth aus Seitenarmen, dem sie folgten, schien immer schmaler und gewundener zu werden. Tom hatte noch nie ein so dichtes und undurchdringliches Sumpfgebiet gesehen. Er konnte kaum glauben, dass Don Alfonso wusste, welchen Weg sie nehmen mussten.

Am Nachmittag hörte der Regen plötzlich auf, als hätte jemand einen Hahn abgedreht. Das Wasser lief noch ein paar Minuten an den Baumstämmen herab und erzeugte einen Lärm wie ein Wasserfall. Der ganze Dschungel wirkte dunstig, tröpfelnd und still.

»Die Insekten sind wieder da«, sagte Sally und schlug um sich.

»*Jejenes,* Schwarzfliegen«, sagte Don Alfonso. Er zündete seine Pfeife an und umgab sich mit einer stinkenden blauen Wolke. »Sie holen sich ein Stück von Ihrem Fleisch. Sie bilden sich aus dem Atem des Teufels, nachdem er einen Abend lang schlechten *Aguardiente* getrunken hat.«

Manchmal wurde ihr Weg von Schlingpflanzen und über der Erde wachsenden Wurzeln blockiert, die von oben herabwucherten und einen dichten Vorhang aus Vegetation bildeten. Sie hingen bis auf die Wasseroberfläche. Pingo machte wieder die Vorhut und hackte sie mit seiner Machete ab, während Chori hinten stakte. Jeder Machetenhieb ließ Schwärme von Fröschen, Insekten und anderem Getier auf- und ins Wasser springen. Es war ein Festessen für die auf sie lauernden Pirañas, die sich sofort auf jedes glücklose Tier stürzten. Pingo, dessen kräftige Rückenmuskeln heftig am Arbeiten waren, hieb nach links und rechts, dann wieder nach links und fegte die meisten Lianen und Hängepflanzen ins Wasser. In einem besonders schmalen Seitenarm schrie Pingo, plötzlich um sich schlagend: »*Heculu!*«

»*Avispa!* Wespen!«, rief Don Alfonso. Er duckte sich und setzte seine Mütze auf. »Nicht bewegen!«

Eine dichte, kochende schwarze Wolke fegte aus dem herabhängenden Geäst hervor, und Tom, der sich duckte, um seinen Kopf zu schützen, spürte auf seinem Rücken sofort einen Teppich brennender Stiche.

»Schlagen Sie nicht nach ihnen«, rief Don Afonso. »Das macht sie nur noch wütender!«

Sie konnten nur abwarten, bis die Wespen mit ihrer Stechorgie fertig waren. Sie verschwanden so schnell, wie sie gekommen waren, und Sally verarztete die Stiche mit dem Saft des Gumbo-Limbo-Baums. Dann fuhren sie weiter.

Gegen Mittag hörten sie über sich im Blätterbaldachin ein eigenartiges Geräusch. Es klang wie tausend schnalzende und schmatzende, Bonbons lutschende Kinder, bloß viel lauter. Begleitet wurde es von raschelnden Zweigen. Das Rascheln wurde immer intensiver, bis es plötzlich wie ein Wind wirkte. Schwarze Gestalten blitzten hier und da auf. Durch die Blätter sah man sie nur schemenhaft.

Chori zog das Paddel aus dem Wasser. Schon waren ein kleiner Bogen und ein Pfeil in seinen Händen. Der Bogen wies zum Himmel. Er war gespannt und schussbereit.

»*Mono chucuto*«, sagte Don Alfonso leise zu Tom.

Bevor Tom noch etwas erwidern konnte, hatte Chori den

Pfeil abgeschossen. Über ihnen war plötzlich ein Tumult, dann fiel ein schwarzer Affe, noch halb lebendig, aus dem Geäst. Während er abstürzte, versuchte er, sich in dem Blattwerk um ihn herum festzuhalten, doch landete er schließlich zwei Meter vor dem Einbaum im Wasser. Chori sprang auf und zog das schwarzfellige Bündel an Bord – und gleich darauf ließ ein großer Wirbel in der Tiefe erkennen, dass etwas anderes ebenfalls auf diese Idee gekommen war.

»*Ehi! Ehi!*«, sagte er und grinste bis an die Ohren. »Uakaris! Mmmm.«

»Es sind zwei!«, sagte Don Alfonso höchst aufgeregt. »Das war ein sehr guter Schuss, Tomasito. Eine Mutter und ihr Junges.«

Ein winziges Äffchen klammerte sich an seine Mutter und quiekte vor Angst.

»Ein Affe?« Sally klang schrill. »Er hat einen Affen erschossen?«

»Ja, Curandera. Haben wir nicht Glück?«

»Glück? Das ist *abscheulich!*«

Don Alfonsos Miene zeigte Enttäuschung. »Mögen Sie keine Affen? Das Gehirn dieses Affen ist eine echte Delikatesse, wenn man es im Schädel leicht anbrät.«

»Wir können keine Affen essen!«, sagte Sally.

»Und warum nicht?«

»Weil … es fast so was wie Kannibalismus wäre.« Sally wandte sich an Tom. »Ich kann's nicht fassen, dass Sie zugelassen haben, dass er einen Affen erschießt!«

»Ich hab doch gar nichts zugelassen.«

Chori, der kein Wort verstand und noch immer stolz grinste, warf den Affen vor sie auf den Bootsboden. Der Affe starrte zu ihnen herauf. Sein Blick verschleierte sich nun, und er streckte die Zunge ein Stück heraus. Das Junge sprang auf den Kadaver der Mutter und duckte sich verschreckt, dann hob es die Hände über den Kopf und quietschte schrill.

»*Ehi! Ehi!*«, sagte Chori. Er packte das Junge mit einer Hand, um ihm mit der Machete den Gnadenstoß zu versetzen.

185

»Nein!« Tom riss das schwarze Äffchen an sich. Es schmiegte sich an ihn und hörte auf zu schreien. Chori stierte ihn mit halb erhobener Machete überrascht an.

Don Alfonso beugte sich vor. »Ich verstehe nicht. Was war das mit Kannibalismus?«

»Don Alfonso«, sagte Tom, »bei uns gelten Affen fast als menschlich.«

Don Alfonso sagte jäh etwas zu Chori, dessen Grinsen verschwand und einer enttäuschten Miene Platz machte. Don Alfonso wandte sich wieder Tom und Sally zu. »Ich habe nicht gewusst, dass Affen in Nordamerika heilig sind. Es stimmt, dass sie fast menschlich sind – nur hat Gott ihnen anstelle von Händen zwei Paar Füße gegeben. Tut mir Leid. Wenn ich es gewusst hätte, hätte ich nicht zugelassen, dass er getötet wird.« Er sagte etwas zu Chori, und das Boot fuhr weiter. Schließlich hob er den Kadaver des Muttertiers auf und warf ihn über Bord. Das Wasser wirbelte auf, dann war er verschwunden.

Tom bemerkte, dass das Äffchen sich nun energischer in seine Armbeuge schmiegte. Es jaulte und wollte sich in seiner Wärme vergraben. Tom schaute hinab. Ein kleines schwarzes Gesicht blickte mit großen Augen zu ihm auf. Ein winziges Händchen streckte sich ihm entgegen. Das Äffchen war klein, es maß kaum mehr als zwanzig Zentimeter und wog höchstens drei Pfund. Sein Haar war weich und kurz. Es hatte große braune Augen und vier Miniaturpfoten mit Fingerchen, die so dünn waren wie Zahnstocher.

Tom fiel auf, dass Sally ihn mit einem Lächeln musterte.

»Was ist denn?«

»Sieht so aus, als hätten Sie einen neuen Freund gewonnen.«

»Oh, nein.«

»Oh, doch.«

Das Äffchen hatte sich von seinem Schrecken erholt. Es krabbelte auf Toms Arm und tastete seinen Brustkorb ab. Seine schwarzen Pfötchen huschten über seine Kleidung und zupften daran. Dabei machte es Geräusche, die wie ein Zungenschnalzen klangen.

»Er striegelt Sie«, sagte Sally. »Er sucht nach Läusen.«

»Kann ich bloß hoffen, dass er keine findet.«

»Tja, Tomás«, sagte Don Alfonso. »Er hält Sie für seine Mutter.«

»Wie kann man so süße Geschöpfe nur essen?«, fragte Sally.

Don Alfonso zuckte die Achseln. »Alle Geschöpfe des Waldes sind schön, Curandera.«

Tom spürte, wie das Äffchen an seinem Hemd herumzupfte. Es kletterte an ihm herum, verwendete seine Knöpfe als Haltegriffe und hob die Klappe der riesigen Westentasche an. Es kramte mit der Hand darin herum, machte ein schnalzendes Geräusch, kletterte hinein und machte es sich bequem. Es saß da, die Arme verschränkt, schaute sich um und hob das Näschen in die Luft.

Sally klatschte lachend in die Hände. »Ach, Tom, jetzt kann er sie *wirklich* gut leiden!«

»Was essen diese Äffchen eigentlich?«, erkundigte Tom sich bei Don Alfonso.

»Alles. Insekten, Blätter, Larven. Sie werden keine Probleme haben, Ihren neuen Freund zu füttern.«

»Wer sagt denn, dass ich ihm verpflichtet bin?«

»Er hat Sie auserwählt, Tomasito. Sie gehören jetzt ihm.«

Tom schaute auf das Äffchen hinab, das sein Reich nun wie ein Miniaturfürst betrachtete.

»Was für ein haariger kleiner Knilch«, sagte Sally auf Englisch.

»Haariger Knilch. So werden wir ihn nennen.«

An diesem Nachmittag hielt Don Alfonso das Boot an einem besonders windungsreichen Irrgarten an und brachte mehr als drei Minuten mit der Untersuchung des Wassers zu. Er kostete es, spuckte hinein und schaute zu, wie seine Spucke auf den Grund sank. Schließlich setzte er sich hin.

»Wir haben ein Problem.«

»Haben wir uns verirrt?«, fragte Tom.

»Nein. Sie haben sich verirrt.«

»Wer?«

»Einer Ihrer Brüder. Sie haben den Arm links von uns genommen, der zur Plaza Negra führt – zum Schwarzen Platz, in das verdorbene Herz des Sumpfes, in dem die Dämonen hausen.«

Der Flussarm wand sich zwischen gewaltigen Baumstämmen und Unmengen Hängelianen dahin. Eine Schicht grünlichen Nebels hing genau über der schwarzen Wasseroberfläche. Es sah aus wie ein Weg, der geradewegs in die Hölle führt.

Es kann nur Vernon sein, dachte Tom. Vernon verirrte sich ständig – im wörtlichen und übertragenen Sinn. »Wie lange ist es her?«

»Mindestens eine Woche.«

»Gibt es in der Nähe einen Ort, an dem man lagern kann?«

»Eine kleine Insel. Sie liegt ein paar hundert Meter weiter.«

»Dann rasten wir dort und laden aus«, sagte Tom. »Wir lassen Pingo und Sally im Lager und suchen mit dem Einbaum nach meinem Bruder. Wir haben keine Zeit zu verlieren.«

Während der Regen mit der Heftigkeit eines Wasserfalls auf sie herabrauschte, gingen sie auf einer aufgeweichten Schlamminsel an Land. Don Alfonso gab lauthals gestikulierend Anweisungen und überwachte das Festmachen und Entladen des Bootes. Jene Vorräte, die sie für die Suche brauchten, hielt er zurück.

»Es kann sein, dass wir zwei oder drei Tage weg sind«, sagte er. »Wir müssen darauf gefasst sein, einige Nächte im Einbaum zu verbringen. Es könnte auch regnen.«

»Machen Sie keine Witze«, sagte Sally.

Tom reichte Sally das Äffchen. »Kümmern Sie sich um ihn, solange ich weg bin, ja?«

»Natürlich.«

Das Boot legte ab. Tom beobachtete Sally im rauschenden Regen – eine nur schwach erkennbare Gestalt, die immer mehr verschwamm. »Bitte, passen Sie auf sich auf, Tom«, rief sie, bevor sie unsichtbar wurde.

Chori stakte kräftig durch den Seitenarm. Nun, da das Boot entlastet war, kamen sie rascher voran. Fünf Minuten später hörte Tom ein Kreischen über sich im Geäst, dann fegte ein kleiner schwarzer Ball von Ast zu Ast, schoss schließlich aus einem Baum über ihm hervor, landete auf seinem Kopf und quietschte wie eine verlorene Seele. Es war Knilch.

»Du Lausebengel«, sagte Tom. »Da hast du ja nicht lange mit dem Abhauen gewartet.« Er schob das winzige Äffchen in seine Hemdtasche zurück, wo es sich einkuschelte und in Schweigen verfiel.

Der Einbaum glitt tiefer in den vom Regen verfaulten Sumpf hinein.

27

Als der Einbaum sich in dem Seitenarm befand, der zur Plaza Negra führte, erreichte das Gewitter den Höhepunkt seiner Wut. Es blitzte. Donnerschläge gellten wie Artilleriefeuer durch den Wald, manchmal nur Sekunden voneinander getrennt. Die siebzig Meter über ihnen aufragenden Baumwipfel wankten und schwankten heftig hin und her.

Der Seitenarm teilte sich kurz darauf in ein Labyrinth seichter Wasserwege auf, in denen sich glänzende Flächen stinkenden Schlamms ausdehnten. Don Alfonso ließ von Zeit zu Zeit anhalten, um auf dem seichten Flussboden nach Stakenmarkierungen Ausschau zu halten. Der alles durchnässende Regen fiel ohne Unterlass, und die Nacht kam so behäbig daher, dass es Tom überraschte, als Don Alfonso zum Anhalten rief.

»Wir müssen wie die Wilden im Einbaum schlafen«, sagte Don Alfonso. »Hier ist ein guter Rastplatz, denn über uns sind keine dicken Äste. Ich möchte nämlich nicht vom fauligen Atem eines Jaguars geweckt werden. Wir müssen darauf achten, dass wir hier nicht sterben, Tomasito, denn in einem solchen Fall finden unsere Seelen nie wieder den Rückweg.«

»Ich werde mein Bestes tun.«

Tom hüllte sich in sein Moskitonetz, suchte sich im Ausrüstungsstapel einen Platz und versuchte zu schlafen. Der Regen hatte zwar endlich aufgehört, aber sie waren noch immer bis auf die Haut durchnässt. Der Dschungel hallte vom Geräusch tropfenden Wassers wider. Dann und wann hörte man das Geschrei, Gestöhn und abgehackte Kreischen von Tieren. Manche dieser Laute klangen fast menschlich. Vielleicht waren sie *wirklich* menschlich. Vielleicht handelte es sich ja um die verirrten Seelen, die Don Alfonso erwähnt hatte. Da fiel Tom Vernon ein, der sich in diesem Sumpf verirrt hatte. Vielleicht war er sogar krank oder lag im Sterben. In seiner Erinnerung war Vernon immer ein hoffnungsvoller, freundlicher Junge gewesen. Sein Gesicht hatte stets einen irgendwie verirrten Ausdruck gezeigt. Schließlich tauchte er in eine verwirrende Nacht der Träume ein.

Am nächsten Tag fanden sie die Leiche. Sie trieb im Wasser, ein Buckel mit roten und weißen Streifen. Chori stakte ihr entgegen. Der Buckel entpuppte sich als nasses, von Verwesungsgasen aufgeblähtes Hemd. Als der Einbaum die Leiche erreichte, stieg ein aggressiver Fliegenschwarm auf.

Chori brachte das Boot vorsichtig längsseits. Ein Dutzend tote Pirañas schwammen um den Toten herum. Ihre Glotzaugen waren verschleiert, ihre Mäuler standen offen. Der Regen sprühte auf sie herab.

Das Haar des Mannes war kurz und schwarz. Es handelte sich nicht um Vernon.

Don Alfonso sagte etwas, und Chori berührte den Toten mit der Stake. Das Gas entwich mit einem blubbernden Geräusch aus dem Hemd. Ein fauliger Geruch stieg auf. Chori schob die Stake unter den Körper des Toten und drehte ihn herum, wobei er den Boden als Angelpunkt einsetzte. Die Fliegen stoben summend auf. Das Wasser warf Blasen und blitzte silbern: Fische, die von unten an der Leiche gefressen hatten, fuhren furchtsam auseinander.

Tom starrte den Toten erschrocken an. Sein Gesicht war nun dem Himmel zugewandt – falls man überhaupt noch von einem Gesicht sprechen konnte. Pirañas hatten es wie auch den gesamten Bauch abgefressen. Nur die Knochen waren noch übrig. Die Nase sah aus wie ein verschrumpeltes Stück Knorpel; Lippen und Zunge waren weg, der Mund ein aufgerissenes Loch. Eine in einer Augenhöhle gefangene Elritze zuckte hin und her und versuchte zu entkommen. Der Verwesungsgeruch traf Tom wie ein Hammerschlag. Das Wasser wurde aufgewühlt, als die Fische ihre Arbeit nun an der ihnen zugewandten Seite aufnahmen. Hemdfetzen trieben an die Oberfläche.

»Es ist einer der Jungs aus Puerto Lempira«, sagte Don Alfonso. »Eine Giftschlange hat ihn gebissen, als er eine Lichtung schlagen wollte. Sie haben ihn zurückgelassen.«

»Woher wissen Sie denn, dass er von einer Schlange gebissen wurde?«, fragte Tom.

»Sehen Sie die toten Pirañas? Sie haben das Fleisch rings um den Schlangenbiss gefressen. Sie wurden ebenfalls vergiftet. Die Tiere, die diese Fische fressen, werden ebenfalls eingehen.«

Chori schob die Leiche mit der Stake fort. Sie paddelten weiter.

»Hier ist kein guter Ort zum Sterben. Vor dem Einbruch der Nacht müssen wir hier raus sein. Ich möchte dem Geist des Mannes aus Lempira nicht im Traum begegnen, wenn er mich nach der Richtung fragt.«

Tom antwortete nicht. Der Anblick der Leiche hatte ihn erschüttert. Er versuchte, das Gefühl einer bösen Vorahnung niederzuringen. Vernon, der leicht in Panik geriet und schnell durcheinander zu bringen war, musste inzwischen schon ein Nervenbündel sein. Herrgott, vielleicht war er längst tot.

»Ich weiß auch nicht, warum sie nicht gewendet und diese Gegend verlassen haben. Vielleicht ist ein Dämon in ihren Einbaum gefahren und flüstert ihnen Lügen ins Ohr.«

Sie fuhren weiter, doch nun viel langsamer. Der Sumpf war endlos, das Boot schrammte über den verschlammten Boden und lief regelmäßig auf, sodass sie aussteigen und es anschieben mussten. Oftmals mussten sie alle Nase lang kehrtmachen und umständlich gewundenen Kanälen folgen. Am späten Nachmittag hob Don Alfonso die Hand. Chori hörte auf zu paddeln, und sie lauschten. Tom vernahm in der Ferne eine

Stimme, die völlig außer sich klang. Da schrie jemand geradezu hysterisch um Hilfe.

Er sprang auf und legte die Hände an den Mund. »Vernon!«

Urplötzlich machte sich Stille breit.

»Vernon! Ich bin's, Tom!«

Verzweifelte Schreie echoten nun zwischen den Bäumen her, sie waren verzerrt und unverständlich.

»Er ist es«, sagte Tom. »Wir müssen uns beeilen.«

Chori paddelte vorwärts, und bald sah Tom im Zwielicht des Sumpfes die schwachen Umrisse eines Einbaums. Jemand hockte schreiend und gestikulierend am Bug. Es war Vernon. Er war völlig am Ende, aber immerhin noch lebendig.

»Schneller!«, schrie Tom.

Chori legte sich ins Zeug. Sie erreichten das Boot, und Tom zog Vernon in das ihre herüber.

Vernon brach in den Armen seines Bruders zusammen. »Sag mir, dass ich nicht tot bin!«, rief er.

»Es ist alles in Ordnung mit dir. Du bist nicht tot. Wir sind doch da.«

Vernon brach schluchzend zusammen. Tom umarmte ihn und hatte plötzlich das Gefühl, dies schon einmal erlebt zu haben: Ihm fiel der Tag ein, an dem Vernon von der Schule nach Hause gekommen war. Eine Schlägerbande hatte ihn verfolgt. Damals hatte er sich ebenso in Toms Arme geworfen, sich an ihm festgeklammert und haltlos geweint. Sein dürrer Körper hatte gezittert. Tom war hinausgegangen und hatte die Jungs verdroschen. Er, der Jüngere, hatte die Streitigkeiten seines älteren Bruders geregelt.

»Es ist in Ordnung«, sagte Tom. »Es ist alles in Ordnung. Du bist in Sicherheit.«

»Gott sei Dank. Gott sei Dank. Ich war mir sicher, dass mein Ende bevorsteht ...« Vernons Stimme erstarb mit einem würgenden Laut.

Tom half ihm, sich hinzusetzen. Vernons Aussehen erschreckte ihn: Insektenstiche hatten sein Gesicht und seinen

Hals anschwellen lassen. Da er sich gekratzt hatte, war er mit Blut verschmiert. Seine Kleidung war unbeschreiblich schmutzig, sein Haar verfilzt und dreckig. Er war dünner als je zuvor.

»Alles in Ordnung mit dir?«, fragte Tom.

Vernon nickte. »Abgesehen davon, dass ich bei lebendigem Leib gefressen wurde, geht es mir gut. Ich hab nur Angst.« Vernon wischte sich das Gesicht mit einem Ärmel ab, der mehr Schmutz hinterließ als entfernte. Er würgte einen weiteren Schluchzer hervor.

Tom nahm sich einen Augenblick Zeit, um seinen Bruder anzusehen. Vernons geistiger Zustand gefiel ihm weniger als sein körperlicher. Sobald sie wieder im Lager waren, wollte er ihn in Pingos Begleitung in die Zivilisation zurückschicken.

»Don Alfonso«, sagte Tom. »Lassen Sie uns das Boot wenden und von hier verschwinden.«

»Aber der Lehrer«, sagte Tom.

Tom hielt inne. »Der Lehrer?«

Vernon deutete auf den anderen Einbaum. »Er ist krank.«

Tom beugte sich über Bord und schaute in das Boot, in dem Vernon gehockt hatte. In einem durchweichten Schlafsack am Boden, von einem Chaos aus Ausrüstungsgegenständen und durchnässten Vorräten fast versteckt, fiel sein Blick auf das geschwollene Gesicht eines bärtigen Mannes mit einer wilden weißen Haarmähne. Er war bei vollem Bewusstsein und stierte Tom wortlos aus niedergeschlagenen blauen Augen an.

»Wer ist das?«

»Mein Lehrer aus dem Ashram.«

»Was macht er hier, verdammt?«

»Wir sind zusammen gekommen.«

Der Mann stierte Tom starr an.

»Was fehlt ihm?«

»Er hat Fieber. Er hat seit zwei Tagen nicht mehr gesprochen.«

Tom zog den Medizinkasten hervor und wechselte in den anderen Einbaum hinüber. Der Lehrer folgte all seinen Bewegungen mit den Augen. Tom beugte sich über den Mann und betastete seine Stirn. Sie war glühend heiß. Er hatte mindestens vierzig Grad Fieber. Sein Puls war schwach und ging schnell. Tom horchte ihn mit dem Stethoskop ab. Die Lunge klang sauber; der Herzschlag war normal, wenn auch sehr schnell. Tom injizierte ihm ein Antibiotikum, das gegen alles Mögliche wirkte, sowie ein Mittel gegen Malaria. Ohne Zugang zu irgendwelchen diagnostischen Prüfmöglichkeiten war es das Beste, was er tun konnte.

»Was für ein Fieber hat er?«, fragte Vernon.

»Das lässt sich ohne Blutuntersuchung unmöglich sagen.«

»Wird er sterben?«

»Ich weiß nicht.« Tom wechselte ins Spanische. »Haben Sie irgendeine Ahnung, welche Krankheit dieser Mann hat, Don Alfonso?«

Don Alfonso kletterte ebenfalls in das andere Boot und beugte sich über den Patienten. Er tippte auf seinen Brustkorb, schaute ihm in die Augen, fühlte seinen Puls, begutachtete seine Hände und blickte dann auf. »Ja, ich kenne diese Krankheit gut.«

»Wie heißt sie?«

»Tod.«

»Nein«, sagte Vernon aufgebracht. »Sagen Sie das nicht. Er stirbt nicht.«

Tom bedauerte es, Don Alfonsos Meinung eingeholt zu haben. »Wir bringen ihn im Einbaum zum Lager zurück. Chori kann das Boot staken. Ich stake unseres.« Er wandte sich an Vernon. »Wir haben da drüben einen toten Führer gefunden. Wo ist der andere?«

»Er wurde nachts von einem Jaguar angefallen und auf einen Baum gezerrt.« Vernon schüttelte sich. »Wir haben seine Schreie und das Brechen seiner Knochen gehört. Es war ...« Der Satz endete in einem würgenden Laut. »Tom, bring mich hier weg.«

»Mach ich«, sagte Tom. »Wir schicken dich und deinen Lehrer mit Pingo nach Brus.«

Kurz nach Einbruch der Dunkelheit kehrten sie ins Lager

zurück. Vernon baute eines ihrer Zelte auf, dann hievten sie den Lehrer aus dem Boot und brachten ihn hinein. Er verweigerte jede Nahrung und sprach kein Wort. Er starrte alle nur auf höchst beunruhigende Weise an. Tom fragte sich, ob der Mann noch geistig gesund war.

Vernon bestand darauf, die Nacht bei seinem Lehrer im Zelt zu verbringen. Am nächsten Morgen, als die Sonne sich gerade über die Baumwipfel erhob, weckte er die anderen mit einem Hilfeschrei. Der Lehrer saß aufrecht im Schlafsack und wirkte sehr aufgebracht. Sein Gesicht war bleich und trocken, seine Augen glitzerten wie blaue Porzellansplitter. Sein Blick fuhr wild hin und her, ohne sich jedoch auf etwas Bestimmtes zu richten. Seine Hände fuchtelten in der Luft umher.

Urplötzlich fing er an zu reden. »Vernon!«, schrie er fuchtelnd. »Oh, mein Gott, wo bist du, Vernon? Wo bin ich?«

Tom wurde mit Bestürzung klar, dass er erblindet war.

Vernon nahm die Hände des Lehrers und kniete sich nieder. »Hier bin ich, Lehrer. Wir sind im Zelt. Wir bringen dich nach Amerika zurück. Da wird es dir wieder besser gehen.«

»Was war ich doch für ein gottverdammter Narr!«, schrie der Lehrer. Sein Mund verzog sich bei der Anstrengung des Sprechens. Er spuckte um sich.

»Bitte, Lehrer! Bitte, reg dich nicht auf. Wir fahren nach Hause, nach Big Sur, in den Ashram zurück …«

»Ich hatte alles!«, brüllte der Lehrer. »Ich hatte Geld! Ich hatte jede Menge junge Schnallen zum Vögeln! Ich hatte ein Haus am Meer! Ich war von Menschen umgeben, die mich verehrten! *Ich hatte alles.*« Seine Stirnadern traten dick hervor. Speichel lief ihm übers Kinn und blieb daran hängen. Sein ganzer Körper zitterte so heftig, dass Tom sich einbildete, seine Knochen klappern zu hören. Seine blinden Augen verdrehten sich so wild wie wirbelnde Flipperbälle.

»Wir bringen dich ins Krankenhaus, Lehrer. Sei jetzt still. Alles kommt wieder in Ordnung. Bestimmt …«

»Doch was habe ich getan? Ha! Es hat mir nicht gereicht! Ich wollte mehr – wie ein Blödian! Ich wollte hundert Millionen Dollar mehr! *Und jetzt schau dir an, was aus mir geworden ist!*« Die letzten Worte brüllte er förmlich, und als sie ihm über die Lippen gekommen waren, fiel er schwer nach hinten, wobei sein Körper das Geräusch eines auf den Boden klatschenden toten Fisches erzeugte. Er blieb liegen. Seine Augen standen weit offen, doch ihr Glanz war verschwunden.

Er war tot.

Vernon starrte von Grauen geschüttelt vor sich hin. Er brachte kein Wort heraus. Tom legte eine Hand auf die Schulter seines Bruders und merkte, wie er zitterte. Es war ein garstiger Tod gewesen.

Auch Don Alfonso war schwer erschüttert. »Wir müssen weiter«, sagte er. »Ein böser Geist ist gekommen und hat den Mann mitgenommen, obwohl er nicht gehen wollte.«

»Bereiten Sie eines der Boote für die Rückreise vor«, sagte Tom zu Don Alfonso. »Pingo soll Vernon nach Brus bringen, bevor wir weiterfahren. Falls Sie keine Einwände haben.«

Don Alfonso nickte. »Es ist besser so. Der Sumpf ist kein Ort für Ihren Bruder.« Er rief Chori und Pingo Anweisungen zu. Die nicht weniger entsetzten Männer machten sich an die Arbeit. Sie waren froh, dass sie verschwinden konnten.

»Ich verstehe das nicht«, sagte Vernon. »Er war ein so guter Mensch. Wie konnte er nur so sterben?«

Nach Toms Ansicht war Vernon ständig Schwindlern aufgesessen – finanziell, gefühlsmäßig und spirituell. Doch jetzt war nicht der passende Zeitpunkt, dies zur Sprache zu bringen. »Manchmal meint man, jemanden genau zu kennen«, sagte er, »aber in Wirklichkeit kennt man ihn nicht.«

»Ich habe drei Jahre an seiner Seite verbracht. Ich habe ihn *wirklich* gekannt. Es muss am Fieber gelegen haben. Er war im Delirium, nicht bei Sinnen. Er wusste nicht, was er redet.«

»Lass ihn uns begraben und verschwinden.«

Vernon machte sich an die Arbeit, ein Grab auszuheben. Tom und Sally halfen ihm dabei. Sie rodeten einen kleinen Platz hinter dem Lager, durchtrennten mit Choris Axt Wurzeln und gruben sich in den darunter befindlichen Boden. Nach zwanzig Minuten hatten sie im harten Lehmboden eine niedrige Grube ausgehoben. Sie trugen den toten Lehrer zu seinem Grab, legten ihn hinein und bedeckten ihn mit einer Lehmschicht. Anschließend füllten sie das Grab mit glatten Steinen vom Flussufer. Don Alfonso, Chori und Pingo waren bereits in den Booten. Sie waren ungeduldig und wollten ablegen.

»Alles in Ordnung mit dir?« Tom legte einen Arm um seinen Bruder.

»Ich habe einen Entschluss gefasst«, sagte Vernon. »Ich fahre nicht zurück. Ich komme mit euch.«

»Vernon, wir haben schon alles vorbereitet.«

»Wohin soll ich denn zurückkehren? Ich bin pleite. Ich hab nicht mal ein Auto. Und in den Ashram kann ich bestimmt nicht mehr.«

»Dir fällt schon was ein.«

»Mir ist schon was eingefallen: Ich komme mit.«

»Dein Zustand erlaubt nicht, dass du mitkommst. Du bist da draußen beinahe draufgegangen.«

»Das ist etwas, das ich tun *muss*«, sagte Vernon. »Ich bin jetzt wieder auf dem Damm.«

Tom zögerte. Er fragte sich, ob Vernon wirklich wieder in Ordnung war.

»Bitte, Tom.«

In Vernons Stimme schwang eine so inständige Bitte mit, dass Tom Überraschung empfand. Außerdem war er, wenn auch widerwillig, ein wenig stolz. Er packte Vernon an der Schulter. »In Ordnung. Wir machen es zusammen. So, wie Vater es gewollt hat.«

Don Alfonso klatschte in die Hände. »Was ist jetzt? Brechen wir nun auf?«

Tom nickte, und Don Alfonso gab den Befehl zum Ablegen.

»Jetzt, da wir zwei Boote haben«, sagte Sally, »stake ich ebenfalls.«

»Pah! Staken ist Männerarbeit!«

»Sie sind ein Sexistenschwein, Don Alfonso.«

Don Alfonsos Stirn runzelte sich. »Ein Sexistenschwein? Was ist das für ein Tier? Oder war das gerade eine Beleidigung?«

»Das kann man wohl sagen«, sagte Sally.

Don Alfonso stakte kräftig los. Sein Boot glitt voran. Er grinste. »Dann freue ich mich. Es ist immer eine Ehre, wenn man von einer schönen Frau beleidigt wird.«

28

Marcus Aurelius Hauser untersuchte die weiße Vorderseite seines Hemdes und entdeckte einen kleinen Käfer, der sich mühsam hinaufkämpfte. Er zupfte ihn ab, zerquetschte ihn mit einem ihn zufriedenstellenden Knacken des Chitinpanzers zwischen Daumen und Zeigefinger und warf ihn weg. Dann fiel seine Aufmerksamkeit auf Philip Broadbent. Von seiner Durchtriebenheit und Blasiertheit war nichts mehr übrig. Philip hockte, an Händen und Füßen gefesselt, am Boden. Er war verdreckt, von Mücken zerstochen und unrasiert. Es war einfach nicht zu fassen, wie manche Menschen ihre Hygiene im Dschungel vernachlässigten.

Hauser warf einen Blick an die Stelle, an der drei seiner Soldaten den Führer Orlando Ocotal festhielten. Ocotal hatte ihm beträchtlichen Ärger bereitet. Beinahe wäre ihm die Flucht gelungen. Hauser hatte das nur mit einer äußerst hartnäckigen Verfolgung verhindert. Sie hatten einen ganzen Tag vergeudet. Ocotals fataler Fehler hatte darin bestanden, einem Gringo, einem Yanqui, nicht zuzutrauen, dass er ihn im Sumpf aufspüren könne. Wahrscheinlich hatte er von Vietnam noch nie etwas gehört.

Umso besser. Nun war es heraus. Der Sumpf lag ohnehin fast hinter ihnen. Ocotals Nützlichkeit hatte sich erschöpft. Die Lektion, die er ihm erteilen wollte, würde sich auch gut auf Philip auswirken.

Hauser inhalierte die faulige Dschungelluft. »Erinnern Sie

sich noch an den Tag, an dem wir die Boote beladen haben, Philip? Sie wollten wissen, wofür wir die Handschellen und Ketten brauchen.«

Philip antwortete nicht.

Hauser fiel ein, was er ihm erklärt hatte: dass die Handschellen ein wichtiges psychologisches Werkzeug seien, um die Soldaten zu disziplinieren – eine Art tragbarer Knast. Natürlich, hatte er behauptet, wolle er sie nicht *wirklich* einsetzen. »Nun wissen Sie«, sagte er, »für wen sie bestimmt waren.«

»Warum bringen Sie mich nicht einfach um, damit Sie es hinter sich haben?«

»Alles zu seiner Zeit. Man tötet den letzten Angehörigen einer Familie nicht leichten Herzens.«

»Was wollen Sie damit sagen?«

»Wie schön, dass Sie sich danach erkundigen. In Kürze werde ich mich Ihrer beiden Brüder annehmen, die hinter uns durch den Sumpf kommen. Wenn der Letzte der Broadbent-Dynastie ausgestorben ist, nehme ich mir, was mir gehört.«

»Sie sind ein Psychopath.«

»Ich bin ein vernünftiger Mensch und spiele auf ein großes Unrecht an, das mir einst zugefügt wurde.«

»Und was war das für ein Unrecht?«

»Ihr Vater und ich waren Partner. Er hat mir meinen Anteil an der Beute seines ersten großen Fundes vorenthalten.«

»Das war vor vierzig Jahren.«

»Was das Verbrechen nur verschlimmert. Während ich mich vierzig Jahre lang abstrampeln musste, um über die Runden zu kommen, hat Ihr Vater im Luxus geschwelgt.«

Philip wand sich und rasselte mit seinen Ketten.

»Wie schön es doch ist, wenn sich das Blatt wendet. Vor vierzig Jahren hat Ihr Vater mich um ein Vermögen betrogen. Während er seinen Reichtum verwaltete, ging ich in ein herrliches Land namens Vietnam. Nun kann ich mir alles und noch mehr zurückholen. Welch köstliche Ironie! Ich glaube, Philip, Sie haben mir alles auf einem Silberteller serviert.«

Philip sagte nichts.

Hauser atmete erneut ein. Er liebte die Hitze und die Luft. Er hatte sich nie gesünder und lebendiger gefühlt als im Dschungel. Es fehlte nur noch der schwache Wohlgeruch von Napalm.

Er wandte sich einem Soldaten zu: »Jetzt nehmen wir uns Ocotal vor. Kommen Sie, Philip, das wollen Sie doch bestimmt nicht verpassen.«

Die beiden Einbäume waren schon beladen. Die Soldaten schoben Ocotal und Philip in ein Boot. Dann warfen sie die Motoren an und fuhren in das Labyrinth aus Teichen und Seitenkanälen am anderen Ende des Sees. Hauser stand am Bug und hielt die Augen auf.

»Dort entlang.«

Die Boote knatterten weiter, bis sie einen stillen Tümpel erreichten, den das sinkende Wasser vom Hauptkanal getrennt hatte. Hauser wusste, dass der Tümpel von Pirañas nur so wimmelte. Sie hatten längst alle hier vorhandene Nahrung verzehrt und fraßen sich nun gegenseitig auf. Jedes Tier, das in eines dieser stehenden Gewässer stolperte, konnte einem nur Leid tun.

»Motor abstellen. Anker werfen.«

Die Motoren kamen spuckend zum Stillstand. Die nachfolgende Stille wurde durch das zweifache Aufklatschen der Steinanker durchbrochen.

Hauser wandte sich um und schaute Ocotal an. Es würde bestimmt interessant werden.

»Richtet ihn auf.«

Die Soldaten zogen Ocotal auf die Beine. Hauser machte einen Schritt nach vorn und blickte dem Mann ins Gesicht. Der Indianer trug ein westliches Hemd und Hosen und wirkte kühl und gelassen. Sein Blick zeigte weder Furcht noch Hass. Ocotal hatte sich als einer jener unglückseligen Menschen erwiesen, die sich von übertriebenen Ehr- und Loyalitätsgefühlen motivieren ließen.

Hauser konnte Typen seiner Art nicht ausstehen. Sie waren

unzuverlässig und inflexibel. Auch Max hatte sich als solcher Mensch erwiesen.

»Tja, *Don* Orlando«, sagte er, wobei er den Ehrentitel ironisch betonte. »Haben Sie noch etwas in Ihrer Sache zu sagen?«

Der Indianer schaute ihn an, ohne mit der Wimper zu zucken.

Hauser zog sein Taschenmesser. »Haltet ihn gut fest.«

Die Soldaten packten Ocotal. Man hatte ihm die Hände auf den Rücken gefesselt und die Beine locker zusammengebunden.

Hauser klappte das kleine Messer auf und schärfte die Klinge mit einem schnellen *ssing, sssing* an einem Wetzstein. Dann prüfte er sie an seinem Daumen und lächelte. Schließlich streckte er den Arm aus und ritzte einen langen Schnitt in Ocotals Brustkorb. Er durchschnitt den Stoff seines Hemdes ebenso wie die darunter liegende Haut. Der Schnitt war nicht tief, doch das Blut fing schon an zu fließen und färbte den Khakistoff schwarz.

Der Indianer zuckte nicht einmal zusammen.

Hauser verpasste ihm einige leichte Schnitte an den Schultern, dann zwei weitere auf den Armen und dem Rücken. Der Indianer rührte sich noch immer nicht. Hauser war beeindruckt. Seit er gefangene Vietcong verhört hatte, war ihm ein solches Durchhaltevermögen nicht mehr untergekommen.

»Das Blut soll ruhig eine Weile fließen«, sagte er zu den Soldaten.

Sie warteten ab. Ocotals Hemd wurde dunkel vom Blut. Irgendwo zwischen den Bäumen krähte ein Vogel.

»Werft ihn rein.«

Die drei Soldaten gaben Ocotal einen Schubs, und er ging über Bord. Nach dem Aufklatschen entstand ein Moment der Ruhe, dann schäumte das Wasser auf. Zuerst langsam, dann mit zunehmender Erregung, bis der Tümpel förmlich kochte. In dem braunen Wasser wimmelte es von wie Silbermünzen schimmernden Fischen. Dann bildete sich eine rote Wolke und machte es undurchsichtig. Khakifetzen und Fleischstreifen stiegen an die Oberfläche hinauf und dümpelten auf dem aufgewühlten Nass.

Das Blubbern dauerte gute fünf Minuten, dann ließ es nach. Hauser war erfreut. Er wandte sich um, um Philips Reaktion zu sehen und sich an ihr zu ergötzen.

Er wurde nicht enttäuscht.

29

Tom und seine Gruppe reisten drei Tage lang mitten durch das Sumpfgebiet. Sie durchfuhren ein Netz aus Kanälen, lagerten auf Schlamminseln, die kaum höher waren als der Wasserspiegel, und kochten, da Chori kein frisches Wild aufspürte, über qualmendem Feuer aus feuchtem Holz Bohnen und Reis. Trotz des endlosen Regens war der Wasserstand gesunken und ließ voll gesogene Baumstämme sehen, die es zu zerlegen galt, bevor sie weiterfahren konnten. Und ständig begleitete sie ein bösartig summender Schwarm von Schwarzfliegen.

»Ich glaube, ich fange jetzt doch mit dem Pfeiferauchen an«, sagte Sally. »Bevor ich das aushalte, sterbe ich lieber an Krebs.«

Don Alfonso zog mit einem triumphierenden Lächeln seine Ersatzpfeife aus der Tasche. »Sie werden sehen. Wer raucht, führt ein langes und gesundes Leben. Ich rauche schon seit über hundert Jahren.«

Aus dem Dschungel drang ein dumpfes Geräusch, wie von einem hustenden Menschen. Es war nur lauter und langsamer.

»Was war das?«

»Ein Jaguar. Ein *hungriger* Jaguar.«

»Erstaunlich, was Sie alles über den Wald wissen«, meinte Sally.

»Ja.« Don Alfonso seufzte. »Aber heutzutage will niemand mehr etwas über den Wald lernen. Meine Enkel und Urenkel interessieren sich nur noch für Fußball und diese dicken weißen Schuhe, in denen einem die Füße verfaulen – die mit dem Vogel an der Seite, die in der Fabrik in San Pedro Sula hergestellt werden.« Er deutete mit dem Kinn auf die Schuhe, die Tom anhatte.

»Nike?«

»Ja. In der Nähe von San Pedro Sula gibt es ganze Dörfer, in denen den Jungs die Füße verfaulen und von den Beinen abfallen, weil sie diese Dinger tragen. Nun müssen sie mit Holzbeinen herumlaufen.«

»Das ist doch gar nicht wahr.«

Don Alfonso schüttelte den Kopf und schnalzte missbilligend mit der Zunge. Das Boot fuhr nun durch einen Lianenvorhang, den Pingo mit seiner Machete verhackstückte. Vor ihnen sah Tom eine sonnige Stelle, einen von oben herabfallenden Lichtstrahl. Als sie sich auf ihn zubewegten, stellte er fest, dass dort kürzlich ein riesiger Baum umgestürzt war. Er hatte im Blätterbaldachin eine Lücke hinterlassen. Der Stamm lag quer im Kanal und blockierte ihnen den Weg. Es war der größte, den er bisher gesehen hatte.

Don Alfonso murmelte eine Verwünschung. Chori nahm seine Pulaski und sprang vom Bug auf den Stamm. Seine nackten Füße saugten sich an der schlüpfrigen Oberfläche fest, und er schlug auf den Stamm ein, dass die Späne nur so flogen. Nach einer halben Stunde hatte er ihn so weit eingekerbt, dass die Boote weitergleiten konnten.

Alle stiegen aus und fingen an zu schieben. Hinter dem Stamm wurde das Wasser plötzlich tiefer. Tom, dem es bis an die Taille reichte, bemühte sich, nicht an die Zahnstocherfische, Pirañas und an all die Krankheiten zu denken, die in dieser Brühe lauerten.

Vernon war vor ihm. Er hielt sich am Dollbord fest und schob den Einbaum voran, als Tom rechts im dunklen Wasser ein langsames Wogen auffiel. Im gleichen Moment hörte er Don Alfonsos durchdringenden Schrei. »Anakonda!« Tom kletterte ins Boot, doch Vernon war um einen Bruchteil zu langsam. Das Wasser wirbelte auf, dann kräuselte es sich leicht und Vernon verschwand mit einem gleich darauf abbrechenden Aufschrei in der braunen Brühe. Der glänzende Rücken der Schlange glitt vorbei. Bevor das Tier untertauchte und verschwand, ließ es kurz seinen Leib sehen, der so dick war wie ein kleiner Baumstamm.

»*Ehi!* Sie hat Vernito!«

Tom riss seine Machete aus dem Gürtel und stürzte sich ins Wasser. Er trat kräftig aus und tauchte, so tief er konnte. In der finsteren braunen Brühe konnte er kaum dreißig Zentimeter weit sehen. Mit Scherenschlägen bewegte er sich auf die Mitte zu, tastete sich mit der freien Hand voran und schwenkte sie hin und her, um die Schlange zu finden. Er spürte etwas Kaltes, Rundes und Schlüpfriges und hieb darauf ein, bevor er begriff, dass es nur ein versunkener Baumstamm war. Er packte ihn, zog sich vorwärts und suchte mit tastender Hand verzweifelt nach der Schlange beziehungsweise seinem Bruder. Seine Lunge stand kurz vor dem Platzen. Er schoss an die Oberfläche, tauchte erneut unter und griff um sich. Wo steckte die Schlange? Wie viel Zeit war schon vergangen? Eine Minute? Zwei? Wie lange konnte Vernon überleben? Die Verzweiflung trieb Tom weiter. Er setzte seine wütende Suche fort und griff zwischen die schleimigen versunkenen Stämme.

Ein Stamm zuckte plötzlich unter der Berührung. Es war ein muskulöser Schlauch, hart wie Mahagoni. Darunter ertastete Tom bewegliche Haut und das Wogen sich zusammenziehender Muskeln.

Er bohrte die Machete in den weichen Unterbauch der Schlange und grub sie so tief hinein, wie es nur ging. Eine Sekunde lang passierte nichts, dann explodierte das Biest in peitschenartigen Bewegungen, die Tom im Wasser nach hinten warfen und die Luft mit gewaltiger Blasenentwicklung aus ihm heraustrieben. Er kraulte an die Oberfläche zurück und atmete ein. Der Wasserspiegel schäumte, als die Schlange um sich schlug. Tom bemerkte, dass die Machete weg war.

Nun flogen die zuckenden Windungen der Schlange in glänzenden Bögen aus dem Wasser. Einen Moment lang tauchte Vernons zur Faust geballte Hand auf, dann sein Kopf. Ein Aufkeuchen, dann war er wieder weg.

»Eine Machete!«

Pingo warf ihm seine Waffe mit dem Griff voran zu. Tom fing sie auf und drosch auf den sich windenden Leib der Schlange ein, die auf dem Wasserspiegel um sich schlug.

»Der Kopf!«, schrie Don Alfonso. »Schlagen Sie auf den Kopf!«

Doch wo war in dieser Schlangenmasse der Kopf? Da kam Tom eine Idee. Er stach mit der Machetenspitze mehrmals auf den Leib der Schlange ein, um sie in Rage zu bringen. Dann tauchte der hässliche kleine Kopf der Bestie aus dem Wasser auf. Tom sah ein abgeflachtes Maul und zwei Schlitzaugen, die nach der Ursache ihrer Qualen suchten. Als sie sich mit offenem Maul auf ihn stürzte, bohrte Tom die Machete tief in den weit aufgerissenen, rosa Schlund des Ungeheuers. Die Schlange zuckte und ruckte und biss sich fest, doch Tom lockerte seinen eisernen Griff auch dann nicht, als das Monster ihm in den Arm biss. Er drehte die Machete im Maul der Schlange und spürte, wie ihr Fleisch nachgab. Dann das plötzliche Strömen kalten Reptilienblutes. Der Kopf zuckte hin und her und hätte ihm beinahe den Arm abgerissen. Tom versetzte der Machete mit aller ihm noch verbliebenen Kraft eine letzte feste Drehbewegung, und da trat die Klinge hinter dem Schlangenkopf ins Freie. Tom drehte sie weiter und spürte das unkontrollierte Zucken der Kiefer, als er die Schlange von innen her köpfte. Er stemmte das Maul mit der freien Hand auf, zog seinen Arm heraus und suchte in dem noch immer aufgewühlten Wasser hektisch nach seinem Bruder.

Da stieg Vernon plötzlich, mit dem Gesicht nach unten, an die Oberfläche des Teiches auf. Tom packte ihn und drehte ihn auf den Rücken. Vernons Gesicht war rot, seine Augen geschlossen. Er wirkte wie tot. Tom zog ihn durch das Wasser zum Boot, und Pingo und Sally hievten ihn an Bord. Tom fiel hinter ihm her und verlor die Besinnung.

Als er wieder zu sich kam, beugte Sally sich über ihn. Ihr blondes Haar wogte über ihm wie ein Wasserfall. Sie säuberte die Bisse an seinem Arm und rieb sie mit einem in Alkohol getränkten Läppchen ein. Sein Hemd war über dem Ellbogen abgerissen, auf seinem Arm waren tiefe Kerben. Blut quoll hervor.

»Vernon ...?«

»Ihm geht's gut«, sagte Sally. »Don Alfonso kümmert sich um ihn. Er hat nur etwas Wasser geschluckt und einen bösen Biss in den Schenkel abgekriegt.«

Tom machte einen Versuch, sich hinzusetzen. Sein Arm brannte mörderisch. Die Schwarzfliegen umschwärmten ihn schlimmer denn je, und er atmete das Getier bei jedem Luftholen ein. Sally legte ihm eine Hand auf den Brustkorb und schob ihn sanft nach hinten. »Nicht bewegen.« Sie zog an ihrer Pfeife, blies ihn mit dem Qualm an und verscheuchte so die Mücken.

»Was für ein Glück, dass Anakondas nur winzige Zähnchen haben.« Sally rieb ihn ein.

»Autsch.« Tom legte sich hin und musterte den sich über ihm bewegenden Blätterbaldachin. Nirgendwo war ein Stückchen freien Himmels zu sehen. Die Blätter deckten alles zu.

30

An diesem Abend lag Tom in der Hängematte und pflegte seinen bandagierten Arm. Vernon hatte sich gut erholt und ging Don Alfonso fröhlich bei der Zubereitung irgendeines unbekannten Vogels zur Hand, den Chori fürs Abendessen erlegt hatte. Im Innern des Unterstandes war es stickig, trotz der hochgerollten Seiten.

Tom hatte Bluff erst vor dreißig Tagen verlassen, aber ihm kam es wie eine Ewigkeit vor. Seine Pferde, die roten Sandsteinfelsen vor dem blauen Himmel, der alles überflutende Sonnenschein und die über den Hügeln von San Juan kreisenden Adler ... All dies schien dem Leben eines anderen Mannes zu entstammen. Es war eigenartig ... Er war mit seiner Verlobten Sarah nach Bluff gezogen. Sie war eine Pferdenärrin und hielt sich ebenso gern in der Natur auf wie er. Doch dann hatte Bluff sich als zu ruhig für sie erwiesen, und eines Tages hatte sie ihre Klamotten in den Wagen gepackt und war gegangen. Da Tom kurz zuvor einen hohen Bankkredit aufgenommen hatte, um seine Tierarztpraxis aufzubauen, war ihm ein Rückzieher unmöglich gewesen. Er hatte es auch nicht gewollt. Nach Sarahs Abreise war ihm klar geworden, dass er Bluff gewählt hätte, falls er sich zwischen ihr und dem Ort hätte entscheiden müssen. Das war zwei Jahre her. Seither hatte er keine Beziehung gehabt. Er redete sich ein, dass er keine brauchte. Er redete sich ein, dass das ruhige Leben und die schöne Landschaft im Moment für ihn reichten. Die Praxis machte eine Menge Arbeit, auch wenn er kaum etwas verdiente. Er war zwar der Meinung, dass er einer lohnenswerten Tätigkeit nachging, aber es war ihm nie gelungen, diese Sehnsucht loszuwerden, die er für die Paläontologie empfand: die Spannung, im Fels eingeschlossene Knochen von großartigen Dinosauriern zu suchen. Vielleicht hatte sein Vater ja Recht gehabt. Vielleicht hätte er im Alter von zwölf Jahren über diesen Ehrgeiz hinauswachsen sollen.

Tom drehte sich in der Hängematte. Sein Arm pochte. Er warf Sally einen Blick zu. Die Trennwand war hochgerollt, damit die Luft besser zirkulierte. Sie lag in ihrer Hängematte und las eines der Bücher, die Vernon mit auf die Reise genommen hatte. Es hieß »Utopia«. Utopia. Genau das hatte er in Bluff zu finden gehofft. Aber in Wirklichkeit war er vor etwas davongelaufen – zum Beispiel vor seinem Vater.

Tja, aber jetzt lief er nicht mehr vor ihm davon.

Im Hintergrund rief Don Alfonso Chori und Pingo Anweisungen zu. Bald trieb der Duft bratenden Fleisches durch die Hütte. Tom schaute Sally an und beobachtete sie beim Lesen. Sie blätterte die Seiten um, strich ihr Haar zurück, seufzte, las die nächste Seite. Auch wenn sie eine echte Nervensäge war – sie war schön.

Sally legte das Buch beiseite. »Was gucken Sie denn so?«

»Ist das Buch gut?«

»Ausgezeichnet.« Sie lächelte. »Wie geht's Ihnen?«

»Bestens.«

»Wie Sie Vernon gerettet haben ... Indiana Jones hätte es nicht besser hinkriegen können.«

Tom zuckte die Achseln. »Na ja, ich schau doch nicht zu, wie so eine Schlange meinen Bruder frisst.« Eigentlich hatte er nicht darüber reden wollen. »Erzählen Sie mir doch mal was über Ihren Verlobten, diesen Professor Clyve.«

»Tja ...« Sally lächelte nachdenklich. »Ich bin nach Yale gegangen, um bei ihm zu studieren. Er ist mein Doktorvater. Wir sind ... Tja, wer würde sich nicht in Julian verlieben? Er ist brillant. Nie werde ich den Tag vergessen, an dem wir uns zum ersten Mal begegnet sind. Es war beim wöchentlichen Fakultätsbesäufnis. Ich hatte geglaubt, er wäre einer der üblichen Akademikertypen, aber ... Mann! Er sieht aus wie Tom Cruise.«

»Mann.«

»Natürlich ist ihm sein Aussehen völlig gleichgültig. Für Julian zählt nur der Geist – nicht der Körper.«

»Aha.« Tom konnte nicht anders. Er musste Sallys Körper anschauen. Ihr Äußeres war der Beweis, dass Julians reine Intellektualität eine Lüge war. Julian war ein Mann wie jeder andere auch – nur wohl weniger aufrichtig als die meisten.

»Er hat kürzlich ein Buch veröffentlicht: *Die Entschlüsselung der Maya-Sprache.* Er ist im wahrsten Sinn des Wortes ein Genie.«

»Haben Sie den Tag Ihrer Hochzeit schon festgelegt?«

»Julian hält nichts von Hochzeiten. Wir gehen zu einem Friedensrichter.«

»Was ist mit Ihren Eltern? Werden die nicht enttäuscht sein?«

»Ich habe keine Eltern.«

Tom spürte, wie er errötete. »Tut mir Leid.«

»Braucht Ihnen nicht Leid zu tun«, sagte Sally. »Mein Vater starb, als ich elf war, und meine Mutter ist vor zehn Jahren verstorben. Ich habe mich daran gewöhnt – das heißt, so weit man sich an so was eben gewöhnen kann.«

»Dann wollen Sie diesen Burschen also wirklich heiraten?«

Sally schaute ihn an. Eine kurze Stille entstand. »Was soll das heißen?«

»Nichts.« *Wechsle das Thema, Tom.* »Erzählen Sie mir was über Ihren Vater.«

»Er war Cowboy.«

Yeah, genau, dachte Tom. *Wahrscheinlich so ein reicher Cowboy, der Rennpferde gezüchtet hat.* »Ich wusste nicht, dass es diese Spezies noch gibt«, sagte er höflich.

»Es gibt sie noch. Nur machen sie nicht das, was man aus Filmen kennt. Echte Cowboys sind Arbeiter, die nur zufällig auf einem Pferderücken sitzen. Sie kriegen kaum mehr als den Mindestlohn und haben keine höhere Schulbildung. Dafür haben sie ein Alkoholproblem und erleiden in der Regel vor dem vierzigsten Geburtstag eine schwere Verletzung oder sterben. Mein Vater war Vormann auf einer Rinderranch im Süden von Arizona, die einem Großunternehmen gehört. Er ist bei Reparaturarbeiten von einer Windmühle gefallen und hat sich das Genick gebrochen. Man hätte ihn nicht beauftragen dürfen, da raufzuklettern, aber der Richter hat entschieden, dass es seine eigene Schuld war, weil er getrunken hatte.«

»Tut mir Leid. Ich wollte nicht herumschnüffeln.«

»Es ist gut, wenn man darüber redet. Sagt zumindest mein Psychotherapeut.«

Tom wusste nicht genau, ob dies witzig oder ehrlich gemeint war, aber er beschloss, auf Nummer sicher zu gehen. Vermutlich gingen die meisten Menschen in New Haven zu einem Psychotherapeuten. »Ich hatte mir vorgestellt, Ihr Vater besäße eine eigene Ranch.«

»Haben Sie mich etwa für ein reiches Töchterchen gehalten?«

Tom errötete. »Tja, irgendwie wohl schon. Immerhin studieren Sie ja in Yale … Und so wie Sie reiten können …« Er dachte an Sarah. Er hatte für den Rest seines Lebens genug von reichen Töchtern. Und nun hatte er auch Sally dafür gehalten.

Sally lachte, aber es klang verbittert. »Ich hab um jede Kleinigkeit, die ich besitze, kämpfen müssen. Und das schließt Yale mit ein.«

Tom spürte, dass er noch mehr errötete. Er war völlig auf dem falschen Dampfer gewesen. Sally glich Sarah nicht im Geringsten.

»Trotz dieser Unzulänglichkeiten«, fuhr Sally fort, »war mein Vater ein wunderbarer Mensch. Er hat mir das Reiten und Schießen beigebracht und mir gezeigt, wie man mit Rindern richtig umgeht. Nach seinem Tod ist Mutter mit uns nach Boston gezogen, wo ihre Schwester lebte. Sie hat als

Kellnerin im Red Lobster gearbeitet, um mich durchzubringen. Ich ging aufs Framingham State College, weil es das einzige war, das ich nach meiner ziemlich miesen Gymnasialbildung besuchen konnte. Als ich im College war, starb meine Mutter. An einem Aneurysma. Es kam sehr plötzlich. Für mich war es fast das Ende der Welt. Und dann ist doch noch etwas Gutes passiert. Ich hatte eine Anthropologielehrerin, die mir zu entdecken half, dass Lernen Spaß macht und ich nicht nur eine blöde Blondine bin. Sie glaubte an mich. Sie wollte, dass ich meinen Doktor mache. Ich war fast so weit, aber dann entwickelte ich Interesse an pharmazeutischer Biologie, und so bin ich bei der Enthnopharmakologie gelandet. Ich hab mich halb tot geschuftet, um in Yale meinen Doktor zu machen. Und dort habe ich Julian kennen gelernt. Ich werde nie den Tag vergessen, an dem ich ihn zum ersten Mal sah. Es war auf einer Sherry-Party der Fakultät. Er stand mitten im Raum und erzählte eine Geschichte. Julian kann wunderbar Geschichten erzählen. Ich habe mich nur zu der Menge gesellt und zugehört. Er sprach über seine erste Reise nach Copán. Er sah so ... schneidig aus. Genau wie ein Forscher aus den alten Zeiten.«

»Sicher«, sagte Tom. »Klar.«

»Und was ist mit Ihrer Kindheit?«, fragte Sally. »Wie war die?«

»Ich würde lieber nicht darüber reden.«

»Das ist aber ungerecht, Tom.«

Tom seufzte. »Ich hatte eine langweilige Kindheit.«

»Lassen Sie mich das beurteilen.«

»Wo soll ich anfangen? Wir wurden sozusagen in einem Schloss geboren. In einem riesigen Anwesen mit Schwimmbecken, Gärtner, einer im Haus wohnenden Köchin, Stallungen und fünfhundert Hektar Grund. Unser Vater hat uns mit allem überschüttet. Er hatte viel mit uns vor. Er hatte ein ganzes Regal voller Bücher über Kindererziehung und sie auch alle gelesen. In jedem stand das Gleiche: *Fang mit den höchsten Erwartungen an.* Als wir Säuglinge waren, spielte er uns Bach und Mozart vor und pflasterte unsere Zimmerwände mit Gemälden alter Meister. Als wir Lesen lernten, wimmelte es im ganzen Haus von Etiketten, auf denen alles Mögliche stand. Wenn ich morgens aufstand, sah ich als Erstes Schildchen mit Aufschriften wie ZAHNBÜRSTE, WASSERHAHN und SPIEGEL. Sie starrten mich aus jeder Zimmerecke an. Mit sieben sollte jeder von uns sich ein Musikinstrument aussuchen. Ich hätte gern Schlagzeug gespielt, aber mein Vater bestand auf etwas Klassischem. Also lernte ich Klavier. Einmal pro Woche ›Country Gardens‹ bei der schrillen Miss Greer. Vernon lernte Oboe. Philip musste Violine spielen. Sonntags gingen wir nicht zur Kirche – unser Vater war Atheist –, sondern zogen uns schnieke an und spielten ihm etwas vor.«

»Oh, Gott.«

»*Oh, Gott* ist richtig. Beim Sport lief es auch so. Jeder von uns musste sich eine Sportart aussuchen. Aber nicht zum Spaß oder zur Leibesertüchtigung, sondern um uns *auszuzeichnen*. Wir wurden in die besten Privatschulen gesteckt. Jede Minute des Tages unterlag einem Terminplan: Reitunterricht, Tutoren, private Sportlehrer für Fußball und Tennis, Computerkurse. Und zu Weihnachten Skireisen nach Taos oder Cortina d'Ampezzo.«

»Wie grässlich. Und wie war Ihre Mutter?«

»Wir hatten drei Mütter. Wir sind Halbbrüder. In der Liebe hatte unser Vater sozusagen Pech.«

»Und er hat das Sorgerecht für alle drei Kinder bekommen?«

»Was Max haben will, kriegt er auch. Es waren keine netten Scheidungen. Unsere Mütter waren kein bedeutender Bestandteil unseres Lebens. Meine starb schon, als ich noch klein war. Vater wollte uns selbst aufziehen. Er wollte nicht, dass sich jemand einmischt. Er wollte drei Genies erschaffen, die die Welt verändern sollten. Er wollte unsere Berufe aussuchen. Sogar unsere Freundinnen.«

»Tut mir Leid. Was für eine grauenhafte Kindheit.«

Tom wechselte die Stellung in der Hängematte. Sallys

Kommentar verärgerte ihn irgendwie. »Ich würde Cortina zur Weihnachtszeit nicht grauenhaft nennen. Irgendwie hat es uns allen doch was gebracht. Ich habe gelernt, Pferde zu mögen. Philip hat sich in die Gemälde der Renaissance verliebt. Und Vernon – tja, er hat sich irgendwie darin verliebt, heute hier und morgen da zu sein.«

»Er hat also Ihre Freundinnen ausgesucht?«

Tom wünschte sich, er wäre weniger deutlich gewesen. »Er hat's versucht.«

»Und?«

Tom merkte, wie er errötete. Er konnte nichts dagegen tun. Die Erinnerung an Sarah – die vollkommene, schöne, intelligente, begabte und reiche Sarah – stürmte einfach auf ihn ein.

»Wer war sie?«, fragte Sally.

Frauen wussten offenbar immer alles. »Nur ein Mädchen, das mein Vater mir vorstellte. Die Tochter eines Freundes. Es war – welch eine Ironie – das einzige Mal, dass ich wirklich etwas wollte, das auch er wollte. Ich bin mit ihr ausgegangen. Wir haben uns verlobt.«

»Und dann?«

Tom schaute Sally intensiv an. Sie wirkte mehr als neugierig. Er fragte sich, was das zu bedeuten hatte. »Hat nicht geklappt.« Dass er sie eines Abends auf einem Kerl reitend in ihrem gemeinsamen Bett überrascht hatte, verschwieg er lieber. Sarah kriegte, was sie haben wollte. *Das Leben ist zu kurz,* hatte sie gesagt, *und ich möchte nun mal alle seine Aspekte kennen lernen. Was ist daran falsch?* Sie konnte sich eben nichts versagen.

Sally schaute ihn noch immer neugierig an. Dann schüttelte sie den Kopf. »Ihr Vater war wirklich 'ne Type. Er hätte ein Buch zum Thema *Wie man Kinder nicht erziehen soll* schreiben können.«

Tom spürte, wie seine Verärgerung zunahm. Er wusste, dass er es nicht sagen sollte. Er wusste, dass es ihm Ärger einbringen würde, aber er konnte sich nicht zurückhalten. »Mein Vater hätte Julian sicher *geliebt.*«

Urplötzlich machte sich Stille breit. Tom spürte, dass Sally ihn anschaute. »Wie bitte?«

Obwohl er wusste, dass es besser gewesen wäre, den Mund zu halten, sagte er: »Ich meine damit, dass Julian genau der Mensch ist, den mein Vater aus uns machen wollte. Einen Burschen, der mit sechzehn in Stanford studiert, ein berühmter Professor in Yale wird und – wie Sie es ausgedrückt haben – ein Genie im wahrsten Sinne des Wortes ist.«

»Ich werde diese Bemerkung keiner Antwort würdigen«, erwiderte Sally steif. Ihr Gesicht war rot vor Zorn, und sie nahm den Roman wieder an sich und las weiter.

31

Philip war an einen Baum gefesselt. Man hatte ihm die Hände auf den Rücken gebunden. Schwarzfliegen krabbelten über jeden Quadratzentimeter seiner entblößten Haut. Es waren Tausende, und sie fraßen sein Gesicht bei lebendigem Leib. Er konnte nicht das Geringste tun, wie sie so in seine Augen, seine Nase und seine Gehörgänge krabbelten. Er schüttelte den Kopf. Er versuchte, sie mit den Lidern und ruckartigen Bewegungen loszuwerden, doch all seine Bemühungen schlugen fehl. Seine Augen waren fast zugeschwollen. Hauser unterhielt sich leise mit jemandem über sein Satellitentelefon. Philip verstand seine Worte zwar nicht, aber der leise, großkotzige Tonfall seiner Stimme war ihm bekannt. Er schloss die Augen. Er war vermutlich nicht mehr zu retten. Ihn interessierte nur noch eines: Dass Hauser seinem Elend bald ein Ende bereitete. Mit einer schnellen Kugel ins Hirn.

Lewis Skiba saß an seinem Schreibtisch. Der Sessel war dem Fenster zugewandt. Er blickte über die Wipfel der Skyline von Manhattan. Seit vier Tagen hatte er nichts von Hauser gehört. Vor fünf Tagen hatte er gesagt, er solle die Sache überschlafen. Dann: Stille. Es waren die schlimmsten fünf Tage in Skibas Leben gewesen. Ihre Aktie war auf sechs runter, das SEC hatte ihm eine Vorladung zugestellt und in der Firmenzentrale Laptops und Festplatten beschlagnahmt. Sogar seinen eigenen Computer hatten die Lumpen mitgenommen. Die Hysterie der Leerverkäufer hielt unvermindert an. Das »Journal« hatte nun offiziell bekannt gegeben, dass die FDA entschlossen war, Phloxatan zu verbieten. Standard & Poor's würde die Lampe-Wertpapiere in Kürze als Müll einstufen, und erstmals spekulierte man öffentlich über Zahlungsunfähigkeit.

Heute Morgen hatte er seiner Frau sagen müssen, dass sie ihr Haus in Aspen angesichts dieser Umstände sofort abstoßen mussten. Es war schließlich ihr viertes Haus, das sie ohnehin nur eine Woche im Jahr nutzten. Doch sie hatte es nicht begriffen. Sie hatte in einer Tour geheult und dann im Gästezimmer übernachtet. Oh, Gott, würde es so weitergehen? Was passierte, wenn sie ihr Zuhause verkaufen mussten? Was würde sie tun, wenn sie die Kinder aus der Privatschule nehmen mussten?

Während der ganzen Zeit hatte er nichts von Hauser gehört. Was trieb der Mann eigentlich, verdammt? War ihm irgendwas zugestoßen? Hatte er aufgegeben? Skiba merkte, wie ihm schon wieder der Schweiß ausbrach. Er konnte es nicht ausstehen, dass sein und das Schicksal seines Unternehmens in den Händen eines solchen Mannes lag.

Das chiffrierte Telefon meldete sich. Skiba machte im wahrsten Sinn des Wortes einen Luftsprung. Es war zehn Uhr morgens. Hauser rief nie morgens an. Trotzdem wusste er irgendwie, dass er es war.

»Ja?« Skiba versuchte, nicht außer Atem zu klingen.

»Skiba?«

»Ja, ja.«

»Wie geht's?«

»Gut.«

»Die Sache schon überschlafen?«

Skiba schluckte. Da war der Klumpen wieder, der Bleiklumpen in seinem Magen. Er kriegte fast kein Wort heraus, denn er blockierte seine Kehle. Zwar hatte er schon einen gehoben, aber ein weiterer Schluck würde ihn nicht gleich aus den Pantinen hebeln. Also legte er den Hörer hin, zog die

Schranktür auf und schenkte sich ein Glas ein. Er machte sich nicht mal die Mühe, den Whisky mit Soda zu verdünnen.

»Ich weiß, dass es 'ne harte Sache ist, Lewis. Aber die Zeit ist gekommen. Wollen Sie den Codex nun haben oder nicht? Ich kann die Sache jetzt noch abblasen und umkehren. Was meinen Sie?«

Skiba schluckte die scharfe goldene Flüssigkeit. Dann fand er seine Stimme wieder, die in einem gebrochenen Flüstern aus ihm drang: »Ich habe Ihnen mehr als einmal gesagt, dass ich nichts damit zu tun haben will. Sie sind fast achttausend Kilometer von mir entfernt. Ich habe keine Kontrolle über Sie. Sie tun, was Sie wollen. Bringen Sie mir nur den Codex.«

»Ich hab das nicht verstanden. Liegt wohl an der Verschlüsselung ...«

»Tun Sie einfach, was Sie tun müssen!«, brüllte Skiba. »Und lassen Sie mich da raus!«

»Oh, nein, nein, nein – neiiin! Nein. Ich hab's Ihnen doch schon erklärt, Skiba. Bei dieser Sache arbeiten wir zusammen, Partner.«

Skibas Hand umklammerte den Hörer mit mörderischer Kraft. Er zitterte am ganzen Körper. Irgendwie hatte er das Gefühl, Hauser erdrosseln zu können, wenn er nur fest genug zudrückte.

»Schaff ich sie mir nun vom Hals oder nicht?«, fuhr die heiter klingende Stimme fort. »Wenn ich es nicht tue, werden sie, selbst wenn ich den Codex kriege, zurückkehren und Sie verklagen. Und wissen Sie, was dann passiert, Lewis? *Sie können diesen Prozess nicht gewinnen.* Man wird Ihnen den Codex wegnehmen. Sie haben gesagt, Sie wollen ihn gratis, ohne Komplikationen und Gerichtsverfahren.«

»Ich werde ihnen Lizenzgebühren zahlen. Sie werden Millionen verdienen.«

»Sie werden nicht mit Ihnen verhandeln. Sie haben andere Pläne mit dem Codex. Hab ich Ihnen das nicht erzählt? Die Frau, diese Sally Colorado, hat nämlich auch Pläne, und zwar *große* Pläne.«

»Was für Pläne?« Skiba schlotterten alle Glieder.

»In diesen Plänen kommt Ihr Unternehmen nicht vor. Mehr brauchen Sie nicht zu wissen. Hören Sie, Skiba, das ist das Problem mit euch Typen aus der Geschäftswelt. Ihr wisst nicht, wann es an der Zeit ist, harte Entscheidungen zu fällen.«

»Sie sprechen hier von Menschenleben.«

»Weiß ich. Für mich ist es auch nicht leicht. Wägen Sie das Gute gegen das Böse ab. Ein paar Menschen verschwinden in einem unbekannten Dschungel. Das ist die eine Seite. Die andere besteht aus lebensrettenden Medikamenten für Millionen; zwanzigtausend Menschen, deren Arbeitsplatz erhalten bleibt; Aktionäre, die Sie vergöttern werden, statt nach Ihrem Blut zu schreien. Und Sie werden der Liebling der Wall Street sein, weil Sie die Firma vor dem Abgrund bewahrt haben.«

Skiba schluckte erneut. »Ich brauche noch einen Tag, um darüber nachzudenken.«

»Geht nicht. Die Entwicklung erlaubt es nicht. Wissen Sie noch, dass ich gesagt habe, dass ich sie werde aufhalten müssen, bevor sie die Berge erreichen? Wenn es Ihren Geist weniger belastet, Lewis: Ich werde es nicht persönlich tun. Es gibt hier ein paar honduranische Soldaten. Abtrünnige. Ich kann sie kaum noch in Schach halten. Diese Typen sind verrückt. Die sind zu allem fähig. Hier unten passieren solche Dinge ständig. He, ich brauch mich nur umzudrehen, dann legen die Soldaten sie auf der Stelle um. Was soll ich also tun, Lewis? Soll ich sie mir vom Hals schaffen und Ihnen den Codex bringen? Oder soll ich umkehren und alles vergessen? Ich muss jetzt weiter. Wie lautet Ihre Antwort?«

»Dann tun Sie es!«

Statisches Summen.

»Sprechen Sie es aus, Lewis. Sagen Sie, was ich tun soll.«

»Tun Sie es! Bringen Sie sie um, verdammt noch mal! Bringen Sie die Broadbents um!«

32

Zweieinhalb Tage nach der Attacke der Schlange, als sie erneut durch einen endlosen Wasserkanal stakten, fiel Tom auf, dass der Sumpf heller wurde und Sonnenschein durch die Wipfel fiel. Dann ließen die beiden Einbäume den Meambar-Sumpf mit verblüffender Schnelligkeit hinter sich. Es war, als kämen sie in eine andere Welt. Sie befanden sich am Rand eines riesigen Sees, dessen Wasser so schwarz war wie Tinte. Die Sonne des Spätnachmittags brach durch die Wolken, und Tom spürte eine Woge der Erleichterung, weil sie endlich im Freien waren und das grüne Gefängnis des Dschungels sie ausgespuckt hatte. Eine frische Brise vertrieb die Schwarzfliegen. Tom erblickte am anderen Ufer blaue Hügel und dahinter die verschwommene Linie einer sich in die Wolken windenden Bergkette.

Don Alfonso richtete sich am Bug des Bootes auf und breitete die Arme aus. Die in seiner faltigen Faust sichtbare Maiskolbenpfeife ließ ihn wahrhaftig wie eine Vogelscheuche wirken. »Die schwarze Lagune!«, rief er. »Wir haben den Meambar-Sumpf durchquert! Ich, Don Alfonso Boswas, habe uns den Weg gewiesen!«

Chori und Pingo ließen die Motoren zu Wasser und schalteten sie ein. Die Boote fuhren auf das gegenüberliegende Seeufer zu. Tom lehnte sich gegen den Ausrüstungsstapel und genoss den köstlichen Luftstrom, während Knilch, das Äffchen, aus seiner Hemdtasche kletterte und auf seinem Kopf thronend mitfuhr. Dabei schloss er die Augen, schnalzte mit der Zunge und schnatterte zufrieden vor sich hin. Tom hatte fast vergessen, wie sich kühle Luft auf der Haut anfühlte.

Sie lagerten an einem Sandstrand auf der anderen Seite des Sees. Chori und Pingo gingen auf die Jagd und kehrten eine Stunde später mit einem ausgenommenen und zerlegten Hirschen zurück. Die blutigen Teile hatten sie in Palmwedel gewickelt.

»Ausgezeichnet!«, rief Don Alfonso. »Heute Abend essen wir Hirschkoteletts, Tomás. Alles Übrige räuchern wir für den Rest der Reise!«

Er briet die Lendenstücke über dem Feuer, während Pingo und Chori gleich nebenan über einem zweiten Feuer ein Räuchergestell bauten. Tom schaute interessiert zu, als sie mit den Macheten fachmännisch lange Fleischstreifen abschnitten und aufhängten. Dann stapelten sie feuchtes Holz auf das Feuer und erzeugten so wohlriechende Rauchwolken.

Die Koteletts waren bald fertig. Don Alfonso verteilte sie. Als sie aßen, brachte Tom eine Frage auf, die er schon lange hatte stellen wollen: »Wie geht es von hier aus weiter, Don Alfonso?«

Don Alfonso warf einen Knochen hinter sich in die Dunkelheit. »Fünf Flüsse strömen in die Schwarze Lagune. Wir müssen herauskriegen, welchen Ihr Vater hinaufgefahren ist.«

»Wo entspringen sie?«

»Ihre Quellen liegen in den Bergketten im Landesinnern. Einige kommen aus der Cordillera Entre Ríos, manche aus der Sierra Patuca und manche aus der Sierra de la Neblinas. Der Macaturi ist der längste Fluss. Er entspringt in der Sierra Azul, die auf halbem Weg zum Pazifik liegt.«

»Kann man Boote auf den Flüssen navigieren?«

»Angeblich in den unteren Abschnitten.«

»Angeblich?«, fragte Tom. »Dann waren Sie also noch nicht dort?«

»Keiner aus meinem Volk war je dort. Das Land da drüben ist sehr gefährlich.«

»Wieso?«, fragte Sally.

»Die Tiere dort fürchten keine Menschen. Dort gibt es Erdbeben, Vulkane und böse Geister. Und außerdem eine Dämonenstadt, aus der nie jemand zurückkehrt.«

»Eine Dämonenstadt?«, fragte Vernon plötzlich interessiert.

»Ja. La Ciudad Blanca. Die Weiße Stadt.«

»Was ist das für eine Stadt?«

»Die Götter haben sie erbaut. Ist lange her. Jetzt besteht sie nur noch aus Ruinen.«

Vernon nagte an einem Knochen, dann warf er ihn ins Feuer. Schließlich sagte er ernst: »Das ist die Antwort.«

»Auf welche Frage?«

»Auf die Frage, wo Vater hingegangen ist.«

Tom schaute ihn an. »Du machst ziemlich große Sprünge. Woher willst du das wissen?«

»Ich *weiß* es nicht. Aber das ist genau der Ort, an den Vater gehen würde. Eine solche Geschichte würde ihm gefallen. Er würde sie bestimmt überprüfen. Außerdem basieren solche Geschichten oft auf der Wahrheit. Ich wette, er hat dort eine versunkene Stadt gefunden, irgendeine große alte Ruine.«

»Aber in diesem Gebirge gibt es angeblich keine Ruinen.«

»Wer sagt das?« Vernon nahm ein weiteres Kotelett von den Palmwedeln und ließ es sich schmecken.

Tom fielen die Worte des rotgesichtigen Derek Dunn ein: Dass Anakondas angeblich keine Menschen fraßen. Er wandte sich Don Alfonso zu. »Ist die Existenz der Weißen Stadt allgemein bekannt?«

Don Alfonso nickte langsam. Sein Gesicht verzog sich zu einer faltigen Maske. »Man redet darüber.«

»Und wo liegt sie?«

Don Alfonso schüttelte den Kopf. »Sie liegt nicht an einem bestimmten Ort. Sie wandert über die höchsten Gipfel der Sierra Azul, ist stets an einem anderen Ort und verbirgt sich im Bergnebel.«

»Dann ist sie ein Mythos.« Tom schaute Vernon an.

»Oh, nein, Tomás, es gibt sie wirklich. Es heißt, man kann

sie nur erreichen, indem man eine bodenlose Schlucht überquert. Wer ausrutscht und stürzt, stirbt vor Angst, und dann stürzt der Körper weiter ab, bis er nur noch aus Knochen besteht, die immer weiter in die Tiefe fallen, bis sie sich voneinander lösen. Und am Ende ist dann nur noch eine Wolke aus Knochenstaub übrig, die dann eine Ewigkeit lang in die Finsternis fällt.«

Don Alfonso schob ein Holzscheit in die Flammen. Tom schaute zu, wie er anfing zu qualmen und Feuer fing. Die Flammen verzehrten ihn von allen Seiten. Die Weiße Stadt.

»Heutzutage gibt es keine versunkenen Städte mehr«, sagte Tom.

»Da irren Sie sich«, sagte Sally. »Es gibt Dutzende, vielleicht sogar Hunderte. Sie liegen in Kambodscha, Burma, in der Wüste Gobi – und besonders hier, in Mittelamerika. Wie die Ausgrabungsstätte Q.«

»Die Ausgrabungsstätte Q?«

»Aus ihr strömt die Beute seit dreißig Jahren nur so heraus und treibt die Archäologen in den Wahnsinn. Man weiß, dass es sich um eine große Stadt der Mayas handeln muss, die irgendwo im guatemaltekischen Tiefland liegt, aber man kann sie nicht finden. Inzwischen nehmen Räuber sie Stein für Stein auseinander und verkaufen sie auf dem Schwarzmarkt.«

»Vater hat sich in Bars rumgetrieben«, sagte Vernon. »Er hat für Indianer, Holzfäller und Goldprospektoren Runden geschmissen und ihrem Tratsch über Ruinen und versunkene Städte gelauscht. Er hat sogar mehrere indianische Sprachen gelernt. Weißt du noch, Tom, dass er sie auf Dinnerpartys manchmal gesprochen hat?«

»Ich hab immer geglaubt, er hätte sie erfunden.«

»Hör mal«, sagte Vernon. »Denk doch einen Augenblick nach. Vater würde doch nicht selbst eine Grabkammer bauen, um sich darin bestatten zu lassen. Er würde einfach eine von denen nehmen, die er längst ausgeraubt hat.«

Eine Weile sagte niemand ein Wort. Dann meinte Tom: »Vernon, das ist genial.«

»Und er hat die einheimischen Indianer dazu bewegt, ihm zu helfen.«

Das Feuer knisterte. Es herrschte Totenstille.

»Aber Vater hat nie etwas über eine Weiße Stadt erzählt«, warf Tom ein.

Vernon lächelte. »Genau. Und weißt du warum? Weil es die Stadt ist, in der er seine große Entdeckung gemacht hat – weil es die Stadt ist, in der alles anfing. Als er hier ankam, war er pleite, und als er zurückkehrte, hatte er eine Bootsladung voller Schätze bei sich und hat dann seine Galerie aus dem Boden gestampft.«

»Es klingt logisch.«

»Da hast du verdammt Recht. Ich wette alles, was ich habe, dass er dorthin zurückgekehrt ist, um sich bestatten zu lassen! Der Plan ist perfekt. In dieser so genannten Weißen Stadt muss es jede Menge vorhandene Grabkammern geben. Vater wusste, wo sie sind, weil er sie selbst ausgeplündert hat. Er brauchte nur zurückzukehren und sich mit Hilfe einheimischer Indianer in einer dieser Kammern niederzulassen. Die Weiße Stadt existiert wirklich, Tom.«

»Ich bin davon überzeugt«, sagte Sally.

»Ich weiß sogar, wie Vater sich die Hilfe der Indianer erkauft hat«, sagte Vernon mit einem breiter werdenden Lächeln.

»Und wie?«

»Erinnerst du dich noch an die Quittungen, die der Polizist aus Santa Fe in Vaters Haus für diese schönen französischen und deutschen Kochtöpfe gefunden hat? Vater hat sie vor seinem Verschwinden bestellt. *Damit* hat er die Einheimischen bezahlt – mit Kochtöpfen!«

Don Alfonso räusperte sich laut und demonstrativ. Als er die Aufmerksamkeit der anderen auf sich gezogen hatte, sagte er: »Das ist doch alles albern.«

»Und wieso?«

»Weil niemand die Weiße Stadt betreten kann. Ihr Vater hätte sie nie finden können. Und selbst wenn er sie gefunden hätte – sie wird von Dämonen bewohnt, die Menschen töten und ihnen die Seele rauben. Dort gibt es Winde, die einen zurückwehen, und Nebel, die Auge und Geist verwirren. Und eine Quelle, die die Erinnerung auslöscht.« Er schüttelte heftig den Kopf. »Nein, das ist unmöglich.«

»Welchen Fluss muss man nehmen, um dorthin zu gelangen?«

Don Alfonso runzelte die Stirn. Seine großen Augen hinter den verschmutzten Brillengläsern schauten überaus unglücklich drein. »Was wollen Sie mit diesem nutzlosen Wissen anstellen? Ich habe doch gesagt, dass es unmöglich ist.«

»Es ist nicht unmöglich. Außerdem wollen wir dorthin.«

Don Alfonso verbrachte eine geraume Weile damit, Tom anzustarren. Dann seufzte er. »Der Macaturi wird Sie einen Teil des Weges bringen, aber weiter als zu den Wasserfällen kommt man nicht. Die Sierra Azul liegt viele Tage hinter den Fällen, hinter Bergen, Tälern und noch mehr Bergen. Man kann unmöglich dorthin reisen. Auch Ihr Vater kann es nicht geschafft haben.«

»Sie kennen unseren Vater nicht, Don Alfonso.«

Don Alfonso stopfte seine Pfeife. Sein besorgter Blick wanderte über das Feuer. Er schwitzte. Die Hand, mit der er die Pfeife hielt, zitterte.

»Morgen«, sagte Tom, »fahren wir den Macaturi hinauf und machen uns auf den Weg in die Sierra Azul.«

Don Alfonso stierte in die Flammen.

»Kommen Sie mit, Don Alfonso?«

»Es ist mein Schicksal, mit Ihnen zu kommen, Tomás«, erwiderte er leise. »Natürlich werden wir alle sterben, bevor wir die Sierra Azul erreichen. Aber ich bin ein alter Mann. Ich bin bereit zu sterben und vor den heiligen Petrus zu treten. Aber es wird mich traurig stimmen zu sehen, dass Chori und Pingo sterben – und Vernon und die Curandera, die so hübsch ist und noch viele Jahre der Liebe vor sich hat. Und es wird sehr traurig für mich sein, Sie sterben zu sehen, Tomás, weil Sie nun mein Freund sind.«

33

Der Gedanke an die Weiße Stadt ließ Tom nicht einschlafen. Vernon hatte Recht. Alles passte perfekt zusammen. Es war so offensichtlich, dass Tom sich fragte, wieso er nicht schon früher darauf gekommen war.

Als er sich hin und her wälzte, quiekte Knilch gereizt, dann kletterte er auf den Pfahl der Hängematte und schlief über Toms Kopf in den Sparren. Gegen vier Uhr in der Früh gab Tom auf. Er stieg aus der Hängematte, zündete auf der Asche des alten Lagerfeuers ein neues an und stellte einen Topf auf die Flammen. Der noch immer verärgerte Knilch kam herunter, kletterte in Toms Hemdtasche und legte den Kopf auf die Seite, um sich unterm Kinn kraulen zu lassen. Kurz darauf tauchte Don Alfonso auf, setzte sich hin und nahm einen Becher Kaffee entgegen. Lange saßen sie schweigend in der Dunkelheit des Dschungels.

»Da ist etwas, worüber ich schon seit geraumer Zeit nachdenke«, sagte Tom. »Als wir Pito Solo verließen, haben Sie eine Rede gehalten, die so klang, als würden Sie nicht wieder zurückkehren. Warum haben Sie das getan?«

Don Alfonso nippte an seinem Kaffee. Seine Brillengläser reflektierten den flackernden Feuerschein. »Wenn die Zeit kommt, Tomasito, werden Sie die Antwort auf diese Frage erfahren – und auf viele andere mehr.«

»Warum haben Sie diese Reise mitgemacht?«

»Sie wurde mir prophezeit.«

»Das ist aber kein guter Grund.«

Don Alfonso schaute Tom an. »Das Schicksal ist zwar kein Grund, jedoch eine *Erklärung*. Wir werden nicht mehr darüber reden.«

Der Macaturi war der breiteste der fünf in die Schwarze Lagune mündenden Flüsse. Er war leichter schiffbar als der Patuca, tief und sauber, ohne Sandbänke oder verborgene Aststümpfe. Als sie den Fluss hinauffuhren, stieg die Sonne über den fernen Hügeln auf und tauchte sie in grünliches Gold. Don Alfonso hatte seinen üblichen Thron auf der Ausrüstung eingenommen, doch seine Stimmung hatte sich verändert. Er ließ keine philosophischen Reflexionen mehr über sein Leben verlauten; er sprach nicht mehr über Sex, beschwerte sich nicht über seine undankbaren Söhne und rief auch keine Namen von Vögeln und Tieren. Er saß nur da und schaute mit besorgter Miene in die Richtung, die sie nahmen.

Die beiden Boote fuhren schweigend mehrere Stunden lang flussaufwärts. Als sie an eine Biegung kamen, tauchte vor ihnen ein großer Baum auf. Er lag quer im Wasser und blockierte ihnen den Weg. Offensichtlich war er erst kürzlich umgestürzt, denn seine Blätter waren noch grün.

»Das ist aber eigenartig«, murmelte Don Alfonso. Er rief Chori, und sie verlangsamten die Fahrt, damit das hinter ihnen kommende Boot Pingos sie einholen und an ihnen vorbeiziehen konnte. Vernon hielt sich mittschiffs auf, lehnte sich gegen das Dollbord und genoss die Sonne. Als sie vorbeifuhren, winkte er ihnen.

Pingo steuerte den Einbaum auf das gegenüberliegende Flussufer zu, wo der Stamm dünner und somit leichter durchzuhacken war.

Da stürzte sich Don Alfonso plötzlich auf die Ruderpinne und schob sie ganz nach rechts. Der Einbaum machte einen Schwenk und neigte sich fast bis zum Kentern. »Runter!«, schrie er. »Runter!«

Im gleichen Augenblick wurde aus dem Wald eine Salve aus Automatikwaffen abgefeuert.

Tom warf sich über Sally und drückte sie auf den Boden des Bootes. Eine Kugelsalve durchschlug die Seite des Einbaums und überschüttete sie mit einem Schwall von Splittern. Tom hörte die Kugeln rings um sie her aufs Wasser klatschen und vernahm das Geschrei der Angreifer. Sein Kopf fuhr herum, und er sah Don Alfonso. Er kauerte am Heck. Seine Hand hielt noch immer den Motorgriff umklammert, und er steuerte in die Deckung eines überhängenden Uferdammes.

Ein unmenschlicher Schrei stieg aus dem Boot hinter ihnen auf. Jemand war getroffen worden.

Tom lag auf Sally. Er konnte außer der Mähne ihres blonden Haares und dem vernarbten Holzrumpf unter sich nichts sehen. Das Geschrei im anderen Boot verstummte nicht – es war ein vor Entsetzen und Schmerz unmenschlich klingendes Heulen. *Das ist Vernon,* dachte Tom. *Er ist angeschossen.* Der Beschuss wurde fortgeführt, doch nun schienen die Kugeln über seinen Kopf zu fegen. Das Boot schrammte einmal, zweimal über den Boden, dann mahlte die Schraube im seichten Gewässer über das Gestein.

Der Beschuss und das Geschrei erstarben im gleichen Moment. Sie hatten die Deckung des Uferdamms erreicht.

Don Alfonso rappelte sich auf und warf einen Blick nach hinten. Tom hörte ihn etwas in der Sprache der Tawahka rufen, doch niemand antwortete.

Er stand vorsichtig auf und zog Sally hoch. Auf ihrer Wange, wo Holzsplitter sie getroffen hatten, waren Blutflecke zu sehen.

»Ist alles in Ordnung mit Ihnen?«

Sally nickte stumm.

Das Boot fuhr nun an dem hohen Uferdamm aus Findlingen und Gesträuch entlang, fast unter den herabhängenden Büschen. Tom setzte sich hin, wandte sich dem Einbaum hinter ihm zu und rief nach seinem Bruder: »Vernon! Vernon!

Bist du verletzt?« Er sah nur eine blutige Hand, die die Pinne des zweiten Einbaums umklammerte. »Vernon!«

Vernon erhob sich bebend in der Mitte des Bootes. Er wirkte wie gelähmt.

»Vernon! Mein Gott, fehlt dir was?«

»Pingo ist verletzt.«

»Wie schlimm?«

»Sehr schlimm.«

Flussaufwärts wurde das Spucken und Brüllen eines Bootsmotors laut, dann das eines zweiten. In der Ferne hörte man Schreie.

Don Alfonso steuerte das Boot so dicht wie möglich an den Uferdamm. Vernon hatte die Pinne seines Bootes ergriffen und folgte ihnen.

»Wir können ihnen nicht entkommen«, sagte Tom.

Sally wandte sich an Chori. »Gib mir das Gewehr.«

Chori schaute sie verständnislos an.

Sally nahm das Gewehr einfach an sich. Sie prüfte, ob es geladen war, dann riss sie den Verschluss zurück und hockte sich ans Heck.

»Damit können Sie sie nicht aufhalten«, rief Tom. »Die haben Automatikwaffen.«

»Ich kann ihnen aber Einhalt gebieten, verdammt noch mal.«

Dann erspähte Tom zwei durch die Flussbiegung kommende Boote – und Soldaten, die ihre Gewehre in Anschlag brachten.

»Runter!«

Als eine Salve die über ihnen hängende Vegetation zerfetzte und Blätter auf sie herabregnen ließ, hörte Tom einen einzelnen Schuss aus Sallys Waffe. Er hatte die ersehnte Wirkung: Die beiden Boote bogen panisch ab, um am Flussufer Deckung zu suchen. Sally ließ sich neben Tom fallen.

Don Alfonso steuerte das Boot unter den Uferdamm. Die Schraube traf Gestein und heulte auf, als sie aus dem Wasser gerissen wurde. Weitere Kugeln pfiffen über sie hinweg, dann ertönte ein dumpfes metallisches Scheppern. Eine Kugel hatte den Motor getroffen. Die Maschine spuckte, dann folgte ein Zischen. Als sie Feuer fing, geriet das Boot mit der Breitseite in die träge Strömung. Das Feuer breitete sich mit unglaublicher Schnelligkeit aus. Die Flammen züngelten von den schmelzenden Gummibenzinleitungen hoch. Der Bug von Pingos und Vernons Boot knallte von hinten gegen den ihren. Der Einbaum verkantete sich, als das brennende Benzin sich auf dem Boden des ersten Bootes zu verbreiten begann und rings um die Benzintanks leckte.

»Raus!«, schrie Tom. »Sie werden gleich in die Luft fliegen! Schnappt euch, was ihr könnt!«

Sie sprangen über Bord in das seichte Wasser am Ufer. Vernon und Chori packten Pingo und trugen ihn den Damm hinauf. Wieder knallte über ihren Köpfen eine Salve ins Ufer und spritzte ihnen Erde und Gestein entgegen. Sallys Schuss hatte die Soldaten allerdings vorsichtig gemacht, deswegen hielten sie Abstand. Die Flüchtlinge krabbelten den erdigen Hang hinauf, nahmen unter überhängendem Dickicht Deckung und rangen nach Atem.

»Hier können wir nicht bleiben«, sagte Tom.

An der höchsten Stelle des Uferdamms schaute er nur einmal zurück. Er sah, dass ihre Boote flussabwärts trieben. Die Flammen schlugen hoch in den Himmel. Als ein Treibstoffbehälter in die Luft flog, gab es eine dumpfe Explosion, die einen Feuerball aufsteigen ließ. Dahinter steuerten die Boote mit den Soldaten vorsichtig ans Ufer. Sally, noch immer mit Choris Gewehr bewaffnet, kniete sich hin und feuerte einen Schuss durch die sie abschirmende Vegetation.

Sie zogen sich tiefer in den Dschungel zurück, wechselten sich beim Tragen von Pingo ab und bahnten sich einen Weg durch den dichten Urwald. Hinter ihnen hörte Tom Geschrei, dann knallten mehrere willkürliche Schüsse durch den Wald. Darauf ertönte das dumpfe Krachen des nächsten explodierenden Tanks. Die Angreifer hatten ihre Boote offenbar ans Ufer gesteuert und nahmen nun halbherzig die Verfolgung auf. Doch je tiefer die Flüchtenden in den Wald vordrangen, desto leiser wurde hinter ihnen das sporadische Gewehrfeuer, bis es schließlich vollends verstummte.

Sie hielten auf einer kleinen grasbewachsenen Lichtung an. Tom und Vernon legten Pingo auf den Boden. Tom beugte sich über ihn und tastete verzweifelt seinen Puls. Er fand ihn nicht. Dann begutachtete er die Wunde. Sie sah grauenhaft aus. Ein Hohlspitzgeschoss hatte Pingo in den Rücken – zwischen die Schulterblätter – getroffen. Es war mit Brachialgewalt aus seinem Brustkorb ausgetreten, in dem sich nun ein klaffendes Loch von fast fünfzehn Zentimetern im Durchmesser befand. Die Kugel war genau durchs Herz gegangen. Es war kaum zu glauben, dass er nach einer solchen Verwundung auch nur noch Sekunden gelebt hatte.

Tom schaute zu Chori auf. Der Gesichtsausdruck des Mannes war absolut kalt.

»Tut mir Leid.«

»Wir haben keine Zeit zu trauern. Wir müssen weiter.«

»Sollen wir ihn hier liegen lassen?«

»Chori wird bei ihm bleiben.«

»Aber die Soldaten kommen bestimmt …«

Don Alfonso fiel ihm ins Wort. »Ja. Und Chori muss tun, was er tun muss.« Er wandte sich an Sally. »Behalten Sie sein Gewehr und die Munition. Wir werden Chori nicht wiedersehen. Gehen wir.«

»Aber wir können ihn doch nicht hier lassen!«, sagte Tom protestierend.

Don Alfonso packte Tom an den Schultern. Seine Hände waren überraschend kräftig, wie Klammern aus Stahl. Er sprach leise, aber eindringlich: »Chori hat mit den Mördern seines Bruders noch eine Rechnung zu begleichen.«

»Ohne Schießeisen?«, fragte Sally, als Chori eine zerbeulte Munitionsschachtel aus seinem Beutel zog und ihr reichte.

»Lautlose Pfeile sind im Dschungel wirkungsvoller. Er wird so viele dieser Leute töten, dass er in Ehren sterben kann. So ist unsere Tradition. Mischt euch da nicht ein.« Don Alfonso drehte sich um, ohne einen Blick zurückzuwerfen, dann drosch er mit seiner Machete auf eine Wand aus Pflanzenwerk ein und sprang durch die Öffnung. Tom, Sally und Vernon folgten ihm. Sie hatten Mühe, mit dem Greis Schritt zu halten, der sich mit der Schnelligkeit und Lautlosigkeit einer Fledermaus bewegte. Tom hatte keine Ahnung, wohin sie gingen. Sie marschierten stundenlang durch Schluchten, wateten durch reißende Bäche und mussten sich manchmal den Weg durch dichte Bambus- und Farnhecken schlagen. Beißlustige Ameisen regneten auf sie herab und krabbelten ihnen über die Hemden. Don Alfonso spießte mit seiner Machete mehrmals kleine Schlangen auf und schleuderte sie beiseite. Dann regnete es kurz. Sie wurden klitschnass. Als anschließend die Sonne herauskam, dampften sie. Insektenschwärme verfolgten sie und stachen boshaft zu. Niemand sprach ein Wort. Niemand konnte sprechen, denn sie mussten ja irgendwie auf den Beinen bleiben.

Stunden später, als das Licht in den Baumwipfeln allmählich erstarb, hielt Don Alfonso an. Er setzte sich wortlos auf den Stamm eines umgestürzten Baumes, zog seine Pfeife hervor und zündete sie an. Tom betrachtete das aufflackernde Zündholz. Er fragte sich, wie viele sie wohl noch hatten. Als die Boote in Flammen aufgegangen waren, hatten sie fast alles verloren.

»Was jetzt?«, fragte Vernon.

»Wir schlagen ein Lager auf«, sagte Don Alfonso. Er schwenkte seine Machete. »Entzündet ein Feuer. Dort.«

Vernon machte sich an die Arbeit. Tom half ihm dabei.

Don Alfonso deutete mit der Machete auf Sally. »Sie gehen jagen. Sie mögen vielleicht eine Frau sein, aber Sie schießen wie ein Mann und haben auch den Mut eines Mannes.«

Tom betrachtete Sally. Ihr Gesicht war schmutzig. Ihre langen blonden Haare waren zerzaust, das Gewehr hing über ihrer Schulter. Ihr Gesicht zeigte ihm all das, was er persönlich empfand: den Schreck und die Überraschung des Angriffs, das Entsetzen über Pingos Tod, den Frust wegen des Verlusts ihrer Ausrüstung – und die Entschlossenheit zu überleben. Sally nickte und machte sich auf in den Wald.

Don Alfonso schaute Tom an. »Wir beide bauen einen Unterstand.«

Eine Stunde später war es dunkel. Sie saßen um das Feuer herum und aßen den Eintopf, den sie aus Sallys Beute, einem großen Nagetier, zubereitet hatten. In der Nähe stand eine kleine Schilfhütte. Don Alfonso saß vor einem Stapel Palmwedel, riss sie in Streifen und flocht sie zu Hängematten zusammen. Von den Anweisungen, die er erteilt hatte, einmal abgesehen, war er bisher schweigsam gewesen.

»Was waren das für Soldaten?«, fragte Tom.

Don Alfonso stellte seine Tätigkeit an den Hängematten nicht ein. »Es waren die Soldaten, die mit Ihrem Bruder Philip den Fluss heraufgekommen sind.«

»Philip würde nie zulassen, dass man uns angreift«, sagte Vernon.

»Nein«, sagte Tom. Er hatte plötzlich ein mulmiges Gefühl in der Magengrube. Vielleicht war es in Philips Expedition zu einer Meuterei gekommen oder es war sonst was passiert. Jedenfalls musste Philip ernstlich in Gefahr sein – falls er überhaupt noch lebte. Der unbekannte Feind konnte kein anderer sein als Hauser. Er hatte die beiden Polizisten in Santa Fe getötet und für ihre Festnahme in Brus gesorgt. Er steckte sicher auch hinter dem gerade erfolgten Angriff.

»Die Frage ist nur«, sagte Sally, »ob wir weitergehen oder umkehren.«

Tom nickte.

»Es wäre Selbstmord, wenn wir weitergingen«, meinte Vernon. »Wir haben doch nichts mehr – keinen Proviant, keine Kleidung, keine Zelte, keine Schlafsäcke.«

»Philip ist vor uns«, sagte Tom. »Und er ist in Schwierigkeiten. Es dürfte wohl klar sein, dass Hauser es war, der die Morde an den beiden Polizisten in Santa Fe veranlasst hat.«

Stille.

»Vielleicht sollten wir umkehren und mit neuer Ausrüstung zurückkommen. So, wie es jetzt aussieht, können wir ihm nicht helfen, Tom.«

Tom musterte Don Alfonso, der sich konzentriert als Flechter betätigte. Die aufgesetzt neutrale Miene des Greises sagte ihm, dass er eine Meinung zu dieser Frage hatte. Er sah immer so aus, wenn er mit etwas nicht einverstanden war. »Don Alfonso?«

»Ja?«

»Was sagen Sie dazu?«

Don Alfonso legte die Hängematte nieder und rieb sich die Hände. Dann blickte er Tom in die Augen. »Dazu habe ich nichts zu sagen. Allerdings habe ich etwas anzumerken, das auf Tatsachen basiert.«

»Und das wäre?«

»Hinter uns liegt ein tödliches Sumpfgebiet, in dem das Wasser täglich weiter sinkt. Wir haben kein Boot. Es wird mindestens eine Woche dauern, eines zu bauen. Aber wir können keine Woche am gleichen Platz bleiben, weil die Soldaten uns dann nämlich finden. Außerdem ist der Bau eines Einbaums mit Rauch verbunden, den jeder sehen kann. Deswegen müssen wir in Bewegung bleiben, zu Fuß, durch den Dschungel, in Richtung Sierra Azul. Wenn wir umkehren, sterben wir. So viel zu meinen Tatsachen.«

34

Marcus Hauser saß am Feuer auf einem Baumstamm. Zwischen seinen Zähnen steckte eine Churchill. Er nahm gerade seine Steyr AUG auseinander. Es war zwar nicht nötig, aber für Hauser war eine sich wiederholende körperliche Tätigkeit fast so etwas wie Meditation. Das Gewehr bestand hauptsächlich aus ausgezeichnet fabriziertem Kunststoff, und das gefiel ihm. Er zog den Spannhebel zurück, packte die Griffschale, nahm den linken Daumen zu Hilfe und drückte den Verschlussriegel herunter. Dann drehte er den Lauf im Uhrzeigersinn und zog ihn nach vorn. Er rutschte mit zufrieden stellender Leichtigkeit heraus.

Hin und wieder warf Hauser einen Blick in den Wald, in dem Philip angebunden war. Aber er vernahm keinen Laut. In den Morgenstunden hatte er einen Jaguar brüllen hören. Das Gebrüll hatte Frustration und Hunger signalisiert, aber Hauser wollte nicht, dass sein Gefangener aufgefressen wurde – jedenfalls nicht, bevor er nicht wusste, wohin der alte Max sich gewendet hatte. Hauser warf noch etwas Holz ins Feuer, um die Dunkelheit und den umherschleichenden Jaguar zu verscheuchen. Rechts von ihm floss der Río Macaturi am Lagerplatz vorbei. Er erzeugte leise plätschernde und strudelnde Geräusche. Es war zur Abwechslung mal eine wunderschöne Nacht. Am samtenen Himmel leuchteten Sterne, die sich als matt tanzende Lichter auf der Wasseroberfläche spiegelten. Es war fast zwei Uhr morgens, doch Hauser gehörte zu den Glücklichen, denen vier Stunden Schlaf pro Nacht reichten.

Er schob einen weiteren Ast ins Feuer, um mehr Licht zu haben, dann ließ er den Verbindungsbolzen aus dem Verschlussgehäuse gleiten. Seine Hand streichelte behutsam die glatten Teile aus Kunststoff und Metall – die einen waren warm, die anderen kalt – und genoss den Geruch des Waffenöls sowie das Klicken der von fachmännischer Hand fabrizierten, sich voneinander lösenden Teile. Noch ein paar geübte Bewegungen, und das Gewehr würde in seine sechs Hauptteile zerlegt vor ihm liegen. Er nahm jedes Teil in die Hand, untersuchte es, reinigte es und fuhr mit den Händen darüber. Dann setzte er die Waffe wieder zusammen. Er arbeitete langsam, fast wie im Traum: Hier gab es keine Hetzerei wie im Ausbildungslager.

Hauser vernahm ein leises Geräusch: das Quietschen der zurückkehrenden Boote. Das Unternehmen war abgeschlossen, die Männer kamen pünktlich zurück. Hauser freute sich. Nicht mal ein halbgescheiter Trupp honduranischer Soldaten konnte einen so simplen Auftrag vermasseln.

Oder doch? Er sah den Einbaum, der sich aus dem dunklen Leib des Flusses materialisierte. Doch an Bord befanden sich keine fünf Soldaten, sondern nur drei. Hauser beobachtete sie mit einem klammen Gefühl in der Brust. Das Boot legte an dem langen Findling an, der ihnen als Landesteg diente. Zwei Männer sprangen heraus. Vom Feuer erhellte Gestalten bewegten sich vor der Dunkelheit und halfen dem dritten Mann an Land. Er ging mit steifen Schritten. Hauser hörte ein von Schmerzen kündendes Stöhnen. Drei Männer – und er hatte fünf ausgeschickt.

Hauser schob die Kolbenplatte hinein, ließ den Montageblock einfahren und drehte die Gehäuseklappe nach links. Er arbeitete nach Gefühl, denn sein Blick war auf die Gestalten gerichtet, die sich nun dem Lagerfeuer näherten. Die Männer kamen ihm verlegen und nervös vor. Einer der Soldaten stützte seinen verwundeten Kameraden. Ein meterlanger Pfeil hatte den Oberschenkel des Mannes durchschlagen. Das gefiederte Ende ragte an der anderen Seite heraus, die entblößte Metallspitze vorn. Sein Hosenbein war zerrissen und steif vom getrockneten Blut.

Die Männer standen wortlos da, schauten mehr oder weniger zu Boden und scharrten mit den Füßen. Hauser wartete ab. Die Ungeheuerlichkeit seines Fehlers – diesen Leuten zuzutrauen, einen absolut simplen Auftrag zu erledigen – war nun offensichtlich. Er baute das Gewehr weiter zusammen, drehte den Lauf wieder an Ort und Stelle und schob mit einem Klicken das Magazin ein. Dann wartete er wieder ab. Die Waffe ruhte auf seinen Knien. In seinem Herzen war ein eisiges Gefühl.

Die Stille wurde langsam unerträglich. Jemand musste nun etwas sagen.

»*Jefe* …«, setzte der Leutnant an.

Hauser wartete auf seine Ausrede.

»Wir haben zwei von ihnen getötet, *Jefe*, und ihre Boote und Vorräte verbrannt. Ihre Leichen sind im Kanu.«

»Wer sind die Toten?«, fragte Hauser nach einer Weile.

Nervöses Schweigen. »Die beiden Tawahka-Indianer.«

Hauser schwieg. Es war eine Katastrophe.

»Der Alte, der bei ihnen ist, hat die Falle bemerkt, bevor wir das Feuer eröffnen konnten«, fuhr der Teniente fort. »Sie haben gewendet. Wir haben sie flussabwärts verfolgt, aber es ist ihnen gelungen, an Land zu gehen und im Dschungel zu verschwinden. Wir haben ihre Boote und Vorräte verbrannt. Als wir sie dann im Dschungel verfolgt haben, hat einer der Tawahka uns aufgelauert. Er hatte Pfeil und Bogen, und das war ziemlich schlimm für uns. Wir konnten ihn erst lokalisieren, nachdem er zwei von uns erledigt und den dritten verwundet hatte. Dann haben wir ihn getötet. Sie wissen ja, wie diese Dschungelindianer sind, *Jefe* … So leise wie ein Jaguar …«

Seine Stimme klang elend. Seine Bewegungen zeugten von Nervosität. Der Mann, in dessen Bein der Pfeil steckte, stieß ein unfreiwilliges Stöhnen aus.

»Sie sehen also, *Jefe,* wir haben zwei getötet und die anderen ohne Vorräte in den Dschungel gejagt. Sie haben nichts mehr ... Sie werden bestimmt sterben ...«

Hauser stand auf. »Entschuldigen Sie, Teniente, aber dieser Mann muss sofort behandelt werden.«

»*Sí, Señor.*«

Mit dem Gewehr in der Hand legte Hauser den freien Arm um den Verwundeten und nahm ihn dem Soldaten ab, der ihn bislang gestützt hatte. Er beugte sich vor und sagte freundlich: »Komm mit. Ich kümmere mich um dich.«

Der Teniente wartete am Feuer. Er sah nicht fröhlich aus.

Hauser stützte den Mann und führte ihn vom Lagerfeuer fort. Der Soldat hinkte und stöhnte. Seine Haut war heiß und trocken. Er hatte Fieber.

»Sachte, sachte«, sagte Hauser. »Wir bringen dich da rüber und machen dich wieder heil.« Er führte ihn etwa fünfzig Meter in die Dunkelheit hinter dem Lagerfeuer hinein und bugsierte ihn auf einen Baumstamm. Der Mann wankte, stöhnte, doch mit Hausers Hilfe konnte er sich hinsetzen. Hauser nahm ihm die Machete ab.

»Bevor Sie den Pfeil herausschneiden, geben Sie mir einen Whiskey, Señor.« Der Mann winselte, die Schmerzen machten ihn fertig.

»Es wird nur eine Sekunde dauern.« Hauser klopfte dem Soldaten freundlich auf die Schulter. »In Kürze bist du wieder auf dem Damm. Ich garantiere dir, dass der Eingriff völlig schmerzlos ist.«

»Nein, Señor, bitte, zuerst einen Whiskey ...«

Hauser beugte sich mit der Machete über den Pfeil. Der Mann verkrampfte sich und knirschte mit den Zähnen. Er schaute nur auf die Machete, sonst sah er nichts. Inzwischen hob Hauser die Mündung der Steyr AUG und schob sie bis auf drei Zentimeter an den Hinterkopf des Mannes heran. Er stellte den Abzug auf Schnellfeuer und gab eine kurze Salve ab. Der Beschuss traf den Mann schräg, und seine Wucht warf ihn nach hinten über den Baumstamm, wo er, alle viere von sich gestreckt, reglos liegen blieb. Absolute Stille breitete sich aus.

Hauser kehrte ins Lager zurück, wusch sich die Hände und nahm wieder am Feuer Platz. Er griff sich die halb gerauchte Churchill und zündete sie mit einem Ast an, den er aus den Flammen zog. Die beiden Soldaten sahen ihn nicht an, doch einige andere, die den Schuss gehört hatten, kamen aus den Zelten. Sie hatten die Waffen gezückt und schauten sich verwirrt und alarmiert um.

»Es ist nichts«, sagte Hauser und winkte sie fort. »Der Mann brauchte einen chirurgischen Eingriff. So war es kurz, schmerzlos und erfolgreich.«

Hauser nahm die Zigarre aus dem Mund und trank einen Schluck aus seiner Feldflasche. Dann klemmte er sich die Zigarre zwischen die Zähne und inhalierte den Rauch. Er fühlte sich nur teilweise erfrischt. Es war nicht das erste Mal, dass er den Fehler begangen hatte, die honduranischen Soldaten mit einem einfachen Auftrag zu betrauen, den sie dann vermasselten. Leider gab es hier nur einen von seiner Sorte, aber er konnte ja nicht alles selbst machen. Es war immer und immer wieder das gleiche Problem.

Hauser wandte sich um und lächelte den Teniente an. »Ich bin ein sehr guter Chirurg, Teniente. Falls Sie je einen brauchen ...?«

35

Sie verbrachten den folgenden Tag in ihrem Lager. Don Alfonso schnitt einen riesigen Stapel Palmwedel zu, saß den größten Teil des Tages im Schneidersitz davor, riss sie in faserige Streifen und flocht Rucksäcke und weitere Hängematten. Sally ging auf die Jagd und brachte eine kleine Antilope mit, die Tom zubereitete und über dem Feuer räucherte. Vernon sammelte Früchte und Maniokwurzeln. Als der Tag zur Neige ging, verfügten sie über einen kleinen Nahrungsvorrat für ihre Reise.

Sie machten eine Bestandsaufnahme ihrer Besitztümer: Sie hatten mehrere wasserdichte Armbanduhren und eine Schachtel mit dreißig Schuss Munition. Toms Tornister enthielt einen winzigen Seva-Kocher mit einem Aluminiumtopf und einer Pfanne, zwei Propangasflaschen und eine Sprühdose mit Insektenschutz. Vernon war mit einem Fernglas um den Hals entkommen. Don Alfonso besaß einen Haufen Dauerlutscher, drei Pfeifen, zwei Päckchen Tabak, einen kleinen Schleifstein sowie eine Rolle Angelschnur mit Haken. All dies war in seinem fettigen Lederbeutel gewesen, den er aus dem brennenden Einbaum gerettet hatte. Außerdem verfügten sie über ihre Macheten, die sie zur Zeit des Angriffs am Gürtel getragen hatten.

Am nächsten Morgen brachen sie auf. Tom machte die Vorhut und schwang seine frisch geschliffene Machete. Don Alfonso war gleich hinter ihm und murmelte ihm zu, welchen

Weg sie nehmen sollten. Nachdem sie sich mehrere Kilometer durch den Busch geschlagen hatten, erreichten sie einen alten Wildwechsel, der durch einen kühlen Wald glattrindiger Bäume verlief. Das Licht war so schwach, dass hier fast kein Gestrüpp wuchs. Der Wald lag still da. Es war, als spaziere man durch eine riesige grüne Kathedrale.

In den frühen Nachmittagsstunden endete der Pfad am Fuß einer Bergkette. Der Waldboden stieg leicht an und führte auf einen verfilzten Hang voller bemooster Findlinge. Der Weg ging fast geradeaus in die Höhe. Don Alfonso legte bei der Kletterei ein überraschendes Tempo vor, sodass Tom und die anderen sich anstrengen mussten, um ihm zu folgen. Die Kondition des Greises überraschte sie. Je höher sie kamen, desto frischer wurde die Luft. Die stattlichen Urwaldbäume machten ihren zwergwüchsigen, verkrüppelten Gebirgsvettern Platz, deren Äste mit Moos bewachsen waren. Am Spätnachmittag erreichten sie einen flachen Kamm, der an hohen blattförmigen Felsen endete. Zum ersten Mal hatten sie Zeit, einen Blick auf den Dschungel zurückzuwerfen, den sie durchquert hatten.

Tom wischte sich den Schweiß von der Stirn. Der Berghang fiel in einer fantastischen Smaragdfarbe vor ihnen in die Tiefe. Achthundert Meter unter ihnen wogte ein grüner Ozean von Vegetation. Über ihnen zogen gewaltige Kumuluswolken dahin.

»Ich wusste nicht, dass wir so hoch oben sind«, sagte Sally.

»Danken wir der Jungfrau Maria, dass wir überhaupt so weit gekommen sind«, erwiderte Don Alfonso leise und legte seinen Rucksack aus Palmwedeln ab. »Dies ist ein guter Platz zum Rasten.« Er setzte sich auf einen Baumstamm, zündete seine Pfeife an und erteilte Anweisungen.

»Sally, Sie und Tom gehen auf die Jagd. Vernon, Sie machen zuerst ein Feuer, dann bauen Sie einen Unterstand.«

Er lehnte sich zurück und qualmte träge und mit halb geschlossenen Augen vor sich hin.

Sally hängte sich das Gewehr über die Schulter, dann setzten sie und Tom sich in Bewegung. Sie folgten einer Art Wildwechsel. »Ich hatte noch gar keine Gelegenheit, Ihnen zu danken, dass Sie auf die Soldaten geschossen haben«, sagte Tom. »Das hat uns wahrscheinlich das Leben gerettet. Sie haben wirklich Mumm.«

»Sie sind wie Don Alfonso. Es scheint Sie zu überraschen, dass eine Frau mit einem Gewehr umgehen kann.«

»Ich habe Ihre Geistesgegenwart gemeint, nicht Ihre Schießkünste. Aber ... Na ja, ich geb's ja zu: Es hat mich überrascht.«

»Dann darf ich Sie informieren, dass wir mittlerweile im einundzwanzigsten Jahrhundert leben – in dem Frauen nun eben Überraschendes tun.«

Tom schüttelte den Kopf. »Sind in New Haven alle so widerborstig?«

Sallys grüne Augen musterten ihn kühl. »Sollen wir jetzt zur Jagd schreiten? Ihr Gequatsche verscheucht uns noch das Wild.«

Tom unterdrückte jeden weiteren Kommentar und schaute zu, wie ihr schlanker Körper sich durch den Dschungel bewegte. Nein, Sally glich Sarah überhaupt nicht. Sie war widerborstig und nahm kein Blatt vor den Mund. Sarah war aalglatt; sie sprach nie aus, was sie wirklich dachte. Sie sagte nie die Wahrheit und war auch zu Menschen höflich, die sie nicht ausstehen konnte. Für sie war es stets vergnüglicher gewesen, die Menschen zu täuschen.

Die beiden gingen weiter. Ihre Schritte machten auf den feuchten, elastischen Blättern kein Geräusch. Der Wald war kühl und dicht. Durch die Lücken zwischen den Bäumen konnte Tom den Río Macaturi sehen, der sich tief unter ihnen durch den Regenwald schlängelte.

Aus den bewaldeten Hängen über ihnen ertönte eine Art Husten. Es klang wie ein Mensch, nur tiefer und kehliger.

»Das«, sagte Sally, »hört sich nach einer Katze an.«

»Katze?«, sagte Tom. »Meinen Sie Katze wie *Jaguar*?«

»Ja.«

Sie marschierten nebeneinander durchs Dickicht und schoben mit den Händen Blätter und Farne auseinander. Die Berghänge waren eigentümlich still. Sogar die Vögel hatten ihr Gezwitscher eingestellt. Eine Eidechse huschte an einem Baumstamm hinauf.

»Ich hab hier oben ein komisches Gefühl«, sagte Tom. »Es ist irgendwie unwirklich.«

»Das hier ist ein Nebelwald«, sagte Sally. »Ein Regenwald in großer Höhe.« Sie ging mit der Waffe im Vorhalt voraus. Tom hielt mit ihr Schritt.

Dann wieder dieses Fauchen, tief und dröhnend. Es war das einzige Geräusch in dem nun schon unnatürlich stillen Wald.

»Das klang näher«, konstatierte Tom.

»Jaguare haben viel mehr Angst vor uns als wir vor ihnen«, erwiderte Sally.

Sie kletterten einen mit riesigen umgestürzten Findlingen bedeckten Hang hinauf, zwängten sich zwischen bemoosten Felsen hindurch und kamen schließlich an einen dichten Bambushain. Sally umrundete ihn. Die Wolken waren ihnen nun sehr nahe. Dunstfetzen trieben durch die Bäume. Die Luft roch nach feuchtem Moos. Die Aussicht nach unten war im Weiß verschwunden.

Sally blieb stehen, hob das Gewehr, wartete ab.

»Was ist denn?«, fragte Tom leise.

»Vor uns.«

Sie pirschten weiter. Vor ihnen erstreckte sich wieder eine Ansammlung gigantischer moosbewachsener Findlinge. Sie wirkten wie aufgestapelt und formten eine Wabe aus dunklen Löchern und Durchgängen.

Tom stand hinter Sally und wartete ab. Der Dunst wehte schnell heran und reduzierte die Bäume zu Silhouetten. Der Nebel entzog der Landschaft das Fantastische und verwandelte sie in ein stumpfes Blaugrau.

»Zwischen den Felsen, da bewegt sich was«, sagte Sally leise.

Sie duckten sich und warteten ab. Tom merkte, wie der Nebel sich um sie sammelte und seine Kleidung durchnässte.

Nach zehn langen Minuten tauchte in einer Felsöffnung ein Kopf mit zwei glänzenden schwarzen Augen auf. Ein Tier, das wie ein überdimensionales Meerschweinchen aussah, trat schnüffelnd ins Freie.

Der Schuss krachte augenblicklich. Das Tier quiekte laut und fiel auf den Rücken.

Sally stand auf. Sie konnte ein Grinsen nicht unterdrücken.

»Guter Schuss«, bemerkte Tom.

»Danke.«

Tom zückte seine Machete und machte sich auf, um das Tier in Augenschein zu nehmen. Er fühlte sich als Schlächter nicht recht wohl in seiner Haut, aber irgendwann musste er schließlich damit anfangen.

»Ich gehe schon mal weiter.«

Tom nickte und drehte die Beute mit dem Schuh um. Es war so ein dickes, großes Nagetier mit gelben Schneidezähnen und dichtem Fell. Obwohl er nicht wild auf diese Aufgabe war, hob er die Machete. Er schlitzte das Tier auf, nahm es aus und schnitt ihm Kopf und Tatzen ab. Dann zog er ihm das Fell ab. Alles roch stark nach Blut. So hungrig Tom auch war, Appetit hatte er plötzlich keinen mehr. Er war zwar nicht empfindlich – als Tierarzt hatte er ja nun schon viel Blut gesehen –, aber es gefiel ihm nicht, auf Seiten des Tötens zu stehen. Das Heilen war ihm lieber.

Dann hörte er wieder ein Geräusch, diesmal ein sehr leises Knurren. Tom hielt inne und lauschte. Dem Knurren folgte ein leises und gereiztes Fauchen. Es ließ sich schwer sagen, woher es kam – wahrscheinlich von oben, aus den Felsen über ihm. Tom hielt nach Sally Ausschau. Er lokalisierte sie etwa zwanzig Meter entfernt, unterhalb eines Steinschlages, eine schlanke, sich lautlos im Dunst bewegende Gestalt. Dann verblasste sie.

Tom zerlegte die Beute in vier handliche Portionen und verpackte sie in Palmwedel. Es war niederschmetternd, wie wenig Fleisch es eigentlich war – kaum der Rede wert. Aber vielleicht erwischte Sally ja noch etwas Größeres, vielleicht einen Hirschen?

Als Tom mit dem Verpacken der Beute fertig war, hörte er wieder ein Geräusch – ein sanftes, leises Schnurren. Es war ihm so nahe, dass er zusammenzuckte. Er wartete ab, lauschte und spannte seine Muskeln. Plötzlich wurde ein Schrei laut, der ihm das Blut in den Adern gefrieren ließ. Dann wurde er zu einem hungrigen Knurren. Tom sprang mit der Machete in der Hand auf und versuchte in Erfahrung zu bringen, aus welcher Richtung das Geräusch gekommen war, doch zwischen den Bäumen und Felsen sah er nichts. Der Jaguar hatte sich gut versteckt.

Tom schaute den Hang hinab, wo Sally im Dunst untergetaucht war. Es gefiel ihm nicht, dass der Jaguar nach dem Schuss nicht das Weite gesucht hatte. Er hob die Machete, ließ das zerlegte Nagetier liegen und eilte an die Stelle, wo er Sally zuletzt gesehen hatte.

»Sally?«

Der Jaguar brüllte erneut. Diesmal schien er sich genau über Tom zu befinden. Er fiel instinktiv auf die Knie, doch er erblickte nur bemooste Felsen und tote Baumstämme.

»Sally!«, rief er lauter. »Alles in Ordnung mit Ihnen?«
Stille.

Tom lief den Abhang hinunter. In seinem Herzen war Panik. »Sally!«

»Ich bin hier unten«, erwiderte eine schwache Stimme.

Tom hastete weiter abwärts. Er rutschte auf nassen Blättern aus und trat Steinchen los, die den steilen Hang hinabrollten. Der Dunst wurde immer dichter. Dann hörte er hinter sich wieder das fast menschlich klingende Husten und Fauchen. Das Tier verfolgte ihn.

»Sally!«

Sally tauchte aus dem Dunst auf. Sie hielt das Gewehr noch in den Händen, und ihre Stirn war gerunzelt. »Ihr Geschrei hat mich an meinem Schuss gehindert.«

Tom blieb vor ihr stehen, dann schob er die Machete in den Gürtel. Er war verlegen. »Ich hab mir halt Sorgen gemacht. Die Laute, die der Jaguar ausstößt, gefallen mir nicht. Er jagt uns.«

»Jaguare jagen keine Menschen.«

»Sie haben doch gehört, was mein Bruder gesagt hat ... Was seinem Führer passiert ist.«

»Ehrlich gesagt, ich glaube das nicht.« Sally setzte eine finstere Miene auf. »Jetzt können wir ohnehin umkehren. In diesem Nebel treffe ich sowieso nichts mehr.«

Sie stiegen wieder zu der Stelle hinauf, wo sie das erlegte Nagetier liegen gelassen hatten. Es war nicht mehr da. Sie sahen nur ein paar zerfetzte, blutige Palmwedel.

Sally lachte. »Er hat Sie nur verjagt, um sich unser Abendessen einzuverleiben.«

Tom errötete vor Verlegenheit. »Er hat mich nicht verjagt. Ich bin gegangen, um Sie zu suchen.«

»Machen Sie sich keine Sorgen«, sagte Sally. »Ich wäre vermutlich auch abgehauen.«

Tom registrierte das Wort *vermutlich* ziemlich gereizt, erwiderte jedoch nichts. Dabei lag ihm eine spitze Bemerkung auf der Zunge. Noch einmal würde er sich nicht von ihr aufziehen lassen. Sie nahmen den Pfad, der sie hier heraufgeführt hatte, um zum Lagerplatz zurückzugehen. Als sie die erste Felsansammlung erreichten, brüllte der Jaguar erneut; der Laut klang in dem dunstigen Wald eigenartig deutlich und klar. Sally blieb stehen und hob das Gewehr. Sie warteten. Wassertropfen sammelten sich; sie fielen von den Blättern und erfüllten den Wald mit leisen klatschenden Geräuschen.

»Bis jetzt war er nicht vor uns, Sally.«

»Glauben Sie, er ist noch hinter uns her?«

»Ja.«

»Quatsch. Wenn dem so wäre, würde er nicht so einen Krach machen. Außerdem hat er doch gerade erst gefressen.« Sie grinste ihn überlegen an.

Vorsichtig marschierten sie auf die Felsen zu. Dort gab es außer einem Haufen Löcher und Nischen nichts.

»Gehen wir auf Nummer sicher und umrunden den Steinschlag«, schlug Tom vor.

»In Ordnung.«

Sie stiegen wieder hinauf, um den Steinhaufen von oben zu umgehen. Der Dunst wurde dichter. Tom merkte, wie seine einzige Garnitur Kleidung die Feuchtigkeit aufsaugte. Er blieb stehen. Er hatte ein leises Rascheln vernommen.

Sally hielt ebenfalls an.

»Sally, gehen Sie hinter mir her«, sagte Tom.

»Ich hab die Kanone. Ich müsste vorausgehen.«

»*Gehen Sie hinter mir her!*«

»Verflucht noch mal.« Doch sie trat hinter ihn.

Tom zog seine Machete und stiefelte los. Überall um sie herum standen verkrüppelte Bäume mit niedrigen, bemoosten Ästen. Der Nebel war so dicht, dass man ihre Wipfel nicht erkennen konnte. Dann fiel Tom auf, dass der Wind dem Jaguar nun ihre Witterung zutrug. Er war um sie herumgegangen, damit er sie wittern konnte und nicht mehr zu erspähen brauchte.

»Sally, ich *spüre*, dass er hinter uns her ist.«

»Er ist nur neugierig.«

Tom erstarrte. Da, an die zehn Meter entfernt, stand der Jaguar und offenbarte sich urplötzlich ihren Blicken. Er stand oberhalb ihres Weges auf einem Ast, musterte sie gelassen und bewegte den Schweif. Er sah so prächtig aus, dass Tom der Atem stockte.

Sally hob ihre Waffe nicht zum Schuss, und Tom verstand weshalb. Es war unmöglich, auch nur zu erwägen, ein so wunderschönes Tier zu vernichten.

Nach einem Augenblick des Zögerns sprang der Jaguar mühelos auf einen anderen Ast und lief geschmeidig über ihn hinweg, ohne die beiden Menschen aus den Augen zu lassen. Seine Muskeln wogten unter dem goldenen Fell, das sich wie fließender Honig bewegte.

»Schauen Sie mal, wie schön er ist«, raunte Sally.

Und er war *wirklich* schön. Die Raubkatze sprang mit einer unglaublich leichtfüßigen Bewegung auf einen anderen Ast, sodass sie ihnen noch näher kam. Dort verharrte sie und ließ sich langsam nieder. Sie schaute die beiden Menschen herausfordernd und ohne jede Spur von Furcht an und machte keinen Versuch, sich zu verstecken. Außerdem rührte sie sich nicht, wenn man von einem leichten Zucken ihrer Schweifspitze absah. An ihrer Schnauze klebte Blut. Der Blick, mit dem sie Tom und Sally betrachtete, hatte etwas Geringschätziges.

»Er hat keine Angst«, sagte Sally.

Tom wich langsam zurück. Sally tat es ihm gleich. Der Jaguar blieb sitzen und beobachtete sie. Er behielt sie pausenlos im Auge, bis er dann schließlich im wabernden Dunst verschwand.

Als sie ins Lager zurückkehrten, hörte Don Alfonso sich ihre Geschichte an. Sein braunes Gesicht legte sich in besorgte Falten. »Wir müssen sehr vorsichtig sein«, sagte er. »Wir dürfen nie wieder über dieses Tier sprechen. Sonst folgt es uns, weil es hören will, was wir reden. Es ist nämlich sehr stolz und mag es nicht, wenn man schlecht über es spricht.«

»Ich dachte, Jaguare greifen keine Menschen an«, sagte Sally.

Don Alfonso lachte und tätschelte ihr Knie. »Das ist ein guter Witz. Wenn er einen Menschen anschaut … Was sieht er dann Ihrer Meinung nach?«

»Keine Ahnung.«

»Er sieht ein schwaches, dummes, langsames, aufrecht gehendes Stück Fleisch ohne Hörner, Zähne und Krallen.«

»Warum hat er uns dann nicht angegriffen?«

»Weil er, wie alle Katzen, gern mit seiner Beute spielt.«

Sally schüttelte sich.

»Es ist nicht erfreulich, von einem Jaguar gefressen zu werden, Curandera. Sie fressen zuerst die Zunge, aber sie warten nicht immer ab, bis man tot ist. Wenn Sie noch mal die Gelegenheit haben, töten Sie ihn.«

In dieser Nacht war der Wald so still, dass Tom Probleme mit dem Einschlafen hatte. Irgendwann nach Mitternacht kroch er in der Hoffnung, etwas frische Luft werde ihm gut tun, aus dem Unterstand. Der sich ihm bietende Anblick verblüffte ihn. Um ihn herum leuchtete der Wald in Phosphorglanz, als hätte jemand Leuchtpulver verstreut. Das Licht umriss zerfallende Baumstämme und Strünke, Laub, Pilze und eine strahlende Landschaft, die sich in den Wald hinein erstreckte und in dunstigem Glanz verschmolz. Es war, als sei der biblische Himmel auf die Erde gekommen.

Fünf Minuten später kroch er in den Unterstand zurück und rüttelte Sally. Sie drehte sich um. Ihr Haar war ein Filz aus schwerem Gold. Sie schlief, wie die anderen, in ihren Kleidern. »Was ist denn?«, fragte sie müde.

»Sie müssen sich unbedingt was ansehen.«

»Ich schlafe doch.«

»Man muss es einfach gesehen haben.«

»Ich *muss* überhaupt nichts. Hauen Sie ab.«

»Sally, vertrauen Sie mir. Nur dieses eine Mal.«

Sally wälzte sich murrend aus der Hängematte und trat ins Freie. Dort blieb sie stehen und schaute sich schweigend um. Minuten vergingen. »Mein Gott«, hauchte sie dann, »ich hab noch nie so was Schönes gesehen. Es ist, als würfe man aus zehntausend Meter Höhe einen Blick auf Los Angeles.«

Das Leuchten erhellte leicht Sallys Gesicht und zeichnete ihre Umrisse vor der Dunkelheit nach. Ihr langes Haar schwang wie eine Lichtkaskade über ihren Rücken, doch es war jetzt silbern statt golden.

Aus einem Impuls heraus nahm Tom ihre Hand. Sally zog sie nicht zurück. Es lag etwas überraschend Erotisches darin, nur ihre Hand zu halten.

»Tom?«

»Ja?«

»Warum wollten Sie, dass ich das sehe?«

»Na ja«, sagte Tom, »weil ich …« Er zögerte. »Ich wollte es eben mit Ihnen teilen, mehr nicht.«

»Mehr nicht?« Sally schaute ihn eine ganze Weile an. Ihre Augen wirkten ungewöhnlich strahlend – aber vielleicht war es ja nur eine optische Täuschung. Schließlich sagte sie: »Ich danke Ihnen, Tom.«

Urplötzlich zerriss der Schrei des Jaguars die nächtliche Stille. Ein schwarzer Schatten bewegte sich langsam vor dem strahlenden Hintergrund – wie das Nichtvorhandensein von Licht. Als er ihnen seinen mächtigen Schädel zuwandte, sahen sie, dass das matte Leuchten seiner Augen die Millionen Pünktchen in zwei Kugeln reflektierte, wie zwei winzige Galaxien.

Tom zog Sally langsam an der Hand zu dem Aschehaufen, der einmal ihr Lagerfeuer gewesen war. Er bückte sich und schob ein Stück Holz aus ihm hervor. Als die gelben Flammen nach oben züngelten, tauchte der Jaguar unter.

Kurz darauf gesellte Don Alfonso sich zu ihnen ans Feuer.

»Er spielt noch immer mit seiner Beute«, murmelte der Greis.

36

Als sie am nächsten Morgen aufbrachen, war der Nebel so dicht, dass man in keine Richtung weiter als drei Meter sehen konnte. Sie stiegen den Berg hinauf und folgten dem schwach erkennbaren Wildwechsel. Bald erreichten sie einen zweiten Kamm, dann ging es abwärts. Tom konnte am Fuß des Berges das Tosen eines Gewässers hören. Kurz darauf kamen sie am Steilufer eines Flusses heraus, der an der Bergseite in die Tiefe stürzte und dabei über die Findlinge schoss.

»Wir fällen einen Baum«, sagte Don Alfonso. Er pirschte herum und fand schließlich einen schlanken Stamm, der so günstig stand, dass er in die richtige Richtung fallen musste. »Schlagt ihn an dieser Stelle«, ordnete er an. Alle gaben sich größte Mühe. Nach einer Viertelstunde war der Baum gefällt und bildete dort, wo der von einem anderen Stamm versperrte Fluss sich zu einer strudelnden Rinne verengte, die dann in einem wirbelnden Tümpel endete, eine Art Brücke über die brüllende Stromschnelle.

Don Alfonso hackte auf einen in der Nähe stehenden jungen Baum ein. Kurz darauf hatte er ihn zu einem etwa zehn Meter langen Stab verarbeitet. Er reichte ihn Vernon. »Sie gehen als Erster, Vernito.«

»Warum ich?«

»Weil ich sehen will, ob die Brücke Sie trägt.«

Vernon schaute ihn kurz an. Don Alfonso klopfte ihm lachend auf die Schulter. »Sie müssen die Schuhe ausziehen,

Vernito. Gott hat uns nicht ohne Grund nackte Füße gegeben.«

Vernon streifte seine Schuhe ab, knotete die Schnürsenkel aneinander und hängte sie sich um den Hals. Don Alfonso reichte ihm den Stecken.

»Machen Sie langsam, und halten Sie an, sobald der Baum anfängt zu schaukeln.«

Vernon begab sich auf die Behelfsbrücke und balancierte den Stab wie ein Seiltänzer. Seine Füße wirkten auf dem dunklen Grün ziemlich weiß. »Es ist aalglatt hier.«

»Langsam, langsam«, sagte Don Alfonso.

Als Vernon weiterging, bog sich der Stamm und federte. Nach einigen Minuten war Vernon auf der anderen Seite. Er warf den Stab hinüber.

»Sie sind dran.« Don Alfonso reichte Tom den Stecken.

Tom zog seine Schuhe aus und hob den Stab hoch. Er kam sich albern vor, wie jemand vom Zirkus. Er wagte sich vorsichtig auf den Baumstamm und glitschte, einen Fuß vor den anderen setzend, vorsichtig dem anderen Ufer entgegen. Jede seiner Bewegungen schien zu bewirken, dass der Baum schaukelte und bebte. Er ging, hielt an, ging weiter. Als die Hälfte der Strecke hinter ihm lag, nutzte Knilch, der in seiner Hemdtasche geschlafen hatte, die Gelegenheit, um den Kopf ins Freie zu schieben und sich umzuschauen. Als er das tosende Gewässer unter sich sah, stieß er ein Gebrüll aus, sprang aus der Tasche und krallte sich in Toms Haar. Tom war so überrascht, dass ein Ende des Stabes nach unten sackte. In seiner Panik riss er es wieder hoch, doch die Schwungkraft der Bewegung hebelte das Holz fast senkrecht in die Höhe. Tom machte zwei rasche Schritte, um sein Gleichgewicht zu bewahren, doch dies führte nur dazu, dass die Behelfsbrücke umso heftiger federte.

Tom stürzte ab.

Den Bruchteil einer Sekunde hing er in der Luft, dann war ihm, als würde er von etwas Schwarzem und Eiskaltem verschluckt. Als die Strömung ihn packte, empfand er ein heftiges Zerren, einen Furcht erregenden Ansturm von Gewichts-losigkeit und dann plötzlich ein gewaltiges Brüllen. Er schlug mit den Armen um sich, versuchte nach oben zu kommen, doch er hatte keine Ahnung, wo oben überhaupt war. Dann spürte er, wie die Strömung ihn gegen ein Unterwasser-dickicht aus Baumstämmen presste. Seine Arme fuchtelten herum. Ein schrecklicher Druck lastete auf seinem Brustkorb. Die Luft wurde ihm aus der Lunge gedrückt. Tom versuchte, sich mit Tritten abzustoßen, doch die ihn umgebenden Stäm-me waren glatt und der Druck stark. Ihm war, als würde er lebendig begraben. Vor seinen Augen zuckten Lichtblitze. Er öffnete den Mund zu einem Schrei, doch spürte er nur, wie der Druck seinen Mund füllte. Er drehte sich, rang verzweifelt nach Luft, versuchte, sich vom Gewirr der Äste zu befreien, und drehte sich erneut. Doch er hatte jegliche Orientierung verloren. Neue Lichtblitze erfüllten nun sein Blickfeld. Er drehte sich und trat um sich, aber er spürte schon, wie ihm die Kräfte schwanden. Er wurde leichter. Er wurde gewichts-los und ging weit, weit fort.

Da spürte er plötzlich einen Arm, der sich ihm um den Hals schlang, und wurde brutal in die Wirklichkeit zurückgerissen. Jemand zerrte ihn durchs Wasser, zog ihn übers Gestein und legte ihn hin. Er ruhte auf festem Boden und schaute in ein Gesicht, das er nur zu gut kannte. Dennoch brauchte er eine Weile, um Vernon zu erkennen.

»Tom!«, schrie Vernon. »Schaut, seine Augen sind offen! Tom, sag was! Herrgott, er atmet nicht!«

Plötzlich war Sally da. Tom spürte einen plötzlichen Druck auf seinem Brustkorb. Alles sah eigenartig aus und vollzog sich sehr langsam. Vernon beugte sich über ihn. Tom spürte, wie er seinem Brustkorb einen heftigen Schlag versetzte. Dann wurden ihm die Arme in die Luft gerissen. Urplötzlich schien der Druck nachzulassen. Tom hustete heftig. Vernon legte ihn auf die Seite. Tom hustete sich die Seele aus dem Leib und spürte, wie irrsinnige Kopfschmerzen ihn packten. Die Wirk-lichkeit kehrte rasend schnell zurück.

Tom strengte sich an, um sich hinzusetzen. Vernon schob ihm die Arme unter die Achseln und stützte ihn.

»Was ist passiert?«

»Du bist vom Stamm gefallen«, erklärte Vernon.

»Ihr dämlicher Bruder Vernito ist in den Fluss gesprungen und hat Sie unter den Baumstämmen herausgezogen. Ich habe in meinem ganzen Leben noch keinen solchen Wahnwitz gesehen.«

»Wirklich?«

Tom drehte sich um und schaute Vernon an. Er war klitschnass und hatte eine Schnittwunde an der Stirn. Blut und Wasser vermischten sich in seinem Bart.

Vernon hielt ihn fest, und er stand auf. In Toms Kopf wurde es nun etwas klarer. Der stechende Kopfschmerz ließ nach. Tom schaute in die brodelnde Stromschnelle hinab, die in den wirbelnden Tümpel hineinraste. Er war voll von ausgerissenen Baumstämmen und Ästen. Dann schenkte er Vernon einen erneuten Blick.

Jetzt endlich dämmerte es ihm. »Du«, sagte er ungläubig.

Vernon zuckte die Achseln.

»Du hast mir das Leben gerettet.«

»Na und?«, erwiderte Vernon fast abwehrend. »Du hast meines ja auch gerettet. Du hast eine Schlange für mich geköpft. Ich bin nur ins Wasser gesprungen.«

»Bei der heiligen Jungfrau«, sagte Don Alfonso. »Ich kann es noch immer nicht fassen.«

Tom hustete noch einmal. »Ja, also, Vernon, danke.«

»Der Tod muss heute ganz schön enttäuscht sein«, rief Don Alfonso und deutete auf das klitschnasse und ängstliche Äffchen, das auf einem Felsen am Wasser hockte. »Ja, sogar der *Mono chucuto* hat dem Tod ein Schnippchen geschlagen.«

Der elend aussehende Knilch kletterte wieder in Toms Tasche, nahm seinen üblichen Platz ein und gab ein paar mürrische Laute von sich.

»Keine Beschwerden bitte«, sagte Tom. »Du bist schließlich schuld an all dem.«

Das Äffchen antwortete mit einem frechen Zungenschnalzen.

Auf der anderen Seite des Flusses ging es wieder bergauf, und sie stiegen stetig höher ins Gebirge. Dunkelheit und Kälte schlichen sich in die Luft. Tom, noch immer nass, fing an zu zittern.

»Erinnern Sie sich noch an das Tier, über das ich gestern mit Ihnen gesprochen habe?«, fragte Don Alfonso beiläufig.

Tom brauchte einen Moment, um sich klar zu machen, was er meinte.

»Es ist eine Dame – und sie ist noch immer bei uns.«

»Woher wissen Sie das?«

Don Alfonso wurde leiser. »Sie hat üblen Mundgeruch.«

»Sie haben sie *gerochen?*«, fragte Sally.

Don Alfonso nickte.

»Wie weit wird sie uns folgen?«

»Bis sie etwas zu fressen kriegt. Sie ist schwanger und hungrig.«

»Großartig. Dann sind wir wohl die Essiggürkchen und Silberzwiebeln.«

»Wir wollen zur Mutter Gottes beten, dass sie einen langsamen Ameisenbär ihren Weg kreuzen lässt.« Don Alfonso nickte Sally zu. »Und stets wachsam bleiben.«

Der Pfad führte durch einen Wald aus knorrigen Bäumen, der, je höher sie kamen, immer dichter wurde. An einer bestimmten Stelle bemerkte Tom, dass die Umgebung heller wurde. Irgendwie roch es auch anders hier, als wehte ein schwacher Duft in ihre Richtung. Dann traten sie ziemlich plötzlich aus dem Dunst heraus und fanden sich im Sonnenschein wieder. Tom blieb verdutzt stehen. Sie schauten nun über ein Meer aus Weiß hinweg. Am bauschigen Horizont ging die Sonne gerade in orangefarbenem Feuer unter. Der Wald wimmelte von leuchtenden Blüten.

»Wir sind über den Wolken«, rief Sally.

»Wir lagern auf dem Gipfel.« Don Alfonso schritt mit neuer Kraft aus.

Der Pfad verlief über den Bergrücken mit einer weitläufigen Wiese voller Wildblumen, die sich in der leichten Brise wiegten. Dann waren sie urplötzlich auf dem Gipfel und schauten über ein im Nordwesten wogendes Wolkenmeer hinweg. In einer Entfernung von ungefähr achtzig Kilometern erspähte Tom eine Reihe spitzer blauer Berggipfel. Sie brachen wie eine am Himmel schwebende Inselkette durch die Wolken.

»Die Sierra Azul«, sagte Don Alfonso mit seltsam leiser Stimme.

37

Lewis Skiba blickte ins flackernde Feuer und verlor sich in den wechselnden Farben. Er hatte den ganzen Tag über nichts getan: Er hatte das Telefon nicht abgehoben, an keiner Konferenz teilgenommen und keine Aktennotizen diktiert. Er konnte nur an eines denken: *Hat Hauser es getan? Hat er mich schon zum Mörder gemacht?* Er stützte den Kopf in die Hände und erinnerte sich an die von Efeu bewachsenen Häuser Whartons und an das beflügelnde Gefühl unendlicher Möglichkeiten der Anfangszeit. Die ganze Welt hatte vor ihm gelegen ... Er hatte nur zuzugreifen brauchen. Doch jetzt ... Er musste sich daran erinnern, dass er Tausenden von Menschen Arbeitsplätze und Chancen verschafft hatte. Er hatte sein Unternehmen groß gemacht und Medikamente hergestellt, die Menschen von schrecklichen Krankheiten heilten. Er hatte drei wohlgeratene Söhne. Doch seit einer Woche erwachte er stets mit dem gleichen Gedanken: *Ich bin ein Mörder.* Er hätte seine Worte gern zurückgenommen. Aber nun ging es nicht mehr. Hauser hatte nicht mehr angerufen, und für ihn selbst gab es keine Möglichkeit, Verbindung mit ihm aufzunehmen.

Warum hatte er Hauser gesagt, er solle es tun? Warum hatte er sich von diesem Kerl so überrumpeln lassen? Skiba versuchte sich einzureden, dass Hauser es auch ohne ihn getan hätte; dass er nicht schuldig am Tod eines Menschen war; dass alles vielleicht nur verbale Kraftmeierei gewesen war. Es gab nun mal Menschen, die gern mit ihrer körperlichen Stärke prahlten, mit Schießeisen protzten und so weiter. Die waren doch alle krank. Hauser gehörte bestimmt auch dazu. Vielleicht war er ja nur ein Maulheld.

Die Gegensprechanlage summte. Skiba drückte mit zittriger Hand einen Knopf.

»Mr. Fenner von Dixon Asset Management ist wegen seines 14-Uhr-Termins da.«

Skiba schluckte. Das war die Besprechung, die er nicht verpassen durfte. »Schicken Sie ihn rein.«

Fenner sah aus wie die meisten Börsenanalysten, die Skiba kannte. Er war klein, dröge und strahlte ein überhebliches Selbstvertrauen aus. Es war die Ursache seines Erfolges: Fenner war ein Typ, dem man gern glaubte. Skiba hatte ihm zahllose kleine Gefallen erwiesen; ihm ein paar heiße Tipps gegeben; ihm geholfen, seine Kinder in einer exklusiven Privatschule in Manhattan unterzubringen; und er hatte seiner Gattin ein paar Hunderttausend für Wohltätigkeitsveranstaltungen zukommen lassen. Im Gegenzug hatte Fenner die Lampe-Aktie ständig und bis zum bitteren Ende als »Schnäppchen« angepriesen, seine glücklosen Klienten zum Dunghaufen geführt und sie mit dem Kopf voraus hineingeschoben. Dabei hatte auch er Millionen gescheffelt. Kurz gesagt, er war der Prototyp eines erfolgreichen Analysten.

»Wie geht's, Lewis?« Fenner ließ sich am Kamin nieder. »Besonders lustig kann's ja wohl kaum sein.«

»Ist es auch nicht, Stan.«

»In Zeiten wie diesen möchte ich keine Komplimente machen. Dafür kennen wir uns zu lange. Ich möchte nur, dass du mir den Grund nennst, warum ich meinen Klienten raten soll, eure Papiere zu behalten. Ich brauche einfach nur einen guten Grund.«

Skiba schluckte. »Kann ich dir was anbieten, Stan? Mineralwasser? Sherry?«

Fenner schüttelte den Kopf. »Das Investmentkomitee wird sich über mich hinwegsetzen. Es ist Zeit zum Verscherbeln.

Die Leute haben die Hosen voll, und ich, ehrlich gesagt, auch. Ich hab dir vertraut, Skiba.«

So ein Heuchler. Fenner war seit Monaten darüber im Bilde, wie es wirklich um das Unternehmen stand. Ihn hatten nur die ganzen Leckerbissen verlockt, die Skiba ihm zuwarf – und die Effektengeschäfte, die Lampe von Dixon erledigen ließ. Gieriger Scheißkerl. Doch andererseits ... Wenn Dixon von »kaufen« oder »behalten« zu »verkaufen« wechselte, dann war es mit Lampe aus. Dann stand die Zahlungsunfähigkeit an.

Skiba hüstelte und räusperte sich. Es fiel ihm schwer, etwas zu sagen, deswegen hüstelte er noch einmal, um seine Lähmung zu kaschieren.

Fenner wartete.

Schließlich ergriff Skiba das Wort: »Ich kann dir einen Tipp geben, Stan.«

Fenner neigte den Kopf unmerklich zur Seite.

»Die Sache ist so streng vertraulich, dass es ein klarer Fall von Insiderhandel wäre, wenn du das Wissen für dich ausnutzen würdest.«

»Es ist nur dann Insiderhandel, wenn man *verkauft*. Ich suche aber einen Grund, eben nicht zu verkaufen. Meine Klienten sitzen bis zum Hals in Lampe-Aktien, und ich muss ihnen ein Argument zum Stillhalten nennen.«

Skiba atmete tief durch. »Lampe wird in einigen Wochen den Erwerb eines zweitausend Seiten starken Manuskripts bekannt geben, das die alten Mayas zusammengestellt haben. Es existiert nur ein Exemplar. Es beschreibt jedes Gewächs und jedes Tier der tropischen Regenwälder mit medizinisch aktiven Eigenschaften. Dazu gehören Rezepte, die besagen, wie man diese aktiven Ingredienzien extrahiert, sie dosiert und welche Nebenwirkungen sie haben. Das Manuskript enthält das gesamte uralte medizinische Wissen der Mayas. Es wurde über Jahrtausende aktualisiert – von Menschen, die im reichhaltigsten Depot an biologischer Vielfalt dieses Planeten gelebt haben. Es wird Lampe bis zur letzten Seite gehören.

Wir kriegen es gratis, ohne Tantiemenzahlungen, Partnerschaften, Rechtsstreitigkeiten oder Hypotheken.«

Er hielt inne. Fenners Ausdruck hatte sich nicht geändert. Falls er nachdachte, ließ er es sich nicht anmerken.

»Wann werdet ihr das bekannt geben? Kann ich ein Datum haben?«

»Nein.«

»Wie sicher ist die Sache?«

»Sehr sicher.«

Die Lüge kam Skiba leicht über die Lippen. Der Codex war seine einzige Hoffnung. Wenn nichts daraus wurde, war sowieso alles egal.

Ein langes Schweigen. Fenner ließ zu, dass sich ein Ausdruck auf seine feinen, strengen Gesichtszüge legte, der einem Lächeln glich. Dann nahm er seinen Aktenkoffer und stand auf. »Ich danke dir, Lewis. Da bin ich wirklich von den Socken.«

Skiba nickte und schaute zu, wie Fenner sich unauffällig aus seinem Büro verdünnisierte.

Hätte er die Wahrheit gewusst …

38

Als sie von den Bergen herunterkamen, änderte sich der Regenwald. Das Gelände war äußerst uneben und von tiefen Schluchten und reißenden Flüssen durchzogen. Dazwischen ragten hohe Firste auf. Sie folgten noch immer dem Wildwechsel, der hier jedoch so zugewachsen war, dass sie sich den Weg abwechselnd freihacken mussten. Beim Aufstieg rutschten sie auf den steilen, schlammigen Pfaden aus, und wenn es abwärts ging, fielen sie hin.

Tagelang kämpften sie sich voran. Es gab keine ebene Stelle, an der man lagern konnte, deswegen waren sie gezwungen, ihre Hängematten am Abhang zwischen den Bäumen aufzuspannen und die ganze Nacht im Regen zu schlafen. Morgens war der Dschungel finster und dunstig. Wenn sie sich anstrengten, legten sie an einem Tag ungefähr acht Kilometer zurück, und wenn er sich dem Ende entgegenneigte, waren alle völlig erschöpft. Zum Jagen kamen sie kaum. Sie hatten nie genug zu essen. Tom war noch nie im Leben so hungrig gewesen. Nachts träumte er von riesigen Steaks und Pommes frites; tagsüber dachte er an Eiscreme und mit Butter bestrichenen Hummer. Wenn sie abends am Lagerfeuer saßen, redeten sie nur übers Essen.

Die Tage summierten sich. Der Regen hörte niemals auf. Auch der Dunst verflüchtigte sich nicht. Ihre Schlafsäcke verfaulten und mussten neu geflochten werden. Ihre Kleider fielen allmählich auseinander. Milben setzten sich in ihren Sachen fest und gruben sich in ihre Haut. Die Nähte ihres Schuhwerks lösten sich auf. Da sie keine Kleider zum Wechseln hatten, würde der Dschungel sie bald nackt dastehen lassen. Ihre Leiber waren von Stichen, Bissen, Schrammen, Schnitten, Schorf und wunden Stellen übersät. Als Vernon aus einer Schlucht herauskletterte, glitt er aus und griff nach einem Busch, um den Sturz zu mildern. Daraufhin ergoss sich eine Flut von Feuerameisen über ihn, die ihn so bösartig attackierten, dass er vierundzwanzig Stunden Fieber hatte und kaum gehen konnte.

Die einzige versöhnliche Eigenschaft des Regenwaldes war seine Vegetation. Sally entdeckte eine Unmenge Heilpflanzen und konnte so eine Kräutersalbe für sie zusammenstellen, die bei Insektenstichen und Pilzinfektionen Wunder wirkte. Sie tranken auch einen von Sally gebrauten Tee, von dem sie behauptete, er sei ein Antidepressivum. Er hielt sie allerdings nicht davon ab, sich weiterhin niedergeschlagen zu fühlen.

In den Nächten und am Tag hörten sie ständig das Fauchen des umherschleichenden Jaguars. Zwar ließ niemand ein Wort über ihn fallen – Don Alfonso hatte es schließlich untersagt –, doch Tom ging er nie ganz aus dem Sinn. Bestimmt lebten in diesem Wald andere Tiere, an denen der Jaguar sich gütlich tun konnte. Was wollte er von ihnen? Warum verfolgte er sie, ohne je zuzuschlagen?

In der vierten oder fünften Nacht – Tom hatte inzwischen die Übersicht verloren – lagerten sie, zwischen gewaltigen verfaulenden Baumstämmen eingeklemmt, auf einem Bergkamm. Es hatte geregnet. Dampf stieg vom Boden auf. Sie aßen früh zu Abend – gekochte Eidechse mit Mattawurzel. Nach dem Essen stand Sally auf und nahm das Gewehr.

»Ob der Jaguar nun hier rumschleicht oder nicht – ich gehe jetzt jagen.«

»Ich komme mit«, sagte Tom.

Sie gingen an einem schmalen Bach entlang, der vom Lagerplatz aus abwärts strömte und durch eine Klamm führte. Der Tag war grau. Der sie umgebende Wald wirkte schlaff und verwahrlost. Die Vegetation dampfte. Das Geräusch tropfenden Wassers mischte sich mit dem hohlen Krächzen der Vögel.

Eine halbe Stunde lang suchten sie sich einen Weg durch die Klamm, über bemooste Findlinge und Baumstämme hinweg, bis sie an einen rasch dahinströmenden Fluss kamen. Sie gingen hintereinander durch Dunstschleier an ihm entlang. Nach Toms Ansicht bewegte Sally sich fast wie eine Katze, denn sie pirschte praktisch lautlos durchs Unterholz.

Dann blieb Sally stehen und machte eine einhaltende Geste mit der Hand. Sie hob langsam das Gewehr, legte an und feuerte.

Ein Tier trat kreischend im Unterholz um sich, doch die Geräusche erstarben schnell.

»Ich weiß nicht, was es war, aber es sah stämmig aus und hatte ein Fell.« Schließlich fanden sie ihre Beute in den Büschen: Sie lag auf der Seite, alle viere in die Luft gereckt.

»Irgendeine Wildschweinart.« Tom musterte den Kadaver angewidert. Er würde sich nie daran gewöhnen, Tiere zu zerlegen.

»Sie sind dran«, sagte Sally mit einem knappen Lächeln.

Tom zückte seine Machete und fing an, das Schwein auszunehmen. Sally schaute ihm zu. Als er die inneren Organe freilegte, stieg Dampf auf.

»Wenn wir es im Lager ankochen, können wir die Behaarung abschaben«, sagte Sally.

»Ich kann's kaum erwarten«, sagte Tom. Er beendete seine Arbeit, schlug einen dicken Ast ab und band die Laufe des Schweins zusammen. Sie schoben den Ast zwischen die Beine ihrer Beute und hievten sie auf die Schultern. Das Schwein wog höchstens dreißig Pfund, aber es würde eine schöne Mahlzeit ergeben, und den Rest konnten sie räuchern und mitnehmen. Sie marschierten durch die Klamm und nahmen den Weg, den sie gekommen waren.

Sie waren kaum zwanzig Meter gegangen, als der Jaguar sie anhielt. Er stand genau vor ihnen, mitten auf dem Weg. Er schaute sie mit grünen Augen an. Seine Schwanzspitze zuckte hin und her.

»Zurück«, sagte Tom, »und immer mit der Ruhe.« Doch als sie zurückwichen, machte der Jaguar einen Schritt nach vorn und dann noch einen. Er verfolgte sie auf Samtpfoten.

»Wissen Sie noch, was Don Alfonso gesagt hat?«

»Ich kann's nicht«, hauchte Sally.

»Dann schießen Sie über ihn weg.«

Sally hob den Lauf der Waffe, und es knallte ein Schuss.

Das Geräusch wurde auf eigenartige Weise vom Dunst und der dichten Vegetation gedämpft. Der Jaguar schüttelte sich kurz, doch ansonsten gab er nicht zu erkennen, dass er den Knall vernommen hatte. Er musterte sie weiterhin, und seine Schwanzspitze zuckte rhythmisch wie ein Metronom.

»Wir gehen um ihn herum«, sagte Sally.

Sie verließen den Wildwechsel und traten in den Wald. Der Jaguar schickte sich nicht an, ihnen zu folgen. Seine grünen Augen schauten nur hinter ihnen her, und bald war er außer Sichtweite. Einige hundert Meter weiter kehrte Tom auf den Klammweg zurück. Linker Hand hörten sie zweimal eine Katze fauchen, also wichen sie wieder zurück. Sie gingen ein paar hundert Meter weiter und blieben stehen. Eigentlich hätten sie nun die Klamm mit dem Bach sehen müssen, doch die war nicht da.

»Wir sollten uns vielleicht weiter links halten«, meinte Tom.

Sie bogen links ab. Der Wald wurde dichter und dunkler; die Bäume standen hier enger zusammen.

»Ich erkenne überhaupt nichts wieder.«

Sie blieben stehen, um zu lauschen. Im Dschungel war es gespenstisch still. Man hörte weder das Murmeln des Baches noch das Plätschern der von den Ästen fallenden Tropfen.

Da kam ein tiefes, dröhnendes Fauchen aus der Richtung gleich hinter ihnen.

Sally fuhr wütend herum. »Nichts wie weg!«, schrie sie. »Aber flott!«

Sie hasteten mit doppeltem Tempo weiter. Tom ging voran und schlug ihnen eine Gasse durch das Gestrüpp. Hin und wieder hörte er, dass die Katze mit ihnen Schritt hielt und gelegentlich ein Grollen ausstieß. Der Laut klang ganz und gar nicht freundlich: Er war dumpf und belegt und hörte sich fast an wie ein Knurren. Er wusste, dass sie sich verirren würden, dass sie nicht in die richtige Richtung gingen. Inzwischen liefen sie fast schon.

Und dann schien sich der Jaguar plötzlich mit einem goldenen Blitz vor ihnen aus dem Dunst zu materialisieren. Er stand sprungbereit auf einem niedrigen Ast.

Sie hielten inne und wichen langsam zurück. Der Jaguar beobachtete sie. Dann sprang er mit einer geschmeidigen Bewegung zur Seite, ging mit drei Sprüngen auf einem Ast hinter ihnen in Position und blockierte ihnen den Rückzug.

Sally richtete das Gewehr auf die Katze, schoss jedoch nicht. Sie schaute den Jaguar an, und er erwiderte ihren Blick.

»Ich schätze, es ist an der Zeit, ihn zu töten«, flüsterte Tom.

»Ich kann nicht.«

Irgendwie war das die Antwort, die Tom hatte hören wollen. Er hatte noch nie ein so vitales, geschmeidiges und prächtiges Tier gesehen.

Dann wandte sich der Jaguar plötzlich von ihnen ab und zog sich zurück. Er sprang leichtfüßig von einem Ast zum anderen, bis der Wald ihn verschluckt hatte.

Tom und Sally standen schweigend da. Sally lächelte. »Ich hab doch gesagt, er ist nur neugierig.«

»Allerdings eine ungewöhnliche Art von Neugier, wenn er uns fast achtzig Kilometer folgt.« Tom schaute sich um. Dann schob er die Machete in den Gürtel und hob den Stab auf, an dem das erlegte Wildschwein hing. Ihm war irgendwie unbehaglich zumute. Die Sache war noch nicht ausgestanden.

Sie hatten gerade fünf Schritte getan, als der Jaguar mit durchdringendem Gebrüll wie Goldregen auf sie herabstürzte und mit einem gedämpften Laut auf Sallys Rücken landete.

Das Gewehr ging los – umsonst. Sally drehte sich im Fall; sie gingen miteinander zu Boden. Die Kraft des Aufschlages ließ den Jaguar – er hatte ihr das Hemd halb zerfetzt – von ihr abrutschen.

Tom warf sich auf den Rücken der Katze, klemmte sie wie einen unzugerittenen Gaul zwischen seinen Schenkeln ein und versuchte, ihr mit beiden Daumen die Augen einzudrücken. Doch bevor er noch dazu kam, spürte er, wie der mächtige Körper sich anspannte und einer Stahlfeder gleich unter ihm aufschnappte. Das Tier brüllte erneut, machte einen Satz und drehte sich in der Luft. Tom zückte seine Machete. Dann war der Jaguar auf ihm samt der gezückten Machete und erdrückte ihn schier unter seinem erstickend heißen, scharf riechenden Fell. Tom merkte, wie sein Körper nachgab. Er spürte, dass die Klinge in den Jaguar glitt. Dann spritzte ihm ein dicker Blutstrahl ins Gesicht. Der Jaguar brüllte auf und drehte sich, und Tom versetzte der Machete mit aller Kraft einen Schlag, sodass sie sich seitlich drehte. Die Klinge musste die Lunge der Katze durchdrungen haben, da ihr Gebrüll sich in ein ersticktes Gurgeln verwandelte. Der Jaguar erschlaffte. Tom schob ihn von sich herunter und zog die Machete heraus. Der Jaguar zuckte noch einmal, dann rührte er sich nicht mehr.

Tom eilte zu Sally hinüber, die gerade versuchte, auf die Beine zu kommen. Als sie ihn sah, schrie sie auf. »Mein Gott, Tom, sind Sie verletzt?«

»Sind *Sie* verletzt?«

»Was hat er Ihnen angetan!« Erst als Sally die Hand nach Toms Gesicht ausstreckte, verstand er.

»Es ist nicht mein Blut«, sagte Tom leise und beugte sich über Sally. »Lassen Sie mal Ihren Rücken sehen.«

Sally drehte sich auf den Bauch. Ihr Hemd war zerrissen. Vier Schrammen liefen ihr über die Schulter. Tom riss das, was von ihrem Hemd noch übrig war, ab.

»He, mir fehlt nichts«, sagte Sally gedämpft.

»Ruhe.« Tom zog sein Hemd aus und tauchte einen Zipfel in eine Pfütze. »Gleich wird's wehtun.«

Als er die Wunden reinigte, stöhnte Sally in leisem Schmerz. Sie waren nicht tief – die größte Gefahr bestand in einer Infektion. Tom nahm etwas Moos, bastelte daraus ein Polster und band es dann mit seinem Hemd über die Wunden. Schließlich half er Sally, ihr eigenes Hemd wieder anzuziehen und sich hinzusetzen.

Als Sally ihn anschaute, zuckte sie erneut zusammen. »Mein Gott, Sie sind ja in Blut gebadet.« Ihr Blick fiel auf den Jaguar, der in seiner ganzen goldenen Pracht mit halb geöffneten Augen auf dem Boden lag. »Haben Sie ihn mit der Machete getötet?«

»Ich hatte sie gerade gezückt, da ist er praktisch reingesprungen und hat das selbst erledigt.« Er schlang einen Arm um sie. »Können Sie aufstehen?«

»Klar.«

Tom half ihr auf die Beine. Sally wankte leicht, erholte sich jedoch schnell. »Geben Sie mir das Gewehr.«

Tom packte es. »Ich werde es tragen.«

»Nein, ich hänge es mir über die andere Schulter. Sie tragen das Wildschwein.«

Tom stritt sich nicht mit ihr. Er nahm den Stab mit dem Wildschwein, schwang ihn sich über die Schulter und hielt inne, um einen letzten Blick auf den Jaguar zu werfen. Er lag ausgestreckt auf der Seite, seine Augen wurden allmählich glasig. Er ruhte in einer Pfütze aus Blut.

»Wenn wir hier je wieder rauskommen«, sagte Sally grinsend, »haben Sie auf der nächsten Cocktailparty ein tolles Abenteuer zu erzählen.«

Als sie wieder im Lager waren, hörten Vernon und Don Alfonso sich ihre Geschichte schweigend an. Als Tom fertig war, legte ihm Don Alfonso eine Hand auf die Schulter und schaute ihm in die Augen. »Sie sind wirklich ein verrückter Yanqui, Tomasito, wissen Sie das?«

Tom und Sally zogen sich in den stillen Unterstand zurück, wo er ihre Verletzungen mit dem Kräuterantibiotikum behandelte, das Sally, mit verschränkten Beinen und ohne Hemd auf dem Boden sitzend, mit der Rindensalbe Don Alfonsos mischte. Sie musterte ihn fortwährend aus den Augenwinkeln und bemühte sich, ein Lächeln zu unterdrücken. Schließlich sagte sie: »Habe ich mich eigentlich schon dafür bedankt, dass Sie mir das Leben gerettet haben?«

»Ich brauche keinen Dank.« Tom versuchte sein Erröten zu verbergen. Er sah Sally zwar nicht zum ersten Mal ohne Hemd – den Anspruch auf Intimsphäre hatten sie längst aufgegeben –, doch diesmal fühlte er sich stark erotisiert. Ihm fiel auf, dass ihr Brustkorb sich rötete, dass die Röte sich zwischen ihren Brüsten ausbreitete und ihre Brustwarzen hart werden ließ. Spürte sie etwa das Gleiche wie er?

»Doch, den brauchst du sehr wohl.« Sally legte das Hemd hin, das sie gerade flickte, drehte sich um, schlang die Arme um seinen Hals und küsste ihn sanft auf den Mund.

39

Hauser ließ seine Leute am Fluss anhalten. Dahinter erkannte er die blauen, in die Wolken aufragenden Flanken der Sierra Azul. Sie sahen so aus wie die vergessene Welt, die Arthur Conan Doyle in seinem Roman beschrieben hatte. Er überquerte die Lichtung allein und schaute sich den verschlammten Pfad auf der anderen Seite an. Der ständige Regen hatte die meisten Spuren zwar verwischt, doch er bot ihm den Vorteil der Erkenntnis, dass die Abdrücke der nackten Füße, die er erspähte, noch sehr frisch waren – höchstens ein paar Stunden alt. Es schien eine sechsköpfige Truppe zu sein – wahrscheinlich ein Jagdkommando.

Es mussten die Indianer sein, mit denen Broadbent sich verbündet hatte. Außer ihnen lebte niemand in diesem gottverlassenen Dschungelgebirge.

Hauser erhob sich aus seiner knienden Haltung und überlegte kurz. In diesem Dschungel würde er jedes Katz-und-Maus-Spiel verlieren. Verhandlungen würden auch nichts bringen. Somit blieb ihm nur eine vernünftige Vorgehensweise.

Er signalisierte den Soldaten, dass sie ihm folgen sollten, und übernahm persönlich die Führung. Sie marschierten rasch über den Pfad in die Richtung, die die Indianer genommen hatten. Philip blieb ganz hinten. Er war gefesselt und wurde von einem Soldaten bewacht. Er war inzwischen zu schwach, um mit den Männern Schritt zu halten, und in ei-

nem Zustand, in dem er nicht mehr hätte fliehen können –
schon gar nicht mit den Handschellen. Für Hauser war es
eine Schande, den Dienst eines Soldaten auf ihn zu verschwenden, schließlich verfügte er nur über wenige kompetente Männer. Zum richtigen Zeitpunkt konnte Philip sich jedoch als
wertvolles Handelsgut erweisen. Der Wert einer Geisel war
nie zu unterschätzen.

Hauser wies seine Leute an, ihre Anstrengungen zu verdop-
peln.

Die Sache entwickelte sich exakt so, wie er es erwartet hatte. Die Indianer hatten ihren Vormarsch zwar bemerkt und
waren im Wald untergetaucht, doch hatte Hauser zuvor er-
kannt, wohin sie unterwegs waren. Was das Spurenlesen im
Urwald anbetraf, war er Experte. Er trieb die Verfolgung mit
Hochdruck voran, eine Blitzkriegstrategie, die immer zum Erfolg führte und auch den bestens vorbereiteten Gegner in
Angst versetzte – von einer Gruppe nichts Böses ahnender Jäger ganz zu schweigen. Seine Männer verteilten sich, und
Hauser ging mit zwei Begleitern auf Spähtrupp, um den Indianern den Weg abzuschneiden.

Die Sache ging schnell, hektisch und ohrenbetäubend von-
statten. Der Dschungel bebte. Hauser fühlte sich lebhaft an
zahlreiche Feuergefechte in Vietnam erinnert. In nicht einmal
einer Minute war alles vorbei. Bäume wurden zerfetzt und
entlaubt, Büsche qualmten, der Boden wurde pulverisiert. Ein
ätzender Dunst stieg in die Luft. Das Geäst eines kleinen Baumes war mit Orchideen und Gedärmen versehen.

Es war wirklich verblüffend, was ein paar einfache Granatwerfer ausrichten konnten.

Hauser zählte die Leichenteile und stellte fest, dass vier
Mann ums Leben gekommen waren. Zwei waren entkommen. Zum ersten Mal hatten seine Soldaten Kompetenz an
den Tag gelegt. Wenn es ums Draufhauen und Töten ging,
waren sie gut. Das durfte er nicht vergessen.

Ihm blieb nicht viel Zeit. Er musste das Dorf kurz nach den
beiden Überlebenden erreichen, um im Augenblick der größ-

ten Verwirrung und des Entsetzens zuzuschlagen, bevor die Leute noch Gelegenheit hatten, sich zu organisieren.

Er drehte sich um und rief seinen Leuten zu: »*Arriba! Vamos!*«

Die Männer jubelten. Sein Enthusiasmus spornte sie an. Endlich waren sie in ihrem Element. »Zum Dorf!«

40

Es regnete eine Woche ohne Unterlass. Jeden Tag rafften sie sich auf, stiegen in Schluchten hinunter und wieder hinauf. Sie kletterten über gefährliche Klippen, überquerten tosende Flüsse, und all das im dichtesten Urwald, den Tom sich nur vorstellen konnte. Wenn sie an einem Tag sechs Kilometer zurücklegten, waren sie schon zufrieden. Nach sieben Tagen dieser Art wurde Tom am Morgen wach und stellte fest, dass der Regen endlich aufgehört hatte. Don Alfonso war schon auf den Beinen und kümmerte sich um ein großes Lagerfeuer. Seine Miene war ernst. Als sie das Frühstück verzehrten, verkündete er plötzlich: »Ich hatte in der letzten Nacht einen Traum.«

Sein ernster Tonfall ließ Tom innehalten. »Was war das für ein Traum?«

»Ich habe geträumt, dass ich sterbe. Meine Seele fuhr zum Himmel hinauf und suchte nach Petrus. Ich fand ihn, denn er stand am Himmelstor. Als ich zu ihm ging, begrüßte er mich. ›Bist du nicht der alte Schlawiner Don Alfonso?‹, fragte er. – ›Stimmt‹, erwiderte ich. ›Ich bin's, Don Alfonso Boswas, der im Alter von hunderteinundzwanzig Jahren fern der Heimat im Dschungel gestorben ist. Ich möchte reinkommen und meine Rosita wiedersehen.‹ – ›Was hast du im Dschungel gemacht, Don Alfonso?‹, fragte er. – ›Ich wollte mit einigen verrückten jungen Yanquis in die Sierra Azul‹, erwiderte ich. – ›Und bist du dort angekommen?‹, fragte er. – ›Nein‹, antwortete ich. – ›Tja, Don Alfonso‹, sagte er, ›dann musst du wieder zurück, alter Schlawiner.‹«

Don Alfonso schaute auf und fügte hinzu: »Deswegen bin ich wieder hier.«

Tom wusste nicht genau, wie er reagieren sollte. Einen Moment lang hielt er den Traum für einen von Don Alfonsos Scherzen, doch dann sah er die ernste Miene des Greises. Er wechselte einen Blick mit Sally.

»Und was bedeutet der Traum?«, erkundigte sich Sally.

Don Alfonso schob sich ein Stück Mattawurzel in den Mund und kaute nachdenklich, dann beugte er sich vor und spuckte den Brei aus. »Er bedeutet, dass ich nur noch ein paar Tage bei euch sein kann.«

»Nur noch ein paar Tage? Das ist ja wohl wahnwitzig.«

Don Alfonso verzehrte seine Portion und stand auf. »Am besten reden wir nicht mehr darüber. Gehen wir lieber in die Sierra Azul.«

Der Tag war schlimmer als zuvor, denn mit dem Ende des Regens kehrten die Insekten zurück. Die Reisenden kämpften sich eine Reihe steiler Grate und schlammiger Pfade hinauf, wobei sie ständig abrutschten und hinfielen, während Insektenschwärme sie fortwährend verfolgten. Am Nachmittag stiegen sie wieder in eine Klamm hinunter, die vom Echo eines rauschenden Flusses erfüllt war. Je tiefer sie gelangten, desto lauter wurde das Getöse, und schließlich sah Tom ganz unten einen größeren Fluss. Am Flussufer, wo das Dickicht endete, blieb ihr Führer Don Alfonso stehen. Er wich verwirrt zurück und gab ihnen mit ein paar Gesten zu verstehen, dass sie zwischen den Bäumen bleiben sollten.

»Stimmt was nicht?«, fragte Tom.

»Auf der anderen Seite des Flusses, unter einem Baum, liegt ein Toter.«

»Ein Indianer?«

»Nein, er trägt nordamerikanische Kleidung.«

»Könnte das ein Hinterhalt sein?«

»Nein, Tomás. Wenn es ein Hinterhalt wäre, wären wir längst tot.«

Tom folgte Don Alfonso ans Flussufer. Auf der anderen Seite, ungefähr fünfzig Meter von einer Furt entfernt, befand sich eine natürliche kleine Lichtung, in deren Mitte ein hoher Baum wuchs. Hinter dem Baum konnte Tom einen Farbton erkennen, der irgendwie nicht recht in die Umgebung passte. Er borgte sich Vernons Fernglas, um ihn genauer zu betrachten. Ein nackter, fürchterlich angeschwollener Fuß war zu erkennen, außerdem ein teilweise zerfetztes Hosenbein. Der Rest des Leichnams war durch den Baum verborgen. Während Tom die Gestalt musterte, sah er hinter dem Baum eine bläuliche Wolke aufsteigen, dann noch eine.

»Der Mann lebt«, sagte Tom. »Es sei denn, Tote rauchen.«

»Bei der heiligen Jungfrau – Sie haben Recht.«

Sie fällten einen Baum. Das Geräusch der schlagenden Axt schallte durch den Wald, doch der Mann hinter dem Baum rührte sich nicht.

Als der Baum umgestürzt war und eine federnde Brücke über den Fluss bildete, schaute Don Alfonso argwöhnisch über das Wasser hinweg. »Vielleicht ist es ein Dämon.«

Sie überquerten die wacklige Brücke, wobei sie den Stab zu Hilfe nahmen. Am anderen Ufer konnten sie den Mann nicht mehr sehen.

»Wir müssen weitergehen und so tun, als hätten wir ihn nicht bemerkt«, sagte Don Alfonso leise. »Ich bin mir jetzt ganz sicher, dass es ein Dämon ist.«

»Das ist doch absurd«, erwiderte Tom. »Ich schau mir den Kerl mal an.«

»Bitte, Tomás, gehen Sie nicht. Er wird Ihnen die Seele rauben und sie auf den Grund des Flusses mitnehmen.«

»Ich komme mit«, erklärte Vernon.

»Curandera, Sie bleiben hier. Ich möchte nicht, dass der Dämon euch alle erwischt.«

Tom und Vernon bahnten sich einen Weg durch die blanken Findlinge am Flussufer und ließen den besorgt vor sich hin murmelnden Don Alfonso mit Sally allein. Kurz darauf erreichten sie die Lichtung und machten einen Schritt um den Baum herum.

Was sie sahen, war ein menschliches Wrack. Der Mann lehnte mit dem Rücken an dem Baum, hielt eine Bruyère-Pfeife zwischen den Zähnen und musterte die beiden mit festem Blick. Seine Haut war fast schwarz, aber ein Indianer war er wohl nicht. Seine Kleidung bestand nur noch aus Fetzen, sein Gesicht war zerkratzt und blutig von Insektenstichen. Seine nackten Füße waren zerschnitten und geschwollen. Er war so dünn, dass ihm die Knochen auf groteske Weise aus dem Leib hervorstachen. Sein Haar war strähnig. Er hatte einen kurzen Bart voller Reisigstückchen und Blätter.

Als Tom und Vernon auftauchten, zeigte er keine Reaktion. Er schaute nur aus tief in den Höhlen liegenden Augen zu ihnen auf. Er wirkte eher tot als lebendig. Dann zuckte er zusammen, als müsse er sich schütteln. Er nahm die Pfeife aus dem Mund und sprach. Seine Stimme war kaum mehr als ein heiseres Flüstern.

»Wie geht's, Brüder?«

41

Tom war so überrascht, die Stimme seines Bruders Philip aus dieser lebenden Leiche zu hören, dass er zusammenzuckte. Er bückte sich, um sich das Gesicht des Mannes genauer anzusehen, doch er fand keine Spur von Ähnlichkeit mit Philip. Von Grauen geschüttelt wich er zurück. In einer Wunde am Hals seines Gegenübers wanden sich Maden.

»*Philip?*«, hauchte Vernon.

Die Stimme krächzte eine Bestätigung.

»Was machst du hier?«

»Ich sterbe.« Philip vermittelte Fakten.

Tom kniete sich hin, um das Gesicht seines Bruders genauer zu mustern. Er war noch immer zu entsetzt, um etwas zu sagen oder eine Reaktion zu zeigen. Er legte Philip eine Hand auf die knochige Schulter. »Was ist passiert?«

Philip schloss einen Moment die Augen, dann öffnete er sie wieder. »Später.«

»Natürlich. Was habe ich nur im Kopf?« Tom wandte sich an Vernon. »Geh zu Don Alfonso und Sally. Sag ihnen, dass wir Philip gefunden haben und hier ein Lager aufschlagen.«

Tom musterte seinen Bruder erneut. Er war zu erschüttert, um etwas zu sagen. Philip war so eigenartig gelassen ... Hatte er sich etwa schon mit seinem Tod abgefunden? Es war unnatürlich. In seinem Blick lag abgeklärte Gleichgültigkeit.

Dann tauchte Don Alfonso auf. Nachdem er nun wusste,

dass der Flussdämon ein Mensch war, hackte er ein Stück Boden frei, um das Lager aufzuschlagen.

Als Philip Sally erblickte, nahm er die Pfeife aus dem Mund und blinzelte.

»Ich bin Sally Colorado.« Sally ergriff seine Hand.

Philip gelang ein Nicken.

»Wir müssen Sie säubern und verarzten.«

»Danke.«

Sie trugen Philip zum Fluss, legten ihn auf einen Stapel Bananenblätter und zogen ihn aus. Alles war voller wunder Stellen. Viele waren infiziert und von Maden befallen. Die Maden – das wurde Tom klar, als er die Wunden untersuchte – waren anfangs ein Segen gewesen, denn sie hatten das septische Gewebe verzehrt und die Gefahr eines Wundbrands verringert. In einigen Wunden, in denen die Maden tätig gewesen waren, hatte sich schon frisches Granulationsgewebe gebildet. Andere sahen weniger gut aus.

Tom betrachtete seinen Bruder mit einem mulmigen Gefühl. Sie hatten keine Medikamente, keine Antibiotika, keine Verbände, sondern nur Sallys Kräuter. Sie wuschen Philip vorsichtig ab, dann trugen sie ihn auf die Lichtung zurück, wo sie ihn splitternackt neben dem Feuer auf einen Stapel Palmwedel betteten.

Sally sortierte die unterwegs gesammelten Kräuter und Wurzeln.

»Sally ist Kräuterheilerin«, erklärte Vernon.

»Ich hätte lieber 'ne Amoxycillin-Spritze«, sagte Philip.

»Wir haben keine.«

Philip legte sich auf die Blätter zurück und schloss die Augen. Tom verarztete seine wunden Stellen, kratzte das brandige Fleisch heraus und spülte die Maden ab. Sally bestäubte die Wunden mit einem Kräuterantibiotikum und verband sie mit Streifen aus zerstampfter Rinde, die sie zuvor in kochendem Wasser sterilisiert und im Feuer rauchgetrocknet hatte. Sie wuschen und trockneten Philips zerfetzte Kleidung und zogen sie ihm wieder an, da er ja nichts anderes hatte. Als die Sonne unterging, waren sie fertig. Sie setzten Philip aufrecht hin. Sally brachte ihm einen Becher Kräutertee.

Philip nahm ihn an sich. Er sah schon besser aus. »Drehen Sie sich mal um, Sally«, sagte er. »Ich würde gern mal Ihre Schwingen sehen.«

Sally errötete.

Philip trank einen Schluck, dann noch einen. Don Alfonso hatte inzwischen ein halbes Dutzend Fische geangelt und grillte sie an einem Spieß über dem Feuer. Der Geruch wehte zu ihnen herüber.

»Komisch, dass ich keinen Appetit habe«, meinte Philip.

»Wenn man verhungert, ist das nicht ungewöhnlich«, erklärte Tom.

Don Alfonso servierte den Fisch auf Blättern. Sie verzehrten schweigend ihre Mahlzeit, dann ergriff Philip das Wort.

»Tja, jetzt sind wir also hier. Ein kleines Familientreffen im Urwald von Honduras.« Er schaute sich um, seine Augen funkelten. Dann sagte er: »*G.*«

Stille. Dann sagte Vernon: »*E.*«

»*I*«, sagte Tom.

»*S*«, sagte Philip.

Eine noch längere Stille, dann sagte Vernon: »*T*, verdammt noch mal.«

»Vernon muss das Geschirr spülen!«, krähte Philip.

Tom wandte sich zu Sally um, um ihr zu erklären, was da ablief: »Das Spiel haben wir früher immer gespielt«, sagte er mit einem verlegenen Lächeln.

»Ich schätze, ihr seid wirklich Brüder.«

»Sozusagen«, sagte Vernon. »Auch wenn Philip ein *Esel* ist.«

Philip lachte schallend. »Der arme Vernon. Du hast aber auch immer Küchendienst, nicht wahr?«

»Freut mich zu sehen, dass es dir besser geht«, sagte Tom.

Philips hohlwangiges Gesicht wandte sich ihm zu. »Es geht mir wirklich besser.«

»Geht's dir gut genug, um uns zu erzählen, was passiert ist?«

Philips Miene wurde wieder ernst und verlor jegliche Blasiertheit. »Es ist 'ne Geschichte wie *Herz der Finsternis* von Joseph Conrad, in der auch ein Mistah Kurz vorkommt. Möchtet ihr sie auch ganz bestimmt hören?«

»Ja«, sagte Tom. »Wir möchten sie hören.«

42

Philip stopfte seine Pfeife sorgfältig mit Dunhill-Early-Morning-Tabak. Seine Bewegungen waren langsam und überlegt. »Das Einzige, das sie mir – Gott sei Dank – nicht weggenommen haben, ist meine Pfeife.« Er paffte langsam. Seine Augen waren halb geschlossen. Er überlegte.

Tom nutzte die Gelegenheit, um Philips Gesicht zu betrachten. Nun, da es sauber war, erkannte er die aristokratisch schmalen Züge seines Bruders wieder. Der Bart verlieh ihm etwas Vulgäres und ließ ihn eigenartigerweise ihrem Vater ähneln. Doch sein Gesicht wirkte anders: Seinem Bruder war irgendetwas zugestoßen; etwas so Grässliches, dass es seine Züge grundlegend verändert hatte.

Als Philip den Pfeifentabak angezündet hatte, öffnete er die Augen und begann zu erzählen.

»Nachdem ich euch verlassen hatte, flog ich wieder nach New York und suchte Vaters alten Partner Marcus Aurelius Hauser auf. Ich hatte mir vorgestellt, er wüsste vielleicht besser als jeder andere, wohin Vater gegangen sein könnte. Hauser ist zufällig Privatdetektiv und für meinen Geschmack ein zu pummeliger und zu parfümierter Bursche. Er fand mit zwei schnellen Telefongesprächen heraus, dass Vater nach Honduras gegangen war; also hielt ich ihn für kompetent und engagierte ihn. Wir flogen nach Honduras. Er organisierte eine Expedition, heuerte ein Dutzend Soldaten an und besorgte vier Boote. Er hat alles finanziert, indem er mich zwang, das schöne kleine Gemälde von Paul Klee zu verkaufen, das Vater mir einmal geschenkt hat ...«

»Ach, Philip«, warf Vernon ein, »wie konntest du nur!«

Philip schloss müde die Augen. Vernon verfiel in Schweigen. Dann fuhr Philip fort. »Wir sind also nach Brus geflogen, haben uns in Einbäume gezwängt und sind fröhlich flussaufwärts gestakt. In irgendeinem Hinterwäldlerkaff haben wir einen Führer engagiert und den Meambar-Sumpf durchquert. Dann hat Hauser einen Coup gelandet. Der pomadisierte Sack hatte es die ganze Zeit geplant – er ist einer von diesen bösartigen Kryptofaschisten. Sie haben mich wie einen Hund angekettet. Hauser hat unseren Führer an die Pirañas verfüttert und dann einen Hinterhalt gelegt, um euch umzubringen.«

Nun geriet er ins Stocken. Er zog mehrmals an der Pfeife, und seine knochige Hand zitterte. Philip erzählte seine Geschichte mit einer humorvollen Tapferkeit, die nur gespielt war. Tom wusste, dass diese Art für seinen Bruder typisch war.

»Als sie mich in Eisen gelegt hatten, ließ Hauser fünf Kommissköpfe an der Schwarzen Lagune zurück. Sie sollten euch umlegen. Mich und die anderen Soldaten nahm er mit den Macaturi hinauf, zu den Wasserfällen. Ich werde den Tag nie vergessen, an dem das Kommando zurückkehrte. Es waren nur noch drei Mann, und im Oberschenkel des einen steckte ein meterlanger Pfeil. Ich hab nicht alles gehört, was sie gesagt haben. Hauser war wütend. Er hat den Mann beiseite genommen und ihm aus nächster Nähe einen Kopfschuss verpasst. Nun wusste ich, dass seine Leute zwei Menschen auf dem Gewissen hatten. Ich war mir sicher, dass einer von euch tot war – wenn nicht gar alle beide. Eines muss ich euch ehrlich sagen, Jungs: Als ihr plötzlich vor mir gestanden seid, da glaubte ich, ich wäre tot und in der Hölle gelandet. Ich dachte, ihr wärt das Empfangskomitee.« Er stieß ein kurzes, trockenes Lachen aus. »Wir haben die Boote an den Wasserfällen zurückgelassen und sind Vaters Fährte zu Fuß gefolgt. Dieser Hauser könnte eine Maus im Dschungel aufspüren, wenn er es wollte. Ich musste bei ihm bleiben, weil ihm die Idee gekommen war, er könnte mich als Druckmittel gegen euch verwenden. Dann ist er einer Gruppe Bergindianer begegnet, hat mehrere getötet und den Rest in ihr Dorf zurückgejagt. Anschließend hat er das Dorf angegriffen und den Häuptling gefangen genommen. Ich hab zwar nichts davon gesehen, weil ich hinter der Front gefesselt war, aber ich kenne das Ergebnis.«

Er schüttelte sich. »Nachdem er den Häuptling als Geisel hatte, sind wir in die Berge raufgestiegen, zur Weißen Stadt.«

»Hauser weiß, dass es die Weiße Stadt ist?«

»Er hat es von einem indianischen Gefangenen erfahren. Aber er kennt ihre Lage nicht. Offenbar wissen nur der Häuptling und einige Älteste, wo genau die Grabkammer sich befindet.«

»Und wie bist du entkommen?«, fragte Tom.

Philip schloss die Augen. »Die Entführung des Häuptlings hat die Indianer gewaltig gegen ihn aufgebracht. Sie haben Hauser auf dem Weg zur Weißen Stadt angegriffen. Trotz ihrer schweren Waffen hatten Hauser und seine Leute keinen leichten Stand. Er hatte mir die Ketten abgenommen, um den Häuptling zu fesseln. Als der Kampf dann seinen Höhepunkt erreichte, ist mir die Flucht geglückt. Ich war zehn Tage zu Fuß unterwegs … das heißt, eigentlich bin ich eher gekrochen. Ich habe mich von Insekten und Eidechsen ernährt. Vor drei Tagen erreichte ich diesen Fluss. Ich wusste nicht, wie ich rüberkommen sollte. Ich stand vor dem Verhungern und konnte nicht mehr gehen. Also hab ich mich unter den Baum gesetzt und aufs Ende gewartet.«

»Du hast drei Tage lang unter dem Baum gesessen?«

»Drei oder vier Tage. Nur Gott allein weiß es. Ich war völlig durcheinander.«

»Mein Gott, Philip, wie furchtbar.«

»Ganz im Gegenteil. Es war ein erfrischendes Gefühl. Weil ich mir nämlich über nichts mehr Sorgen zu machen brauchte. Mich hat überhaupt nichts mehr interessiert. Ich hab mich nie im Leben so frei gefühlt wie unter diesem Baum. Ich glaube, hin und wieder war ich sogar glücklich.«

Das Feuer war heruntergebrannt. Tom warf noch ein paar Äste hinein und erweckte es zu neuem Leben.

»Hast du die Weiße Stadt gesehen?«, fragte Vernon.

»Ich bin entwischt, bevor wir sie erreicht haben.«

»Wie weit ist es von hier zur Sierra Azul?«

»Ungefähr fünfzehn Kilometer bis zum Vorgebirge, dann noch mal fünfzehn oder zwanzig zur Stadt.«

Schweigen. Das Feuer knisterte und knackte. In einem fernen Baum sang ein Vogel ein klagendes Lied. Philip schloss die Augen und murmelte voller Ironie: »Lieber alter Vater, was hast du deinen dich liebenden Kindern doch für ein schönes Erbe hinterlassen.«

43

Der Tempel war unter Lianen vergraben. Der vordere Säulengang wurde von rechteckigen Kalksteinsäulen getragen, auf denen grünes Moos wuchs. Sie hielten einen Teil des steinernen Daches aufrecht. Hauser stand davor und musterte die eigenartigen, in die Säulen gehauenen Hieroglyphen, Fratzen, Tiere, Punkte und Striche. Sie erinnerten ihn an den Codex.

»Bleibt draußen«, sagte er zu seinen Männern und schlug ein Loch in die wild wuchernden Pflanzen. Es war finster. Hauser leuchtete mit der Taschenlampe um sich. Er sah weder Schlangen noch Jaguare; in einer Ecke hockte nur ein Haufen Spinnen. Ein paar Mäuse ergriffen die Flucht. Der Raum war trocken und überdacht – ein geeigneter Ort, um das Hauptquartier aufzuschlagen.

Hauser schlenderte tiefer in den Tempel hinein. Am anderen Ende ragte noch eine Reihe quadratischer Säulen auf. Sie rahmten einen verfallenen Türrahmen ein, der auf einen düsteren Hinterhof führte. Er trat ins Freie. Ein paar Statuen lagen am Boden herum. Der Zahn der Zeit hatte ihnen heftig zugesetzt, und sie waren nass vom Regen. Riesige Baumwurzeln schlängelten sich wie dicke Anakondas über das Gestein. Sie hatten Wände und Dächer durchbrochen, bis auch die Bäume zu einem integralen Bestandteil dessen geworden waren, was das Gebäude zusammenhielt. Am Ende des Hofes führte eine weitere Tür in eine kleine Kammer. Dort stieß er auf eine Statue von einem Mann, der auf dem Rücken lag und eine Schale in die Höhe hielt.

Hauser kehrte zu den wartenden Soldaten zurück. Zwei der Männer bewachten den gefangenen Häuptling, einen gebeugten Greis, der bis auf seinen Lendenschurz und einen über die Schulter laufenden, an der Taille befestigten Lederriemen nackt war. Sein Körper war eine einzige faltige Masse. Er schien wahrlich der älteste Mensch zu sein, dem Hauser je begegnet war – doch er wusste, dass er höchstens sechzig Jahre zählte. Der Dschungel ließ einen schnell altern.

Hauser wandte sich an den Teniente: »Wir bleiben hier. Die Männer sollen den Raum dahinten für mich reinigen und meine Koje und meinen Tisch aufstellen.« Er deutete mit einem Nicken auf den Häuptling. »Kettet ihn in dem kleinen Raum hinter dem Hof fest und bewacht ihn.«

Die Soldaten schubsten den alten Häuptling in den Tempel hinein. Hauser ließ sich auf einem Steinblock nieder, nahm eine frische Zigarrenröhre aus der Hemdtasche, schraubte das Käppchen ab und zog die Zigarre heraus. Sie war noch in eine Schicht aus Zedernholz verpackt. Er roch an der Verpackung, zerdrückte sie mit der Hand, roch erneut daran, inhalierte den erlesenen Wohlgeruch und nahm dann das Ritual in Angriff, das er so liebte: das Anzünden der Zigarre.

Während er rauchte, begutachtete er die Ruine der gleich vor ihm aufragenden Pyramide. Im Vergleich zu Chichén Itzá oder Copán stellte sie zwar nichts Besonderes dar, aber als Maya-Pyramide war sie mit ihren fünfundzwanzig Metern Höhe doch recht beeindruckend. In Pyramiden fanden sich oftmals wichtige Grabkammern. Hauser war davon überzeugt, dass der alte Max sich in einer Gruft niedergelassen hatte, die er irgendwann einmal selbst geplündert hatte. Wenn dem so war, musste es eine wichtige Grabkammer sein; sein ganzer Krempel musste schließlich hineinpassen.

Baumwurzeln hatten die Stufen der zur Pyramide hinaufführenden Treppe teilweise auseinander geschoben, eine große Zahl von Steinblöcken ausgehebelt und zu Boden stürzen lassen. Ihre Spitze beherbergte einen kleinen, von vier Säulen umgebenen, viertürigen Raum mit einem Steinaltar, auf dem die Mayas ihre Opfer dargebracht hatten. Hauser inhalierte. Er hätte gern mal gesehen, wie ein Hohepriester das Brustbein seines Opfers aufschlitzte, den Brustkorb auseinander zog, das schlagende Herz herausschnitt und es mit einem Triumphschrei in die Höhe hielt, während der Leichnam die Treppe hinunterfiel, sodass die wartenden Edelleute ihn zu Hackfleisch verarbeiten konnten.

Was für Barbaren!

Hauser rauchte mit Genuss. Auch wenn die Vegetation die Weiße Stadt fast verschluckt hatte – sie war durchaus beeindruckend. Max hatte ihre Oberfläche kaum angekratzt. Hier gab es noch eine Menge zu holen. Selbst ein simpler Steinklotz mit einem gemeißelten Jaguarkopf konnte einem leicht hundert Riesen einbringen. Er musste also sorgfältig darauf achten, dass dieser Ort niemandem zu Ohren kam.

In ihrer Blütezeit war die Weiße Stadt sicher wirklich bemerkenswert gewesen. Hauser stellte sie sich vor: die neuen, strahlend weißen Tempel, die hier veranstalteten Ballspiele (bei denen die Verlierer ihres Kopfes verlustig gingen), die brüllende Zuschauermenge, die Umzüge der mit Gold, Federn und Jade behängten Priester. Und was war passiert? Ihre Nachfahren lebten jetzt in Rindenhütten, ihr Oberpriester war in Lumpen gekleidet. Komisch, wie die Dinge sich veränderten.

Hauser füllte seine Lunge erneut mit Rauch. Es stimmte – nicht alles war nach Plan verlaufen. Egal. Die Erfahrung hatte ihn gelehrt, dass jedes Unternehmen eine Übung in Sachen Improvisation war. Wer ein Unternehmen für planbar und makellos durchführbar hielt, starb immer dann, wenn er sich an seine Richtlinien klammerte. Improvisationstalent war seine größte Stärke. Denn der Mensch war nun mal nicht berechenbar.

Da war zum Beispiel Philip. Bei ihrer ersten Begegnung hatte er in seinem teuren Anzug, mit seinem affektierten Gehabe und dem aufgesetzt klingenden Oberklassenakzent wie ein Angeber gewirkt. Hauser konnte auch jetzt noch nicht richtig glauben, dass ihm die Flucht geglückt war. Philip würde sein Leben wahrscheinlich im Dschungel aushauchen – er hatte schließlich schon vor seiner Flucht aus dem letzten Loch gepfiffen –, aber Hauser machte sich dennoch Gedanken. Er war auch beeindruckt. Vielleicht war ja doch ein Tick von Max auf diesen miesen kleinen Schwächling abgefärbt. Max. Er hatte sich wirklich als durchgeknallter alter Armleuchter entpuppt.

Die Hauptsache war jetzt, dass er die Prioritäten richtig setzte. Zuerst der Codex, der restliche Krempel kam dann später dran. Und dann Punkt drei: die Weiße Stadt an sich. Hauser hatte im Laufe der Jahre mit Interesse die Plünderung der Ausgrabungsstätte Q verfolgt. Die Weiße Stadt würde *seine* Ausgrabungsstätte Q werden.

Er begutachtete das Ende der Zigarre und hob sie hoch, damit die Rauchkringel seine Nasenlöcher kitzelten. Die Zigarren hatten die Reise durch den Regenwald gut überstanden – man konnte fast sagen, sie hatte ihnen gut getan.

Der Teniente trat ins Freie und salutierte: »Wir sind fertig, Sir.«

Hauser folgte ihm in die Tempelruine. Die Soldaten brachten gerade den äußeren Teil in Ordnung, harkten den tierischen Kot zusammen, verbrannten die Spinnweben, verspritzten Wasser, damit es nicht staubte, und bedeckten den Boden mit abgeschnittenen Farnen. Hauser zog den Kopf ein, als er durch den niedrigen Türrahmen in den Innenhof ging und an den umgekippten Statuen vorbei in den hinteren Raum trat. Der faltige alte Indianer war an eine Steinsäule gekettet. Hauser richtete die Lampe auf ihn. Er war ein alter Sack, doch er hielt seinem Blick stand. Seine Miene ließ nicht die geringste Spur von Furcht sehen. Hauser gefiel das nicht. Es erinnerte ihn an das Gesicht von Ocotal. Diese verdammten Indianer waren wie der Vietcong.

»Danke, Teniente«, sagte er zu dem Soldaten.

»Wer soll übersetzen? Er versteht kein Spanisch.«

»Ich werde mich schon verständlich machen.«

Der Teniente zog sich zurück. Hauser schaute den Indianer an, der seinem Blick auch diesmal standhielt. Er war weder trotzig noch ängstlich – er beobachtete nur.

Hauser setzte sich auf eine Ecke des Steinaltars, schnippte vorsichtig die Asche von der erloschenen Zigarre und zündete sie erneut an.

»Ich heiße Marcus«, sagte er mit einem Lächeln. Er spürte schon jetzt, dass die Sache hart werden würde. »Die Lage ist folgende, Häuptling: Ich möchte, dass Sie mir sagen, wo Sie und Ihre Leute Maxwell Broadbent bestattet haben. Wenn Sie's tun, kriegen wir keine Probleme. Dann gehen wir nur da rein, holen uns, was wir haben wollen, und lassen Sie in Ruhe. Wenn Sie's nicht tun, wird Ihnen und Ihrem Volk Schlimmes zustoßen. Ich werde den Standort der Grabstätte so oder so finden und sie ausräumen. Welchen Weg also möchten Sie gehen?«

Er schaute zu dem Mann auf und zog so fest an der Zigarre, dass die Spitze rot aufglühte. Der Indianer hatte kein Wort verstanden. Doch das war eigentlich egal. Er war kein Narr: Er wusste, was Hauser wollte.

»Maxwell Broadbent?«, wiederholte Hauser langsam. Er betonte jede Silbe. Dann machte er eine allgemein verständliche Geste, die anzeigte, dass er eine Frage gestellt hatte – er zuckte die Achseln und drehte die Handflächen nach oben.

Der Indianer schwieg. Hauser stand auf. Er ging auf den Greis zu und zog dabei heftiger an der Zigarre, bis die Spitze noch stärker glühte. Dann blieb er stehen, nahm die Zigarre aus dem Mund und hielt sie dem Mann vors Gesicht. »Mögen Sie Zigarren?«

44

Philip hatte seine Geschichte erzählt. Die Sonne war längst untergegangen, das Feuer zu einem zinnoberroten Haufen glühender Asche heruntergebrannt. Tom konnte kaum fassen, was sein Bruder ertragen hatte.

Sally ergriff als Erste das Wort: »Hauser begeht dort oben einen Völkermord.«

Eine unbehagliche Stille breitete sich aus.

»Wir müssen etwas *unternehmen*.«

»Zum Beispiel?«, fragte Vernon. Seine Stimme klang müde.

»Wir gehen zu den Bergindianern und bieten ihnen unsere Hilfe an. Wenn wir uns mit ihnen zusammentun, können wir Hauser schlagen.«

Don Alfonso breitete die Hände aus. »Sie werden uns töten, bevor wir auch nur ein Wort gesagt haben, Curandera.«

»Ich gehe unbewaffnet ins Dorf. Sie werden doch keine unbewaffnete Frau umbringen.«

»Und ob. Was können wir auch schon tun? Wir haben nur ein Gewehr. Hauser verfügt über ausgebildete Soldaten mit Automatikwaffen. Wir sind schwach. Wir sind hungrig. Wir haben nicht mal Kleider zum Wechseln – und bei uns ist ein Mann, der nicht gehen kann.«

»Was also schlagen Sie vor?«

»Dass wir Schluss machen. Wir müssen umkehren.«

»Sie haben gesagt, dass wir nie durch den Sumpf kommen.«

»Jetzt wissen wir aber, dass Hauser seine Boote an den Macaturi-Wasserfällen gelassen hat. Wir könnten sie stehlen gehen.«

»Und dann?«, fragte Sally.

»Dann kehre ich nach Pito Solo zurück, und Sie fahren nach Hause.«

»Wir lassen Hauser dort oben, und er bringt alle Menschen um?«

»Ja.«

Sally war wütend. »Das nehme ich nicht hin. Er muss aufgehalten werden. Wir nehmen Verbindung mit der Regierung auf, damit sie Truppen schickt und ihn festnimmt.«

Don Alfonso wirkte nun sehr müde. »Die Regierung wird nichts tun, Curandera.«

»Woher wollen Sie das wissen?«

»Weil Hauser längst Absprachen mit der Regierung getroffen hat. Wir müssen unsere Ohnmacht einsehen.«

»Und genau das tu ich nicht!«

Don Alfonsos traurige alte Augen musterten sie. Dann kratzte er sorgfältig seine Pfeife aus, klopfte die Tabakkrumen heraus, stopfte sie neu und zündete sie mit einem brennenden Holzscheit an. »Vor vielen Jahren«, sagte er, »als ich noch ein Junge war, kam der erste Weiße in unser Dorf. Ich erinnere mich noch gut daran. Es war ein kleiner Mann mit einem großen Hut und einem Spitzbart. Wir haben ihn für einen Geist gehalten. Er zog ein paar kackgelbe Metallklumpen aus der Tasche und fragte, ob wir so was schon mal gesehen hätten. Seine Hände zitterten, in seinen Augen war ein irres Flackern. Wir hatten Angst und sagten Nein. Einen Monat später, während der alljährlichen Überschwemmung, trieb sein verschimmeltes Boot den Fluss hinab. Bis auf seinen Schädel und sein Haar befand sich nichts darin. Wir haben das Boot verbrannt und so getan, als hätten wir es nie gesehen.

Im Jahr darauf kam ein Mann mit schwarzem Anzug und Hut den Fluss herauf. Er war ein freundlicher Mensch. Er schenkte uns Kreuze und Nahrung. Er tauchte uns alle in den Fluss und sagte, er habe uns gerettet. Er blieb einige Monate bei uns und schwängerte eine Frau. Dann wollte er durch den Sumpf. Wir haben ihn nie wiedergesehen.

Danach kamen weitere Männer, die nach der gelben Scheiße suchten, die sie *Oro* nannten. Sie waren noch verrückter als der erste. Sie haben unsere Töchter belästigt, unsere Boote gestohlen und sind flussaufwärts gefahren. Einer kam zurück, allerdings ohne Zunge, deswegen haben wir nie erfahren, was mit ihm passiert war. Dann kamen neue Männer mit Kreuzen. Jeder von ihnen behauptete, die Kreuze der anderen seien nicht die wahren; dass nur die seinen gut seien und die anderen Schrott. Sie tauchten uns erneut in den Fluss. Dann tauchten uns die anderen noch mal unter und sagten, die ersten hätten es falsch gemacht. Dann kamen andere und tauchten uns wieder unter, bis wir gründlich durchnässt und verwirrt waren. Später kam ein Weißer ganz allein zu uns. Er lebte bei uns, lernte unsere Sprache und erzählte, die Männer mit den Kreuzen hätten sie nicht alle. Er nannte sich einen *Anthropologen*. Er verbrachte ein Jahr damit, seine Nase in unsere sämtlichen Privatangelegenheiten zu stecken. Er stellte uns einen Haufen dämliche Fragen über Sex, wer bei uns mit wem verwandt sei und was nach dem Tod mit uns geschähe; was wir essen und trinken, wie wir Krieg führen oder Schweine braten. Er hat alles aufgeschrieben, was wir geantwortet haben. Die boshafteren Angehörigen unseres Stammes, zu denen auch ich gehöre, haben ihm unglaubliche Bären aufgebunden, aber er hat alles mit ernsthafter Miene niedergeschrieben und gesagt, er wolle unsere Geschichten in einem Buch veröffentlichen, das alle Amerikaner lesen würden. Dann würden wir berühmt. Wir haben uns schlapp gelacht.

Dann kamen Männer in Begleitung von Soldaten den Fluss herauf. Sie hatten Schießeisen und Papiere, die wir alle unterschrieben haben. Sie haben dann gesagt, wir hätten uns einverstanden erklärt, einen neuen Häuptling zu haben, der viel mächtiger sei als der Dorfhäuptling, und dass wir uns einverstanden erklärt hätten, ihm das ganze Land mit allen Tieren, Bäumen, Bodenschätzen samt dem unter der Erde liegenden Öl zu schenken – falls es dies dort gab. Das hielten wir alle für sehr komisch. Sie schenkten uns ein Bild von unserem neuen Häuptling. Er war sehr hässlich; sein Gesicht war so pockennarbig wie eine Ananas. Als unser richtiger Häuptling dagegen protestierte, haben sie ihn mit in den Wald genommen und erschossen.

Dann kamen Soldaten mit Männern, die Aktenkoffer bei sich trugen. Sie sagten, es habe eine *Revolución* gegeben und wir hätten jetzt einen neuen Häuptling. Der Alte sei erschossen worden. Sie sagten, wir sollten nun andere Papiere mit einem Zeichen versehen. Danach kamen weitere Missionare, bauten Schulen und brachten uns Medikamente. Sie haben sich zwar alle Mühe gegeben, die Jungs einzufangen und in die Schule zu bringen, aber es ist ihnen nie recht gelungen.

In den alten Zeiten hatten wir einen sehr klugen Häuptling. Es war Don Cali, mein Großvater. Eines Tages rief er uns zusammen. Er sagte, wir müssten die neuen Leute, die sich wie Irre aufführten, doch so schlau wie Dämonen waren, verstehen lernen. Wir sollten in Erfahrung bringen, wer sie wirklich waren. Er hat die Jungs gefragt, ob sich jemand freiwillig melden wolle. Ich habe mich gemeldet. Als das nächste Mal Missionare kamen, ließ ich mich fangen und wurde in ein Internat nach La Ceiba geschickt. Man hat mir das Haar abgeschnitten, mich in kratzige Kleider und heiße Schuhe gesteckt und mich verhauen, sobald ich Tawahka sprach. Ich bin zehn Jahre dort geblieben und habe die spanische und englische Sprache gelernt. Außerdem habe ich mit eigenen Augen gesehen, wer die Weißen sind. Es war meine Aufgabe: sie verstehen zu lernen.

Dann ging ich zurück und erzählte meinem Volk, was ich erfahren hatte. Alle sagten: ›Das ist ja schrecklich, was sollen wir nur tun?‹ Und ich sagte: ›Überlasst es mir. Wir werden ihnen Widerstand leisten, indem wir ihnen zustimmen.‹

Danach wusste ich genau, was ich zu den Männern sagen

musste, die mit Aktenkoffern und Papieren in unser Dorf kamen. Ich wusste, wann ich Papiere unterzeichnen musste und wann es besser war, sie zu verlieren. Ich wusste, wann ich mich wie ein Blödmann aufführen musste. Ich wusste, was die Jesusmenschen hören wollten, wenn ich Medizin, Nahrung und Kleider brauchte. Sie brachten jedes Mal ein Bild des neuen Häuptlings mit und erzählten mir, ich solle das Bild des alten wegwerfen, weil man ihn nämlich erschossen habe. Dann dankte ich ihnen, hängte das neue Bild in meiner Hütte auf und umrahmte es mit Blumen.

Und so wurde dann ich Häuptling von Pito Solo. Und jetzt wissen Sie, Curandera, dass ich weiß, wie die Dinge hier laufen. Wir können nichts tun, um den Bergindianern zu helfen. Wir können unser Leben nur sinnlos wegwerfen.«

»Was mich persönlich betrifft«, sagte Sally, »so kann ich nicht einfach fortgehen.«

Don Alfonso legte eine Hand auf die ihre. »Sie sind der mutigste Mensch, den ich kenne, Curandera – auch als Frau.«

»Fangen Sie nicht wieder damit an, Don Alfonso.«

»Sie sind sogar mutiger als die meisten Männer, die ich gekannt habe. Unterschätzen Sie die Bergindianer nicht. Ich möchte ihnen als Soldat nicht in die Hände fallen. Weil mein letzter Blick auf Erden nämlich auf das Feuer fällt, auf dem sie meine Männlichkeit rösten.«

Mehrere Minuten lang sagte niemand ein Wort. Tom fühlte sich ausgesprochen müde. »Dass all dies geschieht, ist unsere Schuld, Don Alfonso. Beziehungsweise die Schuld unseres Vaters. Wir sind dafür verantwortlich.«

»Das ganze Gerede über ›seine Schuld, unsere Schuld‹ führt zu gar nichts, Tomás. Wir können nichts tun. Wir sind machtlos.«

Philip nickte zustimmend. »Ich habe die Schnauze voll von dieser verrückten Reise. Wir werden die Welt nicht retten.«

»Das finde ich auch«, sagte Vernon.

Tom registrierte, dass alle ihn anschauten. Hier wurde eine Art Abstimmung abgehalten, und er musste die Entscheidung treffen. Dann sah er, dass Sally ihn mit einer gewissen Neugier musterte. Er selbst konnte sich irgendwie nicht als Menschen sehen, der einfach so aufgab. Dazu war er zu weit gelangt. »Wenn wir jetzt umkehren, könnte ich es mir später nie verzeihen. Ich halte zu Sally.«

Aber es stand noch immer drei zu zwei.

Don Alfonso war noch vor Sonnenaufgang auf den Beinen und brach das Lager ab. Der normalerweise unergründliche Indianer war vor Angst außer sich.

»Gestern Nacht war ein Bergindianer ein paar hundert Meter von unserem Lager entfernt. Ich habe seine Spuren gesehen. Ich selbst habe keine Angst vor dem Tod. Aber ich war schon die Ursache für den Tod von Pingo und Chori und möchte kein weiteres Blut an den Händen haben.«

Tom schaute Don Alfonso zu, wie er ihre Habseligkeiten zusammenpackte. Er hatte ein mulmiges Gefühl. Es war aus. Hauser hatte gesiegt.

»Wo Hauser mit dem Codex auch hingeht und was er auch tut«, sagte Sally, »ich werde mich an seine Fersen heften. Er wird mir nicht entwischen. Auch wenn wir vielleicht in die Zivilisation zurückkehren müssen – ich komme wieder. Die Sache ist damit auf keinen Fall erledigt.«

Philips Füße waren noch immer infiziert, sodass er nicht gehen konnte. Don Alfonso flocht eine Tragematte mit zwei kurzen Stäben, die man als Griffe über die Schultern legen konnte. Das Packen dauerte nicht lang. Als die Zeit zum Abmarsch kam, hievten Tom und Vernon Philip hoch. Sie gingen im Gänsemarsch durch die schmale Lücke in der Vegetation. Sally schwang ihre Machete und marschierte voran. Don Alfonso bildete die Nachhut.

»Tut mir Leid, dass ich so 'ne Belastung bin«, sagte Philip und zog seine Pfeife hervor.

»Du bist eine *verdammte* Belastung«, stimmte Vernon zu.

»Ja, erlaub mir, dass ich vor Zerknirschung Asche auf mein Haupt streue.«

Tom hörte seinen Brüdern zu. So war es immer gewesen. Sie zogen sich ständig gegenseitig auf. Manchmal verlief die Sache im freundlichen Bereich, aber nicht immer. Es freute ihn irgendwie, dass es Philip immerhin so gut ging, dass er Vernon auf den Arm nehmen konnte.

»Jemine«, sagte Vernon, »hoffentlich rutsche ich nicht aus und lass dich in ein Schlammloch fallen.«

Don Alfonso überholte sie bei seinem letzten Kontrollgang und überprüfte ihre Rucksäcke. »Wir müssen so leise wie möglich sein«, sagte er. »Und nicht rauchen, Philip. Sie werden es riechen.«

Philip steckte die Pfeife fluchend ein. Es fing an zu regnen. Den Kranken zu tragen erwies sich weitaus schwieriger, als Tom es sich vorgestellt hatte. Es war sehr beschwerlich, Philip die schlüpfrigen Pfade hinaufzuwuchten, und wenn sie ihn über schwankende Stämme trugen, die sie als Brücke über rauschende Flüsse gelegt hatten, war es eine Übung in Sachen Entsetzen. Don Alfonso beäugte alles mit wachsamen Blicken und zwang sie zu schweigen. Sogar der Einsatz der Macheten wurde verboten. Völlig erschöpft lagerten sie an diesem Nachmittag auf dem einzigen ebenen Fleck Boden, den sie finden konnten – nichts als klitschnassem Schlamm. Es goss wie aus Eimern. Das Wasser strömte in den provisorischen Unterstand, den Vernon errichtet hatte, und der Morast war überall. Tom und Sally gingen auf die Jagd und stromerten zwei Stunden durch den Wald, ohne etwas zu finden. Don Alfonso untersagte das Anzünden eines Feuers, da er befürchtete, man könne es riechen. An diesem Abend bestand ihre Mahlzeit aus rohen, nach Pappe schmeckenden Wurzeln und einigen verfaulten Früchten, in denen sich kleine weiße Würmer tummelten.

Der Regen rauschte pausenlos vom Himmel herab und verwandelte die Bäche in reißende Ströme. Zehn Stunden mörderischer Anstrengung brachten sie gerade mal fünf Kilometer voran. Der nächste und übernächste Tag fielen fast ebenso aus. Auf die Jagd zu gehen war unmöglich, und Don

Alfonso gelang es nicht, einen Fisch zu fangen. Als Nahrung blieben nur Wurzeln, Beeren und halb vergammeltes Obst, das Don Alfonso irgendwo zusammenklaubte. Am vierten Tag hatten sie gerade mal fünfzehn Kilometer zurückgelegt. Der ohnehin vom Hunger stark geschwächte Philip verfiel rapide und wurde erneut hohlwangig. Da er nicht rauchen durfte, verbrachte er den größten Teil des Tages damit, ins Blätterdach des Dschungels hinaufzustarren. Wenn man ihn ansprach, reagierte er kaum. Seine Apathie hatte sich wieder breit gemacht. Die körperliche Anstrengung, ihn auf der Matte zu schleppen, führte dazu, dass sie öfter rasten mussten. Sogar Don Alfonso schien zu schrumpfen. Seine Knochen stachen grauenhaft hervor, seine Haut war lose und faltig. Tom wusste nicht mehr, wie es war, wenn man trockene Kleider trug.

Am fünften Tag rief Don Alfonso gegen Mittag zum Halten. Er bückte sich und hob etwas vom Wegesrand auf: eine Feder, an der ein kleines Stück geflochtene Schnur befestigt war.

»Bergindianer«, sagte er mit leiser, zittriger Stimme. »Die Feder liegt noch nicht lange hier.«

Niemand sagte ein Wort.

»Wir müssen uns in die Büsche schlagen.«

Der Pfad war schon schlimm genug gewesen. Nun wurde das Gehen fast unmöglich. Sie kämpften sich durch eine Wand aus Farnen und Lianen, die so dicht war, dass sie den Eindruck erweckte, sie wolle sie schier zurückstoßen. Sie krochen unter ihr her, kletterten über umgestürzte Bäume hinweg und wateten durch sumpfige Tümpel, wobei ihnen der Schlamm gelegentlich bis zur Taille reichte. Die Vegetation wimmelte von Ameisen und Stechmücken, die sich, sobald man sie störte, wütend auf einen stürzten, einem durchs Haar krabbelten, in den Kragen fielen und stachen und bissen. Philip kriegte am meisten ab, da seine Matte durch dichtes Gestrüpp gezerrt wurde. Don Alfonso bestand weiterhin darauf, den Pfad zu meiden.

Es war die reine Hölle. Regen fiel ohne Unterlass. Alle paar hundert Meter wechselten sie sich ab, um eine Gasse in das dichte Gestrüpp zu schlagen; dann trugen sie Philip zu zweit über den Pfad. Anschließend hielten sie an, und der Nächste schlug einen hundert Meter langen Pfad durch das Gestrüpp. Auf diese Weise legten sie an zwei Tagen im pausenlos prasselnden Regen hundert Meter pro Stunde zurück. Sie wateten durch kniehohen Schlamm und glitten aus. Manchmal krabbelten sie bergauf, fielen hin und rutschten zurück. Tom hatte die meisten Hemdknöpfe verloren. Seine Schuhe waren so auseinander gefallen, dass er sich mehrmals an spitzen Stöcken schnitt. Die anderen befanden sich in einem ähnlichen Zustand der Zerlumptheit. Im Wald gab es keinerlei Wild. Die Tage verschmolzen zu einer einzigen langen Plackerei, die sie durch schlecht einsehbares Dickicht und von Regengeprassel erfüllte Sümpfe führten. Sie wurden pausenlos gestochen, sodass ihre Haut fast die Beschaffenheit von rauer Jute annahm. Nun waren vier Personen notwendig, um Philip zu heben, und manchmal mussten sie eine Stunde lang rasten, um ihn nur ein Dutzend Schritte weiterzubefördern.

Tom verlor allmählich jegliches Zeitgefühl. Ihm wurde klar, dass das Ende nicht mehr fern war – der Augenblick, an dem er nicht mehr weiter konnte. Er fühlte sich eigenartig leer im Kopf. Tage und Nächte gingen ineinander über. Einmal klatschte er in den Schlamm und blieb liegen, bis Sally ihn hochhievte. Eine halbe Stunde später, tat er das Gleiche für sie.

Sie erreichten ein freies Gebiet, auf dem ein umgesturzter Riesenbaum eine große Schneise ins Blätterdach gerissen hatte. Der Boden, der ihn umgab, war relativ eben. Der Baum war so gefallen, dass man unter seinem gewaltigen Stamm ein Quartier aufschlagen konnte.

Tom konnte kaum noch gehen. Alle kamen stillschweigend überein, hier Rast zu machen. Tom fühlte sich so schwach, dass er sich fragte, ob er überhaupt je wieder würde aufstehen können, wenn er sich jetzt hinlegte. Mit letzter Kraft schlugen sie Äste von dem Baum ab, richteten sie gegen den Stamm gelehnt auf und bedeckten sie mit Farn. Es schien gegen Mittag zu sein. Sie krochen unter das Schutzdach, hockten sich hin und legten sich auf dem nassen Boden in eine fünf Zentimeter dicke Schlammmasse. Später unternahmen Sally und Tom einen weiteren Versuch, etwas zu erjagen, doch sie kehrten vor Einbruch der Dunkelheit mit leeren Händen zurück. Sie hockten sich unter den Stamm, während die lange Dunkelheit sich auf sie herabsenkte.

Im sterbenden Licht untersuchte Tom Philip. Er war in einem jämmerlichen Zustand. Inzwischen fieberte und phantasierte er. Seine Wangen waren stark eingefallen; er hatte dunkle Ringe unter den Augen. Seine Arme sahen aus wie dünne Stecken, und seine Ellbogen waren verschwollen. Einige der sorgfältig behandelten Infektionen hatten sich erneut geöffnet. Die Maden waren wieder da. Tom hatte das Gefühl, dass ihm das Herz brach. Sein Bruder lag im Sterben.

Irgendwie wusste er auch, dass keiner von ihnen die elende kleine Lichtung je lebend wieder verlassen würde.

Die teilnahmslose Apathie des beginnenden Hungertodes bemächtigte sich eines jeden. Tom lag den größten Teil dieser Nacht wach, da er keinen Schlaf fand. In dieser Nacht hörte der Regen auf, und als der Morgen graute, schien über den Baumwipfeln die Sonne. Zum ersten Mal seit Wochen konnte man den blauen Himmel sehen – er war makellos. Sonnenstrahlen fielen durch die Lücken zwischen den Baumwipfeln. Flutende Sonne fing Insektenschwärme ein und ließ sie wie wirbelnde Lichttornados wirken. Vom Stamm des Riesenbaumes stieg Dampf auf.

Welch eine Ironie das doch war: Die Lücke zwischen den Baumkronen ließ ein vollkommenes Abbild der Sierra Azul sehen. Da bewegten sie sich seit einer Woche in die entgegengesetzte Richtung, und die Berge schienen näher denn je zuvor: Ihre Gipfel ragten über die Wolkenfetzen und waren so blau wie geschliffene Saphire. Tom empfand nun keinen Hunger mehr. *So ist es eben, wenn man verhungert,* dachte er.

Er spürte eine Hand auf seiner Schulter. Sie gehörte Sally.

»Komm mal her«, sagte sie mit ernster Stimme.

Tom empfand plötzlich Angst. »Geht's um Philip?«

»Nein. Um Don Alfonso.«

Tom stand auf und folgte ihr unter dem Stamm zu der Stelle, an der Don Alfonsos Hängematte direkt über dem feuchten Boden baumelte. Ihr Führer lag auf der Seite und musterte die Sierra Azul. Tom hockte sich neben ihn und nahm seine welke alte Hand. Sie war heiß.

»Tut mir Leid, Tomasito, aber ich bin ein nutzloser alter Mann. Ich bin so nutzlos, dass ich sterbe.«

»Sagen Sie nicht so was, Don Alfonso.« Tom legte seine Hand auf die Stirn des Indianers und bekam einen Schreck, denn sie war sehr heiß.

»Der Tod ruft mich. Da kann man nicht sagen: ›Komm nächste Woche wieder; ich muss noch was erledigen.‹«

»Haben Sie in der letzten Nacht wieder von Petrus oder dergleichen geträumt?«, fragte Sally.

»Man braucht nicht von Petrus zu träumen, wenn man weiß, wann das Ende gekommen ist.«

Sally schaute Tom kurz an. »Hast du irgendeine Ahnung, was er hat?«

»Ohne richtige Diagnose, ohne Blutbild oder ein Mikroskop …« Tom murmelte eine Verwünschung, dann stand er auf und kämpfte gegen eine Woge des Schwindels an. *Wir sind fertig,* dachte er. Es machte ihn eigenartigerweise wütend. Es war ungerecht.

Er verdrängte die nutzlosen Gedanken und schaute sich Philip an. Sein Bruder schlief. Er hatte, wie Don Alfonso, hohes Fieber. Tom war sich keinesfalls sicher, ob er je wieder erwachen würde. Vernon zündete inzwischen ein Feuer an. Er ignorierte Don Alfonsos Einwände. Sally braute einen medizinischen Tee für den Sterbenden. Sein Gesicht war eingefallen und schien nach innen zu sinken; seine Haut verlor ihre

Farbe und nahm einen wächsernen Ton an. Er atmete schwer, war aber noch bei Bewusstsein. »Ich werde Ihren Tee zwar trinken, Curandera«, sagte er, »aber Ihre Medizin wird mich nicht retten.«

Sally hockte sich hin. »Sie reden sich ein, dass Sie sterben, Don Alfonso. Sie können es sich aber auch wieder ausreden.«

Don Alfonso nahm ihre Hand. »Nein, Curandera, meine Zeit ist gekommen.«

»Das können Sie doch gar nicht wissen.«

»Mein Tod wurde mir prophezeit.«

»Hören Sie doch mit diesem absurden Unsinn auf. Sie können doch nicht in die Zukunft sehen!«

»Als ich ein kleiner Junge war, hatte ich mal starkes Fieber. Da nahm meine Mutter mich mit zu einer *Bruja* – einer Hexe. Diese *Bruja* erzählte mir, ich müsse noch nicht sterben, denn ich würde fern von zu Hause sterben, unter Fremden – und im Angesicht blauer Berge.« Er warf einen Blick auf die Sierra Azul, die sich durch die Lücke zwischen den Baumwipfeln abzeichnete.

»Vielleicht hat sie ja irgendwelche anderen blauen Berge gemeint.«

»Sie hat *diese* Berge gemeint, Curandera, denn sie sind so blau wie das Meer.«

Sally blinzelte eine Träne fort. »Hören Sie mit dem Quatsch auf, Don Alfonso.«

Don Alfonso lächelte plötzlich. »Ist es nicht wunderbar, wenn eine schöne Frau am Sterbebett eines alten Zausels weint.«

»Das ist nicht Ihr Sterbebett. Außerdem weine ich gar nicht.«

»Machen Sie sich keine Sorgen, Curandera. Es kommt nicht überraschend für mich. Als ich zu dieser Reise aufbrach, wusste ich, dass es meine letzte sein würde. In Pito Solo war ich ein nutzloser Greis. Ich wollte aber nicht als schwacher alter Trottel in meiner Hütte sterben. Ich, Don Alfonso Boswas, wollte als *Mann* sterben.« Er hielt inne, atmete ein und schauderte.

»Ich habe mir natürlich nicht vorgestellt, dass ich unter einem verfaulten Baum im stinkenden Schlamm sterbe und euch allein lassen muss.«

»Dann sterben Sie einfach nicht! Wir lieben Sie, Don Alfonso. Und die Hexe soll zur Hölle fahren!«

Don Alfonso nahm ihre Hand und lächelte. »In einem hat sie sich übrigens geirrt, Curandera. Sie hat gesagt, ich würde unter Fremden sterben. Aber das stimmt nicht. Ich sterbe unter Freunden.«

Don Alfonso schloss die Augen und murmelte etwas. Dann war er tot.

45

Sally weinte. Tom stand auf und schaute weg. Er merkte, wie seine unerklärliche Verärgerung zunahm. Er spazierte ein Stück in den Wald hinein. Dann setzte er sich auf einer stillen Schneise auf einen Baumstamm und ballte die Fäuste. Der alte Mann hatte kein Recht, sie zu verlassen. Er hatte sich seinem Aberglauben völlig hingegeben. Er hatte sich das Sterben selbst eingeredet – und das nur, weil er die blauen Berge gesehen hatte.

Tom dachte an den Tag zurück, an dem sie Don Alfonso begegnet waren: wie er auf dem kleinen Hocker in seiner Hütte gesessen, die Machete geschwungen und sie auf den Arm genommen hatte. Es schien ihm ein ganzes Leben her zu sein.

Sie hoben in dem schmutzigen Boden ein Grab aus. Es war eine langsame, erschöpfende Arbeit, und sie waren so schwach, dass sie die Schaufel kaum heben konnten. Tom dachte fortwährend: *Werde ich dies auch für Philip tun müssen? Morgen?* Gegen Mittag war das Grab fertig. Sie hüllten Don Alfonsos Leiche in seine Hängematte, trugen ihn zu dem mit Wasser voll gelaufenen Loch und warfen ihm einige feuchte Blumen hinterher. Dann füllten sie das Grab mit schlammiger Erde. Tom bastelte ein einfaches Kreuz, das er mit Lianen zusammenband und am Kopfteil des Grabes in den Boden rammte. Danach blieben sie eine Weile stehen und fühlten sich unbehaglich.

»Ich würde gern ein paar Worte sagen«, ließ Vernon verlauten.

Er stand leicht wankend da. Die Kleider hingen ihm in Fetzen am Leib; sein Bart und sein Haar standen wild ab. Er wirkte wie ein Bettelmönch.

»Don Alfonso ...« Vernons Stimme versagte. Er musste husten. »Falls Sie noch irgendwo in der Nähe sind, bevor Sie zum Himmelstor gehen, tun Sie uns den Gefallen und legen Sie ein gutes Wort für uns ein, okay? Wir sind in einem ziemlich üblen Zustand.«

»Amen«, sagte Sally.

Über ihnen bildeten sich finstere Wolken und beendeten das kurze sonnige Intervall. Donner grollte. Aus den Wipfeln über ihnen tönte das Geräusch fallender Tropfen.

Sally kam zu Tom. »Ich gehe noch mal auf die Jagd.«

Tom nickte. Er nahm die Angelschnur und beschloss, sein Glück an dem Fluss zu versuchen, den sie vor etwa einem Kilometer überquert hatten. Vernon blieb zurück und kümmerte sich um Philip.

Am frühen Nachmittag waren die beiden wieder da. Sally hatte nichts erwischt. Tom trug einen Fisch bei sich, der es gerade mal auf zweihundert Gramm brachte. Während ihrer Abwesenheit war Philips Fieber stark gestiegen. Er lag nun im Delirium. Seine Augen waren offen und glitzerten erhitzt. Pausenlos bewegte er den Kopf hin und her und murmelte zusammenhanglose Sätze. Tom war sich ziemlich sicher, dass er es nicht mehr lange machen würde. Als sie einen Versuch unternahmen, Philip den Tee einzuflößen, den Sally gekocht hatte, schrie er etwas Unverständliches und schlug ihr den Becher aus der Hand. Sie brieten den Fisch mit etwas Maniokwurzel in einem Topf und fütterten Philip damit. Nachdem er um sich geschlagen und Verwünschungen ausgestoßen hatte, akzeptierte er die Nahrung schließlich. Dann teilten sie den Rest unter sich auf. Nach dem Essen blieben sie in ihrem Quartier unter dem Stamm, lauschten dem prasselnden Regen und warteten auf die Nacht.

Tom erwachte kurz vor Morgengrauen als Erster. In der Nacht hatte Philips Fieber sich verschlimmert. Er warf sich phantasierend umher und zupfte sinnlos an seinem Kragen. Sein Gesicht wirkte eingefallen und ausgezehrt. Tom empfand zunehmende Verzweiflung. Sie hatten weder Arznei noch diagnostische Mittel, nicht einmal einen Erste-Hilfe-Kasten. Sallys Kräutermedizin zeigte angesichts von Philips hohem Fieber keinerlei Wirkung.

Vernon zündete ein Feuer an, und sie setzten sich in finsterem Schweigen um die Flammen. Die dunklen Farne ragten wie eine bedrohliche Menschenmenge um sie auf, wiegten sich unter dem prasselnden Regen vor und zurück und warfen grüne Düsternis über ihr Lager.

Schließlich sagte Tom: »Wir müssen hier bleiben, bis Philip sich erholt hat.«

Sally und Vernon nickten, obwohl sie wussten, dass Philip sich nicht erholen würde.

»Wir müssen jede Anstrengung unternehmen, um zu angeln, zu jagen und essbare Pflanzen zu sammeln. Wir müssen die Zeit nutzen, um selbst wieder zu Kräften zu kommen, damit wir fit für den langen Heimweg sind.«

Wieder waren alle einverstanden.

»Na schön«, sagte Tom und stand auf. »Machen wir uns an die Arbeit. Sally geht auf die Jagd. Ich nehme Angelschnur und Haken. Vernon, du bleibst hier und kümmerst dich um Philip.« Er schaute sich um. »Wir geben nicht auf.«

Alle kamen mit zittrigen Knien auf die Beine. Tom freute sich, als er sah, dass sich neue Energie in ihnen breit machte. Er holte die Schnur und die Angelhaken und schlug sich durch den Urwald. Er entfernte sich in gerader Linie von der Sierra Azul, hinterließ Kerben in den Farnblättern, um seinen Weg zu markieren, und hielt die Augen ständig nach essbarem Grünzeug offen. Der Regen rauschte noch immer herab. Zwei Stunden später erreichte er erschöpft eine schlammige Wasserkaskade und fing eine kleine Eidechse als Köder. Er befestigte das zappelnde Reptil an dem Haken und warf es in die brodelnde Strömung.

Fünf Stunden später, das Licht reichte gerade noch aus, um

das Lager zu finden, gab er auf. Er hatte drei der sechs Angelhaken und ein ganzes Stück Schnur verloren, ohne etwas zu fangen. Vor Einbruch der Dunkelheit kam er ins Lager zurück, wo Vernon das Feuer am Brennen hielt. Sally war noch nicht da.

»Wie geht's Philip?«

»Nicht gut.«

Tom schaute sich seinen Bruder an und stellte fest, dass er sich in ruhelosem Schlaf hin und her wälzte. Er schien zu träumen und murmelte Satzfetzen vor sich hin. Die Schlaffheit seines Gesichts und seiner Lippen versetzte Tom in Angst. Sie erinnerte ihn an Don Alfonsos letzte Minuten. Allem Anschein nach führte Philip im Traum ein Gespräch mit ihrem Vater, dem er eine Menge Vorwürfe zu machen hatte. Dann fielen auch die Namen Toms und Vernons und der von Philips Mutter, die er seit zwanzig Jahren nicht mehr gesehen hatte. Offenbar befand Philip sich auf einem Kindergeburtstag. Es war sein eigener Geburtstag, vermutlich sein fünfter: Er packte seine Geschenke aus und freute sich über jedes einzelne.

Tom trollte sich niedergeschlagen und traurig davon. Er nahm neben Vernon am Feuer Platz. Vernon schlang einen Arm um ihn. »So ist er schon den ganzen Tag.« Er reichte Tom einen Becher Tee.

Tom nahm ihn an sich und trank. Seine Hand sah aus wie die eines Greises. Die Adern traten hervor, die Haut war fleckig. Sein Magen fühlte sich hohl an, aber ein Hungergefühl empfand er nicht.

»War Sally zwischendurch mal hier?«

»Nein, aber ich habe ein paar Schüsse gehört.«

Und wie aufs Stichwort vernahmen sie ein Rascheln im Gebüsch, und Sally tauchte auf. Sie sagte nichts, sie nahm nur das Gewehr von der Schulter und setzte sich ans Feuer.

»Kein Glück gehabt?«, fragte Tom.

»Hab ein paar Baumstümpfe umgenietet.«

Tom lächelte und ergriff ihre Hand. »Kein Baumstumpf in

diesem Wald ist sicher, solange die große Jägerin Sally ihrer Beute auf der Fährte ist.«

Sally wischte sich Schlamm aus dem Gesicht. »Tut mir Leid.«

»Morgen«, sagte Tom. »Wenn ich früh aufbreche, schaffe ich es vielleicht bis zu dem Fluss, an dem wir Philip gefunden haben. Ich werde vielleicht 'ne Nacht wegbleiben müssen, aber der Fluss war groß, und da werde ich bestimmt jede Menge Fische fangen.«

»Prima Idee, Tom«, meinte Vernon. Seine Stimme klang angespannt.

»Wir geben nämlich nicht auf.«

»Nein«, sagte Sally.

Vernon schüttelte den Kopf. »Ich frage mich, was Vater wohl dächte, wenn er uns jetzt sehen könnte.«

Tom schüttelte den Kopf. Er hatte es längst aufgegeben, Gedanken an Maxwell Broadbent zu verschwenden. Wenn er gewusst hätte, was er angerichtet hatte ... dass er seine drei Söhne in den Tod geschickt hatte ... Es war unerträglich, darüber nachzudenken. Sie hatten ihn zeit seines Lebens enttäuscht, und nun enttäuschten sie ihn nach seinem Tod.

Tom stierte eine Weile ins Feuer. »Bist du wütend auf ihn?«, fragte er.

Vernon zögerte. »Ja.«

Tom machte eine hilflose Handbewegung. »Glaubst du, wir sind fähig, ihm zu verzeihen?«

»Spielt das eine Rolle?«

Tom erwachte noch vor dem Morgengrauen mit einem eigenartigen Druckgefühl am Hinterkopf. Es war dunkel und regnete. Das Prasseln des Regens schien in seinen Kopf hineinzukriechen. Er drehte sich zweimal auf dem klammen Boden herum, und aus dem Druck wurden Kopfschmerzen. Er schwang die Beine über den Rand der Hängematte, setzte sich hin und bemerkte zu seiner großen Überraschung, dass er sich kaum aufrecht halten konnte. Er sank zurück. In seinem Kopf drehte sich alles. Er stierte in die Finsternis hinauf. Sie schien von wirren rotbraunen Wirbeln und flüsternden Stimmen erfüllt zu sein. In der Nähe ertönte Knilchs leises, besorgtes Geschnatter. Tom schaute sich um und lokalisierte schließlich in der Finsternis das Äffchen. Es hockte neben ihm am Boden und stieß ängstliche Schnalzgeräusche aus. Und nun wusste er, dass etwas nicht in Ordnung war.

Es war mehr als nur eine Auswirkung des Hungers. Ihm wurde bewusst, dass er krank war. *Oh, Gott,* dachte er. *Nicht jetzt.* Er drehte den Kopf und versuchte, Sally oder Vernon in der wirbelnden Düsternis zu erkennen. Doch er sah nichts. Seine Nase witterte den widerlichen Geruch von fauliger Vegetation, Regen und Lehm. Das Geräusch des auf die Blätter des Waldes trommelnden Regens bohrte sich ihm in den Schädel. Er merkte, dass er wieder einzuschlafen drohte, und öffnete die Augen. Sally leuchtete ihn in der Dunkelheit mit der Taschenlampe an.

»Ich gehe heute angeln«, sagte Tom.

»Du gehst nirgendwo hin«, erwiderte sie. Sie streckte eine Hand aus und berührte seine Stirn. Es gelang ihr nicht, die Angst zu verbergen, die sich auf ihrem Gesicht zeigte. »Ich bringe dir einen Tee.«

Sie kehrte mit einem dampfenden Becher zurück und half Tom, ihn zu leeren. »Schlaf weiter«, sagte sie.

Tom schlief weiter.

Als er erwachte, war es heller, aber es regnete noch immer. Sally beugte sich über ihn. Als sie sah, dass er die Augen öffnete, versuchte sie zu lächeln.

Tom fröstelte trotz der erstickenden Hitze, die unter dem Baum in der Lagerstatt herrschte. »Philip?«, brachte er hervor.

»Wie immer.«

»Vernon?«

»Er ist auch krank.«

»Verdammt.« Tom schaute Sally an. Panik packte ihn. »Und du? Wie geht's dir?« Ihr Gesicht sah gerötet aus. »Wirst du auch krank?«

Sally legte ihm eine Hand auf die Wange. »Ja, ich werde auch krank.«

»Ich werde wieder gesund«, sagte Tom. »Dann kümmere ich mich um dich. Wir kommen schon aus diesem Dreck raus.«

Sally schüttelte den Kopf.

»Nein, Tom. Daraus wird nichts.«

Die einfache Behauptung dieser Tatsache schien Toms pulsierenden Schädel zu klären. Das war es dann also gewesen. Sie würden im Regen unter einem faulenden Baum krepieren. Raubtiere würden sie zerreißen. Und niemand würde je erfahren, was aus ihnen geworden war. Er versuchte sich einzureden, dass das Fieber aus ihm sprach, dass die Lage so schlimm nun doch nicht sei, aber insgeheim wusste er, dass es stimmte. In seinem Kopf drehte sich alles. Er versuchte sich zu konzentrieren. Sie würden sterben. Er öffnete die Augen.

Sally war noch bei ihm. Ihre Hand lag auf seiner Wange. Sie schaute ihn lange an. Ihr Gesicht war schmutzig, zerkratzt und von Insekten zerstochen. Ihr Haar verfilzt und stumpf, ihre Augen lagen tief in den Höhlen. Wenn man von der leuchtenden Farbe ihrer Augen und der leicht vorstehenden Unterlippe absah, hatte sie keine Ähnlichkeit mehr mit der jungen Frau, die in Utah ohne Sattel hinter ihm hergeritten war. »Wir haben nicht mehr viel Zeit«, meinte Sally schließlich. Sie verharrte und schaute ihn konzentriert an. »Ich muss dir was sagen, Tom.«

»Was denn?«

»Ich glaube, ich habe mich in dich verliebt.«

Die Realität kehrte mit unvermittelter Klarheit zu ihm zurück. Tom brachte kein Wort heraus.

»Nun ja«, fuhr sie rasch fort. »Jetzt ist es raus.«

»Und was ist mit …?«

»Julian? Er ist der perfekte Traummann. Er sieht gut aus und ist intelligent. Außerdem hat er zu allen Themen die richtige Meinung. Er ist der Mann, den sich alle Eltern als Schwiegersohn wünschen. Er ist meine Sarah. Aber wer will die schon haben? Was ich für ihn empfunden habe, ist nicht das, was ich für dich empfinde – trotz all deiner …« Sie lächelte zögernd. »Unzulänglichkeiten?«

Nachdem sie alles gesagt hatte, waren sämtliche Komplikationen fortgewischt. Nun war alles klar und einfach. Tom wollte etwas erwidern. Schließlich gelang es ihm, die Worte zu krächzen: »Ich liebe dich auch.«

Sarah lächelte. Ein winziges Aufflackern ihrer früheren Ausstrahlung zeigte sich. »Ich weiß. Und es freut mich. Tut mir Leid, dass ich so rotzig zu dir war. Es war purer Trotz.«

Sie schwiegen einen Augenblick.

»Ich glaube, ich habe dich von dem Augenblick an geliebt, als du mein Pferd geklaut und in Utah hinter mir hergeritten bist«, sagte Tom. »Aber richtig mitgekriegt habe ich's erst, als du den Jaguar nicht töten wolltest. Dafür werde ich dich immer lieben.«

»Als du mich ins Freie geholt hast, um mir den leuchtenden Wald zu zeigen«, sagte Sally, »da wurde mir klar, dass ich im Begriff war, mich in dich zu verlieben.«

»Du hast nie was gesagt.«

»Ich hab 'ne Weile gebraucht, um es zu verarbeiten. Wie dir vielleicht aufgefallen ist, bin ich stur. Ich wollte mir nicht eingestehen, dass ich mich geirrt hatte.«

Tom schluckte. In seinem Kopf drehte sich allmählich alles. »Aber ich bin doch nur ein ganz normaler Typ. Ich bin nicht mit sechzehn nach Stanford gegangen …«

»Normal? Ein Mann, der sich mit Jaguaren und Anakondas rauft? Wer führt schon Expeditionen mit Mut und Humor ins Herz der Finsternis an?«

»Ich hab's nur getan, weil ich dazu gezwungen war.«

»Auch das ist eine deiner positiven Eigenschaften. Du bist bescheiden. Das Zusammensein mit dir hat mir verdeutlicht, was Julian für ein Mensch ist. Er wollte nicht mitkommen, weil er befürchtete, es könnte unbequem werden. Es hätte seine Arbeit gestört. Außerdem glaube ich, dass er Angst hatte. Mir ist bewusst geworden, dass er zu jenen Menschen zählt, die nichts riskieren, solange nicht von vornherein feststeht, dass sie gewinnen. Du hingegen würdest das Unmögliche versuchen.«

Tom empfand nun ein Schwindelgefühl. Er strengte sich an, um bei Sinnen zu bleiben. Sallys Worte gefielen ihm.

Sie legte ihm mit einem traurigen Lächeln eine Hand auf den Brustkorb. »Schade, dass die Zeit uns davonläuft.«

Tom legte ihr eine Hand aufs Haar. »Was für ein beschissener Ort, um sich zu verlieben …«

»Das kann man wohl sagen.«

»Vielleicht in einem anderen Leben …« Er riss sich zusammen, um nicht den Halt in der Wirklichkeit zu verlieren. »Vielleicht haben wir irgendwo noch mal eine Chance …« In seinem Kopf ging alles durcheinander. Was wollte er noch mal sagen? Er schloss die Augen und versuchte, gegen den Schwindel anzugehen, doch vor ihm war nur ein grünbrauner Wirrwarr. Er fragte sich kurz, ob alles vielleicht nur ein Traum war: die Krebserkrankung seines Vaters, die Reise, der Dschungel, Sally, sein im Sterben liegender Bruder. Ja, nun wurde es ihm klar. Es war *tatsächlich* ein Traum gewesen, ein langer, bizarrer Traum. Er würde gleich in seinem Bett aufwachen, wieder ein kleiner Junge sein und seinen Vater aus dem ersten Stock rufen hören: »Guten Morgen, guten Morgen – der neue Tag vertreibt die Sorgen!«

Mit diesem Gedanken sank er glücklich ins Vergessen zurück.

46

Marcus Hauser saß auf einem Campinghocker im Türrahmen der Tempelruine und blickte in den Morgen hinaus.
Ein Tukan hüpfte kreischend in einem Baum in der Nähe herum und schüttelte seinen riesigen Schnabel. Es war ein
prächtiger Tag, der Himmel hellblau, der Dschungel ein gedämpftes Grün. Hier in den Bergen war es kühler, und die
Luft wirkte frischer. Der Duft einer unbekannten Blüte wehte
an ihm vorbei. Hauser hatte ein Gefühl von zurückkehren-
dem Frieden. Hinter ihm lag eine lange Nacht. Er fühlte sich
ausgelaugt, leer und enttäuscht.

Schritte ließen den Blätterteppich rascheln. Ein Soldat
brachte ihm das Frühstück – Speck, Eier, Kaffee, gebratene
Bananen – auf einem emaillierten Teller. Die Portion war sogar mit irgendeinem Kraut garniert. Hauser balancierte den
Teller auf den Knien. Die Garnierung passte ihm nicht, also
schnippte er sie fort. Dann griff er nach der Gabel und begann zu essen. Seine Gedanken galten den Ereignissen der
vergangenen Nacht. Es war Zeit gewesen, die Sache mit dem
Häuptling voranzutreiben oder aufzugeben. Er hatte zwar
schon nach zehn Minuten gewusst, dass er den Willen des alten Burschen nicht brechen würde, aber aufgegeben hatte er
nicht. Es war wie beim Betrachten pornographischer Filme:
Man konnte sie nicht abschalten, aber am Ende verwünschte
man die Zeit und die Energie, die man mit ihnen vergeudet
hatte. Hauser hatte sich wirklich Mühe gegeben. Er hatte sein

Bestes getan. Nun musste er sich eine andere Lösung für sein Problem einfallen lassen.

Zwei Soldaten tauchten im Türrahmen auf. Die Leiche hing schlaff zwischen ihnen. »Was sollen wir mit ihm machen, *Jefe?*«

Hauser wies ihnen mit der Gabel die Richtung, denn er hatte den Mund voller Ei. »In die Schlucht.«

Sie gingen hinaus, und er setzte sein Frühstück fort, bis zum letzten Bissen. Die Weiße Stadt war groß und überwuchert. Max konnte fast überall bestattet worden sein. Das Problem bestand darin, dass die Indianer nun so aufgebracht waren, dass keine große Chance bestand, sich eine neue Geisel zu holen und die Lage der Gruft aus ihr herauszupressen. Andererseits hatte Hauser keine Lust, in den nächsten zwei Wochen selbst in den von Ratten wimmelnden Ruinen herumzugraben.

Er beendete seine Mahlzeit, kramte in seinen Taschen und zog einen schlanken Aluminiumbehälter hervor. Nach einer Minute war dem Ritual Genüge getan: die Zigarre brannte. Hauser inhalierte tief und spürte die beruhigende Wirkung des sich von seiner Lunge in seinem Körper ausbreitenden Nikotins. Es ließ sich jedes Problem in Optionen und Unteroptionen zerlegen. Er hatte zwei: Er konnte die Grabkammer allein ausfindig machen oder sie von jemand aufspüren lassen. Wenn er sie suchen ließ, wer könnte dies sein?

»Teniente?«

Der Leutnant, der draußen auf seine Tagesbefehle wartete, kam herein und salutierte. »*Sí, Señor?*«

»Ich möchte, dass Sie einen Mann zurückschicken, um in Erfahrung zu bringen, wie weit die Gebrüder Broadbent gekommen sind.«

»Jawohl, Sir.«

»Er soll sie nicht belästigen. Außerdem dürfen sie ihn nicht bemerken. Ich möchte wissen, in welchem Zustand sie sind – ob sie weiterziehen oder aufgegeben haben. Er soll so viel rauskriegen wie möglich.«

»Jawohl, Sir.«

»Heute nehmen wir uns die Pyramide vor. Wir öffnen das eine Ende mit Dynamit und arbeiten uns dann voran. Teilen Sie den Sprengstoff und die Männer ein. Sie sollen in einer Stunde fertig sein.« Er stellte den Teller auf dem Boden ab, stand auf und hängte sich die Steyr AUG über die Schulter. Dann trat er in den Sonnenschein hinaus, warf einen Blick auf die Spitze der Pyramide und berechnete, wo die Ladungen befestigt werden mussten. Ob er Max in der Pyramide fand oder nicht: Die Arbeit würde die Soldaten zumindest beschäftigen und unterhalten. Laute Explosionen hörte schließlich jeder gern.

Sonnenschein. Es war der erste, den er seit Wochen zu Gesicht bekam. Zur Abwechslung würde es mal Spaß machen, im Sonnenschein tätig zu werden.

47

Der Tod kam zu Tom Broadbent, doch er war nicht in eine schwarze Kutte gehüllt und hatte auch keine Sense. Er kam in Form eines abscheulich barbarischen, rotgelb gestreiften Gesichts und einer Gestalt, an der sich grüne Federn sträubten. Sie hatte grüne Augen, schwarzes Haar und spitze weiße Zähne. Die Gestalt blickte Tom ins Gesicht und berührte ihn mit den Fingern. Doch der Tod, den Tom erwartet hatte, ließ sich nicht blicken. Vielmehr zwang die grässlich anzusehende Gestalt ihn pausenlos, eine heiße Flüssigkeit zu trinken. Tom setzte sich schwach zur Wehr, dann ergab er sich seinem Schicksal und schlief wieder ein.

Als er erwachte, hatte er ein trockenes Gefühl in der Kehle und pochende Kopfschmerzen. Er lag in einer trockenen Hängematte in einem Unterstand mit einem Schilfdach und trug ein frisches T-Shirt und Shorts. Vor dem Unterstand schien die Sonne. Der Dschungel ließ allerlei Geräusche hören. Eine ziemliche Weile wusste Tom nicht einmal mehr, wer er war und was er hier machte. Dann fiel ihm eins nach dem anderen wieder ein: das Verschwinden seines Vaters; das seltsame Testament; die Fahrt flussaufwärts; Don Alfonsos Scherze und Sprüche; die kleine Lichtung mit dem Ausblick auf die Sierra Azul – und das Sterben unter dem Riesenbaum im Regen.

Alles schien vor unendlich langer Zeit passiert zu sein. Tom fühlte sich erfrischt, wie neu geboren – und so schwach wie ein Säugling.

Er hob vorsichtig den Kopf, doch nur so weit, wie der hämmernde Kopfschmerz es erlaubte. Die Hängematte neben ihm war leer. Sein Herz tat einen Sprung. Wer hatte in ihr gelegen? Sally? Vernon? Wer war gestorben?

»Hallo?«, fragte er und versuchte sich aufzusetzen. »Ist hier jemand?«

Draußen ertönte ein Geräusch, dann hob Sally die Klappe hoch und trat ein. Sie wirkte wie ein plötzlicher Strahl aus Gold auf ihn. »Tom! Wie schön, dass es dir besser geht!«

»Ach, Sally ... Ich hab die leere Hängematte gesehen und dachte schon ...«

Sally kam zu ihm und nahm seine Hand. »Wir sind noch alle da.«

»Philip auch?«

»Er ist zwar noch krank, aber es geht ihm viel besser. Vernon dürfte morgen wieder auf dem Damm sein.«

»Was ist passiert? Wo sind wir?«

»Noch immer am gleichen Ort. Du kannst Borabay danken, wenn er zurückkommt. Er ist auf der Jagd.«

»Borabay?«

»Ein Bergindianer. Er hat uns gefunden und gerettet. Er hat uns alle gesund gepflegt.«

»Warum?«

»Ich weiß nicht.«

»Wie lange war ich weg?«

»Wir waren alle ungefähr eine Woche krank. Wir haben uns ein Fieber eingefangen, das er Bisi nennt. Er ist ein Curandero. Nicht so einer wie ich, sondern ein echter. Er hat uns Medizin eingeflößt, uns gefüttert und uns das Leben gerettet. Er spricht außerdem ein ziemlich seltsames Englisch.«

Tom versuchte, sich hinzusetzen.

»Noch nicht.« Sally drückte ihn wieder nach unten. »Trink das hier.«

Sie reichte ihm einen Becher, der mit einem süßen Getränk gefüllt war. Tom leerte ihn bis auf den Grund und spürte, wie sein Hunger zunahm. »Ich rieche, dass da etwas kocht, das ungeheuer lecker duftet.«

»Schildkröteneintopf à la Borabay. Ich bring dir eine Portion.« Sie streichelte ihm die Wange.

Tom schaute zu ihr auf. Nun erinnerte er sich an alles.

Sally beugte sich über ihn und gab ihm einen Kuss. »Wir haben noch immer einen weiten Weg vor uns, bevor alles vorbei ist.«

»Ja.«

»Gehen wir also schrittweise vor.«

Tom nickte. Sie reichte ihm eine Portion Schildkrötensuppe. Tom verzehrte sie, dann fiel er in einen gesunden Schlaf. Als er das nächste Mal erwachte, war der Kopfschmerz weg. Er konnte die Hängematte verlassen und trat leicht wankend ins Freie. Seine Beine fühlten sich wie Gummi an. Sie befanden sich auf der alten Lichtung mit dem umgekippten Baum, doch das nasskalte Dickicht hatte sich in ein vergnügtes offenes Lager verwandelt. Ausgerupfte Farne bedeckten den schlammigen Boden und bildeten einen angenehm federnden Teppich. Tom erblickte zwei ordentliche Unterstände aus Palmwedeln und ein Lagerfeuer mit Baumstämmen, auf denen man sitzen konnte. Sonnenlicht strömte zwischen den Wipfeln hindurch. Die Sierra Azul schaute in dunklem Violett vor dem blauen Himmel durch die Lücke. Sally saß am Feuer, und als Tom ins Freie trat, sprang sie auf, nahm ihn am Arm und half ihm, sich hinzusetzen.

»Wie spät ist es?«

»Zehn Uhr morgens«, sagte Sally.

»Wie geht's Philip?«

»Er liegt in der Hängematte. Er ist zwar noch schwach, aber er wird gesund. Vernon schläft gerade das letzte Stadium des Fiebers aus. Nimm noch von dem Eintopf. Borabay hat gesagt, wir sollen so viel essen, wie wir nur können.«

»Wo ist dieser geheimnisvolle Borabay?«

»Auf der Jagd.«

Tom aß noch etwas Schildkrötenfleisch. Über dem Feuer

blubberte ein großer Topf, der nicht nur mit Fleischbrocken, sondern auch mit vielen eigenartigen Wurzeln und Gemüse gefüllt war. Als er fertig war, machte er sich zum anderen Unterstand auf, um nach Philip zu sehen. Er zog die Tür aus Palmwedeln auf, duckte sich und trat ein.

Philip lag rauchend in einer Hängematte. Er war zwar noch immer erschreckend dünn, aber seine Wunden hatten Schorf gebildet und seine Augen lagen nicht mehr so tief in den Höhlen.

»Freut mich, dass du wieder auf den Beinen bist, Tom«, sagte er.

»Wie geht's dir?«

»Bin zwar noch ein bisschen schwach in den Knien, aber sonst so fit wie ein Turnschuh. Ich fühle mich fast gesund. In ein, zwei Tagen kann ich wieder laufen.«

»Hast du diesen Borabay schon gesehen?«

»Oh, ja. Ein irrer Typ, voll angemalt. Hat kleine Scheiben in den Ohrläppchen, ist tätowiert, das ganze Programm. Sally wollte ihn schon zur Seligsprechung nominieren, aber ich bezweifle, dass er katholisch ist.«

»Du wirkst wie ein neuer Mensch, Philip.«

»Du auch, Tom.«

Verlegenes Schweigen machte sich breit, das ein Ruf von draußen unterbrach: »Hallo, Brüder!«

»Ah, Borabay ist wieder da«, sagte Philip.

Tom huschte aus dem Unterstand und sah einen erstaunlichen kleinen Indianer über die Wiese kommen. Sein Oberkörper und sein Gesicht waren rot angemalt. Schwarze Kreise umgaben seine Augen; wilde Streifen liefen ihm quer über den Brustkorb. Federn raschelten an Bändern an seinen Oberarmen, und er war bis auf einen Lendenschurz nackt. Zwei riesige Stöpsel steckten in seinen lang gezogenen Ohrläppchen, die bei jedem Schritt wippten. Ein kompliziertes Narbenmuster verlief über seinen Bauch. Seine Vorderzähne waren spitz zugefeilt, er hatte stumpf abgeschnittenes schwarzes Haar, und seine Augen waren von einem sehr ungewöhnlichen Haselnussbraun, fast grün. Sein Gesicht war überraschend schön und fein geschnitten, seine Haut glatt und wie gemeißelt.

Er blieb würdevoll am Feuer stehen. In der einen Hand hielt er ein zwei Meter langes Blasrohr, in der anderen den Kadaver eines Tieres unbekannter Spezies.

»Ich Fleisch bringen, Bruder«, sagte Borabay grinsend auf Englisch. Er ließ seine Beute zu Boden fallen, kam zu Tom herüber, umarmte ihn zweimal und küsste ihn auf beide Wangen. Es war wohl irgendein indianischer Ritualgruß. Dann trat er zurück und legte eine Hand auf seinen Brustkorb. »Mein Name Borabay, Bruder.«

»Ich bin Tom.«

»Ich Jane«, sagte Sally.

Borabay drehte sich um. »Jane? Du nicht Sally?«

Sally lachte. »Das war ein Witzchen.«

»Du, ich, ihm, wir Brüder.« Borabay umarmte Tom noch einige Male und küsste ihn seitlich auf den Hals.

»Danke, dass du uns das Leben gerettet hast«, sagte Tom. Er hatte es kaum ausgesprochen, als ihm auffiel, wie schwach er klang. Aber Borabay wirkte erfreut.

»Danki. Danki. Du essen Suppe?«

»Ja. Köstlich.«

»Borabay guter Koch. Du essen mehr.«

»Wo hast du Englisch gelernt?«

»Meine Mutter mir beibringen.«

»Du sprichst es gut.«

»Ich sprechen schlecht. Aber ich von euch lernen, dann sprechen guter.«

»Besser«, sagte Sally.

»Danki. Ich irgendwann geh nach Amerika mit dir, Bruder.«

Es erstaunte Tom, dass hier draußen, so fern von jeglicher Zivilisation, jedermann nach Amerika auswandern wollte.

Borabay warf einen Blick auf Knilch, der an seinem üblichen Platz in Toms Hemdtasche saß.

»Das Äffchen immer schreien, wenn du krank. Was sein Name?«

»Knilch«, sagte Tom.

»Warum du nicht essen Äffchen, wenn du verhungern?«

»Tja, ich kann es eben gut leiden«, sagte Tom. »Außerdem ist er doch nur ein Häppchen.«

»Warum du ihn nennen Knilch? Was ist Knilch?«

»Ähm ... Es ist nur ein Kosename für so ein kleines Kerlchen.«

»Gut. Ich lerne neues Wort. *Knilch*. Ich möchte lernen Englisch.«

»Ich möchte Englisch lernen«, sagte Sally.

»Danki! Ihr mir immer sagen, wenn ich mache Fehler.« Borabay hielt dem Äffchen einen Finger hin. Knilch ergriff ihn mit seiner winzigen Hand und begaffte ihn. Dann quäkte er und duckte sich in Toms Tasche.

Borabay lachte. »Knilch denken, ich wollen ihn essen. Er wissen, dass wir Tara mögen Affen. Jetzt ich mache Essen.« Er ging an die Stelle zurück, wo seine Beute lag, und nahm sie und einen Topf an sich. Anschließend entfernte er sich ein Stück, hockte sich hin und zog dem Tier das Fell ab. Dann zerlegte er es in vier Teile und warf sie – einschließlich der Innereien und Knochen – in den Topf. Tom gesellte sich zu Sally ans Feuer.

»Ich bin noch immer leicht daneben«, sagte er. »Was ist passiert? Woher ist Borabay gekommen?«

»Ich weiß auch nicht mehr als du. Borabay hat uns gefunden, als wir sterbenskrank unter dem Baum lagen. Er hat alles aufgeräumt, die Unterstände gebaut, uns reingetragen, gefüttert, uns verarztet. Er hat eine riesige Menge Kräuter und sogar ein paar bizarre Insekten gesammelt – du kannst sie alle an den Sparren seines Quartiers baumeln sehen – und eine Medizin aus ihnen gebraut. Ich war als Erste wieder auf den Beinen. Das war vor zwei Tagen. Dann habe ich ihm geholfen, für euch zu kochen und euch zu pflegen. Das Fieber, das wir alle hatten, dieses Bisi, hält zwar nur kurz an, ist aber ziemlich heftig. Gott sei Dank ist es keine Malaria. Borabay sagt, es hat keine bleibenden Wirkungen und kommt auch nicht wieder. Wenn man in den ersten zwei Tagen nicht stirbt, hat man es überstanden. Es sieht so aus, als sei Don Alfonso ihm erlegen. Borabay sagt, alte Leute haben nicht genügend Widerstandskraft.«

Bei der Erinnerung an ihren Reisegefährten empfand Tom einen schmerzlichen Stich.

»Ich weiß«, sagte Sally. »Mir fehlt er auch.«

»Ich werde diesen klugen alten Mann nie vergessen. Ich kann's gar nicht fassen, dass er nicht mehr lebt.«

Sie schauten Borabay beim Zerkleinern seiner Beute zu. Er warf die Stücke in den Topf. Dabei sang er ein Lied, das je nach der Intensität des Windes lauter und leiser wurde.

»Hat er irgendwas über Hauser erzählt – und über das, was sich in der Sierra Azul abspielt?«

»Nein. Er will nicht darüber reden.« Sally schaute Tom zögernd an. »Eine Weile habe ich geglaubt, es wäre aus mit uns.«

»Yeah.«

»Weißt du noch, was ich gesagt habe?«

»Aber ja.«

Sally errötete heftig.

»Willst du es zurücknehmen?«, fragte Tom.

Sally schüttelte den Kopf. Ihr blondes Haar wirbelte ihr um die Schultern. Dann schaute sie ihn an. Ihre Wangen waren gerötet. »Niemals.«

Tom lächelte. »Gut.« Er nahm ihre Hand. Das, was sie durchgemacht hatten, hatte Sallys Schönheit irgendwie noch verstärkt. Sie wirkte auf eine Weise vergeistigt, die er sich nicht erklären konnte. Ihre Kratzbürstigkeit schien verschwunden zu sein. Dass sie dem Tod so nahe gewesen waren, hatte sie alle verändert.

Borabay kam mit einigen Leckerbissen zu ihnen. Er hatte sie in ein Blatt gepackt. »Knilch!«, rief er und schnalzte so mit der Zunge, wie Tom es bisher nur von dem Äffchen gehört hatte. Knilch schob den Kopf aus der Hemdtasche hervor. Borabay streckte die Hand aus. Nachdem Knilch ein wenig genörgelt und gequäkt hatte, griff er hinaus, schnappte

sich ein Fleischstückchen und schob es sich in den Mund.
Dann nahm er das nächste und übernächste. Er haute mit beiden Händen rein und stieß beim Kauen gedämpfte Freuden-
laute aus.

»Knilch und ich jetzt Freunde«, sagte Borabay lächelnd.

Vernons Fieber legte sich in dieser Nacht. Als er am nächsten
Morgen aufwachte, war er zwar schwach, jedoch bei klarem
Verstand. Borabay kümmerte sich um ihn, flößte ihm eine
Vielzahl von Kräutern ein und zwang ihn, ein Gebräu zu trinken. Sie verbrachten den Tag damit, sich auszuruhen, und
Borabay machte sich auf die Suche nach weiterer Nahrung.
Der Indianer kehrte am Nachmittag mit einem Sack aus Palmwedeln zurück, aus dem er Wurzeln, Obst, Nüsse und frischen Fisch holte. Den Rest des Tages widmete er dem Braten, Räuchern und Einpökeln der Lebensmittel. Schließlich
verpackte er alles in trockene Gräser und Blätter.

»Gehen wir irgendwo hin?«, fragte Tom Borabay.

»Ja.«

»Und wohin?«

»Wir sprechen später«, sagte Borabay.

Philip kam mit der Bruyère-Pfeife zwischen den Zähnen
aus seinem Unterstand gehinkt. Seine Füße waren noch ban-
dagiert. »Was für ein prächtiger Nachmittag«, sagte er. Er
trat ans Feuer und nahm Platz. Als er sich einen Becher mit
Borabays Tee einschenkte, meinte er: »Dieser Indianer müsste
das Titelbild von *National Geographic* zieren.«

Vernon gesellte sich ebenfalls zu ihnen und setzte sich leicht
schlotternd auf den Baumstamm.

»Vernon, essen!« Borabay füllte sofort eine Schale mit Eintopf und reichte sie ihm. Vernon nahm sie mit zittrigen Händen entgegen, ein Dankeschön murmelnd.

»Willkommen im Land der Lebenden«, sagte Philip.

Vernon wischte sich über die Stirn, erwiderte aber nichts.
Er war blass und dünn und schob sich den nächsten Löffel in
den Mund.

»Tja, da sind wir nun also«, sagte Philip. »Wie in der Serie ›Meine drei Söhne‹.«

Wie Tom unbehaglich feststellte, klang in Philips Stimme eine gewisse Ironie mit. Im Feuer knackte laut ein Stück Holz.

»Und in welch eine beschissene Lage haben wir uns da bloß manövriert«, meinte Philip. »Dank unseres geliebten alten Herrn.« Er hob seinen Becher in einem spöttischen Salut. »Auf dich, alter Knabe.« Er kippte seinen Tee aus.

Tom musterte Philip etwas genauer. Er hatte sich erstaunlich gut erholt. Sein Blick war nun wieder lebendig – und zwar vor Verärgerung.

Philip schaute sich um. »Was jetzt, meine lieben Brüder?«

Vernon zuckte die Achseln. Er war blass, sein Gesicht eingesunken, unter seinen Augen zeichneten sich dunkle Flecken ab. Er aß den nächsten Löffel Eintopf.

»Machen wir jetzt mit eingezogenem Schwanz die Fliege? Und lassen zu, dass Hauser sich den Lippi, die Braques, den Monet und alles andere unter den Nagel reißt?« Philip hielt inne. »Oder marschieren wir in die Sierra Azul, bis unsere Eingeweide vielleicht irgendwo im Gestrüpp hängen?« Er steckte die erloschene Pfeife an. »Tja, wir haben die Wahl.«

Niemand antwortete. Philip schaute seine Brüder der Reihe nach an.

»Nun?«, fragte er. »Ich stelle euch eine ernsthafte Frage: Lassen wir zu, dass dieser feiste Cortez hier sein Ding durchzieht und uns das Erbe klaut?«

Vernon schaute auf. Sein Gesicht war noch von der Krankheit gezeichnet und seine Stimme schwach. »Diese Frage beantwortest du am besten selbst. Du hast Hauser doch erst ins Spiel gebracht.«

Philip maß ihn mit einem kühlen Blick. »Ich habe gedacht, die Zeit der Schuldzuweisungen läge hinter uns.«

»Was mich betrifft, hat sie gerade erst angefangen.«

»Aber nicht hier und jetzt«, sagte Tom.

Vernon wandte sich Tom zu. »Philip hat diesen Psychopathen ins Spiel gebracht, und dafür muss er geradestehen.«

»Ich habe in gutem Glauben gehandelt. Ich konnte doch nicht ahnen, dass Hauser sich als Ungeheuer entpuppt. Und ich *habe* schon dafür geradegestanden, Vernon. Schau mich doch nur an.«

Vernon schüttelte den Kopf.

»Der wahre Schuldige«, fuhr Philip fort, »ist Vater, auch wenn niemand es zugeben will. Ist denn keiner unter uns ein *kleines bisschen* wütend über das, was er uns angetan hat? Er hat uns fast ins Jenseits befördert.«

»Er wollte uns prüfen«, meinte Tom.

»Ich hoffe doch nicht, dass du ihn verteidigen willst.«

»Ich bemühe mich nur, ihn zu verstehen.«

»Ich verstehe ihn nur zu gut. Dieser Grabräuber-Scheiß ist nur eine weitere Herausforderung auf seiner langen Liste. Erinnert ihr euch noch an unsere Sportlehrer, den Kunstgeschichte-Unterricht, die Reit-, Musik- und Schachstunden, die Ermahnungen, Reden und Drohungen? Wisst ihr noch, wie es war, wenn wir unsere Zeugnisse kriegten? Wir sind Nieten für ihn, Tom. Er hat uns immer für Nieten gehalten. Und vielleicht hat er ja Recht. Schaut mich an: Ich bin siebenunddreißig Jahre alt und noch immer Assistent am Durchschnittsheimer-College. Du verarztest Indianerpferde in Hinterwald, Utah, und Vernon verbringt die reifste Zeit seines Lebens damit, Swami Wu-Wu Liedchen zu singen. Wir sind *Verlierer*.« Er brach in ein heiseres Lachen aus.

Borabay stand auf. Die Handlung an sich war einfach, aber er tat es mit solch langsamer Bedächtigkeit, dass es alle zum Schweigen brachte. »Das keine gute Rede.«

»Du warst auch nicht gemeint, Borabay«, sagte Philip.

»Keine schlechte Rede mehr.«

Philip ignorierte ihn. Er wandte sich an Tom: »Vater hätte uns wie jeder andere normale Mensch sein Geld hinterlassen können. Er hätte es auch verschenken können. Schön. Ich hätte damit leben können. Es ist schließlich sein Geld. Aber nein, er musste sich einen Plan ausdenken, um uns zu *quälen*.«

Borabay musterte ihn finster.

»Bruder halten Klappe.«

Philip wandte sich zu ihm um. »Auch wenn du uns das Leben gerettet hast – *halt dich aus unseren Familienangelegenheiten raus!*« Auf seiner Stirn pochte eine Ader. Tom hatte ihn nur selten so wütend gesehen.

»Du mir zuhören, Brüderchen, oder ich dir Arsch versohlen«, sagte Borabay trotzig. Er reckte seine ganzen ein Meter sechzig in die Höhe und ballte die Fäuste.

Eine Sekunde verstrich, dann fing Philip an zu lachen und schüttelte den Kopf. Er entspannte sich. »Gott im Himmel, ist der Bursche echt?«

»Wir sind alle ein wenig angespannt«, sagte Tom. »Aber Borabay hat Recht. Hier ist nicht der Ort, um sich zu streiten.«

»Heute Abend«, sagte Borabay, »wir reden über wichtige Dinge.«

»Und worüber?«, erkundigte sich Philip.

Borabay wandte sich wieder dem Kochtopf zu und rührte erneut in ihm herum. Sein bemaltes Gesicht war undurchdringlich. »Ihr werden sehen.«

48

Lewis Skiba lehnte sich in den Ledersessel seiner holzgetäfelten Bude zurück und blätterte im *Journal* die Seite mit dem Leitartikel auf. Trotz seiner Bemühungen, ihn zu lesen, beeinträchtigte doch das ferne Quaken und Blöken seines Trompete übenden Sohnes seine Konzentration. Seit Hausers letztem Anruf waren fast zwei Wochen vergangen. Der Kerl spielte eindeutig mit ihm, hielt ihn in ständiger Spannung. Oder war etwas passiert? Hatte Hauser es ... getan?

Skibas Blick fiel auf den Leitartikel. In dem Bemühen, den Ansturm an Selbstvorwürfen zu verdrängen, richtete er die Augen auf den Artikel, doch die Worte huschten durch seinen Verstand, ohne dass irgendetwas von ihrer Bedeutung hängen geblieben wäre. Mittelhonduras war eine gefährliche Gegend. Es war gut möglich, dass Hauser irgendwo auf die Schnauze gefallen war, etwas falsch eingeschätzt, sich ein Fieber zugezogen hatte ... Ihm konnte alles Mögliche zugestoßen sein. Hauptsache, er war verschwunden. Zwei Wochen waren eine lange Zeit. Vielleicht hatte er versucht, die Broadbents zu töten, doch sie hatten sich als zu klug für ihn erwiesen und ihn stattdessen selbst umgebracht?

Trotz aller Unwahrscheinlichkeit hoffte Skiba, dass genau dies passiert war. Hatte er Hauser wirklich gesagt, er solle die Broadbents töten? Was war ihm damals nur durch den Kopf gegangen? Ein unfreiwilliges Stöhnen entrang sich seiner Kehle. Hoffentlich hatte Hauser ins Gras gebissen. Skiba wusste nun – auch wenn es zu spät war –, dass er lieber alles verlor, als an einem Mord schuld zu sein. Er war ein Mörder. Er hatte gesagt: *Bringen Sie sie um.* Er fragte sich, wieso Hauser dermaßen darauf beharrt hatte, dass er den Satz aussprach. Herrgott. Wie war es nur dazu gekommen, dass er, Lewis Skiba, Football-Star an der High School, Stanford- und Wharton-Absolvent, Fulbright-Stipendiat, Geschäftsführer eines der fünfhundert umsatzträchtigsten Unternehmen der Welt ... Wie war es nur dazu gekommen, dass er sich von einem billigen Polyester-Kriminellen so hatte unter Druck setzen und manipulieren lassen? Er hatte sich immer für einen Menschen von moralischem und intellektuellem Gewicht gehalten, für einen Ethiker, einen *guten* Menschen. Er war ein guter Vater. Er betrog seine Frau nicht. Er ging in die Kirche. Er saß in Vorständen und spendete einen dicken Batzen seines Einkommens für wohltätige Zwecke. Und doch war es einem geschniegelten Schleicher gelungen, ihm irgendwie die Daumenschrauben anzulegen, ihm die Maske vom Gesicht zu reißen, ihn als das vorzuführen, was er wirklich war. Er würde es Hauser niemals verzeihen. Er würde es nie vergessen. Und sich selbst würde er es schon gar nicht vergeben.

Erneut trieb sein Geist in die Sommer seiner Kindheit am See zurück, zu dem Ferienhaus aus Holz, dem schiefen, ins stille Wasser hineinragenden Anlegeplatz, dem Geruch von Holzrauch und Fichten. Hätte er die Zeit doch nur zurückdrehen und zu einem dieser Sommer zurückkehren können, um ein neues Leben anzufangen. Was hätte er nicht alles getan, um noch einmal von vorn anfangen zu können.

Er zwang sich mit einem schmerzhaften Stöhnen, diese Gedanken zu verdrängen, und trank einen Schluck aus dem neben ihm stehenden Scotch-Glas. Es war weg, alles weg. Er musste aufhören, daran zu denken. Was getan war, war getan. Er konnte die Zeit nicht zurückdrehen. Sie würden den Codex kriegen, dann gab es vielleicht einen Neuanfang für Lampe, und niemand würde es je erfahren. Wenn Hauser tot war, kriegten sie den Codex nicht, aber auch dann würde niemand etwas erfahren. Niemand würde es erfahren. Damit konnte er leben. Er würde damit leben *müssen*. Er würde es nur nicht mehr vergessen können. Dass er in der Lage gewesen war, einen Mord zu begehen.

Skiba schüttelte wütend die Zeitung und nahm sich erneut den Leitartikel vor.

Im gleichen Moment klingelte das Telefon. Es war der Firmenapparat, die abhörsichere Leitung. Skiba faltete die Zeitung zusammen, trat an den Apparat und nahm ab.

Er hörte eine Stimme, die wie aus weiter Ferne sprach, aber so deutlich war wie ein Glöckchen. Es war seine eigene.

Tun Sie es! Bringen Sie sie um, verdammt! Bringen Sie die Broadbents um!

Skiba fühlte sich wie nach einem Tiefschlag. Er verlor im Nu jegliche Haltung. Er bekam keine Luft mehr. Dann hörte er ein Zischen. Dann war seine Stimme wieder da, wie ein Gespenst aus der Vergangenheit.

Tun Sie es! Bringen Sie sie um, verdammt! Bringen Sie die Broadbents um!

Schließlich wurde Hausers Stimme hörbar, der Verschlüssler war wieder eingeschaltet. »Haben Sie's mitgekriegt, Skiba?«

Skiba schluckte. Er keuchte. Versuchte, seine Lunge wieder zum Arbeiten zu kriegen.

»Hallo?«

»Rufen Sie mich nie wieder zu Hause an«, krächzte Skiba.

»Davon haben Sie nie was gesagt.«

»Woher haben Sie diese Nummer?«

»Ich bin Privatdetektiv, haben Sie das vergessen?«

Skiba schluckte. Eine Antwort war sinnlos. Nun wusste er, warum Hauser so erpicht darauf gewesen war, dass er den Satz aussprach. Er hatte ihn reingelegt.

»Wir sind da. Wir sind in der Weißen Stadt.«

Skiba wartete ab.

»Wir wissen, dass sie Broadbents Ziel war. Er hat sich von einer Indianerbande in einer Gruft bestatten lassen, die er vor vierzig Jahren geplündert hat. Es ist wahrscheinlich die gleiche Gruft, aus der der Codex stammt. Ist das nicht Ironie? Wir sind jetzt hier, in der versunkenen Stadt. Jetzt brauchen wir nur noch das Grab zu finden.«

Skiba hörte ein gedämpftes Krachen, das der Verschlüssler zu einem gedehnten Kreischen verzerrte. Hauser hatte ihn genau im richtigen Moment ausgeschaltet, als Einstieg in seine eigene Stimme. Hauser waren die fünfzig Millionen jetzt nicht nur sicher: Skiba hatte das Gefühl, dass er viel, viel mehr zahlen würde, und zwar sein restliches Leben lang. Hauser hatte ihn in der Hand. Was war er doch für ein Schwachkopf gewesen. Er hatte sich am laufenden Band austricksen lassen. Unglaublich.

»Haben Sie das gerade gehört? Es war der wunderbare Klang von Dynamit. Meine Männer nehmen sich gerade eine Pyramide vor. Leider ist die Weiße Stadt ein großes, überwuchertes Areal, und Max könnte so ziemlich überall bestattet sein. Ich hab jedenfalls angerufen, um Ihnen zu sagen, dass eine Veränderung eingetreten ist. Wenn wir die Gruft finden und den Codex haben, gehen wir nach Westen, über die Berge, durch El Salvador, zum Pazifik. Zu Fuß, und dann flussabwärts. Es wird ein bisschen länger dauern. Sie erhalten den Codex innerhalb eines Monats.«

»Sie haben doch gesagt …«

»Yeah, yeah. Ursprünglich wollte ich den Codex mit einem Hubschrauber nach San Pedro Sula bringen. Aber dann müssten wir den plötzlichen Tod einiger honduranischer Soldaten erklären. Und man weiß doch nie, wann irgendein Kommisskopf von General auf die Idee kommt, unser Eigentum als nationalen Besitz zu beschlagnahmen. Die einzigen Hubschrauber, die es hier gibt, gehören nämlich dem Militär. Wenn man hier rausfliegen will, muss man militärischen Luftraum durchqueren. Deswegen schleichen wir uns weiter nach Westen, weil damit keiner rechnet. Vertrauen Sie mir, es ist der beste Weg.«

Skiba schluckte erneut. Tote Soldaten? Ihm wurde schon übel, wenn er nur mit Hauser redete. Er hätte ihn gern gefragt, ob er es getan hatte, aber es gelang ihm nicht, die Worte über die Lippen zu bringen.

»Für den Fall, dass Sie Überlegungen anstellen … Ich habe Ihren Befehl nicht ausgeführt. Broadbents drei Söhne leben noch. Es sind zähe Knochen. Aber ich habe es nicht vergessen. Ich verspreche Ihnen, ich werd's noch tun.«

Meinen Befehl. In Skibas Kehle bildete sich ein Kloß. Er schluckte und erstickte fast daran. Sie lebten noch. »Ich habe es mir anders überlegt«, sagte er.

»Was soll das heißen?«

»Tun Sie es nicht.«

»Was soll ich nicht tun?«

»Bringen Sie sie nicht um.«

Ein leises Kichern. »Dafür ist es viel zu spät.«

»Um Gottes willen, Hauser, tun Sie es nicht. Ich befehle Ihnen, sie nicht zu töten. *Wir finden schon irgendeine andere Lösung …*«

Aber die Leitung war schon tot. Skiba hörte ein Geräusch und drehte sich um. Sein Gesicht war schweißnass. Sein Sohn stand im Türrahmen. Er trug einen ausgebeulten Schlafanzug, sein blondes Haar stand ab, und er hielt seine Trompete in der Hand. »Wer soll nicht getötet werden, Vati?«

49

An diesem Abend servierte Borabay ihnen ein Drei-Gänge-Menü. Es begann mit Fischsuppe und Gemüse, dann kamen gebratene Steaks und ein Gericht aus winzigen gekochten Eiern, in denen sich Jungvögel befanden. Zum Abschluss als Dessert eine schleimige Suppe aus gekochtem Obst. Borabay zwang sie, eine zweite und dritte Portion zu vertilgen, bis ihnen fast übel wurde. Als der letzte Bissen verzehrt war, wurden in der Abenddämmerung die Pfeifen gegen die Urwaldinsekten gezückt. Der Abend war klar, ein gewölbter Mond stieg hinter den dunklen Umrissen der Sierra Azul auf. Die drei Brüder und Sally saßen im Halbkreis um das Feuer, alle rauchten schweigend und warteten darauf, dass Borabay etwas sagte. Der Indianer paffte eine Weile vor sich hin, dann legte er seine Pfeife nieder und schaute sich um. Seine Augen funkelten im Schein der Flammen. Er schien alle Anwesenden genau zu mustern. Die Frösche hatten schon mit ihrem abendlichen Gequake angefangen; ihre Laute mischten sich mit rätselhafteren Klängen – Schreien, Blöken, Klopfen und Gekreisch.

»Jetzt sind wir hier, Brüder«, setzte Borabay an.

Das Feuer qualmte und knisterte und vertrieb die abendliche Dunkelheit. Borabay sagte leise: »Auf Berg passieren böse Dinge. Mein Englisch nicht gut, aber ich euch jetzt erzählen, was passieren und was wir müssen tun.« Er legte eine Pause ein. »Aber ich fange Geschichte an Anfang an, vor vierzig Jahre, bevor ich wurde geboren. In das Jahr weißer Mann kommt ganz allein flussaufwärts und über Berge. Kommt in Tara-Dorf halb tot an. Er erster weißer Mann jemand gesehen. Sie ihn schaffen in Hütte, geben zu essen, bringen zurück in Leben. Dieser Mann leben mit Tara-Volk. Er lernen zu sprechen unsere Sprache. Die Leute fragen, warum er kommen. Er sagen, er suchen Weiße Stadt, die wir nennen Sukia Tara. Ist die Stadt von unsere Ahnen. Jetzt wir gehen nur hin, um zu bestatten Tote. Sie bringen ihn nach Sukia Tara. Sie nicht wissen, dass er wollen stehlen in Sukia Tara. Und dann Mann nehmen Tara-Frau als Gattin.«

»Passt zusammen«, sagte Philip mit einem ironischen Lachen. »Vater war immer einer von denen, die sich nebenher ein bisschen was geleistet haben.«

Borabay schaute ihn an. »Wer erzählen Geschichte? Bruder oder ich?«

»Schon gut, mach weiter.« Philip gab Borabay einen Wink.

»Dieser Mann, wie ich sagen, nehmen Tara-Frau zur Gattin. Diese Frau meine Mutter sein.«

»Er hat deine Mutter *geheiratet?*«, sagte Tom.

»Natürlich er heiraten meine Mutter«, antwortete Borabay. »Wie sonst wir können sein Brüder, Brüder?«

Als Tom begriff, was Borabay sagte, war er sprachlos. Er schaute den Indianer an, als sähe er ihn zum ersten Mal. Sein Blick wanderte über das bemalte Gesicht, die Tätowierungen, die angespitzten Zähne, die Stöpsel in seinen Ohrläppchen – und ebenso über die grünen Augen, die hohe Stirn, die markigen Lippen, die fein geschnittenen Wangenknochen. »Ach du meine Güte!«, keuchte er.

»Was?«, fragte Vernon. »Ja, was ist denn, Tom?«

Tom warf Philip einen Blick zu und merkte, dass auch sein älterer Bruder wie vom Donner gerührt war. Philip stand langsam auf und starrte Borabay an.

»Dann, nachdem Vater heiraten Mutter, Mutter mich geboren. Ich genannt Borabay, nach Vater.«

»Borabay«, murmelte Philip, und dann: »Broadbent.«

Ein langes Schweigen trat ein.

»Versteht ihr denn nicht? Borabay – Broadbent. Es ist der gleiche Name.«

»Du meinst, er ist unser *Bruder?*«, fragte Vernon ungestüm, als es ihm endlich dämmerte.

Niemand antwortete. Philip, nun auf den Beinen, trat einen Schritt auf Borabay zu und beugte sich vor, um sein Gesicht aus der Nähe zu betrachten, als wäre er eine Art Abnormität. Borabay rührte sich, nahm die Pfeife aus dem Mund und lachte nervös. »Was du sehen, Bruder? Gespenst?«

»Irgendwie schon.« Philip streckte die Hand aus und berührte Borabays Gesicht.

Borabay blieb ruhig sitzen, reglos.

»Mein Gott«, sagte Philip leise. »Du bist *wirklich* unser Bruder. Außerdem bist du der älteste von uns. Gütiger Gott, ich bin gar nicht der Erstgeborene. Ich bin der zweite und habe es nie gewusst.«

»Das ich doch sagen! Wir alle Brüder. Was du denken, wenn ich sagen ›Bruder‹? Du glauben, ich scherzen?«

»Wir haben nicht geglaubt, dass du es wörtlich meinst«, erwiderte Tom.

»Warum ihr glauben, ich retten euer Leben?«

»Keine Ahnung. Uns bist du wie ein Heiliger erschienen.«

Borabay lachte. »Ich heilig? Du lustig, Bruder! Wir alle Brüder. Wir alle haben gleichen Vater, Masseral Borabay. Du Borabay, ich Borabay, wir alle Borabay.« Er klopfte sich auf den Brustkorb.

»Broadbent«, korrigierte Philip. »Der Name ist Broadbent.«

»Borabeyn. Ich sprechen gut. Du mich verstehen. Ich bin Borabay schon lange, so ich bleiben Borabay.«

Sallys Lachen stieg plötzlich zum Himmel empor. Sie war ebenfalls aufgestanden und umkreiste das Lagerfeuer. »Als gäbe es in dieser Gegend nicht schon genug Broadbents! Und jetzt gibt's sogar noch einen mehr! Vier Stück! Kann die Welt das verkraften?«

Vernon, der den Sachverhalt als Letzter verstanden hatte,

war nun der Erste, der wieder einen klaren Gedanken fassen konnte. Er stand auf und ging zu Borabay hinüber. »Ich freue mich, dich als meinen Bruder willkommen zu heißen«, sagte er und drückte Borabay an sich. Borabay schaute leicht erstaunt drein, dann umarmte auch er Vernon.

Vernon machte Platz, als Tom vortrat und die Hand ausstreckte. Borabay schaute sie verdutzt an.

»Stimmt was nicht mit Hand, Bruder?«

Er ist mein Bruder und weiß nicht mal, wie man sich die Hand schüttelt, dachte Tom. Er umarmte Borabay mit einem Grinsen, und der Indianer reagierte mit seiner rituellen Umarmung. Tom wich zurück, und als er ins Gesicht seines Bruders schaute, konnte er in dessen Zügen seine eigenen erkennen. Und die seines Vaters und seiner anderen Brüder.

Dann war Philip an der Reihe. Er streckte die Hand aus. »Borabay, ich bin nicht der Typ zum Knuddeln und Küssen. Wir Gringos schütteln uns die Hand. Ich bring es dir bei. Streck die Hand aus.«

Borabay streckte die Hand aus. Philip ergriff und schüttelte sie. Borabays Arm zappelte herum, und als Philip seine Hand freigab, zog Borabay sie an sich und untersuchte, ob sie noch heil war.

»Nun, Borabay«, sagte Philip. »Willkommen im Klub. Im Klub der verarschten Maxwell-Broadbent-Söhne. Die Mitgliederliste wird täglich länger.«

»Was bedeuten *verarscht?*«

Philip winkte ab. »Ist nur eine Redensart.«

Auch Sally umarmte Borabay. »Ich bin keine Broadbent«, sagte sie mit einem Lächeln. »Dem Himmel sei Dank.«

Alle nahmen wieder am Feuer Platz. Nun breitete sich verlegenes Schweigen aus.

»Was für ein Familientreffen«, sagte Philip und schüttelte ungläubig den Kopf. »Unser alter Vater ist auch nach seinem Tod noch immer für eine Überraschung gut.«

»Aber das ich wollte erzählen«, sagte Borabay. »Vater sein *nicht tot.*«

50

Die Nacht war hereingebrochen, doch in den Tiefen der Gruft, in die seit tausend Jahren kein Licht gefallen war, machte das keinen Unterschied. Marcus Hauser trat über den zerbrochenen Türsturz in den tiefen Raum und inhalierte den kühlen Staub der Jahrhunderte. Eigenartig, es roch frisch und sauber hier, ohne den geringsten Hinweis von Verfall oder Fäulnis. Er leuchtete mit dem starken Halogenscheinwerfer um sich. Das verstreute Glitzern von Gold und Jade zwinkerte zu ihm zurück und vermischte sich mit braunen Knochen und Staub. Das einst üppig geschmückte Skelett lag auf einer mit Hieroglyphen verzierten steinernen Bestattungsplattform.

Hauser trat vor, hob einen goldenen Ring auf und schüttelte den noch vorhandenen Fingerknochen ab, an dem er befestigt war. Das prächtige Stück war mit einem Jaguarkopf aus Jade verziert. Er schob den Ring in die Tasche und klaubte die anderen Gegenstände auseinander, die an dem Körper vorhanden waren. Er steckte die kleineren Gold- und Jadestücke ein und machte dann gemächlich eine Runde durch die Grabkammer.

Der Schädel des Toten lag am anderen Ende der Plattform. Irgendwann im Laufe der Jahrhunderte hatte sein Kiefer sich gelöst und war teilweise abgefallen, sodass der Schädel nun irgendwie verblüfft wirkte, als könne er seinen Tod nicht ganz fassen. Das Fleisch war zum größten Teil weg, aber ein dicker Haarzopf lag lose auf dem Hinterkopf. Hauser griff nach dem Schädel und hob ihn auf. Der Kiefer klappte weg und hing nur noch an einigen ausgedörrten Knorpelfäden. Die Vorderzähne waren spitz zugefeilt.

Ach, armer Yorick.

Hauser ließ den Lichtstrahl über die Mauern schweifen. Stumpfe Fresken, von Kalk und Schimmel verhüllt, waren an die Wände gemalt. In einer Ecke lagen Töpfe voller Staub, irgendein Erdbeben hatte sie vor Jahrhunderten gegeneinander geschlagen und zerbrochen. Kleine Wurzeln hatten die Decke durchdrungen und baumelten in einem Gewirr in die tote Luft hinunter.

Er wandte sich dem Teniente zu: »Ist dies das einzige Grab hier drin?«, fragte er.

»Auf dieser Seite der Pyramide, ja. Wir müssen uns noch die andere ansehen. Wenn sie symmetrisch ist, gibt's da vermutlich noch eine wie die hier.«

Hauser schüttelte den Kopf. Er würde Max in dieser Pyramide nirgendwo finden. Es war zu offensichtlich. Max hatte sich wie König Tutenchamun bestatten lassen, an einem Ort, den man nicht sofort als Grab erkannte. Genau so und nicht anders würde er vorgehen.

»Lassen Sie die Männer antreten, Teniente. Ich möchte zu ihnen sprechen. Wir werden die Stadt von Osten nach Westen durchkämmen.«

»Jawohl, Sir.«

Hauser stellte fest, dass er den Schädel noch immer in der Hand hielt. Er schenkte ihm einen letzten Blick, dann warf er ihn beiseite. Er schlug mit einem hohlen Geräusch auf den Boden und zerbrach, als sei er aus Gips. Der Unterkiefer rollte über den Boden und beschrieb ein paar verrückte Kurven, bevor er im Staub zur Ruhe kam.

Eine brutale Durchsuchung der Stadt mit Dynamit. Einen Tempel nach dem anderen. Hauser schüttelte den Kopf. Er wünschte, sein Späher würde von den Broadbents zurückkehren. Es gab eine bessere Möglichkeit, die Sache durchzuziehen. Eine viel bessere Methode.

51

Vater *lebt* noch?«, rief Philip laut.

»Ja.«

»Heißt das, er ist noch nicht bestattet worden?«

»Ich Geschichte beenden, bitte. Nachdem Vater bleiben in Tara ein Jahr, meine Mutter mich geboren. Doch Vater reden über Weiße Stadt und gehen zu ihr. Viele Tage oder sogar Wochen. Häuptling sagt, ist verboten, aber Vater nicht auf ihn hören. Er suchen und graben nach Gold. Dann er finden Platz von Gräber, öffnen Grab von alte Tara-König und rauben aus. Schlechte Tara-Männer ihm helfen, er entwischen mit Schatz flussabwärts und verschwinden.«

»Und er ließ deine Mutter mit einem Säugling allein zurück«, sagte Philip ironisch. »Wie auch seine anderen Frauen.«

Borabay drehte sich um und schaute Philip an. »*Ich erzählen Geschichte, Bruder. Du machen Gesicht zu.*«

Tom empfand plötzlich ein Déjà-vu-Gefühl. Mach das Gesicht zu war ein typischer Maxwellismus, ein Lieblingsausdruck seines Vaters. Nun kam er aus dem Mund dieses eigenartigen tätowierten, halbnackten Indianers mit den verlängerten Ohrläppchen. In seinem Kopf ging alles durcheinander. Er war praktisch ans Ende der Welt gegangen – und worauf war er gestoßen? Auf einen Bruder.

»Ich Vater nie mehr sehen – bis jetzt. Mutter sterben vor zwei Jahren. Dann vor kleine Weile Vater kommen zurück. Große Überraschung. Ich sehr freuen, ihn treffen. Er sagen, er

sterben. Er sagen, ihm Leid tun. Er sagen, er bringen zurück
gestohlenen Schatz zu Tara-Volk. Dafür er wollen sein bestattet in Grabkammer von Tara-König zusammen mit Schatz
von weiße Mann. Er sprechen mit Cah, Häuptling von Tara-
Volk. Cah sagen *yes, okay,* wir dich bestatten in Grabkammer. Du kommen zurück mit Schatz; wir dich begraben wie
uralte König. So Vater gehen weg und später kommen zurück
mit viele Kisten. Cah schicken Männer an Küste, um zu holen
Schatz.«

»Hat Vater sich an dich erinnert?«, fragte Tom.

»Oh, ja. Er sehr glücklich. Wir angeln gehen.«

»Wirklich?«, sagte Philip. »Angeln? Und wer hat den
dicksten Fisch gefangen?«

»Ich«, sagte Borabay stolz. »Mit Speer.«

»Klasse.« Philip schnaubte ironisch.

»Philip ...«, begann Tom.

»Wenn Vater eine gewisse Zeit mit Borabay verbracht hätte«, sagte Philip, »hätte er ihn bestimmt ebenso gehasst wie
uns.«

»Philip, du weißt doch, dass Vater uns nicht gehasst hat«,
sagte Tom.

»Ich bin fast draufgegangen! Ich wurde *gefoltert!* Weißt du,
was das für ein Gefühl ist, wenn man weiß, dass man stirbt?
Das war Vaters Vermächtnis an mich. Und jetzt haben wir
plötzlich einen bemalten Indianer als älteren Bruder, der mit
Vater zum Angeln geht, während ich im Dschungel im Sterben liege.«

»Du fertig mit Wut, Bruder?«, sagte Borabay.

»Damit werde ich nie fertig.«

»Vater auch wütender Mann.«

»Das kann man wohl sagen.«

»Du echter Sohn von Vater.«

Philip verdrehte die Augen. »Das ist aber jetzt völlig neu:
ein Dschungelindianer als Psychoanalytiker.«

»Weil du Vater am ähnlichsten, du ihn am meisten lieben
und er dich am meisten verletzen. Und jetzt du wieder ver-

letzt, weil du hören, doch nicht ältester Sohn sein. *Ich* ältester Sohn.«

Eine Weile sagte niemand ein Wort, dann stieß Philip ein heiser klingendes Gelächter aus. »Das ist zu viel. Wie könnte ich je eifersüchtig auf einen analphabetischen tätowierten Indianer mit angespitzten Zähnen sein?«

Nach einer kurzen Pause sagte Borabay: »Ich Geschichte jetzt weitererzählen.«

»Dann mal los.«

»Cah sorgen für alles – wegen Vaters Tod und Bestattung. Als Tag kommt, wir machen großes Bestattungsfest für Vater. Großes, sehr großes Fest. Alla Tara-Leute kommen. Vater sein auch da. Vater viel Vergnügen an seine Bestattungsfeier. Er machen viele Geschenke. Alle kriegen Kochtöpfe, Pfannen und Messer.«

Tom und Sally wechselten einen Blick.

»Daran hat er bestimmt seinen Spaß gehabt«, meinte Philip. »Ich sehe es förmlich vor mir, wie der alte Mistkerl über seine eigene Totenfeier präsidiert.«

»Du Recht, Philip. Vater haben Spaß. Er essen, trinken zu viel, lachen und singen. Vater machen Kisten auf, damit alle können sehen heilige Schätze von weiße Mann. Alle lieben heilige Mutter Maria mit Baby Jesus auf Arm. Weiße Menschen haben schöne Götter.«

»Der Lippi!«, schrie Philip. »War er in gutem Zustand? Hat er die Reise überstanden?«

»Es ist schönstes Ding, ich je sehen, Bruder. Wenn ich sehen, ich sehen etwas in weiße Mann, ich nie gesehen zuvor.«

»Ja, ja, es ist eines der schönsten Bilder, die Lippi je gemalt hat. Wenn ich mir nur vorstelle, dass es in einer feuchten Gruft liegt!«

»Aber Cah Vater foppen«, fuhr Borabay fort. »An Ende von Bestattung er so tun, als geben Vater besonderen Gifttrank, damit er sterben schmerzlosen Tod. Aber Cah nicht wirklich tun. Cah geben Vater Getränk, damit er *schlafen*. Niemand außer Cah davon wissen.«

340

»Das klingt ganz eindeutig nach Shakespeare«, sagte Philip.

»Dann schlafender Vater wird gebracht mit Schatz in Gruft. Leute machen Tür zu, schließen ihn in Grabkammer ein. Wir alle glauben, er tot. Nur Cah wissen, er nicht tot; er nur schlafen. So er später wachen auf in dunkles Grab.«

»Moment mal«, sagte Vernon. »Jetzt komm ich nicht mehr mit.«

»Ich schon«, sagte Philip. »Sie haben Vater lebendig begraben.«

Stille.

»Nicht sie«, sagte Borabay. »Cah! Tara-Leute nichts wissen von Trick.«

»Ohne Nahrung und Wasser«, sagte Philip. »*Mein Gott, wie grauenhaft.*«

»Brüder«, sagte Borabay, »Tara-Tradition verlangen, viel Essen und Wasser in Grab legen, für Leben in Jenseits.«

Tom spürte, wie es ihm kalt den Rücken hinablief, als ihm bewusst wurde, was dies bedeutete. Schließlich ergriff er das Wort: »Dann glaubst du also, Vater lebt noch und ist in die Grabkammer eingeschlossen?«

»Ja.«

Niemand sagte etwas. In der Dunkelheit heulte klagend eine Eule.

»Wie lange ist er schon dort eingeschlossen?«, fragte Tom.

»Zweiunddreißig Tage.«

Tom würde übel. Es war unvorstellbar.

»Es schreckliche Sache, Brüder«, sagte Borabay.

»Warum hat Cah das getan, verdammt?«, fragte Vernon.

»Cah wütend, weil Vater damals Grabkammer ausrauben. Cah war damals Knabe, Sohn von Häuptling. Vater demütigen Vater von Cah, weil ausrauben Grab. Dies sein Cahs Rache.«

»Konntest du es nicht verhindern?«

»Ich Cahs Plan erst später erfahren. Dann ich versuchen, zu retten Vater. An Grabeingang ist große Steintür. Ich nicht

341

bewegen kann. Cah erfahren, dass ich gehen nach Sulia Tara, um zu retten Vater. Er sehr wütend. Cah mich gefangen nehmen und töten wollen. Er sagen, ich Schmutzfink, halb Tara, halb weiß. Dann verrückte weiße Männer und Soldaten kommen und fangen Cah. Bringen Cah in Weiße Stadt. Ich entwischen. Ich hören Soldaten über euch sprechen. Ich zurückkommen, euch suchen.«

»Woher hast du gewusst, dass wir hier sind?«

»Ich hören Soldaten reden.«

Das Feuer flackerte, und die Nacht senkte sich über die fünf schweigend am Boden sitzenden Menschen. Nachdem Borabay seine Geschichte beendet hatte, schienen seine Worte lange in der Luft zu hängen, und er schaute einen nach dem anderen an. »Es sein schrecklicher Tod, Brüder. Dies ist Tod für Ratte, nicht für Menschenwesen. Er unser *Vater*.«

»Was können wir tun?«, fragte Philip.

Borabay legte eine lange Pause ein, und als er dann sprach, klang seine Stimme leise und widerhallend: »Wir ihn retten.«

52

Hauser betrachtete die primitive grafische Darstellung der Stadt, die er in den letzten zwei Tagen angefertigt hatte. Seine Männer hatten das Areal zweimal durchsucht, doch es war so zugewachsen, dass es fast ein Ding der Unmöglichkeit war, einen akkuraten Stadtplan anzulegen. Es gab mehrere Pyramiden sowie Dutzende von Tempeln und andere Gebäude: mehrere hundert Stellen, an denen sich Grabkammern verbergen konnten. Wenn ihnen das Glück nicht zu Hilfe kam, konnte es Wochen dauern.

Ein Soldat trat in den Türrahmen und salutierte.

»Meldung.«

»Die Söhne sind noch dreißig Kilometer entfernt, Sir, hinter der Río-Ocata-Furt.«

Hauser legte den Stadtplan langsam hin. »Sind sie gesund und munter?«

»Sie erholen sich von einer Krankheit. Bei ihnen ist ein Tara-Indianer, der sich um sie kümmert.«

»Waffen?«

»Die Frau hat ein nutzloses altes Jagdgewehr. Pfeil und Bogen, und natürlich ein Blasrohr ...«

»Ja, ja.« Hauser empfand eine Art neidischen Respekt für die Söhne, besonders für Philip. Normalerweise hätten sie alle tot sein müssen. Max war so gewesen wie sie: ein sturer Glückspilz. Es war eine starke Mischung. In Hausers Geist blitzte ein Bild von Max auf: Er war bis zur Taille nackt und

343

bahnte sich mit einer Machete seinen Weg durch den Urwald. Holzspäne, Ästchen und Blätter klebten ihm am verschwitzten Leib. Sie hatten sich monatelang einen Weg durch den Dschungel gebahnt. Sie waren gestochen worden und hatten sich infiziert und geschnitten. Trotzdem hatten sie nichts gefunden. Dann hatte Max ihm den Laufpass gegeben, war flussaufwärts gezogen und hatte endlich das entdeckt, wonach sie über ein Jahr lang gesucht hatten. Hauser war pleite nach Hause zurückgekehrt und hatte sich freiwillig melden müssen ... Er schüttelte den Kopf, um seinem Ärger Luft zu machen. Das war Vergangenheit. Die Zukunft gehörte ihm – und Broadbents Vermögen auch.

Der Teniente meldete sich zu Wort: »Soll ich einen Trupp in Marsch setzen, um sie zu töten? Ich bin mir ganz sicher, dass wir sie diesmal erledigen können, *Jefe.*«

»Nein«, sagte Hauser. »Sie sollen ruhig nach Hause kommen.«

»Ich verstehe nicht.«

Hauser schaute den Teniente an. »Tun Sie ihnen nichts. Lassen Sie sie in Ruhe. *Sie sollen ruhig kommen.*«

53

Philip erholte sich zwar langsamer als die anderen, doch nach drei weiteren Tagen unter Borabays Pflege konnte er wieder gehen. An einem sonnigen Morgen brachen sie das Lager ab und setzten sich in Richtung Tara-Dorf in Bewegung. Es lag im Vorgebirge der Sierra Azul. Borabays Kräutersude, Salben und Tees hatten auf sie alle eine bemerkenswerte Wirkung gehabt. Borabay ging mit seiner Machete voran und gab ein rasches Tempo vor. Gegen Mittag erreichten sie den breiten Fluss, an dem sie Philip gefunden hatten. Sie legten in fünf Stunden eine Strecke zurück, die sie während ihres verzweifelten Rückzuges fünf Tage gekostet hatte. Hinter dem Fluss, in der Nähe der Sierra Azul, bewegte Borabay sich vorsichtiger. Sie kamen ins Vorgebirge und stiegen langsam hinauf. Der Wald verlor an Finsternis, es schien sonniger zu werden. An den Ästen der Bäume wuchsen Orchideen. Fröhliche Sonnenflecken sprenkelten den vor ihnen liegenden Weg.

Sie verbrachten die Nacht in einer alten Tara-Siedlung, einem Halbrund aus mit Palmwedeln gedeckten Hütten, die in wild wucherndem Grünzeug versunken waren. Borabay schlug sich durch die hüfthohe Vegetation, schwang seine Machete und bahnte ihnen einen Pfad zu den am besten erhaltenen Behausungen. Er ging gebückt hinein. Tom hörte zuerst in der einen, dann in der anderen Hütte das Ratschen der Machete, das Stampfen von Füßen und gemurmelte Verwün-

schungen. Dann tauchte Borabay mit einer zuckenden kleinen Schlange auf. Er hatte sie mit der Spitze seiner Machete
aufgespießt und warf sie in den Wald. »Hütten jetzt sauber.
Ihr gehen rein, hängen Hängematten auf und ruhen aus. Ich
machen Essen.«

Tom schaute Sally an. Er glaubte, dass sein Herz so laut in
seinem Brustkorb schlug, dass alle es hören mussten. Obwohl
sie kein Wort wechselten, wussten beide, was nun kommen
würde.

Sie betraten die kleinere Hütte. Innen war es warm und es
roch nach Heu. Sonnenstrahlen stachen durch kleine Löcher
im Blätterdach und sprenkelten den Raum mit nachmittägli-
chem Licht. Tom hängte seine Matte auf und schaute Sally
zu, die das Gleiche mit der ihren tat. Die Lichtflecke waren
wie über ihr Haar verstreute Goldmünzen, die bei jeder Bewegung aufblitzten. Als Sally fertig war, trat Tom vor und
nahm ihre Hand. Sie bebte leicht. Er zog sie an sich, streichelte ihr mit den Fingern übers Haar und küsste sie auf den
Mund. Sally kam näher, ihr Körper berührte den seinen, und
er küsste sie erneut. Diesmal öffneten sich ihre Lippen. Er
spürte ihre Zunge. Dann küsste er ihren Mund, ihr Kinn und
ihren Hals. Sally zog ihn an sich und schlang die Arme um
seinen Rücken. Tom küsste sie oben am Hemd, glitt nach unten und küsste jeden Knopf, den er öffnete. Er enthüllte ihre
Brüste und küsste auch sie, zuerst seitlich, dann rings um die
harten und erigierten Warzen. Dann ließ er die Hand über ihren glatten Bauch gleiten. Er spürte, wie Sallys Hände seine
Lendenmuskeln massierten. Er öffnete ihren Hosengürtel,
kniete sich hin, küsste ihren Bauchnabel und umschlang sie
mit den Händen, um sie, während sie ihre Hose herunterzog,
festzuhalten. Sally schob das Becken vor und spreizte die
Schenkel. Dabei atmete sie flach, und als er sie pausenlos küsste und ihr Gesäß festhielt, spürte er, wie ihre Finger sich in
seine Schultern gruben und sie jäh Luft holte. Ein plötzliches
Stöhnen. Ihr ganzer Körper erbebte.

Dann zog Sally ihn aus, und sie legten sich in die warme

Finsternis und liebten sich, während draußen die Sonne unterging. Das Licht, das durch die kleinen Astlöcher der Hütte schien, färbte sich rot und verblasste. Dann versank die Sonne hinter den Bäumen, und die Hütte lag in dämmeriger Dunkelheit. Das einzige Geräusch waren die leisen Schreie, die diese seltsame Welt erfüllten, die sie umgab.

54

Borabays fröhliche Stimme weckte sie. Es war Nacht, die Luft war kühler. Der Geruch gebratenen Fleisches wehte durch die Hütte.

»Abendessen!«

Tom und Sally zogen sich an und traten ins Freie. Sie waren verlegen. Der Himmel war voller Sterne. Über ihnen spannte sich die Milchstraße wie ein Fluss aus Licht. Tom hatte noch nie eine so schwarze Nacht und einen so hellen Sternenhimmel gesehen.

Borabay saß am Feuer und wendete die Fleischspieße. Nebenbei bearbeitete er einen trockenen Kürbis, in den er Löcher bohrte. Ein Ende versah er mit einer Kerbe. Als er fertig war, hob er den Kürbis an den Mund und blies hinein. Er brachte einen lieblichen, leisen Ton hervor, dann noch einige andere. Borabay hörte auf und grinste.

»Wer möchte Musik hören?«

Er fing an zu spielen. Die umherschweifenden Klänge verbanden sich zu einer gespenstischen Melodie. Der Dschungel verfiel in Schweigen, als die reinen, klaren Töne, die er dem Kürbis entlockte, schneller, höher und wieder tiefer wurden. Die Akkorde plätscherten so deutlich und eilig dahin wie ein Gebirgsbach. Dazwischen gab es Momente der Stille, in denen die Melodie rings um sie her schier in der Luft zu schweben schien. Dann nahm Borabay das Lied wieder auf. Es endete mit einer Reihe von tiefen Klängen, die so gespenstisch waren wie das Ächzen des Windes in einer Grotte.

Als er aufhörte, hielt die Stille eine Minute an. Dann füllten die Dschungelgeräusche nach und nach die Leere aus, die seine Musik hinterlassen hatte.

»Wunderschön«, sagte Sally.

»Das Talent musst du von deiner Mutter geerbt haben«, meinte Vernon. »Vater hat nämlich Blechohren.«

»Ja. Meine Mutter sehr schön singen.«

»Du Glückspilz«, sagte Vernon. »Wir haben unsere Mütter kaum gekannt.«

»Ihr nicht haben gleiche Mutter?«

»Nein. Jeder hat eine andere. Vater hat uns fast allein aufgezogen.«

Borabay machte große Augen. »Ich nicht verstehen.«

»Wenn es zu einer Scheidung kommt …« Tom hielt inne. »Na ja, manchmal kriegt ein Elternteil die Kinder, und dann macht der andere sich davon.«

Borabay schüttelte den Kopf. »Das sehr eigenartig. Ich hätte gern gehabt Vater.« Er wendete die Fleischspieße. »Ihr mir erzählen, wie war, bei Vater aufwachsen.«

Philip lachte heiser. »Mein Gott, wo soll man da anfangen? Als ich ein Kind war, hat er mir schreckliche *Angst* eingejagt.«

»Er hat Schönheit geliebt«, warf Vernon ein. »Und zwar so sehr, dass er manchmal vor einem schönen Gemälde oder einer Statue geweint hat.«

Philip stieß ein ironisches Schnauben aus. »Yeah, er hat geheult, weil er was nicht haben konnte. Er wollte Schönheit *besitzen*. Er wollte sie für sich allein haben. Frauen, Gemälde, alles Mögliche. Wenn etwas schön war, wollte er es haben.«

»Das ist aber sehr vereinfacht ausgedrückt«, sagte Tom. »Es ist doch nichts Falsches, Schönheit zu lieben. Die Welt kann ein so gemeiner Ort sein. Er hat die Kunst um ihrer selbst willen geliebt, nicht weil sie gerade schick war oder ihm Geld eingebracht hat.«

»Er hat sein Leben nicht nach den Regeln anderer Menschen geführt«, fuhr Vernon fort. »Er war ein Skeptiker. Er ist nach einem anderen Trommler marschiert.«

Philip winkte ab. »Nach einem anderen Trommler? Nein, Vernon, er hat dem anderen Trommler eins über den Schädel gezogen, sich dessen Trommel angeeignet und die Parade persönlich angeführt. So ist er ans Leben herangegangen.«

»Was ihr mit ihm getan?«

»Er hat uns gern zum Zelten mitgenommen«, sagte Vernon.

Philip lehnte sich zurück und lachte bellend. »Abscheuliche Zelttouren mit Regen und Moskitos, auf denen er uns mit Lagerarbeiten malträtiert hat.«

»Auf einem dieser Ausflüge habe ich meinen ersten Fisch geangelt«, erzählte Vernon.

»Ich auch«, sagte Tom.

»Zelten? Was sein Zelten?«

Doch die Diskussion ging über Borabay hinweg. »Um sein Leben zu vereinfachen, musste Vater fort von der Zivilisation. Weil er selbst so schwierig war, musste er um sich herum Einfachheit schaffen, und das hat er getan, indem er angeln ging. Er ging gern zum Fliegenfischen.«

Philip setzte eine finstere Miene auf. »Angeln ist neben der heiligen Kommunion möglicherweise die dämlichste Beschäftigung des Menschen.«

»Diese Bemerkung ist beleidigend, Philip«, sagte Tom. »Selbst für dich.«

»Also wirklich, Tom! Willst du mir etwa auf deine alten Tage erzählen, du hast diesen Quatsch verinnerlicht? Diesen Unfug und Vernons buddhistischen achtfachen Pfad der Tugend durchs Leben? Wo kam denn die ganze Religiosität her? Immerhin war Vater Atheist. Da hast du was zu verarbeiten, Borabay: Vater war ursprünglich katholisch, aber er wandelte sich zu einem bewusst nüchternen, beinharten Atheisten.«

»Die Welt besteht aus mehr als nur deinen Armani-Anzügen, Philip«, sagte Vernon.

»Stimmt«, erwiderte Philip. »Ralph Lauren gibt's schließlich auch noch.«

»Wartet!«, rief Borabay. »Ihr alle reden gleichzeitig. Ich nicht verstehen.«

»Mit der Frage hast du uns erst richtig in Fahrt gebracht«, sagte Philip, noch immer lachend. »Hast du noch andere?«

»Ja. Wie ihr als Söhne sein?«

Philips Lachen erstarb. Der Dschungel raschelte hinter dem Feuerschein.

»Ich weiß nicht genau, was du meinst«, sagte Tom.

»Ihr mir erzählen, was für Vater er ist für euch. Nun ich fragen, was für Söhne ihr seid für ihn.«

»Wir waren gute Söhne«, erwiderte Vernon. »Wir haben versucht, so zu sein, wie er uns haben wollte. Wir haben alles getan, was er wollte. Wir haben seine Vorschriften befolgt; wir haben ihm jeden verdammten Sonntag ein Konzert gegeben; wir sind immer brav zum Unterricht gegangen und haben uns angestrengt, die Wettbewerbe zu gewinnen, an denen wir teilgenommen haben. Auch wenn wir nicht sehr erfolgreich waren, wir haben uns *bemüht*.«

»Ihr getan, um was er gebeten. Doch was ihr getan, um was er nicht gebeten? Ihr ihm helfen, nach Sturm Dach wieder auf Haus tun? Ihr machen Einbaum mit ihm? *Ihr ihm helfen, wenn krank?*«

Tom hatte plötzlich das Gefühl, dass Borabay ihnen Fangfragen stellte. Er hatte es von Anfang an getan. Er fragte sich, worüber Maxwell Broadbent sich im letzten Monat seines Lebens mit seinem ältesten Sohn wohl unterhalten hatte.

»Vater hat Leute eingestellt, die all das für ihn erledigten. Vater hatte einen Gärtner, einen Koch, eine Dame, die das Haus sauber gemacht hat. Andere Menschen haben das Dach repariert. Er hatte auch eine Krankenschwester. In Amerika kauft man, was man braucht.«

»Das meint er nicht«, sagte Vernon. »Er möchte wissen, was wir für Vater getan haben, als er krank war.«

Tom merkte, wie er errötete.

»Was ihr tun, wenn er krank mit Krebs? Ihr gehen zu sein Haus? Wohnt bei ihm?«

»Borabay«, sagte Philip mit schriller Stimme, »es wäre völlig sinnlos gewesen, uns dem alten Mann aufzudrängen. Er hätte uns nicht um sich haben wollen.«

»Ihr lassen Fremde Vater pflegen, wenn krank?«

»Ich lass mir weder von dir noch von jemand anderem vorschreiben, was die Pflichten eines Sohnes sind«, schrie Philip plötzlich.

»Ich nicht vorschreiben. Ich stellen einfache Frage.«

»Die Antwort ist: Ja. Wir haben Vater von einer Fremden pflegen lassen. Er hat uns, als wir klein waren, das Leben vermiest. Wir konnten es nicht erwarten, von ihm weg zu kommen. Das passiert, wenn man ein schlechter Vater ist – die Söhne verlassen einen. Sie laufen weg, sie fliehen. Sie können es nicht erwarten, fortzugehen.«

Borabay stand auf. »Er dein *Vater*, ob gut oder schlecht. Er dich ernähren, er dich beschützen, er dich aufziehen. Er dich *machen*.«

Philip stand ebenfalls auf. Er war sichtlich wütend. »So nennst du das scheußliche Verspritzen von Körperflüssigkeit? Uns *machen*? Wir waren Unfälle – jeder Einzelne. Was ist das für ein Vater, der den Müttern ihre Kinder wegnimmt? Was ist das für ein Vater, der uns aufzieht, als handle es sich um ein Experiment zur Erschaffung von Genies? Wer hat uns in den Dschungel verschleppt, damit wir hier sterben?«

Borabays Hand schoss auf Philip zu, und zwar so schnell, dass es den Anschein hatte, als verschwände Philip rückwärts im Urwald. Borabay stand da, ein Meter sechzig bemalte Wut. Er hatte die Fäuste geballt. Philip setzte sich hinter dem Feuer im Staub aufrecht hin und hustete. »Äh …« Er spuckte aus. Seine Lippe war blutig und schwoll rasch an.

Borabay musterte ihn schwer atmend.

Philip wischte sein Gesicht ab, dann verzog er es zu einem Lächeln. »Nun ja … Der älteste Bruder hat seinen Platz in der Familie endlich geltend gemacht.«

»Du nicht so über Vater sprechen!«

»Ich spreche über ihn, wie ich will. Und kein gewalttätiger, analphabetischer Wilder wird mich dazu bringen, meine Ansichten zu ändern!«

Borabay ballte zwar die Fäuste, machte aber keine Anstalten, noch einmal auf Philip loszugehen.

Vernon half Philip beim Aufstehen. Philip tupfte seine Lippe ab. Seine Miene wirkte triumphierend. Borabay stand nun unsicher da; offenbar wurde ihm bewusst, dass er einen Fehler gemacht hatte. Indem er seinen Bruder geschlagen hatte, hatte er die Auseinandersetzung verloren.

»Okay«, sagte Sally. »Genug über Maxwell Broadbent geredet. Wir können uns in Zeiten wie diesen keinen Streit leisten. Das ist euch doch wohl allen klar.«

Ihr Blick fiel auf Borabay. »Sieht so aus, als wäre das Essen verbrannt.«

Borabay nahm schweigend die angekohlten Fleischspieße vom Feuer und legte sie auf Blättern aus.

Philips schroffe Bemerkung hallte in Toms Bewusstsein nach: *Das passiert, wenn man ein schlechter Vater ist – die Söhne verlassen einen.* Und er fragte sich: Hatten sie das wirklich getan?

55

Mike Graff ließ sich in dem Armsessel am Feuer nieder und schlug die Beine ordentlich übereinander. Seine Miene war aufmerksam und wirkte liebenswürdig. Es erstaunte Skiba, wie es ihm trotz der Lage gelang, diese nassforsche, selbstbewusste Ausstrahlung zu bewahren. Eigentlich müsste auch Graff in Charons Boot über den Styx dem Höllentor entgegenpaddeln, doch er stellte noch immer das frische Gesicht zur Schau, das seinen Mitreisenden weismachte, der Himmel käme gleich um die nächste Ecke.

»Was kann ich für dich tun, Mike?«, fragte Skiba freundlich.

»Was ist seit den letzten beiden Tagen mit unserer Aktie los? Sie ist um zehn Prozent gestiegen.«

Skiba schüttelte den Kopf. Das Haus stand in Flammen, aber Graff lümmelte sich in der Küche und nörgelte über kalten Kaffee. »Freu dich doch, dass wir den Artikel über das Phloxatan im *Journal* überlebt haben.«

»Umso mehr Grund, sich Gedanken zu machen, warum der Preis raufgeht.«

»Hör mal, Mike ...«

»Du hast Fenner doch letzte Woche nichts über den Codex erzählt, Lewis?«

»Doch, schon.«

»Gütiger Gott! Du weißt doch, was dieser Typ für ein Schleimbeutel ist. Wir haben schon genug Probleme. Wir können es uns nicht leisten, uns auch noch Insidergeschäfte anhängen zu lassen.«

Skiba schaute ihn an. Er hätte ihn längst rauswerfen sollen. Aber er hatte sie beide so kompromittiert, dass eine Entlassung nun nicht mehr in Frage kam. Was spielte es auch für eine Rolle? Es war aus – für Graff, die Firma und besonders für ihn. Am liebsten hätte er über die Irrelevanz der Sache aufgeschrien. Eine bodenlose Kluft hatte sich unter ihm aufgetan – sie befanden sich im freien Fall –, doch Graff hatte es noch immer nicht gespannt.

»Er wollte Lampe in die Pfanne hauen. Ich musste es tun, Mike. Fenner ist kein Blödmann. Er wird kein Wort darüber verlauten lassen. Glaubst du etwa, er riskiert es, sein Leben für ein paar nebenbei verdiente Hunderttausend wegzuwerfen?«

»Soll das ein Witz sein? Der würde doch seine eigene Großmutter über den Tisch ziehen, um ein paar Kröten außer der Reihe zu verdienen.«

»Fenner steckt nicht dahinter. Jetzt sind die Leerverkäufer am Zug.«

»Das erklärt aber nicht mehr als dreißig Prozent des Anstiegs.«

»Im *Gegenteil*. Es sind Außenseiter. Es reicht, Mike. *Es reicht*. Kapierst du denn nicht, was hier abgeht? Es ist aus. Lampe ist fertig. Wir sind fertig.«

Graff schaute ihn verdutzt an. »Was redest du denn da? Wir überstehen das schon. Wenn wir erst mal den Codex haben, läuft der Laden wieder wie geschmiert, Lewis.«

Skiba merkte, wie sein Blut bei der Erwähnung des Codex kalt und dickflüssig wurde. »Glaubst du wirklich, der Codex löst unsere Probleme?«, fragte er ruhig.

»Wieso denn nicht? Ist mir irgendwas entgangen? Hat sich irgendwas verändert?«

Skiba schüttelte den Kopf. Spielte es eine Rolle? Spielte überhaupt noch irgendetwas eine Rolle?

»Lewis, der Defätismus, den du ausstrahlst, ist völlig untypisch für dich. Wo ist deine berühmte Kampfkraft?«

Skiba war müde, unendlich müde. Die Auseinandersetzung führte zu nichts. Die Sache war aus. Fertig. Reden brachte nichts mehr. Sie konnten jetzt nur noch warten. Warten auf das Ende. Sie waren machtlos.

»Wenn wir bekannt geben, dass wir den Codex haben«, fuhr Graff fort, »geht der Preis unserer Aktie durch die Decke. Nichts macht erfolgreicher als der Erfolg. Die Aktionäre werden uns verzeihen. Und diesem Mr-Saubermann-Vorsitzenden von der SEC wird es den Wind aus den Segeln nehmen. Deswegen sorge ich mich über Insidergeschäfte. Wenn einer jemandem was von dem Codex erzählt, der es seiner Schwiegermutter mitteilt, die dann ihren Neffen in Dubuque anruft ... Es würde an uns hängen bleiben. Es ist wie Steuerflucht. Das schieben sie dann uns in die Schuhe. Schau mal, was Martha passiert ist ...«

»Mike?«

»Ja?«

»Verpiss dich.«

Skiba schaltete das Licht ab, stöpselte die Telefone aus und wartete auf die Dunkelheit. Auf seinem Schreibtisch befanden sich nur drei Dinge: das Pillenfläschchen aus Kunststoff, der sechzig Jahre alte Macallan und ein saubers Schnapsglas.

Es war Zeit, den Abflug zu machen.

56

Am nächsten Tag verließen sie die aufgegebene Tara-Siedlung und stießen ins Vorgebirge der Sierra Azul vor. Der durch Wälder und über Wiesen führende Pfad stieg langsam an, und sie kamen an mehreren brachliegenden Feldern vorbei, auf denen das Unkraut wucherte. Hier und da erhaschte Tom einen Blick auf im Regenwald verborgene, verlassene Schilfhütten, die allmählich in sich zusammenfielen.

Dann drangen sie in einen dichten, kühlen Wald vor. Borabay beharrte plötzlich darauf, allen voraus zu gehen. Im Gegensatz zu seinen sonst leichtfüßigen Bewegungen machte er diesmal allerdings Lärm: Er sang vor sich hin, drosch, obwohl es gar nicht nötig war, mit der Machete auf die Vegetation ein und legte in regelmäßigen Abständen eine »Rast« ein. Tom hatte den Eindruck, dass er in Wirklichkeit die Lage peilte. Irgendetwas machte ihn nervös.

Als sie eine kleine Lichtung erreichten, hielt Borabay an. Er rief: »Mittagessen!«, fing laut an zu singen und packte die in Palmwedel eingeschlagenen Bündel aus.

»Wir haben doch erst vor zwei Stunden gegessen«, sagte Vernon.

»Wir noch mal Mittag essen!« Borabay nahm Pfeil und Bogen von der Schulter, und Tom registrierte, dass er beides in einer gewissen Entfernung von sich ablegte.

Sally nahm neben Tom Platz. »Irgendwas wird gleich passieren.«

Borabay half beim Ablegen der Rucksäcke und deponierte sie neben den Bogen und Pfeilen auf der anderen Seite der Lichtung. Dann ging er zu Sally, legte einen Arm um sie und zog sie an sich. »Gib mir Gewehr, Sally«, sagte er leise.

Sally ließ das Gewehr von der Schulter gleiten. Anschließend nahm Borabay allen die Macheten weg.

»Was läuft hier ab?«, fragte Vernon.

»Nichts, nichts, wir hier rasten.« Borabay verteilte einige getrocknete Bananen. »Ihr hungrig, Brüder? Sehr gute Bananen!«

»Das gefällt mir nicht«, meinte Philip.

Vernon, dem die unterschwellige Spannung nicht auffiel, langte kräftig zu. »Lecker«, sagte er mit vollem Mund. »Wir sollten jeden Tag zweimal zu Mittag essen.«

»Sehr gut!«, sagte Borabay. »Zweimal zu Mittag essen.« Er lachte brüllend.

Und dann geschah es. Ohne irgendwelche Geräusche zu vernehmen oder Bewegungen wahrzunehmen, begriff Tom plötzlich, dass sie an allen Seiten von Männern mit straff gespannten Bogen umzingelt waren: Hundert steinerne Pfeilspitzen waren auf sie gerichtet. Ihm war, als hätte der Urwald sich unmerklich zurückgezogen und sie wie Kiesel bei Ebbe enthüllt.

Vernon stieß einen Schrei aus und sank zu Boden. Er wurde sofort von aufgebrachten und nervösen Männern umzingelt. Fünfzig Pfeile zielten aus einer Entfernung von wenigen Zentimetern auf seine Kehle und seinen Brustkorb.

»Nicht bewegen!«, rief Borabay. Er drehte sich um und sprach schnell auf die Fremden ein, die ihre Bogen daraufhin langsam sinken ließen und zurückwichen. Borabay redete, nun langsamer und weniger schrill, auf sie ein. Er klang aufgeregt. Schließlich wichen die Männer einen weiteren Schritt zurück und senkten die Waffen gänzlich.

»Ihr jetzt bewegen«, befahl Borabay. »Aufstehen. Nicht lächeln. Nicht Hand schütteln. Schauen in Augen von Krieger. Nicht *lächeln*.«

Sie richteten sich auf und taten, was er gesagt hatte.

»Holt jetzt Gepäck, Waffen und Messer. Keine Angst zeigen. Wütendes Gesicht machen, aber nichts sagen. Wenn ihr lächeln, ihr sterben.«

Alle befolgten Borabays Befehle. Als Tom seine Machete an sich nahm, zuckten die Bogen schnell hoch, doch als er sie in seinen Gürtel schob, wurden sie wieder gesenkt. Er hielt sich genau an Borabays Anweisungen: Er bedachte die Krieger in seiner Nähe mit zornigen Blicken, woraufhin sie ihn ebenso anschauten und ihm die Knie weich wurden.

Borabay sprach nun leiser auf die Krieger ein. Auch er klang jetzt aufgebracht. Seine Worte galten einem Mann, der größer war als die anderen. Seine Oberarme zierte glänzender, an Ringen befestigter Federschmuck. Um seinen Hals schlang sich eine Schnur, an der jedoch kein Edelstein baumelte, sondern der Müll der westlichen Zivilisation: eine sechs Monate freien AOL-Zugang anbietende CD-ROM, ein durchbohrter Taschenrechner und eine alte Telefon-Wählscheibe.

Der Krieger blickte Tom an und trat vor. Er blieb stehen.

»Bruder, du gehen ein Schritt auf Krieger zu und sagen wütend, er sich entschuldigen müssen.«

Tom hoffte bloß, dass Borabay die Psychologie der Lage richtig einschätzte. Er trat dem Krieger entgegen. »Wie könnt ihr es wagen, mit euren Bogen auf uns zu zielen?«, sagte er.

Borabay übersetzte. Der Krieger antwortete ihm aufgebracht und deutete mit seinem Speer auf Toms Gesicht.

Borabay übersetzte erneut. »Er sagen: ›Wer ihr sein? Warum ihr kommen in Tara-Land ohne Einladung?‹ – Du sagen wütend, wir gekommen, um zu retten Vater. Du ihn anschreien.«

Tom gehorchte. Er wurde laut, machte einen Schritt in Richtung Krieger und brüllte ihn an. Die Antwort des Kriegers klang noch wütender; außerdem schwenkte er seinen Speer genau vor Toms Nase. Gleichzeitig hoben zahlreiche andere Krieger wieder ihre Bogen.

»Er sagen, Vater machen viel Ärger für Tara; er deshalb sehr wütend. Bruder, du müssen nun sein noch mehr wütend! Du sagen, sie Bogen runternehmen. Du sagen, du erst reden, wenn Bogen weg. Mach große Beleidigung.«

Tom, inzwischen gehörig ins Schwitzen geraten, gab sich alle Mühe, das Entsetzen zu verdrängen, das er empfand, und Zorn vorzutäuschen. »Wie könnt ihr es wagen, uns zu bedrohen?«, brüllte er. »Wir sind in Frieden in euer Land gekommen – und ihr droht uns mit Krieg? Behandeln die Tara so ihre Gäste? Seid ihr Tiere oder Menschen?«

Tom bemerkte, dass Borabay sehr zufrieden wirkte, als er seine Worte übersetzte. Zweifellos fügte er seiner Rede noch einige passende Nuancen hinzu.

Die Bogen der Krieger senkten sich. Diesmal nahmen sie die Pfeile an sich und schoben sie in ihre Köcher.

»Du jetzt lächeln. *Kurz* lächeln, kein *großes* Lächeln.«

Tom lächelte knapp, dann wurde seine Miene wieder ernst.

Borabay hielt eine längere Rede, dann wandte er sich wieder Tom zu. »Du den Krieger jetzt auf Tara-Art umarmen und küssen.«

Tom umarmte den Krieger verlegen und küsste ihn so, wie er es von Borabay kannte, mehrmals seitlich am Hals. Mit dem Ergebnis, dass anschließend rote und gelbe Farbe auf seinem Gesicht und an seinen Lippen klebte. Der Krieger revanchierte sich für seine Höflichkeit und bekleckste ihn noch mehr.

»Gut«, sagte Borabay. Er war vor Erleichterung fast hysterisch. »Jetzt alles ist gut! Wir gehen jetzt in Tara-Dorf.«

Das Dorf bestand aus einem freien Platz mit festgetretenem Boden. Er war von zwei unregelmäßig geformten Kreisen mit der Art Schilfhütten umgeben, in denen sie die vergangene Nacht verbracht hatten. Sie wiesen keine Fenster auf. In der Decke waren Löcher. Vor vielen Hütten brannten Kochfeuer, die von Frauen beaufsichtigt wurden. Wie Tom auffiel, verwendeten sie die französischen Kochtöpfe, Kupferpfannen und die rostfreien Solinger Bestecke, die sein Vater damals erstanden hatte. Als sie den Kriegern auf den Dorfplatz folgten, gingen überall Schilftüren auf und Unmengen Menschen drängten ins Freie, um sie zu begaffen. Die kleineren Kinder waren splitternackt; die älteren trugen schmutzige Shorts oder einen Lendenschurz. Die Frauen waren mit Stofffetzen bekleidet, die sie sich um die Taille schlangen. Sie waren barbusig; ihre Brüste waren mit roter Farbe bemalt. Viele hatten kleine Metallscheiben an den Lippen und Ohren. Nur die Männer trugen Federschmuck.

Es gab keine formelle Begrüßungszeremonie. Die Krieger, die sie mitgebracht hatten, verteilten sich und gingen völlig uninteressiert ihren Geschäften nach. Nur die Frauen und Kinder starrten sie neugierig an.

»Was machen wir jetzt?«, fragte Tom, als sie auf dem Platz standen und sich umschauten.

»Warten«, erwiderte Borabay.

Kurz darauf kam eine zahnlose Greisin aus einer Hütte. Sie war so alt, dass sie gebückt auf einen Stock gestützt ging. Ihr kurzes weißes Haar verlieh ihr etwas Hexenhaftes. Sie kam den Neuankömmlingen quälend langsam entgegen. Ohne den Blick ihrer kugelrunden Augen von ihnen abzuwenden, schnalzte sie mit der Zunge und murmelte etwas vor sich hin. Schließlich blieb sie vor Tom stehen und schaute zu ihm auf.

»Nichts tun«, sagte Borabay leise.

Die Greisin hob eine faltige Hand und versetzte Tom einen Schlag über die Kniescheiben. Dann drosch sie – für eine Frau ihres Alters erstaunlich schmerzhaft – dreimal auf seine Oberschenkel ein, wobei sie weiter etwas vor sich hin murmelte. Schließlich hob sie ihren Knüppel und schlug auf Toms Schienbeine sowie auf seinen Hintern ein. Am Ende ließ sie den Knüppel sinken und griff ihm in den Schritt. Tom schluckte und versuchte nicht zusammenzuzucken, als sie seine Männlichkeit einer eingehenden Prüfung unterzog. Dann deutete sie auf seinen Kopf und bewegte die Finger. Als Tom sich ein wenig vorbeugte, griff sie in sein Haar und zog so heftig daran, dass ihm die Tränen kamen.

Die Greisin wich zurück. Die Untersuchung schien abgeschlossen zu sein. Nun schenkte sie Tom ein zahnloses Lächeln und setzte zu einer längeren Rede an.

Borabay übersetzte: »Sie sagen, du eindeutig Mann, obwohl anders aussehen. Sie dich und deine Brüder einladen, als Gäste in Tara-Dorf zu bleiben. Sie annehmen eure Hilfe, um zu kämpfen gegen böse Männer in Weiße Stadt. Sie sagen, du jetzt Boss.«

»Wer ist sie?« Tom musterte die Greisin kurz. Sie begaffte ihn noch immer vom Scheitel bis zur Sohle.

»Sie sein Frau von Cah. Pass auf, du ihr gefallen. Sie vielleicht kommt heute Nacht in deine Hütte.«

Dies löste die Spannung, und alle lachten, wobei Philip der Lauteste war.

»Von was bin ich der Boss?«, fragte Tom.

Borabay schaute ihn an. »Du jetzt Kriegshäuptling.«

Tom war sprachlos. »Ja, wieso denn das? Ich bin doch gerade mal zehn Minuten hier.«

»Sie sagen, Tara-Krieger bei Angriff auf weiße Männer versagen. Viele sterben. Du auch weißer Mann. Du verstehen Feind besser. Du morgen führst Angriff gegen böse Männer.«

»Morgen?«, sagte Tom. »Vielen Dank, aber diese Verantwortung muss ich ablehnen.«

»Du keine Wahl«, erklärte Borabay. »Sie sagen, wenn du nicht tust, Tara-Krieger uns alle töten.«

An diesem Abend entzündeten die Dorfbewohner ein Freudenfeuer, das ein Fest einleitete. Ein mehrgängiger Schmaus nahm seinen Anfang. Er wurde auf Blättern serviert. Der Höhepunkt des Festessens war ein in einem Erdloch gebratener Tapir. Die Männer tanzten, dann erklang ein beklemmend fremdartiges Flötenkonzert mit Borabay als Solist. Alle gingen spät zu Bett. Einige Stunden später weckte Borabay sie wieder. Es war noch dunkel.

»Wir jetzt gehen. Du sprechen zu Volk.«

Tom schaute ihn an. »Ich muss eine *Rede* halten?«

»Ich dir helfen.«

»*Das* muss ich sehen«, sagte Philip.

Das Freudenfeuer war mit frischem Brennstoff versorgt worden. Tom stellte fest, dass wirklich das ganze Dorf schweigend und respektvoll darauf wartete, dass er eine Ansprache hielt.

»Du zu mir sagen, ich suchen zehn beste Krieger für Kampf aus, Tom«, sagte Borabay leise.

»Kampf? Für welchen Kampf?«

»Wir kämpfen gegen Hauser.«

»Wir können doch nicht ...«

»Sei still – *tu, was ich sage*«, zischte Borabay.

Tom gab den erbetenen Befehl, und Borabay marschierte durch die Menge, klatschte in die Hände, klopfte verschiedenen Männern auf die Schulter, und fünf Minuten später standen zehn Krieger in einer Reihe neben ihnen. Sie waren bemalt, trugen Federschmuck und Halsketten sowie Bogen und Pfeilköcher.

»Du jetzt Rede halten.«

»Was soll ich denn sagen?«

»Du sprechen große Worte. Wie du retten wirst Vater und tötest böse Männer. Keine Sorgen machen. Was du auch sagen, ich gut reparieren.«

»Vergiss bloß nicht, jedem ein Huhn im Pott zu garantieren«, meinte Philip.

Tom trat vor und schaute den versammelten Dorfbewohnern ins Gesicht. Das Volksgemurmel ebbte schnell ab. Die Eingeborenen schauten ihn voller Hoffnung an. Tom spürte, wie es ihm vor Angst kalt den Rücken hinunterlief. Er hatte keine Ahnung, was er tun sollte.

»Ähm ... Meine Damen und Herren ...«

Borabay schenkte ihm einen missbilligenden Blick und schrie in rauflustigem Tonfall etwas hervor, das viel wirkungsvoller klang als die mickrige Einleitung, die Tom gerade zustande gebracht hatte. Ein Raunen ging durch die Menge; alle richteten ihre Aufmerksamkeit auf Tom. Tom hatte plötzlich das Gefühl, all dies schon einmal erlebt zu haben. Dann fiel ihm ihre Abreise aus Pito Solo – und Don Alfonsos Ansprache an sein Volk – ein. Er musste ebenfalls eine solche Rede halten, selbst wenn sie nur aus Lügen und Phrasen bestand.

Er atmete tief ein. »Freunde! Wir sind von einem fernen Ort namens Amerika ins Land der Tara gekommen!«

Sobald das Wort *Amerika* fiel, machte sich – noch bevor Borabay mit der Übersetzung begann – Aufregung breit.

»Wir sind viele tausend Kilometer mit einem Flugzeug, mit einem Einbaum und zu Fuß gereist. Wir waren vierzig Tage und Nächte unterwegs.«

Borabay trug dies vor. Tom bemerkte nun, dass die Aufmerksamkeit der Menge allein ihm galt.

»Das Volk der Tara leidet unter einem großen Übel. Ein Barbar namens Hauser ist mit seinen Söldnern vom anderen Ende der Welt gekommen, um es auszurotten und seine Gräber zu plündern. Er hat euren Oberpriester entführt und eure Krieger getötet. In diesem Moment hält er sich in der Weißen Stadt auf und entweiht sie durch seine Anwesenheit.«

Borabay übersetzte. Das Volk murmelte sein Einverständnis.

»Wir, die vier Söhne von Maxwell Broadbent, sind gekommen, um das Tara-Volk von diesem Mann zu befreien. Wir sind gekommen, um unseren Vater, Maxwell Broadbent, aus der Finsternis seiner Gruft zu erretten.«

Tom wartete, bis Borabay übersetzt hatte. Fünfhundert vom Feuerschein erhellte Gesichter schenkten ihm ungeteilte Aufmerksamkeit.

»Mein Bruder Borabay wird uns in die Berge führen, wo wir die bösen Männer beobachten wollen, um einen Angriffsplan zu schmieden. Morgen werden wir gegen sie kämpfen.«

Nach diesen Worten ertönten urplötzlich merkwürdige Laute, die wie ein schnelles Grunzen oder ein Lachen klangen – es war vermutlich die Tara-Entsprechung eines Johlens und Klatschens. Knilch verkroch sich in die Tiefen der Hemdtasche, um sich zu verstecken.

»Du sie nun bitten zu beten und ein Opfer zu bringen«, sagte Borabay leise zu Tom.

Tom räusperte sich. »Das Volk der Tara – ihr alle – spielt in der bevorstehenden Auseinandersetzung eine wichtige Rolle. Ich bitte euch, für uns zu beten. Ich bitte euch, für uns ein Opfer zu bringen. Ich bitte euch, dies jeden Tag zu tun, bis wir siegreich zurückkehren.«

Borabay wiederholte die Deklaration mit schallender Stimme, und ihre Auswirkung war elektrisierend. Die Menschen strömten aufgeregt murmelnd nach vorn. Tom fühlte sich irgendwie von verzweifelter Sinnlosigkeit überwältigt. Diese Menschen trauten ihm mehr zu als er sich selbst.

Eine heisere Stimme wurde laut. Die Leute wichen auf der Stelle zurück, bis Cahs Gattin allein da stand, auf ihren Stock gestützt. Sie schaute auf und nahm Tom genau in Augenschein. Langes Schweigen machte sich breit, dann hob sie schließlich ihren Stock, holte aus und versetzte ihm einen festen Schlag auf die Oberschenkel. Tom gab sich alle Mühe, weder zu zucken noch das Gesicht zu verziehen.

Dann rief die Greisin mit heiserer Stimme etwas, das er nicht verstand.

»Was hat sie gesagt?«

Borabay wandte sich um. »Ich nicht wissen, wie übersetzen … Sie sagen starke Tara-Redensart. Bedeuten so viel wie *Du töten oder sterben.*«

57

Professor Julian Clyve legte die Beine hoch, verschränkte die Hände hinter dem Kopf und lehnte sich in den alten Sessel zurück. Es war ein stürmischer Tag im Mai, und der Wind zerrte an den Blättern der Sykomore vor seinem Fenster. Sally war nun seit über einem Monat fort. Sie hatte ihm keine Nachricht geschickt. Er hatte auch nicht damit gerechnet, doch das lange Schweigen beunruhigte ihn nun doch. Als sie abgereist war, waren sie davon ausgegangen, der Codex würde seinem Leben einen weiteren akademischen Triumph hinzufügen. Doch nach ein, zwei Wochen des Nachdenkens hatte Clyve es sich anders überlegt. Er war ein hochkarätiger Gelehrter; er hatte einen Lehrstuhl in Yale; er hatte jede Menge akademische Ehrungen eingeheimst und mehr publiziert als andere Professoren in ihrem ganzen Leben. Tatsache war, dass weitere akademische Ehrungen ihm gestohlen bleiben konnten. Er wollte sich nicht in die Tasche lügen: Er brauchte *Geld*. Die Werte der amerikanischen Gesellschaft stimmten nicht. Die wahren Belohnungen – finanziellen Wohlstand – kriegten nicht die intellektuellen Macher, denen sie am meisten zustanden. Der Brain Trust, der die riesige dumme Viehherde, das *vulgus mobile*, lenkte, dirigierte und disziplinierte, ging leer aus. Wer sackte die große Kohle ein? Fatzken aus der Sportbranche, Rockstars, Schauspieler und Konzernbosse. Und er saß hier rum, hatte das Ende der Karriereleiter erreicht und verdiente weniger als ein Durchschnittsklempner. Es war eine Frechheit. Es war *ungerecht!*

Wo er auch aufkreuzte, stürzten die Menschen sich auf ihn, zerquetschten ihm fast die Hand, lobten und bewunderten ihn. Alle Reichen von New Haven wollten seine Bekanntschaft machen, ihn zum Abendessen einladen, ihn *einsacken* und mit ihm angeben, als sei er das Gemälde eines alten Meisters oder ein antikes Stück Silber. Es war nicht nur abscheulich, es war auch demütigend und teuer. Fast jeder, den er kannte, hatte mehr Geld als er. Welche Ehrungen er auch einheimste, welche Preise man ihm für seine Monographien verlieh: Er konnte noch immer nicht in einem halbwegs guten Restaurant von New Haven die Puppen tanzen lassen. Andere ließen die Puppen tanzen. Sie luden ihn zu sich ein. Man lud ihn zu Wohltätigkeitsessen ein, bei denen schwarze Krawatten Pflicht waren und man für den Tisch bezahlte, an dem man saß. Man wehrte seine heuchlerisch vorgebrachten Angebote ab, seine Spesen selbst zu tragen. Und wenn alles vorbei war, musste er sich in sein empörend mickriges kleines Eigenheim im Akademikergetto verziehen, während sie in ihre Landhäuser auf den Heights heimfuhren.

Nun hatte er endlich ein Mittel, dies zu verändern. Clyve warf einen Blick auf den Kalender. Es war der 31. Mai. Morgen war die erste Rate der zwei Millionen fällig, die der Schweizer Pharmakonzern Hartz ihm zahlen wollte. Die kodierte Bestätigung müsste bald per E-Mail von den Cayman-Inseln eintreffen. Natürlich musste er das Geld außerhalb der Vereinigten Staaten ausgeben. Eine schnieke Villa an der Costiera Amalfitana war bestimmt ein schöner Ort, um es zu deponieren. Eine Million für die Villa, die zweite Million für die Spesen. Ravello sollte angeblich sehr reizvoll sein. Er und Sally konnten dort ihre Flitterwochen verbringen.

Er dachte an die Besprechung mit dem Geschäftsführer und dem Hartz-Vorstand. Wie seriös alles abgelaufen war. Wie typisch schweizerisch. Sie waren natürlich skeptisch gewesen, doch nachdem er ihnen die übersetzte Musterseite vorgelegt hatte, war ihnen das Wasser buchstäblich im Mund zusammengelaufen. Der Codex würde ihnen viele Milliarden einbringen. Die meisten Pharmaunternehmen hatten Forschungs-abteilungen, die sich um Eingeborenenmedizin kümmerten – aber der Codex war *das* medizinische Kochbuch, das alles enthielt, und er, Julian Clyve war – von Sally abgesehen – der einzige Mensch auf dieser Welt, der es absolut exakt übersetzen konnte. Der Hartz-Konzern musste zwar mit den Broadbents eine Vereinbarung treffen, doch als größtes Pharmaunternehmen der Welt konnte er natürlich ordentlich was springen lassen. Welchen Nutzen hatte der Codex für die Broadbents ohne seine sprachlichen Fähigkeiten? Es würde alles korrekt ablaufen, darauf hatte man bei Hartz natürlich bestanden. So waren die Schweizer nun mal.

Clyve fragte sich, wie Sally wohl reagieren würde, wenn sie erfuhr, dass der Codex im Maul eines gigantischen multinationalen Konzerns verschwinden sollte. So wie er sie kannte, war sie bestimmt nicht erfreut darüber. Aber wenn sie anfingen, die zwei Millionen Dollar zu genießen, die Hartz ihm als Finderlohn zugesagt hatte – ganz zu schweigen von der großzügigen Vergütung, die er für die Übersetzung zu erhalten hoffte –, würde sie sicher darüber hinwegkommen. Er würde ihr zeigen, dass diese Handlungsweise absolut richtig war, denn Hartz befand sich in der besten Position, um neue Medikamente zu entwickeln und auf den Markt zu bringen. Es war *wirklich* richtig. Die Entwicklung neuer Medikamente kostete Geld. Niemand entwickelte sie gratis. Profit hielt die Welt in Gang.

Und was ihn selbst betraf: Ein paar Jahre Armut waren ja ganz nett, wenn man jung und idealistisch war, aber sobald man die dreißig überschritten hatte, wurde sie unerträglich. Und Professor Julian Clyve näherte sich rapide seinem dreißigsten Lebensjahr.

58

Nach einem zehnstündigen Marsch in die Berge erreichten Tom und seine Brüder einen kahlen, windigen Kamm. Sie hatten einen atemberaubenden Ausblick auf ein gewaltiges Meer aus Gipfeln und Tälern, die sich in abgestuften Violetttönen dem Horizont entgegenschraubten.

Borabay machte eine Geste: »Sukia Tara, die Weiße Stadt.«

Tom kniff angesichts der hellen Nachmittagssonne die Augen zusammen. Etwa sieben oder acht Kilometer vor ihnen, hinter einer Schlucht, ragten zwei Bergspitzen aus weißem Gestein auf. Dazwischen lag ein flacher Sattel, der an beiden Seiten wegen der tiefen Schluchten unzugänglich und von gezackten Gipfeln umgeben war: Ein einsamer Grünsteifen, ein üppiges Stück Nebelwald, das den Eindruck erweckte, als sei es irgendwo abgebrochen, erstreckte sich nun zwischen zwei Fängen aus weißem Gestein am Rand eines Abgrundes schwankend. Tom hatte eine Ruinenstadt mit weißen Türmen und Mauern erwartet. Doch er sah nichts als einen dichten, wuchtigen Teppich von Bäumen.

Vernon hob sein Fernglas, nahm die Weiße Stadt in Augenschein und gab das Fernglas dann an Tom weiter.

Durch die Vergrößerung wirkte das grüne Vorgebirge massiver. Tom suchte es langsam ab. Das Plateau war dicht mit Bäumen bestanden. Ein undurchdringliches Dickicht aus Lianen und Schlingpflanzen schien es zu bedecken. Welche Ruinenstadt auch in diesem seltsamen terrassenartigen Tal liegen mochte, der Dschungel hatte sie ausgiebig vereinnahmt. Als er das Gewoge genauer untersuchte, erkannte er hier und da weißliche Stellen, die sich von der Vegetation abhoben und eine Art Muster ausprägten: Ecken, durchbrochene Mauerstücke, dunkle Vierecke, die wie Fenster aussahen. Und als er etwas begutachtete, das er für einen steilen Hügel hielt, begriff er, dass es sich um die Ruine einer wild überwucherten Pyramide handelte. An einer Seite klaffte ein Loch – eine weiße Wunde im lebendigen Grün.

Die Mesa, auf der man die Stadt erbaut hatte, war tatsächlich eine Art Himmelsinsel. Sie hing, durch kahle Klippen von der übrigen Sierra Azul getrennt, zwischen den beiden Gipfeln. Sie wirkte auf Tom wie abgeschnitten, bis er dann über einer Schlucht etwas gekrümmtes, gewundenes Gelbes sah: eine primitive Hängebrücke. Bei näherem Hinsehen stellte sich heraus, dass sie von Soldaten bewacht wurde. Sie nutzten die Ruinen einer Steinfestung, die wohl von den Urbewohnern errichtet worden war, um die Weiße Stadt zu schützen. Hauser und seine Leute hatten vor der Brücke eine lange Grasnarbe gerodet, um ein übersichtliches Schussfeld zu haben.

Der Weißen Stadt gegenüber, nicht fern von der Brücke, strömte ein Bach aus den Bergen herab und stürzte sich in die Schlucht, wobei er sich in filigrane weiße Fäden verwandelte, um dann im Dunst darunter zu verschwinden. Während Tom den Fluss in Augenschein nahm, stiegen Schwaden aus der Schlucht empor, hüllten die Hängebrücke ein und blockierten ihm schließlich auch die Aussicht auf die Weiße Stadt. Der Dunst teilte sich, die nächste Woge wallte auf. Auch sie löste sich in einem sich ständig wiederholenden Ballett aus Finsternis und Licht auf.

Tom fröstelte. Vermutlich hatte sein Vater vor vierzig Jahren ebenfalls an dieser Stelle gestanden. Zweifellos hatte auch er die schwachen Umrisse der Stadt in dieser chaotischen Vegetation erkennen können. Hier hatte er seine erste Entdeckung gemacht und sein Lebenswerk begonnen. Und hier hatte er geendet, lebendig eingeschlossen in eine finstere

Grabkammer. Die Weiße Stadt war das Alpha und Omega seiner Laufbahn.

Tom reichte Sally das Fernglas. Sie betrachtete die Weiße Stadt sehr lange. Dann ließ sie das Glas sinken und schaute Tom an. Ihr Gesicht war vor Aufregung gerötet. »Es ist eine Maya-Stadt«, sagte sie. »Es gibt einen zentralen Platz für die Ballspiele, eine Pyramide und einige mehrstöckige Gebäude. Absolut klassisch. Die Menschen, die sie gebaut haben, stammten – da bin ich mir sicher – aus Copán. Möglicherweise haben sie sich nach dem Untergang Copáns im Jahr 900 hierher zurückgezogen. Ein großes Rätsel ist gelöst.«

Ihre Augen funkelten, ihr goldenes Haar leuchtete in der Sonne. Tom hatte sie noch nie von solcher Lebenskraft sprühen gesehen. Nach dem wenigen Schlaf, den sie gehabt hatten, erschien ihm das wirklich erstaunlich.

Sally drehte sich um und schaute ihm in die Augen. Tom hatte den Eindruck, dass sie seine Gedanken erriet. Ihre Wangen röteten sich leicht, dann schaute sie weg und lächelte vor sich hin.

Philip nahm das Fernglas an sich und unterzog die Stadt einer Prüfung. Tom hörte ihn überrascht Luft holen. »Da unten sind Menschen«, sagte Philip. »Sie fällen vor der Pyramide Bäume.«

Man hörte das ferne Krachen von Dynamit. In der Stadt stieg eine Staubwolke auf, die wie eine kleine weiße Blüte aussah.

»Wir müssen Vaters Grabkammer vor ihnen finden«, sagte Tom. »Sonst ...« Er ließ den Satz unbeendet.

59

Sie verbrachten den restlichen Nachmittag im Schutz der Bäume und beobachteten Hauser und sein Gefolge. Ein Kommando befreite einen Steintempel vor der Pyramide vom Bewuchs, während ein anderes sich in eine kleinere Pyramide in der Nähe hineinsprengte. Der umschlagende Wind ließ sie etwa alle halbe Stunde das schwache Heulen einer Kettensäge und das ferne Grollen von Explosionen hören. Dann stiegen Staubwolken auf.

»Wo ist Vaters Gruft?«, fragte Tom Borabay.

»Auf Klippen unterhalb von Stadt, auf andere Seite. Ort von Toten.«

»Kann Hauser ihn finden?«

»Ja. Weg nach unten ist versteckt, aber irgendwann er ihn finden. Vielleicht morgen. Vielleicht zwei Wochen.«

Bei Einbruch der Nacht flammten in der Weißen Stadt zwei Jupiterlampen auf. Zwei weitere erhellten die Hängebrücke und das sie umgebende Gelände. Hauser ging kein Risiko ein. Außerdem war er gut ausgerüstet, er hatte sogar einen Generator dabei.

Sie verzehrten schweigend das Abendessen. Tom schmeckten die Frösche, Eidechsen oder woraus Borabays Mahlzeit auch immer bestand, nicht besonders. Soweit er es von ihrem Aussichtspunkt auf dem Kamm sehen konnte, war die Weiße Stadt auf Abwehr bestens eingerichtet und fast uneinnehmbar.

Als sie mit dem Essen fertig waren, sprach Philip aus, was alle dachten: »Ich glaube, wir machen lieber die Fliege und holen Verstärkung. Allein kriegen wir das nicht hin.«

»Angenommen, sie finden und öffnen die Gruft, Philip«, sagte Tom. »Was werden sie deiner Meinung nach dann tun?«

»Sie werden sie ausrauben.«

»Nein. Zuerst wird Hauser Vater ermorden.«

Philip antwortete nicht.

»Wir brauchen mindestens vierzig Tage, nur um hier weg. zukommen. Wenn wir Vater retten wollen, müssen wir *jetzt* handeln.«

»Ich möchte zwar nicht derjenige sein, der es ablehnt, Vater zu retten, aber … Tom, sei vernünftig, wir haben eine alte Knarre, etwa zehn Schuss Munition und ein paar bemalte Krieger mit Pfeil und Bogen. Die anderen haben Automatikwaffen, Granatwerfer und Dynamit. Außerdem haben sie den Vorteil, dass sie die Stadt aus einer unglaublich sicheren Position heraus verteidigen.«

»Den haben sie allerdings nicht mehr, falls es einen geheimen Weg in die Stadt gibt«, erwiderte Tom.

»Kein geheimer Weg da«, sagte Borabay. »Nur Brücke.«

»Es muss einen zweiten Weg geben«, sagte Tom. »*Wie hätten sie die Brücke sonst bauen können?*«

Borabay schaute ihn an, und Tom empfand einen Anflug von Triumph.

»Götter haben Brücke gebaut«, sagte Borabay.

»Götter bauen keine Brücken.«

»Götter haben *diese* Brücke gebaut.«

»Verdammt, Borabay! Die Götter haben diese Brücke nicht gebaut. *Menschen* haben sie gebaut, und dazu mussten sie von beiden Seiten aus arbeiten!«

»Du hast Recht«, meinte Vernon.

»Götter haben Brücke gebaut«, sagte Borabay stur. »Aber«, fügte er dann hinzu, »Tara-Volk auch weiß, wie man Brücke baut von *eine* Seite.«

»Das ist unmöglich.«

»Bruder, du immer genau wissen, du haben Recht? Ich dir sagen, wie Tara haben Brücke gebaut von eine Seite. Zuerst Tara schießen Pfeil mit Seil und Haken ab. Pfeil treffen Baum auf andere Seite. Dann Tara schicken kleinen Jungen in Korb an Räder an Seil entlang.«

»Und wie kommt er rüber?«

»Er sich selbst ziehen.«

»Wie kann jemand ein Seil mit einem Haken mit Pfeil und Bogen über eine zweihundert Meter breite Schlucht schießen?«

»Tara nehmen großen Bogen und besonderen Pfeil mit Feder. Sehr wichtig, zu warten auf Tag mit starke Wind in richtige Richtung.«

»Erzähl weiter.«

»Wenn kleine Junge drüben, Mann schießen zweiten Pfeil mit Seil. Kleine Junge binden Seile zusammen, legen Seil um kleines Rad ...«

»Einen Flaschenzug?«

»Ja. Dann mit Flaschenzug Mann kann rüberziehen viele Dinge. Zuerst er ziehen rüber dickes Tau in Korb, das er entrollen, wenn unterwegs. Junge kann dickes Tau an Baum festmachen. Nun kann Mann gehen über dickes Tau. Jetzt Mann und Junge sind auf andere Seite. Mann benutzt zweites Flaschenzug, um noch drei Taue auf andere Seite zu ziehen. Eins nach anderes. Jetzt vier Taue überspannen Schlucht. Dann mehr Männer überqueren in Korb ...«

»Das reicht«, unterbrach Tom ihn. »Ich verstehe, was du meinst.«

Die Unglaublichkeit ihrer Lage wurde ihnen bewusst, und sie verfielen in Schweigen.

»Haben die Tara-Krieger schon versucht, die Leute in einen Hinterhalt zu locken und die Brücke zu kappen?«

»Ja. Viele dabei sterben.«

»Haben sie es mit Brandpfeilen versucht?«

»Können Brücke nicht erreichen.«

»Eines dürfen wir nicht vergessen«, warf Philip ein. »Wenn die Brücke gekappt wird, sitzt Vater ebenfalls fest.«

»Dessen bin ich mir bewusst. Ich gehe nur unsere Möglichkeiten durch. Vielleicht können wir Hauser ein Geschäft vorschlagen: Wenn er Vater rauslässt, kann er die Grabkammer und die Reichtümer behalten. Wir überschreiben ihm alles, und dann hat sich die Sache.«

»Damit wäre Vater nie einverstanden«, sagte Vernon.

»Auch dann nicht, wenn es sein Leben rettet?«

»Er wird an Krebs sterben.«

»Oder unser Leben?«

Philip schaute sie an. »Ihr dürft nicht mal daran *denken*, Hauser zu vertrauen oder ihm ein Geschäft vorzuschlagen.«

»Na schön«, sagte Vernon. »Dass wir die Weiße Stadt anderweitig erreichen, können wir ausschließen. Einen Frontalangriff können wir sowieso vergessen. Ist jemand unter uns, der weiß, wie man einen Drachen baut?«

»Nein.«

»Dann bleibt uns nur eine Möglichkeit.«

»Und die wäre?«

Vernon ebnete ein Stück Boden neben dem Feuer, ritzte eine Landkarte in den Boden und erläuterte seinen Plan. Als er fertig war, ergriff Philip als Erster das Wort.

»Es ist ein irrer Plan.« Er schüttelte den Kopf. »Ich bin dafür, dass wir umkehren, Hilfe holen und wiederkommen. Es kann Monate dauern, bis wir Vaters Grabkammer gefunden haben.«

Borabay mischte sich ein: »Ich glauben, du nicht verstehen, Philip. Wenn wir jetzt gehen, Tara-Volk uns töten.«

»Scheiße.«

»Wir geben Versprechen. Können Versprechen nicht brechen.«

»Ich hab kein Scheißversprechen abgegeben«, erwiderte Philip. »Das war Tom. Außerdem können wir uns am Dorf vorbeischleichen und längst über alle Berge sein, bevor einer bemerkt, dass wir weg sind.«

Borabay schüttelte den Kopf. »Das sein feige, Bruder. Dann Vater stirbt in Grabkammer. Wenn Tara einen schnappen, ist

Tod für Feigling langsam und fürchterlich. Sie schneiden ab ...«

»Wir haben schon gehört, was sie alles mit einem machen«, fiel ihm Philip ins Wort.

»Ist nicht genug Nahrung und Wasser in Grabkammer, um noch länger zu warten.«

Das Feuer knisterte. Tom warf einen Blick durch die Bäume. Unter ihnen, in einer Entfernung von etwa sieben Kilometern, erspähte er drei rautenförmige Lichter, die in der Weißen Stadt dicht beieinander standen. Wieder ertönte eine schwache Dynamitexplosion. Hauser und seine Leute arbeiteten rund um die Uhr. Sie standen wirklich mit dem Rücken zur Wand. Ihre Möglichkeiten waren gering, und sie hatten nur einen Durchschnittsplan. Aber etwas Besseres würde sich ihnen nicht bieten.

»Genug geredet«, sagte Tom. »Wir haben einen Plan. Wer macht mit?«

»Ich bin dabei«, sagte Vernon.

Borabay nickte. »Ich auch.«

»Ich auch«, erklärte Sally.

Nun waren alle Blicke auf Philip gerichtet. Er gestikulierte aufgebracht, als wolle er alle Anwesenden verscheuchen. »Verflucht noch mal, ihr wisst doch, wie meine Antwort lautet!«

»Und wie lautet sie?«, fragte Vernon.

»Nehmt sie in die Akten auf«, sagte Philip. »Sie lautet *Nein, nein und nochmals nein!* Das ist ein James-Bond-Plan. So was funktioniert im wirklichen Leben nie. Lasst es bleiben. Herrgott, ich will nicht auch noch meine Brüder verlieren. Lasst es bleiben!«

»Wir müssen es tun, Philip«, sagte Tom.

»Niemand *muss* irgendwas tun! Vielleicht ist es ja lästerlich, aber stimmt es nicht irgendwie auch, dass Vater sich das alles selbst eingebrockt hat?«

»Dann lassen wir ihn also einfach krepieren?«

»Ich bitte euch nur, euer Leben nicht wegzuwerfen.« Philip riss die Hände hoch und stapfte in die Finsternis davon.

Vernon wollte ihm eine Antwort zurufen, doch Tom legte ihm eine Hand auf den Arm und schüttelte den Kopf. Vielleicht hatte Philip ja Recht. Vielleicht war das Unternehmen reiner Selbstmord. Aber er persönlich hatte keine andere Wahl. Wenn er jetzt nichts unternahm, würde er später nicht damit leben können. So einfach war die Sache.

Das flackernde Feuer warf Schatten über ihre Gesichter. Eine lange, unbehagliche Stille breitete sich aus.

»Es gibt keinen Grund zu warten«, sagte Tom. »Wir brechen heute Nacht um zwei Uhr auf. Wir brauchen schon ein paar Stunden, um da runterzukommen. Jeder weiß, was er zu tun hat. Borabay, erkläre den Kriegern ihre Aufgabe.« Sein Blick fiel kurz auf Vernon. Er hatte den Plan tatsächlich ausgeheckt – ein Mann, der sonst nie eine Führerrolle übernahm. Er streckte den Arm aus und legte Vernon seine Hand auf die Schulter. »Du machst dich.«

Vernon erwiderte sein Lächeln. »Ich komme mir vor wie in dem Film *Der Zauberer von Oz.*«

»Was meinst du damit?«

»Ich hab mein Hirn gefunden. Und du, Tom, hast dein Herz gefunden. Borabay hat seine Familie gefunden. Jetzt fehlt nur noch, dass Philip seinen Mut findet.«

»Irgendwie«, sagte Tom, »fürchte ich auch, dass wir Hauser mit einem Eimer Wasser nicht zur Strecke bringen.«

»Nein«, sagte Sally. »Ganz bestimmt nicht.«

60

Tom erhob sich um ein Uhr aus der Hängematte. Die Nacht war schwarz. Wolken verdeckten die Sterne. Ein ruheloser Wind wisperte und raschelte in den Bäumen. Das einzige Licht spendete der glühende Aschehaufen des Lagerfeuers, das einen rötlichen Schein auf die Gesichter der zehn Tara-Krieger warf. Sie saßen noch immer im Kreis um die Feuerstelle. Sie hatten sich während der ganzen Zeit weder bewegt noch ein Wort gewechselt. Bevor Tom die anderen weckte, sammelte er die Ferngläser ein und trat vor die Bäume, um erneut einen Blick auf die Weiße Stadt zu werfen. Die Lampen an der Hängebrücke brannten noch. Die Soldaten hielten sich in der Festungsruine auf. Tom überlegte, was da auf sie zukommen mochte. Vielleicht hatte Philip ja Recht, und es war Selbstmord. Vielleicht lag Maxwell Broadbent längst tot in seiner Gruft und sie riskierten ihr Leben umsonst. Doch all das war ihm gleichgültig: Er konnte nicht anders.

Als er die anderen wecken wollte, waren die meisten schon wach. Borabay fachte das Feuer neu an, schichtete frisches Holz in die Flammen und setzte einen Topf Wasser auf. Kurz darauf gesellte Sally sich zu ihnen und überprüfte im Feuerschein ihr Springfield-Gewehr. Ihre Miene wirkte müde und eingefallen. »Weißt du, was laut General Patton bei einer Schlacht immer als Erstes auf der Strecke bleibt?«, fragte sie Tom.

»Nein.«

»Der Schlachtplan.«

»Glaubst du, dass unser Plan nicht funktioniert?«, fragte Tom.

Sally schüttelte den Kopf. »Wahrscheinlich nicht.« Sie wandte den Blick von ihm ab, dann nahm sie sich das Gewehr vor und polierte es unnötigerweise mit einem Lappen.

»Was wird deiner Meinung nach passieren?«

Sally schüttelte schweigend den Kopf. Ihr schweres goldenes Haar wogte nur so. Tom merkte, dass sie ziemlich aufgeregt war. Er legte ihr eine Hand auf die Schulter. »Wir müssen es tun, Sally.«

Sie nickte. »Ich weiß.«

Vernon gesellte sich zu ihnen ans Feuer, und sie tranken schweigend ihren Tee. Als sie fertig waren, schaute Tom auf seine Armbanduhr. Zwei Uhr. Er hielt nach Philip Ausschau, doch der war nicht mal aus dem Unterstand gekommen. Schließlich nickte er Borabay zu, und sie standen auf. Sally schwang sich das Gewehr über die Schulter. Die Männer legten die kleinen Palmwedelrucksäcke an, die Proviant, Wasser, Zündhölzer, den Campingkocher und andere grundlegende Dinge enthielten. Sie gingen hintereinander her, wobei Borabay die Führung übernahm und die Krieger den Abschluss bildeten. Sie marschierten durch den Hain, bis sie freies Gelände erreichten. Zehn Minuten später hörte Tom hinter ihnen jemand rennen. Als sie anhielten, um zu lauschen, hoben die Krieger ihre Bogen und legten Pfeile ein. Gleich darauf tauchte Philip auf. Er atmete schwer.

»Kommst du, um uns Glück zu wünschen?«, fragte Vernon. Seine Stimme klang äußerst ironisch.

Philip brauchte einen Moment, um wieder zu Atem zu kommen. »Ich weiß auch nicht, warum ich bei diesem dämlichen Plan mitmache. Aber verdammt noch mal, ich lass euch nicht allein in den Tod rennen.«

61

Marcus Aurelius Hauser tastete in seinem Brotbeutel nach einer Churchill. Als er sie gefunden hatte, drehte er sie zwischen Daumen und Zeigefinger und zog sie heraus. Nach dem Ritual des Abschneidens, Befeuchtens und Anzündens hob er sie in der Finsternis hoch, bewunderte die dicke glühende Spitze und ließ sich vom Wohlgeruch des feinen kubanischen Blattes in einen Kokon aus Eleganz und Zufriedenheit hüllen. Zigarren, so sein Eindruck, schienen im Dschungel immer besser, üppiger und leckerer zu schmecken als anderswo.

Hauser hatte sich an einem strategischen Punkt oberhalb der Hängebrücke gut in einem Farndickicht versteckt, das ihm zudem beste Aussicht auf die Soldaten in dem kleinen Steinfort auf der anderen Seite bot. Er schob ein paar Büsche zur Seite und spähte durch sein Fernglas. Er hatte den starken Eindruck, dass die Gebrüder Broadbent heute Nacht etwas unternehmen würden, um die Brücke zu überqueren. Sie würden nicht abwarten, weil sie nicht abwarten *konnten*. Wenn sie die Gelegenheit nutzen wollten, einen Teil der Meisterwerke zu retten, mussten sie die Gruft vor ihm finden.

Hauser paffte zufrieden vor sich hin und dachte an Maxwell Broadbent. Max hatte aus einer Laune heraus Kunstgegenstände und Antiquitäten im Wert von einer halben Milliarde Dollar hierher gebracht. So unerhört das auch war, für seinen Charakter war es typisch. Max war ein Mensch der großen Gesten, des Spektakels, der Show. Er hatte auf großem Fuß gelebt und war ebenso gestorben.

Hauser dachte an die entscheidende Fünfzig-Tages-Tour durch den Urwald, an die qualvollen Zeiten, die er in seinem Leben nie vergessen würde. Sie hatten erfahren, dass es irgendwo in den Cerros Escondidos im Tiefland von Guatemala einen Maya-Tempel gab. Fünfzig Tage und Nächte hatten sie sich einen Weg durch zugewucherte Pfade gebahnt. Sie waren gestochen, gebissen und zerkratzt worden, hatten gehungert und waren erkrankt. Die Bewohner des Lacandonen-Dorfes, in das sie gestolpert waren, hatten nicht reden wollen. Na schön, der Tempel war irgendwo in der Umgebung. Daran gab es keinen Zweifel. Aber die Dörfler hatten geschwiegen. Hauser war gerade im Begriff gewesen, ein Mädchen zum Reden zu bringen, als Max seine Pläne durchkreuzt hatte. Der Scheißkerl hatte ihm eine Kanone an den Schädel gedrückt und ihn entwaffnet. Das war der Bruch gewesen; der letzte Tropfen, der das Fass zum Überlaufen brachte. Max hatte ihm befohlen, sich zu verziehen. Als wäre er irgendein Köter. Hauser hatte keine Wahl gehabt. Er hatte die Suche nach den versunkenen Städten abbrechen müssen und war nach Hause gereist. Max war weitergezogen und hatte die Weiße Stadt gefunden. Dort oben hatte er eine reich bestückte Gruft geplündert. Und jetzt, vierzig Jahre später, war sie zu seiner eigenen Gruft geworden.

Der Kreis hatte sich geschlossen, nicht wahr?

Hauser zog genüsslich an seiner Zigarre. In den Jahren des Krieges hatte er etwas Wichtiges gelernt: Wenn die Lage richtig schwierig wurde, wusste man nie, wer es schaffte und wer nicht. Die großkotzigen Army-Ranger mit den Igelfrisuren und aufgepumpten Arnold-Schwarzenegger-Armen fielen manchmal in sich zusammen wie zu lange gekochtes Fleisch, während die Schmalhänse der Kompanie, die Typen von Intel oder die Elektronikfritzen, sich als wahre Stehaufmännchen erwiesen. Man konnte nie wissen. Dies galt auch für die Broadbent-Jungs. Hauser musste es ihnen neidlos zugestehen: Sie hatten sich wacker geschlagen. Sie würden ihm noch einen letzten Dienst erweisen, aber dann war Feierabend für sie.

Hauser verharrte lauschend. In der Ferne hörte er ein leises Heulen, Johlen und Rufen. Er hob das Fernglas. Weit links vom Steinfort sah er eine aus dem Dschungel heranfliegende Pfeilsalve. Ein Pfeil traf mit einem leisen *Ping!* eine Jupiterlampe.

Die Indianer griffen an. Hauser lächelte. Das war natürlich nur ein taktisches Manöver. Es sollte dazu dienen, die Aufmerksamkeit der Soldaten von der Brücke abzulenken. Er sah, wie sich seine Leute mit gezückten Kanonen hinter die Steinmauern duckten. Sie luden die Granatwerfer. Er hoffte, dass sie sie auch einsetzen konnten. Schließlich hatten sie den Auftrag, das vorzutäuschen, was sie sowieso sehr gut konnten: die Nieten mimen.

Noch mehr Pfeile segelten aus dem Wald heran. Ihnen folgte lautes Kriegsgeschrei. Die Soldaten antworteten mit einer panischen Geschosssalve. Eine Granate knallte in den Wald, ohne jemanden zu treffen. Sie blitzte nur auf und krachte.

Zum ersten Mal gingen die Soldaten richtig vor.

Nun, da die Broadbents ihren Zug gemacht hatten, wusste Hauser genau, wie es weitergehen würde. Es war vorherbestimmt, wie eine Abfolge erzwungener Züge beim Schach.

Und da waren sie auch schon, genau nach Plan. Hauser hob erneut das Fernglas. Die drei Brüder und ihr indianischer Führer liefen geduckt hinter den Soldaten durch das freie Gelände und jagten auf die Brücke zu. Für wie gerissen hielten sie sich? Sie liefen mit aller Kraft mitten in eine Falle hinein.

Hauser musste einfach lachen.

62

Sally war bis auf zweihundert Meter an den Soldaten herangerobbt, der die Brücke bewachte. Sie lag nun hinter einem umgestürzten Baum. Ihre Springfield ruhte auf dem glatten Holz. Alles war still. Sie hatte sich nicht von Tom verabschiedet. Sie hatten sich nur geküsst und dann getrennt. Sie wollte nicht darüber nachdenken, was passieren würde. Der Plan war verrückt. Sie bezweifelte, dass die Männer es schaffen würden, die Brücke zu überqueren. Selbst wenn es ihnen gelang, selbst wenn sie Maxwell Broadbent retten konnten – sie würden nie mehr zurückkehren.

Doch genau darüber wollte sie nicht nachdenken. Sie richtete ihre Aufmerksamkeit auf das Gewehr. Die Springfield 03 stammte zwar aus der Zeit vor dem Ersten Weltkrieg, aber sie lag gut in der Hand, und ihre Zieloptik war ausgezeichnet. Chori hatte das Gewehr bestens gepflegt. Sally hatte die Entfernung von ihrem Versteck bis zu der Stelle, an der die Soldaten sich in der Fortruine verschanzten, bereits berechnet. Es waren zweihundertzehn Meter. Sie hatte das Zielfernrohr dementsprechend eingestellt. Die Munition, die Chori ihr überlassen hatte, war militärischer Standard: .30–06 mit einem 9,72 g Geschoss. Somit waren keine weiteren Berechnungen nötig. Aber Justierungstabellen hatte sie keine. Sie hatte den gerändelten Verstellknopf nach ihrer besten Schätzung der Windbedingungen eingestellt. Zweihundertzehn Meter waren wirklich keine große Herausforderung für sie, solange das unbewegliche Ziel so groß war wie ein Mensch.

Seit sie bei dem Baumstamm angelangt war, überlegte Sally, was es bedeutete, einen Menschen zu töten. War sie dazu fähig? Jetzt, da es bis zum Einsatz nur noch Minuten dauern konnte, wusste sie es. Sie würde töten, um Toms Leben zu retten. Knilch saß in einem kleinen Käfig aus geflochtenen Ranken. Sie freute sich, dass er hier war, um ihr Gesellschaft zu leisten, auch wenn seine Laune nicht die beste war. Es behagte ihm nicht, in einem Käfig zu hocken. Sally zog eine Hand voll Nüsse aus der Tasche, reichte dem Äffchen einige und verzehrte den Rest selbst.

Gleich musste es losgehen.

Pünktlich auf die Minute hörte sie aus dem den Soldaten gegenüberliegenden Wald einen leisen Schrei. Ihm folgte ein jaulender, kreischender, heulender Stimmenchor, der eher nach hundert statt nach zehn Kriegern klang. Eine Pfeilsalve flog aus dem dunklen Wald hervor. Sie war so hoch gezielt, dass sie in einem steilen Winkel auf die Soldaten herabfiel.

Sally drückte ihr Auge fest ans Zielfernrohr, um besser zu erkennen, was sich dort abspielte. Die Soldaten spritzten panisch auseinander, luden Granatwerfer und bezogen hinter der Steinmauer Stellung. Dann erwiderten sie den Beschuss. Die Salven, die sie willkürlich auf den zweihundert Meter entfernten Waldrand abgaben, waren nicht gerade gut gezielt. Eine Granate flog, ohne Schaden anzurichten, auf das Dickicht zu, landete kurz davor auf dem Boden und verging in einem blitzenden Knall. Weitere Granaten folgten. Sie detonierten zwischen den Wipfeln und rissen Äste von den Bäumen. Es war eine ungewöhnlich inkompetente Zurschaustellung militärischer Macht.

Links von sich sah Sally eine Bewegung aufblitzen. Die vier Broadbents liefen über das freie Gelände geduckt auf den Brückenkopf zu. Sie mussten zweihundert Meter Gestrüpp und umgestürzte Bäume überwinden, aber sie kamen recht gut voran. Die Soldaten schienen gänzlich mit dem Scheinangriff an ihrer Flanke beschäftigt zu sein. Sally beobachtete sie weiter durch das Zielfernrohr. Sie war bereit, Tom und den anderen Deckung zu geben.

Ein Soldat stand auf und drehte sich um, um neue Granaten zu holen. Sally zielte auf seinen Brustkorb und legte den Finger auf den Abzug. Der Mann lief los, wich dem Pfeilhagel aus, entnahm einem Behälter zwei Granaten und kehrte zurück – er hatte nicht einmal aufgeschaut.

Sally ließ ihren Finger locker. Die Broadbents erreichten nun die Brücke. Sie überspannte eine zweihundert Meter breite Kluft. Vier geflochtene Hanftaue – zwei oberhalb, zwei unterhalb des Bodens – hielten sie in der Luft und trugen ihr Gewicht. Auf halber Höhe senkrecht zwischen den Tauen verlaufende Seile verliehen dem aus zusammengebundenen Bambusstäben bestehenden Boden Stabilität. Ein Bruder nach dem anderen schwang sich nun unter die Brücke. Sie bahnten sich, seitlich gehend, auf einem der unterhalb verlaufenden Taue einen Weg über die Schlucht, wobei sie die oberen Seile als Halt verwendeten. Sie waren genau zur richtigen Zeit losgegangen: Aus der Schlucht stiegen starke Dunstschwaden auf, die die Brüder nach fünfzig Metern unsichtbar machten. Der Angriff wurde mit Geschrei und Pfeilsalven zehn Minuten lang fortgesetzt, dann kam er allmählich zur Ruhe. Es war ein Wunder. Sie waren auf die andere Seite gekommen. Der verrückte Plan hatte funktioniert.

Jetzt mussten sie nur noch zurückkehren.

63

Die wackelige, sich vor Tom erstreckende Bambusbrücke schaukelte scheppernd im Aufwind und ließ Kletterpflanzen und Blattwerk in die riesige, unter ihm gähnende Schlucht hinabbaumeln. Der Nebel war so dicht, dass er kaum sieben Meter weit sah. Der laute Wasserfall hallte wie das dumpfe, ferne Brüllen einer wütenden Bestie aus der Tiefe zu ihm herauf. Die Brücke bebte bei jedem Schritt.

Borabay war als Erster losgegangen. Vernon und Philip waren ihm gefolgt. Tom bildete den Abschluss.

Sie gingen seitlich über das untere Tau, und zwar unterhalb des Brückenbodens, damit niemand sie sah. Tom folgte seinen Brüdern so schnell wie möglich, ohne dabei seine Sicherheit aufs Spiel zu setzen. Der aufsteigende Dunst hatte das Haupttau feucht und schlüpfrig gemacht. Der geflochtene Hanf war porös und angefault. Viele der senkrecht verlaufenden Seile waren gerissen, sodass Lücken zwischen ihnen klafften. Bei jedem Windstoß von unten schwankte die Brücke hin und her. In solchen Fällen hielt Tom inne und klammerte sich fest, bis es vorbei war. Er versuchte, nur an den Schritt zu denken, der als nächster kam. *Ein Schritt nach dem anderen,* sagte er sich. *Ein Schritt nach dem anderen.*

Ein Seil – es war vergammelter als die anderen – löste sich unter seiner Hand auf. Über dem Abgrund erfasste ihn ein kurzes, grauenhaftes Schaudern, dann bekam er ein anderes Seil zu fassen. Tom hielt an, bis sein Herz wieder normal schlug, dann ging er vorsichtig weiter. Er überprüfte die Seile, indem er an ihnen ruckte, bevor er ihrer Festigkeit vertraute. Er schaute nach vorn. Seine Brüder waren kaum mehr als im Dunst huschende, ins wechselnde Halblicht des hinter ihnen leuchtenden Scheinwerfers getauchte Schemen.

Je weiter sie sich vorwagten, desto mehr schaukelte und schwankte die Brücke. Der Bambus knackte, die Taue ächzten und seufzten, als wären sie lebendig. In der Mitte nahmen die Windströmungen zu, wehten nach oben und schüttelten sie durch. Hin und wieder ließ eine heftige Bö die Brücke erzittern und auf beängstigende Weise rucken. Tom dachte spontan an Don Alfonsos Geschichte über die bodenlose Schlucht, in der die Abgestürzten sich endlos um ihre Achse drehten, bis sich das Fleisch von ihnen löste und ihre Knochen zu Staub zerfielen. Es schüttelte ihn, und er versuchte, jeden Blick nach unten zu vermeiden, doch um die Füße an die richtige Stelle zu setzen, war er gezwungen, in die Schwindel erregende Tiefe zu schauen, aus deren bodenloser Finsternis die Dunstschwaden aufstiegen. Sie hatten die Mitte fast erreicht. Tom sah die Stelle, an der die Brücke den tiefsten Punkt ihrer Krümmung erreichte; von da stieg sie langsam wieder an, um auf der anderen Seite der Schlucht zu enden.

Eine außergewöhnlich heftige Bö wogte zu ihnen hoch und ließ die Brücke plötzlich schaukeln. Tom packte fester zu und wäre beinahe abgerutscht. Dann hörte er einen gedämpften Schrei und sah zwei verfaulte Seilenden, die sich heftig im Aufwind drehten, vor ihm in die Schlucht stürzen. Philip baumelte plötzlich im Nichts; sein Ellbogen war um das Tau geschlungen. Seine Beine drehten sich in der Leere.

Oh, mein Gott, dachte Tom. Er eilte weiter und wäre um ein Haar selbst abgerutscht. Sein Bruder hatte keine Chance, sich längere Zeit so festzuhalten. Tom erreichte die Stelle, die genau über Philip lag. Philip baumelte schweigend in der Luft und versuchte, ein Bein nach oben zu schwingen. Sein Gesicht war verzerrt. Er brachte vor Entsetzen kein Wort hervor. Vernon und Borabay waren vor ihnen bereits im Dunst verschwunden.

Tom ging in die Knie. Er schlang einen Arm um das senkrechte Seil und versuchte, den anderen unter Philips Arm zu schieben. Plötzlich rutschten ihm seine Füße davon, und auch er baumelte kurz über dem Abgrund. Es gelang ihm, sich wieder aufzurichten. Sein Herz hämmerte in seiner Brust. Sein Blick umwölkte sich vor Entsetzen. Er konnte kaum atmen.

»Tom«, würgte Philip. Seine Stimme war so schrill wie die eines Kindes.

Tom machte sich über Philip auf dem Tau klein. »Schwing dich nach oben«, sagte er mit ruhiger Stimme. »Du musst mir helfen. Schwing dich hoch. Ich pack dich dann.« Er griff mit einem Arm nach unten und machte sich bereit, Philips Gürtel zu ergreifen.

Philip unternahm einen erneuten Versuch, sich nach oben zu schwingen und das Tau mit den Füßen zu umklammern, aber er bekam nicht genug Schwungkraft, und sein Bemühen führte nur dazu, dass er weiter abrutschte. Er stieß einen kurzen Schrei aus, und Tom sah, wie die weißen Handknöchel seines Bruders das Tau eisenhart umklammert hielten. Ein schriller, von Entsetzen kündender Laut drang aus Philips Kehle.

»Probier's noch mal«, rief Tom. »Schwing dich hoch! Hoch!«

Philips Gesicht verzerrte sich, als er der Anweisung folgte. Tom versuchte, seinen Gürtel zu fassen zu kriegen, doch sein Fuß rutschte erneut ab. Einen entsetzlichen Augenblick lang baumelte sein Bein in der Leere, und er klammerte sich an ein vergammeltes Seil. Dann zog er sich wieder hoch und versuchte, sein wild schlagendes Herz zu beruhigen. Ein Bambusstück, das sich durch ihre Aktionen gelöst hatte, stürzte sich langsam drehend in die Tiefe, bis es aus seinem Blickfeld verschwunden war.

Er hat vielleicht noch fünf Sekunden, dachte Tom. Philip hatte nur noch eine Chance. »Schwing dich hoch. Fahr vollen

Einsatz – selbst wenn du dabei loslassen musst. Mach schon! Eins, zwei, drei!«

Philip schwang sich nach oben. Diesmal griff Tom zu. Er klammerte sich mit dem anderen Arm an das verrottete Seil, damit er sich weit genug vorbeugen konnte, um Philips Gürtel zu fassen zu kriegen. Einen Augenblick lang befanden sie sich beide in der Schwebe. Das Seil trug den Hauptteil ihres gemeinsamen Gewichts. Dann zog Tom Philip mit einer gewaltigen Anstrengung hinauf, sodass er auf das Tau sank und es wie einen Rettungsring umklammerte.

Sie verharrten, hielten sich an den Seilen fest. Beide waren zu entsetzt, um etwas zu sagen. Tom hörte Philip rasselnd nach Luft schnappen.

»Philip?«, brachte er schließlich hervor. »Ist alles in Ordnung mit dir?«

Philips rasselnder Atem normalisierte sich.

»Du hast es geschafft.« Tom wollte den Satz so sachlich wie möglich klingen lassen. »Alles klar. Wir haben es hinter uns. Du bist in Sicherheit.«

Wieder kam eine Bö und ließ die Brücke schwanken. Philip stieß einen gurgelnden Laut aus. Er umklammerte das Seil mit aller Kraft.

Eine Minute verging. Sie dauerte sehr lange.

»Wir müssen weiter«, sagte Tom. »Du musst aufstehen.«

Wieder ein Windstoß. Die Brücke tanzte und wackelte.

»Ich kann nicht.«

Tom verstand, was er meinte. Auch er hatte das dringende Bedürfnis, sich am Haupttau festzuhalten und den Rest seines Lebens dort zu verbringen.

Die Dunstschwaden lösten sich auf. Von unten kamen weitere Windstöße. Sie waren nun wirklich gewaltig. Die Brücke schaukelte. Sie bewegte sich aber nicht wie sonst, sondern ihr Schaukeln endete stets mit einer ruckenden Drehung, die sie jedes Mal in die unter ihnen herrschende Düsternis zu schleudern drohte.

Dann flaute das Beben ab.

»Philip, steh auf.«

»Nein.«

»Du musst. Und zwar sofort.« Eines hatten sie nämlich sicher nicht: Zeit. Der Nebel hatte sich aufgelöst. Die Jupiterlampe leuchtete hell. Die Soldaten brauchten sich nur umzudrehen, dann mussten sie die beiden Männer sehen. Tom streckte eine Hand aus. »Halt dich fest. Ich hiev dich hoch.«

Philip hob zitternd eine Hand. Tom packte sie und zog ihn langsam hoch. Die Brücke schaukelte. Philip klammerte sich an die senkrechten Seile. Nun kam eine ganze Reihe von Windstößen. Die Brücke vollführte ein abscheuliches Geschaukle. Philip stöhnte vor Entsetzen. Tom hielt sich in Todesangst fest. Er wurde von einer Seite zur anderen geworfen. Fünf Minuten vergingen, in denen die Brücke bebte. Es waren die längsten fünf Minuten in Toms Leben. Er spürte, wie seine Arme von der Anstrengung schmerzten. Schließlich ließ das Wackeln nach.

»Gehen wir.«

Philip bewegte einen Fuß und setzte ihn vorsichtig auf das Tau. Dann den anderen. Schließlich bewegte er auch die Hände, während er sich vortastete. Fünf Minuten später hatten sie die andere Seite erreicht. Borabay und Vernon warteten schon in der Dunkelheit auf sie. Zusammen schlugen sie sich in den Nebelwald. Sie liefen, so schnell sie konnten.

64

Borabay geleitete sie durch den Wald. Seine Brüder folgten ihm einer hinter dem andern. Der Weg, den sie nahmen, wurde von der eigenartigen Phosphoreszenz erhellt, die Tom schon früher gesehen hatte. Jeder verfaulende Strunk, jedes Stück Holz war in dieses mattgrüne Licht getaucht, das den Wald so gespenstisch erhellte. Doch nun wirkte es nicht mehr schön – es war nur noch bedrohlich.

Zwanzig Minuten später ragte eine beschädigte Steinmauer vor ihnen auf. Borabay hielt an und hockte sich hin. Plötzlich flammte ein Licht auf. Als er sich aufrichtete, hatte er ein brennendes Riedgrasbündel in der Hand. Die Mauer war nun besser erkennbar: Sie bestand aus gigantischen Kalksteinblöcken und wurde von einer dichten Matte aus Kletterpflanzen fast verhüllt. Toms Blick fiel kurz auf ein Basrelief: Es zeigte Gesichter im Profil, hohläugige Schädel, fantastisch anmutende Jaguare und glotzäugige Vögel mit langen Krallen.

»Die Stadtmauer.«

Sie marschierten eine Weile an der Mauer entlang und stießen dann auf einen schmalen Türrahmen, vor dem Kletterpflanzen wie ein Perlenvorhang herabhingen. Sie schoben sie beiseite, duckten sich und bahnten sich ihren Weg.

Borabay streckte im matten Licht eine Hand aus, packte Philip am Arm und zog ihn an sich. »Brüderchen Philip, du mutig.«

»Nein, Borabay. Ich bin ein absoluter Feigling und eine Last für euch.«

Borabay klopfte ihm liebevoll auf den Arm. »Stimmt nicht. Ich Hose machen vor Angst.«

»*In* Hose machen.«

»Danki.« Borabay schirmte die Fackel mit der Hand ab und blies in das Flämmchen, damit es heller glühte. Sein Gesicht leuchtete im Schein des Feuers auf und ließ seine grünen Augen goldfarben schimmern. Es betonte sein Broadbent-Kinn und seine fein geschwungenen Lippen. »Wir gehen jetzt zu Grabkammern. Wir Vater suchen.«

Durch den Türrahmen gelangten sie in die Ruine eines Innenhofes. An einer Seite führte eine Treppe nach oben. Borabay flitzte über den Hof und stieg die Stufen hinauf. Die anderen schlossen sich ihm an. Sie bogen rechts ab und marschierten über eine Mauer. Borabay schirmte die Fackel ab, damit man das Licht nicht sah. An der anderen Seite führte eine Treppe hinab. In den Bäumen war plötzlich Bewegung und Geschrei. Die Wipfel ruckten und knackten. Tom fuhr zusammen.

»Kleine Affen«, sagte Borabay leise. Er verharrte und setzte eine besorgte Miene auf. Schließlich schüttelte er den Kopf, und sie setzten den Weg fort. Sie kletterten über zahlreiche umgefallene Säulen und gelangten in einen Innenhof voller umgestürzter Steinblöcke. Einige wiesen drei Meter Länge auf. Es waren Bestandteile eines riesigen Kopfes. Tom entdeckte eine Nase und ein, zwei stierende Augen, die aus dem Vegetationsgewirr und den sich dahinschlängelnden Baumwurzeln aufragten. Sie kletterten über die Blöcke hinweg und gingen durch einen von steinernen Jaguaren bewachten Torbogen in eine Art Durchgang. Die ihnen dort entgegenschlagende Luft war kühl und roch nach Schimmel. Die Fackel flackerte. Die Flamme ließ die steinernen Wände eines Tunnels sehen. Die Wände waren von Kalk verkrustet, die Decke war voller Stalaktiten. Insekten flitzten raschelnd über feuchte Wände, um Deckung vor dem Licht zu suchen. Eine dicke Viper rollte sich zusammen und hob den Kopf, als wolle sie angreifen. Sie schaukelte zischend hin und her, ihre

Schlitzaugen reflektierten das gelbrote Licht der Flamme. Sie wichen ihr aus und gingen weiter. Durch die eingestürzte Decke sah Tom zwischen den sich leise im Wind wiegenden Baumwipfeln zahlreiche Sterne. Sie kamen an einem alten Steinaltar vorbei, auf dem Gebeine lagen, verließen den Tunnel und erreichten eine Plattform voller zerbrochener Statuen. Köpfe und Gliedmaßen ragten wie eine in einem Meer von Kletterpflanzen ertrunkene Schar von Ungeheuern aus dem Lianengewirr.

Dann standen sie am Rand eines tiefen Abgrundes. Sie hatten die andere Seite des Plateaus erreicht. Hinter dem Abgrund breitete sich ein Meer gezackter Berggipfel aus. Das Licht der Sterne erhellte sie nur schwach. Borabay hielt an, um eine neue Fackel anzuzünden. Er warf die abgebrannte über den Klippenrand, und sie flackerte kurz auf, um dann in der schwarzen Tiefe zu verschwinden. Dann geleitete er sie über einen am Abgrund entlangführenden Pfad und durch eine gut getarnte Lücke im Gestein. Sie schien über die kahle Klippe zu führen, doch als diese Lücke hinter ihnen lag, tauchte vor ihnen ein in den Fels gehauener Weg auf, der sich als Treppe entpuppte. Sie führte serpentinenförmig an der Klippe entlang nach unten und endete an einer wie gefliest wirkenden Terrasse – einer Art ins Gestein geschlagenem Balkon, der durch eine Unterhöhlung entstanden und von oben nicht sichtbar war. Auf der einen Seite ragten die gezackten Felsen der Mesa der Weißen Stadt auf. Auf der anderen Seite befand sich ein steiler, viele hundert Meter tiefer Abgrund. In den Felsen über ihnen waren Hunderte von schwarzen Türen erkennbar, die durch steile Pfade und Treppen miteinander verbunden waren.

»Grabstätten«, sagte Borabay.

Leiser Wind umfächelte sie. Er brachte den süßsauren Duft irgendwelcher in der Nacht blühender Blumen mit. Hier waren die Geräusche des über ihnen liegenden Dschungels nicht hörbar – man vernahm nur das Auf und Ab des Windes. Welch ein unheimlicher, gespenstischer Ort.

Mein Gott, dachte Tom. *Wenn ich mir vorstelle, dass Vater irgendwo da oben in den Klippen ist …*

Borabay ging ihnen durch einen finsteren Eingang im Gestein voran, dann stiegen sie eine in die Felsen gehauene Wendeltreppe hinunter. Die Felswand war voller Grabkammern. Die Treppe führte an offenen Nischen vorbei, in denen Gebeine, ein leicht behaarter Schädel, dürre Hände mit blitzenden Ringen und mumifizierte Leichen lagen. Vom Licht erschreckte Insekten, Mäuse und kleine Schlangen wichen in die Dunkelheit zurück. In mehreren Nischen, an denen sie vorbeikamen, lagen frische, Verwesungsgeruch ausströmende Leichen. Dort war das Geraschel der Tiere und Insekten noch lauter. Sie kamen auch an einem Toten vorbei, auf dem einige fressende Ratten hockten.

»Wie viele dieser Gräber hat Vater ausgeplündert?«, fragte Philip.

»Nur eines«, erwiderte Borabay, »aber voll mit Schätzen.«

Einige Grabkammertüren waren eingeschlagen, als hätten Räuber sie aufgebrochen oder Erdbeben sie vor Unzeiten aus den Angeln gerissen. Einmal blieb Borabay stehen und hob etwas vom Boden auf. Ohne ein Wort reichte er es Tom. Es war eine glänzende Flügelmutter.

Die Treppe machte eine Biegung und endete auf halber Höhe der Klippe an einem etwa drei Meter breiten Sims. Dort befand sich eine massive Steintür, die größte, die sie bisher gesehen hatten. Sie blickte auf das dunkle Meer der Berge und auf den von Sternen übersäten Himmel hinaus. Borabay hielt die brennende Fackel an die Tür, damit sie sie besser betrachten konnten. Die Türen der anderen Grabkammern waren schmucklos gewesen, doch diese hier, vor der sie jetzt standen, wies ein kleines Relief auf: eine Maya-Skulptur. Borabay verharrte, dann wich er einen Schritt zurück und murmelte etwas in seiner Sprache. Es klang wie ein Gebet. Schließlich drehte er sich um und sagte leise: »Vaters Grab.«

65

Die grauen alten Männer hockten wie eine Versammlung von Mumien hoch über der Stadt Genf am Vorstandstisch. Julian Clyve musterte sie über das gemaserte glatte Holz hinweg. Hinter ihnen erspähte er durch eine Glaswand den Genfer See mit dem riesigen Springbrunnen. Er breitete sich wie eine weiße Blume weit unter ihnen aus.

»Wir nehmen an«, sagte der Vorstandsvorsitzende, »dass Sie den Vorschuss erhalten haben.«

Clyve nickte. Eine Million Dollar. Das war heutzutage zwar nicht viel Geld, aber mehr als er in Yale verdiente. Diese Männer machten ein Riesengeschäft, und das wussten sie auch. Egal. Die zwei Millionen waren für das Manuskript. Aber sie mussten ihn noch für die Übersetzung bezahlen. Klar, mittlerweile gab es auch andere, die diese uralte Maya-Sprache übersetzen konnten, aber nur er beherrschte den komplizierten archaischen Dialekt, in dem das Manuskript abgefasst war. Beziehungsweise Sally und er. Über die Einzelheiten des Übersetzungshonorars hatten sie noch kein Wort verloren. Doch eins nach dem anderen.

»Wir haben Sie aufgrund eines Gerüchts hergebeten«, fuhr der Vorstandsvorsitzende fort.

Sie hatten zwar bisher Englisch gesprochen, doch Clyve beschloss, auf Deutsch zu antworten, denn er beherrschte diese Sprache fließend und wollte die Männer ein wenig aus der Ruhe bringen. »Ich bin bereit, Ihnen in jeder Hinsicht zu helfen.«

Die graue Mauer vollzog unangenehm berührt eine Bewegung. Der Vorstandsvorsitzende sprach weiterhin Englisch: »In den Vereinigten Staaten gibt es ein Pharma-Unternehmen namens Lampe-Denison. Ist es Ihnen bekannt?«

Clyve antwortete wieder auf Deutsch: »Ich glaube ja. Es gehört zu den größeren Unternehmen.«

Der Mann nickte. »Das Gerücht besagt, diese Firma sei im Begriff, einen aus dem neunten Jahrhundert stammenden medizinischen Codex der Mayas zu erwerben, der zweitausend Seiten einheimischer medizinischer Rezepturen umfasst.«

»Zwei kann es nicht geben. Das ist unmöglich.«

»Richtig. Zwei kann es nicht geben. Und doch geht dieses Gerücht. Die Lampe-Aktie ist aufgrund dieses Gerüchts in der letzten Woche um zwanzig Prozent gestiegen.«

Die sieben grauen Männer musterten Clyve unverwandt und warteten auf seine Antwort. Clyve wechselte die Position: Er schlug die Beine übereinander, dann stellte er sie wieder auf den Boden. Ein ängstliches Frösteln überfiel ihn. Angenommen, die Broadbents hatten hinsichtlich des Codex irgendwelche anderen Vereinbarungen getroffen ... Hatten sie aber nicht. Sally hatte ihm schließlich vor ihrer Abreise in allen Einzelheiten erzählt, wie die Dinge lagen. Und da die Broadbents im Urwald von der Außenwelt abgeschnitten waren, konnten sie auch keine Vereinbarungen treffen. Der Codex war frei verfügbar. Clyve hatte volles Vertrauen zu Sally. Sie würde sein Geheiß erfüllen. Sie hatte was auf dem Kasten. Sie war kompetent. Und außerdem tat sie, was er wollte. Clyve zuckte die Achseln. »Das Gerücht entbehrt jeder Grundlage. Der Codex unterliegt meiner Kontrolle. Er wird, sobald er aus Honduras kommt, direkt in meine Hände gelangen.«

Erneute Stille.

»Wir haben uns bisher bewusst nicht in Ihre Angelegenheiten eingemischt, Professor Clyve«, fuhr der Vorsitzende fort. »Doch nun haben Sie eine Million Dollar von uns. Damit sind nun auch wir betroffen. Vielleicht ist das Gerücht unwahr. Na schön. Dann hätte ich allerdings gern eine Erklärung dafür, wieso es überhaupt *existiert*.«

»Wenn Sie damit andeuten wollen, dass ich nachlässig war, darf ich Ihnen versichern, dass ich mit niemandem über den Codex geredet habe.«

»Mit niemandem?«

»Außer natürlich mit meiner Kollegin Sally Colorado.«

»Und sie?«

»Sie hält sich momentan im tiefsten Dschungel von Honduras auf. Sie kann nicht einmal *mich* erreichen. Wie sollte sie dann jemand anderen kontaktieren? Außerdem ist sie die Verschwiegenheit in Person.«

Die am Tisch herrschende Stille währte eine geraume Weile. Hatte man ihn *deswegen* nach Genf zitiert? Die Sache gefiel Clyve nicht. Sie gefiel ihm ganz und gar nicht. Er war doch nicht der Prügelknabe hier. Er stand auf. »Diese Unterstellung ist beleidigend«, sagte er. »Ich werde meinen Teil des Geschäfts einhalten. Mehr brauchen Sie nicht zu wissen, meine Herren. Sie werden den Codex bekommen und mir dann die zweite Million überweisen. Dann besprechen wir, welches Honorar Sie mir für die Übersetzung zahlen.«

Seine Erklärung wurde mit Schweigen beantwortet. »Honorar für die Übersetzung?«, wiederholte der Vorsitzende.

»Es sei denn, natürlich, Sie wollen die Übersetzung selbst vornehmen.« Die Männer schauten ihn an, als hätten sie in eine saure Zitrone gebissen. Was für eine Truppe von Schwachköpfen. Clyve verachtete Geschäftsleute ihrer Art: Sie hatten keine Bildung. Sie wussten nichts. Hinter ihrer vornehmen Fassade aus teuer geschneiderten Anzügen verbarg sich nichts als Gier.

»Wir wollen doch um Ihretwillen hoffen, dass Sie *alles* tun, was Sie uns versprochen haben, Herr Professor.«

»Drohen Sie mir nicht.«

»Das ist ein Versprechen, keine Drohung.«

Clyve verbeugte sich. »Guten Tag, meine Herren.«

66

Sieben Wochen waren vergangen, seit Tom und seine Brüder sich am Tor des väterlichen Landsitzes versammelt hatten, doch es kam ihnen wie ein ganzes Leben vor. Nun hatten sie es endlich geschafft. Sie hatten die Grabkammer erreicht.

»Weißt du, wie man sie öffnet?«, fragte Philip.

»Nein.«

»Vater muss es rausgekriegt haben«, sagte Vernon. »Schließlich hat er die Gruft einst geplündert.«

Borabay steckte einige Brandfackeln in die Felsspalten, dann nahmen sie eine gründliche Untersuchung der Tür vor, die zur Grabkammer führte. Sie bestand aus massivem Fels und saß in einem weißen Kalksteinrahmen. Sie verfügte weder über ein Schlüsselloch noch über Knöpfe oder verborgene Hebel. Das die Grabkammer umgebende Gestein befand sich im Naturzustand, sah man einmal davon ab, dass zu beiden Seiten der Tür mehrere Löcher in den Fels gebohrt waren. Als Tom sich zu so einem Loch hinabbeugte, spürte er eine kühle Brise – die Gruft war offenbar mit Luftlöchern versehen.

Als sie die nähere Umgebung der Grabkammer untersuchten, erhellte sich der Himmel im Osten mit dem ersten Licht der Morgendämmerung. Sie klopften an die Tür, sie riefen, sie schlugen auf die Tür ein, stemmten sich gegen sie und ließen nichts unversucht, um sie zu öffnen. Nichts zeigte Wirkung. Eine Stunde verging, doch die Tür bewegte sich nicht.

»So geht's nicht«, sagte Tom schließlich. »Wir müssen ganz anders an die Sache rangehen.«

Alle zogen sich auf den nahe gelegenen Sims zurück. Die Sterne waren verschwunden. Hinter den Bergen hellte sich der Himmel auf. Sie hatten eine atemberaubende Aussicht über eine fantastische Wildnis aus gezackten weißen Gipfeln, die wie Zähne aus dem weichen grünen Gaumen des Dschungels ragten.

»Wenn wir uns die zerstörten Türen anschauen, kriegen wir vielleicht raus, wie es geht«, meinte Tom.

Sie nahmen den Weg zurück, den sie gekommen waren, und stießen vier, fünf Türen weiter auf eine aufgebrochene Gruft. Die Tür war in der Mitte gespalten; eine Hälfte war nach außen gefallen. Borabay zündete eine neue Fackel an und blieb unschlüssig vor der Tür stehen.

Er drehte sich zu Philip um. »Ich Feigling«, sagte er und reichte ihm die Fackel. »Du mutiger als ich, Brüderchen. Du gehen.«

Philip klopfte Borabay kurz auf die Schulter, dann nahm er die Fackel und betrat die Gruft. Tom und Vernon schlossen sich ihm an.

Der Raum war nicht groß. Er maß etwa fünf Quadratmeter. In der Mitte ragte eine Steinplattform auf. Auf ihr hockte eine eingewickelte Mumie – noch immer aufrecht, die Knie bis zum Kinn hinaufgezogen, die Hände im Schoß gefaltet. Die langen schwarzen Haare des Toten waren im Nacken zu einem Zopf geflochten, seine vertrockneten Lippen ließen die Zähne sehen. Der Unterkiefer hing herab; er schien einen Gegenstand ausgespuckt zu haben. Als Tom genauer hinsah, sah er, dass es sich um eine Insektenlarve aus Jade handelte. Die Mumie hielt einen glatten, etwa fünfundvierzig Zentimeter langen und mit Schriftzeichen verzierten Holzstab in der Hand und war von Grabbeigaben in Form von Terrakotta-Figürchen, zerbrochenen Töpfen und beschrifteten Steintafeln umgeben.

Tom hockte sich hin, um in Erfahrung zu bringen, wie die

Tür sich bewegen ließ. Eine Rille verlief über den Steinboden. In sie waren glatte Steinwalzen eingesetzt, auf denen die Tür ruhte. Da die Walzen nicht befestigt waren, nahm Tom eine an sich und reichte sie Philip. Philip musterte sie von allen Seiten.

»Es ist ein einfacher Mechanismus«, erklärte er. »Man versetzt die Tür ins Rollen, dann geht sie von selbst auf. Die Frage ist nur: *Wie* versetzt man sie ins Rollen?«

Sie untersuchten die Tür von allen Seiten, fanden aber keine offensichtliche Antwort. Als sie die Gruft verließen, wartete Borabay auf sie. Seine Miene zeugte von Angst.

»Was finden?«

»Nichts«, sagte Philip.

Als Vernon aus der Gruft kam, hielt er den Holzstab in der Hand, den die Mumie umklammert hatte. »Was ist das, Borabay?«

»Schlüssel zu Unterwelt.«

Vernon lächelte. »Interessant.« Als sie zur Grabkammer ihres Vaters zurückkehrten, nahm er den Stab mit. »Komisch, dass er so perfekt in die Luftlöcher passt«, sagte er. Er schob den Stab in mehrere Löcher hinein, bis er in einem beinahe stecken blieb. »Man kann die aus den Löchern kommende Luft deutlich spüren.« Er ging von einem Loch zum anderen, prüfte die Luftströme mit der Hand und blieb dann stehen. »Hier ist eins, aus dem keine Luft dringt.«

Er schob den Stab hinein. Nach rund fünfunddreißig Zentimetern ging es nicht mehr weiter. Zehn Zentimeter ragten ins Freie. Vernon hob einen schweren glatten Stein auf und reichte ihn Philip.

»Die Ehre gebührt dir. Hau drauf.«

Philip packte den Stein, spannte sich an, holte aus und ließ ihn mit aller Wucht auf den aus dem Loch ragenden Stab krachen. Es machte *Ratsch*. Der Stab flutschte in das Loch. Dann herrschte Stille.

Nichts passierte. Philip begutachtete das Loch. Der Holzstab war bis ans Ende hineingerutscht und steckte fest.

»Verdammt noch mal!«, schrie er aufgebracht. Er stürzte sich auf die Grufttür und versetzte ihr einen festen Tritt. »Geh auf, du Mistding!«

Urplötzlich ertönte ein mahlendes Geräusch. Der Boden vibrierte. Die Steintür glitt langsam beiseite. Ein dunkler Spalt wurde sichtbar. Als die Tür auf den Steinwalzen in der Rille dahinglitt, wurde der Spalt nach und nach breiter. Kurz darauf hielt sie mit einem dumpfen Schlag an.

Die Gruft war offen.

Alle standen da und starrten auf das gähnende schwarze Rechteck. Die Sonne ging gerade über dem fernen Gebirge auf und badete die Felsen in goldenes Licht. Ihr Einfallswinkel war jedoch zu schräg, um in das Gruftinnere zu dringen, und deswegen blieb auch weiterhin alles absolut schwarz. Niemand rührte sich. Sie waren wie gelähmt und zu ängstlich, um etwas zu sagen oder auch nur überrascht aufzuschreien. Eine pestilenzartige Wolke von Verwesung – der Gestank des Todes – wehte ihnen aus dem Grab entgegen.

67

Marcus Aurelius Hauser wartete im angenehmen Licht der Morgendämmerung. Sein Finger streichelte den schlichten Abzug der Steyr AUG. Abgesehen von seinem Körper war die Waffe vermutlich der Gegenstand, den er am besten kannte. Ohne sie fühlte er sich nie ganz normal. Der von der ständigen Berührung erwärmte Metalllauf fühlte sich fast lebendig an, und der Kunststoffschaft, den seine Hände seit Jahren streichelten, war so glatt wie ein Frauenschenkel.

Hauser drückte sich auf dem zur Totenstadt hinabführenden Pfad in eine bequeme Nische. Obwohl er die Broadbents von seinem erhöhten Aussichtspunkt nicht sah, wusste er, dass sie sich unter ihm befanden und den gleichen Rückweg nehmen mussten. Sie hatten seine Hoffnung exakt erfüllt und ihn zur Gruft des alten Max geführt. Und nicht nur zu *einer* Grabkammer, sondern zu einer ganzen Totenstadt. Unglaublich. Irgendwann wäre er gewiss auch auf diesen Weg gestoßen, aber es hätte sicher lange gedauert.

Nun hatten die Broadbents ihren Zweck erfüllt. Aber er war nicht in Eile. Die Sonne stand noch nicht hoch genug. Er wollte ihnen noch viel Zeit gönnen, damit sie es sich bequem machen konnten; damit sie sich entspannten und in Sicherheit wähnten. Außerdem wollte er das Unternehmen noch einmal überdenken. In Vietnam hatte er etwas sehr Wichtiges gelernt: *Geduld*. Schließlich hatte der Vietcong den Krieg mit Geduld gewonnen.

Hauser schaute sich erfreut um. Die Totenstadt war atemberaubend. Tausende mit Beigaben gefüllte Gräber. Ein mit Früchten beladener Baum, reif zum Pflücken. Ganz zu schweigen von den ganzen wertvollen Antiquitäten, Säulen, Statuen und sonstigen Schätzen, die da in der Weißen Stadt herumlagen. Obendrein enthielt Broadbents Gruft noch Kunstgegenstände im Wert von einer halben Milliarde Dollar. Er würde den Codex und ein paar leichtere Objekte mitnehmen und mit dem Erlös seine Rückkehr finanzieren. Ja, er würde ganz sicher hierher zurückkehren. In der Weißen Stadt lagen Milliarden herum. Milliarden.

Hauser schob eine Hand in seinen Brotbeutel, tätschelte eine Zigarre und erlaubte ihr mit Bedauern, weiterhin ihr Dasein zu fristen. Es war vielleicht keine gute Idee, sich mit Zigarrenrauch zu verraten.

Gewisse Opfer musste man eben bringen.

68

Die vier Brüder standen wie angewurzelt da und starrten das finstere Rechteck an. Sie konnten sich weder rühren noch etwas sagen. Die Sekunden tickten dahin und wurden zu Minuten. Der faulig riechende Luftstrom ebbte ab. Keiner wagte sich einen Schritt nach vorn, um die Grabkammer zu betreten. Keiner wollte sehen, welches Grauen sich darin befand.

Dann hörten sie ein Geräusch. Ein Husten. Dann ein anderes: schlurfende Schritte.

Alle waren wie gelähmt. Keiner brachte einen Ton heraus.

Wieder das Schlurfen. Tom wurde klar: Ihr Vater lebte noch. Er kam aus der Gruft heraus. Tom konnte sich noch immer nicht rühren. Den anderen erging es ebenso. Als die Spannung schier unerträglich wurde, tauchte in der Mitte des schwarzen Rechtecks ein geisterhaftes Gesicht auf. Ein weiterer schlurfender Schritt, dann wurde in der Finsternis eine Erscheinung sichtbar. Noch ein Schritt brachte die Gestalt in die Wirklichkeit.

Er wirkte grauenhafter als eine Leiche, als er leicht wankend vor ihnen stehen blieb und blinzelte. Er war splitternackt, verschrumpelt, gebückt, schmutzig, klapperdürr und roch wie der personifizierte Tod. Rotz lief ihm aus der Nase. Sein Kiefer hing wie der eines Irren herunter. Er blinzelte, zog den Rotz hoch und blinzelte erneut ins Licht der Morgendämmerung. Sein Blick war farblos, leer, nicht begreifend.

Maxwell Broadbent.

Die Zeit verging. Sie standen noch immer sprachlos und wie angewurzelt da.

Broadbent schaute sie an. Eines seiner Augen zuckte. Er blinzelte erneut, dann richtete er sich auf. Der Blick seiner tief in den Höhlen liegenden Augen huschte von einem zum anderen. Er holte lange und rasselnd Luft.

So gern Tom es auch getan hätte – er konnte sich weder bewegen noch etwas von sich geben. Er musterte seinen Vater, dessen Gestalt sich nun etwas weiter aufrichtete. Wieder huschte sein Blick über ihre Gesichter, eingehender diesmal. Er hustete. Seine Lippen bewegten sich kurz, doch er sprach kein Wort. Dann hob er eine zittrige Hand und stieß ein Krächzen aus. Tom und die anderen beugten sich vor in dem Bemühen, ihn zu verstehen.

Broadbent räusperte sich, knurrte, kam einen Schritt näher. Er holte noch einmal Luft und sagte endlich etwas:

»*Warum habt ihr so lange gebraucht, verdammt?*«

Es brüllte aus ihm heraus, hallte über die Klippen hinweg und warf in der Grabkammer Echos. Der Bann war gebrochen. Es war ihr Vater, wie er leibte und lebte. Tom und die anderen eilten herbei, um den alten Mann zu umarmen. Maxwell Broadbent drückte sie heftig an sich – alle zugleich und dann noch einmal jeden Einzelnen. Seine Arme waren überraschend kräftig.

Nach einer ganzen Weile machte er einen Schritt zurück. Er wirkte nun so, als habe er seine alte Größe wiedererlangt.

»Herrgott«, sagte er und wischte sich übers Gesicht. »Herrgott.«

Alle schauten ihn an. Keiner wusste, wie er reagieren sollte.

Der alte Mann schüttelte seinen wuchtigen grauen Schädel. »*Herrgott*, bin ich froh, dass ihr hier seid. Gott, was muss ich stinken. Schaut mich an. Ich bin schlichtweg widerlich. Nackt, verdreckt, abstoßend!«

»Ganz und gar nicht«, erwiderte Philip. »Hier, nimm das.« Er zog sein Hemd aus.

»Danke, Philip.« Maxwell streifte sich das Hemd über und

knöpfte es zu, wobei seine Finger schwerfällig herumhantierten. »Wer kümmert sich eigentlich um deine Wäsche? Das Hemd sieht ja schauerlich aus.« Sein Versuch zu lachen endete in einem Hustenanfall.

Als Philip anfing, seine Hose auszuziehen, hob Broadbent Einhalt gebietend eine massive Hand. »Ich lass meine Söhne doch hier nicht strippen ...«

»Vater ...«

»Sie haben mich nackt bestattet. Ich bin dran gewöhnt.«

Borabay griff in seinen Palmwedelrucksack und zog ein langes, gemustertes Stück Leinen hervor. »Du das hier anziehen.«

»Dann mach ich mal auf Einheimisch, was?« Broadbent wickelte sich den Stoff schwerfällig um die Taille. »Wie wird das befestigt?«

Borabay half ihm, den Stoff mit einer geflochtenen Hanfkordel an der Taille zu binden.

Der alte Mann knotete die Schnur fest und blieb wortlos stehen. Niemand wusste, was er sagen sollte.

»Gott sei Dank, dass du am Leben bist«, ließ Vernon verlauten.

»Zuerst war ich mir da gar nicht so sicher«, erwiderte Broadbent. »Als ich eine Weile da drin war, dachte ich, ich sei tot und zur Hölle gefahren.«

»Ja, wie denn das?«, sagte Philip. »Der alte Atheist glaubt plötzlich an die Hölle?«

Broadbent schaute zu ihm auf, lächelte und schüttelte den Kopf. »Es hat sich viel verändert.«

»Sag bloß nicht, du hast jetzt zu Gott gefunden.«

Broadbent wiegte den Kopf, klopfte Philip auf die Schulter und gab ihm einen liebevollen Klaps. »Freut mich, dich zu sehen, mein Sohn.«

Er wandte sich zu Vernon um. »Dich auch, Vernon.« Er begutachtete sie alle mit seinen faltigen blauen Augen. »Tom, Vernon, Philip, Borabay – ich bin überwältigt.« Er legte einem nach dem anderen die Hand auf den Kopf. »Ihr habt es geschafft. Ihr habt mich gefunden. Mein Proviant und mein Wasser sind fast aufgebraucht. Ich hätte vielleicht noch ein, zwei Tage durchgehalten. Ihr habt mir eine zweite Chance gegeben. Ich habe sie zwar nicht verdient, aber ich will sie nutzen. Ich habe in dieser dunklen Gruft über vieles nachgedacht ...«

Er schaute auf und warf einen Blick auf das violette Meer von Bergen und den goldenen Himmel. Dann reckte er sich und atmete ein.

»Ist alles in Ordnung mit dir?«, fragte Vernon.

»Falls du den Krebs meinst ... Ich weiß genau, dass er noch da ist. Er hat mich nur noch nicht umgemäht. Ich hab noch ein paar Monate. Das Scheißzeug ist in meinem Gehirn – ich hab's euch nie erzählt. Aber bisher ist es ganz gut gegangen. Ich fühle mich großartig.« Er schaute sich um. »Lasst uns von hier verschwinden.«

»Leider wird das so einfach nicht gehen«, meinte Tom.

»Wieso nicht?«

Tom warf einen kurzen Blick auf seine Brüder. »Wir haben ein Problem – es heißt Hauser.«

»Hauser?!« Broadbent war verdutzt.

Tom nickte. Dann berichtete er ihm alle Einzelheiten von ihrer anfangs ja getrennten Reise.

»Hauser!«, wiederholte Broadbent und schaute Philip an. »Du hast dich mit diesem Schweinehund eingelassen?«

»Tut mir Leid«, sagte Philip. »Ich dachte ...«

»Du dachtest, er wüsste vielleicht, wo ich stecke. Es war mein Fehler: Ich hätte diese Möglichkeit vorhersehen müssen. Hauser ist ein erbarmungsloser Sadist. Einmal hätte er fast ein Mädchen umgebracht. Es war der größte Fehler meines Lebens, mich mit ihm zusammenzutun.« Broadbent ließ sich auf einem Felsen nieder und schüttelte seinen zerzausten Kopf. »Ich kann es kaum fassen, welche Gefahren ihr auf euch genommen habt, um hierher zu kommen. Gott, was habe ich für einen Fehler gemacht – der letzte von vielen gleichwohl.«

»Du unser Vater sein«, sagte Borabay.

Broadbent schnaubte. »Ja, aber was für einer! Dass ich euch einer so verdammten Prüfung unterzogen habe! Damals hat mir die Idee gefallen. Ich verstehe nicht, was in mich gefahren war. Was war ich doch für ein dämlicher, bescheuerter, alter Idiot.«

»Na ja, so wie in *Meine drei Söhne* ging's bei uns nicht gerade zu«, warf Philip ein.

»Vier Söhne«, sagte Borabay.

»Oder ... Gibt's vielleicht noch mehr?«, fragte Vernon mit gerunzelter Stirn.

Broadbent schüttelte den Kopf. »Meines Wissens nicht. Hätte ich doch nur genug Grips gehabt, um zu erkennen, was für Prachtkerle ihr seid.« Seine blauen Augen richteten sich auf Vernon. »Abgesehen von dem Bart, Vernon. Herrgott, wann rasierst du das Gekröse endlich ab? Du siehst doch aus wie ein Mullah.«

»Du bist auch nicht gerade gut rasiert«, erwiderte Vernon.

Broadbent winkte lachend ab. »Na, dann lass es eben. Alte Gewohnheiten lassen sich nur schwer ausrotten. Dann behältst du deinen verdammten Bart eben.«

Ein verlegenes Schweigen breitete sich aus. Die Sonne stieg höher über die Berge, das goldene Licht wurde weiß. Ein Vogelschwarm flog trillernd über sie hinweg, stieß in die Tiefe hinab, schwang sich hoch hinauf und wechselte wie eine militärische Formation die Richtung.

Tom wandte sich an Borabay. »Wir müssen unseren Fluchtplan überdenken.«

»Ja, Bruder. Ich schon darüber nachgedacht. Wir hier warten bis dunkel ist. Dann wir gehen zurück.« Borabay blickte zum klaren Himmel hinauf. »Heute Nacht Regen, gibt uns Deckung.«

»Was ist mit Hauser?«, fragte Broadbent.

»Er suchen Gruft in Weiße Stadt. Er noch nicht daran denken, auf Klippen zu suchen. Ich glaube, wir an ihm vorbeikommen. Er nicht wissen, dass wir hier.«

Broadbent warf einen Blick in die Runde. »Ihr habt nicht zufällig was zum Futtern dabei? Das Zeug, das sie mir in die Gruft gelegt haben, war als Henkersmahlzeit nicht viel wert.«

Borabay entnahm seinem Palmwedelrucksack etwas Proviant und breitete ihn aus. Broadbent schlurfte schwerfällig zu ihm hinüber. »Frisches Obst. Mein Gott.« Er nahm eine Mango und biss hinein. Der Saft lief ihm aus dem Mund und tropfte auf sein Hemd. »Himmlisch.« Er stopfte sich die Mango in den Mund, aß eine zweite und verputzte dann einige Curwas und ein paar geräucherte Eidechsenfilets.

»Borabay, du könntest ein Restaurant eröffnen.«

Tom beobachtete seinen Vater beim Essen. Er konnte es kaum fassen, dass sein alter Herr noch lebte. Die Sache hatte etwas Unwirkliches. Alles hatte sich verändert – und nichts.

Broadbent beendete die Mahlzeit, dann lehnte er sich an die Steinwand und betrachtete die Berge.

»Kannst du uns vielleicht erzählen, wie es in der Grabkammer war, Vater?«, erkundigte sich Philip.

»Ich erzähle euch, wie es war, Philip. Wir haben meine Bestattung ausgiebig gefeiert. Borabay hat euch zweifellos davon erzählt. Ich habe Cahs Höllentrunk geschluckt. Dann kam ich wieder zu mir. Um mich herum war es pechschwarz. Als wackerer Atheist habe ich immer geglaubt, der Tod sei das Ende des Bewusstseins. Und damit wäre es das dann. Aber obwohl ich genau wusste, dass ich tot war, war ich noch *immer* bei Bewusstsein. Ich hatte noch nie solche Angst. Als ich mich in absoluter Panik durch die Finsternis tastete, kam mir plötzlich eine Idee: *Du bist nicht nur tot, du bist in der Hölle.*«

»Das hast du ja wohl nicht wirklich geglaubt«, meinte Philip.

Broadbent nickte. »Doch. Ihr könnt euch nicht vorstellen, wie entsetzt ich war. Ich hab bloß noch gejammert und geheult wie eine verirrte Seele. Ich habe zu Gott gebetet – auf den Knien. Ich habe bereut und ihm geschworen, dass ich immer ein guter Mensch sein würde, wenn er mir noch eine zweite Chance einräumte. Ich kam mir vor wie einer der armen Säufer in Michelangelos *Jüngstem Tag,* die um Vergebung winseln, während sie von Teufeln in den Feuersee gezerrt werden.

Als ich vom Wehklagen und vom Selbstmitleid erschöpft war, kehrte meine geistige Gesundheit zum Teil zurück. Ich bin herumgekrochen und hab festgestellt, dass ich in der Grabkammer war. Dann dämmerte mir allmählich, dass ich nicht tot war; dass Cah mich lebendig begraben hatte. Er hat mir nie verziehen, was ich seinem Vater angetan hatte. Ich hätte es wissen müssen. Cah hatte was von einem verschlagenen alten Fuchs. Als ich die Nahrung und das Wasser fand, wusste ich, dass mir eine lange Prüfung bevorstand. Ich hatte alles als unbeschwerte Aufgabe für euch drei geplant. Jetzt hing plötzlich mein Leben von eurem Erfolg ab.«

»Eine *unbeschwerte Aufgabe*«, wiederholte Philip skeptisch.

»Der Schock sollte euch dazu bringen, mit eurem Leben etwas Sinnvolleres anzufangen. Mir war überhaupt nicht klar, dass ihr alle längst etwas *Sinnvolles* tut – beziehungsweise, dass ihr das Leben führt, dass *ihr* eben führen wollt. Wer bin ich, dass ich so etwas verurteile?« Er räusperte sich und schüttelte den Kopf. »Nun war ich mit dem eingeschlossen, was ich für meinen Schatz hielt – meinem Lebenswerk. Aber es war nutzloser Schrott. Es bedeutet mir plötzlich nichts mehr. Ich konnte den Schatz in der Dunkelheit nicht mal erkennen. Es hat mich bis ins Mark erschüttert, dass ich lebendig begraben war. Ich habe über mein ganzes Leben nachgedacht und fand es abscheulich. Ich war euch ein schlechter Vater. Ich war auch ein schlechter Ehemann. Ich war habgierig und egoistisch. Und dann habe ich mich beim Beten ertappt.«

»Nein«, sagte Philip.

Broadbent nickte. »Was hätte ich denn sonst tun sollen? Und dann hab ich Stimmen, ein Klopfen und ein rumpelndes Geräusch gehört. Licht fiel zu mir rein – und ihr wart alle da! Meine Gebete sind erhört worden.«

»Soll das etwa heißen«, fragte Philip, »dass du zur Religion gefunden hast? Dass du gläubig bist?«

»Ja, verdammt, du hast absolut Recht!« Broadbent verfiel in Schweigen. Er blickte auf die gewaltige Landschaft, die sich unter ihnen ausbreitete, die endlosen Berge und Urwälder. Dann rutschte er hüstelnd hin und her. »Komisch, mir ist, als wäre ich gestorben und neu geboren.«

69

In seinem Versteck hörte Hauser das Murmeln der vom Wind nach oben getragenen Stimmen. Er verstand zwar die einzelnen Worte nicht, hegte aber keinen Zweifel, was da unten vor sich ging: Sie freuten sich königlich und plünderten die Grabkammer ihres Vaters. Bestimmt wollten sie die kleineren Gegenstände – den Codex eingeschlossen – mitnehmen. Die Frau, Sally Colorado, wusste um den Wert des Manuskripts. Der Codex würde das Erste sein, was sie an sich nahmen.

Im Geist ging Hauser die Liste der restlichen in der Grabkammer liegenden Schätze durch. Ein Großteil von Maxwell Broadbents Sammlung – einschließlich der wertvollsten Stücke – ließ sich transportieren. Dazu gehörten einige seltene Edelsteine aus Vorderindien und eine große Sammlung von Goldartefakten aus dem Besitz der Azteken und Mayas. Es handelte sich in der Regel um kleine Objekte, was auch für die antiken griechischen Goldmünzen galt. Er wusste auch von zwei sehr wertvollen etruskischen Bronzefigurinen, die ungefähr fünfundzwanzig Zentimeter groß waren und knapp zwanzig Pfund wogen. All dies konnte ein einzelner Mann auf dem Rücken tragen. Wert: zwischen zehn und zwanzig Millionen.

Sie konnten auch den Lippi und den Monet mitnehmen. Die Gemälde waren relativ klein – der Lippi maß rund 70 mal 45 Zentimeter, der Monet 90 mal 65. Beide waren ungerahmt verpackt worden. Der auf gegipstes Holz gemalte Lippi wog zehn Pfund, der Monet acht. Die beiden Kisten, in denen sie verstaut waren, brachten einzeln höchstens dreißig Pfund auf die Waage. Sie konnten zusammengebunden, auf einen Tragrahmen geschnallt auf dem Rücken abtransportiert werden. Wert: über hundert Millionen.

Aber es gab da unten natürlich auch jede Menge Schätze, die sich nicht mitnehmen ließen. Der Pontormo, dessen Wert zwischen dreißig und vierzig Millionen lag, war zu groß. Und das galt auch für das Bronzino-Porträt. Die Maya-Säulen und die Soderini-Bronzen waren zu schwer. Aber die beiden Braques konnte man tragen. Das kleinere Gemälde gehörte zu Braques frühesten kubistischen Meisterwerken und würde zwischen fünf und zehn Millionen einbringen. Dann war da noch die altrömische Bronzestatue eines Knaben im Maßstab 1:2, die einen Zentner wog – möglicherweise zu viel, um sie fortzuschleppen. Und die kambodschanischen Tempelfigurinen aus Stein, ein paar alte chinesische Bronzeurnen, einige Maya-Mosaike, Gedenktafeln … Max hatte gute Augen. Er hatte stets auf Qualität geachtet. Quantität galt ihm nichts. Im Lauf der Jahre waren eine Menge Kunstwerke durch seine Hände gegangen, und er hatte nur das Allerbeste für sich behalten.

Ja, dachte Hauser, *wenn ich nicht hier wäre, könnte das Quartett da unten jetzt Kunstwerke im Wert von fast zweihundert Millionen Dollar abschleppen.* Fast die Hälfte des Wertes der kompletten Sammlung.

Er wechselte die Position und streckte seine verkrampften Beine aus. Die Sonne war hell und heiß. Er warf einen Blick auf seine Armbanduhr. Fünf vor zehn. Er hatte sich vorgenommen, um zehn in Aktion zu treten. Hier draußen war die Zeit zwar von geringer Bedeutung, doch er hatte irgendwie Freude an der gewohnten Disziplin. Seiner Ansicht nach war Disziplin mehr eine Lebensphilosophie als alles andere. Er stand auf, reckte sich und atmete mehrmals tief durch. Dann überprüfte er schnell seine Steyr AUG. Sie war, wie üblich, im

Bestzustand. Hauser glättete sein Haar, dann warf er einen kritischen Blick auf seine Fingernägel. Unter einem Nagel entdeckte er einen Schmutzrand. Er kratzte ihn mit der Spitze seiner Nagelfeile ab und schnippte ihn weg. Dann begutachtete er seine Handrücken. Sie waren glatt, haarlos und weiß und zeigten nur einen ganz feinen Anflug von Adern. Es waren die Hände eines Dreißigjährigen, nicht die eines Mannes von sechzig. Er hatte seine Hände stets gepflegt. Die Sonne funkelte auf einer Phalanx dicker Gold- und Diamantringe. Er bewegte mehrmals seine Finger, dann schüttelte er die Falten aus der Khakihose, ließ die Fußknöchel spielen, drehte den Kopf fünfmal hin und her, streckte die Arme weit aus und holte wieder Luft. Er atmete aus. Und ein. Er begutachtete sein frisches weißes Hemd. Wenn die Sache über die Bühne gegangen war, ohne dass sein Hemd Flecken aufwies, konnte man das Unternehmen als Erfolg betrachten. Es war tatsächlich eine Plage, seine Klamotten im Dschungel sauber zu halten.

Hauser hängte sich die Steyr AUG wieder über die Schulter und ging den Pfad hinab.

70

Die vier Brüder und ihr Vater ruhten sich im Schatten einer Felswand neben dem Eingang der Grabkammer aus. Sie hatten den größten Teil ihres Proviants verzehrt, und Tom ließ eine Feldflasche mit Wasser herumgehen, aus der alle tranken. Er hätte seinem Vater gern so vieles gesagt und zweifelte nicht daran, dass es seinen Brüdern ebenso ging – doch nach dem ersten Wortschwall waren sie in Schweigen verfallen. Irgendwie war es ihnen genug, nur zusammen zu sein. Sie tranken vom Wasser, und die Feldflasche ließ gurgelnde Geräusche hören. Schließlich war der Behälter wieder bei Tom angelangt. Er verschraubte ihn und schob ihn in seinen kleinen Rucksack hinein.

Schließlich ergriff Maxwell Broadbent das Wort: »Marcus Hauser ist also hier und darauf aus, meine Gruft zu plündern.« Er schüttelte den Kopf. »Was für eine Welt!«

»Tut mir Leid«, wiederholte Philip.

»Es war meine Schuld«, erwiderte Broadbent. »Du brauchst dich nicht zu entschuldigen. Es ist alles meine Schuld.«

Das ist etwas Neues, ging es Tom durch den Kopf. Maxwell Broadbent gestand einen Irrtum ein. Rein äußerlich wirkte er zwar noch immer wie der alte Querulant, den sie kannten, aber er hatte sich verändert. Er hatte sich eindeutig verändert.

»Im Moment möchte ich nur eines, und zwar, dass meine Söhne lebendig hier rauskommen. Ich bin nur eine Last für euch. Lasst mich hier. Seht zu, dass ihr Land gewinnt. Ich kann schon für mich sorgen. Ich werde diesem Hauser einen Empfang bereiten, den er nie vergisst.«

»Was?«, rief Philip. »Nach allem, was wir getan haben, um dich zu retten?« Er war wirklich empört.

»Na, hör mal. In ein, zwei Monaten bin ich ohnehin tot. Seht zu, dass ihr hier wegkommt. Ich knöpfe mir Hauser schon vor.«

Philip stand auf. Er war außer sich. »Wir haben den ganzen langen Weg doch nicht gemacht, um dich ihm jetzt einfach so auszuliefern, Vater.«

»Ich bin kein guter Grund, dass ihr euer Leben riskiert.«

»Wir nicht gehen ohne dich«, sagte Borabay. »Wind kommt von Osten und bringen heute Abend Gewitter. Wir hier warten, bis dunkel ist, dann gehen. Gehen über Brücke bei Gewitter.«

Broadbent atmete aus und fuhr sich übers Gesicht.

Philip räusperte sich. »Vater?«

»Ja, mein Sohn?«

»Ich spreche das Thema zwar nicht gern an, aber was wird aus dem Zeug in der Grabkammer?«

Tom fiel sofort der Codex ein. Er musste mit. Doch nicht, weil er ihn selbst haben wollte. Er wollte ihn für Sally und die Welt mitnehmen.

Bevor Broadbent das Wort ergriff, schaute er kurz zu Boden. »Ich habe noch keinen Gedanken daran verschwendet. Die Sachen sind mir einfach nicht mehr wichtig. Aber ich bin froh, dass du es angesprochen hast, Philip. Ich schätze, wir sollten den Lippi und alles mitnehmen, was leicht genug zum Tragen ist. So können wir wenigstens verhindern, dass dem gierigen Scheißkerl *alles* in die Hände fällt. Es bringt mich zwar um, wenn ich daran denke, dass er den größten Teil von den Sachen kriegt, aber ich nehme an, daran lässt sich nichts ändern.«

»Wenn wir hier rauskommen, benachrichtigen wir das FBI und Interpol ...«

»Hauser kommt trotzdem straflos davon, Philip. Das ist dir doch wohl klar. Da fällt mir was ein. Mit den Kisten in der Gruft stimmt was nicht. Ich hab schon vorher drüber nachgedacht. So ungern ich auch noch mal da reingehe ... Ich muss was überprüfen.«

»Ich helfe dir«, sagte Philip und sprang auf die Beine.

»Nein, ich muss da allein rein. Borabay, gib mir ein Licht.«

Borabay zündete ein Bündel Riedgras an und reichte es ihm.

Broadbent schob sich durch den Türrahmen. Tom sah, wie der gelbe Lichtschein zwischen Kisten und Kästen tänzelte. Die Stimme seines Vaters dröhnte zu ihnen heraus: »Nur Gott weiß, warum mir dieser ganze Scheiß früher so wichtig war.«

Das Licht bewegte sich weiter in die Finsternis hinein, um sich schließlich in ihr zu verlieren.

Philip stand auf. Er ging in einem engen Kreis herum, streckte die Beine durch und zündete seine Pfeife an. »Es würde mir gar nicht gefallen, wenn der Lippi Hauser in die Hände fiele.«

Eine kühle, erheitert klingende Stimme drang plötzlich an ihre Ohren.

»Na, so was ... Hat da gerade jemand meinen Namen genannt?«

71

Hauser sprach leise und besänftigend. Seine Waffe war auf sie gerichtet; sie konnte bei der kleinsten Bewegung losgehen. Die drei Brüder und der Indianer saßen vor der offenen Grabkammer und wandten sich zu ihm um. In ihren Augen stand blankes Entsetzen.

»Machen Sie sich nicht die Mühe aufzustehen. Am besten bewegen Sie überhaupt nichts – außer den Lidern.« Hauser hielt inne. »Freut mich, dass Sie sich erholt haben, Philip. Der affektierte kleine Blödmann mit der lächerlichen Bruyère-Pfeife, der vor zwei Monaten in mein Büro gestiefelt kam, hat sich ganz gut gemacht.«

Er machte einen lässigen Schritt nach vorn und blieb wieder stehen. Er war bereit, sie bei der geringsten Bewegung abzuknallen. »Wie nett von Ihnen, mich zur Gruft zu führen. Und Sie haben auch noch die Tür für mich geöffnet! Sehr zuvorkommend. Hören Sie jetzt genau zu: Wenn Sie meinen Anweisungen folgen, wird keinem etwas passieren.«

Er musterte die vier Gesichter. Keiner verfiel in Panik; keiner schien darauf erpicht, den Helden zu spielen. Er hatte es mit vernünftigen Menschen zu tun. Dann sagte er so leise und freundlich wie möglich: »Jemand soll dem Indianer sagen, er soll Pfeil und Bogen ablegen. Aber langsam und vorsichtig – und ohne plötzliche Bewegungen.«

Borabay nahm den Köcher und den Bogen ab und ließ beides vor sich auf den Boden fallen.

»Er versteht also Englisch. Gut. Nun bitte ich Sie alle, nacheinander die Macheten aus der Scheide zu ziehen und auf den Boden zu legen. Sie zuerst, Philip. Bleiben Sie sitzen.«

Philip zog seine Machete und ließ sie fallen.

»Vernon?«

Vernon tat es ihm gleich. Dann folgte Tom.

»Nun möchte ich, dass Sie zu Ihren abgelegten Rucksäcken hinübergehen, Philip. Bringen Sie sie her. Aber schön langsam.« Hauser vollführte eine Bewegung mit der Mündung seines Schießeisens.

Philip sammelte die Rucksäcke ein und legte sie Hauser zu Füßen ab.

»Ausgezeichnet! Jetzt leeren wir unsere Hosentaschen. Stülpt sie heraus und lasst sie draußen. Lasst alles vor euch auf den Boden fallen.«

Alle gehorchten. Hauser war überrascht, als er feststellte, dass sie – im Gegensatz zu seiner Annahme – auch nicht den kleinsten Gegenstand aus der Grabkammer eingesteckt hatten.

»Jetzt steht ihr auf. Alle zusammen, gleichzeitig, und zwar *in Zeitlupe*. Gut! Jetzt bewegt ihr die Beine von der Kniescheibe abwärts und macht klitzekleine Schrittchen. Und *wehe*, ihr haltet die Arme nicht still. Geht da hinter. Bleibt zusammen. Ja, so. Ein Schritt nach dem anderen.«

Als sie auf diese lächerliche Weise nach hinten schlurften, trat Hauser vor. Wie es für Menschen in Gefahr – und speziell für Angehörige einer aus nächster Nähe mit einer Schusswaffe bedrohten Familie – typisch war, zogen alle den Kopf ein. Hauser hatte dergleichen schon gesehen. Das machte es ihm erheblich leichter.

»Alles ist in bester Ordnung«, sagte er leise. »Ich habe nicht vor, jemanden zu verletzen. Ich bin nur auf Max' Grabbeigaben aus. Ich bin Profi, und wie die meisten Profis halte ich nichts vom Töten.« *Stimmt.* Sein Finger liebkoste die glatte Kunststoffkrümmung des Abzugs, fand den Druckpunkt und schob ihn langsam in Schnellfeuerposition. Jetzt hatte er die Broadbents, wo er sie haben wollte. Jetzt konnten sie nichts mehr tun. Sie waren so gut wie tot.

»Keinem wird etwas zuleide getan.« Er konnte einfach nicht dagegen an – er *musste* es einfach hinzufügen: »Keiner wird auch nur das Geringste spüren.« Er übte nun wirklich Druck aus, fühlte das kaum wahrnehmbare Nachgeben des Abzugs, das er so gut kannte; die Millisekunde der Entspannung nach dem Ertasten des Widerstandes. Gleichzeitig sah er am Rand seines Blickfeldes eine rasche Bewegung. Vor seinen Augen zuckten Blitze auf, er fiel hin und feuerte im Sturz wild um sich. Die Kugeln prallten von den Felswänden ab. Bevor Hauser auf dem Steinboden landete, konnte er einen flüchtigen, erschreckenden Blick auf das werfen, was da über ihn gekommen war.

Das Etwas war geradewegs aus der Gruft gefegt. Es war halb nackt, sein Gesicht so weiß wie eine Vampirfratze. Die Augen lagen tief in den Höhlen. Es stank nach Verwesung, seine knochigen Gliedmaßen waren so grau und hohl wie der Tod. Es schwenkte eine brennende Fackel, mit der es ihn zu Boden geschlagen hatte, und drosch, den Mund voller brauner Zähne, erneut kreischend auf ihn ein.

Der Teufel sollte ihn holen, wenn das nicht Maxwell Broadbents Geist war!

72

Als Hauser zu Boden fiel, überschlug er sich, ohne die Waffe loszulassen. Er fuhr herum, um wieder in Schussposition zu gelangen, doch es war zu spät: Maxwell Broadbents zerlumpter Geist hatte sich auf ihn gestürzt. Er brüllte, schlug um sich und drosch Hauser die Fackel ins Gesicht. Funkenschauer stoben auf. Hauser roch versengtes Haar. Er versuchte, die Hiebe mit einer Hand abzuwehren, während er das Gewehr mit der anderen umklammert hielt. Es war unmöglich, einen Schuss abzugeben, solange der Angreifer im Begriff war, ihm mit der brennenden Fackel die Augen auszustechen. Da gelang es Hauser, sich loszureißen. Er lag auf dem Rücken, drückte blindlings ab und schlug in der Hoffnung, irgendetwas zu treffen, mit dem Lauf um sich. Doch das Gespenst schien verschwunden zu sein.

Hauser hörte auf zu schießen und setzte sich vorsichtig hin. Sein Gesicht und sein rechtes Auge fühlten sich an, als stünden sie in Flammen. Er riss die Feldflasche aus seinem Rucksack und besprengte sich die Wangen mit Wasser.

Gott, tat das weh!

Er tupfte das Wasser ab. Heiße Asche und Funken hatten sich in seine Nasenlöcher, unter ein Augenlid, in sein Haar und die Backe gefressen. War das monströse Etwas aus der Grabkammer *wirklich* ein Geist gewesen? Hauser öffnete sein rechtes Auge. Es schmerzte. Als er es vorsichtig mit der Fingerkuppe betastete, bemerkte er, dass nur die Braue und das Lid verletzt waren. Die Hornhaut war intakt, er konnte noch sehen. Er schüttete etwas Wasser auf ein Taschentuch, wrang es aus und legte es sich aufs Gesicht. Was war passiert, verdammt? Obwohl er immer mit dem Unerwarteten rechnete, war er in seinem ganzen Leben noch nie so erschrocken. Er hatte das Gesicht sogar noch nach vierzig Jahren wiedererkannt. Er kannte jedes Detail, jeden Ausdruck, jedes Muskelzucken. Es gab keinen Zweifel: Maxwell Broadbent war höchstpersönlich wie ein kreischender Totengeist aus der Grabkammer gestürmt. Broadbent, den er tot und begraben gewähnt hatte: weiß wie ein Bettlaken, Haar und Bart gesträubt, ausgemergelt wie ein Skelett. Und außer sich.

Hauser fluchte. Was hatte er sich da bloß gedacht? Broadbent lebte und befand sich in diesem Moment auf der Flucht. Um wieder klar denken zu können, schüttelte Hauser in plötzlicher Wut den Kopf. Was war los mit ihm, verdammt? Er hatte sich blenden lassen. Sein Herumgehocke hatte den Broadbents mindestens einen dreiminütigen Vorsprung verschafft.

Hauser schulterte rasch die Steyr AUG, machte einen Schritt nach vorn und blieb wieder stehen.

Auf dem Boden war Blut. Der Fleck war unübersehbar und so groß wie ein halber Dollar. Nicht weit von ihm entfernt sah er einen ebenso großen zweiten. Hauser stellte fest, dass er langsam ruhiger wurde. Benötigte er womöglich eine Bestätigung, dass Broadbents angeblicher Geist echtes Blut verströmte? Er hatte ihn also *doch* getroffen. Vielleicht auch einen der anderen? Streifschüsse aus einer Steyr AUG waren nicht von Pappe. Hauser gönnte sich einen Augenblick, um das Spritzmuster zu analysieren, die Menge des Blutes, die Flugbahn. Die Wunde war keine Kleinigkeit. Insgesamt lag der Vorteil noch immer auf seiner Seite.

Er schaute zu der Steintreppe hinauf, dann lief er los, wobei er immer zwei Stufen auf einmal nahm. Er wollte ihre Fährte aufnehmen. Er würde sie aufspüren und umbringen.

73

Während die Schüsse noch in den fernen Bergen widerhall-
ten, hetzten sie die Treppen durch die Felsen hinauf. Als sie
den Pfad auf dem Klippengipfel erreichten, liefen sie auf die
grüne Wand aus Lianen- und Kletterpflanzen zu, die die Ruinen der Brustwehr der Weißen Stadt überwucherten. In ihrem
Deckung bietenden Schatten sah Tom seinen Vater straucheln.
Ein dünner Blutfaden lief an seinem Bein herab.

»Wartet! Vater ist verletzt!«

»Es ist nichts.« Broadbent stolperte erneut und stöhnte auf.
Vor der Mauer hielten sie kurz an.

»Lasst mich in Ruhe!«, brüllte der alte Mann.

Tom scherte sich nicht um ihn. Er wischte ihm das Blut von
der Wunde ab, untersuchte sie und lokalisierte die Stellen, wo
die Kugel ein- und ausgetreten war. Sie war schräg durch die
rechte Seite des Unterbauchs gefahren, hatte den Bauchmus-
kel durchschlagen und schien, ohne die Nieren zu treffen,
hinten ausgetreten zu sein. Noch konnte man nicht aus-
machen, ob sie auch die Bauchhöhle erwischt hatte. Tom verdrängte diese Möglichkeit und tastete die Umgebung der
Wunde ab. Sein Vater ächzte. Er war zwar ernstlich verwundet und verlor Blut, aber wenigstens waren keine Arterien
oder wichtige Adern durchtrennt worden.

»Beeilung!«, brüllte Borabay.

Tom zog sein Hemd aus und riss mit aller Gewalt zwei
Streifen von dem Stoff ab. Dann band er sie seinem Vater so

fest wie nur möglich um die Magengrube, um den Blutverlust zu stoppen.

»Leg mir einen Arm um die Schultern«, sagte Tom.

»Ich nehm den anderen«, erklärte Vernon.

Tom spürte, wie sich der Arm um ihn legte. Er war so dünn und hart wie ein Stahltau. Er machte sich kleiner, denn er wollte seinem Vater einen Teil seines Gewichts abnehmen. Dabei merkte er, dass ihm warmes Blut am Bein hinablief.

»Auf geht's!«

»Uff«, stöhnte Broadbent. Als sie sich in Bewegung setzten, wankte er leicht.

Sie liefen an der Mauer entlang und hielten nach einem Durchgang Ausschau. Borabay tauchte in einen von Lianen überwachsenen Türrahmen ein. Sie hetzten über einen Hof und gelangten durch die nächste Tür in einen eingestürzten Gang. Da Tom und Vernon ihren Vater stützten, kam er zwar relativ schnell von der Stelle, doch er stöhnte und schnaufte vor Schmerzen.

Borabay hielt nun genau auf den am dichtesten bewachsenen Teil der Ruinenstadt zu. Sie eilten durch finstere Gänge und halb eingestürzte Untertunnelungen, in denen gewaltige Wurzeln durch die erhaltenen Teile der Steindecke wuchsen. Beim Laufen dachte Tom an den Codex und alles andere, was sie nun hier zurückließen.

Während der Flucht wechselten sie sich mit dem Stützen ihres Vaters ab und passierten eine Reihe matt erhellter Tunnels. Hin und wieder bog Borabay, der sie anführte, urplötzlich ab und vollzog eine Kehrtwende, um ihren Verfolger abzuschütteln. Dann kamen sie plötzlich in ein aus Riesenbäumen bestehendes Gehölz, das an zwei Seiten von massiven Steinmauern umgeben war. Das schwach zu ihnen durchdringende Licht schimmerte dunkelgrün. Steinsäulen mit Maya-Schriftzeichen waren wie Wächter in dem Hain verteilt.

Tom hörte seinen Vater zuerst rasselnd Luft holen und dann gedämpft fluchen.

»Tut mir Leid, dass es wehtut.«

»Mach dir keine Sorgen um mich.«

Sie marschierten zwanzig Minuten lang weiter, bis der Urwald wild, üppig und dicht wurde. Schling- und Kletterpflanzen bedeckten die Bäume und verliehen ihnen das Aussehen grüner Riesengespenster. Auf ihren Wipfeln ragten Ranken wie die Stacheln eines Igels in die Luft, als suchten sie nach neuer Beute. Überall hingen schwere Blüten. Und unablässig tropfte Wasser zu Boden.

Borabay blieb stehen und schaute sich um. »Dort entlang«, sagte er und deutete auf die dichteste Stelle.

»Wie denn?« Philip musterte die schier undurchdringliche Mauer aus Pflanzen.

Borabay ging in die Knie und kroch in eine kleine Öffnung hinein. Die anderen taten es ihm gleich. Max stöhnte vor Schmerzen auf. Unter den dichten Ranken versteckt, erspähte Tom einige Wildwechsel: Tunnels, die unterhalb der Vegetation in alle möglichen Richtungen führten. Sie stießen in den vor, der am meisten zugewachsen war, und zwängten sich ebenso hindurch wie die Tiere, die ihn geschaffen hatten. Der Pfad war finster und roch übel. Sie krochen fast eine Ewigkeit – sie dauerte in Wirklichkeit wohl nur an die zwanzig Minuten – durch einen fantastischen Irrgarten aus sich verzweigenden und überschneidenden Pfaden, bis sie an einen freien Platz gelangten. Die unteren Äste eines von Kletterpflanzen umhüllten Baumes erzeugten einen von allen Seiten uneinsehbaren zeltartigen Raum, eine Art Höhle inmitten der Vegetation.

»Wir hier bleiben«, sagte Borabay. »Warten auf Nacht.«

Broadbent ließ sich mit einem Ächzen nach hinten an den Baumstamm sinken. Tom beugte sich über ihn, löste die vom Blut durchtränkten Verbände und untersuchte die Wunde. Sie war schlimm. Borabay, der sich neben ihn kniete, sah sie sich ebenfalls sorgfältig an. Dann nahm er einige unterwegs gepflückte Blätter, zerrieb sie zwischen den Händen und machte zwei Wickel.

»Was hast du vor?«, fragte Tom leise.

»Halten Blut auf, helfen bei Schmerzen.«

Sie legten die Wickel über das Ein- und Ausschussloch. Vernon spendierte sein Hemd. Tom riss es in Streifen, die er dann zur Befestigung der Wickel verwendete.

»Uff!«, keuchte Broadbent.

»Tut mir Leid, Vater.«

»Hört auf, euch zu entschuldigen, und zwar alle. Ich möchte gefälligst stöhnen, ohne dass sich jemand entschuldigt.«

»Du hast uns gerade das Leben gerettet, Vater«, sagte Philip.

»Nachdem ich es zuvor in Gefahr gebracht hatte.«

»Hättest du Hauser nicht angefallen, wären wir jetzt alle tot.«

»Die Sünden meiner Jugend kehren zurück, um mich zu plagen.« Broadbent zuckte zusammen.

Borabay hockte sich auf die Fersen und schaute sie der Reihe nach an. »Ich jetzt gehen. Ich zurück in halbe Stunde. Wenn nicht ... Wenn Nacht kommt, ihr warten, bis regnet, dann gehen ohne mich über Brücke. Verstanden?«

»Wo gehst du hin?«, fragte Vernon.

»Ich mir Hauser schnappen.«

Borabay sprang auf und weg war er.

Tom zögerte. Wenn er den Codex haben wollte, hieß es jetzt oder nie.

»Ich muss auch noch was erledigen.«

»Was?« Philip und Vernon schauten ihn ungläubig an.

Tom schüttelte den Kopf. Er war jetzt nicht artikulationsfähig, und außerdem hatte er keine Zeit, sein Vorhaben zu verteidigen. Vielleicht war es ja auch gar nicht zu begründen. »Wartet nicht auf mich. Wir treffen uns heute Abend an der Brücke. Sobald das Gewitter anfängt.«

»Bist du verrückt geworden, Tom?«, grollte Max.

Tom antwortete nicht. Er drehte sich um und verschwand im Dschungel.

In zwanzig Minuten war er aus dem Rankengewirr ins Freie gekrochen und stand auf, um sich zu orientieren: Die Grabkammern lagen im Osten. Das wusste er mit Sicherheit.

So dicht am Äquator musste die Sonne vormittags noch am östlichen Himmel stehen. Er kannte also die generelle Richtung. Über seine Entscheidung – ob es richtig oder falsch war, seinen Vater und seine Brüder allein zu lassen, ob es verrückt oder zu gefährlich war – wollte er jetzt lieber nicht nachdenken. Eigentlich ging es um etwas völlig anderes: Er *musste* den Codex einfach an sich bringen.

Er wandte sich gen Osten.

74

Hausers Augen suchten den Boden ab, lasen ihn wie ein Buch: Ein festgetretenes Samenkorn. Ein geknickter Grashalm. Von einem Blatt gewischter Tau. Spurenlesen hatte er in Vietnam gelernt. Nun wies ihm jede Einzelheit die genaue Richtung, die die Broadbents genommen hatten. Ebenso gut hätten sie Brotkrumen verstreuen können. Mit der Steyr AUG im Vorhalt folgte er schnell und methodisch ihrer Route. Es ging ihm nun besser. Er war entspannter, fast friedlich gestimmt. Er hatte die Jagd schon immer als etwas eigenartig Verlockendes empfunden. Nichts war mit dem Gefühl vergleichbar, eine menschliche Beute zu jagen. Es war tatsächlich das gefährlichste Spiel überhaupt.

Seine nichtswürdigen Soldaten gruben und sprengten noch immer am anderen Ende der Stadt. Gut. Damit hatten sie eine Beschäftigung. Die Jagd auf Broadbent und seine Söhne war die Aufgabe eines einsamen Jägers, der ungesehen durch den Urwald pirschte. Für derlei Dinge konnte man einen lärmenden Trupp von schwachsinnigen Soldaten nicht gebrauchen. Hauser war im Vorteil. Er wusste, dass die Broadbents unbewaffnet waren und die Brücke überqueren mussten. Es war nur eine Frage der Zeit, bis er sie einholen würde.

Sobald sie ins Gras gebissen hatten, konnte er die Gruft in aller Ruhe plündern, den Codex und die tragbaren Kunstwerke mitnehmen und den Rest später abholen. Nun, da er Skiba weich geklopft hatte, wusste er ziemlich genau, dass er mehr als nur fünfzig Millionen aus ihm herauspressen konnte. Vielleicht sogar viel mehr. Die Schweiz war eine gute Basis. Von diesem Land aus ließ es sich operieren. So hatte Broadbent es ja auch gemacht: Er hatte Antiquitäten fragwürdiger Herkunft über die Schweiz verschoben und behauptet, sie entstammten einer *alten Schweizer Sammlung.* Zwar ließen sich seine Meisterwerke nicht auf dem freien Markt verkaufen, da sie schlichtweg zu berühmt waren und jeder wusste, dass sie ihm gehörten, aber unter der Hand waren sie bestimmt da und dort zu verscherbeln. Es gab immer einen saudischen Scheich, einen japanischen Industriellen oder einen amerikanischen Milliardär, der ein schönes Gemälde besitzen wollte und sich nicht groß für seine Herkunft interessierte.

Hauser gebot diesen angenehmen Phantasien Einhalt und richtete seine Aufmerksamkeit auf den Boden. Auch da war der Tau von einem Blatt gewischt. Und dort befand sich ein Blutfleck auf dem Boden. Er folgte der Fährte in einen verfallenen Gang und schaltete seine Lampe ein. Von einem Stein gekratztes Moos. Ein Fußabdruck auf dem weichen Boden. Jeder Idiot konnte diese Spuren lesen.

Hauser folgte den Markierungen, so schnell er nur konnte. Er fühlte sich wie ein Bluthund. Als er in ein riesiges Gehölz eintauchte, erblickte er eine besonders deutliche Fährte: Die Broadbents hatten auf ihrer kopflosen Flucht einen Haufen verfaultes Laub aufgerührt.

Zu eindeutig. Hauser blieb stehen. Er lauschte. Dann duckte er sich und untersuchte sorgfältig den Boden. Amateurhaft. Der Vietcong hätte sich kaputtgelacht: ein umgebogener junger Baum, eine unter Blättern versteckte Lianenschlinge; ein fast unsichtbarer Stolperdraht. Hauser wich vorsichtig einen Schritt zurück, nahm einen Stock, der – wie günstig – in der Nähe lag, und schob ihn unter die Fußangel.

Ein Knacken. Der junge Baum schoss in die Höhe, die Schlinge zog sich zusammen. Hauser spürte ein plötzliches Lüftchen und ein Ziehen an seinem Hosenbein. Er schaute nach unten. In der losen Bügelfalte seiner Hose steckte ein kleiner Pfeil. Von seiner im Feuer gehärteten Spitze tropfte eine dunkle Flüssigkeit.

Der Giftpfeil hatte ihn um knapp zweieinhalb Zentimeter verfehlt.

Hauser verharrte eine ganze Weile. Er musterte jeden Quadratzentimeter des ihn umgebenden Bodens, jeden Baum und jeden Ast. Als er befriedigt feststellte, dass hier keine weitere Falle auf ihn lauerte, beugte er sich vor, um den Pfeil aus der Khakihose zu ziehen. Dann hielt er erneut inne – gerade noch rechtzeitig. Aus dem Pfeilkörper ragten zwei fast unsichtbare Stacheln hervor. Auch sie waren nass vom Gift. Bei dem Versuch, sie zu packen, hätten sie sich in seine Finger gebohrt.

Hauser griff sich einen Zweig und schnippte den Pfeil von seinem Hosenbein.

Äußerst gerissen. Drei Fallen in einer. Einfach und effektiv. Das hatte er zweifellos dem Indianer zu verdanken.

Hauser bewegte sich nun etwas langsamer voran – und mit mehr Respekt.

Tom trabte durch den Wald. Tempo war ihm nun wichtiger als Stille, aber er machte einen Umweg, um Hauser nicht in die Hände zu laufen. Sein Weg führte ihn durch ein Labyrinth von unter dichten Schichten von Kletterpflanzen begrabenen Tempelruinen. Er hatte keine Lampe, deswegen musste er sich manchmal durch finstere Gänge tasten oder unter umgefallenen Steinen hindurchkriechen.

Bald erreichte er den östlichen Rand des Plateaus. Er legte eine Pause ein, um wieder zu Atem zu kommen, dann pirschte er zum Klippenrand und schaute in die Tiefe, um sich zu orientieren. Seinem Gefühl nach musste die Totenstadt irgendwo südlich liegen, also wandte er sich nach rechts und folgte dem Pfad am Rand der Klippen entlang. Zehn Minuten später erkannte er die Terrasse sowie die über der Totenstadt aufragende Felswand und stieß auf den versteckten Pfad. Er huschte hinab und lauschte an jeder Ecke – für den Fall, dass Hauser noch hier weilte. Aber er war offenbar längst weg. Dann erreichte er die dunkle Öffnung der Grabkammer seines Vaters.

Die Rucksäcke lagen noch dort in einem Stapel auf dem Boden, wo sie sie abgelegt hatten. Tom nahm seine Machete wieder an sich und schob sie in die Scheide. Dann hockte er sich hin, kramte in den Rucksäcken und entnahm ihnen einige Riedgrasbündel sowie eine Schachtel Zündhölzer. Eines der Bündel steckte er in Brand und betrat dann die Grabkammer.

Sie stank bestialisch. Tom atmete durch die Nase ein und

wagte sich weiter nach innen. Es lief ihm vor Grauen kalt über den Rücken, als ihm einfiel, dass sein Vater den letzten Monat hier verbracht hatte. Eingeschlossen in pechschwarze Dunkelheit. Das flackernde Licht erhellte eine erhöhte Bestattungsplattform aus dunklem Gestein. Sie war mit Schädeln, Ungeheuern und anderen eigenartigen Motiven verziert. Stapel von mit Stahlbändern verschlossenen Kisten und Kästen umgaben sie. Es war nicht gerade die Gruft von König Tutenchamun. Sie glich eher einem schmutzigen, voll gestopften Lagerhaus.

Tom überwand sein Ekelgefühl und trat einen Schritt heran. Hinter den Kisten hatte sein Vater sich einen primitiven Wohnbereich geschaffen. Offenbar hatte er ein wenig Stroh und Staub zusammengekratzt, um eine Art Bett zu formen. An der Rückwand standen mehrere irdene Töpfe, die wohl Nahrung und Wasser enthielten. Modriger Gestank stieg aus ihnen auf. Ratten sprangen aus den Töpfen und flohen vor dem Licht der Fackel. Tom, dem vor Faszination und Mitleid übel war, lugte in einen Topf hinein und entdeckte einige getrocknete Bananen. Sie wimmelten von glitschigen schwarzen Kakerlaken, die in Panik vor dem Licht davonstoben. In den Wasserkrügen waberten tote Ratten und Mäuse. Vor einer Wand lag ein ganzer Haufen verwesender Ratten. Sein Vater hatte sie allem Anschein nach bei seinem täglichen Konkurrenzkampf um die Nahrung erlegt. Im hinteren Teil der Gruft sah Tom die Augen lebendiger Ratten leuchten, die nur darauf warteten, dass er wieder verschwand.

Was sein Vater während des Wartens auf ihn und seine womöglich nie eintreffenden Brüder in dieser absoluten Schwärze durchlitten hatte ... Es war zu grauenhaft, um es sich vorzustellen. Dass er es ausgehalten und überlebt hatte, ohne die Hoffnung zu verlieren, sagte Tom etwas über ihn, das ihm bisher unbekannt gewesen war.

Er wischte sich übers Gesicht. Er musste den Codex finden. Und dann nichts wie weg.

Da die Transportbehälter noch beschriftet und etikettiert

432

waren, brauchte er nur wenige Minuten, bis er die Kiste vor sich hatte, die den Codex enthielt.

Er zerrte das schwere Ding ans Tageslicht, legte eine Pause ein und genoss die frische Gebirgsluft. Die Kiste wog etwa achtzig Pfund und enthielt außer dem Codex noch andere Bücher. Tom nahm die Schrauben und Flügelmuttern der Stahlbänder in Augenschein; sie hielten die in Fiberglas eingeschlagene Holzkiste zusammen. Die Flügelmuttern saßen knallhart. Er brauchte einen Schraubenschlüssel, um sie zu lösen.

Tom suchte sich einen Stein und versetzte einer der Muttern einen festen Schlag, der sie löste. Dieses Verfahren wiederholte er dann mehrere Male. Wenige Minuten später hatte er alle Flügelmuttern abgeschraubt. Er löste die Stahlbänder. Ein paar gezielte Hiebe ließen die Fiberglashülle brechen. Tom riss sie ab. Ein halbes Dutzend wertvolle Bücher rutschten heraus. Alle waren gewissenhaft in säurefreies Papier eingeschlagen: eine Gutenberg-Bibel, festlich gestaltete Manuskripte, ein Stundenbuch. Er schob alles beiseite, griff in die Kiste hinein, packte den in Rindsleder gebundenen Codex und zog ihn heraus.

Er begutachtete ihn kurz. Ihm fiel ein, dass er früher in einer kleinen Glasvitrine im Wohnzimmer gelegen hatte. Sein Vater hatte sie etwa einmal im Monat aufgeschlossen und dann in dem Buch geblättert. Auf den Seiten befanden sich schöne kleine Zeichnungen von Pflanzen, Blumen und Insekten, die von Schriftzeichen umgeben waren. Tom erinnerte sich, dass er sich diese merkwürdigen Maya-Schriftzeichen angeschaut hatte: Punkte, dicke Striche und lachende Gesichter, alle in einem wirren Knäuel umeinander gewickelt. Er hatte nicht mal geahnt, dass es sich um eine Schrift handelte.

Tom leerte einen der herumliegenden Rucksäcke und schob das Buch hinein. Dann hängte er ihn sich über die Schulter und machte sich auf den Rückweg. Er beschloss, nach Südwesten und Hauser möglichst aus dem Weg zu gehen.

Er betrat die Ruinenstadt.

76

Hauser folgte der Fährte nun vorsichtiger. Er war äußerst wachsam und spürte ein Kribbeln der Erregung und Furcht. Dem Indianer war es in einer knappen Viertelstunde gelungen, eine Falle zu basteln. Erstaunlich. Er musste also noch irgendwo hier draußen sein. Zweifellos bereitete er schon den nächsten Hinterhalt vor. Hauser verstand nicht so recht, weshalb der indianische Führer den Broadbents so viel Loyalität entgegenbrachte. Die Fähigkeiten der Einheimischen, im Urwald zu überleben, Hinterhalte zu legen oder Gegner auszuschalten, unterschätzte er jedoch nie. Der Vietcong hatte ihm Respekt eingeflößt. Deswegen ließ er nun bei der Verfolgung der Fährte der Broadbents keine Vorsichtsmaßnahme aus, um sich vor einem eventuellen Hinterhalt zu wappnen: Er ging ständig im Zickzack und hielt alle paar Minuten an, um den Boden und das Unterholz abzusuchen. Er hob sogar witternd die Nase in den Wind, um nach menschlichen Ausdünstungen zu fahnden. Kein in einem Baum hockender Indianer würde ihn mit seinem Giftpfeil überraschen.

Die Broadbents waren zur Plateaumitte unterwegs, wo der Urwald am dichtesten war. Zweifellos wollten sie sich dort irgendwo verkriechen und den Einbruch der Dunkelheit abwarten. Doch das würde ihnen keinen Erfolg bringen: Hauser war im Grunde auf noch keine Fährte gestoßen, der er nicht hätte folgen können – und schon gar nicht der von ein paar panischen Leuten mit einem stark blutenden Verletzten. Außerdem hatten er und seine Männer das gesamte Plateau längst gründlich erkundet.

Der vor ihm liegende Regenwald war von einem wilden Gewoge aus Kletterpflanzen und Lianen überwuchert. Auf den ersten Blick wirkte er undurchdringlich. Hauser ging vorsichtig näher heran, wobei er den Boden im Auge behielt. Er sah die Fährten kleinerer Tiere, die in alle möglichen Richtungen verliefen – hauptsächlich Spuren von Coatís. Die dicken Wassertropfen an Blättern, Ranken und Blüten fielen schon bei der geringsten Erschütterung zu Boden. Niemand konnte ein solches *Minenfeld* durchqueren, ohne an den Blättern Spuren zu hinterlassen. Hauser sah genau, in welche Richtung die Broadbents gegangen waren. Er folgte der Fährte in ein dichtes Vegetationsgewirr, in dem sie sich zunächst allerdings zu verlieren schien.

Er untersuchte penibel die Erde. Dort, im klammen Gekröse des Waldbodens, befanden sich zwei fast unsichtbare Abdrücke. Menschliche Knie hatten sie geformt. Interessant. Sie waren also über einen Wildwechsel mitten ins Herz dieser Kolonie aus Kletterpflanzen gekrochen. Hauser hockte sich hin, lugte in die grüne Dunkelheit hinein, hob die Nase in den Wind und prüfte den Boden. Welchen Weg hatten sie genommen? Knapp ein Meter vor ihm wuchs ein winziger zertretener Pilz, der kaum größer als eine Zehn-Cent-Münze war. Und dort war ein angekratztes Blatt. Sie waren über den Boden ins Pflanzendickicht gekrochen und warteten auf den Einbruch der Nacht. *Zweifellos*, dachte Hauser, *hat der Indianer mir da drin eine Falle gestellt.* Das Gelände bot sich perfekt an.

Er stand auf und nahm die einzelnen Ebenen des Regenwaldes in Augenschein. Ja, der Indianer würde sich irgendwo oberhalb des Pfadlabyrinths auf einem Ast verstecken, seinen Giftpfeil bereithalten und darauf warten, dass er unterhalb herankroch.

Ihm blieb nur eine Möglichkeit: Er musste den Mann *von hinten* aufs Korn nehmen.

Hauser dachte kurz nach. Der Indianer war schlau. Er rechnete vermutlich mit einem solchen Vorgehen. Er hatte bestimmt eingeplant, dass sein Gegner auf diesem Pfad einen Hinterhalt erwartete. Deswegen lag er vermutlich nicht *hier* auf der Lauer. Nein, er vermutete bestimmt, dass Hauser um ihn herumgehen und sich ihm von der *anderen* Seite nähern würde. Er würde folglich auf der anderen Seite der gigantischen Gewächsmasse warten, um ihn von hinten zu packen.

Hauser bahnte sich langsam einen Weg um die Kletterpflanzen. Er bewegte sich so leise und verstohlen, als sei er selbst ein Indianer. Wenn seine Annahme zutraf, musste er am anderen Ende auf den Indianer stoßen, der wahrscheinlich irgendwo hoch oben abwartete, bis er unter ihm aufkreuzte. Da der Indianer die weitaus größere Gefahr darstellte, musste er zuerst ihn kaltmachen. Dann würde er die Broadbents aus dem Urwald zur Brücke treiben, wo man sie leicht in eine Falle locken und töten konnte.

Hauser pirschte in einiger Entfernung um das Gewoge herum, blieb alle paar Minuten stehen und suchte die mittleren Höhen des Urwaldes mit den Augen ab. Wenn der Indianer sich so verhielt, wie er meinte, musste er irgendwo rechts von ihm sein. Hauser bewegte sich mit größter Vorsicht voran. Es kostete ihn zwar Zeit, aber davon hatte er ja genug. Ihm blieben mindestens noch sieben Stunden, bis es dunkel wurde.

Und weiter. Hausers Augen waren in ständiger Bewegung. Da war etwas auf einem Baum. Hauser verharrte, glitt ein Stück weiter, schaute erneut nach oben. Er sah nur einen Fetzen vom roten Hemd des Indianers – auf einem Ast, etwa fünfzig Meter rechts von ihm. Außerdem – er konnte es gerade eben erkennen – zielte dort die Spitze eines kleinen Blasrohrs nach unten. Er wollte Hauser fertig machen, wenn er unter ihm auftauchte.

Hauser ging zur Seite, bis er das Hemd des Indianers gut genug sah, um es als Ziel zu markieren. Er hob das Gewehr, legte sorgfältig an und gab einen einzelnen Schuss ab.

Nichts. Trotzdem wusste er, dass er getroffen hatte. Plötzliche packte ihn Panik. Schon wieder eine Falle. Als der Indianer mit einem angespitzten Stock in der Hand wie eine Katze auf ihn herunterfiel, rollte Hauser sich zur Seite. Mit einer Jiu-Jitsu-Bewegung warf er sich seitlich nach vorn, richtete die Schwungkraft des Angreifers gegen ihn selbst und schüttelte ihn sauber ab. Schon war er wieder auf den Beinen und ließ eine Salve aus dem Automatikgewehr in die Richtung krachen, wo der Indianer gerade noch gewesen war.

Doch er war weg. Verschwunden.

Hauser schaute sich um. Der Indianer war ihm *trotz allem* einen Schritt voraus gewesen. Als er aufschaute, sah er den Baum mit dem kleinen roten Stofffetzen und die Spitze des Blasrohrpfeils. Alles war genau da, wo der Indianer es platziert hatte. Hauser schluckte. Er hatte jetzt keine Zeit, um sich zu fürchten oder zu ärgern. Er musste seinen Auftrag erledigen. Er wollte das Katz-und-Maus-Spiel des Indianers nicht mehr mitmachen, denn er lief Gefahr, es womöglich zu verlieren. Nun war es an der Zeit, die Broadbents mit brachialer Gewalt aus dem Busch ins Freie zu treiben.

Hauser drehte sich um, ging an der Kolonie von Kletterpflanzen vorbei, blieb stehen und hob die Steyr AUG. Er gab ein, zwei Salven ab, dann marschierte er weiter und nahm die dichte Vegetation noch einmal unter Beschuss. Sein Vorgehen hatte den gewünschten Erfolg: Die Broadbents ergriffen die Flucht. Er hörte ihr panisches Getöse, denn sie machten Lärm wie ein Schwarm Rebhühner. Jetzt wusste er, wo sie waren. Er rannte an dem Pflanzendickicht vorbei, um den Flüchtenden den Weg abzuschneiden, sobald sie ins Freie kamen. Er wollte sie in Richtung Brücke jagen.

Hinter ihm war plötzlich ein Geräusch zu vernehmen. Er wirbelte zu der weit größeren Gefahr herum, betätigte den Abzug und feuerte in die Vegetation, aus der dieser Krach kam. Blätter, Ranken und Zweige wurden von den Bäumen gerissen und spritzten in alle Richtungen. Hauser hörte das Klicken und Klacken der überall einschlagenden Kugeln, sah noch eine Bewegung und nahm die Vegetation erneut unter Beschuss. Dann hörte er ein Kreischen und Krachen.

Ein Coatí, verdammt noch mal! Er hatte auf einen Waschbären geschossen!

Hauser wandte sich um, konzentrierte seine Aufmerksamkeit auf das Terrain vor sich, senkte das Gewehr und feuerte in die Richtung der fliehenden Broadbents. Er hörte den Coatí hinter sich vor Schmerzen heulen. Dann das Knacken von Zweigen. Ihm wurde gerade noch rechtzeitig bewusst, dass es nicht der verletzte Waschbär war, sondern schon wieder der Indianer.

Hauser ließ sich fallen und schoss – nicht um zu töten, denn der Indianer war schon längst im Dickicht des Urwalds verschwunden –, sondern um ihn nach rechts in Richtung auf das freie Gelände vor der Brücke zu dirigieren. Er wollte, dass er in die gleiche Richtung lief wie die Broadbents. Nun hatte er auch den Indianer in die Flucht geschlagen und trieb ihn auf die anderen zu. Es war wichtig, dass sie in Bewegung blieben. Hauser schoss pausenlos, um sie am Abbiegen zu hindern, denn sie durften keinesfalls wieder hinter ihm auftauchen. Er lief geduckt voran und gab kurze Feuerstöße nach rechts und links ab, um zu verhindern, dass sie in die Ruinenstadt entwischten. Indem er ihnen von links auf den Pelz rückte, trieb er sie noch dichter an den Abgrund heran. Auf diese Weise würden sie zusammenbleiben, bis er sie auf das freie Gelände gescheucht hatte. Als das Magazin leer war, hielt er kurz inne und legte ein neues ein. Dann rannte er weiter. Aus dem Dickicht vor ihm drang der Lärm der fliehenden Broadbents. Sie liefen genau dorthin, wo er sie haben wollte.

Jetzt saßen sie in der Falle.

77

Als Tom das Feuerstakkato aus Hausers Gewehr hörte, lag die Hälfte des Plateaus bereits hinter ihm. Aus Furcht vor dem, was die Schüsse möglicherweise bedeuteten, rannte er instinktiv in die Richtung, aus der der Lärm kam. Er schlug Farne und Schlingpflanzen beiseite, sprang über am Boden liegende Baumstämme und kletterte über Mauerruinen hinweg. Dann vernahm er die zweite und dritte Salve – näher und von rechts. Tom hetzte weiter in Richtung Lärm. Er hoffte, seine Brüder und seinen Vater irgendwie verteidigen zu können. Schließlich hatte er eine Machete; er hatte mit ihr einen Jaguar und eine Anakonda getötet – warum also nicht auch Hauser?

Dann brach er unerwartet aus dem Dickicht hervor und befand sich im Sonnenschein. Fünfzig Meter vor ihm lag der Rand des Abgrundes, glattes Felsgestein, das über fünfzehnhundert Meter in ein finsteres Gewaber aus Dunst und Schatten hinabfiel. Er stand am Rand der riesigen Schlucht. Als er nach rechts schaute, sah er die elegante, gewölbte Hängebrücke sacht im Aufwind schaukeln.

Hinter ihm tönte weiteres Gewehrfeuer. Er nahm Bewegungen wahr. Vernon und Philip tauchten vor der Brücke zwischen den Bäumen auf. Sie stützten ihren Vater und liefen, so schnell sie konnten. Kurz darauf erschien auch Borabay. Er lag ein Stück hinter ihnen zurück, holte jedoch auf. Ein Feuerstoß fegte über den Fliehenden hinweg und säbelte die Spitzen der hinter ihnen aufragenden Farne ab. Zu spät wurde Tom klar, dass auch er in der Falle saß. Als eine weitere Salve zwischen den Bäumen hervorkrachte, rannte Tom auf die Flüchtlinge zu. Nun konnte er sehen, dass Hauser einige hundert Meter hinter ihnen war. Er nahm die Seite links von ihnen unter Beschuss und zwang sie so, auf den Abgrund und die Brücke zuzurennen. Tom lief dem Brückenkopf entgegen und erreichte ihn im gleichen Moment wie die anderen. Sie duckten sich und hielten an. Das Gewehrfeuer hatte die Soldaten an der anderen Seite der Brücke alarmiert. Sie waren längst in Deckung gegangen und blockierten ihnen den Fluchtweg.

»Hauser *will,* dass wir auf die Brücke gehen«, schrie Philip.

Eine erneute Salve rasierte die Blätter eines über ihnen aufragenden Baumes ab.

»Uns bleibt keine Wahl!«, rief Tom.

Schon rannten sie, ihren Vater halb tragend, halb ziehend, auf die schaukelnde Brücke. Die Soldaten auf der anderen Seite gingen in die Hocke. Sie blockierten das Ende der Brücke, die Waffen auf die Flüchtlinge gerichtet.

»Lauft weiter!«, schrie Tom.

Als etwa ein Drittel der Brücke hinter ihnen lag, feuerten die Soldaten einige Warnschüsse über sie hinweg. Gleichzeitig wurde hinter ihnen eine Stimme laut. Tom drehte sich um. Hauser und einige weitere Soldaten blockierten nun den Rückweg ans andere Ende der Brücke.

Sie saßen in der Falle, alle fünf.

Die Soldaten feuerten noch eine Salve ab, diesmal niedriger. Tom hörte die Kugeln wie wütende Bienen an seinen Ohren vorbeizischen. Sie befanden sich nun in der Mitte der Brücke, und ihre Bewegungen ließen die Konstruktion hin und her schwanken. Tom schaute nach hinten, dann nach vorn. Sie blieben stehen. Sie konnten nichts mehr machen. Es war aus.

»Keine Bewegung!«, schrie Hauser ihnen zu. Er trat mit einem Lächeln auf die Brücke, seine Waffe auf sie gerichtet. Sie schauten zu, wie er sich ihnen näherte. Tom warf einen kurzen Blick auf seinen Vater. Maxwell Broadbent musterte

Hauser ebenso furchtsam wie hasserfüllt. Seine Miene machte Tom mehr Angst als die Lage, in der sie sich befanden.

Hauser blieb etwa dreißig Meter vor ihnen stehen und
suchte sich auf der schwankenden Brücke einen festen Halt.
»Na, so was«, sagte er, »wenn das nicht der *alte Max* mit seinen drei Söhnen ist! Was für ein schönes Familientreffen.«

78

Während der zwölf Stunden, die Sally hinter dem Baumstamm gelegen hatte, hatten sich ihre Gedanken aus irgendeinem Grund mit ihrem Vater beschäftigt. Im letzten Sommer seines Lebens hatte er ihr das Schießen beigebracht. Nach seinem Tod war sie weiterhin zum Üben in die Felsen hinuntergegangen. Sie hatte auf Äpfel und Apfelsinen geschossen, später auf kleinere Münzen. Obwohl sie ausgezeichnet traf, hatte sie mit ihrer Begabung nichts angefangen, denn sie interessierte sich weder für Wettkämpfe noch für die Jagd. Sie hatte einfach nur Spaß an der Sache gehabt. Manche Menschen gingen gern zum Bowling, andere vergnügten sich beim Tischtennis. Sie schoss nun mal gern. In New Haven war dies natürlich das politisch inkorrekteste Talent, das man nur haben konnte. Julian war entsetzt gewesen, als er davon erfahren hatte. Sally hatte ihm versprechen müssen, die Schießerei aufzugeben und niemandem davon zu erzählen – nicht, weil er etwas gegen Waffen gehabt hätte, sondern weil sie unter seinem Niveau waren. Julian. Sie verdrängte ihn aus ihren Gedanken.

Sally bewegte ihre verkrampften Oberschenkel und Zehen, damit die steifen Muskeln sich entspannten. Dann gab sie dem mürrisch in seinem Käfig hockenden Knilch noch ein paar Nüsse. Sie freute sich, dass er ihr in den vergangenen Stunden Gesellschaft geleistet hatte, auch wenn seine Laune mies war. Das arme Vieh liebte seine Freiheit.

Als Knilch warnend quäkte, wurde Sally sofort wachsam. Dann hörte sie es: In der fernen Weißen Stadt gellten Schüsse. Eine Automatikwaffe spuckte eine dumpfe Salve aus, dann noch eine. Mit dem Fernglas suchte Sally den Wald auf der anderen Seite der Schlucht ab. Wieder ertönten Schüsse. Sie wurden immer lauter. Einige Minuten vergingen, dann sah sie eine sich bewegende Gestalt.

Es war Tom. Er war am Rand der Klippen aufgetaucht und rannte. Philip und Vernon hasteten vor ihm aus dem Urwald. Sie schleppten einen Verletzten – einen in Lumpen gekleideten alten Mann. Broadbent. Borabay tauchte als Letzter auf. Er war der Brücke am nächsten.

Wieder Schüsse. Dann sah sie Hauser. Er kam hinter den Männern aus dem Wald. Er trieb sie wie Wild vor sich her – auf die Brücke zu.

Sally ließ das Fernglas sinken, packte ihr Gewehr und beobachtete das Drama durch das Zielfernrohr ihrer Springfield. Eine schlimmere Situation konnte man sich kaum vorstellen. Die Broadbents und Borabay würden gleich auf der Brücke in eine Zwickmühle geraten. Aber sie hatten keine andere Wahl, denn Hauser war hinter und die Schlucht neben ihnen. Vor der Brücke zögerten sie kurz, dann liefen sie weiter. Hauser ließ den Wald hinter sich und rief den Soldaten auf der anderen Seite etwas zu. Sie knieten sich hin und gaben Warnschüsse ab.

Kurz darauf saßen die Flüchtlinge mitten auf der Brücke fest. Hauser und sechs seiner Leute standen hinter und vier Soldaten vor ihnen. Sie saßen absolut in der Falle. Die Schüsse verstummten, alles wurde still.

Hauser ging mit verzerrtem Gesicht über die gefährliche Brücke auf die Männer zu, seine Waffe auf sie gerichtet.

Sally spürte ihr Herz hämmern. Ihr Moment war gekommen. Ihre Hände waren schweißnass und zitterten. Sie dachte an ihren Vater. *Ruhig atmen. Am besten gar nicht atmen. Achte auf deinen Herzschlag. Schieß zwischen zwei Schlägen.*

Sally legte auf den über die Brücke schlendernden Hauser

an. Die Brücke schaukelte zwar, aber sie glaubte, dass ihre Chance, einen Treffer zu landen, bei mehr als fünfzig Prozent lag. Sie würde noch größer werden, sobald er stehen blieb.

Hauser ging ungefähr dreißig Meter an die Broadbents heran, dann hielt er an.

Sie konnte ihn töten – sie *würde* ihn töten. Sally holte seinen Oberkörper in die Mitte des Fadenkreuzes, drückte aber nicht ab. Stattdessen stellte sie sich die Frage: *Was passiert, wenn ich Hauser töte?*

Die Antwort war nicht schwierig. Dies hier war nicht der Film *Der Zauberer von Oz*. Die honduranischen Soldaten auf beiden Seiten der Brücke würden keinesfalls die Waffen strecken und »Lang lebe Dorothy!« rufen. Sie hatte es mit brutalen Söldnern zu tun. Wenn sie Hauser tötete, würden die Männer bestimmt das Feuer eröffnen und sämtliche Broadbents abknallen.

Sally zählte zehn Soldaten. Vier waren auf ihrer Seite, sechs auf der anderen. Sie hatte keine Chance, alle auszuschalten. An die auf der anderen Seite – sie waren praktisch außer Schussweite – kam sie schon gar nicht heran. Die Patronenkammer der Springfield enthielt nur fünf Kugeln. Wenn sie verschossen waren, musste sie den Verschluss zurückziehen und die fünf nächsten Patronen mit der Hand einlegen. Ein langwieriges Verfahren. Außerdem verfügte sie ohnehin nur über zehn Schuss.

Was sie auch tat: Es musste mit fünf Schüssen zu schaffen sein.

In Sally flammte ein Gefühl von Panik auf. Sie musste sich etwas ausdenken. Sie brauchte einen Plan, der ein Resultat erbrachte, das sie alle überleben ließ. Hauser stolzierte mit einem Gewehr auf ihre Freunde zu. Er hatte eindeutig die Absicht, sie zu töten. Ja, sie würde ihn töten müssen – aber dann war auch für die Broadbents alles aus.

Ihr Kopf war ein Chaos. Sie durfte keinen Fehler machen. Eine zweite Chance gab es nicht. Es musste beim ersten Mal klappen. Sally ging jede Option durch, die ihr in den Sinn kam, aber alle endeten auf gleiche Weise: mit dem Tod der Broadbents. Ihre Hand zitterte. Hausers Gestalt ruckte im Zielfernrohr. *Wenn ich ihn töte, sterben auch sie. Töte ich ihn nicht, sterben sie trotzdem.*

Sally schaute hilflos zu, als Hauser mit der Waffe auf sie zielte. Er lächelte. Er wirkte wie ein Mensch, dem ein Vergnügen bevorstand.

79

Tom musterte den über die Brücke kommenden Hauser. Sein Gesicht zeigte ein arrogantes, triumphierendes Lächeln. Er blieb etwa dreißig Meter vor ihnen stehen und richtete die Mündung seiner Waffe auf Tom. »Rucksack abnehmen und hinlegen.«

Tom nahm den Rucksack vorsichtig vom Rücken, doch statt ihn hinzulegen, hielt er ihn an einem Riemen über den Abgrund. »Da ist der Codex drin.«

Hauser feuerte einen Schuss ab, der etwa dreißig Zentimeter vor Tom ein Stück Bambus aus dem Geländer riss. »*Hinlegen.*«

Tom rührte sich nicht. Der Rucksack baumelte weiterhin über dem Abgrund. »Wenn Sie mich erschießen, fällt er runter.«

Stille. Hauser richtete die Mündung seiner Waffe auf Maxwell Broadbent. »Na schön. Legen Sie ihn hin, sonst stirbt Ihr Daddy. Das war die letzte Warnung.«

»Soll er mich doch umbringen«, knurrte Broadbent.

»Und nach dem Daddy sind Ihre beiden Brüder dran. Seien Sie nicht blöd, legen Sie das Ding hin.«

Nach einem kurzen Moment legte Tom den Rucksack hin. Er hatte keine Wahl.

»Jetzt die Machete.«

Tom zog die Machete aus der Scheide und ließ sie fallen.

»Na bitte«, sagte Hauser. Seine Miene entspannte sich. Er

schaute Toms Vater an. »Dass wir uns noch mal wiedersehen, Max ...«

Der alte Mann, der sich auf seine Söhne stützte, um nicht zu fallen, hob den Kopf. »Du hast mit *mir* eine Rechnung zu begleichen. Lass die Jungs gehen.«

Das Lächeln auf Hausers Gesicht sah nun frostiger aus. »Ganz im Gegenteil. Du wirst das Vergnügen haben, sie vor dir sterben zu sehen.«

Broadbents Kopf fuhr ein Stück herum. Tom hielt sich fest. Die Brücke schwankte leicht. Kalte Dunstschwaden waberten herauf. Borabay machte einen Schritt nach vorn, doch Philip hielt ihn auf.

»Ja, nun, wer ist der Erste? Der Indianer? Nein, den nehmen wir später. Wir machen es nach dem Alter. Philip? Gehen Sie von den anderen weg, damit ich euch nicht alle auf einmal umbringen muss.«

Philip trat nach einem kurzen Zögern beiseite. Vernon streckte eine Hand nach ihm aus, erwischte seinen Arm und wollte ihn zurückhalten. Philip schüttelte ihn ab und machte noch einen Schritt.

»Du wirst in der Hölle schmoren, Hauser!«, brüllte Maxwell Broadbent.

Hauser lächelte höflich und hob die Mündung des Gewehrs. Tom wandte seinen Blick ab.

80

Doch der Schuss fiel nicht. Tom schaute auf. Irgendetwas hinter ihnen hatte Hausers Aufmerksamkeit abgelenkt. Tom drehte sich um und sah einen schwarzen Blitz: Ein Tier hüpfte über ein Brückentau auf sie zu. Ein Äffchen, das mit erhobenem Schweif dahinflitzte: Knilch.

Als Knilch mit einem Freudenschrei in Toms Arme sprang, sah er, dass ein Kanister an seinen Bauch gebunden war. Das Ding war fast so groß wie Knilch selbst. Es war der Alubehälter mit dem Flüssiggas für den Campingkocher. Auf seine Umhüllung war etwas gekritzelt:

ICH KANN DAS DING TREFFEN. S.

Was hat das zu bedeuten, verdammt? Was hatte Sally vor?

Hauser hob sein Schießeisen. »Okay, beruhigt euch. Keiner rührt sich. Zeigen Sie mir, was der Affe Ihnen da gerade gebracht hat. Und zwar *langsam*.«

Tom wurde schlagartig klar, was Sally vorhatte. Er nahm Knilch den Kanister ab.

»Strecken Sie den Arm aus. Zeigen Sie mir das Ding.«

Tom hielt ihm den Kanister hin. »Das ist ein Liter Flüssiggas.«

»Werfen Sie das Ding über die Brücke.«

»Zu uns gehört eine Scharfschützin«, sagte Tom mit ruhiger Stimme. »Ihre Kanone zielt genau *jetzt* auf den Behälter. Wie Sie wissen, ist der Inhalt höchst feuergefährlich.«

Hausers Miene verriet weder die Spur eines Gefühls noch eine andere Reaktion. Er hob bloß sein Gewehr.

»Wenn sie den Kanister trifft, geht die Brücke in Flammen auf, Hauser. Dann sind Sie abgeschnitten und sitzen für immer in der Weißen Stadt fest.«

Zehn elektrisierende Sekunden vergingen. Dann erwiderte Hauser: »Wenn die Brücke brennt, sterben Sie auch.«

»Sie wollen uns doch sowieso umbringen.«

»Sie bluffen doch nur«, erwiderte Hauser.

Tom antwortete nicht. Die Sekunden gingen dahin. Hausers Miene war undurchdringlich.

»Vielleicht durchlöchert sie ja auch Sie, Hauser.«

Hauser hob sein Gewehr. Im gleichen Moment traf eine Kugel mit einem *Pitsch* einen halben Meter vor seinen Füßen die Bambusbrücke und ließ ein paar Splitter in sein Gesicht spritzen. Der Knall war einen Tick später zu hören. Er rollte über den Abgrund hinweg.

Hauser senkte eilig den Lauf seines Gewehrs.

»Nun, da wir festgestellt haben, dass ich keinen Scheiß rede, können Sie Ihren Soldaten sagen, sie sollen uns passieren lassen.«

»Und dann?«, fragte Hauser.

»Dann können Sie die Brücke, die Gruft und den Codex haben. Wir wollen nur unser Leben.«

Hauser hängte sich seine Waffe über die Schulter. »Glückwunsch«, sagte er. »Sie haben gewonnen.«

Tom band mit langsamen Bewegungen ein loses Stück Brückenschnur um den Gasbehälter und befestigte ihn an einem der Haupttaue.

»Sagen Sie Ihren Männern, sie sollen uns ziehen lassen. Wenn uns irgendetwas zustößt, schießt unsere Scharfschützin auf den Behälter. Dann geht Ihre kostbare Brücke in Flammen auf. Haben Sie verstanden?«

Hauser nickte.

»Ich hab Ihren Befehl noch nicht gehört, Hauser.«

Hauser legte die Hände an den Mund: »Leute!«, schrie er

auf Spanisch. »Lasst sie gehen! Tut ihnen nichts, wenn sie kommen! Ich lasse sie frei!«

Schweigen.

»Bestätigt den Befehl!«, rief Hauser.

»*Sí, Señor*«, kam die Antwort.

Die Broadbents nahmen ihren Weg auf die andere Seite wieder auf.

81

Hauser stand in der Mitte der Brücke. Sein Verstand hatte die Tatsache akzeptiert, dass die Scharfschützin – es handelte sich zweifellos um die blonde Frau, die Tom Broadbent mitgebracht hatte – ihn im Fadenkreuz hatte. *Eine unbrauchbare alte Jagdflinte,* hatte der Soldat gesagt. *Ja, klar.* Sie hatte ihm aus einer Entfernung von fast dreihundertfünfzig Metern eine Kugel genau vor die Füße geknallt. Dass sie ihn jetzt im Zielfernrohr sah, war ein unerfreuliches, aber auch eigenartig aufregendes Gefühl. Es jagte Hauser Angst ein, aber es erregte ihn auch.

Er musterte den an das Tau gebundenen Behälter. Er war knapp dreißig Meter von ihm entfernt. Die Scharfschützin feuerte aus einer Entfernung von über dreihundert Metern. Die Brücke schaukelte im Aufwind. Es würde nicht leicht sein, ein Ziel zu treffen, das sich in drei Dimensionen bewegte. Genau genommen war es fast unmöglich, ihn zu erwischen. Er konnte den Behälter in zehn Sekunden erreichen, vom Tau abreißen und in den Abgrund schleudern. Wenn er dann kehrtmachte und zurücklief, war er ein bewegtes Ziel, das rasch außer Schussweite geriet. Wie hoch war die Wahrscheinlichkeit, dass sie ihn traf? Er würde nicht nur rennen, sondern sich auch über eine *schaukelnde* Brücke bewegen – in Bezug zu ihrem Standort also ebenfalls in drei Dimensionen. Es würde ihr nicht gelingen, einen Treffer zu landen. Außerdem war sie eine Frau. Auch wenn es keine Frage war, dass sie schießen konnte: So gut schoss *keine* Frau.

Ja, es war zu schaffen, bevor die Broadbents entwischten. Die Frau würde weder ihn noch den Behälter treffen. *Niemals.*

Hauser duckte sich und hechtete auf den Gaskanister zu.

Fast im gleichen Augenblick hörte er das *Pitsch* einer vor ihm einschlagenden Kugel. Dann den Knall. Er blieb nicht stehen. Er erreichte den Behälter in dem Augenblick, in dem der zweite Knall an sein Gehör drang. Schon wieder daneben. Wie einfach es war. Hauser hatte gerade die Hand auf den Kanister gelegt, als er ein lautes Ploppen vernahm und vor ihm zischend eine helle Lichtflut erstrahlte. Ihr folgte sengende Hitze. Hauser taumelte zurück und fuchtelte herum, denn es überraschte ihn, plötzlich überall blaue Flammen über sich hinwegkriechen zu sehen – über seine Atme, seinen Brustkorb, seine Beine. Er fiel hin und überschlug sich. Er trat um sich und drosch auf seinen Arm ein, doch er war wie ein brennender Midas: Jede Stelle, die er traf, schien in Flammen aufzugehen. Hauser trat schreiend um sich und rollte sich über die Brücke. Dann war er plötzlich wie ein auf luftigen Schwingen schwebender Engel. Er schloss die Augen und wehrte sich nicht mehr gegen den langen, kühlenden, herrlichen Absturz.

82

Tom, der sich gerade noch rechtzeitig umdrehte, sah den brennenden menschlichen Meteor namens Hauser mit einem matten Aufflackern absolut still durch die Dunstschichten segeln, bevor er schließlich verschwand und nur eine schwache Rauchfahne hinterließ.

In der Mitte der Brücke, wo Hauser sich befunden hatte, stand alles in Flammen.

»Von der Brücke runter!«, schrie Tom. »Lauft!«

Sie rannten, so schnell sie konnten, stützten ihren Vater und näherten sich den Soldaten, die sich zwar rasch auf festen Boden zurückzogen, doch weiterhin das Ende der Brücke blockierten. Sie wirkten verwirrt und unsicher und hatten die Gewehre erhoben. Ihnen war alles zuzutrauen. Zwar hatte Hausers letzter Befehl gelautet, sie passieren zu lassen, aber würden sie sich daran halten?

Der Anführer der Truppe, ein Leutnant, hob seine Waffe und schrie: »Halt!«

»Lasst uns vorbei!«, rief Tom auf Spanisch. Sie eilten weiterhin auf die Soldaten zu.

»Nein. Zurück!«

»Hauser hat befohlen, uns passieren zu lassen!« Tom merkte, wie die Brücke bebte. Das brennende Tau würde jede Sekunde reißen.

»Hauser ist tot«, sagte der Leutnant. »Ich erteile jetzt die Befehle.«

»Die Brücke brennt, um Himmels willen!«

Ein Lächeln legte sich auf das Gesicht des Leutnants. »Ja.«

Wie aufs Stichwort fing die Brücke an zu schaukeln. Tom, sein Vater und seine Brüder wurden auf die Knie geschleudert. Ein Tau war gerissen und warf einen Funkenschauer in den Abgrund. Die Brücke wippte unter der plötzlich nachlassenden Spannung.

Tom rappelte sich auf und half seinen Brüdern, ihren Vater wieder auf die Beine zu hieven.

»Ihr müsst uns vorbeilassen!«

Der Leutnant antwortete mit einer dicht über ihnen dahinfliegenden Salve. »Ihr sterbt mit der Brücke. Das ist mein Befehl! Die Weiße Stadt gehört jetzt uns!«

Tom schaute sich um. Rauch und Flammen stiegen vom Mittelteil der Brücke auf. Sie wurden vom Aufwind gespeist. Dann sah er, dass das zweite Haltetau bereits im Begriff war, sich aufzudröseln. Schon spuckte es brennende Fasern in die Luft.

»Festhalten!«, schrie er und packte seinen Vater.

Das Tau riss mit einem gewaltigen Ruck, und der gesamte Brückenboden sank wie ein herabgelassener Vorhang nach unten. Sie klammerten sich an die beiden verbliebenen Taue und gaben sich alle Mühe, ihren geschwächten Vater festzuhalten. Die Brücke peitschte wie eine Sprungfeder hin und her.

»Ob's nun Soldaten sind oder nicht«, sagte Tom. »Wir müssen von hier runter, verdammt noch mal.«

Mit den Füßen auf dem unteren und den Händen am oberen Tau hangelten sie sich voran und halfen ihrem Vater, so gut sie nur konnten.

Der Leutnant und die Soldaten traten zwei Schritte vor. »Fertig machen zum Feuern!« Die Männer knieten sich in eine stabile Schussposition und legten an.

Tom und seine Familie waren nun noch sieben oder acht Meter von festem Boden entfernt. Die Soldaten konnten sie eigentlich nicht verfehlen. Er wusste: Sie hatten keine andere Wahl. Sie mussten weitergehen, auf die Männer zu, die sie gleich töten würden.

Das dritte Tau riss wie eine Sprungfeder. Der Rückstoß der Brücke hätte sie beinahe alle in die Tiefe geschleudert. Jetzt hingen die Trümmer nur noch an einem Tau und schwangen hin und her.

Der Leutnant richtete sein Schießeisen auf sie. »Ihr sterbt jetzt«, bellte er auf Englisch.

Ein Knall ertönte, doch er kam nicht aus seiner Waffe. Auf dem Gesicht des Leutnants war ein erstaunter Ausdruck. Dann schien er vor ihnen eine Verbeugung zu machen. Ein langer Pfeil steckte in seinem Hinterkopf. Unter den Soldaten brach mit einem Schlag größte Verwirrung aus. Im gleichen Moment kam vom Waldrand ein Heulen, das Tom das Blut in den Adern gefrieren ließ. Dem Geheul folgte eine heftige Pfeilsalve. Tara-Krieger ergossen sich aus dem Dschungel. Sie rannten und sprangen laut schreiend über das flache Gelände und feuerten im Laufen noch mehr Pfeile ab. Die restlichen Soldaten, von diesem unerwarteten Flankenangriff völlig überrascht, warfen panisch ihre Waffen fort, um zu fliehen. Sie wurden jedoch auf der Stelle in menschliche Nadelkissen verwandelt, da Dutzende von Pfeilen sie trafen. Bevor sie zu Boden fielen, taumelten sie wie trunkene Stachelschweine umher.

Kurz darauf erreichten Tom und seine Brüder festen Boden – exakt in dem Moment, in dem das letzte Tau in einer riesigen Funkenwolke riss. Die beiden brennenden Brückenenden flogen träge auf die Wände der Schlucht zu, um wie ein brennender Trümmerregen gegen sie zu knallen.

Es war vorbei. Die Brücke war nicht mehr.

Tom schaute nach vorn und sah Sally, die sich gerade aus den Büschen erhob und auf sie zulief. Sie stützten ihren Vater und gingen ihr entgegen, wobei die Tara-Krieger ihnen halfen. Als sie Sally erreichten, schloss Tom sie in die Arme. Sie umarmten sich, und Knilch, der nun wieder sicher in Toms Tasche saß, quäkte ungehalten, da er sich zwischen ihnen großem Druck ausgesetzt sah.

Tom schaute zurück. Die beiden im Abgrund hängenden

Brückenhälften brannten noch. Ein halbes Dutzend Männer waren nun in der Weißen Stadt gefangen. Sie standen am Rand des Abgrundes und stierten die herabhängenden Reste an. Dann stiegen wieder Dunstschwaden auf und verhüllten nach und nach die schweigenden, bestürzt dreinblickenden Gestalten.

83

In der Hütte drinnen war es warm und roch leicht nach Rauch und medizinischen Kräutern. Tom trat ein. Vernon, Philip und Sally folgten ihm. Maxwell Broadbent lag mit geschlossenen Augen in einer Hängematte. Draußen quakten Frösche in der friedlichen Nacht. Unter den wachsamen Blicken Borabays zerstampfte ein junger Tara-Medizinmann in einer Ecke der Hütte Kräuter.

Tom legte seinem Vater eine Hand auf die Stirn. Seine Temperatur war gestiegen. Die Berührung bewirkte, dass Maxwell Broadbent die Augen öffnete. Sein Gesicht war eingefallen, seine Augen schimmerten fiebrig im Schein des Feuers. Doch er brachte ein Lächeln zustande. »Sobald es mir besser geht, will Borabay mir zeigen, wie die Tara mit dem Speer fischen.«

Borabay nickte.

Broadbents ruheloser Blick schweifte über die Anwesenden hinweg, als bitte er um Zustimmung. »Na, Tom? Was meinst du dazu?«

Tom hätte gern etwas gesagt, bekam aber irgendwie keinen Ton heraus.

Der junge Medizinmann stand auf und hielt Broadbent einen mit einer dunkelbraunen Flüssigkeit gefüllten Tonbecher hin.

»Nicht schon wieder dieses Zeug«, murmelte Broadbent. »Das ist ja schlimmer als der Lebertran, den meine Mutter mir jeden Morgen eingeflößt hat.«

»Trink, Vater«, sagte Borabay. »Gut für dich.«

»Was ist das?«, fragte Broadbent.

»Medizin.«

»Das weiß ich selbst. Aber was für 'ne Medizin? Du kannst doch nicht erwarten, dass ich etwas schlucke, das ich nicht kenne.«

Maxwell Broadbent entpuppte sich als schwieriger Patient.

»Das ist *Uña de gavilán, Uncaria tomentosa*. Die getrocknete Wurzel von Katzendorn ist ein Antibiotikum.«

»Na ja, weh wird's wohl nicht tun.« Broadbent nahm den Becher entgegen und trank. »Sieht aus, als hätten wir hier 'ne Ärzteschwemme. Sally, Tom, Borabay, und jetzt noch der junge Hexendoktor. Man könnte fast meinen, ich hätte was Ernstes.«

Tom schaute Sally kurz an.

»Was wir alles zusammen unternehmen werden, wenn's mir erst besser geht!«, sagte Broadbent.

Tom schluckte erneut. Als sein Vater sein Unbehagen bemerkte – ihm entging nie etwas –, schaute er ihn an. »Nun, Tom? Du bist der einzige echte Arzt hier. Wie steht's mit 'ner Prognose?«

Tom versuchte, ein Lächeln aufzusetzen. Sein Vater schaute ihn ziemlich eindringlich an, dann lehnte er sich mit einem Seufzer zurück. »Wen versuch ich eigentlich zu verarschen?«

Langes Schweigen machte sich breit.

»Hör zu, Tom, ich weiß, dass der Krebs mich umbringt. Was Schlimmeres kann's doch nicht geben.«

»Nun«, begann Tom, »die Kugel hat deine Bauchhöhle getroffen. Du hast eine Infektion. Deswegen hast du auch Fieber.«

»Und die Prognose?«

Tom schluckte erneut. Seine drei Brüder und Sally musterten ihn konzentriert. Er wusste, dass sein Vater sich nicht mit irgendwelchem Geschwafel abspeisen lassen würde. Er wollte die ungeschminkte Wahrheit hören.

»Sieht nicht gut aus.«

»Erzähl weiter.«

Tom brachte es nicht über sich, es auszusprechen.

»Ist es so schlimm?«, fragte sein Vater.

Tom nickte.

»Und was ist mit den Antibiotika, die der Medizinmann mir gibt? Und was ist mit all den wunderbaren Heilmitteln, die in dem Codex stehen, den du gerettet hast?«

»Gegen die Blutvergiftung, die du dir zugezogen hast, wirkt kein Antibiotikum, Vater. Dazu müsste man eine umfassende Operation vornehmen, und für die ist es nun wahrscheinlich zu spät. Medikamente können nicht *alles*.«

Wieder Schweigen. Broadbent wandte sich um und schaute auf. »Verdammt«, sagte er zur Decke hin.

»Du hast die für uns bestimmte Kugel aufgefangen«, sagte Philip. »Du hast uns das Leben gerettet.«

»Das Beste, was ich je getan habe.«

Tom legte seinem Vater eine Hand auf den Arm. Er war sehr heiß. »Tut mir Leid.«

»Wie lange hab ich also noch?«

»Zwei bis drei Tage.«

»Herrgott. So wenig?«

Tom nickte.

Broadbent lehnte sich mit einem Seufzer zurück. »In ein paar Monaten hätte der Krebs mich sowieso erledigt. Andererseits wäre es natürlich verdammt schön gewesen, diese Zeit mit meinen Söhnen zu verbringen. 'ne Woche hätte mir gereicht.«

Borabay trat vor und legte Broadbent eine Hand auf die Brust. »Mir Leid tun, Vater.«

Broadbent legte seine Hand auf die Borabays. »Mir auch Leid tun.« Er musterte seine anderen Söhne. »Wenn ich mir doch nur noch mal den Lippi ansehen könnte ... Als ich in der Gruft war, hab ich mir immer eingebildet, wenn ich noch mal einen Blick auf die Madonna werfe, kommt alles wieder in Ordnung.«

Sie verbrachten die Nacht in der Hütte und wachten über ihren im Sterben liegenden Vater. Er war nervös, aber die Antibiotika hielten die Infektion – jedenfalls im Moment – weitgehend in Schach. Als der Morgen graute, war der alte Mann noch immer bei klarem Bewusstsein.

»Ich brauch was zu trinken«, sagte er mit heiserer Stimme.

Tom nahm einen Krug, verließ die Hütte und eilte zu einem Bach in der Nähe. Das Tara-Dorf erwachte gerade erst zum Leben. Feuer wurden entzündet. Die formschönen französischen Kupfer- und Nickeltöpfe, Pfannen und Terrinen waren überall in Gebrauch. Rauch stieg in den morgendlichen Himmel auf. Auf dem Dorfplatz scharrten die Hühner. Magere Hunde schlichen auf der Suche nach Abfällen herum. Ein Kleinkind mit einem Harry-Potter-T-Shirt kam auf wackligen Beinen aus einer Hütte und strullte irgendwo hin. Selbst bei so entlegenen Stämmen hielt die Zivilisation allmählich Einzug. Wie lange würde es wohl noch dauern, bis die Weiße Stadt ihre Schätze und Geheimnisse der Allgemeinheit zugänglich machte?

Als Tom mit dem Wasser zurückkam, hörte er eine schrille Stimme. Cahs alte Ehefrau trat aus ihrer Hütte und winkte ihm mit einer verschrumpelten Hand zu. »*Wahka*«, sagte sie gestikulierend.

Tom blieb vorsichtig stehen.

Wahka!

Als er einen argwöhnischen Schritt auf sie zu machte, erwartete er irgendwie, dass sie ihn an den Haaren ziehen oder ihm an die Nüsse greifen würde.

Doch die Frau nahm seine Hand und zog ihn zu ihrer Hütte.

Wahka!

Tom folgte ihrer gebückten Gestalt zögernd in den verqualmten Raum.

Und dort, im schwachen Licht, lehnte Filippo Lippis *Madonna der Trauben* an einem Pfosten. Tom schaute sich das Renaissance-Meisterwerk an, dann ging er unsicheren Schritts darauf zu. Er war wie vom Donner gerührt und konnte kaum glauben, dass es echt war. Der Kontrast zwischen der schäbigen Hütte und dem Gemälde war zu groß. Sogar im Dunkeln schien es aus sich selbst heraus zu leuchten: Die blonde Madonna – sie war kaum mehr als ein junges Mädchen – mit dem Kind auf dem Arm, das sich mit zwei rosafarbenen Fingern eine Traube in den Mund schob. Über den beiden flatterte, in Blattgold erstrahlend, eine Taube dahin.

Tom schaute die Alte verdutzt an. Ihr faltiges Gesicht musterte ihn mit einem breiten Lächeln. Ihr rosiges Zahnfleisch leuchtete. Dann ging sie auf das Gemälde zu, hob es auf und hielt es ihm hin.

Wahka!

Ihre Gesten besagten, er solle es seinem Vater in die Hütte bringen. Dann trat sie hinter ihn und schubste ihn sanft mit der Hand. »*Teh! Teh!*«

Tom trat mit dem Gemälde auf den Dorfplatz hinaus. Cah hatte es offenbar zurückbehalten. Es war ein Wunder. Als Tom die Hütte betrat, hob er das Bild hoch. Philip musterte es flüchtig, dann stieß er einen Schrei aus und wich zurück. Maxwell Broadbent stierte es mit großen Augen an. Zuerst sagte er kein Wort, dann legte er sich in die Hängematte zurück. Seine Miene wirkte ängstlich.

»Verdammt noch mal, Tom. Jetzt fangen die Halluzinationen an.«

»Nein, Vater, nein.« Tom hielt ihm das Gemälde hin. »Es ist echt. Fass es an.«

»Nein«, schrie Philip. »Fass es nicht an!«

Broadbent streckte eine zitternde Hand aus und berührte die bemalte Oberfläche.

»Hallo«, murmelte er. Er schaute Tom an. »Ich träume also doch nicht.«

»Du träumst nicht.«

»Wo, um alles in der Welt, hast du das Bild her?«

»Sie hatte es.« Tom drehte sich zu der Greisin um, die zahnlos grinsend im Türrahmen stand. Borabay stellte ihr einige Fragen, die sie ausführlich beantwortete. Er hörte ihr zu und nickte. Dann drehte er sich zu seinem Vater um.

»Sie sagen, ihr Gatte gierig. Halten zurück viele Dinge von Gruft. Er alles verstecken in Höhle hinter Dorf.«

»Was für Dinge?«, fragte Broadbent schnell.

Borabay redete wieder auf Cahs Gattin ein.

»Sie nicht wissen. Sie sagen, Cah fast ganzen Schatz von Gruft gestohlen. Er hat Kisten mit Steine gefüllt. Er sagen, er nicht wollen Schätze von weiße Mann in Tara-Grabkammer bringen.«

»Ich hab's fast geahnt«, sagte Broadbent. »Als ich in der Gruft war, sind mir ein paar Kisten aufgefallen, die hohler klangen, als sie es hätten sein dürfen: fast leer. Ich konnte sie aber im Dunkeln nicht öffnen. Deswegen bin ich kurz vor Hausers Auftauchen noch mal in die Kammer gegangen, um zu sehen, ob ich das Rätsel lösen kann. Cah war ein verdammt schräger Vogel. Ich hätte es ahnen sollen. Er hatte es von Anfang an so geplant. Gott, er war ebenso gierig wie ich!«

Seine Blicke tasteten das Gemälde ab. Das Bild reflektierte das Licht des Feuers. Der flackernde Schein spielte auf dem Gesicht der heiligen Jungfrau. Während er es anschaute, schwieg er. Dann schloss er die Augen und sagte: »Holt mir Schreibzeug. Nun, da ich euch etwas hinterlassen kann, werde ich ein neues Testament aufsetzen.«

84

Sie brachten Maxwell Broadbent einen Stift und eine Rolle Borkenpapier.

»Sollen wir dich allein lassen?«, fragte Vernon.

»Nein. Ich brauche euch hier. Dich auch, Sally. Kommt her. Stellt euch auf.«

Sie kamen und bauten sich um die Hängematte auf. Maxwell Broadbent räusperte sich. »Nun, meine Söhne. Und ...« Er schaute Sally an. »Meine künftige Schwiegertochter. Jetzt geht's los.«

Er hielt inne.

»Was für tolle Söhne ich doch habe. Es ist 'ne Schande, dass ich so lange gebraucht habe, um das zu begreifen.« Er räusperte sich erneut. »Ich hab nicht mehr viel Kraft, und mein Kopf fühlt sich an wie ein Kürbis, also werde ich's kurz machen.«

Sein noch immer klarer Blick wanderte durch den Raum. »Herzlichen Glückwunsch. Ihr habt's geschafft. Ihr habt euch euer Erbe verdient und mir das Leben gerettet. Ihr habt mir gezeigt, was für ein absoluter Blödian ich als Vater war ...«

»Vater ...«

»Unterbrecht mich nicht! Bevor ich gehe, hab ich noch einen Ratschlag für euch.« Er rang nach Luft. »Jetzt, da ich auf dem Totenbett liege, wie kann ich da widerstehen?« Er atmete tief durch: »Philip, du bist mir am ähnlichsten. Ich habe in den letzten Jahren gesehen, dass die Erwartung eines großen Erbes einen Schatten auf dein Leben geworfen hat. Zwar bist du nicht von Natur aus gierig, aber wenn einem eine halbe Milliarde ins Haus steht, wirkt das zersetzend. Ich weiß, dass du über deine Verhältnisse lebst und in deinen New Yorker Kreisen versucht hast, den reichen und kultivierten Genießer zu spielen. Du leidest an der gleichen Krankheit wie ich früher auch: Du willst das Schöne an sich besitzen. Hör damit auf. Dafür sind Museen da. Führe ein einfacheres Leben. Du schätzt die Kunst. Das ist schon Lohn genug, nicht Anerkennung und Ruhm. Außerdem habe ich gehört, dass du ein verdammt guter Lehrer sein sollst.«

Philip nickte kurz. Er wirkte insgesamt nicht sehr erfreut.

Broadbent holte mehrmals hektisch Luft. Dann nahm er Vernon ins Visier: »Vernon, du bist ein Suchender. Jetzt wird mir endlich klar, wie wichtig es für dich ist, so zu sein. Dein Problem ist, dass du dich ausnutzen lässt. Du bist arglos. Doch es gibt eine alte Faustregel, Vernon: Sobald eine Religion an dein Geld ran will, ist sie einen Scheißdreck wert. Das Beten in Kirchen kostet nichts.«

Vernon nickte.

»Und jetzt zu dir, Tom. Von all meinen Söhnen hast du am wenigsten von mir. Ich habe dich eigentlich nie verstanden. Du bist auch am wenigsten materialistisch eingestellt. Du hast mich schon vor langer Zeit abgelehnt, möglicherweise aus guten Gründen.«

»Vater …«

»Still! Im Gegensatz zu meinem Lebensstil ist der deine diszipliniert. Ich weiß, du wärst eigentlich lieber Paläontologe geworden und hättest nach Dinosaurierfossilien gesucht. Ich habe dich, blöd wie ich bin, in die Medizin gedrängt. Ich weiß, dass du ein guter Tierarzt bist, auch wenn ich nie verstanden habe, warum du dein bemerkenswertes Talent damit vergeudest, irgendwelche abgehalfterten Gäule in Navajo-Reservaten zu verarzten. Aber eines habe ich endlich kapiert: dass ich jede Wahl, die du in deinem Leben triffst, ehren und respektieren muss – egal ob es um Dinosaurier oder um Pferde geht. Tu, was du willst – du hast meinen Segen. Außerdem ist mir deine Rechtschaffenheit aufgefallen. Das ist etwas, woran es mir immer gefehlt hat. Deswegen hat es mich auch geärgert, dergleichen so ausgeprägt an einem meiner Söhne zu sehen. Ich weiß nicht, was du mit einem riesigen Erbe angefangen hättest. Ich nehme an, dass du es selbst auch nicht weißt. Du brauchst das Geld nicht. Eigentlich willst du es auch gar nicht haben.«

»Ja, Vater.«

»Und jetzt Borabay ... Du bist zwar mein ältester Sohn, aber ich habe dich erst seit kurzer Zeit. Obwohl wir uns erst vor einer Weile begegnet sind, habe ich irgendwie das Gefühl, dich am besten zu kennen. Dir habe ich deine Bewegungsfreiheit gelassen. Ich habe das Gefühl, dass du – wie ich – ein wenig gierig bist. Du kannst es kaum erwarten, von hier zu verschwinden, nach Amerika zu ziehen und ein angenehmes Leben zu führen. Du passt eigentlich nicht zu den Tara. Nun, dagegen ist nichts einzuwenden. Du lernst schnell. Das ist ein Vorteil, denn du hattest eine gute Mutter, und ich war als dein Vater nicht hier, um dich zu verkorksen.«

Borabay wollte etwas sagen, doch Broadbent hob Einhalt gebietend die Hand. »Kann man denn nicht mal auf seinem Totenbett eine Rede halten, ohne dass man ständig unterbrochen wird? Borabay, deine Brüder werden dir helfen, nach Amerika auszuwandern und die Staatsbürgerschaft zu erlangen. Wenn du erst mal dort bist, wirst du zweifellos bald amerikanischer als unsere eigenen Eingeborenen sein.«

»Ja, Vater.«

Broadbent seufzte und schaute Sally an. »Tom, das ist die Frau, die *mir* leider nie begegnet ist. Wenn du sie von der Angel lässt, bist du ein Trottel.«

»Ich bin aber kein *Fisch*«, sagte Sally spitz.

»Ah! Genau *das* hab ich gemeint! Sie ist ja vielleicht ein bisschen widerborstig, aber sie ist eine bemerkenswerte Frau.«

»Da hast du Recht, Vater.«

Broadbent legte eine Pause ein. Er atmete schwer. Das Sprechen bereitete ihm Mühe. Schweiß stand ihm auf der Stirn.

»Ich schreibe jetzt mein Testament. Ich möchte, dass sich jeder von euch einen Gegenstand aus der Höhle aussucht. Den Rest möchte ich, falls ihr ihn aus dem Land schaffen könnt, dem Museum oder den Museen stiften, die ihr bestimmt. Wir fangen beim Ältesten an. – Borabay, du bist dran.«

»Ich suchen zuletzt aus«, sagte Borabay. »Was ich will, sein nicht in Höhle.«

Broadbent nickte. »Na schön. Philip? Aber das weiß ich auch so.« Sein Blick huschte zur Madonna. »Der Lippi gehört dir.«

Philip wollte etwas sagen, aber ihm fehlten die Worte.

»Und jetzt Vernon.«

Stille machte sich breit. »Ich hätte gern den Monet«, sagte Vernon schließlich.

»Das hab ich mir schon gedacht. Du könntest wohl fünfzig Millionen oder mehr für ihn kriegen. Ich hoffe, dass du ihn wirklich verkaufst. Aber um eines bitte ich dich, Vernon: Gründe keine *Stiftungen*. Verschenk kein Geld. Wenn du irgendwann gefunden hast, was du suchst, dann vielleicht bist du so klug, um ein wenig von deinem Geld zu verschenken. Ein *wenig*.«

»Danke, Vater.«

»Außerdem gebe ich euch einen Sack voller Edelsteine mit, damit ihr die Erbschaftssteuer bezahlen könnt.«

»In Ordnung.«

»Jetzt bist du dran, Tom. Wie lautet deine Wahl?«

Tom schaute Sally an. »Wir hätten gern den Codex.«

Broadbent nickte. »Eine interessante Wahl. Er gehört euch. Und jetzt bist du dran, Borabay. Was für eine geheimnisvolle Sache möchtest du haben, die sich nicht in der Höhle befindet?«

Borabay trat an sein Lager und flüsterte ihm etwas ins Ohr.

Der alte Mann nickte. »Ausgezeichnet. Betrachte es als erledigt.« Er schwenkte den Kugelschreiber. Sein Gesicht war von Schweißperlen bedeckt. Sein Atem ging schnell und flach. Tom erkannte, dass er nicht mehr lange bei klarem Verstand

sein würde. Er wusste, wie ein Tod durch Blutvergiftung aussah.

»Und jetzt«, sagte Maxwell Broadbent, »lasst mich zehn
Minuten allein, damit ich meinen letzten Willen aufschreiben
kann. Dann rufen wir Zeugen hinzu und bringen die Sache zu
Ende.«

85

Tom stand mit seinen Brüdern und Sally in einem kathedralenartigen Hain und beobachtete die lange Prozession, die soeben über den gewundenen Weg zu der über dem Dorf ins Kalkgestein geschlagenen Gruft marschierte. Der Anblick war beeindruckend. Der verstorbene Maxwell Broadbent nahm die Spitze der Prozession ein – er wurde von vier Kriegern auf einer Bahre getragen. Man hatte ihn nach einem uralten Maya-Verfahren einbalsamiert. Während der Trauerfeier hatte der neue Tara-Häuptling ihn in El Dorado verwandelt, den *Vergoldeten* aus der Indianerlegende. Genau so hatten die Mayas ihre Herrscher bestattet. Er hatte den Toten mit Honig bestrichen und anschließend mit Goldstaub besprüht. Er hatte ihn völlig eingehüllt, um ihm die unsterbliche Gestalt zu verleihen, die er im Jenseits annehmen würde.

Der Bahre folgte eine lange Prozession von Indianern; sie trugen die Grabbeigaben: Körbe mit Trockenobst, Gemüse und Nüssen sowie Krüge mit Wasser und Öl. Dann kamen zahllose traditionelle Maya-Artefakte: Jadestatuen, bemalte Gefäße, Blattgoldteller, Krüge, Waffen, Köcher voller Pfeile, Netze, Speere – alles, was Maxwell Broadbent im jenseitigen Leben vielleicht gebrauchen könnte.

Schließlich hinkte ein Indianer mit einem Picasso-Gemälde um die Wegbiegung. Es stellte eine nackte gehörnte Dreiäugige mit einem viereckigen Kopf dar. Ihm folgte, von zwei schwitzenden Indianern getragen, der schwergewichtige Pontormo mit der Verkündigungsszene. Dann kamen Bronzinos Porträt der Bia de Medici, zwei römische Statuen, noch ein paar Picassos, ein Braque, zwei Modiglianis, ein Cézanne und weitere Statuen: Grabbeigaben aus dem 20. Jahrhundert. Die bizarre Prozession schritt den Hügel hinauf und verschwand dann im Hain.

Ganz am Ende kam – wenn man es denn so bezeichnen wollte – das Orchester: eine Gruppe von Männern, die Flöte spielten, lange Holztrompeten bliesen und Stöcke aneinander hauten. Den Abschluss bildete ein Junge, der mit aller Kraft auf eine schäbige, vermutlich aus den USA stammende Basstrommel schlug.

Tom empfand eine starke Mischung aus Trauer und Läuterung. Eine Ära war zu Ende gegangen. Sein Vater war tot. Er musste sich nun endgültig von seiner Kindheit verabschieden. Es wurden Gegenstände an ihm vorbeigetragen, die er kannte und gern hatte; Gegenstände, mit denen er aufgewachsen war. Auch sein Vater hatte sie geliebt. Als die Prozession die Gruft erreichte, wurde alles – die Menschen wie die Grabbeigaben – von der Dunkelheit verschluckt. Dann kehrten die Leute blinzelnd und mit leeren Händen ins Freie zurück. Die Sammlung seines Vaters würde bis zu dem Tag, an dem er und seine Brüder wiederkämen, um ihr Eigentum zu beanspruchen, sicher, trocken verwahrt und beschützt sein. Die Maya-Schätze würden natürlich für immer in der Kammer bleiben, damit Maxwell Broadbent im Jenseits ein schönes und glückliches Leben führen konnte. Doch die aus den westlichen Ländern stammenden Schätze gehörten ihnen und wurden vom Volk der Tara bewacht. Die Beisetzung suchte ihresgleichen. So waren bisher nur Maya-Herrscher bestattet worden, und selbst das war tausend Jahre her.

Drei Tage nach der Unterzeichnung des Testaments war Maxwell Broadbent gestorben. Ihm war nur noch ein Tag geblieben, dann hatte sein Geist sich verwirrt, und er war ins Koma gefallen und verschieden. Toms Ansicht nach gab es zwar grundsätzlich keinen schönen Tod, doch der seines Vaters war irgendwie würdevoll gewesen, falls man dieses Wort überhaupt verwenden wollte. Er selbst würde sich eher an den letzten klaren Tag seines Vaters als an seinen Tod erinnern.

Sie waren alle bei ihm gewesen. Sie hatten nicht viel geredet, und wenn sie überhaupt etwas gesagt hatten, dann war es um Kleinigkeiten gegangen: um irgendwelche unwichtigen Begebenheiten, vergessene Orte, lustige Ereignisse und Menschen, die längst nicht mehr lebten. Trotzdem war dieser Tag der Plaudereien für sie wertvoller gewesen als all die Jahrzehnte wichtiger Gespräche über vermeintlich Großes: die Standpauken, die väterlichen Ermahnungen, die Ratschläge, die Philosophiererei und die Tischgespräche. Nach einem Leben des Aneinandervorbeiredens hatte Maxwell Broadbent sie endlich verstanden und sie ihn. Nur deswegen hatten sie aus reinem Spaß an der Freude so unbeschwert daherreden können. So einfach und doch auch so tiefsinnig war die Sache.

Tom lächelte. Die Bestattung hätte seinem Vater gefallen. Er hätte diese beeindruckende Prozession durch den Wald gern gesehen: die riesigen dröhnenden Holztrompeten, die Trommelwirbel, die Bambusflöten, die abwechselnd singenden und klatschenden Männer und Frauen. Man hatte eine große Kammer in den Fels gehauen und eine neue Totenstadt für das Volk der Tara aus der Taufe gehoben. Die Weiße Stadt war ihnen wegen der abgebrannten Brücke ja nicht mehr zugänglich. Sechs von Hausers Söldnern waren dort zurückgeblieben. In den sechs Wochen, die die Bauarbeiten der neuen Gruft in Anspruch nahmen, hatte es im Dorf täglich neue Nachrichten über die gefangenen Soldaten gegeben: Hin und wieder kamen sie an den Brückenkopf, feuerten ihre Waffen ab und riefen, flehten und drohten. Im Laufe der Tage und Wochen waren aus den sechs Männern vier geworden, dann drei, dann zwei. Jetzt war nur noch einer da, aber er schrie und winkte nicht mehr und gab auch keine Schüsse mehr ab. Er stand nur da, eine kleine, ausgemergelte, schweigende Gestalt, die auf den Tod wartete. Tom hatte die Tara zu überreden versucht, den Mann zu retten. Aber sie hatten sich hart gezeigt: Nur die Götter konnten eine neue Brücke bauen. Wenn sie ihn retten wollten, würden sie es schon tun.

Aber natürlich hatten sie es nicht getan.

Das Dröhnen der Basstrommel lenkte Toms Gedanken wieder auf das gegenwärtige Schauspiel. Nun, da sämtliche Grabbeigaben in der Gruft gestapelt waren, wurde es Zeit, sie zu verschließen. Die Männer und Frauen standen im Wald und sangen eine traurige, beklemmende Melodie, während ein Priester ein Bündel heiliger Kräuter schwenkte, deren Wohlgeruch an ihnen vorbeiwehte. Die Zeremonie endete, als die Sonne den Horizont im Westen berührte. Dann schlug der Häuptling auf den Holzschlüssel, und als die letzten Sonnenstrahlen schwanden, schloss sich die große Steintür mit einem dumpfen Schlag.

Alles war still.

Als sie zum Dorf zurückschlenderten, sagte Tom: »Schade, dass Vater das nicht gesehen hat.«

Vernon legte einen Arm um ihn. »Er hat's gesehen, Tom. Da bin ich mir ganz sicher.«

86

Lewis Skiba saß auf der windschiefen Veranda seines Holzhauses in einem Schaukelstuhl und blickte auf den See hinaus. Die Hügel waren in herbstliche Pracht gehüllt, im dunklen Wasser spiegelte sich das abendliche Himmelszelt. Alles war genau so, wie er es in Erinnerung hatte. Der Anlegesteg ragte schräg ins Wasser hinein, an seinem Ende war das Kanu vertäut, und der Geruch warmer Fichtennadeln trieb durch die Luft. Am anderen Ufer ließ ein Seetaucher seinen Ruf hören. Sein einsamer Schrei verlor sich zwischen den Hügeln und wurde von einem anderen, weiter entfernten Vogel beantwortet, dessen Stimme so matt wie das Sternenlicht war.

Skiba trank einen Schluck frisches Quellwasser und ließ den Stuhl langsam nach hinten kippen. Die Sitzgelegenheit und die Veranda gaben ein protestierendes Knarren von sich. Skiba hatte alles verloren. Er hatte beim Zusammenbruch des neuntgrößten Pharmakonzerns der Welt den Vorsitz geführt. Er hatte zugeschaut, wie die Aktie auf fünfzig Cent gefallen war. Dann hatte man sie aus dem Handel genommen. Man hatte ihn gezwungen, die Zahlungsunfähigkeit zu beantragen. Zwanzigtausend Angestellte hatten ihre Betriebsrente und Lebensversicherungen in Schall und Rauch aufgehen sehen. Der Vorstand hatte ihn gefeuert. Die Aktionäre und Untersuchungsausschüsse hatten ihn verleumdet. Kabarettisten hatten ihn im Fernsehen zum Arsch des Jahrhunderts gekürt.

Derzeit wurde wegen doppelter Buchführung, Börsenmanipulation und Insiderhandel gegen ihn ermittelt. Skiba hatte seine Frau und sein Haus verloren, und seine Anwälte waren im Begriff, den Rest seines Vermögens aufzufressen. Bis auf seine Kinder liebte ihn niemand mehr.

Und doch war er ein glücklicher Mensch. Niemand konnte seine Zufriedenheit verstehen. Die Leute dachten, er habe den Verstand verloren, er sei irgendwie mental zusammengebrochen. Sie hatten ja keine Ahnung, wie es war, wenn man aus dem heißesten Höllenfeuer gezogen wurde.

Was war ihm geblieben, damals, vor drei Monaten, in seinem finsteren Büro? Oder in den drei Monaten danach? Diese drei Monate, in denen er kein Wort von Hauser gehört hatte, waren die düstersten seines Lebens gewesen. Gerade als er gemeint hatte, der Alptraum würde niemals enden, hatte es plötzlich Neuigkeiten gegeben. Im Mittelteil versteckt hatte die *New York Times* ein Artikelchen über die Gründung der Alfonso-Boswas-Stiftung veröffentlicht, einer Organisation, die mit der Übersetzung und Veröffentlichung eines gewissen Maya-Codex aus dem 9. Jahrhundert beschäftigt war. Man hatte ihn in der Sammlung des verstorbenen Maxwell Broadbent gefunden. Laut Dr. Sally Colorado, der Stiftungsvorsitzenden, handelte es sich bei dem Codex um ein Heilkundebuch der Mayas, das sich bei der Suche nach neuen Medikamenten als äußerst nützlich erweisen würde. Maxwell Broadbents vier Söhne hatten die Stiftung gegründet und finanziert. Der Artikel vermeldete ferner, Broadbent sei unerwartet während eines Familienurlaubs in Mittelamerika verstorben.

Das war alles. Niemand erwähnte Hauser, die Weiße Stadt, die versteckte Grabkammer und den durchgedrehten Vater, der sich mit seinem ganzen Geld hatte bestatten lassen. Von all dem erfuhr man nichts.

Skiba hatte sich von einer ungeheuren Last befreit gefühlt. Die Broadbents lebten. Sie waren nicht ermordet worden. Es war Hauser nicht gelungen, den Codex zu erbeuten. Und das

Wichtigste: Er hatte es nicht geschafft, sie umzubringen. Skiba würde nie erfahren, was passiert war. Es war zu gefährlich, sich danach zu erkundigen. Er wusste nur eines: Morde konnte man ihm keine anhängen. Ja, er hatte schreckliche Verbrechen begangen und musste eine Menge sühnen, aber das unwiderrufliche Beenden eines Menschenlebens – auch sein eigenes – gehörte nicht dazu.

Und da war noch etwas anderes. Nun, da er nichts mehr besaß – er verfügte weder über Geld noch über Wertgegenstände oder einen Ruf –, konnte er endlich wieder sehen. Wie Schuppen war es ihm von den Augen gefallen. All das Böse, das er getan, die Verbrechen, die er begangen hatte, sein Egoismus, seine Gier – all dies sah er so deutlich, als sei er wieder zum Kind geworden. Nun konnte er mit absoluter Klarheit nachvollziehen, wie er, um im Geschäftsleben erfolgreich zu sein, ethisch immer mehr gesunken war. Es war so einfach, die Dinge durcheinander zu bringen, Prestige mit Ehrlichkeit, Macht mit Verantwortung, Speichelleckerei mit Loyalität, Gewinn mit Verdiensten zu verwechseln. Man musste schon ein außerordentlich heller Kopf sein, um in einem solchen System anständig zu bleiben.

Als Skiba lächelnd über die spiegelglatte Oberfläche des Sees blickte, sah er alles im abendlichen Zwielicht verschwinden: alles, wofür er gearbeitet hatte; alles, was ihm früher wichtig gewesen war. Irgendwann würde er auch dieses Holzhaus nicht mehr haben. Dann würde er nie wieder einen Blick auf den See werfen.

Es machte ihm nichts aus. Er war gestorben und neu geboren. Jetzt konnte er ein neues Leben beginnen.

87

Officer Jimmy Martinez von der Polizei von Santa Fe lehnte sich in seinen Stuhl zurück. Er hatte den Telefonhörer gerade aufgelegt.

Die Blätter der Pappel vor dem Fenster hatten eine üppige goldgelbe Farbe angenommen, und ein kalter Wind wehte von den Bergen herab. Er warf einen kurzen Blick auf seinen Partner Willson.

»Schon wieder der Landsitz der Broadbents?«, fragte Willson.

Martinez nickte. »Yeah. Man sollte eigentlich annehmen, dass die Nachbarn sich mittlerweile dran gewöhnt hätten.«

»Tja, reiche Leute ... Wer versteht die schon?«

Martinez schnaubte zustimmend.

»Was glaubst du, wer der Typ da oben wirklich ist? Hast du so einen schon mal gesehen? Ein tätowierter Indianer aus Mittelamerika, der in den Anzügen des Alten rumstolziert, Pfeife raucht, mit seinen Gäulen auf seiner Fünfhundert-Hektar-Ranch rumreitet, bei den Angestellten den Chef raushängen lässt, den Landadeligen spielt und darauf besteht, dass alle Sir zu ihm sagen?«

»Der Landsitz gehört ihm«, sagte Martinez. »Das wurde überprüft. Es ist alles legal.«

»Klar gehört ihm der Landsitz. Aber ich frage mich: Wie, zum Teufel, ist er ihm in die Hände gefallen? Die Anlage ist zwanzig oder dreißig Millionen wert. Und sie in Betrieb zu halten, kostet locker ein paar Millionen im Jahr! Glaubst du wirklich, ein Typ wie der hat Geld?«

Martinez lächelte. »Yeah.«

»Was soll das heißen, *yeah*? Der Typ hat angespitzte Zähne, Jimmy. Er ist ein *Wilder*, verdammt noch mal.«

»Nein, ist er eben nicht. Er ist ein Broadbent.«

»Hast du einen an der Waffel? Meinst du wirklich, ein Indianer mit Ohrläppchen, die ihm bis zum Boden runterhängen, ist ein Broadbent? Jetzt mal ehrlich, Jimmy – was hast du geraucht?«

»Er sieht seinen Brüdern ähnlich.«

»Bist du ihnen je begegnet?«

»Ich kenne zwei der Söhne. Ich sag dir, der ist auch ein Sohn von dem Alten.«

Willson musterte ihn verblüfft.

»Der Alte hatte den entsprechenden Ruf. Die anderen Söhne haben seine Kunstwerke gekriegt, und der da oben das Haus und einen Riesenhaufen Kohle dazu. Ganz einfach.«

»Broadbent hat 'nen *indianischen* Sohn?«

»Klar. Ich wette, der Alte hat auf einer seiner Expeditionen in Mittelamerika irgendeine Frau genagelt.«

Willson lehnte sich schwer beeindruckt in seinen Stuhl zurück. »Irgendwann bringst du's bestimmt noch zum Lieutenant, Jimmy. Ist dir das eigentlich klar?«

Martinez nickte bescheiden. »Ich weiß.«